娃儿

伊北/著

文化艺术出版社

鏖兵

001 / 中 年 生 二 娃

"你什么时候能有个娃儿?"一只脚刚踏进月子会所,郝亚玲就扭头对女儿说。

"那也得有人。"代桂圆撒开妈妈的胳膊,保持十几厘米距离。

"赶紧找。"亚玲语气急促,天要塌了似的。

"是急的事吗?"桂圆不大高兴。

"过了年,你就……"

"妈——"桂圆不让她把话说出来。

过了年,她30岁整,勉强算立起来了。桂圆在教育培训机构工作,做CR(customer representative,班主任),收入还可以,贷款买了房,车没摇上号,排着队。但在老妈郝亚玲眼里,她属于刚从猿猴变成半个人,还没完全直立行走。用郝亚玲的话——说这话的时候她会把两根食指比在一块儿——"桂圆,你现在只有一条腿,得找到另一半,有了娃儿,才算把腿补齐。"

"别不耐烦,走走心。"亚玲东张西望,她坐月子的时候可没这待遇——这月子会所设在一家五星级酒店内,包了一层,总共20个套房,据说护理人员特专业。

唐念巧生娃儿有功,理应得到最妥帖的照顾。这笔月子费郝季鹏出得高兴,一个月6万8,眼都不眨。季鹏为自己中年得子骄傲。

"来看小舅妈,别说我。"桂圆顶老妈一句。

"我是你妈。"郝亚玲四个字定江山。

"进去吧。"到门口,桂圆伸手摸了摸红包。这刚生出来的娃儿算是她娘家表弟,跟她差了30岁。头回见面,她这个大表姐必须意思意思。

"气捯不匀。"亚玲深呼吸。

"行啦!别想了,该有的都会有。"桂圆不得不挽一下妈妈,算作安慰。

桂圆打心眼儿里埋怨小舅妈，还有小舅。四十好几了，突然生了二胎，括号——二胎为男。小舅自己痛快了——连带大女儿巧彤，一儿一女，凑成个"好"字。他的人生是圆满了，周围这些人呢？大舅和大舅妈首先就未必痛快。

桂圆的大舅郝冠峰是书画家，小有名气。大舅妈穆小桃是会计，内退，因为叫小桃，听上去好像30多岁，实际已经奔五。她比大舅小七八岁。两个人膝下无子无女，是老丁克。他们对外都说是自己不想要，就想过二人世界。究竟是真不想要还是不能生，这在郝家是个谜。桂圆可以肯定，小舅妈生二胎，大舅妈十有八九糟心。这不，桂圆和老妈刚进去，大舅妈就已经把包挎在大臂上，笑呵呵地对二舅妈说："巧儿，你大哥今天实在有事，不得空，我也得赶去开个会。"念巧笑盈盈的，不留。

桂圆略微惊讶，小舅妈哪里像高龄生二胎的人，还是明眸善睐，维持着优雅。唐念巧三年前就开始当全职太太，桂圆怀疑她中年生二娃是处心积虑忙了三年才有收获。小舅郝季鹏从北京工业大学毕业，在某知名媒体技术部做过经理，然后跳槽，当了总经理，再跳，成了CEO，现在是某互联网金融公司独立董事。大舅妈的敷衍也让桂圆惊讶，都内退了，还开什么会！

"开什么会？"老妈帮桂圆问了，脸朝念巧。

念巧骇笑："旗袍会。"

郝亚玲会意，两个人煞有介事地撇撇嘴。晚辈桂圆站在旁边不说话。

"娃儿呢？"亚玲继续问。

"一会儿抱过来。"

"多重？"

"七斤三两。"

"够大的！硬生？"亚玲微微皱眉，"怎么不剖腹？"

念巧说："我也想剖，不敢，万一你们家老三还想要，我得随时待命。"

亚玲和念巧都哈哈笑，代桂圆在一旁听得耳朵热：小舅还想要？大概有钱人都觉得孩子多多益善。

念巧转而说："开玩笑啦，还生，成什么了？巧彤大了，随她飞，现在来了巧彬，天意。我跟季鹏说了，老大靠天收，老二得好好教育，过去是没条件，现在有条件了，就得对孩子负责！巧彬以后得上哈佛。"

亚玲连说了两个"是"。

桂圆吓了一跳。这大志向！祖坟上不知冒没冒这道青烟。

护士进屋了，是个中年女性，特别温柔。她抱着孩子，放到念巧旁边。亚玲和桂圆都凑过去看。小鼻子小眼，跟念巧一样样。

成功人士郝季鹏大踏步进屋。这几年金融业发展不错，人们手里有闲钱，总想着怎么钱生钱。季鹏钱不少挣，最重要的是培养了成功者气质——意气风发有活力。

"姐！"季鹏打招呼。

亚玲朝弟弟点点头。桂圆叫声"小舅"。

"桂宝呢？"季鹏问。

桂宝是桂圆的亲弟弟，亚玲的亲儿子。

"一会儿到。"亚玲说。桂宝上午有个面试，亚玲没好意思说。自打上回辞了职，桂宝猫在家里半年了，始终没找到合适工作。桂圆说："实在不行跟小舅开开口，总能有个办法。"郝亚玲不置可否，缓办。当年她嫁给知青，老早就迁出本市，后来丈夫去世，女儿回来上学，参加工作，她才跟着一起回来。老家的老宅给大哥了，女儿没份！郝家兄妹仨，数亚玲最困难，但亚玲总跟桂圆说："过去，你大舅不务正业，画画，你三舅也不好好做工，就你妈我是三级铆工。"亚玲过去在机床厂上班。

桂圆敲醒她："妈，过去再辉煌也过去了，得看现在。"

"现在我腰杆子也挺得直直的！"

桂圆心想，挺得直没用，还得住在她贷款买的房子里。她奶奶有点老年痴呆迹象，这些年都是亚玲伺候。弟弟桂宝工作有一搭没一搭。家里只有她和老妈有稳定进项——老妈收入还很有限，小城市的退休金拿到大城市花，像石子投进大海，将将好够菜钱。

亚玲笑眯眯地奉承弟弟："有二娃了，以后家产有人兜着。"

"姐自己有二娃。"念巧抢话。

"哎哟,"亚玲摇颤着,"不能比,"说着她环顾四周,欣赏着金碧辉煌,"我那时候生娃是受罪,你这是享福呢。"顿了一下,又问,"巧彤呢?"

季鹏和念巧对看一眼。季鹏说:"要考试了,没让她回来。"

巧彤在韩国留学,本来要去美国的,季鹏嫌太远,去韩国来去方便。

桂圆本能地觉得不对,表妹那暴脾气,十有八九是赌气不回来。

念巧岔开话题:"桂圆,上次那个怎么样?"

城门失火,殃及池鱼。代桂圆只好应付:"那个……"她支吾。

小舅妈上次介绍那位,经济条件不错,就是长相一言难尽,还有点结巴。尽管桂圆始终告诫自己:"你年龄不小啦,抓主要矛盾。"可亲自感受一下,她还是不愿背叛自己的审美。

亚玲救场:"她矫情着呢,你再帮帮忙,留意留意,大学老师,公务员,还有那大国企的,都行。"

桂圆不喜欢老妈饿虎扑食的样子,可没办法,她现在的处境就是那么困难——大龄,未婚。老妈还指望女婿能帮衬帮衬这个沉重的家。桂圆现在唯一的优势就是有套房,其余方面严重底气不足——工作一般,也没资本恃靓行凶。用桂宝的话说:"我姐是……第三第四第五眼才能看出来的……美女。"

亚玲还在演说:"我不封建,不是说女人一定要结婚,可没娃儿不行呀!要娃儿,就得结婚!女人这辈子要没个娃儿……"

念巧插话:"大嫂不也挺自在。"

亚玲瞬间不吭声——忘了大嫂的茬儿。

"人家该穿旗袍穿旗袍。"念巧揶揄着。

亚玲转向女儿桂圆:"不是人人都有你小舅妈这福气!这年纪还能生,得多少燕窝堆着?咱没有,咱抓紧。整天忙工作,工作能忙出娃儿来?"

要在家里,桂圆早炸了,可当着外人她只能顾全大局,做个合理合法的女儿。不过老妈说的有一点对——她太忙。过去在报社工作,后来报社停刊,她为赚快钱,用自己当初那个小学教师资格证进了教育培训机构,负责管理。

这种班主任跟公办学校的班主任是两码事。她的主要任务就是督促家长和孩子多消课。因为补课通常在晚上和周末，所以桂圆下班总是很晚。

酒店马路边，穆小桃上车，系好安全带。郝冠峰问："怎么样？"

"就那样。"穆小桃兴致不高。

"去哪儿吃？"冠峰问。

"别整天想着吃。"

冠峰被顶了一下，不吭声。

"又怎么了？"

"暴发户，"穆小桃道，"是生了个金龙？要住这种地方，艰苦朴素的作风哪里去了？我跟你说，我就看不上老三媳妇，自以为高贵，她娘家过去什么样她忘了？"

"钱给了吗？"冠峰问。他不带情绪，只问核心问题。

穆小桃一摸皮包，发现忘了。

冠峰不大高兴："来就为这点事。"

"我老年痴呆！"穆小桃一辈子没孩子，所以到老还有点少女姿态，"反正我不去了。"

"给我——"冠峰拿过装钱的信封，"等着。"

"你怎么说？"

"就说路过。"

"人家要问刚才怎么不给，怎么弄？我成坏人了。"

"你还介意这个？"冠峰好笑——她当"坏人"不是一天两天了。

"解释几句，就说我出来急，钱在你这儿。"

冠峰说句"知道了"，叫她把车停到地下车库去，免得被人看到，认为他们两口子搞鬼。

冠峰下了车，又想起后备厢有幅画，是他画的《葫芦锦鸡图》。他打算给三弟和三弟妹拿过去，图个吉利。

穆小桃阻拦："行了！你是老大，用不着这么巴结，他再有钱，跟咱也没关系，咱都夕阳红了。难不成你还指望这大侄子给你养老？"

不拿就不拿。冠峰知道，执意要拿的话，回去少不了一顿闹。穆小桃是他在美术学院时的师妹，会计系系花。他们的恋爱故事够写一部书。

冠峰上电梯。上到一楼，门开了，外甥代桂宝进来，看见大舅，叫了一声。冠峰挺直腰杆子，在外甥面前，他一是要摆出大舅的派头，二是下意识地想显年轻。他虽然年近60，但一头茂密的头发彰显着他的生命力。甥舅俩没什么话，直接进包房。见老大来，除了孩子和念巧，其余都起立迎接。

冠峰单刀直入："你嫂子出门走得急，我路过，来看看。"说着把红包奉上。桂圆才想起来，连忙也从包里掏红包，朝念巧怀里塞。

念巧客气地说："不用不用……来看看就行，还给什么钱……二姐，大哥，桂圆……不用不用……"

季鹏在旁边看着，微微笑。这是他的专属幸福。

突然间，"咣当"一声巨响，好像天被劈了个口子。郝季鹏下意识地叫嚷："怎么回事？什么服务！地震了？放肆！吓到产妇你负得了责吗?！"

众人探着头朝玄关方向望。门口的不速之客面目狰狞，像要吃人。

桂圆揉揉眼睛，才看清来者何人。亚玲率先叫出来："我的乖乖！"

002 / 深了浅了

郝巧彤还没来得及"行凶"，就被众人拉扯住，被安顿在隔壁小房间。孩子和念巧是重点保护对象。月子会所工作人员严防死守。这显然成了一桩事件。

大人们围着巧彤。巧彤不时发射出犀利尖叫，刺人耳膜。季鹏不惯着女儿，举起胳膊要打，冠峰连忙拉住，亚玲喝道："有理讲理！不许打人！"

巧彤嘶喊："打！打！打死女儿还有儿子！"

桂圆和桂宝站在一旁。桂圆神色凝重。桂宝表情轻松——难得看好戏。

冠峰把季鹏拉出去。亚玲让桂宝去按住小舅舅，桂圆去安抚小舅妈。房间里只有姑侄俩四目相对，巧彤悲从中来，抱着姑姑的水桶腰哭得乱七八糟。她是连夜从韩国赶回来的——老妈生了二胎，她这个做女儿的竟被蒙在鼓里，念巧的闺蜜厉阿姨发朋友圈，巧彤才得了消息。简直是晴天霹雳！从怀到生，没人通知她，更别提商量，好像她完全不是这个家的成员。

"说都没说！说都没说！"巧彤鼻子发囔。

亚玲一时也不晓得怎么安慰，只好拍巧彤的背，再抚摸，平息她的情绪。

巧彤声泪俱下："姑，是不是女儿就不是人，儿子才是亲生的?! 怎么就不能让我知道?! 怕我图财害命?!"

亚玲一边安抚，一边说要去趟厕所——她得先掌握情况。她把桂圆叫来安抚巧彤，然后钻出屋子，见季鹏在楼道里逡巡，一把将他拉到楼梯间。亚玲摆出姐姐的姿态："怎么回事？你要二娃，没跟彤彤说？"

季鹏摊手："没来得及嘛！念巧反应严重，光顾这头了，彤彤学习任务重，过年都没回来。"

"娃儿不是一天生下来的，你这准备工作，十个月总能做好。"

"姐，你去劝劝，彤彤最听你的。"

"劝？理由呢？"

"你就说，怕耽误她学习。"

"你信吗？"

季鹏跳脚："老子要生孩子，还得通知闺女？无法无天！去留学闯了几次祸？几门不及格？老去夜店，不都是我帮她兜着！她妈要知道，早给她弄回来关禁闭了！反了她了！"

亚玲见三弟着急，只好先包住火。她对家里的事热心，最喜欢协调各方矛盾。遇到眼前这种情况，郝亚玲更要大显身手。

高级月子房里，穆小桃站在念巧的床前一言不发，她见冠峰老不下来，也跟着上来了，正好目睹世界大战。

亚玲快速走进来，一边责备一边灭火："巧儿，你们就不应该瞒着彤彤。"

念巧欠着身子："旁敲侧击过。"

"然后呢?"

"强烈反对。"念巧说,"所以干脆没告诉她。这一年她在外头野,没回来。都是天意。"

"彤彤现在有想法。"

念巧知道亚玲是能人,连忙拜托:"二姐,只有你能做工作。"

亚玲看了一眼穆小桃。穆小桃立刻摆手:"我不行,我没经验。"

念巧和刚进来的季鹏都双手合十。

"我去说,深了浅了别怪。"亚玲说。

隔壁小房间里,桂圆和巧彤面对面坐着。巧彤跟表姐倒不胡搅蛮缠,她知道没用。桂圆也不晓得怎么劝。她有弟弟,当然知道有弟弟的好,但更知道其中弊病——打小什么好东西肯定让给桂宝。巧彤现在更严重,姐弟俩相差快20岁。

郝亚玲快速进屋,她让桂圆出去,把门带好,不许任何人进来,然后给巧彤倒了杯水,起头一句:"冤案。"

巧彤一愣。

亚玲接着说:"乖乖,错怪你爸妈啦!"

巧彤毕竟年轻,见二姑慈眉善目,总不好继续发作:"不冤。就是不把我当女儿。"

"你是觉得,爸妈生孩子没告诉你,你没受到尊重,觉得爸妈不爱你了,是这样吗?"亚玲开启心理辅导模式。

巧彤不吭声。

"你到底同不同意他们生二娃?"亚玲循循善诱。

"坚决不同意。"

"原因呢?"

"习惯了,多少年我都是独一个。"

"一个人太孤单,你就不想有个兄弟姐妹陪伴?"

"强加的陪伴,不接受。"

亚玲换个坐姿，刚才用左屁股承担身体重量，现在换成右屁股："二姑说个严肃问题，我，你大伯，还有你爸妈，一天天老了，这是必然规律，将来两个老人要是有点问题，你还可以有个人一起商量，一起分担。"

巧彤道："我可以承担，也乐于承担。而且，除了少许的陪伴，说白了不就是钱吗？我们家缺钱吗？他们养老有困难吗？"

这句话撑得亚玲发愣。此处她没做到换位思考。她自己是有养老困难的，老三家没困难。

巧彤反攻："姑，你说说，桂宝哥给你的困难多还是好处多？他都找我借过钱。"

亚玲脸上挂不住，但还得强撑："身边有个人还是不一样，哪怕是个草包。你没到岁数理解不了。"

巧彤索性说个痛快："多大了，还折腾！等那娃儿上小学，他们都能做爷爷奶奶了！孩子别扭，他们别扭，我也别扭！这样娃儿能健康成长吗？"

"现在人老得慢。"亚玲明显处于下风。

"再慢，该多少还是多少，骗得了别人骗不了自己！"

亚玲换一副口气，也换个角度："彤彤，有些话不该姑姑跟你说，本来也不能明说。"

巧彤定定地看着姑姑。

"你以后是要嫁人的。"

巧彤不明白怎么突然说这个。郝亚玲轻声说重话："咱们郝家，你大伯没生儿子，我生了儿子，但也不姓郝，任务都压在你爸身上。"

"传宗接代？什么觉悟？！"

亚玲好声好气："我也是女的，我明白里面的苦，这话只能姑姑关起门来跟你说，你爷爷生前跟你爸下过死命令，你爸必须要个男孩。"

"这么多年都不要，非现在要？"

"过去条件不好，得全力供你，"亚玲见缝插针，"而且你爸妈都在公家单位，要生孩子，工作就没了。"

巧彤有些发蒙。

亚玲乘胜追击："彤彤，好多事情，姑姑看得真，你别以为有了二娃你这大娃就不重要了。"

巧彤泪眼婆娑："他们爱我吗？"

"肯定爱。"

"是自私！是打着爱我的名义自私！他们考虑过我的未来吗？我跟他相差快20岁，将来万一爸妈有个三长两短，我就得当他的妈！我不做扶弟魔！我不做扶弟魔！"彤彤张牙舞爪。

"彤彤！"亚玲终于耐不住性子了。

郝巧彤被姑妈的声波功震住，不嚷不动，眨巴着一双大眼睛。

"我就是两个娃儿的妈！"亚玲现身说法，"单亲妈妈，上头还有老人，我可以捂着心口告诉你，可怜天下父母心！终有一天你会明白，天下没有不疼孩子的父母，父母宁愿苦自己，也不会让孩子受苦。你也说了，你桂宝哥不争气。那说明什么？只有孩子对父母自私，没有父母对孩子自私，父母对孩子永远都是单向输出！"

"大伯就不要孩子。"巧彤说。

"都不要孩子，哪来的你？！"亚玲追击。

看到姑妈说得那么咬牙切齿，巧彤怕再说下去她老人家得犯心脏病，只能鸣金收兵，两手收着放在腿面上。

亚玲道："今天怎么着也是你不对占多数，这么闹哪行？你是姑娘家，再有意见，也只能来文的，不能来武的，得有家教。咱们郝家的姑娘，不说温良恭俭让，起码的礼数要有！这么李逵似的劈进来，你妈、你弟弟要有个万一，你后悔一辈子！"

巧彤伸食指堵住耳朵眼儿，她不想听"弟弟"二字。

"不许闹了！跟你爸回家，再想想。"亚玲做总结。

巧彤简单表态，亚玲这才出门去跟季鹏说调解结果。"暂时盖住了。"郝亚玲说。

得知女儿消停，季鹏和念巧舒了口气。

亚玲说："慢慢教育，消化消化。"

穆小桃道："要不，让彤彤去我那儿住两天？"

念巧连忙说："还是让她爸带回去。"她怕彤彤去大伯家被洗脑当丁克。

在生育问题上，穆小桃始终站在念巧的反面。打年轻时候起，穆小桃和冠峰就没打算要孩子——轻松，自在，实现自我价值。冠峰在事业上冲得的确猛，穆小桃全力辅助，夫唱妇随。不过据亚玲说，40岁上，他们好像后悔过一次，但来不及了——过去医学不算发达。念巧不止一次跟季鹏讨论过大哥不生的问题。念巧怀二娃的时候抚着大肚子说："就是自私！来到世上，哪能只为自己活！你看看，大哥奋斗大半辈子，挣了两处院子，以后给谁？"

季鹏道："咱不想。"

念巧拉长调子："哎哟，郝季鹏，就是他给，我都不会要！我可不想我儿子鞍前马后伺候旁人！"

季鹏又说："大哥大嫂都安排好了，百年之后都捐出去，做慈善。"

念巧说："活得真轻松。你们郝家的压力怎么都到你身上？你是功臣。"

"不怕压力。"

"那你生！"

季鹏连忙来哄。

念巧道："我可跟你说，二娃的教育你得听我的。彤彤你也看到了，我这心里难受。"

"挺好的嘛，女孩富养。"

念巧语重心长："咱们是怎么起来的？"

"苦干。"季鹏说。

念巧白了他一眼："是教育。教育改变命运。当年咱俩要没上大学，现在什么样？"

"那是。"

"教育投资的回报率是最高的。"

"彤彤也上大学了嘛,也不指望她怎么样。"

"她那是什么大学你心里没数?"念巧说,"钱堆起来的,有真本事吗?二娃将来要有真本事,真材实料,要能出去跟人竞争。有点危机感好不好?逆水行舟,不进则退,反正我儿子要上哈佛。"

"你怎么知道是儿子?"

"就是知道!"念巧打包票——她托关系照了B超。

为了这一天,念巧这几年可受了不少苦。过去不能生,现在突然解禁,可以生二胎,生二胎的执念爆发。没告诉彤彤是存心加意外的共同结果。两口子都没料到女儿反应如此强烈。

桂圆陪着大舅妈又安慰了巧彤一会儿,巧彤暂时休战,亚玲劝她先跟老爸回家。念巧和二娃在月子会所且住一阵,等巧彤回韩国,天下太平。

"彤彤,"亚玲轻轻拍侄女的脸,"咱们走啦,好好的,没什么大不了。"

郝巧彤躺在沙发上,仰面望着天花板。从现在开始,哦不,从几天前开始,她再也不是"独一个"了。她有个弟弟,跟她相差19岁半。

003 / 等不起

"胆子太大了。"车刚开出几米,穆小桃就说。

"是不像话。"冠峰附和。

"不是说彤彤。"穆小桃道。

"是,老三两口子也不像话,"后视镜里,冠峰的脸色不好看,"老大不小,胡折腾。"

穆小桃举起左手:"我可对他们生二胎没意见,生不生,生几个,是个人自由,反正有因就有果,自己作自己受。"

"那谁胆大?"

"念巧,"穆小桃侧过身子,"全职三年了,这生了孩子,又得六七年不接触社会,以前是全职太太,现在当全职妈妈,胆子还不够大?"

"老三不愁钱。"

"有钱才更要当心。"穆小桃说。

冠峰不往下讲，毕竟一个门里的，他还是维护季鹏。而且，这么多年他怕在穆小桃面前提孩子。这次老三媳妇生产，他本不想让小桃来，免得受刺激。谁知小桃主动要来，反倒不让他来。

老实说，冠峰和小桃这么多年做丁克，舒服自在，该玩的玩了，该吃的吃了，该享受的享受了，什么也不缺。但随着年龄增长，两个人似乎都有点变化，不过他们都在回避这个问题。他们都不喜欢过年，说太热闹。因此，逢年过节他们一定往外跑。去年春节他们去了挪威，看极光，发朋友圈，一片叫好——都夸他们是神仙伴侣。小桃现在提"胆子大"的问题，冠峰的理解是，她虚晃一枪——对别人生孩子不痛快，但又不能明说，所以往全职太太问题上引。冠峰理解、配合、纵容。穆小桃是他老婆，宠了半辈子，也算半个女儿。

冠峰出神，车身歪了一下。

小桃连忙提醒："喂！"

冠峰握紧方向盘。

小桃道："我还想长命百岁呢。"

冠峰"嘿嘿"两下。

本来能顺大哥的车，可郝亚玲怕被嫂子看不起，还是拖着桂圆、桂宝坐地铁。有个座，亚玲连忙抢了，让桂圆过来。桂圆不肯，于是还是为娘的端坐。

桂宝站在车厢接缝处抱怨："妈就是自相矛盾，有车不蹭，奶奶还在家呢。整天就知道让你找有钱男的，让我找有钱女的。"

桂圆朝弟弟身边靠了靠："小点声。"

桂宝坏笑："姐，你不找我可不敢找。长幼有序。"

桂圆被刺了一下，反击："我可以不找有钱男的，你必须找有钱女的。"

"为啥？"

"你现在啃老，以后啃老婆。"桂圆下狠料。

桂宝拖着调子："我这才休息了几个月。"

"换了几份工作了？"

"都怪妈，跟小舅打个招呼，什么工作没有？现成的关系不用。"

"妈好强，恨铁不成钢，逼着你自食其力。"

"跟外人客气，跟咱倒不客气。"

"大家和小家能一样吗？"桂圆说，"我要是你，我就为这个家争争气。男人得对自己狠一点，整天吊儿郎当，什么时候能把门头顶起来？"话一说就多。桂圆对弟弟的事业发展也不满意。

桂宝不想再听，背过脸去刷手机。桂圆看着弟弟，跟老妈一样惆怅，从小她就指望弟弟能挑大梁，做大事，往前冲。结果他从小就什么都凑合——成绩凑合，工作凑合，长大了直接对接佛系。桂宝常说："姐，你还有希望，我没有。"桂圆不懂他的意思。桂宝解释："男的靠婚姻翻身不切实际，女的还有机会。"

桂圆抢白："男的靠什么？"

桂宝说："靠天赋，靠祖上，要么特别聪明，要么特别帅气，要么特别有钱。咱家没祖产继承，一穷二白，我只能安贫乐道。"

桂圆想批弟弟，话到嘴边又不忍心，弟弟说的也是实话。公司同事拼了命买学区房，拼了命上好的小学。据说想进名小学，拼爹都不行，得拼爷爷！亏得她省吃俭用东拼西凑当机立断早早买了房，不然眼下扒了皮也付不起首付。在只有一丁点钱的时候借钱买房，是桂圆认为她前半生最明智的事。

桂宝原本就是计划外的产物。当年郝亚玲意外怀孕，医生说她有严重的低血压，流产可能诱发流产综合征，导致休克。亚玲和老代一合计，保命要紧，还是把桂宝生了下来。罚钱呗。

季鹏和念巧就没这种幸运。十几年前，生二娃就丢工作，两人不敢动。如今中年得子，了却心愿。不过想让大女儿巧彤想明白可不容易。

"想去哪儿吃？"季鹏讨好女儿。

"饱了。"巧彤不买账。

"去商场逛逛?"

"别乱花钱,"巧彤不看爸爸,暗讽,"以后花钱的地方多着呢。"

季鹏见风头不对,不往下说了。其实巧彤这么一闹,他觉得对不住女儿,想补偿,又无从做起。家和万事兴,他觉得有必要先把女儿的思想工作做通。郝季鹏一边开车,一边想辙。

到家,小时工李姐做好了饭,简单打扫,就打算扯掉围裙下班。她做了很多年小时工,是这个行当里的人精。

见巧彤回了自己屋,李姐微笑着说:"郝老师。"

季鹏说:"没什么事可以下班了。"

"郝老师,"李姐又靠近了一点,从围裙前兜里掏出个小红包,"一点意思,恭喜啊,大胖小子有福。"季鹏连忙拒绝。李姐坚持,说:"就是一点意头,是个好彩,郝老师不收就是嫌我们。"季鹏只好收下。

家里座机响,季鹏刚按下接通键,就传来一个男人豪放的声音:"行呀你小子!什么时候摆酒?"

巧彤出来找水,白了爸爸一眼。父女俩就这么别别扭扭吃了饭,别别扭扭各忙各的,直到晚上9:30,郝季鹏才给女儿发了一条微信:"记得步叔叔吗?"

季鹏的哥儿们里是有个姓步的,巧彤知道,但她不回复。

"得白血病了。"季鹏的第二句。

这倒是个新闻。巧彤还是憋住。

"幸亏有个哥,捐了骨髓,救过来了。"季鹏步步深入。

巧彤明白了,回复:"意思是,生二娃是为了防止我得白血病没人捐骨髓?"

季鹏回:"没那么极端。有个弟弟肯定比没有强。"

巧彤反攻:"你为妈着想过吗?"

季鹏打了个问号。

"妈多大了,这种年龄生孩子对身体是一种巨大伤害,就是坐再豪华的月子,也恢复不过来!生了还要养,哪有这么多精力!"

季鹏对答:"爸爸一个人工作能养活全家,这个你不用考虑。你放心,我肯定一碗水端平,将来家产一人一半,稳稳的。血浓于水!你现在不理解爸妈的战略安排,等有朝一日我和你妈都不在了,你就会明白这个世界上还有一个跟自己一个爸一个妈的弟弟存在是多么温暖!"

巧彤反问:"那整天电视上播的那些个,老人死了之后打呀闹呀的,都不是亲兄弟亲姐妹?"

"那是还没到时候,老了都怕孤单,再过几十年你试试?你妈和我都干不动了,家里就得指望你,你就是顶梁柱。"

"这谁挑得起来?"巧彤回了个哭脸。

季鹏见巧彤犹豫,趁热道:"人不能选择自己的家庭,这辈子咱们是一家人,就是缘分,就要抱团,这就是命!别说咱们家条件不错,哪怕是很差,要饭,你都得一手端着碗,一手牵着弟弟,讨一口馍馍,你得分他一半。好女儿,我知道你心善,搞不好到时候你自己不吃,都会给弟弟一口饭。你长大了,成熟了,有自己的看法了,那就该担当起责任来。爸爸看好你。"

谈话到此为止。郝巧彤不回复了,手机朝被子上一甩,脸朝下,一动不动。她心累,明明是人祸,老爸非扯成天灾。巧彤现在就一个想法,早点长大,早点毕业,早点从这个家脱离出去。

* * *

房子是桂圆买的,买的时候是小两居,硬改成小三居。桂圆和弟弟一人一个小间,能放单人床,外加电脑桌、简易小书柜。她比弟弟多一个福利——窗户靠南,能见到阳光。老妈亚玲和奶奶住主卧,床、柜子、杂七杂八放得满满的。客厅只留一片地方当饭厅,够摆一张大桌子,几把椅子。

晚饭后半小时,基本在《焦点访谈》结束的时候,是郝亚玲给婆婆做按摩的时间。几年前老人小中风过,亚玲一直坚持遵医嘱按摩。桂圆要在家,母女俩一起,桂圆要不在,亚玲单干。桂宝很少帮忙,亚玲嫌他干活儿不利索。

老人对亚玲这个儿媳妇100个满意,走到哪儿,宣传到哪儿。左右门邻,乃至居委会的人,都知道郝亚玲是个孝顺儿媳。

亚玲揉完一条腿,老太太已经睡着了。亚玲额头微微出汗。桂圆在旁边陪着,说了句:"我来。"

亚玲自自然然说起白天的事:"招呼都不打一个,难怪彤彤受不了。"

桂圆说:"招不招呼有区别吗?彤彤在家里根本没有话语权。"

亚玲坐下来休息。桂圆上前,揉奶奶的另一条腿。

"关键年龄那么大了。"亚玲继续说。

"生物学说,只要月经没停,就能生孩子,"桂圆偏着头,"这十年小舅和小舅妈那么发达,不要个孩子,谁来继承家业?彤彤肯定是担不起来,生二娃就是要找人兜底。"

亚玲说:"我还以为今天不痛快的会是你大舅妈,彤彤杀出来也好,解围了。"

"大舅妈不会在乎这个。"

"哼哼,缺什么想什么。"

"人家那是主动选择的结果,这辈子就活自己,潇潇洒洒。"桂圆跟妈妈把话说开,"要论生活质量,这三家,哪家能比得过大舅?去过挪威吗?看过极光吗?反正我是连欧洲长什么样都还不知道。"

"欧洲美洲,我看不都如咱们这每天一碗粥,"亚玲半抱怨半不抱怨,"踏踏实实地过日子,麻烦不来找,你别自找麻烦,年轻的时候潇洒,老了呢?"亚玲努了努嘴,朝着桂圆的奶奶,"要像这样呢?"

"请保姆呗。"

"保姆能跟自己儿女比?给你揉给你按?尽心尽力不起坏心眼?"

"生娃儿不能图养老,那是自私。"

"哦,我真像你奶这样,你真不管我?撂床上等死?烂掉?臭掉?"

"妈——"桂圆头皮发麻,那画面想想都恐怖,"别老往自己身上扯,老那么极端,人有多种活法,也不是个个瘫痪在床、中风痴呆,别自己吓自己。"

亚玲正色:"我可跟你说好,你不准有别的想法,不准有别的活法。条件也不允许！你大舅那儿少去，弄得跟传染病似的，一个传一个。"

桂圆小声反驳："那都可着劲生，地球还爆炸了呢……"

亚玲更来劲："你要是男的，丁到什么时候我都不管！有后悔药呀。可你是女的！过了35岁就是正牌高龄，再往上走，跟攀登珠穆朗玛峰似的，空气越来越稀薄，难上加难。明白不？"说得跟她登过珠穆朗玛峰似的。

桂圆不吭声。

"你听我的，赶紧。你等不起！"亚玲的声音越来越大。

004 / 同 盟 军

桂圆被念得心里发毛，火也上来："能不能不提这个？我不积极吗？我说过不结婚吗？我渴望结婚，想要自己的家庭，也好从这个逼仄的小空间搬出去，过自己的人生。"停一下，补充，"上个月相亲六次！"

"有两个挺合适。"亚玲说。

"要结婚的是我！"

"降低标准。"

"还不够低？只要有正经收入，是正经人，能正经过日子，长得还算正经，就行。这是社会问题，大城市适婚的女人太多，条件好的也多，男的少。狼多肉少，你女儿我拼不过人家。"

"把你弟弟先弄出去也行。"

"房呢？"

"入赘。老代家该绝。"亚玲脖子拧向一边，仿佛已经做了老大牺牲。

"您真舍得？"

"舍不得孩子套不着狼。咱家这个格局，得破一破，多少年了，没丁没口，就咱娘儿四个一窝窝。愁人！三十而立，三十而立，一个都没立起来！"

"左璐瑶算立起来了吗？"桂圆问。那是桂圆的同学，单身，有独立住房，父母都不在了。

"没有。女人未婚、没娃儿,都算没立起来。"

桂宝打房门口飘过。亚玲眼尖,说了句"过来",让他替换姐姐。桂宝只好领命。刚下手,重了点,老太太醒了。亚玲只好上前招呼:"妈,您继续睡。"低头看桂宝,越看越愁心。桂宝用余光捕捉到老妈的犀利眼神,背脊发凉:"妈,您别这么看着我,瘆得慌。"桂圆发笑。

亚玲叹息:"当初要生两个女孩,准比现在强。"

桂宝抗议:"妈,你这怪了,小舅还想要男孩呢。"

"你妈没本事,没能力给你备房子。"亚玲直说。

桂圆和桂宝异口同声:"妈——"

老奶奶醒了,慢声慢气:"实在不行,就把老家那房子拿去用……"亚玲没法说。老家那房子要拆迁,得不了多少钱。

桂宝劝:"别想那么多,还有饭吃嘛。"

亚玲见儿子如此松懈,发急地说:"等我死了,你屁都吃不上!"

桂宝嘀咕:"刚吃过饭……"

亚玲脱口而出:"事业爱情两朵花,不要求多,你起码给我开一朵!"

"姐还没出去呢……"

"少扯我!"桂圆自保。

"各人管好自己!"亚玲总结,"都努力,都进步!都得往好了过!"

* * *

送客送到院门口,冠峰夫妻俩都挥手,跟客人说再见,脸上还有招牌式的笑容。关上院门,一转身,郝冠峰显出疲态。穆小桃还要收拾,太晚了,小时工不可能来,穆小桃又不愿意客厅乱糟糟的,只能亲自动手。

她现在相当于是郝冠峰的经纪人。冠峰作画,她托人送到画廊展出、售卖,中间许多关系路子都是她去维护、打点。这一拨客人就是金主,买了画还不尽兴,非要见画家真人。考虑到金主实力雄厚,穆小桃只能安排。一应酬就是一天。

冠峰坐在沙发上,前额耷拉着一绺头发,有几分颓唐。穆小桃拿腿轻轻踢了他一下:"去洗澡。"

"茶喝多了,睡不着。"

穆小桃迅速收拾着。这么多年,她把冠峰照顾得不错。外人背地里总说,郝冠峰两口子显年轻,是因为没有孩子费神,但面儿上都夸穆小桃的妥善照顾。"冠峰没小桃姐不行!"这是朋友们惯常说的一句话。

"怎么了?"穆小桃觉察出她男人情绪上的异常。

"没事。"

"从人家进门你就不痛快。"

"不要胡思乱想。"

"骗别人可以,骗我,门儿都没有,"穆小桃说话利索。

郝冠峰头向后仰:"要那么多钱干吗?"

这话触怒了小桃。不,不光是触怒,是震撼,于无声处听惊雷。其实穆小桃心里有数,自打看完老三老婆生的孩子,郝大画家就有点不痛快。这不痛快形若鬼影,一般人发现不了,但逃脱不了穆小桃的火眼金睛。两个人30岁认定做丁克,40岁反悔,然后又坚定信心一直到今天。他们说定了,这辈子,你只有我,我只有你,谁先死,另一个打理后事。穆小桃老爱说:"什么孩子不孩子!时间有限,青春珍贵。"好在冠峰有书画事业,这么多年穆小桃和冠峰都围着书画事业转。直到念巧生二胎,穆小桃感觉大大地震撼了一下,推己及人,她理解冠峰,偶尔的失落可以接受,但冠峰把情绪带到工作中就不好了。暗点不行,她决定明着聊。

洗好弄好,两人上床,并排坐着。穆小桃卸了妆,有点憔悴,头上还绷着粉红小兔子发带。隐形眼镜取了,瞬间双目无神,但不耽误谈话。她拿着本《八大山人画集》,摊开着,里面的鱼和鸟都翻着白眼。

冠峰坐着不动,突然间叹了口气。

"还没过去呢?"穆小桃合上画册。

"什么?"冠峰没反应过来。

"我说,你还没过去呢?"

"过去什么?"

"老三老婆。"穆小桃懒得叫念巧的名字。

"她怎么了?"

"生娃儿。"

"什么意思?"

"人家生娃儿,你受刺激。"穆小桃这才点明。

"一派胡言。"

"那你失落什么。"

"换季,状态不好。"冠峰说。

"后悔了?"

"别神经过敏!"冠峰的腿蹬了一下,像膝跳反应。

穆小桃不往下追问,点到为止。把人逼急了,会起反作用,主要目的是敲打,日子还要两个人过,适可而止。

穆小桃不出声,故意摆出弱势群体的样子,躺下,戴眼罩,塞耳塞。过了好一会儿,冠峰才来抱她。

"别多想。"冠峰的声音像游蛇,藏在黑暗里。

穆小桃不作声。又过片刻,她的肩头有节奏地微微颤动——哭了。冠峰隔着被子能感觉到。眼泪就是回答,冠峰必须表态:"都没有的事!"他是艺术家,很有表现力。

穆小桃忽然收泪,又强势起来:"多少年的夫妻了,要真诚以待,有什么想法不妨摊开来亮明了说,我都没关系。"

"是有点事。"冠峰不得不找点别的事搪塞。

"什么?"

"本来不想跟你说。"故布迷阵。

"说。"穆小桃坐起来,打开灯。

"秀云邀请我去雁荡山……采风。"

"去呗。"小桃放松警惕。

"就一个名额。"

"你去,我不去。"

张秀云是冠峰的师妹,红颜知己。年轻时候,穆小桃对她严防死守。如今年纪大了,穆小桃反倒认为有秀云这么个人在挺好,至少可以调剂她和冠峰婚姻生活的无聊。穆小桃始终认为张秀云的丈夫跟她不谋而合,持同样态度。年轻的时候没越过雷池,现在年纪大了,给她雷池她也越不过。越过了又能怎样?!无关痛痒,不妨大局。穆小桃心放肚子里。

"你真同意?"冠峰故意说。

"去一年我都没意见。"穆小桃很大度。

"还是一起吧。"

"别,"穆小桃说,"我又不懂画,不明白山水,碍手碍脚,人家只邀请你一个,我跟着,显得我太不大度。"

这一劫算过去了。两个人再没谈季鹏和念巧的事,也没说娃儿,也没提钱。他们早财务自由了。穆小桃卖画是觉得有必要帮丈夫扩大影响。这些画就是他们的娃儿。

桂宝工作的事,亚玲不是没放心上,没有比她更着急的。亚玲本打算趁着念巧生二娃,季鹏高兴,找个合适机会提了。可没想到彤彤半路杀出来,闹得个天翻地覆。她不好再给老三找麻烦。

实际上,亚玲一直不好意思找三弟办事,当年季鹏跟念巧结婚,郝亚玲坚决反对。念巧没什么嫁妆,人也强势,亚玲认为弟弟跟这样的女人结婚,她妈会受苦。老母亲对穆小桃已经100个不满意,老三的儿媳妇是最后一锤子买卖,不容有失。怎奈季鹏和念巧硬是情比金坚,宁愿跟家庭断绝关系也要在一起。念巧嫁进来没几年,老母亲去世,又过了十年,季鹏离开单位,夫妻合营单干,小家庭开始起飞。客观分析,季鹏的发达多半是赶上了好时代,但主观上念巧都归功于自己旺夫。明里暗里,她喜欢在大姑姐郝亚玲面前提当年的事,以反复证明亚玲当年的错误。要在头20年,亚玲一定大声反驳,搞不好还暴跳如雷。她是工人出身,直来直去。但20年磨下来,什么锋芒也没了。

谁让老三富贵逼人呢。亚玲忍着！

亚玲想从大哥身上着手。只是大哥在文艺系统，桂宝学的是机械制造，鸡皮粘不到鸭身上。可逼急了，也只能死马当活马医。亚玲没给冠峰打电话。这事不能刻意，得装作不经意。这日，亚玲"不经意"走到大哥家的小院，拎着袋粽子，全是自己做的，蜜枣馅，大哥大嫂都喜欢。

她平时不大往冠峰家来，她跟念巧不一样，念巧是讨厌穆小桃的矫情，亚玲是怕见这个宅子。标准的小四合院，种着柿子树、玉兰花、石榴、葡萄，这是郝亚玲梦寐以求的居住环境，可偏偏与她无关，每次目睹，总是痛苦。大嫂还特别喜欢跟人介绍这宅院，来一次说一次，每次似乎都有新鲜花样。比如这回亚玲到访，小桃就一个劲嚷嚷院子里蹿进来黄大仙的事。

"那么大！"小桃用手比画着，有新生儿大小，"它看看我，我看看它。想来偷鸡，可惜没有，梁上那两块腊肉，随它吃。黄大仙得罪不得。这地方还能见到黄大仙，真是，啧啧……"

亚玲只能附和："见到黄大仙，带财。"

小桃立刻说："你讲对了，你大哥刚出了几幅画。"

亚玲当然明白大嫂反复说黄鼠狼的关键点，家里有黄鼠狼，很有优越感。这可是市中心，还能有黄鼠狼上门，说明什么？那叫人和自然和谐相处！只是亚玲不明白，家里不是养着狗嘛，叫毛毛，一条不大不小的黄土狗。老大两口子偏抬举它，弄得跟土皇帝似的。毛毛对亚玲不友好，每次来它都"汪汪"叫好久。亚玲不相信毛毛能容得下黄鼠狼。

说完黄鼠狼又说画，话里话外，亚玲才弄清楚，大哥出差了。她白来一趟，敷衍敷衍大嫂也好。聊着聊着，小桃忽然问："老三那儿你又去过没有？"

亚玲怔了一下，连忙说"没有"。看似不经意的一句话实际是考验，是跟谁做同盟军的大事。亚玲有成算，为了桂宝的工作，见人说人话，见鬼说鬼话，反正今天她得跟大嫂站在一边。

005 / 重 塑 人 生

"自找麻烦。"小桃沏茶。

"唉。"亚玲气叹得长。

"彤彤可怜。"

"是。"亚玲同意。

"这老三两口子年纪不算大,思想却比我们还老旧,"小桃开批了,"儿子能管你什么?"

"就当为社会做贡献。"亚玲忍不住维护念巧一句。

"什么贡献?添个吃饭的,还引发家庭矛盾,"小桃两眼瞪着,"该生娃儿的得是桂圆这样的。一把年纪瞎起哄,显得自己能耐?!"

亚玲揣摩大嫂话里的意思。难道……她还来月经?反正她郝亚玲早停了。说不好……大嫂日子过得舒爽,没准还没……

"桂圆有动静没有?"小桃开始关心桂圆。

桂圆的爱情和婚姻是家里人永恒的谈资。那感觉仿佛一群人围观一个站在悬崖边上的人,就看什么时候跳,跳了会怎么样。

"纹丝不动。"

"得动!"

"接触不到人。"

"相亲呀!"小桃激动,"还是太老实。"

"真没办法,我两眼黢黑,摸不着人家的辫梢子。"

小桃自告奋勇:"我留意留意,就是我周围全是搞艺术的,没谱,"又一笑,微微露齿,"反正我是吃了一辈子艺术家的苦,可不想把桂圆往火坑里推。最好找理工科,老实,不求多有本事,对桂圆好就行。"

"可不。"亚玲持保留意见。她指望桂圆一人得道,他们鸡犬升天。可在人家的地盘上只能听人家的，必须附和。

"桂圆现在就一个优势。"

惨了点，才一个。亚玲仔细聆听。

"自己买了房。"小桃往下说，"有底气。"

亚玲颔首。这是桂圆前半生唯一的巨大成功。

小桃忽然捏着嗓子："听说老三什么没有？"她把亚玲当自己人。

"老三？"

"念巧怀这胎，拼了有四年，中间还刮掉一个。"

亚玲知道这个，但没觉得有问题。"是受苦。"亚玲说。

"你没觉得有问题？"

"哪方面？"

怎么点也点不透，小桃着急，轻轻"啧"了一声："你想，拼了四年，一定要生，而且一定要生男孩，代表什么？"

亚玲脑子转不过弯，她生活里没这种事，经验匮乏。

"念巧和老三关系怎么样？"小桃步步深入。

亚玲这才明白了。仔细回想，似是而非。说好，好得跟刚结婚似的，说不好，仿佛有一阵挺冷淡。亚玲沉吟，若有所思。

穆小桃说："命都不要，都得生儿子，老三媳妇根本不是顺产，说是大出血，所以隔了好一阵才通知我们去。"

越说越玄乎，像悬疑小说。

小桃"哼哼"两声："这夫妻夫妻，过到最后，哪里还有激情爱情热情？我看呀，这二娃就是一块五彩石，老三媳妇是学女娲补天呢。没办法的办法。"

亚玲脑海里浮现出过去的大铝锅，烂了洞，去铁匠铺补一个疤疤。亡羊补牢的意思。

"钱闹的。"亚玲往这上面归结。男人有钱就变坏，她始终秉持这个观点，对弟弟也不例外。

小桃总结："像你大哥这样老实本分，一心奉献艺术，没有其他想法的男人,还有几个?"

"嫂子命好。"

"好命也是自己积的福德,"小桃伸出老巴巴的手,的确有点憔悴,"看看,这就是艺术家老婆的手。"

姑嫂俩又聊了一会儿,亚玲还是没开口说桂宝的事,说话间就要走。

小桃非要给亚玲展示自己的画。近水楼台当然要先得月,她也开始学画了,仿八大山人。

画铺在大案上。小桃问:"怎么样?"

亚玲远观近看,瞧不明白。是水墨画,整个画面上就一条鱼,好像是罗非鱼,翻着白眼。亚玲只能照实描述:"是鱼。"

"再看看。"小桃循循善诱,仿佛在教艺术欣赏课。

"是鱼。"亚玲又说一遍。

"是鱼,看看这鱼有什么特点。"

亚玲吸气,努力研究,最后总结:"这鱼是不是有点斗鸡眼?或者白内障?"

小桃哈哈大笑,拍着亚玲的胳膊:"有艺术细胞!这就是我对世界的态度!不满意不喜欢的,就翻他个白眼。"

亚玲实在心累,又坐了一会儿,终于告辞。小桃带着小狗毛毛送她到院门口,不忘叮嘱说今天关起门来聊的话,谁都不能说。毛毛又朝亚玲叫了两声,也许算送别。亚玲两手都拎着东西,小桃非让她带上,有茶叶、银鱼、莲子、风干肉,都是别人送给冠峰的。

*　　*　　*

季鹏抱着儿子巧彬来回转悠,房间铺着地毯,每一脚踩下去跟踏在云上似的。念巧嫌烦:"坐会儿,别老晃。"

"这小子一坐就哭。"

"哭就哭会儿,习惯就好。"念巧口气很急。

季鹏只好坐在皮沙发上,跟念巧的床距离几米。

"彤彤什么时候走？"

"明天。"

"就这样了？"念巧忧心母女关系还没修复。

"没事，你不也说了，习惯就好，慢慢消化。"

念巧有点抱怨："回来一趟，就看我一次，恶煞似的。"

季鹏逗小儿子："儿女是债，无债不来。"

念巧憋着气。实际上，内心深处她老觉得对不住大闺女。当然，巧彤自身有点问题。智商不高，脑子还可以——在念巧看来，智商和脑子是两码事。智商是用来读书的，这方面巧彤死活不开窍。再往前追溯，念巧认为是彤彤的早期智力开发做得不好。女儿三岁之前，她和季鹏都忙事业，女儿三岁到六岁，他们忙得更厉害，别说跳舞唱歌奥数钢琴，就是几句唐诗，巧彤也背不了。等再大一点，再想往里灌，迟了。巧彤长成个混不吝的丫头，好在选爸妈优点，长得还算漂亮。至于日后，念巧认为只能另辟蹊径。

会所的月嫂进来探了一头，见季鹏在，又出去了。屋子里静悄悄的。其实平日在家念巧和季鹏也是如此，无话，偶尔对饮红酒。这么多年夫妻，你中有我我中有你，很多话尽在不言中，但也疲劳。念巧生二娃有点调剂夫妻关系的意思。过去是夫妻齐心爬坡，目标一致，现在到了一定高度，放眼望去，前头的路，能走的已经走了，剩下的是不能走的。好像这辈子就这样了。季鹏没明说过，念巧也明白，这种感觉很可怕。生二娃，找个盼头，重塑人生。

二娃下地，念巧已经定了大目标：上哈佛。最次最次，也得是耶鲁。大娃在教育问题上的失落，得从二娃身上找补回来。季鹏坚决支持。

念巧的理季鹏听得明，他们两个人都是穷苦出身，是靠教育才走到今天。在当今中国，教育是最好的投资，教育的回报率最高，只有教育，才能稳固他们半辈子的奋斗成果。念巧和季鹏都不放心把家业交到彤彤手上，一来，在他们眼中彤彤本事有限，二来，彤彤是女孩，不能便宜女婿。不过那并不代表两口子不问彤彤的事，念巧一有机会也念叨。比如这会儿季鹏抱着儿子，念巧又开始说彤彤的事："得提前动。"

"抛了。"季鹏以为她说股票。

"我说彤彤。"

"没事的。"

"怎么我说话你就不明白呢,装的?"

季鹏只顾着看娃儿:"你没说什么呀。"

"彤彤多大了,再过几年都大学毕业了。"

季鹏接:"工作回来再看。"

"工作次要。"念巧虎着脸。

季鹏明白又要老生常谈:"我郝季鹏的女儿,还愁嫁吗?"

"不抬杠。你女儿什么样,你自己清楚。"

"少操点心,想想美景,日内瓦湖,阿尔卑斯山,爱琴海,蓝的。"

念巧赌气似的:"我真冤枉。彤彤一定觉得我生了二娃就不疼她了,其实我这心一天天都在她身上,就想着怎么把她往好了顺。看看我这白头发,"念巧伸手拨鬓角——坐月子不能染发,白头毛跟野草似的乱钻,"以前没儿子没感受,现在彬彬来了,换位思考,将来如果我当婆婆,我儿子给弄回来这么一位,糟不糟心?怎么过?"

季鹏"啧"了一声,换个抱姿:"这么说我不乐意,咱闺女漂漂亮亮、知书达理。"

念巧手一指,瞪大眼睛:"门都踹了!"

季鹏抖了抖胳膊,儿子大头朝下。念巧着急:"小心点,你抱冬瓜呢!"

巧彬等于蹦了个极,哇哇哭。

006 / 红杠杠

回韩国之前巧彤找桂圆见了一面。整个大家庭,也只有表姐能说说心里话。

便利店里,代桂圆和郝巧彤一人捧一桶杯面,站着吃。桂圆太忙,连坐下来好好吃饭的时间都没有。晚上这顿只能凑合，顺带跟表妹交代几句。桂圆做CR，核心职能是沟通。她是班里重要的"桥梁建设者"。学生与老师、学生与家长、老师与教育顾问、老师与家长，这些关系都需要她从中协调。可桂圆觉得，哪怕这么多年她能协调学校的复杂关系，也协调不好家里的这几条线。

巧彤吸溜一口面，半笑半讽刺："看到你们的店面我心都颤。"她学生时代没少补习，经常在课上睡着，老师报告家长，巧彤挨批 N 回。

"都是修行。"桂圆自嘲。

"我宁愿穷点。"

桂圆不明白这突兀的一句，扭头看她。

"家穷，自由大，不用上辅导班，没人管。"巧彤幻想着。桂圆心里一沉，表妹这话真幼稚，富的想变穷，那是她没吃过穷的苦。

桂圆微笑："为人父母，能做到小舅和小舅妈那样，可以了。你看桂宝。"

"他怎么了？"

"他是男的，压力比你大，谁能伸把手？"

"人要自立。"

桂圆维护弟弟，呵呵道："这是哪儿？自立也是有门槛的。一穷二白，一个台阶跳不上去，就只能在门外。"桂圆没细说，"台阶"暗指房子。说了也是白说，很多事情只有切身体会才能明白。彤彤从小什么都不缺，10 岁之后更是要月得月，要星摘星。所以巧彬一来，她受不了。她说父母自私，其实她自己未尝不自私。

桂圆换个角度："你该干什么干什么，再过几年自立了，从家里出来了，快快活活的。"

这话点到了巧彤心上。她现在满脑子想的就是早点脱离家庭。

巧彤喝面汤。桂圆继续："我也有弟，没么可怕，有个人搭搭茬儿，挺好。"

巧彤嗷嗷："桂宝跟你就差几岁，我这差着恨不得两轮。他 20 我 40，他 40 我 60。"顿一下，"当时他们没跟我商量，如果跟我打个招呼，我肯定让他们再等几年。"

"等？等等就生不了了？绝经了？"桂圆顺着理解，"等什么？"

巧彤笑着说："等等我生啊！不就想弄个孩子玩玩嘛。生儿子多累，还得负责到底。"

桂圆喝了最后一口汤，把纸杯丢进垃圾桶，拍了拍彤彤的肩膀："放心，有情况肯定第一时间告诉你。"

* * *

一晃数月，郝家似乎再没别的大事发生。巧彤去韩国上学了，对父母的抗议仅限于情绪上，言辞上、行动上她都按兵不动。考试成绩不乐观，她没底气闹事，再闹下去，一不小心被断粮，受罪的还是自己。

甩开女儿，念巧和季鹏全副精力应对小儿子。上一次育儿是在20年前，如今重拾经验，念巧基本和新手妈妈无异，而且年纪大了，有心无力，吐奶、不睡觉、拉稀、便秘……各种事情一起来，即便请了保姆，念巧也感觉累得魂淡。亚玲得知，抽空过来帮忙，偷偷摸摸的——万不能让大嫂知晓。

在穆小桃看来，念巧是自作，再苦也只能自受。念巧刚进郝家门那会儿，小桃占上风。后来念巧怀了娃儿，在婆婆那儿小桃就落下风了。再后来，念巧生了女娃，婆婆并不怎么欣喜，妯娌俩又打成平手。

这么多年，老三两口子做商业，老大两口子搞艺术，平起平坐。偏是老三家二娃出世，让这种平衡有了微妙的变化。穆小桃总觉得她和冠峰也得整出点事来，比如，得个书画大奖什么的，才能盖过老三的风头。不过，无论是念巧还是小桃，都认为亚玲是跟自己一头的。亚玲两边讨好，尽量不得罪任何一方。这回儿子在书画院的行政部门工作，就是大哥冠峰出面安排。老三这条线也不能断。除了自己偷摸去看念巧，亚玲多半打发桂圆去小舅家联络感情。

桂圆的日子风平浪静，就是忙。但她在焦虑，一方面，想要事业再进一步，最理想的就是升到总部去，好歹轻松点，空出时间，才有可能谈恋爱。相亲依旧有，但桂圆认为，再目标明确，也不能盲婚哑嫁，多少得有点恋爱过程,哪怕像兔子尾巴那么短。恋爱都不谈,直接进入婚姻,别说出了问题会后悔,就单从人生经历上说,桂圆也会觉得遗憾——桂圆只谈过一段恋爱,是大学时候的事。后来男友留学海外,桂圆没法跟过去,于是分了手。

代桂圆给自己划了道红杠杠:35岁之前,怎么着也得把孩子生了,不然,真成高龄产妇,危险——高龄本身倒不要紧,她是怕自己生不出来。由此往前推,还有五年。五年之内,她必须完成结婚、生子两项任务,生理上、心态上正式步入中年。她逼着自己成熟。她告诉自己,恋爱和婚姻本来就跟工作一样,永远都会包括自己不喜欢的部分,但不能因为不喜欢,就望而却步。

眼前一片漆黑。"啪"的一响,一团火苗跳出来,破开黑暗,桂圆的脸被映照出来。人如其名,圆圆脸。

她对面是同学兼闺蜜左璐瑶。今年生日,除了弟弟送了200块话费,就只有左璐瑶记得。她们俩生日挨得近。

蜡烛就一根,点上了,蛋糕上写着四个字:勤劳暴富。

"许愿!快。"左璐瑶比桂圆还急。

桂圆双手合十,闭上眼。烛光下,她的面部缺点被隐没,美得迷迷糊糊。

桂圆轻轻说一声"好了",大吸一口气,鼓着腮帮子,斩草除根般把烛焰吹灭。左璐瑶去开灯。这个小型庆祝会就闺蜜俩,在左璐瑶的房子里。左璐瑶的父亲在她三岁时去世,母亲前几年走的。她孤家寡人,好几回过年,桂圆叫她到家里过。两个人情同姐妹,共享过不少小秘密。

"许了什么愿?"左璐瑶问。

桂圆避开话题:"切吧。"

"不说我也知道。"左璐瑶微微摇脑袋。

"真不敢想,"桂圆说,"我31了。"

"别算虚岁。"

"你想过以后吗?"

"什么以后?"

"40岁往上。"

"顺其自然。"左璐瑶仿佛没心没肺。

"上30了,不能跟以前一样漂到哪儿是哪儿了。"桂圆忧心忡忡。

"我知道你要说什么。"

"哦?"

"你要说生娃儿的事。"

知己者,璐瑶也。"你不担心?"

"不是难事吧,你那小舅妈,那么大年龄,照样生了。"

"两码事。"

"我看是一码事,总不能比她困难。"左璐瑶倔强。

"人家有合作对象,你有吗?"

"咱不愁这个,行不?"

"总不能一个人生一个人养,太难了。"

"逼到那步再说。"

"你想过当丁克吗?"桂圆问。

"你想过?"璐瑶反问。

"没有。"

"得先组成家庭,才能谈丁不丁克,咱们目前的情况,只能算未婚未育。"桂圆倒在地板上,轻叹。

左璐瑶追着她问:"婚姻是必需品吗?"

桂圆道:"某种程度上是。"

"什么程度?"

"人只有结了婚,才能更好地融入社会。"

"又是你妈说的。"

"我自己也很这么认为,"桂圆道,"社会是大框架,婚姻是大框架里的小框架,像俄罗斯套娃。"

"那你觉得不结婚是罪吗?"

桂圆坐起来，盘腿："当然不是，只是做少数派永远更辛苦。"

"就因为怕辛苦，所以逃到婚姻里去？"

桂圆摸摸额头："我都被你绕糊涂了，我不反对结婚，也不反对不结婚，但我真心觉得，不结婚和结婚是零和一的差别。"

"啥意思？具体点。"

"不结婚，你的生活是静止的，是个零，"桂圆说，"结了婚，你的生活就从零到一，然后一生二，二生三，三生万物。"

"生出来的也许是麻烦。"

"活着不就是麻烦和解决麻烦嘛。"桂圆无奈地笑笑。谈到这个份儿上，璐瑶不想再掰扯。她清了清嗓子，像要发表演说。桂圆问她："干吗？"

"宣布一个事。"左璐瑶笑嘻嘻地说。

桂圆惊得捂住嘴巴，又放下手："你不会要结婚了吧?!"

左璐瑶的笑容愈显诡异。

007 / 世 上 少 有

桂圆盯着璐瑶看，心里小鼓直敲。

左璐瑶吐口大气，咧着嘴："我还清房贷了！"

桂圆如释重负，真怕闺蜜突然宣布结婚——姐妹同盟瞬间瓦解，只剩她一个人在围城之外。代桂圆大声恭喜左璐瑶无债一身轻，彻底成为独立女性。左璐瑶比她早买房，价格差不了多少。桂圆疑惑她是怎么做到的。左璐瑶不过是个航空公司人力资源组的普通员工，下班时间总爱投身艺术，尤其喜欢看展览，按理说，不可能赚多少外快。难道是继承了什么巨额遗产？又或者是谈了个有钱的男朋友？正是高兴的时刻，桂圆不能扫兴，没问。

对着光，桂圆发现璐瑶的头发有点不对，问："你打薄了？"眼神朝前额。

"我现在都不敢洗头，肉眼可见地掉头发。"大学时的璐瑶头发茂密，号称"海草女神"。璐瑶感叹："现在不仅要为单身发愁，还得为脱发心忧。日子太难了。"

"擦点生姜。"

"有用吗?"

"我给你弄弄。"说着桂圆就要去厨房找生姜。路过客厅一角,她朝柜子上的花探了探鼻子。

"别闻!"璐瑶惊叫。

桂圆连忙把鼻子收回来。

"有毒。"

桂圆咂舌。

"那是夹竹桃,花茎根叶都有毒。"

"那摆在这儿干吗?"

"喜欢它的花语。"

"是什么?"

"有毒的爱。"

璐瑶的趣味世上少有。

* * *

桂宝跟亚玲招呼了一声,出门了。他要开车去接姐姐。车是书画院的。院里没有专职司机,桂宝过去之后兼任,好在平时活动不多,用车也少。桂宝白得一辆车开。

其实这天亚玲记着女儿生日,只是一年年大了,她怕主动提,女儿会有压力。郝亚玲还是觉得生日这天回家住好,她怕桂圆就在璐瑶那儿住下。她给桂圆准备了一碗寿面,还没下水,就对面条念了99遍观音心咒。桂圆吃了,生活应该会有起色。

桂宝一走,亚玲开始收拾家。眼前还有个事,一会儿居委会要来录视频。社区评选"慈孝人物",郝亚玲入围。据说呼声很高,亚玲多少有些得意。这些年,无论走到哪里,她的口碑都一流。亚玲唯一愁的是家里东西太多,太拥挤,怕拍出来不好看。桂圆出了个主意,就拍客厅小沙发那一片,临走之前还帮老妈布置了挂画,摆上了花——有点网红开直播的意思。

郝亚玲把饭桌上的菜都端进厨房。奶奶在里屋喊:"亚玲,我那件刺绣马甲呢?"难得接受采访,奶奶讲究。

亚玲认为这是添乱,她急促促走进去:"妈,20年前的东西,别惦记了。"

"我要穿。"是商量的口吻。

"好像没带过来。"

奶奶轻"啧"了一声:"都没有上电视能穿的。"

"这不是电视,就录个视频。"

"要在居委会门口的屏幕放不是?"

奶奶明白着呢。

"那件花褂子就不错。"

"太老相。"

快80岁了嫌老相,没处说理。"披上披肩就成。"亚玲继续劝。

奶奶同意了。安顿好屋子和婆婆,亚玲才想起自己来。她连忙去洗手间,梳子蘸水,头发篦齐整,再涂点桂圆用的BB霜,把脸上的斑啊点啊遮遮。刚弄得差不多,居委会主任带着两个工作人员到了,拎着两盒粗粮,满面春风。一阵寒暄。老奶奶坐沙发上,摄像机架起来,亚玲翘着屁股坐到沙发扶手上,奶奶拿起亚玲的手。

半老不少的居委会主任笑道:"奶奶,说两句。"奶奶好忘事,但口才不错,让说就说。她抬头看了亚玲一眼:"我这儿媳妇好。"一语定性,然后继续,"我儿走得早,家里寒淡。一直是儿媳妇带我,还带两个娃儿,这样的好儿媳世上少有,我老太婆命好……"说话间泫然。亚玲一惊。两个摄像小伙见老人如此动情,鼻子也发酸。主任向亚玲竖大拇指。郝亚玲被弄得不好意思,一个劲说:"都是应该的。"

奶奶讲完亚玲讲。平日里她能言善辩,可面对镜头却紧张,说话干巴,又怕出错,因此颠过来倒过去都是套话。主任说:"放松,对,放松了讲。"亚玲还是两臂抬着。录了好几回,终于像点样子,于是收工。

人刚走,奶奶说疲累,要上床躺会儿。亚玲把她扶上床,才得闲歇会儿。

"亚玲。"奶奶又在主卧喊。

亚玲"唉"了一声,忙上前。

"嘴淡。"奶奶说。

"嚼嚼榨菜?"

"想吃面。"

"一会儿桂圆和桂宝回来一起弄吧。"

"肚子空。"奶奶瘪着嘴。她牙掉了不少,不能吃硬的。

"我去下。"亚玲打算给她下挂面,被念过经的手擀面留给桂圆。

"鸡蛋要溏心的。"奶奶叮嘱。

"慈孝人物"亚玲照办。一会儿,面出锅了——搭头是西红柿,煮得烂烂的。溏心鸡蛋卧在上面。

"一起吃。"

"不饿。"亚玲说。

"下这些个,吃不完。"

"明儿早上吃。"

"那得坨。"

亚玲不舍得剩,只好摸了个小碗来,分了一点。

"桂圆和桂宝呢?"

"在同学那儿。"

"今儿桂圆生日。"奶奶说。

亚玲愣了一下,难为她还记得。

奶奶从床头褥子底下摸出六张十块的票子。多少年,逢年过节过生日,奶奶给压岁钱、礼钱,一律 60 块。过去还可以,放到现在有点拿不出手。

"妈,一家人,不讲究这些。"亚玲不说嫌少。

"拿着。"奶奶用当家人的口气。亚玲只能收着。

吃了几口,奶奶放下碗,两手放在被褥上,头微微上抬,45°角看天花板,做畅想状:"像桂圆那么好的姑娘,得配个什么样的才好?"顿一下,自问自答,"起码得博士,状元。"

亚玲听着实在别扭,纠正:"穷博士也不行。"

奶奶较真:"人穷志不短就行。"

亚玲知道没法掰扯。人穷,志能大到哪儿去?这是个悖论。

奶奶嘴不收:"只要肯努力,一样能熬出日头。"

亚玲听得难受,不得不纠正她:"妈,幸亏桂圆房子买得早,你知道现在这儿的房子入门费是多少吗?"

"什么叫入门费?"

"就是大概多少钱一套。"

"多少?"

亚玲伸右手,大拇指藏下去,其余四根立在那儿。

"4万?"奶奶猜。

亚玲嘴角微微下拉,摇头。

"40万?!"奶奶气提到嗓子眼儿。

亚玲鼻孔里发出一声"哼哼",然后轻轻说,"再加个零。"

"这是天宫?"奶奶气乱。

"妈,您什么都不知,什么都不问。世界成什么样了,您管吗?"

"我都快80了,我倒想管。"奶奶道。

亚玲知道没法聊下去,该揉腿揉腿,该捏胳膊捏胳膊,做完全套,安顿奶奶睡觉。谁知老奶奶又想吃甜的。亚玲没辙,只好和了点蜂蜜水给她。奶奶不乐意,说想吃饼干,就是中间有白色夹心、两边包着黑片片的那种。亚玲领会了精神,只好下楼去买。买回来,老奶奶又嫌直接吃饼干硌牙,要泡在牛奶里。冷的不能吃,亚玲烫了牛奶,饼干泡在里头,给端过去。老奶奶拿勺子吃了几口,终于不折腾,说睡就睡了。

亚玲这才得空收拾自己,先把BB霜卸了,油唧唧的。镜子里面,那些斑啊点啊重新显形。

"亚玲——"奶奶的声音飘过来。"亚玲——"又一声,催命符似的。郝亚玲不动,不出声。折腾一晚上,她实在有点累了。"亚玲——"声音继续。郝亚玲转了个身,没迈步子。她故意延迟。

"亚玲……你干吗呢……亚玲……"奶奶叫得更密,动静更大。郝亚玲憋不住,连忙赶过去。

"我那棉花枕头呢?"奶奶已经起来了,问。

"前几天才说要荞麦皮枕头。"

"睡着耳朵边老簌簌响,还是棉花的好。"

"拆了晒,还没缝上呢。"

"用棉毛裤塞一个,先凑合用。"奶奶吩咐。

亚玲唯有照办。

008 / 一 年 一 回

桂宝敲门,璐瑶来开。璐瑶上回见桂宝还是中学时代。进城后璐瑶没碰到过他。在左璐瑶心目中,代桂宝就是个小屁孩,没想到现在这么顶天立地。

璐瑶笑呵呵回头喊:"桂圆!这是你弟吗?"

"是我。"桂宝自己先答了。璐瑶个子矮,他低头看她,仿佛仙鹤啄水。

桂圆姗姗来迟,简单介绍了一下,话还没说完,桂宝就说:"我知道,璐瑶姐,七仙女帮老大,道儿上的学霸。"

桂圆和璐瑶笑出声。璐瑶邀桂宝进屋坐,桂宝说就在外面等就行,又问他姐:"收拾好没有?妈在家等着呢。"

"开车来的?"桂圆问。

桂宝"嗯"了一声。

桂圆换鞋,拿衣服。璐瑶一定要送到楼下。塔楼的楼门口窄,车靠不进来,璐瑶只好送桂圆到小区健身器材旁的小广场。

车来了,桂圆道别。璐瑶摸着肚子:"蛋糕太小,我都没饱。"桂圆忙伸手过去摸，确实瘪瘪的。

"想吃炸鸡，"璐瑶撒娇，"想吃烧烤。"

桂宝在车里听到，立刻响应："上车！炸鸡！烧烤！"

桂圆忙阻拦："妈还在家等着呢。"

"给妈打个电话，就说晚点回去。"

桂圆犹豫。璐瑶撺掇："走吧，一年一回。还能过几个 30 岁生日？"

璐瑶这么一说，桂圆心动了。过了今天，她就是 31 岁的女人。30 岁和 31 岁有区别吗？肯定有。她又老了，生理上、心理上。她必须承担起更多责任，对自己，对家庭。她必须有转变，得突破，人生就是闯关，她现在就站在一个关口。老实说，桂圆对现在的生活还算满意，虽然不知足，但好歹有奔头。对爱情，她期待，但又不敢期待，她抱着有更好没有也能过的态度。不过半年前她就开始意识到生育危机。公司里的小姑娘跟商量好了似的，挨个怀孕，挺着大肚子，像企鹅。桂圆如履薄冰。她真怕再等下去，自己会生不出来，或者生出来个问题娃娃。也正因此，她对小舅妈生二娃的态度是又恨又羡——恨她给压力，羡慕是念巧看儿子的眼神让桂圆觉得自己身体里的母性几乎被引逗出来。

烤串、炸鸡都上齐。桂圆慢条斯理地吃着。璐瑶和桂宝更像哥们儿。

桂宝要了啤酒，被桂圆夺过来："还得开车呢！"

璐瑶劝："找代驾，一年就这一回，别不痛快。"

桂圆只能由着他们。一年等一回，不能扫兴。她的生日成了璐瑶和桂宝消胸中块垒的机会。一眨眼，他二位又下去两瓶，整颗头像被水煮过的虾，通红。

璐瑶举杯对桂圆："敬你。"

桂圆小口抿。

璐瑶又说："羡慕你。"

桂圆不理解。

璐瑶解释："你比我强，有个弟，我呢，一个人在世上，孤苦伶仃。"

桂宝救场:"那有什么?咱们结拜!"

"代桂宝!"桂圆不许弟弟胡闹。

桂宝不理亲姐姐,抓起肉串,给璐瑶一串,给桂圆一串:"咱们仨,对串发誓,结拜成姐弟,有福同享,有难同当!"

桂圆伸手要夺弟弟的肉串,左璐瑶却打了个停的手势:"桂圆,你不愿意把弟弟分给我?"有酒劲顶着,问得直接。

"不是不愿意……那个……别喝了……"桂圆保持清醒。

左璐瑶举起肉串,仿佛那是个图腾,对着灯:"我左璐瑶对天发誓,今生今世和代桂圆、代桂宝结成……结成什么?"她扭头问桂宝。

桂宝的肉串也举起来了:"结成异姓姐弟。"

"本来不就是异性吗?你男,我们女。"璐瑶不解。

"姓名的姓。"

"对对,"璐瑶招呼一起念,"异姓姐弟,有福同享,有难同当,不求同年同日生,但求同年同日……"说不下去了。

"行啦!"桂圆不得不出手。

璐瑶和桂宝嘿嘿笑。发誓完毕,左璐瑶对桂圆说:"你以为我醉了?"

"差不多可以了,回去吧。"桂圆要求打烊。

"姐,一年就这一回,还不好好整?"桂宝说话都有点嘴瓢了,又转头对璐瑶,"二姐,"桂圆是大姐,璐瑶就是二姐,"你有什么烦恼,跟弟说,刀山火海,弟去!"

璐瑶醺醺然,做思考状:"烦恼,"喝一口酒,"烦恼就是,"她伸出右手食指,朝桂宝方向来回晃动,"烦恼就是越运动越胖。"

桂宝瞬间柯南附体:"新陈代谢慢。"

好科学的回答。谜破了。桂圆和璐瑶对望一眼,苦笑。什么新陈代谢慢,直接说老不就完了。

"虚胖。"桂宝补刀。

"停停停……"桂圆打手势。这样的弟弟,怎么找女朋友?!

"你的烦恼呢？跟姐说，姐帮你平了。"左璐瑶反问。

"我就是烦老发不了财。"桂宝直抒胸臆。

越说越不上道，桂圆只好跳出来："桂宝，我问你两个问题。"

璐瑶和桂宝都把胳膊放台面上，听课状。

"第一，你的财运到没到？"

"什么财运？"

"人是有运的，你什么时候发财，不是你自己说了算，是运道说了算。"桂圆分析。

"不知道。"

"你不用知道，你也改变不了。"桂圆语重心长。

"那还问。"璐瑶帮桂宝说话。

桂圆看了闺蜜一眼，继续："第二，你凭什么发财？不是说你整天坐着，财就砸你头上了。你发不发财、发多少财，靠的是你自己！"

"上着班呢。"桂宝气弱，但还是申辩。

"你的素质，你的能力，你的德行，""德行"二字语气加重，"这些都是你能发多少财的要素。哦，智商长相都平平，好吃懒做，为人处世不在调上，你就能发财？"桂圆的质问如千斤。

桂宝顶不起来，唯有用小嗓冒出点音来："长相还是有一点……"

"是有一点。"璐瑶声援。

大拇指盖顶着小拇指盖内缘，桂圆道："就这么一丁点，不够用。"

璐瑶见口风不对，连忙转移话题："桂宝，说说想找个什么样的，姐帮你留意。"

"有钱的，"桂宝脱口而出，"对我好的。"

桂圆不屑："你找妈还是找保姆？"

璐瑶追问："怎么个有钱，怎么个好？"

"能支持我的梦想。"桂宝说。

"啥梦想？"璐瑶好奇。

"买豪宅。"桂圆代答。

桂宝不好意思:"也不叫豪宅啦,就在内环有个100来平,能有单独一个游戏室,每个月有点零花钱,就行。"

璐瑶配合,立刻拿出手机:"白马会所老板电话给你。"

桂宝瞬间喷饭,笑一阵,反问:"姐,你想找什么样的?"

璐瑶反指自己,又指桂圆:"我还是她?"

"你。"桂宝说。

桂圆望着璐瑶。左璐瑶还真没提过择偶标准。相亲多少次,光听楼梯响,不见人下来。

左璐瑶一本正经地掰着手指头数:"最好是那种阳光开朗,有上进心,满眼都是我的男孩子。"

桂圆暴起一身鸡皮疙瘩。璐瑶太少女,比她还不成熟。

桂宝一本正经:"这样的人,有是有……"欲言又止状。

左璐瑶不乐意:"干吗,我不配?这是理想,理想丰满一点没关系。"

"我是怕……"桂宝支吾。

"没什么好怕的,大不了单过。有房在手,信心我有。"说罢,又是一番畅饮。

桂圆看着眼前二位觥筹交错,又怜惜又心疼。生活在这座大都市,谁没有点烦恼忧伤呢?借机倾吐倾吐也好。不过,明明是自己过生日,这两块布景倒活泛起来。

终于,桂宝和璐瑶都醉了。桂圆善后,请了代驾。代驾扶着桂宝,桂圆负责运输璐瑶这吨货。璐瑶瘫坐在椅子上,像肉身飞来石。桂圆从背面把胳膊插进璐瑶胳肢窝,吸住气,起!纹丝不动。再吸气,再起!还是不动。桂圆自言自语:"真该减肥了!"

璐瑶睡眼惺忪:"唔……我不胖……我不……胖……"

代驾大哥折回头,见桂圆有困难,于是弯下腰背璐瑶。"货"压上去,代驾大哥"哎哟"一声。

车开动了，先去璐瑶家。手机响，桂圆接了，听筒里传来亚玲尖锐的声音："桂宝呢？"

"在我身边呢，没事。"桂圆回头看，后座上两个人躺得歪七扭八。

"还不回来？"

"路上呢。"

听筒里声线断了一下。"今天是你的生日。"亚玲说。

桂圆有点感动，嘴上却说："不过。"

"祝你顺顺利利。"

"谢谢妈。"桂圆很少这么正式表达感谢。

"顺利找到男朋友，顺利结婚……"刚温馨两秒，亚玲又开始念。桂圆不让她说下去，拖着声调："知——道——啦——"

代驾大哥听闻，笑呵呵道："我有个表弟，刚从英国回来，国企员工，一表人才……"

桂圆没好气："真谢谢了，好好开车。"

009／一身轻

穆小桃戴上老花镜，从朋友手中接过手机，看屏幕上的照片，再把老花镜架头顶上，比远了瞧。

"模样还行，大头大脸的。"穆小桃没当过妈，却承担起了当妈的任务——受亚玲委托，她在给桂圆留意男朋友。这日聚会，闺蜜老吕——一个以当红娘为乐的中老年妇女，给小桃带来个新线索。

"身高183，体重150，身体健康，五官端正，不好烟酒，平时喜欢读书、运动、户外。就是工作有点小忙。"

"做什么工作？"小桃问下去。

"集成电路，朝阳产业，就是那个什么……芯片！"老吕用手指框个小方块，"有前途。"

"有房吗?"

"正在积极筹备,有户口,有一部占号的小车。"

"那不成,我外甥女可有房。"

"不会住女方家,都有公积金,不是难事。"

"光说不行,得真买。"

"那肯定。"

"什么家庭?"

"家在省会,独生子,211本硕,"老吕一口气念下来,"我跟你说小桃,这种优质男孩,身边真不缺。"指不缺女孩。

"那怎么没落定呢?"

"人家也挑呀!"

"挑啥?"

"长相得顺眼。"

"那我们桂圆……"

"人家看上了!"老吕连忙说,"之前相的那些个,都属于自己觉得值房子户口,其实根本不值。"

"刚才还说不缺。"

"谈朋友不缺,但人家现在是奔着结婚去。"

"有区别吗?"

"区别大了,"老吕说,"结婚,那要过一辈子的,当然希望稳稳当当,起码人品好,好相处,家务得会做,工作稳定,心态成熟,有大局观。我看他俩特搭。他父母我见过,都很友善。"

"有退休工资吗?"

"都有。"

"得看桂圆的态度。"

"不急。"老吕恢复矜持,不急不躁。

自念巧生二娃,亚玲拜托大嫂给桂圆介绍对象,已经三年了。这三年中,各方面只要一有线索,肯定往桂圆这儿推。可要么是桂圆看不上,要么是人家看不上,怎么也对不上点。桂圆对相亲基本处于有枣没枣打一竿子的状态,全力拼事业。感情太虚无缥缈,钱抓在手里才是真的。一直到老吕推荐了齐进。

穆小桃反复考察、掂量,觉得这人有谱——这人要再不行,她穆小桃就放弃牵线,主动下岗。红娘这工作可能不适合她。

小桃跟亚玲、跟桂圆也点过几次,她认为桂圆一直没法落定,是因为修炼了30多年,身上一直没有女人独有的魅力:媚。桂圆太平实——平实的身材,平实的长相,平实的性格,平实的处事方式。哪像她穆小桃年轻时候,屁股后头追着一串串。或许齐进就是想找个平实的女人结婚。因此,桂圆歪打正着。

穆小桃肯帮桂圆,还有一个缘故——念巧也在发力,推荐了不少人。小桃偏要跟念巧竞争,如果她介绍的人跟桂圆成了,将来顺理成章,桂圆两口子得跟他们亲。亚玲的女婿也能是她穆小桃的半个女婿。她这辈子没当丈母娘的指望,这么移花接木,可以坐享其福。

冠峰旁观着,以为小桃是给自己面子。这三年小桃对他的帮助太大了,私人画院建起来了,虽然地方偏僻点,但好歹有了自己的一亩三分地,能展览,能带徒弟,不用再去另找画廊展览,有人上门收购。小桃说这叫筑巢引凤。

秀云还是每年邀请冠峰去雁荡山,小桃每年都放行。头年秀云得了乳腺肿瘤,不是恶性,切除及时,性命无虞。但小桃还是大张旗鼓地跟冠峰一起去浙江慰问,以示关切。实际上,秀云"栽"了之后,小桃才算彻底跟她成为闺蜜。

这三年,冠峰两口子一下到达全盛,风头甚至比季鹏和念巧还高。季鹏他们有烦心事。巧彤眼看毕业,得安排个合适地方。冠峰他们没这烦恼,今朝有酒今朝醉。在小桃的运筹下,家中小院一个礼拜恨不得有三场聚会,场场都不是一拨儿人,像是《了不起的盖茨比》的中国山水画版。桂圆偶尔来一次,深感恍惚。院子里高朋满座,或饮茶,或饮酒,屋子里有作画的,还有搓麻将的,真真雅俗共赏。

就比如这日，来的客人里有一位小桃也面生，大概是朋友的朋友环环相扣带来的。来了她也招待，好茶伺候。小桃正和老吕窃窃私语着，那个生面孔靠近了："这父母的心，都在孩子身上。"小桃和老吕抬头看，都不认识——中年妇女，盘着头发，额头又光又平，"我儿子也是，老不找朋友，那个急呀！"

那人继续自顾自对小桃说："你女儿多大呀？"

这中年妇女十之八九是外来货，路子都没摸清，乱蹚浑水。老吕只好说："茶点好了，都过去吃吧。"

葡萄架下，茶点摆好了。今儿人多，保姆代劳，小桃维持优雅形象。保姆在客厅靠门的长桌子上包饺子是小桃故意安排的。她打算展示一点点家务技能。刚吃了几口核桃酥，小桃就站起来，公主微服私访似的走进屋，两手背在屁股后头，微微弯腰，探看："包得怎么样？"保姆笑笑。小桃回头看跟在她身后的男男女女们，缓缓地说："我包的饺子，人家都说像雕塑。"众人连忙撺掇她露一手。小桃洗了手，一鼓作气包了三个，个个都是标准美饺，薄皮大馅，且有小鸟依人的气质。

冠峰站在一旁，抚着下巴上的短胡子，微笑。一位男书法家道："这手法，这感觉，桃子姐要下了海，我们都没饭吃喽。"众人纷纷捧场。

谁知适才不知趣的中年妇女冒出来说："我儿子就是学雕塑的。"

直不棱登一句话让小桃厌烦——你儿子算哪根葱！

"你女儿学什么专业？"问到小桃脸上。

全场哑然。哪儿来的愣头青！老吕救火："不谈这个。"

偏小桃气性上来，半笑不笑道："人到这个世上一辈子，任务不同，有的人是生孩子来的，有的人是当家庭妇女来的，有的人是为爱情来的，有的人是为婚姻来的，有的人是为全人类来的。"

最后一句大家不理解。小桃跟着解释："创作出艺术作品，等于为全人类奉献精神食粮。"

大家都叫好。那妇女却道："哎哟，那男人和女人的任务可不同。女人不当妈，太遗憾。"

老吕挡在前头:"南丁格尔就没当妈。"这一点上她跟小桃有共识。

"那是伟人,普通人怎么比?"妇女继续说,"女人不生,小心被扔。"

小桃脸色有点不对。冠峰看出来,上前招呼,请她进屋休息。老吕打抱不平,问那妇女:"您哪位,谁带进来的?"

还没等妇女回答,小桃强作镇定,保持优雅,微笑着问:"那要是能生却不想生呢?"

盘头妇女道:"那叫丁克,更罪过。"

老吕急得要打她。小桃一把拽住老吕,淑女动口不动手:"何罪之有?"

"不孝有三,无后为大。"盘头妇女义正词严。

有人见苗头不对,退回屋子里,假装看画,避免尴尬。老吕拽小桃胳膊:"不谈这个,哪儿来的活宝。"

小桃一笑:"我们办聚会目的就是清谈,理不辩不明。"又对盘头妇女,"孩子是人,生下来你就得负责到底,要是有人没准备好,不想担负这个责任,不想为别人的成长操心受累,这辈子只是把自己活明白了,有何不可?"

老吕怕尴尬,只好把剩下几个围观的驱散了。辩论场只剩三人。

盘头妇女道:"那是年轻,老了试试?孩子是夫妻关系的纽带,一辈子有多长知道吗?没有孩子,有几个白头到老的?"

小桃听得全身皮一紧——怕什么来什么。

妇女继续道:"自己娃儿第一次叫爸爸妈妈的感受,那些人能体会吗?知道是什么滋味吗?知道多幸福吗?"顿一下,"比吃了十斤蜂蜜还甜!"

老吕小声啐:"齁死你。"

小桃怔在那儿。这比喻,那感觉,她在脑海中查找,努力体会,可无论怎么想,都犹如大海捞针。小桃失落。当然,这种失落不是铺天盖地,而是积少成多。

院子里一道黄影,盘头妇女大叫:"儿子!"

小桃和老吕顺着她的叫声看去,一只黄鼠狼跳上窗台,正打腊肉的主意。

"我的好儿子!"盘头妇女追过去,伸出双臂,要拥抱。黄鼠狼吓得一下就没影儿了——腊肉不吃也得保命。盘头妇女顿时失落,低头四寻:"我儿子呢,我儿子呢……儿子,"再转过脸,扑向人群,"看到我儿子没有?我儿子……还我儿子,"她抓住老吕,"还我儿子!"

老吕面色如土。冠峰和几位男士闻声赶来,女士们报了警。经警方调查,这位女士是精神病人,不知怎么混进了小院。小桃先是激动,说这是私闯民宅,但当得知盘头妇女得病的原因是失去了独生子,又没了丈夫,是失独老人,小桃动了恻隐之心。

晚上睡觉前,冠峰听广播剧,小桃心烦:"关了吧。"

冠峰看看她:"还没过去呢?"

"什么?"

"那疯子。"

小桃摸着心口揉揉:"老觉得疙疙瘩瘩的。"

"生个娃儿,半路没了,还不如一开始就没有,反正咱们无债一身轻,断子绝孙。"冠峰常用这四个字自嘲。

"说得那么难听。"小桃轻打他一下,微微嘟着嘴,"反正,你不许死在我前头。"

冠峰用玩笑的口吻:"哟,那有难度,我比你大不少岁呢,女的寿命本来就长,那你可得把我伺候好了。"

小桃拧他耳朵。

010 / 越 早 越 好

教室门口,念巧端着快餐盒扒拉两口,目光仍朝向屋内。巧彬报名晚了,排号失利,坐倒数第二排。倒数第一排被几个家长占据,她只能站在走廊上。生完彬彬这三年,念巧觉得自己跟在地狱里走过一遍似的,孩子先天不足,身体不太好,打针吃药是常事,一年起码住两次院。

念巧深感对不住巧彤,如果早一点培养,多填鸭一点,多学一点,也许就……人生没有如果,她只能在彬彬这儿努力。虽然念巧从胎教开始就下功夫,可孩子身体不好,她的体力也有点跟不上,所以只能以娱乐教育为主。念巧想等到正式上幼儿园再说。现在念巧认为是时候发力了,于是找桂圆打听了情况,给娃儿报了个英语基础班。要上哈佛,必须掌握英语,越早越好。只是,在育儿上唐念巧有个巨大劣势,不是年龄,不是体力,更不是智力,而是她的上一次育儿经验对应付眼下的局面完全无效。

念巧周围没那么多育儿妈妈,季鹏又是个甩手掌柜,念巧孤军奋战,还好有桂圆。这三年,桂圆从分部奋斗到总部,站得高,看得远,对全市辅导班的情况了如指掌。桂圆告诉她金泰中心的老师是顶尖的。拿着钱,排着队,念巧把娃儿塞进来了。但对于"鸡娃"策略,念巧还没全然掌握。她不晓得打什么"鸡血",也不晓得从哪儿下针。

饭盒丢进垃圾桶,一转身,撞到个矮胖中年妇女,她也来丢垃圾。念巧忙说"对不起",说罢,不啰唆,重回后门站着等。矮胖妇女就站在念巧旁边。念巧打量她,估计也是家长。过了几分钟,矮胖妇女凑过来,自我介绍:"胡梅,"又说,"孩子在里头上课呢。"

念巧讪讪地说:"我也是。"又补充,"叫我小唐就行。"

"哪个是你的娃儿?"胡梅问。

念巧指了指。

胡梅说:"报晚了吧?"

念巧汗毛孔收缩,认定眼前的是老江湖,肃然起敬,忙说了声"是"。

"这个班得提前半年报,座位按报名顺序排的。不过,能报上就不错。"

"你家的呢?"念巧问。

胡梅指了指第二排靠窗户的小女孩,又问:"刚开始学?"

念巧点头。

"晚了。"胡梅下判断。

念巧惊愕。

"我们家也是,太迟。现在的娃儿,都不是赢在起跑线上,得赢在子宫里。"

"什么意思？"念巧第一次听这奇谈怪论。

"幼儿园老师喜欢1月到4月出生的孩子，入学的时候年纪大点，好带，好教育，所以如果你的娃儿生在1—4月，先天就赢了半步。爸妈得算准日子，不能乱生。"

念巧疑惑："那要都这样，都是1月到4月的娃儿，其他月份就没娃儿了。"

胡梅笑笑："不是每个家长都有这觉悟。不过也分人，具体问题具体分析。"

教室最后一排，有个家长唰唰地记着笔记，桌子上有个支架，放着手机，似乎在录像。念巧问："他们这是干吗？"

闲着也闲着，胡梅不吝多指导小唐几句。她伸出胖胖的食指，点着："我今儿是来晚了，不然也坐进去。喏，你得会看，像这种奋笔疾书的，一看就是普娃的妈。"

"普娃。"念巧跟着念出声。

胡梅瞄了她一眼，解释："普娃，普通的娃，学习能力一般，普通。"

念巧忙点头，表示理解了。

胡梅道："普娃学习能力一般，家长就得多累一点，孩子学，你也得学，得记笔记、录像，老师不可能讲几遍，娃儿不懂的不会的，你懂你会，回去就能'炒回锅肉'，重新'喂'给孩子。"

念巧恍然。

胡梅又伸手点了一下："看到没有，最里头那个，长头发那女的。"念巧跟着看过去，是有个妈妈，长头发。胡梅说："一看就是牛娃的老母亲。"不等念巧问，她就解释道，"牛娃，牛气的娃，"咽了口唾沫，"孩子是牛娃，妈有底气，气定神闲呀！老师讲一遍，孩子就能听懂听会，妈当得省心，不用记不用学，只要保证孩子的安全就行。"

念巧重重点了点头。

胡梅补一句："你家应该是普娃。"

念巧惊愕，她自己可不这么认为。

"神游呢，看到没有，睡着了。"胡梅指着。

忠言逆耳。唐念巧羞得满脸通红，好像上课睡着的人是自己。

一句"普娃"，一声"神游"，让唐念巧焦虑了一晚上。她的宝贝儿子，未来的希望，还没开始跑就成普娃了，什么时候才能跑到哈佛？念巧跟胡梅互加了微信，相互备注好，"彬彬妈妈"和"恬恬妈妈"，各就各位。

下课时间，写字楼似乎一下被点燃了，汩汩的人流朝楼下涌，大多数是学生，夹杂着家长。到楼下，看到入口处趴着的车，念巧叹为观止，这才是这座城市的脉搏、希望。每一辆车里，都有一颗望子成龙望女成凤的心。要想出人头地，就先得从鸡娃大军中冲出去。现在的教育跟念巧读书的时候不一样了，那时候多半靠天收，拼的是天赋，现在靠的是天赋加刻苦加父母加持。孩子小，没有选择能力，父母现在所做的，就是尽己所能给孩子提供可能性，最终让孩子有选择的权利。学钢琴、画画、英语、奥数，都不只是学科目本身，那是一份选择！不让孩子从小就失去选择权！想到这儿，念巧不禁如临大敌。

开着车，虎着脸，三年来念巧从来没有如此愁闷过。儿子坐在后座上的儿童座椅内，天真烂漫。念巧从后视镜看儿子，尽量控制自己的表情，她不想做"虎妈"。"彬彬，上课困吗？"她单手打手势。

彬彬摇头。

"困不困？想不想睡觉？告诉妈妈，说话。"

彬彬还是摇头。

"说话，不要摇头，说话，告诉妈妈，觉得上课怎么样，喜欢老师吗？"

彬彬憋了半天，脸发红，吭一句："不喜欢。"

这是厌学啊！念巧压住气："字母表背一下。"

彬彬看窗外，并不打算买妈妈的账。

念巧迅速回头："快！"又连忙把脑袋扭回来，她干脆把车停在路边，转过身子，"背字母表。"态度极其严肃。

"啊喔呃咿唔喻……"彬彬果然背了起来。

念巧纠正:"背英语,ABCD……"

彬彬只好改成英语,背到中途,念巧喊停:"以后下午从幼儿园回来,先睡一会儿,保证睡眠。"

彬彬看着妈妈,点点头,也不晓得到底明白不明白。

车子稳稳前行。到家了,念巧把包一扔,敦促彬彬准备洗澡。季鹏难得早回家一天,正在客厅看电视。巧彤端着马克杯跟老爸说工作的事,老妈一回来,她立刻回自己屋。留学回来了,她怕看老妈那张脸。她跟老爸商量过几次,想搬出去,家里有一套房子正对外出租。季鹏严词拒绝,理由很充分很正当:"刚回来,搬出去干吗?一家人多培养培养感情。"

念巧换好衣服,去巧彤屋看了一眼,吓得巧彤差点掉了平板电脑。"干吗呀……"巧彤抱怨。

念巧什么也没说,把门关上,转身回客厅,往沙发上一歪。

季鹏见念巧满身疲倦,问:"怎么了?"

"你去给他洗澡。"念巧说。

季鹏遵命。都洗好弄好,儿子休息了,季鹏才回到沙发,帮念巧按摩肩部。

念巧双目无神,叹了口气:"原来咱们儿子在子宫的时候就落后了。"她把胡梅传授的那套理论、说法向季鹏描述了一遍。

季鹏沉默,好一会儿才说:"我看也不一定对。"季鹏把胳膊肘支在膝盖上,好像在做项目宣讲,"不一定是家长追得紧成绩就好,你看那追得不紧的,也有考上清华、北大的。"

"哈佛。"念巧纠正。

季鹏连忙改口:"对,哈佛,我相信普通家庭也有孩子上哈佛的,这东西不是说硬学就成。"

念巧"哼"了一声,疲惫的表情中透露着不屑:"你这是天才论,是机会论,"她伸手出来,季鹏把水杯递给她,她喝了一口,继续说,"概率呢?别说哈佛,就说清华、北大吧,有几个能上的,一百万户里有一户吗?照你这么说,都别努力了,没有主观能动性,都靠天收,"念巧看了一眼巧彤屋方向,叹气,"收成什么样,咱们也看到了,老二真不能这样。"

季鹏"啧"了一声,道:"我是怕你太辛苦,孩子也太辛苦,你说咱们奋斗不就是为了孩子嘛,巧彤的工作我问了,看看有没有杂志社,体面轻松的那种。照我们这么干下去,巧彬以后不愁,多留点资产……"

念巧拦话道:"当富二代?"

季鹏道:"前人种树,后人乘凉。"

念巧反驳:"两码事!就算当富二代,也得当个像样的富二代,郝季鹏,醒醒好不好!我还得说那话,咱们是怎么出来的?你就算给孩子留再多,他要是个扶不上墙的人,也逃不过富不过三代的魔咒。'忠厚传家久,诗书继世长。'这小区宣传栏上都写着呢,不是空话,你走走心!咱们儿子已经落后了。"

季鹏被浇了冷水,提不起精神。

"给桂圆打个电话。"念巧说。

"干吗?"季鹏问。

"周末让她来吃个饭。"

"什么意思?"季鹏打破砂锅。

"你就照办,我头疼!"念巧有点失控。

011 / 平凡女人

到小舅家,桂圆的伴手礼是一顶绒线帽子,她老妈亲手织的,天冷了,给彬彬戴。念巧喜欢,看了又看,在儿子头上比比,笑说:"这年头,只有二姐有这本事。"

季鹏和巧彤都不在家。念巧让李姐多做了几个菜,桂圆一看,不大好意思,说:"吃不完。"

念巧道:"海参是我自己炖的。"说罢笑笑——李姐是穷人,炖不好这道菜。

桂圆小心尝了一口,没什么滋味,但还是叫好。

念巧不端着,直接说:"桂圆,你可得帮我。"

桂圆放下瓷勺,道:"有什么事尽管说。"

念巧说:"不出去不知道,一出去看看,才晓得自己有多落伍。"念巧把上英语班的情形描述了一遍。桂圆洗耳恭听,然后分析:"现在上这种班不算晚。"

"还要学什么,要注意什么?"念巧伸着脖子,口气急促,海参都引不起她的食欲。

桂圆一看小舅妈这状态,就明白她也加入鸡娃大军了。其实从生下巧彬到现在,据桂圆看,念巧不算完全散养,该有的早教都上了,只是跟疯狂的鸡娃妈妈比,有点小巫见大巫。对于当下的教育现状,桂圆不完全认可,但能够理解——竞争激烈,不得不抢跑。现在家长大多重视教育——也有不重视的,只是这种家庭的孩子可能在学龄前就已经被淘汰。桂圆太明白念巧们的心态。她们算是同龄人中拼出来的,赢惯了,自然培养了赢者心态——如果注定有人要赢,为什么赢的人不是我!

于是乎,桂圆向念巧普及了兴趣班的构成,每种兴趣的作用,基本的前景。她说:"就这个年龄段来说,学习习惯养成至关重要。父母陪伴,悉心教导,比老师说100句都管用。"

念巧说:"他可能注意力有点不集中。"

桂圆问:"看医生了吗?"

念巧说:"没有。"说完一拍脑袋,"是不是缺锌?"

桂圆微笑:"最好去医院查一下。"

念巧一条一条记在小本子上。

桂圆又说:"培养孩子要有条理,最好根据孩子的情况,每天列个计划。一天下来,看完成多少,没完成多少,然后跟娃儿沟通,看看问题出在哪里,及时调整。不求一蹴而就,路遥知马力,一步一个脚印最重要。"

念巧快速记录,抿着嘴唇,很坚毅的样子。

桂圆继续:"培养目标很重要。说句不恰当的,人的成才过程也是一件产品的生产过程,你要生产什么产品,自己心里得有数。所有的教育手段都围绕着这个目标来。这个目标就是中心思想。英国女王小时候就要精读宪法,她妹妹就不需要,而是学习音乐、文学、美术。这就是不同产品的制造过程不同。"

念巧说:"彬彬得上哈佛。"

桂圆愣了一下,笑:"那就按照上哈佛的标准培养。"说着,桂圆拉念巧进了几个家长群。"别说话,先观察。"桂圆叮嘱。

念巧点头同意。桂圆又发了几张微信名片给念巧,多数是辅导班老师,她建议先建立联系,了解了解。念巧道谢。

聊得差不多,念巧故意端详桂圆。桂圆被看得发毛:"舅妈……干吗……"

念巧道:"我是在想,以后你有孩子会什么样,有你这么一个妈,孩子必然抢先一步。"

桂圆苦笑,八字没一撇。大舅妈刚给她介绍了个对象,还没来得及见面。不过亚玲反复叮嘱,大舅妈介绍相亲的事不要跟小舅妈提,桂圆应着。这么多年,家里这点曲里拐弯的关系她门儿清。她感叹老妈不容易,各种夹缝中生存。还是穷闹的,如果她家富裕,底气自然就上来了,那她妈就不用带这种委屈样子、寒酸姿态各处讨好。想到这儿,桂圆又不禁深觉悲哀。

"桂圆,"念巧见她出神,喊,"看手机。"

桂圆连忙拿起手机。念巧发来一张照片,是个中年男人,穿西装,笔挺,看上去40岁上下,前额微微有点秃,但精神气质好,是季鹏的年轻版。

"基本情况发你啊。"念巧笑着。

桂圆明白了,这是在给她介绍对象。还没等桂圆看清楚那几排小字,念巧就说:"回去再看,好好想想,情况就是这么个情况。"

念巧的笑容里无限深意,她把拉这个纤当成找桂圆来做咨询的奖赏。桂圆也领会到这一层,多少有点不太舒服。她道:"我满意,人家可能还不满意呢。"

"满意。"念巧立刻说,"人可靠,你小舅的朋友,知根知底。"

哦,照这么说,她代桂圆的基本资料,包括照片,估计都给男方看过了,桂圆更觉得不大爽快。她倒不认为自己的照片不能见人,只是念巧并没跟她打招呼。也许跟她老妈打招呼了。桂圆矜持地笑笑,很快便告辞了。

地铁一路,桂圆都没点开念巧给的基本资料。她气闷——被人反复挑选了这些年,多少有点挫败。怎么就对不上号?是自己太糟糕?还是太挑剔?她的要求并没有像左璐瑶的那样。她自认只是个平凡女人,感情也只图个安安稳稳。就算对长相有点审美标准,那也只是基本要求。刚才那位倒退的发际线,桂圆瞟一眼就觉得分数大减。其实一年多以前桂圆就放弃了相亲。她告诉老妈:"别让他们给我介绍。"亚玲问:"找到了?"桂圆说:"都不适合。"亚玲说:"这就是概率,你不找,永远没有,还等着人家上门呀?"桂圆没辙,她自我放弃还不成,周围的人没放弃她,她的心也死不得。

桂圆到家时,亚玲刚陪奶奶洗澡回来,天冷了,家里不好凑合,老奶奶一周要去澡堂子一次。

"谈完啦?"亚玲忙着归置浴用品,把换洗衣服塞进洗衣机。桂圆"嗯"了一声。亚玲忙完,又安顿好老奶奶,才坐到桂圆旁边。

"看看。"亚玲说。

桂圆抬头看她。

"你小舅妈介绍那个。"亚玲挑明。

桂圆心里咯噔一下。消息传得真快,洗澡还能互通有无。

"不合适。"

"看了没有?"亚玲最怕听女儿说这仨字,"发我看看。"

桂圆只好把照片和一大段介绍都发给老妈。亚玲去找老花镜:"就是不合适,也得有礼貌,你小舅妈费了心,咱不能那么快驳人家。"停一下,"怎么就不合适了,不说是个土豪?""土豪"二字女儿不爱听,亚玲又改口,"成功人士。"

这桂圆也不爱听,她在公司整天被成功人士压迫。

亚玲戴上老花镜,站着读:"1977年,身高173,体重150,南方长大的北方人,石油系统工作过,现在单干,有自己的公司。"前面都轻描淡写,"石油"二字突然加重。

桂圆惊得吞了口空气:"干吗呀!"她受不了妈妈的着重强调。

亚玲继续:"年薪100万,括号,税后。""100万"加重。这下桂圆不惊诧了,随她去。"有户口,有两套住房。""两套"加重,"品行端正,善良孝顺,独生子,父母都已退休,无负担,有过一段短暂的婚姻,没孩子,"这半句音量放小,"双方性格差异,没能走到最后,括号,依然相信爱情。"读毕静默了两秒,嘀嗒嘀嗒。桂圆煎熬,希望老妈就此别提。年薪100万那是人家的,人家就是炫一下富!

说实话,桂圆有点怨小舅妈,离异的都介绍来了,她代桂圆现在已经到这种程度了吗?又矮又胖,搞不好还有水分,绝对是净重,穿起衣服来更沉。

"肚子是大了点哦。"亚玲底气不足,她当然知道女儿不高兴在哪儿。可人无完人,人家有两套房,搞石油,有100万,总能将功补过,掩盖那个小肚子和一次婚史。亚玲真不建议女儿以貌取人。她总认为男人无丑相,还是看发展。桂宝倒是长得高高大大俊俊俏俏,有啥用。

桂圆知道老妈还要唠叨下去,直接起身,回自己的小屋,关起门来。

亚玲在外敲门,两下:"小舅妈面子还是要给哦,见还是见一下。"

桂圆一屁股坐在床上,这小破屋里也只有床能坐。老妈的话音刚落,桂圆的眼泪就下来了。她何至于……自怜情绪涨满胸膛,她得好好哭一场,不能哭出声。

客厅有动静。桂宝叫了声"妈"。桂圆连忙擦干眼泪,伸手悄悄反锁上门。

亚玲又来敲门,大声说:"你大舅妈介绍那个,你可得去见!"

"那个"没说不见。齐进,桂圆记得他的名字。年纪相仿,前额没秃,个子挺高,搞集成电路的。桂圆不答。亚玲又问一遍。桂圆只好说"知道"。她晓得老妈的脾气，如果她不应下来，老妈能念一晚上。

桂圆倒在床上，深深吐气。房顶钩子上挂着个小熊玩偶，是桂圆在前单位得的年会礼品。亚玲不让她挂，说像上吊。桂圆偏要挂，不为别的，只因同病相怜。如果不挂高一点，恐怕很快就会被老妈或者奶奶移位，乃至于丢弃。喜欢这小熊什么？恐怕就是普通。跟自己一样，普普通通。活到30多岁桂圆发现，按照人世的规则行进根本不成，这是大都市，根本不允许你普通。所谓求上得中、求中得下，你求普通，那最终结果可能连普通还不如。

手机响，是左璐瑶发来的消息，约她看话剧。若在过去，桂圆一定欢天喜地跟她一起。但现在不同，一脑门子愁和烦，没工夫去参与文艺女青年醉心的文艺活动。别说话剧，电影她都好久没看了。风霜刀剑严相逼，她得奔日头！

桂圆回复："不去。"

璐瑶着急："两张票呢！"

客厅里，亚玲逮住儿子，手里拿着手机，来回翻两张照片。她觉得女儿的选择太过鲁莽。她把基本情况介绍了一通："A齐进，B孙志明，哪个好？"

桂宝照实说："B有基础，A有模样。"

亚玲质问："跟模样过还是跟基础过？"

桂宝不耐烦："哎呀，妈，谁不想找个赏心悦目的？正常。"

"都多大了？还不务实。"

桂宝小声："我姐是深度隐性外貌协会的。"

"有病！得治！"亚玲话音刚落，就听到奶奶在里屋一声声叫她。亚玲急火攻心，只好骂儿子，"迟早被你们缠死！"

桂宝手插口袋，摇摇晃晃走到姐姐房门口，敲了三下。

"走开！"桂圆听出是桂宝。

"哭呢？"桂宝幸灾乐祸。

桂圆跟弟弟可不客气："我数三下，一、二……"

桂宝求饶："行行，我走，我走还不行吗？"说着转身出去了。

亚玲喊："又去哪儿？"

桂宝背对家门，胳膊一举："单位有事！"

谁知道真的假的，反正男孩吃不了什么亏，今儿亚玲懒得管。

012 / 人各有命

蛋糕尺寸挺大，水果挤得密密的，五颜六色。奶油面上，除了几朵装饰花，就是一面巧克力牌，上面写着个阿拉伯数字：33。

桂圆嫌太写实。更糟糕的是，齐进从蛋糕店特地要了一把细蜡烛，数出33根，认认真真插上去，弄得跟阵地似的，然后认认真真点着。33棵跳动的小火苗在桂圆面前闪烁，桂圆的脸一阵发烫。

齐进对外官宣是北方某省会城市来的，其实据桂圆调查，是来自省会城市下属的县城。他有一副浓眉毛，长得还算体面，话不多，乍看上去有点冷酷。

齐进很节省，参加工作以来一直租住在平房，到了近半年才开始住楼房。桂圆询问过他节省的原因，齐进给的理由很朴实："存钱娶老婆。"刚入耳有点恍惚，感觉像是影视剧里的台词。但仔细琢磨，人家是真务实。像齐进这种人，女方倒贴他还未必愿意。这点特质是桂圆嗅出来的。她第六感灵敏，而且，她不讨厌这毛病。男人就是要有一点点大男子主义。

大舅妈和小舅妈介绍的对象，代桂圆都去见了——结果很明显，最终大舅妈力推的齐进获得了和桂圆交往的机会，孙志明出局——他从来也没入过局。不过，很快就听说孙志明交了新女友。话是念巧传给亚玲，再由亚玲学给桂圆听的。桂圆一笑。她一点也不后悔。或许齐进是看在她有独立住房才愿意跟她交往。没关系，婚姻本来就是交换，过去讲男才女貌，现在是女财男貌亦可。何况她根本没多大的财。

桂圆想清楚了，先处着，第一步不能错，得为着自己的心。齐进有工作，肯上进，两个人一起奋斗，总有出头那天。个头和头发却是不可逆的。孙志明虽好，可跟她代桂圆不搭调。她想找个从始发站一起出发的，不要半路上车的。

放下火柴，齐进说："吹吧。"

桂圆小声抗议这个"木头"："还没许愿呢。"桂圆自顾自双手合十，闭上眼，念念有词。她本指望齐进问她许的什么愿，那她就给个面子，告诉他。可没想到齐进根本不好奇。桂圆鼓起腮帮子，吹气，可一次吹不完那么多，桂圆着急："帮个忙。"齐进得令，一鼓作气，跟八级台风似的，蜡烛一下全灭了。在齐进的精心准备下，原本期望的浪漫气息全无。齐进的呆钝反倒让桂圆有种安全感，她害怕那种特别聪明的男人，比如她的上司老董，还有她的同事唐麦，恨不得全身都是心眼。碰到这样的人，桂圆不寒而栗，不是为自己，是为他们的伴侣担忧，她真不知道什么样的女人才能驾驭这类男人。对，驾驭，桂圆很看重这个词。

不过，敲定齐进后，郝亚玲的脸色不大好看。她倾向于孙志明，她对桂圆说："别那么着急，考察考察。"私下里，亚玲去跟念巧简单赔了个不是，大致意思是，孙先生很好，是桂圆配不上他。念巧微笑，拿着亚玲送的童鞋，道："人各有命，不强求。"

亚玲一走，念巧转头就跟季鹏说："老孙被退货了啊。"

"什么老孙？"季鹏摸不着头脑。

"老孙，孙志明。"

"什么退货？"

"被你外甥女，代桂圆女士，退货。"

季鹏明白过来，放下财经杂志："你多这事干吗？"

"我是好心。"

"好心能办坏事。"

"就这一锤子，再没下次。"

"桂圆没生气吧？"季鹏随口问。

念巧道："她生什么气，难不成你也觉得老孙配不上桂圆？"

季鹏纠正："小孙。别老孙老孙的。"

念巧继续说："两套房，加起来有300平，事业成功，一表人才，多少小姑娘惦记着,我要不是看她帮彬彬找辅导班,还有你这个二舅的面子,我才不介绍呢。"

季鹏服软:"知道你为我好。"

念巧没好气:"知道就好!小孙人不错,有实力,要是桂圆能把他收了,对桂圆好,对志明好,对咱们也好,都成亲戚了,更能融为一体,三方三赢。"

"你聪明你周全,"季鹏说,"可志明是二婚,桂圆还是黄花大闺女。"

念巧急迫:"二婚怎么了?温莎夫人也是二婚嘛,你得看人家什么条件,还有人品。"

季鹏不想继续这个话题,问:"巧彤回来没有?"

念巧道:"你没问问在单位她表现怎么样?"

季鹏托人把巧彤安排在一家妇女杂志,目前正在实习。工作刚落实的时候,念巧点评:"她也就能做做编辑。"仿佛编辑是万金油。

等巧彤回来,念巧问情况。巧彤说:"挺好的。"

"好在哪儿?"念巧问。

"没让我干什么活儿。"

念巧着急:"你得学习,你得进步!做好编辑,以后也算个文化人。"又说,"你大伯办画展,你去看看。"

"我不去。"巧彤说。

"不愿去就不去,"季鹏说,"我看大哥那画也就那样。"巧彤回屋,念巧才跟季鹏着急:"缺什么补什么,明白吗?越是文化不够,越要补。"

季鹏不理她,看杂志,微微皱眉。

"开始留意了吗?"念巧问。

季鹏不耐烦:"我郝老三养不起女儿?上赶着往外送?"

念巧愣了一下,着急:"你养她一辈子?"

"也没什么不可以。"

"不可理喻!"念巧吼。她希望女儿早点嫁出去。

冠峰的画展巧彤没去,亚玲却去了。当然不是为陶冶情操,在这一点上她跟老三意见一致，她去画展是为见嫂子穆小桃。

展览现场人不少，穆小桃陪着重要客人在画幅前走来走去，时不时发出清脆的笑声。亚玲杵在一旁，故作观摩，等小桃身边没人，她才凑过去。

小桃看到她，笑问："怎么样？"

"挺好，画得好，名家，有水平。"亚玲连用几个赞美词，重重叠叠的。

小桃笑："我是问齐进怎么样。"她当然知道亚玲对画没兴趣，专程来看画展是为口头感谢。

亚玲也笑着："桂圆说，让我好好感谢感谢她大舅妈。"用第三人称显得郑重，又带几分风趣。

穆小桃道："我就牵个线，大差不差，至于后面，自己判断。"

亚玲笑容僵硬，没作声。无论桂圆怎么判断，她这个做妈的已经有了判断结果。首先房子一条就不过关，女方有房，男方没房，这算什么？！可这话不能朝小桃抱怨。

小桃见亚玲不吭声，继续说："先处着，看看怎么样，不适合也别委屈自己，外人都在外围，以后日子还是得自己过。如果不行，尽早止损。"

亚玲有点意外。她原本以为大嫂肯定多少向着齐进，可眼下看，她还算客观。刚开始的时候亚玲本想反对，但拘着大嫂的面子不好下手，现在听小桃这么说，她一颗心放下来，决定该怎么就怎么，不姑息。

小桃面对冠峰画的陕北的树杈杈，忽然伸着脖子问："念巧也介绍了？"

亚玲抬头看大嫂，"唔"了一声。

"怎么样？"小桃问。

亚玲知道她想听什么，无非是念巧介绍的人不行，她介绍的人好，可郝亚玲认为念巧介绍的孙志明特别合适。说违心话难哪！亚玲憋了半天，吐出三个字："凑合事。"

"具体什么情况？多说说。"小桃好奇心不减。

亚玲只好把孙志明的情况描述了一遍，不过着重点不同，对着女儿，亚玲强调的是"石油""两套房"；到了嫂子这儿，则着重"1977年""173""150"。

小桃立刻抓住重点,揶揄道:"这念巧平时看着挺聪明的,怎么关键时刻犯糊涂,再不济也不能七零后都往上送。"

亚玲就知道她得出击,所以离异一次都没敢说。

小桃继续:"173,150,那不跟这个似的。"说着她的眼神调向一幅画,亚玲跟着看,看到一个巨大的葫芦。

小桃掩口而笑。亚玲陪着干笑。

晚上8点,桂圆和桂宝都没回来。亚玲给老奶奶按摩完——奶奶睡了,她枯坐在沙发上,电视声音开得小小的。一想到女儿的选择,她就气闷。她给桂圆打电话。桂圆接了,那头一片嘈杂,桂圆说了声"马上上课"就挂了。

亚玲听着不对,隐忍不发,直到桂圆进门她才问:"不是不怎么加班了吗?"

桂圆觑老妈一眼:"有几个家长来咨询。"

亚玲站起来,走到桂圆旁边,闻出一股子火锅味。"吃火锅了?"亚玲问。

"嗯。"桂圆不得不认。

"跟谁?"亚玲直接。

"同事。"

"是齐进就说齐进。"桂圆千防百阻,没想到老妈有灵敏嗅觉。她是跟齐进吃火锅去了。可眼下的局面,她不认为很适合跟老妈讲。

"妈——"

亚玲深深叹口气,沉默。

桂圆脱了外套,去卫生间卸妆,算是缓冲。她希望等素颜出来的时候,老妈能翻篇儿。可弄完刚出来,就听到老妈说:"桂圆……"

桂圆终于毛了:"妈,我想跟谁谈跟谁谈,以后日子是我自己过,我连这点自由都没有吗?"

郝亚玲被女儿火山喷发式的激动刺得内心咯噔一下,可她还是稳住了,拿着手机继续问:"我这朋友圈怎么屏蔽你大舅妈?"

桂圆瞬间不好意思,红着脸走过去,在老妈手机上鼓捣一通。她估摸老妈的不满今晚还要蔓延。

013 / 摸底小考

弄好了，手机递给亚玲，桂圆的气也平了。

女儿激动，郝亚玲告诫自己更应该稳住。她知道桂圆的脾气，吃软不吃硬，与其强攻，不如智取。母女俩都调整好情绪，对话才真正开始。

亚玲手握个牛角按摩棒，朝脚心杵："天底下就没有不为儿女好的父母。"

桂圆接招："小舅和小舅妈也说为巧彤好。看看巧彤痛苦成什么样。"

亚玲瞟了一眼女儿："怪我。读书的时候，看你看得太紧，就该让你多谈几次恋爱，免得现在……"

"妈，我现在也不算老，不正谈着嘛。"

"不切实际的幻想，一定要丢掉。"

"33了，我心里有数。"

"有数还乱选。"

桂圆侧过身子："是不是我非得找个矮的胖的秃的，只要有两套以上住房？"

"你误解了。"

"对不起，所有反应综合在一起，我只能这么理解。"

"你妈是爱钱的人吗？我真要爱钱，当年就不会……我就是太看重感情！"亚玲多年的苦水开了闸。

桂圆不敢吭声。

亚玲继续："现在找个好看的，眼睛是舒服了，以后结了婚，你就知道多不舒服。"

桂圆敷衍："处处看，先暗中观察，能不能走到那天谁也说不好。"

亚玲跟着道："没有独立住房，不靠谱，住哪儿？总不能在我们这儿挤。"

"都说了，有购房打算。"

"谁说了？"

"大舅妈。"

"你没问男方?"

"现在怎么好问。"

"现在就得问!"亚玲放下脚,挥舞着牛角棒,"更待何时呀?咱们是女方,谈到最后不成,吃大亏的是你自己。"

"妈,您是不是去大舅那儿受什么刺激了?"

亚玲不答,说自己的:"还北方某省会城市,什么省会?起码四线,父母有退休工资,八成加起来还没我一个人的多。桂圆,我是你妈,我得为你打算。你要记住,你是女的,结婚之前你就得想着:'我这辈子就这一锤子买卖,只能成功不许失败。'"

桂圆失笑。谁结婚前还想着有下一次,那是阴谋。

"选错了再改选,难度太大。"亚玲说。

"男的难度就不大了?"

"比女的小。"

桂圆深吸一口气:"都在变化,现在只是'摸底小考',还没到'大考'。"

亚玲一秃噜嘴:"小考都不行,大考能得高分吗?"

* * *

胡梅和唐念巧站在钢琴房角落里,远远看着恬恬练琴。老师不时指导,小姑娘聪明伶俐,一点就透,小手在琴键上跑得飞快。念巧不由自主两手交握,做祈祷羡慕状。胡梅小声:"还是不刻苦。平时都不行,关键时刻能行吗?"

念巧诧异,这还不行?她用眼神表达看法。念巧今天是来观摩的,她正在思忖给儿子报哪个班。胡梅及时捕捉到小唐的疑惑,道:"你别以为我们家娃儿很优秀,全市 80% 的娃儿都这样。"

念巧咂舌。

胡梅又说:"你也别以为你们家娃儿很糟糕,全市 80% 的娃儿都这样。"

念巧不明白了。胡梅比了个推的手势:"我们的使命,就是要把娃儿从这

80%里push上去，天高月小，水落石出，逆水行舟，不进则退。"

念巧觉着这几句成语用得似乎有问题。算了，理儿正就成。

胡梅要去厕所，念巧同行。相邻的坑，两个人蹲着。隔着挡板，胡梅道："Push娃儿，让娃儿去拼搏、学习，你自己必须建立一个世界观。"

"世界观？这提法新鲜。"念巧忙问情况。

胡梅说："首先父母要端正态度。"

"怎么端正？"

"你的目标是什么？"胡梅问。

念巧不好意思说哈佛，支吾。

"你要知道，我们想要获得的，是一个每一天都比前一天更优秀、状态更好的孩子，而不是跟别人家的孩子攀比，得竖着比，不能横着比。"

念巧忙说："受教。"

胡梅站起来："然后就是方法论。"

念巧慌忙也站起来，问："什么方法？"

胡梅从隔间出来，跟念巧碰头，一边洗手一边说："抓五点：课内学习，课业能力拓展，阅读，兴趣培养，品德和心理健康，"说着，胡梅伸手做了个九阴白骨爪的手势，"五管齐下，全面提升。"

念巧瞬间醍醐灌顶。关于鸡娃，她同时获得了世界观和方法论，像打通了任督二脉一般。

课间休息十分钟，胡梅给女儿准备了香蕉，补充体力。恬恬在走廊上吃着。胡梅和念巧有一搭没一搭跟她说着话。有个小男孩从走廊那头跑过来，一靠近，便跟恬恬聊得热闹。

"谁呀这是？"念巧问胡梅。

"以前的同学。"胡梅冷冷地说。

"回来！"走廊那头有个女人叫。小男孩回头看了一下，不动。"回来！"那女人更大声。小男孩这才恋恋不舍地转身跑了过去。等孩子们重新上课，念巧才问胡梅："那人怎么回事？这么大声。"

胡梅眼神无奈："那是大师班的，400块一个小时，我们是普通班，150块钱一个小时。人家不愿意搭理我们。"

天哪，娃儿才多大，就开始混人际圈了。里面的逻辑念巧当然可以理解，她不满意巧彤去韩国留学，也是这个道理。圈子很重要。只是她怎么也想不到比拼竟然从娃娃开始。看着胡梅失落无奈的眼神，念巧被刺痛了。就冲这个，她都必须给彬彬报大师班。

晚上到家，念巧跟季鹏提了这事。季鹏还是那句"你决定"。不过，等了一会儿，他还是忍不住质疑："会不会太多了？忙得过来吗？"念巧活学活用，立刻说："必须五管齐下。"

面对念巧蓦然伸出的五根明晃晃的手指，季鹏不明白："怎么弄得跟谈项目似的。哪五管？"

念巧掰着手指："五点。课内，幼儿园老师教的那些；课业能力拓展，如果学有余力，再多学点什么；阅读，得阅读者得天下；兴趣，比如钢琴；心理健康、品德，人性本善，要有幸福感。"

季鹏猛一下消化不过来，喉头动了两动。

念巧敦促："力所能及的咱们得做，去给儿子读点东西。"

季鹏抱怨："都睡了。"

"儿子还没睡呢，你睡什么？"

"读什么？"季鹏不情愿。

"《三字经》没背下来，还有唐诗，朗诵。"

没办法，老婆下令，不敢违逆。季鹏来到巧彬的小床前，拿起一本古诗词的书，随便找了一页，见到就读："死去元知万事空，但悲不见九州同。王师北定中原日，家祭无忘告乃翁……"他要做个合格的爸爸。

巧彤从洗手间出来，看到老爸在弟弟房间念叨，朝门缝里"嗤"了一声。

巧彤刚实习一个月就转正了，而且每天10点多才上班，当然是因为季鹏的面子。刚开始，巧彤的工作是整理自然来稿，很快就处理完毕。太闲也不好，于是主编又安排她打理杂志的微信公众号。巧彤讨厌这项工作，烦琐，又要选文章，又要排版，又要校对，又要送审，又要发送，最后还要统计数据，阅读量低了，主编和副主编还不大高兴，纯属吃力不讨好的活儿。

虽然巧彤有关系，可终究是新人，领导交代的活儿得干。巧彤硬着头皮做了几天，出了两个大错：一次是标题上有个错字，炙手可热写成"灸"手可热，没校对出来；一次是内文有段重复文字，发出来才看到。

公众号是门脸，两次错误让主编如临大敌，为此开了三回会，敲打做公众号的编辑们。城门失火，殃及池鱼。其他编辑都抱怨巧彤，因为她的失误，现在每条消息发出去之前都得给主编预览——过去是可以自己做主的，主编是个追求完美的人，每回都提一大堆意见，编辑们的工作量增加，暗暗叫苦不迭，巧彤却不以为意。没多久，编辑们又发现，在讨论小群里，每回巧彤发预览文章，主编挑剔得很少。哪怕巧彤的选文再不着调，排版再丑，主编也有容乃大。这分明是看人下菜碟，不用说，主编忌惮巧彤的背景。只是，久而久之，连主编也受不了，巧彤做的文章实在有违她的审美，她只好让巧彤退出编写组，另行安排工作。于是乎，巧彤的工作变成寄样刊。一期发行5000本，有1000本要送出去，这可是个体力活儿，巧彤适合做。可做了没几天，巧彤又觉得实在无聊，她找到老爸抗议："爸，能不能给我换个工作？有点智力含量的那种。"

念巧听闻，当即批评："闲还不好，多少人巴不得！空出时间干点别的。"

"干吗？"巧彤问。

念巧语塞，她希望女儿谈谈恋爱。

014 / 硬 核 爱 情

谈了三个月，桂圆和齐进的感情处于量变中，距离质变始终差那么一点。桂圆觉得缺少激情。桂圆虽然没太多经验，但她有原则——男方应该主动。尽管两人是相亲认识的，但在关键问题上女方应该保持基本的矜持。齐进没正式说过"我爱你"，也没提过结婚的事，他只是偶尔在谈话中聊到未来想要怎么培养孩子。桂圆当然没接话。

至于房子,桂圆从没问过。亚玲着急,但桂圆认为还不是时候。正确的逻辑应该是,有感情,准备结婚,然后再商量房子的事。而不应该是,有房子,所以才结婚,或者,因为没有房子,就 pass 掉一个人。

"你玩真的?"又是公司附近的便利店,老位置,桂圆和左璐瑶一人一桶杯面,还是站着。

"没到那步。"

"不介意男方没房?"左璐瑶问。

"我妈跟你说的?"

"不是。"

"桂宝说的?"

璐瑶挥挥手:"你就别管是谁说的了,你脑子别糊涂,这可是基本保障,你自己有房,找个没房的,这人真就那么好?值得房子值得户口?"

桂圆道:"你们把顺序都搞错了。感情发展得好,然后才是谈房子。"她说她的逻辑,给璐瑶上课。

左璐瑶抢白:"好,感情发展得好,那他要说就是没有,你是进还是退?"

桂圆不吭声。她估摸着齐进没那么无赖。

左璐瑶道:"我就知道你会为了爱情不顾一切。其实你心里早有预设,不管这人有没有房,你都会跟他在一起,是不是?"

"不是。"桂圆否认。

"彼此喜欢,很好,"左璐瑶嘴里呼呼隆隆地喝了口汤,"但故事现在刚开头,趁着还比较美好,你得给男人压力。"说得好像她跟男人过了几辈子似的。

"怎么给?直接说'有房就谈没房拜拜'?"

"婉转点。"

"不会。"

"让你妈说嘛,你唱白脸她唱红脸。"

"她能把人吃喽。"

左璐瑶把纸杯丢进垃圾桶:"反正我只能提醒到,这是诚意,就算现在没能力,也得给出日程表,这事他得提,不能装鳖。桂圆,别让男方觉得你不值钱。这是尊重,明白吗?"

桂圆迅速把纸杯丢进垃圾桶,突然伸手挥了一下。玻璃窗外,一个高高大大的男士立着,四方脸,分头。他迅速走进便利店。

"你同事?"左璐瑶问。

"齐进。"桂圆介绍。又对齐进说,"我闺蜜,左璐瑶。"

左璐瑶尴尬,连忙换上笑脸,点了点头。

"什么时候下班?"齐进问。

"还得一个小时。"桂圆道。

"我等你。"他很利落,也很绅士。

左璐瑶这才意识到自己多余,她是带着任务来的,却冷不丁吃了一把"狗粮",只好迅速告辞。她走到路边,桂宝蹿出来,嬉皮笑脸问:"怎么样?"

左璐瑶没好气:"以后,这种事别找我。"

桂宝跟着:"别啊,不是我找你,是我妈找你,你好歹也吃了我妈不少顿饭,总得……"他想说个成语,一时想不来合适的,挠挠头,终于找到一个,"投桃报李。"

"报了!没下次了!"

"至于吗,姐?"桂宝追上璐瑶,忽然煞有介事地伸出食指,"我知道了。"

"你知道什么?"

"你不会被我姐那男朋友给迷住了吧?"桂宝拍手,"我就跟你说那小子有一套,我姐跟吃了迷魂药似的,两套房的男人她都不要,就认他。"

左璐瑶的心颤了一下。桂宝说中了一半,齐进有魅力,低调的男人味,但绝对不是她左璐瑶的"菜"。左璐瑶也嬉笑着,拧了桂宝胳膊一下,桂宝疼得叫。璐瑶说:"你失忆了?"桂宝不明白她的意思。璐瑶又说:"我的择偶标准。"桂宝这才笑说:"阳光开朗,有上进心,满眼都是你。"

左璐瑶一招手,出租车停,她迅速跳上车,把桂宝关在门外。

桂圆说是一个小时，实际耗了快两个小时才下班。齐进就在门口等着，也不进教室，直到桂圆从公司大门走出。同事们都好奇，叽叽喳喳问桂圆那是谁。

看着同事的羡慕眼光，代桂圆不禁有些骄傲。等了那么多年，她终于能在人海之中指着一个男人对别人说："这是我男朋友。"等待都是值得的。

齐进帮桂圆拎着包，两个人并排往齐进的小车走去。

"要不要去吃点东西？"齐进问。

"不饿。"

"喝点东西呢？"他又问。

桂圆站住脚，身子转向他："有什么话就在这儿说吧。"

齐进摸摸头，他显然没想到桂圆那么直接，笑笑说："就是那个……周末，"他咽了口唾沫，"周末想请你去家里吃个饭。"

桂圆的心沉了又沉，又慢慢浮起，归位。终于来了，意料之外，情理之中。可她还是没准备好。"什么意思？"桂圆明知故问。

"我爸妈来了。"他说。

打开天窗了。桂圆没想到两人的关系进展会这么快。是的，他们发生了关系。在宾馆里，偷偷摸摸的。都是正经人，却仿佛两个好学生偷偷做了件坏事。桂圆不认为自己有错，她有权掌控自己的身体。不过，即便发生了关系，桂圆也并不觉得两个人的关系有了实质性突破。但当齐进说邀请她见他父母，事情就不一样了。桂圆脑海里浮现的第一句话是，丑媳妇也要见公婆。

* * *

"行吗？"桂圆站在老妈卧室里的大穿衣镜前。

"漂亮。美。好看。"奶奶夸赞。

"会不会太艳了？"桂圆谨慎。

站在一旁的亚玲没好气："我还没考他呢，他倒考起你来了。对你能有什么意见？有几个女的嫁人还带着房子！"

桂圆从镜子里看老妈："这你可别出去说，免得别人笑话你不懂法，房子是婚前财产,该谁的是谁的,不是说结了婚就成人家的了。"

亚玲放下抱着的两臂:"筑巢引凤筑巢引凤,不筑巢,哪儿来的凤?除非你不把自己当凤。"

桂圆转过身:"你是凤,行了吧,我就是小鸟。"她觉得老妈每次挑剔,那是不懂得换位思考,她这么重的家庭负担,人家齐进不嫌弃就不错了。

亚玲上前,抽了张纸巾去揩女儿的嘴唇:"别用这种桃红色,不稳重。"

"你还在乎呀?"桂圆笑。

亚玲道:"我是怕你给我丢脸,咱们家走出去的女人,得有一个是一个。"

桂宝回来了,探头进门,瞧了一眼,打趣:"姐,您要去演戏呀?"桂圆不理他。桂宝又说:"我真心祝福您早点嫁出去。"

亚玲抢白:"干吗,她嫁出去你就霸占两间房?想都别想!"亚玲要住,她跟婆婆住够了。

真上了门,代桂圆才弄明白,齐进的父母是特地赶过来的,单为看她。儿子好不容易相到个满意的,老两口都有点巴结。齐进妈对桂圆热络、客气,还当场保证以后不跟着儿子过,让桂圆一进门就当家。齐进爸沉默寡言,符合桂圆心中男长辈的样子。桂圆呢,尽力表现本色,朴实里透着端庄。她竭力传达一个信号:"我代桂圆是过日子的人。"齐进父母很满意,全程脸上带着微笑。不过桂圆有点奇怪,他父母没问她家庭情况、工作情况,等等。再一想,可能齐进早交代清楚了。再者,齐家没备房,老齐两口子自然不好把话往这方面引。

吃了饭,桂圆洗了碗,又稍微坐了一会儿,陪老人喝喝茶,然后就起身告辞。齐进父母送客到门口,挥手道别,齐进则一直送到楼底下。刚出了楼道,桂圆就笑着小声问:"给我打多少分?"

齐进想了想,说:"满分,再加上附加题20分,总共得120分。"

"附加题是什么?"桂圆问。

"良好的家务能力。"

桂圆讪笑:"那是表面功夫,其实不喜欢做。"

"以后我做。"齐进接话很快,这就畅想未来了。桂圆老觉得还没到那步。

"你觉得我不行?"齐进又问。

一句话弄得桂圆反倒不知所措。她不答。

"咱们得往下走。"齐进说。

"怎么走?"桂圆好笑。

"我什么时候去见见阿姨?"又改口,"伯母。"

他主动要求,桂圆有点意外。

"你对我有爱情吗?"桂圆直接问,这才是她最关心的。齐进是搞集成电路的,没经过这些。爱情,他很少提在嘴上。

"有的。"他肯定。这个时候必须顶上。

"怎么有?"桂圆的考题很难,层层递进。这才是附加题。

"反正你让我干吗我干吗。"

"你又不是奴隶。"

"我就是你的奴隶。"齐进道。

桂圆吓了一跳。理工男的硬核爱情正合她意,她理想中的爱情是得有点不管不顾,她讨厌算计,爱情不能算计,婚姻可以,可在那之前,两件事暂时得分开。

"我让你干吗你干吗?"桂圆笑得明媚。

"绝对。"

"把这个吃了。"桂圆举起手里的原木浆纸巾,淡褐色,据说无公害。这几乎是桂圆前半生做得最出格的事。齐进愣了一下,捏起纸巾,搓成一团就往嘴里塞。

"停!"桂圆喊。

齐进的嘴巴停止咀嚼,吐掉。

"帮我系鞋带。"桂圆又下令。

齐进低头看,桂圆穿着皮鞋,没有鞋带。

他呆呆地说:"这个……"

"想象一下,就当有鞋带。"不愧是文科生。

齐进刚要蹲下,桂圆立刻说:"考试完毕。"

齐进知道她捉弄自己,笑呵呵问:"多少分?"

"差一分及格。"

"那怎么弄?"齐进说着就要吻上来。路上行人经过。桂圆连忙推开他:"及格了及格了及格了……"

015 / 天 经 地 义

只要年轻人彼此认可,家长的阻碍似乎也不再那么巨大。桂圆了解老妈,虽然 100 个不高兴,但只要她认定了,郝亚玲还是得接受。

齐进上门的日子定下。桂圆给老妈打预防针,让她别乱问。

"我不能问?"亚玲横眉。

"该问的问。"

"什么是不该问的?"

"妈——"桂圆大喘气,拖长调子,"头回见面,别搞得那么剑拔弩张,有些问题,我私下会问,会处理。"

"你知道我要问什么吗?"

"House。"

"什么?"亚玲不懂英语。

桂宝不失时机充当翻译:"House,英文,房子。大 house,大房子,"顿一下,"妈,姐不中用了,以后养老还是靠我。"

亚玲摇头:"这女的一谈上恋爱,那心就……"她比了个扑棱棱飞的手势。

"多虑。"桂圆说。

亚玲拉了个椅子坐下:"妈就问你一句。"

桂圆停下笔——她本来趴在饭桌上统计课表,看妈妈。

"以后,你结婚了,不管跟谁,反正就说,你结了婚,"话说得断断续续,好像每个字都要过滤,"我要去你家住几天,你接不接?同不同意?"

桂圆配合:"这我可做不了主。"

"你家,你还做不了主?"

"我得跟人商量。"

"谁?"

"我未来那位。"

"你这丫头!"亚玲一口老痰卡住喉咙。

桂宝听明白了:"姐,妈,行了啊,这段戏要演多少次,蔡明是不是得感谢你们?"

桂圆和亚玲相视一笑。这是情景喜剧《闲人马大姐》里的桥段,叫"娘家妈",桂圆和亚玲都爱看,偶尔忍不住也会拿出来演演。实际上,比起娘家妈,桂圆更担心这个居住环境。她提议在饭店见,齐进坚持家访,说第一次见面,还是应该认认门。桂圆觉得她这个家实在拿不出手,局促。小归小,起码要整洁吧。齐进来之前,家里来了次大扫除,谁知奶奶严防死守,她念旧,旧东西一律不许扔,她那屋不许进。最后桂圆和亚玲商量,到时候只给齐进展示客厅面貌,顶多再看看桂宝和桂圆的房间。桂宝也给力,自己动手把卧室拾掇了,但也有抱怨:"姐,别弄得跟视察似的,他又不比咱们高。"

"是礼貌。"

"我是一家之主。"桂宝强调。

桂圆不理他。

……

齐进准时地站在桂圆家门口,左右手各提一个大盒子,他清了清嗓子,站好,放下盒子,轻轻舔了一下嘴唇,举起手,准备敲门。手将落未落的一刹那,门开了。

郝亚玲站在他面前,急匆匆的,像要出门。亚玲抬头见是齐进——真人第一回见,照片早见过了,她不扭捏,直接说:"小齐吧?你进屋坐。我出去一下,桂圆一会儿回来。"

齐进连忙说"好",拎着东西进去,摆在进门墙边,小心翼翼地坐到沙发上。

他知道桂圆的行踪。说好一起上门的,学校临时有事——一位家长怀疑课时不足,桂圆必须出面。房间里静悄悄的,空气中有股肉香。齐进探头瞧了瞧,许是正在做饭。一会儿工夫,齐进感觉无聊,站起身,走向半开着的小卧室门。看样子像女生宿舍,是桂圆的闺房无疑。齐进打量着桂圆的小天地,布置简单得让他心疼。代桂圆每天就躺在这里,度过漫漫长夜。齐进想起小时候,家里躲债,一家人藏在亲戚那儿,也是全家挤在小房子里,一到晚上呼吸声此起彼伏。他认定自己和桂圆都是受过苦的人,就因为这,两个人就能生活在一块。

"你好。"背后传来个浑浊的声音。

齐进回头,一位老奶奶拄着拐棍站在卧室门口……

亚玲没找到物业的人,悻悻而归,当她表明是天然气管道出了问题,齐进立刻动手查看。查询结果是天然气欠费。齐进扫码付了钱,天然气立刻来了。亚玲笑着说:"这些先进玩意儿,老年人真不懂。"

齐进要帮忙做饭,亚玲举着锅铲:"不用,男人离厨房远点。"齐进见她坚决,只好在一旁站着。

亚玲怕油烟大,让齐进把厨房门关好。齐进遵命。门关好了,呈瓮中捉鳖之势。等肉炖上,亚玲才扭身说:"小齐,阿姨见你第一面,却跟老早就认识似的,不生分。"齐进不好意思,憨笑。

亚玲又说:"桂圆老实,好多话憋在心里,不好意思说,我这当妈的,有时候不得不帮她说出来。"

齐进站直了,端正态度,洗耳恭听。

亚玲道:"你们都是好孩子,对感情很认真,既然谈了,我想都是奔着一个目的去的——结婚。"

齐进微微点头,保持镇定。

亚玲见火候已到,笑说:"既然要结婚,总得有个自己的窝吧?"

齐进倒不打磕巴,立刻说:"正在看,到时候请阿姨帮着掌掌眼。"

亚玲喜出望外，她本以为齐进会说困难，会推阻，没想到一下就落定了。"谈不上谈不上，你们能看上就成，我不会去麻烦你们，结了婚，你们单过。"

大事落定，亚玲才有心思聊家常。她问问东问问西，齐进有什么答什么，不掺水分。亚玲见这小伙子实诚，越看越喜欢。

桂圆回来了。她见齐进跟老妈和奶奶都相处融洽，心放下一半。快到饭点桂宝才到家。桂圆已经提前跟弟弟打了预防针，齐进不喜欢开玩笑，让他收敛点。因此，桂宝除了一进门大喊"姐夫"，整个吃饭过程中并没有什么出格的地方。这顿午饭吃得其乐融融。吃完饭，一家人围着齐进带来的按摩床垫看，奶奶和亚玲轮番躺上去试，都说好。

亚玲更是把齐进夸成一朵花。老妈的态度让桂圆疑惑，虽然她打过预防针，但仍旧不放心老妈那张嘴，吃饭的过程中她小心谨慎，就怕老妈说出什么不好听的。结果，人家不但没问房子，连钱都没提半个，嘴跟抹了蜜似的，还谈起了艺术。代桂圆反而感觉对不住老妈，房子的事，她妈让了一步，她自己怎么也得想办法提一提。

看完按摩垫，亚玲打发桂圆和齐进出去转转。两个人到附近商场溜达，转了一圈，没买什么，桂圆腿酸，于是找了个面包店，要了两杯茶，坐着休息。

齐进盯着桂圆看。桂圆有点发毛，顺势问："我的情况你知道？"

齐进略微直了直腰。

桂圆继续说："我自己有房子，你有没有是你的事，我不会因为你有房子就抢着嫁给你，也不会因为没房子就不理你。我看中的是你这个人。"

齐进微笑着，心里有数。

桂圆叹了口气："我们结婚，不单单是为了自己，这话不是为我自己问的，是为我妈问，她担心女儿过得不好，担心我们的未来。"

齐进两只胳膊叠着，像学生听老师讲课。

"干吗这个表情？"桂圆问。

齐进掏出手机，划拉了两下，推给桂圆。桂圆低头看，是一套小两居的平面图。她感觉脑中全部神经不约而同跳了一下。糟糕。人家早有准备，她却这么郑重其事地"逼宫"。实在尴尬。

"怎么样?"齐进问。

"我不管。"

"你以后可得在这儿住一阵,得管。"

"真不是我的意思。"桂圆抱歉。

"应该的。女儿的意思也好,妈妈的意思也罢,一样。"

"我妈跟你说什么了?"桂圆才反应过来。

"没说什么。"齐进道。

话讲到这份儿上,代桂圆忽然意识到,一定是她老娘在开饭前的空当"一不小心"说了什么,齐进才做了准备。此前可是一点风声没露。或者是齐进打算把她代桂圆震了?有产者桂圆心里憋着股气,一气自己不大气,二气老妈食言。桂圆找补:"我妈说什么,你就听听,别当真。"

齐进道:"她也是为你好。"

这下坐实了,郝亚玲女士多嘴多舌。因此,这天直到睡觉前,桂圆都还在跟老妈生气。

亚玲看出女儿的不自在,试探:"再不睡要长皱纹了。"

憋了一个晚上,桂圆终于爆发:"你到底跟谁一头的?"

亚玲提着调子:"跟你一头呀。"

"那让你别问你非问。"

亚玲脸发烧,嘴硬:"我问什么了?"

"问什么你自己清楚。"

"你这孩子不能不讲道理。"

桂圆觑了老妈一眼,埋怨:"都说过了,我来处理,我来沟通,你非横插一杠子。"

亚玲怒火燃起,恨道:"这齐进怎么这德行!这不是挑拨离间嘛!"

"人家什么都没说。"桂圆道。

亚玲跟着说:"嗳,桂圆,你到底跟谁一头?这还没出嫁呢,就把老妈撇外头,跟对阶级敌人似的。"

桂圆大声:"你都不知道我有多尴尬,他直接甩出一套平面图来,直接把我盖了,换你你什么感受?"

"我享受!"亚玲不假思索,"该吃吃该住住,男人娶老婆,备套房子天经地义。"

"妈问一遍,女儿问一遍,丑不丑?"桂圆道,"这样只会被人家瞧不起,我也瞧不起……""你"字没说出来。

郝亚玲却自动完形填空,明白了女儿的最后一句,不禁眼眶红了。被谁瞧不起她都不在乎,这十几年里她郝亚玲又被谁瞧得起过?别说外头,就是家里,哥哥、弟弟、嫂子、弟媳,有谁真心瞧得起她!但这些她都能忍,为了小家,她能赔小心赔笑脸,可忙到最后,如果连女儿都瞧不起,她实在太伤心。

亚玲哽咽着:"行……你长大了……有本事了……有钱……有房……瞧不上你老妈……瞧不上你弟……瞧不上你奶……不用你赶……明儿咱们娘几个就回老家……不给你添麻烦……你趁早嫁人……我不需要你瞧得起!"

桂圆看老妈落泪,不由得鼻子发酸,眼睛发胀。母女俩就这么坐在沙发上各自哭了一会儿,平静下来,也觉无趣。奶奶和桂宝的鼾声传来。这鼾声也是家的一部分,根深蒂固。偶尔,亚玲听不到鼾声甚至睡不着。

终于,亚玲打破沉默,转脸问女儿:"喝不喝酒?"

"什么?"桂圆没反应过来。

"喝不喝酒?"她又问一遍。

"喝。"桂圆说。

亚玲起身,从厨房翻出两只白瓷盅,洗干净,又从床底下拿出那瓶存了不知道多久的酱香白酒,满上。母女举杯。

亚玲说:"女儿,为娘的敬你,"又叹息,"长本事了。"

桂圆伸杯子去碰:"我道高一尺,你魔高一丈。"说罢一饮而尽。

亚玲面不改色,桂圆辣得舌头疼。亚玲笑说:"生活的味道,你且尝呢。"

016 / 顾 大 场 面

齐进敬了季鹏一杯酒，季鹏回敬一杯，你来我往，谈着生意上的事，两个人勾肩搭背，好得不像两辈人。

年跟前桂圆和齐进的事算定了下来。两家大人碰了面，都感觉不错，只待择日领证，摆酒。齐家老少凑钱，费了吃奶的劲把房子"咬"下来，是套二手房，小两居，顶层，有电梯，简单弄弄就能住。亚玲去看了，还算满意。

年里，郝家聚会，小桃知道了进展，说什么也要把齐进叫上。她是介绍人之一，厥功至伟。小桃可不愿错过接受感谢的机会。不过，来之前桂圆就跟齐进说明了什么不能说，什么能提。比如，在大舅妈面前别提孩子，在小舅妈面前多提孩子，在表妹巧彤面前别提工作，在弟弟桂宝那儿多提工作，奶奶给的压岁钱别要，但给巧彬的压岁钱得准备好。齐进逻辑思维能力强，一条条一件件都记好，一出场，就几乎敷衍住了所有人。

男人们喝酒，女人们吃菜。桂圆左边是巧彤——她不愿跟老妈念巧坐一块儿，投奔了表姐和大伯母这边。亚玲按说得陪着念巧，但今天小桃实在重要，所以她得留在大嫂旁边。这样一来，念巧那边，除了季鹏，就只有桂宝陪着。

桂宝对教育话题不感冒，跟小舅妈寒暄几句，就只顾着吃自己的。季鹏坐在齐进旁边，喝了好几杯。

敬完小舅，齐进回过头敬大舅。小桃连忙上前阻拦："不能喝了，再喝手抖，没法画画。"

冠峰故作豪爽："那就不画了嘛，多大事。"

小桃硬把酒杯夺过来。齐进知趣，改敬小桃。桂圆见状，连忙也过来。两个人并排对着小桃。桂圆看齐进一眼，他不吭声，于是桂圆说："大舅妈，没有你就没有我们的今天，以后有什么需要我们的，随叫随到。"这话打到小桃心坎上。她费劲张罗，就为了亚玲一家能承她的情，她跟桂圆走得近，顺带收半个女婿,年纪再大点,有些小来小去,好歹能叫到人。比起巧彤、巧彬、桂宝,小桃觉得桂圆更靠谱。

"'我们''我们','我们'好,就得是'我们',敬'我们'。"小桃欢喜着,比岳母还像岳母。她坐在岳母后头,垂帘听政。

应酬了一会儿,桂圆怕小舅妈受冷落,又端着杯子转去跟念巧说话。孙志明被淘汰,念巧老大不快,觉得桂圆不识抬举。可桂圆端着杯子来了,念巧还是得顾大场面,应付一句:"祝贺啊。"

桂圆笑笑,转移话题,问念巧给彬彬报班的事。

念巧道:"报了,钢琴大师班,你小舅嫌贵,跟他说不通。"

桂圆用很专业的口气,不徐不疾地引用哈佛大学校长的话:"如果你觉得教育的成本太高,试试无知的代价。"

念巧激动,知音难觅,巧彤不跟她谈这些,季鹏常不在家,她只有跟保姆李姐说说——鸡同鸭讲。桂圆才说一句话,就被念巧引为同道。

"这话你跟你小舅说说。"念巧手一指,"他还觉得跟他那时候一样,死做题就能上大学,就能出人头地。"

桂圆呵呵道:"你们这一代父母是应试教育最直接的受益者,不过现在教育的起跑线整体提前,教育资源分配不均衡。有个玩笑:孩子4岁,英语词汇量1500个左右,在美国够了,在中国的一线城市的一线区域,可能远远不够。这就是竞争。现在不但是应试教育要比,素质教育也要比。所以才有'素鸡'嘛。"

"素鸡?"念巧忍不住夹了一块豆腐干——约等于素鸡。

"鸡血级别的素质教育,"桂圆做名词解释,"给彬彬报大师班,也能算得上素鸡级。"

念巧豁然开朗。

齐进过来找桂圆。念巧一高兴,也敬了他一杯。

冠峰和季鹏之间话向来少。两兄弟一个文一个武,都挺厉害,从小到大,感情不错。不过自打季鹏要了二娃,两个人话更少。季鹏理解为大哥有点自卑。好几次他都想问问大哥:"这丁克,真是你自愿,还是有什么毛病?有病咱治病。"但话在肚子里转了几转,还是自行慢慢消化。万一是大嫂的毛病呢?他相信大哥那个年龄段的人不会打心眼儿里认可丁克。郝季鹏有个老观念根深蒂固,男人有本事,就是要多留后代。赚了万贯家财,没后代就白挣!

季鹏举杯,跟冠峰碰了一下。冠峰一饮而尽,深深叹一口气。季鹏感觉大哥有心事,但他什么也没问,又给大哥满上,大哥再喝。

桌子那一边,小桃和亚玲窃窃私语着。老奶奶坐在一旁,挑宫保鸡丁里的花生米吃。亚玲阻挡:"妈,吃点软的,小心牙。"老太太看看亚玲,继续动筷子。小桃不敢说孝顺不孝顺的话。亚玲的妈——小桃的婆婆——早走了,她没机会当孝顺媳妇,不过小桃相信自己做不到亚玲这样。她庆幸。小桃望了望桂圆和齐进,对着亚玲说:"多好。"

亚玲不得不说好。

小桃道:"我怎么都没关系,等真办事,得给老吕一个大红包,人家这次真是菩萨。"老吕是红娘。

亚玲忙说:"是,是。"

桂宝和巧彤不吃了,坐在旁边低头玩手机。表兄妹俩相互看不上,无话。听到小桃那么说,桂宝朝巧彤飘一句:"你小心点。"

"什么?"

"小心你大伯母给你介绍对象。"

"要介绍也先给你介绍。"

"我是男的你是女的。"桂宝不乐意。

"男的怎么了?男的就能置身事外了?"巧彤道,"你不是一般的有病,是病入膏肓,癌症,直男癌。"

"瞧着吧。"桂宝嘴硬。

巧彤放下手机:"我们女的还能嫁人,你呢?"

"娶个有钱的,问题全解决。"

"随你怎么说，你就过过嘴瘾，"巧彤嘀咕，"穷鬼。"

"你再说一遍?!"桂宝拍桌子。

所有人都看他。亚玲叫："你干吗？想造反?!"

老奶奶挥挥筷子，对孙子："坐下吃饭，好好吃饭！"

桂圆错愕。齐进第一次在全家人面前露面，桂宝就这么不给面子，这是把她这个当姐姐的不当回事，再有矛盾，也不能拍桌子。

"桂宝。"桂圆走过去，声音低沉。

桂宝要解释，桂圆说了句"住嘴"。念巧早把巧彤叫了过去，小声批评着。齐进讪讪地上前，他担心是不是自己哪里做得不到。桂圆回头小声说了句"没事了"，又张罗让服务员上主食。宴席接近尾声。

为了避免女儿再闹事，季鹏带着巧彤先走了。趁年下还有几个朋友要拜会，他想帮巧彤再铺铺路子。念巧说给彤彤介绍男朋友的事，季鹏倒觉得可以错后。他不想让女儿这么快出嫁。

季鹏一走，念巧只顾喂巧彬吃饭。冠峰年纪大了，饭后犯困，在包间长榻上躺会儿。小桃还和亚玲凑一块儿，跟个连疙瘩似的紧密。今儿这一顿，小桃和念巧的话不超过三句——存心晾着她。

齐进叫服务员结账。服务员道："刚才那位先生已经结过了。"指季鹏。

亚玲不好意思，忙对念巧说："说好我们请。"

念巧摆摆手，微笑，又坐了一会儿才走。小桃望着那背影对亚玲道："也该老三请。"

亚玲没反应过来，转头看大嫂。

"没贡献，吃饭的人又多。"

亚玲心想：我这儿人也不少。小桃仿佛看清楚她的心思，转而道："羊毛出在羊身上，齐进还给小萝卜头压岁钱了呢。"

这个在理。亚玲想着，如果将来桂圆有了孩子，每年也能这么收钱，那多少年来出去的礼就能慢慢收回来。

待季鹏四口子走了一会儿，小桃让桂宝去楼下车里拿过来一幅画，说是郝大画家特地给桂圆和齐进画的。打开来看，又是《葫芦锦鸡图》。

小桃解释："葫芦，多子。"意思很明显。她讨厌念巧生孩子，却鼓励桂圆早生。桂圆跟齐进对望一眼，尴尬地笑。

一直到上了车，郝巧彤还在跟老爸解释："是他先骂我的。"

季鹏道："他是你哥。"

"我哥就能不讲理？"

季鹏沉着脸，巧彤知道该闭嘴了。季鹏要带巧彤去见孙志明，就是念巧想介绍给桂圆那个。趁年下聚聚，一给女儿通通路子，二也算赔礼。一石二鸟。礼物备得重——一块寿山石。孙志明40岁出头，说年纪不大，玩石头却有年头了。

礼物奉上，志明奉若宝贝，连声道谢。季鹏道："这可是专门为你找的。"

"那更不敢当了，"孙志明客气，"小弟何德何能。"

男人们说话，巧彤乖乖站在一边。两个人寒暄完，志明才指着巧彤问季鹏："新秘书？"

巧彤忍住笑。

"我女儿。"季鹏说。口气低调，但仔细听，里面是带着骄傲的。

"郝兄那么年轻，女儿都这么大了，"志明还是一张笑脸，"我现在生，是不是都赶不及了？"

"无知，结婚早。"

"有儿有女，人生赢家。"志明上赶着夸。

季鹏怕女儿听了不痛快，于是把话往别处引。两个人又聊了一会儿生意上的事。全程巧彤喝自己的茶，一句话不多。等聊了一阵，志明道："令千金很矜持。"

没等季鹏开口，巧彤抢着说："我爸不让我说话。"

017 / 投入产出比

两个男人哈哈大笑。季鹏随即道："不是不让你说，问题是你得说得有道理，有水平，不能一开口就露怯。"

巧彤登时说了一段韩语。志明目瞪口呆。

季鹏说："韩国留学生。"

志明问："学的什么？"

巧彤落落大方："文化产业管理。"

"做什么？"

"杂志社编辑，"巧彤说，"整天给人寄杂志。"

季鹏拖长调子："年轻人，慢慢来。"

巧彤给个白眼。

"你想做什么？"志明问。

巧彤道："想做什么不知道，只知道不想做什么。"

"说说。"志明微笑着，一张大脸露出慈祥。

"枯燥的、无味的、机械的、没有发展的、太过僵化的，都不想做。"

"我这儿有个职位适合你。"志明当然明白季鹏来的目的。寿山石不是轻易送的。

季鹏大手一挥："嗨，她做不了石油。"

"文化产业。"

季鹏露出疑惑的表情。

"几个朋友投的，现在得多条腿走路。"

有道理。季鹏不再阻拦，问："做什么？"

"名人商务。"志明说。

"要喝酒？"季鹏护着女儿。

"老兄，你那种观念落伍啦，现在谁还敢喝？"

巧彤追问："具体做什么呢？"

志明道："就是帮名人谈生意。"

* * *

宴席结束，亚玲指挥服务员打包。念巧带着巧彬走了，下午还有个老师要拜会。小桃拉走了冠峰,桂宝护送。亚玲带着老奶奶回家。桂圆和齐进被打发去外面逛逛。天寒地冻,两个人只能去商场。

在大人们看来,他们正在恋爱期,需要单独相处的时间,可真被赶出来,桂圆又感觉有点无家可归的荒凉感。桂圆给左璐瑶打了个电话,问她情况。左璐瑶声音孱弱,说在涮火锅。一到过年,左璐瑶最难受。她没有亲人,也没有男朋友。桂圆问她:"要不要出来?"

左璐瑶问:"你一个人还是两个?一个说A,两个说B。"

"B。"桂圆必须实话实说。

"我自己待着吧。"左璐瑶不愿当"灯泡"。她对齐进印象不好。

挂了电话,齐进买奶茶回来,桂圆提议去看看房子。二手房刚装修好,换了地板,重贴了墙纸,家具是新买的,在散味儿。齐进表示同意。两个人开小车过去。天有点飘雪,地面上细细一层白。年味更浓了。

进了屋,齐进连忙去打开窗户。一阵冷风吹进,桂圆清醒了点。她东屋看看,西屋看看,发现次卧里加了一张小床。什么意思?给孩子准备的?桂圆第一时间想到这个,压力顿增。齐进走过来,扶着她的肩,解释:"加张床,回头有人过来,方便住。"

谁住?这里会成他们家的办事处?桂圆想问,但她还是未过门的媳妇,总不好现在就排斥婆家人。齐进妈当面说过老人们不来掺和,不过如果硬来掺和,她能怎么办?她只能慢慢磨合、学习,好在现在还有时间做准备。桂圆不是糊里糊涂走入婚姻的。这种心理建设她至少做了有五年。其实还有个问题,她一直没跟齐进摊开谈过。桂圆有危机感。念巧的前车之鉴在那儿摆着,桂圆想早点要孩子,她自己在心里打了个期限,最晚35岁孩子得落地。照这么算,现在就要开始准备了。桂圆想过奉子成婚,有一回她甚至没采取措施,不过没中。看来靠意外不行,必须好好合计。齐进是独子,要孩子的心应该比她还迫切,之所以没有强人所难,桂圆的理解是,他不想奉子成婚。她偏就喜欢他这一点,朴实、老实、踏实、切实。

手机响,是左璐瑶打来的。桂圆接。听筒里传来微弱的声音:"救命……

救命……"桂圆吓得脸惨白。

* * *

出租车上,奶奶睡着了。到地方,亚玲一个人扛不动,只能哄着她醒,哄着她下来走步,亚玲碎碎念着:"妈……妈……饭后走一走,活到九十九……"奶奶最爱听这句话,顿时醒了:"起来,走着,……长命百岁。"

亚玲听着堵心——寿多则辱,可这话没处说。

到家,亚玲给奶奶擦脸、洗脚,安顿睡觉。她自己洗个澡,坐在沙发上吃饭店打包回来的榴梿酥。光顾着应付大嫂,饭都没吃好。亚玲脚跷在茶几上,咬一口,难得清静自在。女儿要出嫁,儿子工作稳定,她这个做妈的舒坦。吃着吃着,她突然想起来什么,去洗手间摸了一张女儿的面膜,贴脸上,然后靠在沙发上看电视。神仙日子不过如此。

* * *

商场里,念巧抱着巧彬在前头,巧彤跟在后面。老爸季鹏和志明叔蒸桑拿去,她不能跟着,又没带钥匙,只好打电话找老妈。念巧让她直接来商场。

念巧转头,把儿子给女儿带:"看着弟弟。"

巧彤拒绝:"我不是扶弟魔。"

念巧"啧"一声:"你看着,没让你扶,我看看包。"

巧彤"嗯"了一声。弟弟长到三四岁,她还是亲不起来。

念巧看上个包,打完折 5000,她犹豫要不要买。在自己的吃穿上(除了美容健身),念巧现在省。钱要用在刀刃上,孩子教育是大头。

巧彤一边拽着弟弟一边说:"妈,跟你说个事。"

"说。"念巧没回头,注意力在包上。

"我要改名。"

"什么意思?"

"叫郝彤。"

念巧立刻会意:"跟我撇清关系?"

"不是,不顺嘴。"巧彤说。

"随你,身份证上不许改。"念巧说。

巧彤没想到老妈答应得那么痛快,更加确信她只看重弟弟,心里更不痛快:"妈,您这教育专家培养人才培养得怎么样?"

女儿从来不问老二的教育,这冷不丁一问,念巧不知她什么居心。

"有指教?"念巧问。

"不,我就是看看投入产出比。"

念巧拉过儿子:"彬彬,给姐姐背首诗。"

巧彬听话,真哇啦哇啦背起来:"死去元知万事空,但悲不见九州同。王师北定中原日,家祭无忘告乃翁……"

郝彤爆笑。念巧也意识到这首诗意思不吉祥,喝道:"换一首,春眠不觉晓……"

巧彬说:"没学过。"

唐念巧着急:"怎么没学?妈妈教你的。春眠不觉晓,处处闻啼鸟。"巧彬愣背不出来,季鹏睡前老给他念"死去元知万事空"。郝彤笑得蹲在地上,念巧气得拿包打她。

导购走过来:"女士,抱歉,不可以这样的。"

"我买了还不行吗?"念巧怒。

郝彤站起来,接过包:"妈,我来买。"

念巧愣了一下:"你哪儿来的钱?"

"年终奖。"郝彤大气。

结完账,包拎过来了。念巧快哭了。这是女儿第一次拿自己挣的钱给她买东西。养了这么多年的二百五女儿终于知道回报了。虽然长成的是稗子不是麦子,可真饿的时候也能凑合当粮食吃。

"喏,"郝彤打趣,"我可是报答您的养育之恩了。"

"一个包就报答了养育之恩?"念巧故意绷着脸。

"那得多少?"

"100 个包吧。"

"哎哟,我的老亲娘。"郝彤扑上去,亲了老妈一口。她马上要做名人商务,心情大好。念巧也跟着受惠。

母女俩嘻嘻哈哈一番。一低头,彬彬不见了。"彬彬!"念巧顿时被抽了魂。"都怪你!"念巧吼女儿。

郝彤委屈,可她知道这会儿什么都不能说。念巧顾不上包,冲出店门,哭嚷着喊彬彬。郝彤跟出去。不远处的甜品站边,一个小萝卜头站在那儿。念巧眼尖,惊呼一声"儿子",跑过去一把搂住,亲了又亲。

郝彤凝望这一幕。她深刻认识到,即便自己送老妈100个名牌包,还是没有弟弟重要。因为她无论怎么努力也无法帮老妈完成哈佛梦。在老妈眼里,她不过是个破罐子破摔的人。这一瞬间,郝彤突然充满斗志。对,她不是巧彤了,她是郝彤。那就按照郝彤的活法,活出精彩。她决心让老妈另眼相看。

* * *

左璐瑶躺在抢救床上,正在被推往抢救室。她抓着桂圆的手不肯放。

桂圆只能安慰她:"没事的,没事的,小手术,小手术。"

左璐瑶得了急性阑尾炎,送到医院前已接近溃脓,很危险,必须立刻手术。人推进去了,齐进和桂圆站在抢救室门口。

"你先回去吧,家里还有人。"

齐进不动,陪桂圆。

"回去吧。"桂圆又说,"我在这儿就行,一会儿喊桂宝过来。"

"真没问题?"齐进确认。

"没事,回吧。"桂圆说。

齐进又站了一会儿,真走了。看着齐进远去的背影,说不失落是假的。桂圆的真实期盼是——她让他走,他一定要陪。现实中没这剧本。齐进不懂女人心。

桂圆打给桂宝。他跟璐瑶熟,不尴尬。电话刚接通,就听到桂宝小心翼翼的声音:"出事啦——"

桂圆的心缩了一下。

018 / 爱 狗 如 命

穆小桃几乎瘫在亚玲家沙发上。亚玲围在她旁边，端着水，像丫鬟伺候太太。

"疯了！"小桃说不上哭还是没哭，亚玲知道大嫂的情绪有夸张的成分，暂时不知道怎么劝，"你大哥要杀我！拿刀了！"

亚玲的眼神里都是不可置信："不至于，就是一条狗。"

毛毛走失了。冠峰怪她没关紧门，放跑了狗。

"就为一条狗，他跟我拼命！"小桃忽然歇斯底里，"门不是我开的，不是我开的，走的时候锁得好好的，我说了100遍！"

亚玲不出声，递过水杯，穆小桃狠灌一口，然后突然放声大哭。亚玲抚着大嫂的背。眼下，她能换位思考的程度，只能是当作大哥大嫂丢了个娃儿。

小桃抽抽搭搭地说："我不心疼吗？不是我养的吗？他喂过几次？遛过几次？管过几次？哦，现在出事了，屎盆全扣我头上，他就没有责任？"大喘气，捶胸顿足，"我还不如一条狗？！"

亚玲连忙说："没那么严重。"

桂宝进门，拿着一沓传单，递给大舅妈核准。小桃接了，盯着看。亚玲抽了一张，比远点，瞅着传单上的文字：

万元寻狗

本人有一只黄色土狗，公，4岁半，体重22斤，呼唤名字（毛毛）有反应，于2月24日下午4：36左右在蓬莱花园小区青蓬路上丢失。狗狗跟主人相处感情太深，主人爱狗如命！在狗狗丢失的这段时间里，主人不吃不喝以泪洗面，精神几度崩溃！现跪求各位帮忙留心寻找，如若有好心人爱心人捡到或者看到，请及时与我联系，本人愿以重金（10000元）感谢！联系电话：139XXXXXXXX，微信号同手机号。

亚玲没想到儿子还有这本事。

小桃站起来，说了声"走"。亚玲连忙换衣服，虽然天已黑了，他们还是决定出去一边寻找一边贴寻狗启事。

一夜无眠。亚玲陪着小桃到处找寻。过了12点，亚玲让桂宝回家，奶奶需要人照顾。桂圆还在医院陪璐瑶。这个年不好过。下半夜，两个人实在走累了，亚玲说："嫂子，回去吧，慢慢找。"小桃不肯回去。她还不能跟冠峰单独相处。

"那去宾馆？"亚玲问。

小桃没异议，也只有宾馆可去。坐在宾馆床上，小桃忽然问亚玲："不会跟我离吧？"她越想越多。亚玲只好告诉她绝对不会，先安抚住小桃的情绪。

郝季鹏是半夜接到大哥冠峰电话的。冠峰问他："公安局有没有熟人？"季鹏问："什么事？"冠峰简单扼要把狗走失的事说了，下死命令："必须要找到！"连说两次。季鹏认识到问题的严重性，表示一定全力以赴。

念巧睡眼蒙眬地问是谁。

"大哥。"季鹏嘟囔。

"又怎么了？"

"狗。"

"狗？"

"狗丢了。"季鹏关灯。

念巧用鼻子"哼哼"一下，倒头继续睡。第二天一早，季鹏刚打完电话，念巧端着杯橙汁走到丈夫身旁。季鹏给派出所的朋友打了招呼——冠峰能半夜给他打电话，他不能半夜为了一只狗打给朋友。荒谬。

"看到了吧？"念巧说。

这口气季鹏不喜欢。他接过橙汁。

"能要孩子不要，非为了只狗鸡飞狗跳，舒服？自在？狗就是狗，不是人，养了多少年，该走还是走，招呼都不打，"念巧舔了舔上嘴唇上的细渣渣，"把狗当儿子，走火入魔！"

季鹏忍着。念巧变本加厉:"这些关系平时用到人身上都舍不得,现在好,狗抢先。也亏你是亲弟弟,换了旁人,可能吗?"

"行了!"季鹏忍无可忍。

念巧起床气撒够了,知趣走开,操弄彬彬去。

24小时过去,毛毛的消息像小桃放在股市里的钱,蒸发得无影无踪。狗没了,人还在,小桃终究得回家。亚玲负责把她送回去。大哥大嫂还是两口子,日子得继续。她这个当妹妹的,得是万能胶,把他们重新粘在一起。

到家门口了,小桃改主意:"不行。"

"没事的!"亚玲给嫂子鼓劲。

"他打人。"

"他敢!"亚玲外强中干。

院子里寂寂的。葡萄架光秃秃,玉兰花也枝枝丫丫刺向天空。小桃推了亚玲一下,让她先去探探路子。丢狗不是第一回,上次布布走失,冠峰差点把家砸了。小桃心有余悸。这回她的确没给毛毛拴狗链。

亚玲推开玻璃门,进客厅。冠峰瘫在沙发上,几天没洗的头发粘在一块儿,额头上好像耷拉根油条,颓气。

见亚玲来,他只瞟了一眼,没说话,继续目视前方,眼神涣散。

"还在找。"亚玲快速走到大哥身边,"贴了启事,也拜托大家一起找,估计走不远。"

冠峰还是没吭声。

小桃进来了。推拉门的声音吱吱扭扭,很慢速,似乎在诉说委屈。

"大哥,有问题解决问题,不要乱扣帽子。"亚玲帮嫂子说话。

小桃屁股搭在沙发边沿,离冠峰几尺远,却一个天涯一个海角似的。

小桃挥手,声音轻轻地说:"回去吧。"

亚玲不肯走。她担心大嫂,更担心大哥。

"回吧,没事。"小桃好像完全恢复了状态。

亚玲没再多说,又站了几分钟,走了。小桃送她到门口,亚玲使劲抓了她手一下,似乎在给小桃力量。

送走亚玲,小桃折回头,看着生无可恋的冠峰,吐一口气,居高临下地说:"要不,再弄一只?"

冠峰起身往里屋去,仿佛她只配看他的背影。

* * *

左璐瑶躺在病床上,嗫嚅:"想吃罐头……肉串……"桂圆坐在床头,利落地拿出手机,"遵医嘱:术后当天不可以进食;术后两至三天如果肛门排泄,可以给予少量流食;流食以清淡营养为主,含有粗纤维的食物,如芹菜、大白菜、香菜、蒜苗、韭菜、香椿、冬笋等不可以食用;忌荤冷食物。"

左璐瑶绝望地呜咽。幸亏桂圆及时赶到,医生说如果再晚半个小时,有生命危险。不过,在左璐瑶看来,最可怕的不是病本身,而是自从桂圆谈恋爱以来,她在生活中赫然发现的孤独。一个人坐在餐桌前,面对的是孤独;一个人打扫卫生,被钢丝球划破手指,粘上创可贴,粘着的是孤独;一个人举着鞋底击打蟑螂,打死的是孤独;阑尾犯病,犯的也是孤独。铁杆闺蜜现在投靠了另一个山头!当初说好一起结婚、一起生孩子,如今她明显落后,奋起直追也来不及。

面对躺在病床上狼狈的璐瑶,桂圆愁。年纪不小啦!就算暂时不结婚,也得有个男友,做做伴。如果是过去,桂圆可以直接给璐瑶上课,但她现在有了齐进,什么都不能说了。再多说,显得站着说话不腰疼。

护士进来给璐瑶打了一针。打完,桂圆笑问:"疼吧?"

"你试试。"璐瑶还龇着牙。

桂圆轻轻叹气。

璐瑶道:"行啦,知道你心里想什么。"

桂圆莞尔。沉默是金。

"你肯定觉得我特可怜。"

桂圆连忙否认。此地无银三百两。

璐瑶继续说:"你肯定认为我要求太高所以才找不到男朋友,过去找不到,现在找不到,未来也找不到。但是你不能说我,因为你找到了。世界上最痛苦的事莫过于一个不幸的人目睹别人的幸福,你认为什么都不说是为我着想。"

看破又说破。璐瑶太刚。

"不是你想的那样……"桂圆的劝解很无力。她还能说什么呢!爱情必须由自己成全。

璐瑶抓住桂圆的手,反倒像安慰她:"放心吧,爱情对我来说不是必需品。我可能需要一个保姆。"

桂圆苦笑。

见到齐进,桂圆提了给璐瑶介绍对象的事。他的男同事多。齐进问要求。桂圆照搬左璐瑶的要求:阳光上进,眼里只有她。齐进倒抽一口冷气。

桂圆拍了拍齐进:"以前我觉得她这要求不靠谱,现在想想,没什么过分。"

齐进的表情像哑巴吃黄连。

"你什么意思?"桂圆不满。

"对天发誓,我眼里只有你。"齐进把脸贴近了。桂圆躲开。她拐弯调查过,齐进不是没有前女友。她懒得问。知道多了,无非庸人自扰。

这日到家,大舅妈穆小桃正跟亚玲站在门口——她们总这样——说了"再见",也能再聊个半小时,好像演唱会的"安可",藕断丝连的样子。

桂圆向小桃问好。穆小桃点了点头,脸上微笑欠奉。亚玲的神情也很肃穆。桂圆不敢打扰,连忙进屋,问奶奶知道不知道情况。奶奶只说一句:"你大舅的事。"

"狗那事还没过去?"桂圆诧异。她没养过狗,不明白人狗情深。过了好一会儿,郝亚玲才回屋。桂圆问:"大舅妈走了?"亚玲没应,坐回沙发,两手并在腿上,撑了一下腰。

"到底怎么了?"桂圆担忧。

郝亚玲抬头,大吐气:"你大舅得抑郁症了!"

桂圆觉得像听天书。

019 / 一奶同胞

晚上睡觉前十分钟是季鹏和念巧的交流时间。过去,季鹏觉得这十分钟让他很幸福,可现在,这短短的谈话却经常让他睡不着觉。今儿季鹏早早表示不该他值班,给老二读唐诗的任务是念巧的。

其实念巧早罢免了他的工作。什么爸爸,就知道教"死去元知万事空"!唐念巧现在给季鹏分配的工作是教儿子礼仪。她买了一套书,四本,分别是家庭生活、学校教育、社会交往、一日三餐。她让季鹏按图索骥,依葫芦画瓢,尽做父亲的责任。不过今儿晚上,她不想跟季鹏谈这个。

念巧先问了问彤彤的工作情况。季鹏说:"去孙志明的公司了,先熟悉熟悉环境。"念巧又问老大的狗怎么样了。季鹏道:"没找着,狗比人难找。"念巧见缝插针:"就该正经生个孩子,"说着一笑,"不知道大嫂还有没有这功能。"季鹏心有戚戚:"就怕大哥没这功能。"

念巧的八卦热情熊熊燃起:"真的?"

季鹏看不惯她这样子,抖了一下被褥:"什么真的假的!"

"老大跟你说的?"

"谁会说这个!"

"那你怎么知道?"

"就那么一说,瞧你那样。"

念巧道:"这老大也是,有病治病,干吗憋那么多年,真不喜欢孩子吗?不喜欢的话,当初我生彬彬,他们就不会怪模怪样。我跟你说,他就是假丁克,自己思想上都没通畅。"

"睡不睡?"季鹏把手伸向台灯。

"嗳,"念巧用小指头戳了她老公一下,"说正事。"

季鹏顿时如临大敌,老婆的正事一般不是好事。季鹏用眼神表示惊恐。

"干吗!"念巧笑,"我又不吃了你。"

"你的正事比吃了我还可怕。"

念巧"啧"一声:"郝季鹏,别揣着明白装糊涂,我可是为了你们老郝家。你就不想想,爸妈在世的时候说过,郝家得有后人,后人得培养好,就这么一个独苗苗,再不好好规划培养,想干吗?"

季鹏不吭声。郝家到彬彬这儿是单传。他也看重这个,不然不会要二胎。

"给彬彬换个幼儿园。"念巧很严肃。

"又跟老师吵架了?"

"谁?"

"你。"

"把我想成啥啦!"

"那为什么换?"

念巧皱眉:"现在这个,环境不好。"

"哪儿又不好?"

"'又'字去掉。"念巧不满意季鹏的态度,"什么'又',这是第一次提。你儿子是亲的。"

季鹏只能说"叨扰",请她继续。

"教师水平一般,语言环境一般,生源质量一般。"一口气说出三个不是。

季鹏服气。必须服气。

"还是得换个国际学校。"

"换。"季鹏立即同意。他知道,就算他现在反对,念巧也会想着法儿把工作给他做通了,还不如现在就缴械投降。只要对孩子好,他郝季鹏就配合。

"得找关系。"念巧道。

"找。"

"去哪儿找?"

"问问。"季鹏打了个哈欠,想睡觉了。

"我帮你问好了,大哥有路子,天成国际的教导主任好像跟大哥在英国认识,是大哥的粉丝。你去找大哥,别让大嫂知道。"

季鹏不耐烦:"废话,他们俩是两口子,能不让她知道吗?你别管了。"

从小到大,季鹏和冠峰的微妙关系,恐怕只有他们俩知道。对外当然是铁板一块,天底下只有这一份的亲弟兄。但其实内心深处,季鹏一直都想要超越哥哥。小时候打架,永远是大哥出面摆平,后来参加工作,大哥的工资最高,对家里贡献最大,再后来二姐崛起了一阵——亚玲在国营厂工作,找了同事,夫妻俩双职工。后来大哥凭着画画的手艺崛起。直到近十来年,郝季鹏才异军突起,在郝家开始算个人物。而且,在生育这件事上,他觉得自己比大哥更对得起死去的爹妈。

念巧也抱怨过,嫌大哥大嫂冷淡:"就这一个侄儿,还不多疼点。"道理上是这样,但在人情上季鹏理解大哥。他自己没孩子,所以对有孩子的多少有点嫉妒。虽然哥嫂一直宣扬自己是丁克,可季鹏认为里面的水分不少。狗丢失的事就是个例子。因为没孩子,感情都寄托在狗身上。可因为一条狗动用老关系,也只有他郝季鹏能这样两肋插刀。这些年,季鹏很少求大哥办事。只是如今情况特殊,为了儿子,季鹏硬着头皮上。

没了狗,冠峰的小院子安静了。季鹏一进门就能闻到蜡梅香,小桃站在门口迎接他。季鹏看小桃就知道大哥的情况不太好。大嫂跟大哥同气连枝。大哥好的时候,大嫂也满面红光。不过真见到斜靠在床上的大哥,季鹏还是吓了一跳。他从没见大哥这么老过,灰苍苍的,仿佛是泄了气的皮球被放在仓库里多少年。一瞬间,季鹏又心疼又蔑视。

"老三。"冠峰勉强招呼。

季鹏用眼神寻求大嫂指示。小桃没说话,转身去泡茶。

狗走丢后,穆小桃的心情也经历了从怕冠峰怪她到希望冠峰怪她的过程。吵可以,对她不理不睬才是最恐怖的状态。

"你不能这样!"小桃从亚玲家回来就对冠峰大声疾呼。冠峰像一尊石像。"狗丢了再买,有什么大不了?寿命本来就十几年,就当老天收回,轮回。"冠峰什么也不听,也不睬她。她害怕了。这几十年,他只有她,她只有他。雷打不动的团队要分裂了,以后的日子怎么过?活着还有什么盼头?小桃只好一手拍胸口,一手抓冠峰的手,嚷嚷着:"你打我,打我。"冠峰发声了,几乎是吼:"你到底要干什么?!"穆小桃觉得这几乎是郝大师几十年来发出的最恐怖的声音。

小桃端茶来。季鹏站着接过来,手有点抖。他在考虑彬彬转幼儿园的事还要不要说。

"有事你说。"冠峰主动开口。

季鹏顺着把事情简单说了。冠峰果然说确实跟国际学校的主任有过几天的交情,只是没想到现在他到了教育系统。季鹏激动:"人家现在是大拿,多少孩子家长求着他。"

小桃看他一眼,季鹏才意识到说错了话。这时候,这场合,提孩子不合适。毛毛就是冠峰的孩子,刚刚走失。

冠峰说他会尽快打这个电话。季鹏完成任务,一时不晓得再跟大哥说什么。

小桃留饭,冠峰却说:"有事忙你的。"

季鹏看了小桃一眼,知道不宜久留。小桃连忙给季鹏拎了两盒白茶,送到院门口,笑说:"你忙,不留你吃饭,问念巧好,孩子都好吧?"到这时候,小桃才顺带问念巧和孩子几句。

"嫂,哥有什么需要帮忙的,随时打电话。"季鹏说。

"没事!他就是有点感冒,"小桃笑眯眯的,又忽然压低声音,"创作上也遇到瓶颈,他不让说,你保密。"说着,小桃拍了季鹏一下。一直到季鹏开车走,她才放下笑容。面对老三,小桃的情绪很复杂,一方面,她希望老三来,对她和冠峰的关系有促进。老三和老二的作用不同,亚玲毕竟是女的。可是,她又不愿意季鹏留太久。就好比刚才,无意中就提到孩子,免不了让冠峰不痛快。而且,念巧和季鹏的存在本身就显得她穆小桃无能。念巧母鸡下蛋似的生了两个娃儿。她呢,一辈子无子。这几十年来,她不是没听过难听话,始终有危机感。

出了大哥家,郝季鹏暂时不想回家。公司秘书打电话来,季鹏说在外面谈事,也推了。生了二娃,季鹏当然觉得光宗耀祖风光无限,这是面子,但其实每天他也头疼。季鹏靠边停车,在车里坐了一会儿,决定转道去看看二姐。

季鹏刚进门,老奶奶就交给他一只木棒棒,上面粘着膏状体:"你来。"

季鹏不明所以,老奶奶领他到洗手间。亚玲坐在镜子前,他才明白二姐在染发。

"怎么不去理发店弄?"季鹏帮亚玲抹。

废话。家里弄便宜。这个老三,真是"何不食肉糜"。可郝亚玲要面子,说:"理发店没这颜色。"

"什么颜色?"

"暗红。"亚玲偏过头,让季鹏在鬓角处多抹点。季鹏点了几点,亚玲嫌他抹得不到位,接过棒子挖出一大块膏体。季鹏凑近看,亚玲鬓角下藏的全是白头发。季鹏的眼珠子扩大了两倍,亚玲捕捉到弟弟的表情,自嘲道:"怎么,以为你姐还年轻?"

"本来也不老。"

"都要抱外孙子了。"

季鹏心惊,以为桂圆有了:"那得早点办事。"

亚玲意识到有误会,忙解释:"虚指。"

季鹏一笑,说:"那最好也别等。"

亚玲说:"我倒想早点办,早办早省心。"

季鹏说:"大哥那儿怎么弄?"到底是一奶同胞。

亚玲包上头巾,像阿拉伯人,迅速收拾染发用品:"你去他那儿了?"

季鹏说:"就刚刚。"

亚玲问老大情绪怎么样。季鹏说:"跟被煮过似的。"

亚玲道:"两个大人,你看我,我看你。怎么弄?"

季鹏问:"到底是谁的问题?"

"什么问题?"

"就那事。"

"都没问题,"亚玲维护大哥大嫂的面子,就算有问题,也不能从她嘴里说出来,"光开花,没来得及结果。"

"到底是不想要果,还是不能要果?"

"现在说这个没意义。"

"或者直接无花果呢?"

"你什么意思?"亚玲觉得老三的话有点意思。

020 / 为 你 骄 傲

亚玲领季鹏到桂宝房间,关上门,才问:"他们跟你说的?"

"没,"季鹏道,"我就觉着这样下去不成。"

"一辈子都过来了,总不能现在有故事。"

"实在不行抱一个。"季鹏说心里话。

"这话你没提吧?"亚玲紧张。她怕季鹏不知分寸,刺到小桃。小桃搞不好秋后算账。徒惹麻烦。

"我不能提,你能。"原来季鹏是这打算。

"我更不能。"亚玲否认。她不想惹麻烦。

"没了一条狗都这样,干脆直接养个娃儿算了。"

"他们多大了?"

"又不是没钱。"

"两个人走了呢,谁顾孩子?"

"没那么快吧!"季鹏惊诧于二姐的悲观。

"人家就是丁克,自发自愿,不想要。"

"想法会变的。"

亚玲不想再说这事,转而问念巧怎么样。季鹏说:"带孩子,美容,健身。"

没其他事。"亚玲又问巧彤。季鹏说："彤彤上班，正常。"他没提去志明那儿。桂圆拒绝过志明，他怕提了，亚玲不舒服。

"你收敛点。"亚玲突然说。

"姐——那是以前，早改邪归正了。"季鹏过去是地下的花花公子，亚玲帮他打过掩护。

"念巧不知道，我还能不知道？"亚玲一副知情人的样子。就凭这，她就能拿住弟弟。

体己话说完，姐弟俩才走出来，季鹏又去应付老奶奶一番。奶奶喜欢亚玲这娘家弟弟，可劲儿夸。季鹏一向好面子。老人夸他，他心里欢喜，当场拿出几张票子，说让老奶奶买点零嘴吃。老奶奶被哄得开心，硬要起来送他。季鹏和亚玲都不让。

到门口，季鹏又要塞钱给亚玲——都是大票子，放在银行信封里。亚玲坚决不收，跟打架似的推搡了一会儿，亚玲终于要投降了，钱攥手里，不紧，随时能掉出来的状态。

季鹏道："放心，念巧不知道。"

此话一出，亚玲死命把钱塞回去。弟弟给姐姐一点钱还要念巧同意，说明季鹏不当家。日后念巧万一知晓，但凡有一点不痛快，说出个噎人话，亚玲肯定受不住。不如不要。

抵抗太过坚决，季鹏没办法，只好撤了钱，揣裤兜里。亚玲朝他挥挥手，微笑道别。一转身，老奶奶拄着拐棍站在门边，一双眼定定的。

亚玲心一沉："妈——别这么看我。"

"还是那毛病。"

"说什么呢？"亚玲嘀咕着朝屋里走。

老奶奶关上门，慢吞吞跟在后头："我都拿了，你比我脸皮还薄？"

亚玲暗忖："那是你脸皮厚。"嘴上却说："能一样吗？回头被念巧知道，不好。"

"你不后悔就行。"

知媳莫若婆。在一起过了几十年,老奶奶看她到骨头里。实际上,季鹏背影还没从楼梯口消失,郝亚玲就后悔了。她坐在沙发上生闷气,气自己。婆婆追着道:"这次拒绝,下次人家就不给了。"

"妈——"亚玲的呼喊是让婆婆闭嘴。

老奶奶提醒:"头发!"

亚玲这才想起染发膏没洗,严重超时。去卫生间冲了,这回颜色染得深,一头红毛,有点时髦感。吹干了,亚玲问:"怎么样?"老奶奶说:"像跳大神的。"亚玲转身钻进厨房忙自己的。

今儿季鹏来,姐弟俩倒是在某些事情上达成了共识。比如,老大家格局要破一破。怎么破,有待揣摩。因为桂圆和齐进的事,亚玲总觉得欠小桃人情,或许季鹏说得对,她应该敲敲边鼓,看看他们的意思。以老大两口子的财力,养不是问题。只不过,这事怎么过问,实在是艺术。

* * *

茶水间,郝彤把速溶咖啡倒进杯子里,动作有点大。同事小方进来,说:"谁又惹你了?"郝彤道:"咱们接洽的就是这些名人?"小方明白她的意思,笑:"能挣钱就成,端进去吧。"

郝彤一手一杯咖啡走进孙总办公室。志明正和一位客人谈公事。那客人半弯着腰,胸前两颗大"皮球","皮球"间的缝隙能夹死18只苍蝇。郝彤打断他们。女客人直起身子。

志明道:"小郝,把规划文件拿来。"

郝彤只好去取,拿来直接送到女客人的胸部和志明的面部之间,做成个挡板。

女客人这才正眼瞧郝彤,充满敌意。郝彤头也不回地走开。快到下班,孙志明把郝彤叫到办公室,问她晚上有什么安排,约一起吃饭。郝彤正好不想回家看老妈教育弟弟,答应了。

菜吃上,孙志明才笑着问:"是不是如果换成男的,你的看法就不一样?"

郝彤说:"以后我只招待男的。"

志明哈哈大笑,他没解释来的女客人其实是他的相亲对象,也是做项目的,强强联手。

郝彤把叉子放在牛排上,道:"没想到你喜欢这样的。"

志明说:"那我应该喜欢什么样的?"

"说不好。男人都这样。"

"你好像很了解。"

"你可别跟我爸说。"

"严格保密。"

"你真觉得那样美?"郝彤问。

"哪样?"志明问。

郝彤在胸前做出弧线手势。

志明道:"从生理学角度说,发育过度要好过发育不良。"他不想继续这个话题,于是问郝彤,"你表姐最近怎么样?"

郝彤问:"哪个表姐?"

"有几个表姐?"

"代桂圆?"

志明"嗯"了一声。

郝彤问:"你认识她?"

志明没细解释。念巧给桂圆介绍对象的事,全家人都没跟郝彤说,她确实也不感兴趣。

"快结婚了。"郝彤随口说。

孙志明吃菜。桂圆有点特别,是少数严词拒绝他的女人。"找了个什么样的?"

"干吗,有意思?"郝彤反攻。孙志明只好打哈哈,把话题往其他方面转。当然谈不上喜欢,他只是想知道后面的故事。

晚上8:30,代桂圆从抽屉里摸出一条饼干,撕开了,一边看电脑屏幕一边吃。上司推门进来,桂圆连忙把饼干挪进抽屉,嘴里还嚼着。

"应该叫个餐嘛。"董总春风和煦。

桂圆陪着笑笑。

"最近怎么样?"他问。

"这个月还成。"桂圆给自己贴金。摸不清他的路数。

"你跟了我不少年了。"董总忽然怀旧。

桂圆说:"是。"满脸赤胆忠心。

"准备好进步没有?"董总笑得像只老猫。

桂圆差点没噎着。她怎么也想不到,老奸巨猾的董立民会突然推她一把。

集团想上市,前提是门店必须大量拓展,光是上半年就打算在区里开十家店,管理人才急缺,董立民想让桂圆去担任重点区域重点门店的校长。"机不可失。"老董说这话的时候声音很小,一副把桂圆当自己人的样子。

桂圆只能说再考虑考虑。老实讲,是个机会。要不是集团忙于扩张,她要当校长,怎么也得再混几年。只是她马上要结婚,再过几年可能会麻缠到带孩子的生活中。再者,她一直担任 CR,突然改做一把手,她怕自己顶不住业绩压力。桂圆跟着开过一次集团的季度业绩会,那氛围能让人窒息——卖不出去课,你就得下课。得慎重。

桂圆先把这事跟老妈说了。亚玲的第一反应是:"哪个挣钱多?"

不用说第二句,桂圆明白这事跟老妈谈不着。可除了老妈,又能跟谁说呢?她怕齐进多想。升职,当校长,意味着更忙。如果齐家立刻想要孩子,那她现在升职,他们估计不会高兴。可是,不说似乎也不合适。桂圆翻过来倒过去想,发现其实自己心里早有答案——她想干,眼下所谓的问询,只是希望得到支持。

"干,为什么不干?我就是当初错过了汉莎航空那项目,现在还在这儿趴着。"左璐瑶给予桂圆无条件支持。她单身,考虑不到那么多。

"一干就没个头。"桂圆说。桂圆不好意思明说自己马上要结婚。

璐瑶消化了一会儿,才明白过来,道:"他反对?"

"齐进还不知道呢。"桂圆让她别诬赖好人。

"他要敢反对，这人就不能要。"左璐瑶一直认为齐进是绊脚石。桂圆摸了摸桌台上的花瓶，夹竹桃换成了乒乓菊，一颗颗黄色圆球。她笑而不语。工作固然重要，但她不能因小失大，每一件事，她都得放到全局去考虑。跟排兵布阵似的，排布不对，结局肯定不会圆满。

左璐瑶捉住桂圆的手腕："你给他打电话，现在就问，就得措手不及，让他当场表态。"

桂圆不动。

"他要是不同意呢？"

"那就不竞聘，不升。"

"代桂圆！"左璐瑶着急，"还没结婚呢，别把自己弄得跟旧式妇女似的。"

桂圆呵呵笑，不解释。她当然会征求齐进的意见。无论是同意还是不同意，她都能接受。不同意——她吃点亏，让齐进欠她的。同意——日后若有矛盾，她可以说："你看，是你同意的。"她总能立于不败之地。

于是，在两个人一起去看婚纱照的时候，桂圆把这事提了出来，其实是先斩后奏。距离竞聘结束已经两天了。在等结果。桂圆刚说完，齐进就举了一下拳头："为你骄傲。"

021 / 如此上心

冠峰面子大，招呼一打，念巧就加上了国际学校主任的微信。主任在微信上没表态，只说找个时间通通电话——按照惯例，需要先了解家长的情况。念巧有自信，但也不掉以轻心。约好了晚上8:00通话，念巧提前三天就给季鹏打招呼："时间留出来，你必须在。"她还跟季鹏定了战术，夫妻俩打算轮番上阵，把主任侃晕，势必要把巧彬塞进去。

晚饭做好，李姐下班。彤彤没回来。念巧和季鹏匆匆吃饭，安顿彬彬学习，他们俩躲在小屋，手机放在支架上，静待来电。8:00，手机响。念巧和季鹏对了个眼色。念巧接，点免提。

主任一开口就是英语，伦敦腔。念巧吓得不晓得怎么寒暄，连忙调动词汇库。"没事。不慌。"她安慰自己。工作的时候，每次出国她唐念巧都是横扫，肯定超过大学英语六级水平。谁知应对了没几句，主任开始说教育词汇，语速快得跟台风似的，念巧跟不上了。她转头向丈夫求救。季鹏摆手。他的英语水平仅限于"How are you"。念巧只得不懂装懂，用"yeah"应对。主任叽里呱啦了半小时，念巧弄明白两件事：第一，主任不是装，人家就是外国人，精通多国语言，包括汉语，在微信上发汉字没障碍；第二，主任最后劝他们不要来，理由很充分——如果家长英语都不达标，老师怎么做家访？

通话结束。念巧感觉自己像被抽了筋，浑身瘫软，深深的挫败感从心出发，蔓延到身体的每一个细胞。是她耽误了娃儿。

季鹏一言不发。

"说话！"念巧对季鹏嚷。

季鹏无措，事已至此，说什么呢？

念巧继续抨击："让你念诗你还不乐意，还没让你念英文诗呢！"

季鹏咧嘴，隐约感到新一轮的折磨又要开始。

*　　*　　*

桂圆结婚，倒像小桃嫁女儿。婚庆公司是她找的，当然是齐家出钱。小桃天天到念巧这儿点卯，不厌其烦。有时候能微信聊天好几个小时，只为跟主持人和化妆师沟通，还要跟婚庆公司调配户外布景，去酒店拿打印好的帖芯。中式喜帖壳和喜糖是从网上买的，款式也是小桃定。还有整套红嫁妆，同样是小桃选，红衣红裙红鞋红袜红碟红碗红筷，都拿给桂圆过目。桂圆表示满意——现在大舅妈说什么，她都表示满意，必须满意。

亚玲叮嘱她都按照大舅妈的意思来——郝亚玲认为，小桃如此上心，一是因为齐进是她介绍的，二是为了躲冠峰。毛毛丢失的创伤只能靠时间抚平。小桃说冠峰又作画了，老画狗。

喜帖的抬头由小桃写，她软笔字好。小桃先把老吕的帖子写了，拿个本子在旁边练，每一次下笔都很慎重。亚玲夸到了点子上："嫂，你书画双绝。"难得亚玲文雅。

亚玲问小桃:"微信支付你会不会?"她早就想请教,桂宝教了几次她都没摸清。

小桃诧异:"你不会?"

"老忘。"

"不要太落伍,"小桃摘掉老花镜,打开手机,边操作边说边写,"一,打开右上角+;二,扫一扫;三,输钱数;四,输密码;括号,支付宝相同。"亚玲又夸小桃与时俱进。夸完继续写帖子。

亚玲说:"下一个给老周。"老周是他们共同的朋友,70好几了。

"最近什么时候见的?"

"上个月。"

"干什么?"

"他女儿结婚。"

老周女儿结婚没给小桃下帖子。事实上,自从小桃和冠峰下定决心做丁克,两家就没联系过。道不同不相为谋。

老周快50岁才抱养了这个女儿,60岁上他老婆去世,等于这十几年都是他一人拉扯女儿,吃了不少苦。不过在亚玲看来,老周吃苦是因为他没钱。老大两口子没这顾虑。

"老周开心的。"亚玲说。小桃看着她,微笑。其实亚玲隐瞒了一部分情况,比如,老周跟她抱怨了半小时,说女儿不懂事,一结婚就搬出去住。当然,也有骄傲。比如,女儿的亲妈来认,小姑娘坚决不认。亚玲认为眼下不宜跟大嫂说这么多,只需渲染老周的幸福即可。又说了一会儿,亚玲见小桃似乎不太感兴趣,便不往下说。一直等到小桃告辞,亚玲送她到门口,小桃才浅笑道:"你的意思是我们也学老周?"

亚玲连忙摆手否认,磕巴了半天,挤出一句话:"条件成熟的话,未尝不可。"再补充,"嫂,你可比老周靠谱多了。"

小桃道:"我做不了主,你大哥是一家之主。"毛毛丢失后,冠峰成一家之主了。还没等亚玲说话,小桃就抢着说,"你去做做他的工作。"亚玲更慌——怎么是她去工作?烫手山芋接不得。可见嫂子满脸期待,又实在不忍心拂她意,只好嘴上先答应着:"见机行事。"

晚上桂圆来家,亚玲把这事跟女儿说了,桂圆说她多事:"无论大舅是否同意,最后都是一屁股屎。"

亚玲说:"我是好心。"

桂圆分析:"不同意,自然不痛快,好好的二人世界,你非提议硬插一杠子。同意,那你且忙,得去张罗,这孩子能不能抱回来,抱回来健康不健康,未来万一养得不好,大舅妈那脾气,能不想当初是谁出的馊主意?"

亚玲解释:"你小舅让我说的。"

"他怎么不去说?"桂圆不明白老妈为什么总受人利用。

桂圆这么一分析,郝亚玲后悔更深。可嘴上她不愿意在女儿面前认输,还在找理由:"你是没到那年龄,人家有自己无,心里难受,尤其是富人。毛毛丢了就是例子。我跟你说严重点,如果再不破破局面,你大舅两口子都能离!"亚玲咬牙切齿。

这下轮到桂圆吃惊。在她眼里,大舅和大舅妈琴瑟和鸣相濡以沫几十年,是模范夫妇,她小时候就羡慕他们。这样的夫妻都经不起时间的考验,婚姻生活还有什么希望?!转而,她又怀疑起小舅妈生二娃的动机——或许不仅仅是为传宗接代,也可能是要破解危机,把二舅拴得更紧一点。

娃儿是女人生命中最重要的组成部分——上关公婆,中达丈夫,下启福祉。桂圆更迫不及待想要个自己的娃儿。

亚玲把小桃写的喜帖给桂圆看,桂圆才想起来告诉她,齐进家打算周末来送彩礼。

"多少?"亚玲问。

"8万8。"桂圆说。

亚玲嘴巴抿得紧,嘴角下拉,不大满意。

"多了少了?"桂圆问。她不想太为难齐进。

"你同意了?"亚玲反问。

"你就说多了少了。"

"还有嫌多的?"

"他刚买了房,还有贷款。"桂圆分析。

亚玲讥讽:"你怎么不体谅体谅你妈,养女儿几十年,苦都在肚子里。"

"又不是买卖人口。"

亚玲委屈:"我是怕人家看轻你!"

一句话震住了桂圆,到底是自己人。婚前不提要求,什么时候提!只是,她代桂圆实在不想靠结婚狮子大开口。而且,婚前两家如果闹得不愉快,结了婚,她跟齐进的日子指定不好过。不如退一步,量力而为。有一句话她没好跟老妈说:她都多大啦,错过这个村,还有没有这个店真说不准。

于是,代桂圆圈住老妈的脖子,亲昵地说:"知道您疼我。"随即叹了口气,"还真舍不得。"眼睛环顾四周,无限依恋。这是她人生第一套房子,她的家。

亚玲见女儿动情,眼眶也红了,声音有点抖:"我宝贝女儿无价!"

老奶奶出来,母女俩拉她进来,三辈人抱成个疙瘩。奶奶轻哼歌谣:"小孩妈妈你别哭……女儿嫁人你享福……家里还有二担稻……吃了再问女婿要……"

"钻戒不能省!"亚玲猛然想起来,"别一对黄金戒指就打发了。"

桂宝进门,见此情景,眼珠子差点没弹出来:"妈,姐,奶,哭上啦?今儿过门还是怎么着?"

亚玲撒开女儿,对儿子说:"你姐结婚,你得出点血。"

桂宝说:"我还等着姐夫救济呢。"桂圆母女都笑。

到周末,齐进和老家姨姨果然带着钱上门,说本来他父母要来,可家里有事。亚玲收了钱,没计较。姨姨又提出希望早一个月办事,因为饭店不好订,好日子也难得。亚玲翻了翻日历,说:"早就早吧。"

022 / 靡不有初

亚玲那天说"见机行事",以为黑不提白不提就过去了。可没料到穆小桃会创造机会,她打电话来,说让亚玲去拿桂圆结婚用的帕子,图样是她手绘的。亚玲明白这是让她去做工作。

到老大家,小桃正在院子里浇花。亚玲把哈密瓜放在窗台上。两个人站在蜡梅树下说话。来之前,郝亚玲想清楚了,跟大哥谈可以,但大嫂必须先表态。别回头她谈了,大嫂又说自己不想要。

"嫂子,想清楚了没?"亚玲问。

小桃明白,道:"说不好。"

亚玲道:"这是大事,意见得统一。"

小桃道:"我都行。"

亚玲逼问:"大嫂,这可是个人,弄来可就不能退。"

小桃道:"你觉得呢?"

亚玲说:"要是你和大哥都很坚定,要一个也无妨,要是两方有一方不情愿,就难办。毕竟是个通力合作的事。人来了,你们就一个是爸,一个是妈。"

小桃强笑:"我自己都管不好,能做妈吗?"

亚玲道:"要不,再缓缓?"

小桃阻止:"进去吧,该怎么说怎么说,我去买卤菜。"

亚玲得了准信,抬脚进屋,郝冠峰在画室,她悄悄走进去。

冠峰一转脸,问:"你怎么来了?"亚玲说:"来拿桂圆结婚用的手帕子图样。"冠峰不抬头:"桂圆结婚,我得送份大礼,《山河世纪图》还差1/3。"冠峰继续挥毫。亚玲站在他身后,思忖着怎么把话题破开。

冠峰在枝丫上添了个桃。亚玲顺势说:"跟嫂子真配。"

冠峰问:"老三那事办得怎么样?"亚玲问:"什么事?"

冠峰把季鹏来找他打招呼的事说了。亚玲说:"还没听说,"又道,"老三关心大哥。"

"关心我什么？"

亚玲道："老三拍胸脯了，只要大哥发话，他立刻想办法抱一个回来。"

冠峰不动声色："怎么谈到这个？"

亚玲也跟着笑："毛毛丢了，大哥心疼，老三和我，还有大嫂，都心疼大哥。老三就想着，与其抱狗，不如抱人。就当小猫小狗养，贴心些。"

"我没那能力。"

"怎么会？"

"抱来了，万一哪天不想要了，怎么弄？退回去？"冠峰道，"靡不有初，鲜克有终。知道将来可能坏事，一开始就不要做。"顿一下，又道，"真想要，何必等到现在。"

听老大这么说，亚玲估摸他铁了心。可以理解，这么多年，如果真动了凡心，早就有办法。想到这儿，亚玲道："那好好跟嫂子协调协调。"

"跟她有什么关系！当初不要，不是我一个人的意思。她后悔了吗？"

"情况在变，想法也变，20年前谁能想到今天有这么大院子，这么大身家。"

"都捐出去，做点善事，对社会有益的事。"

亚玲道："孩子能在你膝下长大，不也是善事？救的不只是孩子，你，大嫂，整个家，都得益。"

"也有处不来的。"

"少数。养比生大。"

冠峰转过身，直面妹妹："你的意思是让我给别人养孩子？身上又没我的血。"

亚玲道："大哥……"

冠峰说："你怎么不抱一个？"

亚玲着急："能生还是生。"

冠峰说："这不该跟我说，不是我的天职。"

亚玲第一次认识到中间人不好做，哪怕是妹妹，也协调不了哥哥的家务事。季鹏估计早猜到水太深，才推她上前。得罪大哥可不妙，亚玲见话题无法推进下去，只好往回拉拔："我也是为你们着急，狗丢了之后，真怕你得抑郁症。"

冠峰又露出笑容："好多事，早都看透了。你说的这些我都理解。我的生活就这样了。如果说还有一点不满意，就是画，我还想画得再好一点，上一个台阶。百年之后，这些画可能还值点钱，到时候你留几幅。"

亚玲奉承："你这身体，我活不过你。"

兄妹都笑。正聊着，小桃回来了，说买了白切鸡。事情没办成，亚玲怕留下来尴尬，借口还要去忙桂圆婚礼的事，走了。

小桃送亚玲到门口。亚玲抓了小桃手一下，说："这事先别提。"

"他不愿意？"小桃反应极快。

亚玲无法全部传达，只说大哥情绪不太好。

小桃愤愤地说："我可是为他着想，别以为是我想要。"

亚玲说："大哥想在艺术上再往前走走，嫂子你多支持。"

穆小桃怎么也料不到，她高风亮节退一步，率先开了口愿意接纳孩子，他却坚壁清野，不容侵犯。是他对生活太满意，还是彻底不抱希望？这一潭死水的生活，难道真要持续到最后一口气？

小桃无法理解。中午饭没在一起吃，冠峰要作画，小桃自己把白切鸡消灭了。晚上，他还不出来。什么意思?! 小桃的怒火逐渐升温，气冲冲去找冠峰论理。走到跟前，才看到冠峰手底下压着《百桃图》。

"怎么样？给你的。"冠峰露出笑容。

天终于晴了。穆小桃心一软，适才的愤怒迅速转变为泪水，不争气地从眼眶涌出来。

郝冠峰看着她，仿佛在欣赏她的眼泪。小桃本想争辩，可她说什么呢？小桃抽纸巾，狠狠擤鼻涕。

"你想要，就要一个。"冠峰端起茶壶。

"我以为你想要。"

冠峰摆摆手,"嗳"了一声。

小桃鼻子齉齉的:"毛毛走了,你那样子让我怎么想?是我耽误你,拖了你的后腿。"

"念巧生老二你不也不自在?"冠峰说。

"我那是客观分析,你以为我嫉妒?"小桃嗷嗷。

"你不遗憾?"冠峰道。

"我怕你怪我。"

"都这个年纪了,还有什么看不透。以前做加法,现在只能做减法。"

"把我也减了,你出家。"小桃撒娇。

"就你不能减。"

小桃心里一暖,明明是喜悦,可冲到头上,却化成泪水,她觉得自己没托付错人,他们要奔着神仙眷侣去活的。

冠峰搂着小桃坐在藤椅上,给她讲钱锺书的故事:"谁能陪谁一辈子?人总要面对孤独。"

小桃命令:"不许比我先死。"老生常谈了。在这个世界上,穆小桃现在唯一惧怕的,就是郝冠峰走到她头里,剩她孤孤单单一个人。

* * *

桂圆的婚期越来越近。郝亚玲每天反反复复翻日历,喜滋滋的样子。桂圆看着,一面觉得好笑,一面又感到淡淡忧伤。她终于要脱离这个家,仿佛一个孩子脱离母体,开始属于自己的生活。

定了酒店,选择了婚礼主题,虽然没有选到自己喜欢的楼层,草坪也太小,不过桂圆满足。最令她满意的是,整个过程中齐进在钱上没打一次磕巴。桂圆觉着,准备婚礼的这些日子简直充实到飞起。她已经到分校履新,招了得力销售,老师和 CR 是从总部分过去的,算是老班子,刚一开张业务就不错。一定是走了大运,才如此顺风顺水。

伴娘也定好了,左璐瑶。本来还要请彤彤,她拒绝,她怕当了伴娘,她老妈会念叨她——念巧已经催了她几次去相亲。伴郎，桂宝肯定算一个，其余的，由齐进负责，他的那帮哥们儿跃跃欲试，僧多粥少。

左璐瑶问桂圆："两家大人见面了没有？"桂圆说："齐进妈特地来了一次。"左璐瑶又问："还有没有能帮忙的？"桂圆说："你帮桂宝想想策划词。"左璐瑶问："用在哪儿？"桂圆说："可能现场用，或者贴在幕布上。"

很快，桂宝把他和左璐瑶共同研发的文案交上来了。桂宝念给桂圆和老妈听："择一城终老，遇一人白首，挽一帘幽梦，许一世倾城，时光静好，与君老，细水长流，与君同，繁华落尽……"念完，桂宝自己先陶醉了。桂圆道："肉麻。"桂宝劝："姐，一辈子就一回，怎么肉麻怎么来。"桂圆笑，亚玲和奶奶也笑。

不日，婚纱照寄来，是桂圆和齐进抽周末时间去海边拍的。最大框那张双人合照拿去婚房客厅挂着，单人的小张挂到自己家小卧室。

桂圆坐在床边，鼻子发酸，忽然自怜起来。亚玲从厨房出来，远远看到女儿伤怀，放下菜盘，凑过来："知道家好了吧？"

桂圆拦腰抱住妈妈，捏她的腰间肉："这屋给我留着。"

亚玲道："房子都是你的。"

桂圆说："右眼皮老跳。"

亚玲劝她不要多想，弄了点香油给女儿抹抹，又拿来一袋枣，让桂圆多吃几个。桂圆知道其中寓意，但没说出来。

023 / 不断膨胀

狗的事过去了，冠峰恢复状态，小桃又投入桂圆的婚礼筹备中。本地这一场，她要主导。红娘的位子，她也从老吕那儿夺了过来。她是第一红娘，老吕当第二红娘。亚玲知趣，要求司仪在拜高堂的环节也要拜小桃和冠峰。

当小桃听说念巧可能来不了的时候，第一反应是念巧一定在躲她。亚玲解释："不怪，抽不开身，要带彬彬去深圳比赛。"小桃问比什么。亚玲说钢琴。

小桃白眼:"手那么小,弹得出音吗?!"

小桃又说:"我跟冠峰说了,百年之后,得给桂圆留一笔。"说得好像桂圆是她的孩子似的。

亚玲打趣:"呦,不给亲侄子,给外甥女,不合适。"

小桃硬气:"我的钱,我想给谁给谁。"

念巧在生季鹏的气,因为孩子转学的事没办妥。桂圆的婚礼当然重要,可是,彬彬的未来更重要。日子她看了,桂圆办事那天,刚好是外校(外国语学校)的游园活动,她提过让桂圆改期,说两天后才是黄道吉日,被小桃驳了。念巧只能舍弃桂圆,直接说怕季鹏会生气,所以编了个借口,说去深圳比赛钢琴。季鹏心里不满,嘴上不说。

午饭时间。手机放桌上,念巧一边刷群,一边喝汤,冷不丁发出冷笑。

彤彤道:"妈,好事要分享呀。"

念巧指着手机道:"家长的素质决定孩子的前途,就这种家长,打着不走拽着倒退,你能指望他孩子怎么样?!"

季鹏听不下去,端碗起身去厨房。

郝彤凑过来看,老妈手机上有个班级群,家长在报告孩子的作业情况,清一色的句式:XXX作业已完成。

念巧也参与了,标准回答:"巧彬的家庭作业在练琴的间隙完成了。"

唯独丁子奇爸爸给出的回复是:"丁子奇作业没有完成。"

郝彤笑,说:"不是没优点,起码实事求是。"

过了一会儿,丁子奇爸爸在群里发了些带儿子去欧洲玩的照片。终于,班主任马老师出击:"丁子奇爸爸,这是学校班级交流群,请不要发与学习无关的信息。"

念巧哼哼:"怎么就跟这种学生家长混到了一个群里!"

季鹏去盛汤,本来打算再喝一碗,听到念巧的义愤填膺,立马站在厨房里把汤喝了,排骨和海带来不及吃,倒回锅里。他吃完饭迅速收拾,穿鞋,就要出门。

"等会儿!"声音来自背后。

季鹏转过脸,表情为难。

"知道你有事!"念巧说,"天大的事,儿子的事还是得摆前头。"郝彤一见这架势,赶紧撤回自己屋。季鹏只好坐下来。

念巧从手机里调出备忘录:"培养孩子不能有一搭没一搭,徘徊在圈养和放养之间是没有前途的。"念巧的开场白很强势,"先说一下理念。"

季鹏点头,由着她说。

"你以为我带孩子去弹钢琴、学体育,只是为了虚荣?身体第一,没有好的体力,什么都白搭。在这个基础上合理利用时间。"

季鹏苦笑笑,说了两个"是"。

念巧道:"我说一下最新的作息时间。"

季鹏觉得不可思议:"军事化管理?"

念巧不理他,念自己的:"早上,6:30叫早,6:45起床,7:00洗漱完毕,7:15出门,路程12分钟,在路上吃早饭,听英语。"

季鹏直缩脖子,他都没这么忙。

念巧继续说:"周一周三下午,4:30接到,路上15分钟,语文朗读加英语听力,到辅导班,跳绳5分钟,开始练琴。"顿一下,"周二周四下午,4:30接到,游泳60分钟,回家6:00,吃饭,饭后洗澡,7:00学英语。我们的英语已经落后了。背单词,不能光会听会说,还得开始逐步写。胡梅女儿一岁就开始接触英语了。"

季鹏插一句:"胡梅女儿多大?"

"马上幼升小。"

"也要上哈佛?"

"她的目标不大,清华,复旦,最少南开。"念巧道,"她老公是南开的。"父女同在一所学校是美谈。

念巧在手机上划了一下,继续:"9:00熄灯。周五下午,3:40接到,去英语辅导,课间跳绳,6:30乐高课,8:30到家,背单词,9:00熄灯。

周末，固定的课程，按部就班。"

季鹏倒吸一口冷气："你确定儿子能承受？"

"所以要锻炼身体。"

"我是说，"季鹏食指点太阳穴，"这儿，精神上。"

"那没问题。"念巧很有信心。她锁上手机。

"数学怎么样？"季鹏展现爸爸的关心，"20以内加减法会了吗？"

念巧冷笑一声："你别以为小班娃儿会20以内加减法就是厉害。"她站起来，做了一个风吹树式，"什么叫'水到渠成'，什么叫'罗马不是一天建成'，什么叫'聚沙成塔积少成多'？积累到一定程度，小宇宙自己会爆发。我告诉你，这不仅是一个数学问题，任何学科都适用。"

季鹏一个头两个大，连说了三个"行"。

念巧不顾及丈夫已然听不下去，强行总结："学前数学，意义不大；语文，汉字太复杂，书写困难，只能循序渐进；英语，最合适孩子的发育规律，最好入手，最好提高。"

季鹏站起来："那就抓英语。"他必须走了，实在不想听。

念巧追他到门口："见到大哥，再让他想想办法。"

季鹏表情很为难。念巧改口说："算了。"

季鹏道："你就不能跟老师说说？桂圆结婚，怎么也得露一头。"

念巧道："我给二姐打了电话，她理解。"

季鹏说："嘴上理解，心里能理解吗？你生孩子，人家第一时间来，还做女儿的工作。人家是怎么对咱们的？咱们呢？"

念巧道："人不到，钱到，心意都在钱上。"

季鹏刚想说话，念巧阻止他："这钱我出。"

……

开着车，郝季鹏漫无目的地行驶在这座城市的街道上。不知怎么的，他感到前所未有的疲惫。生二娃似乎并没有把他的生活提高到新境界，他没有焕发青春，取而代之的，是更严重的挤压。当然，当初要老二，是他和念巧的共同决定，念巧为此付出了巨大努力。要的时候，季鹏认定了念巧是爱他的，且爱得很深。试想，如果没有如此深切的爱，谁会在如此高龄三番五次冒险。可是，季鹏现在却一点也感受不到念巧的爱，她爱孩子，爱给孩子打鸡血，爱成功，勉强说爱这个家吧，但就是不爱他郝季鹏。她对彬彬是圈养，对彤彤介于圈养和放养之间，对他是完完全全彻彻底底的放养。他们曾经一起创业，可现在念巧对他的工作完全不感兴趣。季鹏过去不理解，念巧念过那张作息表，季鹏理解了——她确实没有时间。

开车累了，季鹏想去二姐家坐坐，又一想，不成，桂圆要结婚，事情估计不少。去大哥家呢？更不切实际。他不想看到嫂子那张脸。找狐朋狗友？商业伙伴？似乎也不合适。去公司坐坐更不行，被员工们看到还以为他婚姻出了问题。思来想去，季鹏打了个电话给孙志明。志明让他到念念茶室，说有老朋友在。季鹏没多想，驱车前往。

半个小时后，他站在茶室门口，换了鞋，拉开玄关，俯下身子，再一抬头，第一眼看见志明的肚子，再看，一个穿着淡紫色连衣裙的女人，脸靠近桌上摆着的绣球花，也是淡紫。

"什么时候回来的？"季鹏惊讶地问。

"才到没几天。"

"女儿放假了？"

"毕业了。"女人说。

志明插话："斯楞姐不走啦。"

季鹏盘腿坐下，心跳得乱。多年不见，胡斯楞似乎变化不大。季鹏突然自惭形秽，怕自己老得厉害。直到胡斯楞笑着说"郝总越活越年轻"，季鹏才重新恢复自信。她叫他"郝总"——躲在面具后面比较安全。

手机响。是念巧打来的。季鹏连忙起身到玄关外接。胡斯楞侧耳听着，季鹏好像说正在开会。

待季鹏回来，志明说："斯楞姐准备复出。"

季鹏把手机调成静音了。"哦？在哪儿高就？"

志明道:"我倒想吸纳人才,请不起。"

郝季鹏满血复活,挥洒自如的劲头又出来了:"胡总这样的人才,一般人请不起,请了,那带来的业绩肯定超过一般人。"

胡斯楞呵呵道:"我就是一般人,"顿一下,"不对,比一般人还不如,是老太婆了。"

两个男人连忙否定这论断。

胡斯楞又说:"听说要二娃了?"

否认不好,承认也不好。综合考虑,季鹏还是承认,用笑声承认。

"有勇气,有能力。"胡斯楞夸。

季鹏摆手:"不不不不。"又反问,"你呢?"

"离了。"胡斯楞很直接。

茶室里忽然没了声音。

志明打趣:"瞧瞧,我还没结呢,愁!"

季鹏觉得体内的小宇宙不断膨胀。

024 / 洞房花烛夜

所有宾客都站起来了。司仪对新郎说:"描述一下你的新娘。"

后台,左璐瑶抓着桂圆的手——都是汗。这种场面,她们都没经验。

全场霎时安静,都在等新郎的回答。齐进道:"她是一个特别懂我的人。"

全场鼓掌。桂圆听得真,眼泪一下出来了。左璐瑶却是一副钢铁女侠的样子。台下,亚玲鼻子发酸。奶奶递纸巾给她。冠峰牵着小桃的手。郝彤本来是坐着的,听到齐进的回答,也站起来鼓掌。季鹏站得最靠近舞台。念巧和彬彬还是没来。红娘老吕鼓掌最起劲,她做了大善事。

后台门开了,伴娘左璐瑶搀着新娘桂圆出现。桂圆披着白纱,圣洁得仿佛仙女下凡。伴娘把新娘领到新郎身边,连忙让开,远远站着。

司仪站在新郎和新娘中间,对着话筒:"一直以来我始终认为,婚姻不是爱情的终点,而是牵手同行漫长人生路的幸福起点。下面我们请穆小桃女士为二位新人证婚,掌声有请!"小桃连忙提着裙子上台。

今儿齐进家亲戚来的人不多,现场除了齐进的几个同事、朋友,几乎都是桂圆这边的人。这场算是小办,老家那场才是正经大办。齐进父母跟亚玲商量,两场的钱都由他们出。

齐进姨姨来了,老老实实站在下面,不跟小桃抢做证婚人。

穆小桃站上台,手持话筒:"百年修得同船渡,千年修得共枕眠。新郎齐进,外表英俊,忠厚诚实,为人和善,是一位才华出众的好青年;新娘代桂圆,不仅长得端庄大气,还具有东方女性的内在美,温柔体贴,知人为人,心灵纯洁,手巧能干,是一位万里挑一的好姑娘。此时此刻,你们结为夫妻,无论贫富、疾病、环境变化,你们都要忠贞不渝地爱护对方,心心相印,白头偕老,美满幸福。"司仪在一旁侧目,证婚人把他的台词抢了。

小桃说完,司仪接过话筒,往下走,跟着是交换信物、拥抱亲吻、交杯酒等环节。奶奶高兴得过了头,心脏有点无法负荷,亚玲连忙灌速效救心丸。在感谢父母环节,她匆匆上台,慌里慌张走个过场。

终于到感谢酒了。新郎新娘去后台换了套衣服,挨桌敬酒。齐进姨姨小跑过来,趴到齐进耳边嘀咕着。一会儿,齐进把桂圆拉到一旁,小声说了几句,匆匆走了。桂圆脸上依旧带着笑容,一桌一桌敬,这是她人生最幸福的一天,她下定决心走满全场。

亚玲问:"齐进呢?"桂圆答:"吐去了。"亚玲咂舌:"男人只有这么点酒量可不好。"

桂宝、小桃、季鹏借此机会喝得个昏天暗地,只有冠峰保持冷静。

酒席吃得差不多,宾客们四处找齐进,又说闹洞房。桂圆说齐进倒了,洞房别闹了。

齐进的哥们儿起哄:"洞房花烛夜,身体不行可不行。"男宾们理解这笑话,都应声巨笑。桂圆面带笑容,一一送走。

桂宝护送大舅和大舅妈,小舅有司机,亚玲扶着奶奶回家。不过,亚玲一定要打包剩菜。桂圆没办法，只能由着她。

亚玲拍拍女儿："去吧，找你男人去。"桂圆什么也没说，脸色凝重。

*　　*　　*

胡梅拉念巧在学校门外小公园树下站着，两个孩子在不远处读英语。一见面，胡梅就告诉念巧，她辞职了，放弃了年薪30万的职位。没办法，严峻的现实摆在面前，孩子想要上外校，父母就必须配合学校活动，每周起码半天。如果工作，肯定无法满足这个要求。

胡梅叹："没办法，自己的娃儿自己管。"

念巧多嘴问一句："老人呢？"

胡梅反问："让婆婆带，你放心吗？交给老人，指定歪生斜长。"

念巧笑说："我早就全职妈妈了。"

胡梅从念巧穿的用的、交钱的速度，大概能看出自己跟念巧比财力上低了不止一级。胡梅悲叹自己经济压力大："学区房刚买的，750万，凑合住，只能说有个站脚的地方。中介带着看，从看到定前后不到两小时。你不抢，有人买。"

念巧虽暂时不用为房子发愁，但也被这种状态震惊。念巧又问这次外校的游园会怎么个情况。

胡梅如临大敌："妹妹，我真心感谢你，要不是你伸手帮忙，这号我恐怕真摇不上。"念巧是帮了忙，找了老关系，因此，胡梅带恬恬游园，把念巧和彬彬也带上，全程观摩——当然，能有这个特权，也多亏念巧发力。

"怎么游？"念巧问。

胡梅道："听着是游园，那可不是游公园，其实等于校方的一次观察，就是面试。报名的孩子太多了，很多人没摇上号，绝望。"

胡梅拿出手机，在群里翻消息，念巧低头看，只见有位家长在群里发："从小跟我儿讲，要努力，上外校，那是一所像哈利·波特的魔法学校一样的学校。我儿很努力。可是今天，我非常悲痛地跟我儿讲：'你不能参加游园面试了，我们没摇上号。'我儿当场哭了。孩子的梦破灭了！"

念巧惊得心发紧，忙问："游园都干些啥？"

胡梅拉着她手道："估计年年不一样，但主要考素质，校方也想选灵泛的孩子。去年的题我弄到了，一进去第一个任务就是运球。"

念巧不懂什么意思。胡梅道："从有球的筐拿球，拍球，运到对面没有球的筐里。5人一组，每人30秒。"咽口唾沫，"第二项，顶着个沙包，绕过'S'形障碍物；第三项，自由拼装，打乐高积木；第四项，听故事，回答里面的情节；第五项，吃饭，中午吃的是花卷；第六项，刷牙、洗脸、上高低床、睡午觉。午睡时间短，会考察孩子会不会叠被子、整理床铺、换睡衣和拖鞋。"

这只是第一天，后面还有一天，胡梅都仔仔细细说了。念巧听得心脏病都快犯了，一面觉得自己做得远远不达标，一面又觉着现在的孩子真心不好当。

穷人家的孩子可以任性，因为许多家长选择放养，真正的大富之家也可以任性，因为家里已经为孩子铺平了路。只有他们这种"悬空派"，从小就不能任性，必须优秀优秀再优秀，而且是全方位。

念巧忽然怀念起自己小时候自由自在的岁月。在空天野地里跑到天黑都没人管。她还敢和男孩子比试比试。"今年呢？"念巧问。

"年年变。"胡梅说，"不过有一点是固定的。每年都吃花卷。"胡梅骇笑，"彬彬爱吃吗？不爱吃赶紧训练。"

小门开了。家长们立刻围过去排队，领着孩子鱼贯而入。念巧带着儿子彬彬混迹其中，因为打了招呼，门卫没问。

接下来的两天，念巧大开眼界。很快，考题摸清楚了。

第一天安排七个环节：安静地趴在桌子上休息；看制作醋的视频并回答问题；看跳舞视频，然后老师问有没有小朋友要主动表演；就寝（刷牙、洗脸、换鞋，坐在床上保持安静）；安静看书，老师问有没有小朋友想讲故事；跷腿动作；吃两颗棉花糖。

第二天安排五个环节：听音频，跟灭火器、中医相关；看视频学跳舞；照着视频做平板支撑，八个小朋友一组；刷牙、洗脸、自由活动；吃一支梦龙雪糕。

　　游园结束，胡梅累得像刚跑完马拉松。念巧鼓励她："没问题，恬恬没问题。"其实念巧也吃不准，孩子们看上去都很强。这次游园给念巧敲了个钟，务必记住四个字：厚积薄发。

　　　　＊　　＊　　＊

　　洞房花烛夜，桂圆在自己家度过。齐进的奶奶去世，作为唯一的嫡亲大孙子，他得立刻赶回老家。桂圆这边，他只打了几个电话请求理解。

　　新婚第一夜，桂圆泪流。首先，刚结婚家里就死人，太不吉利，不是好兆头。其次，结婚前齐家一点没提奶奶生病的事。穆小桃打听了，齐老太太确实是病死——癌症，并非突发。那么问题就严重了。故意隐瞒老太太的病情是什么目的？齐家想借这场婚事冲喜？就算是这样，为什么隐瞒？是担心桂圆和亚玲不会同意？顺着这一条，桂圆开始怀疑齐进到底对她有没有感情，有多深的感情。这场婚事难道是个彻头彻尾的阴谋？可是，婚礼已经办了，他们已经是社会意义上的夫妻，如果现在宣告结束，她代桂圆就是离异。太不公道。

025 / 先 发 制 人

　　亚玲进了小房间。桂圆连忙翻个身，脸朝里，她不想让老妈看到肿眼泡。她现在应该叫小桃——眼肿得跟桃子似的。

　　"是福不是祸，是祸躲不过。"亚玲嘟囔着，说不上是劝还是拱火。

　　桂圆忽然转过身："他奶奶病，我一点都不知道。"

　　亚玲道："不知道更好，知道还要忙前忙后。"

　　桂圆哽咽，忽然放声："妈！这是性质问题！他瞒着我们把婚结了，你不觉得我根本就是一个道具吗？"

　　亚玲连忙说："不至于。真要耍你，何必买房！弄那么复杂？别多想。"

　　桂圆道："那房跟我们有关系吗？说句难听的，就算现在掰，咱也分不到半平米。"

亚玲"呸"了三下:"不作兴这样,喜事还是喜事,别弄成丧事。"

桂圆蹬脚:"现在不就是成丧事了嘛!"

亚玲道:"死了一个奶奶,跟你没关系。"

桂圆索性点破:"妈!您是真糊涂还是装糊涂,人拿咱冲喜呢!八成是为了奶奶,才着急忙慌找的我!"

亚玲是老江湖,当然想到这一层,只是眼下女儿已经出嫁,她左衡量右比较,还是维持现状最上算。

亚玲找后账:"当初劝你选小孙,你就非齐进不可。"

"你怪我?"

"没说怪你。好多事情,一旦促成,就没有回头路,齐进也没大毛病,就算这事有点不地道,可以批评,可以观察,千万不能说离就离,不是儿戏!"又补充,"你是女的。"女的不能行差踏错半步。

桂圆一转身,再次面壁。她得好好想想。一场游戏一场梦——魔幻现实主义的梦。

左璐瑶来看桂圆。亚玲警告她,只准劝和,一定不许拱火。左璐瑶原本就是来吐槽的,可郝亚玲的预防针弄得她无从施展,好生没趣,索性对桂圆念了几句歌词:"没那么简单,就能去爱,别的全不看,变得实际,也许好也许坏各一半!"

桂圆沉默,垂泪。

左璐瑶又念下一段:"别人说的话,随便听一听,自己做决定。"

一番劝解后,左璐瑶偷偷向桂宝抱怨:"看到了吧?当时我就感觉那男的不行。"

桂宝道:"还没提审呢,你就给人判刑了。"

左璐瑶冒火:"我说不行就是不行!我整天招聘,看过多少人呀!火眼金睛。男人都这德行!"

桂宝送她到车站,两个人站在站台底下。"别,我就不这样。"桂宝把自己摘干净。

"你什么样？猴样？"

"我有一说一呀，"桂宝嘿嘿笑，"好的不好的都摆在面上。"

"说说不好的。"

"没钱，没房。"

"说说好的。"

"人底板不错，个头有，长相有。"

"病也有。"左璐瑶抛下一句，上公交车。

* * *

两天游园回来，念巧才得知新郎落跑的事，第一反应是怪小桃："大嫂也是，不审查审查，胡介绍，能跟志明比吗？人才没人才，钱财没钱财。"

季鹏终于忍不住："没去就别发表议论。"又问彬彬钢琴比得怎么样。念巧临时编："发挥得还不错，优秀奖。"

季鹏道："有空去看看，别一下都不露头，太不像话。"丈夫的批评，念巧听着，她担心再驳季鹏面子，他要火山爆发。她也想去看看热闹。对于桂圆，她是哀其不幸怒其不争。

小桃在家自责："怎么就没识破他的真面目？这老吕也是，吹上天，家里有个弥留的奶，硬瞒。"

冠峰劝她："别棒打鸳鸯。"

小桃道："人是我介绍的，我心里难受。"

"我画幅画你带过去？"冠峰问。

小桃笑道："你那是画，不是符，治不了鬼。"

结了婚，没有蜜月，桂圆的情绪需要照顾，可眼下是个微妙时刻。代桂圆立刻投入新校区的建设和销售当中。她是分部校长，责任大，担子重，接连两天加班到晚上10点多。

念巧和小桃先后来找亚玲，东问西问。在桂圆下一步怎么办的问题上，小桃和念巧分歧严重。

念巧先来的，抓着亚玲的手，诚恳道歉，再问情况，得知新郎的确是当天就回老家奔丧,念巧道:"不能就这么算了,咱这时候服了软,以后人家还不拿住桂圆,吃得死死的?"

亚玲苦笑:"不算了能怎样?奶奶死,孙子奔丧,全家只有他一个顶盆的,他不去谁去?"

念巧没好气:"死也挑个时候,我不来,那是真有事,她奶赶这时候死,就是家里人存心,知道奶奶快不行,还不延后?"

亚玲埋怨:"哪怕晚死几天。"

两个人全然忘了老话——阎王判你三更死,谁敢留人到五更。

老奶奶从里屋出来,质问:"嫌我活得长啦?"

亚玲道:"妈,说人家呢,别添乱。"

念巧也说:"阿姨,您得长长久久。"

念巧前脚走,后脚小桃到。两个人躲在桂圆卧室里说话。

"怪我。"

"大嫂——"

"怪我没查清楚。"

"生老病死,阎王管着。"这时候她想起阎王来了。

"桂圆什么态度?"小桃又问。

"消极。"

"怎么个消极法?"

亚玲觑小桃一眼:"说'不行就离'。"

"傻不傻?"小桃挪了一下屁股,"人家顶多损失点彩礼,咱们损失的是名誉。"

"我也是这意思。"

小桃道:"不能等齐进回来。得先发制人。"亚玲问什么意思。

小桃道:"他们理亏,咱更要做到位,就是以后掰,咱也要占据道德高地,不落话把儿。"说到这里小桃有点兴奋,"进一步讲,如果还是继续过,经过这一战,以后两个人过日子,桂圆妥妥占上风,这日子就好过多了。"

亚玲越听越觉得大嫂的话有道理，以退为进总好过不留余地。女人最大的能耐是让男人说不出，要能把金刚钻化绕指柔。

待桂圆下班回来，亚玲马上问："齐进来电话没有？"

桂圆说："来了，没说什么。"

亚玲拉女儿到小屋里，说："你请个假，明儿就去齐进老家一趟。"

"疯了？"桂圆呆呆地望着老妈。

……

上了火车，代桂圆才来得及仔细反刍老妈的话——齐家做事在常情之外，她得周全。她认为大舅妈有一句话在理，即便未来有变故，眼下她也不能给人留下话把儿。不过最糟糕的是她猜不透齐进的心。他爱她吗？他跟她在一起的初衷是什么？他似乎足够理性，她却已经陷进去了。桂圆反思，这可能是因为她太久没有感情生活，猛然尝到一点甜头，便欲罢不能。这次南下，是给齐进一次解释的机会，也是给自己一次机会。她要再次确认自己是否还爱着他。

地址她知道，她跟齐进回过一趟老家。时间很短，有点类似路过，地方她还是记住了。门开了，齐进老娘一抬头，见桂圆站在门口，愣住了。

桂圆轻轻地叫声"妈"。齐进妈连忙让开路。家里不知哪个年轻亲戚从桂圆手里接过东西。她带了礼。

桂圆站在门厅里，齐进从人群里出来，快步走到她面前。桂圆看看齐进娘，又看看齐进，脸上说不上是有笑容还是没有，似乎藏着内劲："这么大的事，应该早点告诉我。"

齐家人窘了半秒，连忙热情招呼，热度似乎冲淡了奶奶去世的悲伤。在桂圆看来，他们的反应恰恰证实了心中有鬼。

齐进看出桂圆心里毛咕，没强安排她回家住，让她一直住在酒店里。家里吊唁来客不断，齐进作为长孙，白天要磕头还礼，晚上要守灵。有好几次齐进欲言又止，好像是要道歉。桂圆微笑着挡回去："证领了，仪式办了，你的事就是我的事，奶奶生病这么大的事，不告诉我不合适，奶奶去世，我不来不合适。"齐进不好再说什么。

桂圆在酒店遥控处理校内事务,她横了心等到头七,等齐进一起回去。

桂圆表现得太优秀,人还没走,她的美德就在齐家小圈子里传播开了,说她孝顺、老实、懂礼。公婆觉得有面子,齐进更有面子,也更加觉得亏欠桂圆。

临走前一天,桂圆搬回齐家住,是准备好的婚房,不过因为在丧期,大红被子大红床单都换成了素色的。桂圆坐在里面,格外凄清。齐进娘给桂圆一副金镯子,说是传了好几辈的。桂圆没敢戴,她怕是奶奶留下来的。

这才是她和齐进的洞房花烛夜。齐进爬过来,搂住她的肩。桂圆轻轻推开。他加大五分力气,桂圆加七分力气抵挡。男人毕竟力量大。齐进腾出一只手,围魏救赵,桂圆进退失据。黑暗中,他听到桂圆的哭声。

"怪我。"齐进柔声。

"要不,咱离?"桂圆抛出一句话到黑暗里。

026 / 共同进退

齐进僵在那儿,一时不晓得怎么处理。他忽然发现,原来桂圆不是没有脾气,这几天的周到礼貌都是撑的。前面都是序幕,正文才刚刚开始。他用设计集成电路的大脑迅速筹划,很快,似乎找到一点出口。

他这么理解,如果桂圆真想离,何必演那么大一出戏?既然演了,那就不是真打算离,而很可能是撒娇任性,想出出气。只是,面对代桂圆核弹级的要求,齐进不晓得怎么抵挡才有效。

"对不起。"他捉住她的手,五指紧扣。这三个字是万能药,他就是再没经验,也晓得拿来用。

桂圆的眼泪哗啦啦流下来:"把我当什么?"

齐进面色凝重:"不是不告诉你,是怕你多想,奶的事太突然,本来医生说还能活两三年,谁知道得个感冒,突然恶化……"齐进环顾这苍凉的屋子,"你看这,都准备好了……不过你多想我也理解,都怪我,我向你道歉,是我考虑不周协调不力,你打我骂我惩罚我都成。你别不理我,更不要离开我。"

桂圆深呼吸。齐进这一席话毫无漏洞,和他平时修 BUG 一样严丝合缝。

"你把我当什么?"她进一步问。

"宝。"齐进说。

桂圆冷笑一声:"用我冲喜吧?"

齐进有些激动:"真没有,真不是,你别多想。"

桂圆道:"真是这样也没关系,救人嘛,就当做善事,不过谁也不能演戏演一辈子,委屈你,也委屈我。"

齐进一骨碌从被子里爬起来,桂圆吓了一跳。空调在吹,桂圆感到一阵冷风灌入。

齐进矮了一截。桂圆仔细看,才发现他半跪在床头。

"我的错。"齐进十二万分诚意。

桂圆坚守阵地。齐进伸出双手,从被子底下探寻桂圆的腿,摸到了,抱紧,仿佛溺水者抓住救命稻草一样。"我的错。"声音更加诚恳,道歉一万次就能成功似的。

"不要这样。"桂圆伸手把他拨开。

"你想怎么样都行。"齐进又说。

"我不想怎么样!"桂圆急于脱身。

敲门声响,传来齐进妈的声音:"热不热?"

齐进微微转头,答了句"不热",桂圆趁机抽出双腿。

齐进见这招不奏效,认真地说:"桂圆,我对你是真的,奶奶的事真是意外。谁会拿自己的婚姻开玩笑?在你之前,我不是没有相过别人,也有人喜欢我,可我不喜欢。你是我第一个动心的。我欠你的,你想让我怎么还都没问题,既然在一起,就不要轻易说分,我觉得'离'这个字很重。"

桂圆也觉得这个字含在嘴里分量千斤。齐进这么一说,她也有点迷惑自己这么做的目的到底是什么。的确,在他下跪恳求她的一刹那,她感觉到分外满足。她暗暗告诉自己,再有一个台阶就好,只要他给出最后一个台阶。

空调声呼啸着。老空调见证着新感情。

"你还是把我当外人。"桂圆道。

"没有。"

"你是不是觉得,说了,我就不会同意结婚?"桂圆道,"说明在你心里我就那么不懂道理。"

齐进为难:"我就是觉得对不住你。"

"觉得对不住就不该做!"桂圆的声音稍微大了点。

齐进妈又问了一声:"热不热?"

两个人都连忙说:"没事。"

沉默。死一般的沉默。桂圆觉着她和齐进的感情有待生长。

好一会儿,齐进起来,开门出去。桂圆的心一沉——完蛋了!

不到一分钟,齐进端了杯水进来,他喝了一口,再递给桂圆。

桂圆说:"不渴。"

"我喂你?"齐进问。

桂圆诧异:"不用。"

"想喝什么?"他又问。桂圆不理他。迅雷不及掩耳,齐进把嘴贴到桂圆脖子上,一瞬间桂圆感觉全身燥热起来……

桂圆和齐进从老家回来了,好得跟一个人似的。亚玲吓了一跳,追问:"怎么着?就这么着了?"桂圆一言以蔽之:"不提了。都是误会。"亚玲不解,再深问,桂圆二话不说,从妈家搬到自己家——从此以后,她自己买的房子就叫娘家了。

亚玲有点生气。她矛盾的心态连她自己也闹不清。当初桂圆打算离,她怕得要死,连忙劝和,现在桂圆不计较了,她又烦得要死,觉得女儿实在极端。亚玲问儿子:"你姐脑子是不是有病?"

桂宝道:"不用问,肯定是那男的把姐搞定啦。"

亚玲不满:"搞什么定?"

桂宝道:"妈,你不懂。"亚玲气得用快递纸壳子拍他。

130

蜜月省了。不是齐进不安排，是桂圆实在没时间。分校刚成立，业绩压力大，她得赶快步入正轨，她这个负责人才能立得住。剩余一点时间，桂圆带着齐进走走亲戚，齐进也有心给大家道歉。

　　先去看大舅，带的礼物是鹿茸——客户送给齐进的。小桃一见，笑："你大舅现在可不需要这个。"冠峰有点窘。小桃又问："奶奶的事怎么样啦？"齐进笑说："本来说能撑两三年的，没想到……"欲言又止，看看桂圆，又补充，"反正，得谢谢大舅妈。"小桃嗔怪："还叫大舅妈！"齐进无措，不明白意思，桂圆提醒："叫大妈。"齐进只好学着叫。

　　从大舅家出来，齐进才问："大妈不是大伯母吗？这是大舅母，怎么也叫大妈？"桂圆道："不是一个意思。她这是比妈还大。"齐进"嚯"了一声。两个人都笑。

　　到小舅家，齐进送的是电子产品——一个机器人，能回答人的话。念巧看着新鲜，放在茶几上。她问齐进："它叫什么名？"

　　齐进连忙说："叫小胖。"

　　念巧随即问："小胖，小胖。"

　　小胖真答了一声。

　　"世界上最好的大学是什么？"

　　小胖答："清华、北大。"

　　念巧着急："世界上，我说的是世界上最好的大学。"

　　小胖还答："清华、北大。"

　　念巧指着它看桂圆："看看，机器人就是机器人。"又教育机器人，"是哈佛，全世界最顶级的高等学府是哈佛，明白了吗？"再指挥齐进，"这程序得写进去。"

　　季鹏在旁边听着实在不像话，打断他老婆，问桂圆："结婚之后有什么困难？尽管说。"

　　桂圆打趣："小舅，我的困难，恐怕您帮不了，得小舅妈出手。"

　　"什么困难？"念巧问。

桂圆说:"我们分部刚成立,招生人数不够,小舅妈您人脉广,多留意生源,给您提成。"

念巧得其所哉,立刻捏着嗓子跟桂圆倾诉起来,说来说去,其实重点只有一个,她说彬彬马上要参加区运动会,到时候请桂圆务必来捧场。

女人们说话,男人们到一旁抽烟。季鹏问了问齐进的工作情况,又问打算什么时候要娃儿。他自己生了二胎,所以格外关注别人的生育状况。齐进只说:"听桂圆的。"

客厅里,念巧忽然小声,一只手去摸桂圆小腹:"怎么样?"眼神里都是故事。

桂圆羞赧:"舅妈——"

念巧不讳言:"你那么着急结婚,我还以为你有情况。"

"没有。"桂圆否认。

"那得赶紧有。"念巧笑呵呵地劝桂圆生育。她想着,只要桂圆怀孕,那她就自然比大嫂跟桂圆近一点。原因很简单,都是妈妈,大嫂穆小桃不是。介绍对象那一战,念巧至今没解气。

又一个周末,桂圆和齐进回娘家。齐进加班,中午来吃饭。桂圆安排好学校事务,提前回来帮老娘做饭。亚玲问她去大舅和小舅家的情况。桂圆一一答了,手上忙着摘芹菜叶子。

亚玲轻描淡写:"你大舅又要办画展了吧?"

"好像是。"

"他忙,你们以后少去。"

桂圆一时不理解老妈的意思。

亚玲又问小舅家的事:"见到彤彤没有?"

"不在家。"

"你们这一代兄弟姐妹少,表亲就算亲的,得多走动。"亚玲揉面。

桂圆不解:"人家有亲弟呢。"

"那是仇家,你小舅妈生彬彬的时候彤彤什么样你又不是没见过。"

"都好几年了,该想通了。"

亚玲絮叨:"你小舅妈再生一个也没什么不对,找个寄托,老了就孤单,有个娃儿在眼跟前晃,挺好。你大舅还不愿意抱。"

桂圆问:"那当初如果是小舅生一个,过继给大舅呢?"

亚玲的手停下来,说:"这个倒没想过。"过一会儿,才说,"不对,你大舅是丁克,是主动不想要,不存在自己生不出来硬要过继。"

讨论生娃儿这会儿,桂圆明白了老妈不让她去找大舅的真正缘由。大舅是丁克,过得还挺好,她怕自己和齐进去勤了,耳濡目染,也不要娃儿……呵呵,多余。她代桂圆结婚的目的之一就是要娃儿。这个基本方针暂时不会动摇。不过,老妈这么一点,她反倒心疼大舅和大舅妈。齐进是穆小桃找的。老妈这么做是歧视,多少有点不知恩图报。于是她故意说:"齐进有个领导,特想要大舅的画。"

"找你大舅要。"

"别,人家那是卖钱的。"

"他是你大舅。"

"刚才不还说不让我去嘛。"

亚玲着急:"是不让你去打扰他,去办事,为自己男人,有什么不行的?咱们现在是一家子,得共同进退。"

027 / 大户人家

小龙虾店里,桂宝和郝彤面对面坐着。

桂宝道:"你可得给我打掩护,我姐结婚了,下一个目标就是咱俩,一根藤上俩苦瓜,得相互照应。你爸妈没让你相亲呀?"

"相了。"

"没下文?"

"不喜欢。"

"咱们长期合作，掩护队友。"桂宝说。

"什么掩护！要介绍就是正儿八经的，你不想结婚？"

"除非女方倒贴。"

"思路倒挺清晰。"郝彤问，"喜欢什么样的？"

"想听真话假话？"

"废话！"郝彤暴脾气。

"真话不敢说。"

"别啰唆。"

"怎么描述呢？"

"弄张照片比方比方。"郝彤说。

桂宝捣鼓一阵手机，翻出一张来，伸到郝彤眼前："就这样的。"

郝彤佯怒："标准网红脸。你怎么不直接说喜欢蛇精！锥子脸，大胸！"

桂宝嘀咕："你自己没有，还不准别人喜欢……"

郝彤要打他："直男癌审美！"

桂宝道："你就说介不介绍吧。"

"我没这样的朋友，"郝彤拿起一只虾，"你要找的在外围。"

桂宝道："你喜欢什么样的？"

"成熟稳重能担当，幽默风趣有肚量。"

"那是成功人士。"

郝彤不吭声，吃自己的。

桂宝继续："成功人士，头婚的可不多，除非……"

郝彤直接把虾头丢他身上去。桂宝说得不错，成功人士多半年纪不小，且有婚史。不过也有例外，比如她的老板孙志明就是钻石王老五。志明老师——她现在都这么叫他——幽默风趣，事业成功，为朋友两肋插刀，也是个好老板，除了额头有点"M"形秃，稍微胖点（最近锻炼，减了不少），她真看不出有什么缺点。

是的，郝彤对志明老师表白了。爱就要说出来，至于结果，她暂时不考虑。跟着感觉走，至少不让自己后悔。她不担心志明会告诉她老爸。八成志明还觉得她在胡闹。她现在网名一律改成了"春娇"。同名电影《志明与春娇》她没看过，她就觉得这两个名字搭一起挺合适。

* * *

桂圆结婚后，小桃跟亚玲走得更近，不过一直没提桂圆和齐进和好这茬儿。小桃不好意思，毕竟齐进是她引进门的，亚玲就怕小桃不好意思，所以黑不提白不提，过日子要紧。这一向，家里安安静静，因此，全部焦点慢慢聚集到两件事情上——确切地说是三件，只是第三件穆小桃不大关心。

首先当然是桂圆的生育问题。小桃和亚玲虽然嘴上不说，心里都明白，桂圆年纪不小了，现在生已经算高龄。亚玲本来打算顺其自然，从长计议，可到小公园锻炼听到三姑六婆说哪家哪家不生，哪家哪家试管，顿时意识到问题的严重性。但这事没法跟小桃商量。

其次就是桂宝的婚事。姐姐结婚了，弟弟结婚顺理成章。不过这儿子比女儿为难，一来，工作就那样，二来，家底几乎没有——桂宝没有房子，短期内也买不起房子。小桃给了建议——往低了找。亚玲嘴上不说，心里不痛快。还要怎么低？女儿是嫁出去，儿媳妇可是娶进来，搞不好还要朝夕相处。不过，亚玲倒是赞同一点，往低了找，没准婆婆更好当。可再一想，亚玲又不情愿。她生平眼睛长在头顶上，喜欢往上够着，不喜欢往下俯着。

这日，小桃忽然问："桂圆和齐进合过八字没有？"

"没有。"

"我也忘了。"小桃愧疚状。

"现在还讲究这个？"

"得讲。"小桃提着眉毛，十分严肃地说，"冠峰一个朋友懂这些。不可全信，也不可不信。"

"婚都结了，好不好的又咋样？"

"往前看啊。"

小桃这么一提醒，亚玲大觉有理。桂圆的八字她知道。她特地打电话给齐进,问了年月日时。齐进忙着工作,没在意,丈母娘有问,他有答。

亚玲小心翼翼地呈给小桃,小桃当即转给冠峰的朋友。两个人一气把蒸饺捏完,各一杯茶,坐等结果。

亚玲笑说:"比等高考成绩还紧张。"

小桃打岔,问:"老奶奶怎么样?"

亚玲道:"脑子还算清楚,身体还算便利。"

小桃说:"真难为你。"

亚玲顺势:"我要求不高,桂宝能找个我这样的,将来我老了,儿媳妇能像我对老奶奶一半,我就知足。"

小桃咯咯笑:"哎哟,那难。你可是获了奖的。"

亚玲一怔,才想起来自己是"慈孝人物"。两个人顺着聊了点过去的事。提到了亚玲妈,小桃的婆婆,都说老太太是明白人。又一会儿,结果发了过来。小桃先看。

亚玲伸着脖子,问:"怎么样?"

小桃端详着,微微皱眉。

亚玲着急:"不好?"

小桃道:"说两个人的格局都不低。就是齐进好像有点克制桂圆。"

亚玲手发颤,问:"那怎么弄?"

"问题不大。"小桃又换成笑脸。

"娃儿呢?什么时候生娃儿?"亚玲一着急,也顾不上小桃的感受。

小桃连忙问过去。对方回复:"时柱代表子息,桂圆是水上火,虽然地支藏干,有甲木生丁火,可还是水太大,子息非常微弱。"

"那到底有还是没有?"亚玲急切。

小桃再问,对方答:"有还是会有。"

"男孩女孩?"亚玲关心这个。

"最好是女孩。"

"什么意思?"

"如果生男孩，就怕不好养，女孩稳妥些。"对方直言不讳。亚玲抚着胸口。小桃收起手机，她当然明白亚玲的期待——亚玲是想抱外孙子，这一家人个个重男轻女。小桃什么也没说，只是微笑着。

亚玲叮嘱："别让齐进知道。"

小桃道："哟，也太把我当外人。"

只有晚上快到休息的时候，唐念巧才能摸到女儿的辫梢子。近来，郝彤总是9点以后才回家。刚开始念巧没注意，她的心思都在彬彬这儿。有一次，季鹏和彤彤爷俩都弄到很晚才回，念巧注意丈夫的同时，顺带注意到女儿。

郝彤洗完澡，正在涂乳液，念巧把她堵在洗手间。

妈妈问："最近工作怎么样？"

女儿答："明天出差。"

寒暄结束，妈妈问正题："上次那人你见了吗？"

"哪个人？"

"张董的儿子。"

"见了。"

"然后呢？"

"没然后。"

"上点心！"念巧痛心疾首。

郝彤摘掉发带，转过脸，略显憔悴："一个彬彬还不够你忙的？"

"我是你妈，你是我女儿。"念巧靠近一点，帮郝彤拨脖子后面的绒毛。

"你女儿没愁到那份儿上。"

念巧道："学习一般，事业就那样，你就两样优势，一个长相随我，凑合，一个家境靠你爸，中上。我跟你说，婚姻对你来说太重要了。"

郝彤放下乳液："我在你眼里一无是处。"

"怪我，从小没好好培养你，错过了教育的关键期。"念巧又开始念叨。

郝彤不耐烦:"妈,我是偷你包了还是吃你米了?我上着班呢,有工资,要包也给你买了。100个,我记着呢。干吗这么着急把我打发出去?什么叫恋爱自由婚姻自主!"

念巧急切:"自由,自主,你倒是由一个主一个。"

郝彤不徐不疾:"找桂圆那样的成吗?"

"凑合。"

"妈,没想到你是这种眼光,"郝彤不屑,"一个花架子,穷家破业小家小户。"

念巧转而笑:"这么想就对啦,咱们是大户人家,也得找大户。"

郝彤见老妈那嘴脸好笑,道:"那以后叫您唐大户。"

念巧和煦地说:"妈妈对你有信心,我女儿漂亮。"

郝彤道:"妈,您放心,我也指望结婚打个翻身仗呢,不为别的,就为让我妈高看我一眼,我也得努把力。"

念巧笑得跟朵喇叭花似的。晚上休息前,念巧跟季鹏总结一天大事,格外提了郝彤的愿望。念巧用一种激动人心的口气说:"咱女儿立大志了。"

季鹏放下手机:"大志?"

"说一定要找个比桂圆丈夫强的男人当丈夫。"说得别口,可念巧还是说下来了。

"废话。"

"什么意思?"

"彤彤什么家境?什么爸爸?接触的是什么人?掌握着多少资源?从小培养的是什么眼界?找个比桂圆那位好点的,理所应当嘛。"

"张董的儿子她不满意。"

"不着急,才刚刚开始。"

"你女儿不小了。"

"桂圆才刚结婚。"

"两码事。"念巧执拗。

"能睡了吗?"季鹏请示。

"彬彬的宋词还没念呢。"

季鹏"啧"了一声。

念巧连忙摆手:"行行,不麻烦你。"

028 / 华丽转身

"怎么样?"亚玲现在跟桂圆说话总提着气,老是一个秃头句子。

母女俩心照不宣。

"刚结婚嘛。"桂圆口气里带着不耐烦。

"你多大了?"这简直是亚玲的最强咒语。

"总得优生优育吧。"

"都正常吧?"

"妈——有完没完,问得我都不好意思。"桂圆放下剪刀。亚玲接过来,继续剔虾线。齐进喜欢吃虾。亚玲破天荒用油炸,过去她总觉得太费油。

"咱娘儿俩关起门来说,有什么不好意思的,"亚玲手上利索,"齐进说什么没有?"

"没。"

"那是他愧疚,"亚玲道,"他奶奶那事不地道,所以这事也不好提,估计心里急。"

桂圆去倒油:"妈,您有空,多操心操心桂宝。"

"我让他多跟彤彤接触,彤彤朋友多。"

"妈,咱切点实际行不?"

"近朱者赤。"

"有钱的能看上桂宝?"

"没准走了大运呢。"亚玲说着,把虾下锅炸,"虾补肾。"

桂圆知道老妈又要往那方面扯,连忙逃离厨房。

奶奶拄着拐棍，站在卧室门口："别听她的。"桂圆上前抱住奶奶。"早点生个大胖小子。"奶奶又说。

桂圆冒汗。生育这事，齐进和桂圆从未拎出来单谈过，结婚以来心照不宣，都存着顺其自然的心，希望撞上大运，就会有小生命来报到。只是，日子潺潺过去，一点动静没有。有一回，桂圆呕了两下，惊得她连忙买验孕棒测，状态不明，再去医院，一通检查。最终结果：桂圆得的是慢性胃炎。医生让她好好休息，可是她太忙。

桂圆现在是代校长，所有人都叫她"圆姐"。她觉得不太吉利——代校长，好像不是正式的；圆姐，胖且丑。她不愿意往下想。

当校长跟当班主任是两码事，光看日程表都能发疯。比如这周：周一，去总部学习；周二，回校区传达文件精神；周三，整顿校区的销售；周四，理顺校区的人事管理；周五，配合有关部门做好消防。事无巨细，全要她管。偏偏桂圆又极其认真。是啊，这是个多么难得的机会，她必须抓住。退一步万丈深渊，进一步也许就是另一番风景。35岁之前，她必须完成事业的华丽转身。桂圆有个偶像，不过她从来只藏在心里，没对人说过。她崇拜董明珠——一个女人，带着孩子，从销售做起做到CEO，太不容易。桂圆有董总的野心，却没有董总的气场。她目前的人设，是一个和蔼可亲的培训学校分部校长。

这日齐进随口说一句："妈过几天要来。"桂圆如临大敌："什么时候？"齐进说："还有几天呢。"

桂圆本想问有什么事，话到嘴边又觉不妥——没事就不能来吗？

齐进见桂圆疑惑，补充道："换换心情，奶奶走了，妈也难过。"

不用猜，婆婆是来"关照"他们的。桂圆把最新情况跟老妈通报。亚玲道："看，你不急，人家急了吧？"桂圆道："一直在努力。"亚玲随即说："那就更努力一点。"桂圆不满："妈，这话你跟齐进说去，我努力没用。"亚玲连声啧啧："丈母娘跟女婿说这个？"她还想絮叨，桂圆早飘开了。

不日，齐进妈到了，大包小包带了不少吃的用的，桂圆瞧着，她怕是要长住，只好把小卧室收拾得到位些，特地买了康乃馨，摆在床头。齐进嘴上不说，心里满意。桂圆的迎宾功夫下到，其余时间基本泡在学校里。

婆婆是好婆婆，就是不亲。桂圆也想清楚了，不亲没必要装亲，相敬如宾就好。只是，齐进妈身上那股周全劲儿，实在让桂圆不舒服。单就一个吃，桂圆就感到莫大压力。齐进妈一来就包办了小两口的饮食，早中晚都是肉。桂圆原本不带饭，学校有阿姨。可齐进妈非说外面的不干净，硬给她带。

早中晚的食谱中有几个必选项。早上一定要吃两个鸡蛋，盯着吃。中午有鸡肉、牛肉，晚上是老母鸡汤或者鸽子汤。看电视的时候要吃零食，杏仁、葵花籽，齐进妈随时随地抓一把在手里，递给桂圆吃。

还有个食物最具喜感。齐进妈总是探着头，像跟小孩说话似的："桂圆就要吃桂圆。"说着，塞过来一把桂圆干。桂圆哭笑不得。

齐进妈来了没多久，桂圆就胖了。早上化好妆，桂圆还站在镜子跟前，左照右照。齐进进来，蓬头垢面。桂圆指了指自己，问："像精英吗？"

齐进以为老婆在梦游。桂圆轻轻"啧"了一下："像不像精英？"

"谁？"

"我。"

"像。"

校长必须是精英，只是，精英架不住天天喝老母鸡汤。

"还是胖，我骨头架子小，一胖就显得很笨。"

齐进从后面搂住她，温柔地说："老婆不笨。"

鸡汤照喂。桂圆不是肯浪费的人，舍不得倒，只能喝掉。她当然明白婆婆的用意。这次齐进妈来，常提到嘴边的一个词是"非转基因"。所有吃食，必须是非转基因的。她总是那种快要爆发世界大战的表情："转基因害死人，吃了不孕不育，对下一代也不好。"

既然不孕不育，怎么还会有下一代？桂圆不忍挑婆婆话里的前后矛盾。婆婆愿意出力，桂圆只能笑纳。

抽个空，桂圆逃出来找左璐瑶吐槽。

璐瑶劝她："伸头一刀，缩头一刀，早完成任务早好。"

桂圆道:"这种事情,只能顺其自然。"顿一下,又补充,"其实我也怕。"

璐瑶不懂她怕什么。

桂圆说:"怕生不出来。"

璐瑶大手一挥:"那不会,只要想生,总有办法。"

"不想试管,还想自然点。"

"锻炼身体。"

"哪里有时间?"

左璐瑶说:"那就没办法了。"说着,璐瑶拿出手机,让桂圆参谋,东区这周的相亲会她去不去。

桂圆说:"去啊。"

左璐瑶念通知:"不介意婚史,限单身女性进,男士满。"

桂圆笑说:"听着像钓鱼。"

左璐瑶道:"去过一次,哪儿有好的?那一个个的,吓死人。"

"务实点。"

左璐瑶说:"早都认清现实了,不要求阳光帅气上进,有能力、谈得来、对我好就行。"又补充,"我也会对对方好。"

桂圆微笑着,忽然想到个人——孙志明。孙志明有事业,年纪也恰当,或许适合左璐瑶。各花入各眼。多年闺蜜,桂圆当然知道璐瑶是个什么人。她最大的特点是口是心非,且保守,嘴上说要找阳光上进美少年,心里想的也许是老实可靠富大叔。不过既然有心介绍给璐瑶,桂圆就没细诉志明跟她相过亲,只说是小舅的朋友。

实际上,左璐瑶早就从桂宝那张大嘴巴里听过这个名字。桂圆一提,她本能地抵触,但不点破,任由桂圆安排,大不了走个过场拒绝就是。

散了场,桂圆打电话给老妈,把这事简单说了,亚玲一方面可怜璐瑶,觉得应该帮一把,另一方面又想起伤心往事,觉得女儿实在不该错过孙总。

桂圆拜托她去找小舅妈说说。亚玲应承下来,这种事她不嫌麻烦,打算厚着老脸去找念巧拉这个纤。

＊　＊　＊

念巧坐在美容院镜子前。彬彬在上辅导班，她才抽空照顾自己这张脸。

念巧对着镜子里的自己叹息："一看就是中年妇女，没啥少女感。"

亚玲站在她身后，不晓得怎么劝——自己都是老年妇女了，念巧还在追求少女感。

念巧道："还是胖，胖老娘们儿。"又转头对美容师，"我还得减肥，胖，太显老。"

美容师小姑娘们嘴甜："姐姐，您这还胖，我们都别活了，您状态多好啊，这皮肤，哪像一针没打过的？好多打了水光针的，都不如您。"念巧听着舒坦，躺下了。

亚玲跟着沾光，也做脸。她笑说自己老脸皮厚，估计能搓下来不少泥。做到一半，亚玲才把桂圆委托的事提了提。

念巧第一句："孙总？我不能保证啊，那么个优秀人才，多少小姑娘虎视眈眈。过了村就没店，你都不知道当时我费了多大劲，跟拽头鲸鱼似的。"

亚玲讪讪地笑，由她发挥。她晓得念巧是在找补虚荣心。

念巧做完脸，直起身子，才幽幽地说："行啦，看二姐面子，我再做做善事，不为自己做，也为后代积。"

亚玲笑说："我就知道巧儿心善。"

念巧道："彬彬的区钢琴比赛汇报演出，二姐得去，叫上桂圆。到时候我让孙总过去。桂圆带那朋友去，一并见了。"

亚玲唯唯。

029 / 发 乎 情 止 乎 礼

桂圆真佩服念巧，为了彬彬的钢琴赛汇报演出，排场能铺成这样。念巧甚至备了荧光棒，并用祈使句告诉每个拉来的熟人："都要来啊！"

到了现场桂圆和亚玲才发现，朋友是来了不少，偏偏季鹏没来。大后方的事不归他管，拿银子回来就行。

桂圆告诉亚玲说："中午小舅妈请。海鲜自助，最高级那种。"

亚玲叹："真开了洋荤。"

念巧从前排回头，桂圆和亚玲连忙招招手。这就算确认过眼神了。念巧又指了指东面座席，桂圆没反应过来，亚玲明白了——孙志明坐在那儿。他旁边的座位空着，那张票给左璐瑶了。今儿算间接相亲。

桂圆四顾——左大奶奶还没到。她给璐瑶发了个消息。璐瑶回复："堵车，马上。"

片刻，后场走来了郝彤。她估计是奉母之命来支持弟弟演出。只见她径直走到东区，在孙志明旁边稳稳落座。

亚玲问桂圆："那不是左璐瑶的位置吗？"桂圆心急，但还是稳住了，说："人来了再说。"演出快开始，左璐瑶才慌慌张张进场。桂圆在门口等她。

"怎么才到？"桂圆口气有点急。

"堵车。"

桂圆说了声"来吧"，就领着她往东区去。

到孙志明旁边，刚才桂圆见着的都是侧影、背影，这回见了正脸，桂圆也吓了一跳。孙志明瘦多了，脸小了一圈。人一瘦，他的"M"形秃头似乎变得不那么可恶了。

"桂圆。"孙志明站起来，显然有些吃惊。郝彤跟着站起来。桂圆笑着点头，对郝彤说："彤彤，走。"郝彤不动。桂圆又招手，"来。"再侧过身，跟左璐瑶打个眼色。她领着郝彤往外走，左璐瑶在孙志明身旁坐下。

厅内演出开始了，桂圆和郝彤姊妹俩还站在厅外说话。郝彤表情有点扭曲，桂圆刚告诉她左璐瑶和孙志明的来意。

郝彤惊叫："谁多的事？！"

桂圆没想到妹妹反应这么大："小舅妈牵的线。"

"我妈？"

"有什么不妥当的吗？"桂圆问。

"她就没干过一件好事！"郝彤叉着腰。

桂圆不懂什么意思。

郝彤顿了一下，看着表姐说："孙总有女朋友。"

桂圆惊："小舅妈没说。"

"她知道什么！"

"确定吗？这事复杂了。"

郝彤跺脚："哎呀，我的大表姐！他是老板，我能不知道吗？这么做是害了你那同学。"

桂圆懊悔牵线。面子比天大。左璐瑶必然会跟她闹。可音乐会还是得听下去。桂圆抚着郝彤的背，说："先进去看演出。"

一整场演出，郝彤坐在桂圆和亚玲旁边。虽然周围一片黑暗，可桂圆还是能感受到表妹从呼吸中传达出来的愤怒。

演出结束，桂圆作为家属代表上台送花。她叮嘱老妈去稳住璐瑶。等桂圆下台，跟念巧寒暄几句，再看看，志明和郝彤都不见了踪影。

念巧招呼："都别走啊，吃自助！不许走！"

亚玲和璐瑶有说有笑地端着盘子回来，盘子里是大螃蟹，各种海鱼肉。换桂圆去取，代桂圆一面惊异于小舅妈的大手笔，一面又替小舅心疼。不过，更令桂圆忧心的是璐瑶和志明的相亲如何收场。而且看样子，左璐瑶似乎对孙志明还算满意。念巧取了几片北极贝，刚跟一个熟人聊完天，桂圆连忙补缺上。小舅妈社会关系太多，吃饭没跟她们坐一块。

"恭喜啊。"桂圆先说好听的。

念巧贵妇一般伸着脖子，居高临下地微微点头，报以微笑："多谢捧场。"

桂圆道："舅妈教子有方。"念巧笑得更厉害。她就爱听这句。

桂圆见时机成熟，这才说："志明和璐瑶见了。"

"怎么样？"念巧收起笑容。

"没说。"

"慢慢来。"念巧一副掌控大局的态势。

"就是那个……"桂圆有点说不出口,但还是得说,"孙总现在好像……有对象……"

"什么?"念巧警惕。

"他有对象。"

"谁说的?"

"是……"桂圆的表情像便秘。

"他自己说没有。"念巧神色愈发严肃。

桂圆望着小舅妈,欲言又止。念巧停了两秒,忽然大叫:"他骗我?!"桂圆连忙安抚住小舅妈,说:"先吃东西。小事,都是小事。"

餐桌上,左璐瑶和郝亚玲有说有笑。桂圆从没见璐瑶这么放松。现在就告诉她真相显然不合适,太伤人心。桂圆觉着自己简直做了天底下最蠢的事。

亚玲不明就里,还问:"怎么样?"

"说不好。"左璐瑶微笑着。桂圆暗叹:"糟糕。说不好就是感觉很好。"桂圆在家里跟老妈交代过,别说陈谷子烂芝麻。亚玲守得住,她一直看好孙志明,现在璐瑶喜欢,她也巴不得促成,于是说:"千载难逢独一份,看准了就咬住。"

璐瑶侧目。阿姨用"咬"字,很凶狠的样子。亚玲怕吓到璐瑶,又伸手,做了龙爪的态势:"抓,抓住。"

桂圆直叹气。亚玲扭头说:"吃啊,多吃点三文鱼。"

桂圆哪有心思吃。

主桌一阵响动,宾客们都站起来,向念巧敬酒。桂圆、亚玲和璐瑶不得不去凑个热闹。亚玲一边喝着香槟,一边悄悄对女儿感叹:"你小舅真挣到钱了。"

* * *

会议结束,客人快走光了,郝季鹏还坐着。胡斯楞一起身,看到最后一排有个人。她有点近视,看不清。季鹏起身,径直走过去,伸手:"欢迎归队。"

胡斯楞笑:"多谢郝总给机会。"

季鹏道:"有你回来执掌市场部,营销和客服这两块,董事会放心多了。现在公司业务大发展,要做好宣传,做好服务。"

胡斯楞一笑:"人到中年,最后一搏,公司就是我的家,一定鞠躬尽瘁死而后已。"胡斯楞握住了季鹏的手。

季鹏和斯楞发乎情止乎礼,是念巧中年怀孕时开始的。后来念巧流产,季鹏实在不忍心迈出那一步。斯楞为了阻止悲剧发生,陪女儿远走美国。现在,她回来了,还离了婚,清清爽爽一个人,并且,很快就入主季鹏担任董事的这家公司,做市场部的一把手。其中志明出了多少力,季鹏出了多少力,自不必说。不过最关键是斯楞优秀,出国之前她就扎根金融系统,季鹏算半路出家,业务上不得不佩服斯楞。季鹏和斯楞都不认为这算旧情复燃。季鹏警告自己:"你现在是两个孩子的爹。不能乱来。家庭永远是第一位的。"

其实在胡斯楞走后,季鹏还跟两个小姑娘交往过,就几个月,二姐亚玲撞见过,但很快分了,没意思。不试不知道,郝季鹏认清了自我——他伺候不了小姑娘,太任性,而且永远是他在单项输出,没有过招,就无味。

两个人走出会议室。郝季鹏本想约胡斯楞一起吃饭,庆祝一下,想了一下又放弃了,没必要那么心急,都是合作伙伴了,不在一朝一夕。回到办公室,季鹏给志明打了个电话,问有没有时间出来坐坐。志明说有事,婉拒。季鹏这才想起来,儿子今天汇报演出,这会儿应该回到家了。

* * *

夜幕降临,桂圆和齐进坐在沙发上,两个人都不喜欢看电视。但结了婚,桂圆怕太安静,吃完饭后会把电视打开。有时候桂圆加班,齐进稍微做点饭,或者点外卖,给她留着。

中午吃得多,桂圆晚上不吃。齐进饿,她就去下了碗面条,打个鸡蛋。看到齐进吃得欢,桂圆也觉得饿了,吃两口,又撑了。饭后血液集中到胃部,脑子晕晕乎乎的,某个瞬间桂圆突然有了点中年感。有个丈夫,下班一起吃饭,饭后一起看电视,日子过得跟坐船似的,晕晕乎乎。唯一的缺憾是暂时没有孩子。

说实话，桂圆挺满足。一个家，两个人，踏实上班，晨昏相对，能心平气和聊几句。想起左璐瑶和孙志明的事，桂圆有点闹心。她跟齐进简单说了说，没提志明跟她相过亲。

齐进来一句："那有什么。"

桂圆再次强调："人家有对象。"

"不是没结婚嘛。"齐进口气轻松。

桂圆两手挥动："可是人家有对象了呀！"在她眼里，有对象等于鹊在巢里，鸠就不能去占。

齐进只好重复："有对象，没结婚，都还有选择权嘛，公平竞争。努把力。"

茶几上，手机震动。是郝彤打来的，桂圆连忙接，第一时间感受到表妹的尖嗓子。

030 / 白 眼 向 天

挂了电话，齐进看桂圆表情有点不对，忙问是谁，怎么了。桂圆有点不明白，彤彤怎么老是缠着璐瑶相亲的事不放。

齐进道："是不是表妹对男方有什么想法？"

桂圆望着齐进，嘴巴微张，脸上全是震惊。她从来没往这方面想过。在她眼里彤彤就是个小孩，无法无天，不管不顾，任性妄为，但她怎么也不会把彤彤和一个中年男人联系在一起。她都嫌志明老、丑——可是话说回来，孙志明最近状态的确回勇，如果硬要把两个人摆在一起，也不是完全没可能。

齐进补充："女孩子成熟得早，表妹不小了。20出头，要搁过去，可能都是孩子妈了。"

桂圆感叹："那你当初怎么不找20出头的？"

"我找过日子的。"

"你怎么知道彤彤就不是过日子的？人家还有钱呢。"

"财大祸也大,咱们踏踏实实的,"齐进换了个坐姿,"普通人找普通人。"

桂圆心里舒坦,她就喜欢齐进这一点,踏实,早早地认识到自己的普通总比好高骛远强。她跟齐进有共同的"背影",都是中下层出身,也算门当户对,现在携手共进,在这座城市打拼,他们所有的感受都相同,所以才能抱得更紧。但桂圆嘴上逞强:"求上得中,你只想着普通,最后只能比普通还不如。"

齐进嬉皮笑脸:"理想可以高一点嘛。"

次日,趁着中午休息的当儿,桂圆拐去老妈家一趟。桂宝前几天连轴加班,单位有活动,这几日正轮休。桂圆把老妈拉到小房间,把彤彤来电话质问的事说了,还说了齐进的推理。

亚玲顿时浑身鸡皮疙瘩:"不是没可能!小孙那么优秀,两个人又见天搁一块儿,孤男寡女,日久生情,情不自禁……"说不下去了。

桂圆道:"现在怎么弄?别到最后两边不是人,彤彤老说孙志明有女朋友,难道就是她自己?那也得孙志明同意吧?孙志明来相亲,就说明没认可。"

亚玲当机立断:"这事,彤彤那边咱不管,随她爱不爱,你赶紧给小左打个电话。"

"干吗?"

"问问情况呀!"亚玲嫌女儿脑子慢,"她要不喜欢孙志明,那就一拍两散,到此为止,她要喜欢,你就吹吹风,说孙志明不好,劝她放弃。"

桂圆咂舌:"恋爱自由婚姻自主,哪能做这事!"

"彤彤是亲戚,小左是朋友,能比吗?"

"亲戚有时候还不如朋友。"

"反正先探探口风。"亚玲道。

桂宝出来倒水,听到老妈和姐姐叽里呱啦,他略在门口站了一会儿,听了个大概。他怨彤彤没给他介绍对象,又有点为左璐瑶抱不平,还觉得自己跟璐瑶姐同病相怜。奶奶在屋里喊人,桂宝不动。

亚玲伸头出来,见桂宝端着茶杯站着,怒道:"你是聋的?去!"桂宝只好放下茶杯,去给奶奶按腿。最近奶奶老说腿疼。

桂圆给璐瑶打了电话:"你跟我说实话,到底感觉怎么样?"

璐瑶问:"男方让你问的?"

桂圆道:"璐瑶,你得跟我说实话,我才好做下一步的安排。"

璐瑶不解:"有什么好安排的?"

桂圆支吾。璐瑶见她为难,道:"难得有个入我眼的男人。"

桂圆头大。瘦身成功后的志明竟老中青通吃。出场顺序真的重要。不久之前她代桂圆还觉得他就是个油腻的土大款。

"干吗?"璐瑶敏感,"他瞧不上我?"

桂圆连忙说:"没有没有,别想太多,再等一等。"左璐瑶没多问,她以为桂圆为难,是因为孙志明跟桂圆也相过亲。她没忍心戳破,一切才刚刚开始,还需要观察。

* * *

外校游园后,念巧就开始为彬彬升学做准备,必须德智体美劳全面发展。尽管这一向她的心思全在彬彬身上,近几天她还是感觉到了女儿的敌意。吃饭不跟她一桌,天天端进房间吃,在洗手间碰到立刻躲开,跟见了瘟神似的,几乎不和她说一句话,不正眼瞧她一下。念巧问小时工李姐:"这丫头中邪了?"

李姐来一句:"青春期碰上更年期。"

念巧惊愕得双目发射激光。终于,她还是跟丈夫季鹏反映了这一情况:"你女儿到底怎么回事?鼻子不是鼻子眼不是眼。"

季鹏不在意:"她就那样,你把儿子管好就行。"

念巧忽然委屈:"不是我一个人的儿子,是你们郝家的后代,全家就这么一个独苗苗,谁管?老大老二从来没个电话,找我们帮忙倒是上赶着。"

季鹏不解,问:"帮什么忙?"

念巧道:"大嫂来电话,说大哥有个新作内购会,让你找几个老板撑撑场。"

季鹏奇怪他怎么没接到大哥电话。念巧说:"大嫂不就代表大哥嘛,没老大的担当,却要老大的面子,自己把自己抬得高高的,还卖画呢,不知挣那些钱留给谁。"

季鹏不出声,内心深处他还是向着郝家人,可理智上他又不得不承认老婆说得有几分道理。他不明白大哥大嫂赚钱的动力何在。

念巧又说:"我不好说彤彤,你得提醒,让她别往老大那儿跑。"

季鹏头上跟刷了糨糊似的:"老大那儿怎么了?"

"二姐都不让桂圆去。"

"彤彤本来也不去。"

"近朱者赤,近墨者黑,"念巧说自己的,"别自己不生,把孩子们都带偏了。"

"孩子大了,都有脑子,都有主见。"

"防微杜渐。"

季鹏借口抽烟,避一避。晚一点,季鹏在洗手间碰到郝彤,笑呵呵地问:"干吗,又有烦事?跟爸爸说说。"

郝彤一边搽眼霜一边说:"没事。"

季鹏道:"你妈嘴是碎了点。她也是为你好。"

不提这个还不来气,彤彤认真地说:"爸,我就一个要求,请妈别多管闲事。手真长,连桂圆的同学都能顾上。"

季鹏问怎么回事。彤彤一鼓作气把老妈给志明老师介绍对象的事说了,又斥:"当媒婆有瘾?怎么不去相亲网站上班?"

季鹏见女儿火气太大,只好暂时表态,坚决和彤彤站在一边。

郝彤借势说:"爸,让妈别给我介绍对象,咱们家还有没有民主?我可不可以选自己喜欢的?"

季鹏连忙说:"当然可以,我相信我女儿的眼光。"

郝彤道:"玉兔选中了唐僧,皇帝皇后要是不答应,玉兔就服毒自尽。"

季鹏被女儿逗乐,哈哈笑道:"东土大唐来的,父王怎么会不答应呢。"

郝彤要深度护肤,季鹏出去了,给女儿留空间。说实话,郝彤现在都没有足够的自信，虽然年纪不大，化妆的年头可不短了。一卸了妆，她都有点不认识自己。因此，她跟志明那次，也是带妆上阵。是她主动的，他没拒绝，事后说自己是酒后失德，跟她道了一万个歉。

他们的关系还不明朗，郝彤也不敢跟爸妈摊牌。她不担心妈妈，但不得不顾及爸爸。志明跟她老爸是朋友。朋友妻不可欺，朋友女儿呢？能不能欺？再进一步，能不能娶？她觉得老爸一时恐怕无法接受自己要成为孙志明的岳父。而且，志明也没说要娶她。郝彤认为这事还是得从长计议。首先要做通志明的工作，其次要阻断桂圆的那个同学，然后才是做父母的工作。

小桃没把郝冠峰新作内购会设在画馆，而是包了酒店套房，请了十来个人，有老藏家，也有新贵，其中包括季鹏带来的三个朋友——一个是浙江老板，一个是广东的朋友，还有一个是孙志明。

季鹏给志明打电话，他本想婉拒，季鹏道："捧个场，买不买都行，不强迫。"志明问："叫不叫胡姐？"季鹏说："我没叫她。"不过等孙志明来的时候，还是顺道把胡斯楞接上了。

这次穆小桃还请了张秀云。秀云如今长住大城市，方便看病。乳腺肿瘤治好之后，近来指标不太好。秀云丈夫有生意在浙江，实在走不开。秀云只带了个丈夫那边没出五服的远房侄女，叫崔一雯，大学毕业，在雁荡山的园区工作，快30岁了，邻家女孩型，身段也小巧，整个人仿佛一张水墨画，仔细看，又有几分靓丽。她随在秀云左右，不多言不多语。小桃的理解是，这女孩是秀云丈夫派来的坐探，所以不怠慢，里里外外招呼。

冠峰跟两个收藏家谈天，阐述自己的创作意图。秀云在旁边帮腔，一雯时不时帮递东西。小桃忙着招呼客人。孙志明早逃开了。他最近躲着郝季鹏，请胡姐来就是让她挡一挡。

郝季鹏和胡斯楞在一幅画前站着，都不说话，定定地看画。过了一会儿，胡斯楞指着眼前的《乌鸦图》道："我喜欢这个。"

小桃端着酒杯，悄悄走到他们身后，静静听。

季鹏"哦"了一下，表情似乎有点诧异，他并不认可这幅画。胡斯楞在国外去了不少博物馆,很有点艺术修养,只听她道:"用笔挺劲刻峭,鸟嘴、眼都是方形,面作卵形,上大下小,岌岌可危,鸟栖一足、悬一足,白眼向天。这传承的是八大山人的衣钵。慷慨悲歌,忧愤于世,是大胸怀。"

小桃听得心潮澎湃,旋即放下酒杯,轻轻鼓掌,像酒醉的诗人和着歌。

031 / 头 等 大 事

季鹏和斯楞转头,小桃悠长地说:"知音如不赏,归卧故山丘。"

胡斯楞笑道:"穆老师,莫非这幅画是……"

小桃拦话,面露得意:"是我画的。"

季鹏一愣。小桃对季鹏赞:"你这位朋友,不是凡品。我借着你大哥的光,夹带了一件私活儿,就她一人看出来了。"

孙志明听得真,凑上来:"我说怎么这么特别,是大嫂的作品,"又笑,"大嫂,别怪我无礼,今儿是不谈价格的,但我还是斗胆想出个价,请大嫂赐画。"

志明突然的大方令郝季鹏和胡斯楞都感到意外,他谈不上有多少欣赏能力,但贵在江湖气重,爽利。他要买画,难道是有求于大哥大嫂?

小桃高兴,道:"真喜欢的话,免费送给你。"

志明道:"那您是打我脸,大嫂,我出10万,一定看在季鹏哥的面子上,给晚辈一点甜头。这画将来怕是要上亿。我捡个便宜。"

小桃被哄得心花怒放,当即"勉为其难"地同意了。不过小桃怕其他客人听见,误以为他们卖假画,连忙让这边收声。她转过去,仔细应酬冠峰那边。

秀云和冠峰站在一处,真是一对璧人,赏心悦目。冠峰曾经送过秀云一首诗:"峰迥杂花明,云领浮名去。一坐十馀载,见学请长缨。"小桃得知,十分嫉妒,要求冠峰也送她一首。于是有了《赠夫人》:"峰前野水横官道,桃李阴阴柳絮飞。恩深阙下遂高情,爱许卿卿难离分。"秀云得五言,她得七言。

那都是过去式。这个年纪，这种境遇，秀云又一身病，小桃早都"蓬门今始为君开"了。有时候小桃真心怀疑，如果没了这些朋友，冠峰还会不会理她。

端起高脚杯，穆小桃鹅行鸭步，慢踱了过去，到跟前，向秀云微微点头，说道："住得方便不方便？我们有套小房，就在美术学院。"秀云道："我住着还行，就是一雯要去美院进修，一三五的课，来回跑太远。"小桃说："那不得陪着你。"秀云笑："哪儿那么娇气。孩子小，还希望进步。"

小桃朝一雯努努嘴："有对象没有？"

秀云含笑，说："还没有呢。"小桃笑吟吟地点点头，没再说话。

这次内购会，除了把自己的画卖了出去，穆小桃认为发现一雯这个好人才也算巨大收获。她后续又打听了一雯的情况，是秀云丈夫那边的远房，父母都不在了，孤苦伶仃。她穆小桃要是有儿子，都想找个这样的儿媳妇——没有娘家，全扑在婆家，好相处。

小桃顺理成章地想到了桂宝。年纪、模样、家境各方面都般配，一雯要能跟桂宝捏在一块儿，她穆小桃就接连促成桂圆、桂宝两件婚事，那是多大功德！将来老二家跟他们的关系就更近。小桃把这打算跟冠峰说了。冠峰双眉紧锁："别多事。"小桃道："秀云拜托我的。"冠峰不反对了。小桃说："是善事，就要多做。"

找个时间，穆小桃上亚玲的门，把一雯的照片、基本情况一一带到。亚玲千恩万谢地拜托小桃一定要撮合。小桃道："这就是自己家娃儿，我才这么上心。"

亚玲凑趣地说："大妈大妈，比妈还大。放心，嫂子，这事要成了，孩子们都知道感恩。"

小桃连忙摆手："千万别，我做善事，只为自己的心。"

礼拜一桂圆轻省点，亚玲叫女儿来家吃小龙虾——桂宝的最爱。吃饭前，母女俩在厨房合计了。亚玲说了基本情况，让桂圆压阵。桂圆一看面相，印象很好，于是同意和老妈一起说说弟弟。"要不要让奶奶也帮腔？"桂圆问。亚玲说:"不用。奶奶最近腿疼,在床上吃。吃了就睡。"

吃饭时间桂宝才从屋里出来,蓬头垢面,坐下要吃,亚玲打他的手,问:"刷牙没有?"

桂宝道:"吃了再刷。"

桂圆喝:"以后成家立业,你也这样?"

桂宝道:"是我媳妇就不会嫌我。"

亚玲和桂圆对看一眼,点点头。奶奶不吃小龙虾,亚玲弄了点软的,端到床上给她吃了。桂宝一个人横扫。等到桌上堆满虾壳,亚玲才把手机递过去。桂宝擦手接了。

"看看。"亚玲口气上扬,透着喜庆。

桂宝定睛,瞅了两秒。

"画家。"桂圆往一雯脸上贴金,"大舅朋友的侄女。人特好。"

"还成。"桂宝发话。

"见见?"亚玲胸口的气舒出来。

"我不反对。"桂宝说。

大事定下,桂圆开始念叨弟弟,要注意形象,要有绅士风度,见到女孩说话要注意。"鼻毛剪了。"说着,桂圆拿小剪子要帮弟弟修剪鼻孔里的杂草。桂宝怕剪着肉,躲。

"过来!"桂圆呵斥,对弟弟她还是手拿把掐,治得住。

亚玲忙跟小桃通气,小桃说她去做工作。午饭后,片刻宁静,老太太睡了,桂宝去上班,亚玲和桂圆母女俩又并排坐在沙发上。

亚玲舒坦,扭头问女儿:"喝不喝酒?"

"又喝?"

"高兴。"亚玲眯缝着眼,法令纹都提升了。

"陪你。"

母女俩满上,碰一个。亚玲道:"酒是个好东西,最难的那几年,我睡前都要喝几杯。一倒头,什么都忘了。"

"白的红的？"

"最难那几年，"亚玲在"最难"两个字下面加着重号，"哪儿还有红酒，十几块的红酒那是糖水，咱就干白的，劲大。"亚玲手指乱点，"我跟你说，人生这玩意儿就不能合计，就得闭着眼往前走。该干吗干吗，上学上学，上班上班，结婚结婚，生娃儿生娃儿，只要你稍微打个磕巴，一犹豫，日子立马稀碎。"

老妈说得有理，可桂圆嘴上不能赞同，因为她属于只赶上晚班车的——该生娃儿，还没生。亚玲又满一杯，继续说："你记得以前隔壁的四毛吧？"桂圆记得，她叫他哥。

"干吗，死了？"桂圆往坏处想。

亚玲拍女儿一下："什么死了，人家儿子今天来这儿了。"

"来干吗？"

"上大学！"每个字都强调，像锤落在鼓上，"四毛才38！儿子都上大学了！后面都是享福，这一辈子，轻松呀！"

桂圆明白了，老妈又要往生育问题上拐，可她没法反驳，因为在内心深处她同样羡慕四毛，38岁，儿子上大学，人生任务完成大半，往后都是为自己活。一不小心，儿子娶媳妇，四毛才40多岁。

四毛本来就面嫩，跟儿子站一起，八成被人称作兄弟，多美呀。"妈，不说这个，现在头等大事就是把桂宝这事落实。"

亚玲拍大腿："对，一步一步来，"醉眼蒙眬看女儿，"你说人姑娘能看上桂宝吗？"她忽然又没自信了。

"人有人才，钱……"桂圆说不下去了。

亚玲接话："钱没钱财。"顿一下，"主要是没房子。"桂圆给老妈吃定心丸，"真要成，这房子你们住，小间打通做个大间。"

亚玲拉长身子搂女儿："有你这样的姐，桂宝积了八辈子福！"

桂圆道："先见面再说，八字没一撇呢。"

* * *

最近孙志明有点躲着郝彤。

那一次志明判定为自己"酒后失德",倒不是他不喜欢彤彤,只是这里面的关系太难处理。天下何处无芳草,没有必要惹麻烦。在志明看来,找老婆跟谈恋爱是不一样的。找老婆得找桂圆那样的,老实本分,摆在家里放心。彤彤张牙舞爪,跟匹烈马似的,别说当老婆,就是当女朋友,他都害怕吃不消。不过,彤彤是真年轻。20出头,正是最好的年纪。

孙志明嗅到一种危险的气息。他让副总找郝彤谈话,问她愿不愿意去另一家公司,也归他管,职位上调。郝彤当面说同意,一转脸直奔孙总办公室,跟一颗子弹似的。

"什么意思?"郝彤发指眦裂。

孙志明连忙绕过办公桌:"不是……那个……"

"敢做不敢当?"

"不是你想的那样。"

"哪样?"

"完全是工作需要。"

"你要是不想看到我,直说,用不着搞这套。"

志明努力保持镇定:"彤彤,是我的错,我不该……"

"你为什么就不能面对你的真实感受!"仿佛天雷滚滚,劈下一道闪电,孙志明被打得晕头转向,一时不知道说什么好,终于语无伦次地说:"彤彤……这个没法弄……这个人物关系……真没法弄……"

"我说过要你负责吗?"郝彤问到他脸上。

"那没有。"志明缩脖子。

"我说过要分你的财产,要你的好处,霸占你一生一世一辈子吗?"郝彤追击。

"没有。"志明只能正面回答。

"那你怕什么?"

"不是……那个……我是你……叔叔……"

"有血缘关系吗?"郝彤道,"我叫你叔叔你是叔叔,我不叫你叔叔你就是一个陌生男人。"停顿,立刻补充,"我是女的,你是男的。就这么简单。"

志明苦口婆心地说:"话是这么说……可谁也不是活在真空中……"

"不让他们知道不就得了。"

"没有不透风的墙。"

"你不说,我不说,"郝彤道,"咱们就痛痛快快谈一场恋爱,我喜欢你,你喜欢我,活得简单点,行不行?也许过几天都没了感觉,到那时候再放手,我辞职,一拍两散,有什么不可以!人生太短暂了(她从鸡汤里看的),高兴的时候,为什么不能允许自己放肆享受?你都多大了,忠于自己的感觉就那么难?放心,我爸不会知道。何况,两个人真心喜欢,犯了哪个天条?"

孙志明不吱声了,郝彤的重话似乎要把他的真心敲醒。郝彤说的是没错。可睡了朋友的女儿,还继续谈恋爱,那几乎等于要失去这个朋友,偏偏郝季鹏对他来说又是个特别重要的伙伴。从生意角度看,他不应该跟郝彤恋爱。

"还是你觉得代桂圆那同学不错?"

"都是朋友。"

"你要真喜欢,就说喜欢。"

"别胡思乱想。"

郝彤忽然哭了:"我是女的,你让我这样。"

志明在商场上是老手,在感情上绝没有郝彤这两下子。他连忙抽纸巾,给彤彤递了过去。

032 / 小 心 愿

公司体检,桂圆查出脂肪肝。

一早,桂圆出门,故意"忘带"饭。婆婆喊:"桂圆!"

桂圆站在门口,婆婆拎着小饭兜跑过来。桂圆道:"妈,公司管饭。"

"外头都是转基因。"

桂圆为难。齐进在门廊换皮鞋，瞭了桂圆一眼。桂圆怕齐进不高兴，只好拎着小饭兜走。

"我送你。"齐进说。

他们不顺路。齐进平时都单独走。校区离家不远，桂圆弄了辆电动车，每天骑车上下班。齐进特地要送，桂圆知道他有话要说。车开出小区。齐进开口："妈的心意，领着，实在不想吃，丢掉，别让她看见就行。"

"那不浪费吗？"

"给同事吃也成。"

"公司有专人做饭。"

"那这样，拿出来，放到物业，我带着。"

"你不是有一份吗？"

"吃两份，妈的饭不孬。"他胃大。

桂圆心疼齐进，又恨他愚孝。是孬不孬的事吗？她不明白，婆婆做饭油太大、肉太多，为什么就不能沟通，非得按照她的来。如果有益另说，关键现在，她胖了，齐进小脸也跟气吹得似的。代谢出问题，胖，和优生优育背道而驰。

而且桂圆觉着，婆婆的到来根本阻碍了他们生孩子，每次办事都必须小心加谨慎，生怕弄出一点声响。这样能激发出热情，能制造出人类吗？想到这儿，桂圆决定趁此机会跟齐进说清楚。她掰了掰后视镜，正对齐进。齐进不明白她的意图。

"瞅瞅。"桂圆道。

齐进的脸左动右动，没看出花来。

"四个字，"桂圆总结，"无法直视。"

齐进嘿笑。

桂圆继续："才结婚多长时间，脸大了一圈。"顿一下，"我都有脂肪肝了。"

"得运动。"齐进找别的理由,"健身卡办了又不去,浪费。"他怪她。

桂圆恨道:"能让妈别这么喂了吗?"

"你去说。"

"我说我就是坏人,你是她亲儿子。"

齐进妥协:"行行,我给妈打电话,今晚吃素。"

桂圆道:"荤素搭配。晚上尽量少吃。"

"想吃什么?"

"炒个空心菜,鸡汤还有。"桂圆吩咐。

齐进得令,表示保证完成任务。

桂圆下班了。菜摆在桌子上,果然是空心菜,清淡的鸡汤,还有一盘凉拌菜。桂圆问:"妈!这是什么?"

齐进妈从厨房探头:"拌蒲公英。新鲜,对肝好。"

一顿饭吃得舒心。看来儿子的话妈是听进去了。吃完饭,齐进忙着写程序,桂圆洗了澡,不住地在手机上回信息。她是校长,校区的全部情况她得随时掌握。

齐进妈端着一碗棕黑色汤水进来。一看八成是中药。

桂圆忽然明白一进门嗅到的气味来自何方。她连忙说:"妈,我没病。"

齐进妈道:"还说没病。"

"不是……妈……"

"脂肪肝,"婆婆点破,"必须小心了。"

桂圆咂舌,一定是齐进出卖她。齐进正抱着笔记本电脑进屋,见此情景连忙缩了回去。

齐进妈道:"老家的方子,大店抓的,放心,保管一吃就好。没副作用。脂肪肝,肝上糊着层油油,不排毒,不代谢,生不出娃儿。"前面半句勉强接受,最后一句让桂圆感到前所未有的压力。

她当然知道婆婆来的目的,但刚开始还藏着掖着,如今点明了。碗还端在眼前,桂圆感觉此刻自己仿佛《雷雨》里的繁漪,被周朴园逼着喝药。齐进不会来救她，儿子跟妈亲。就冲这，桂圆也觉得自己有必要生个儿子。她端过碗，一仰脖，咕嘟咕嘟下去了。

婆婆满意，收了碗，离开。齐进后脚进屋。桂圆赤脚下床把门关好，小声厉色对齐进说："刚戒了大荤，又吃药，我这是受刑吗？"

齐进压着嗓子："都是为你好。"

桂圆换个角度说："一个屋檐下住着，我紧张，你紧张，都紧张。"

齐进口气不大好："住不了几天了。"

桂圆不得不解释："我不是赶妈走。"齐进说了句"知道"，躺下，屁股对着桂圆。

桂圆抽空跟老妈发牢骚，亚玲一言以蔽之："他们家急了。"

桂圆嘀咕："都在努力嘛。"

亚玲探问："去医院查了没有？"

桂圆吊着眼睛盯了老妈一秒："我和齐进都没问题。婚检过，单位常规体检过……"

"得仔细，"亚玲道，"去查查，专科。要不要我陪你？"

桂圆连忙说："不用。"

亚玲苦口婆心地说："你们是没问题，可架不住年龄一天天长，女儿，不是妈催你生，是你已经走在危险边缘。还有，你婆婆那话是全没道理吗？整天吃转基因的东西，对下一代究竟有什么影响，说不好。以前的人吃草鸡，现在都吃品种鸡，长太快，枯也快，愁！"说着，亚玲把手里的芹菜秆子往水池子上擂两下，"看看，哪儿像芹菜，跟玉米秆子似的。"

一番教导弄得桂圆如临大敌。不过，她打算等婆婆走了，再跟齐进一起去医院。

* * *

健身房。左璐瑶又练了一组，汗水顺脸淌。自从跟孙志明见面后，璐瑶对自己的体型开始有要求，虽然二次约会迟迟没来，但两个人在线上没少交流。璐瑶感觉，志明就是她灵魂伴侣的雏形。

要求别人首先得要求自己，包括体型。现在，只要有时间，左璐瑶就会往健身房跑。只可惜，练了一个月，瘦了半斤。半斤也是进步。她给自己打气——坚持。一个月瘦三斤，她的小心愿。

"练呢？"身后的声音。

璐瑶回头，桂宝站在她面前，浑身汗。他的肌肉挺大块。璐瑶想不到桂宝也来这个健身房，心想："他也来撸铁？刚办的卡？不行，得换地方。"

"差点没认出来。"桂宝笑嘻嘻的。

"去！"左璐瑶健身的时候不化妆，见到熟人一下没了自信。

"姐，您是刚睡醒？"

左璐瑶挥挥手，打发他："有这么大区别吗?!"

"得看好几眼。"

"平时我就画个眉毛，涂个眼影，画个眼线，睫毛膏我都不刷！"左璐瑶大声辩解，惹得健友们都看她。

桂宝连忙安慰："没说不是您。多看几眼还是能认出来。"

左璐瑶背过身子，猛做规定动作。

桂宝阻止："姐姐，请健身教练没有？这不能瞎练，事倍功半。"

"不要你管。"璐瑶大踏步走。

"给你免费。"桂宝一横脖子。他是这儿的兼职健身教练，刚聘上。

"你是专业的？"璐瑶问。

"业余也比你专业。"桂宝满怀自信。

"真不收费？"

"来吧。"桂宝振臂一呼。璐瑶跟着练，又是一身汗。冲完澡，两个人一起走出健身房。不远处是小吃街，入夜，灯火辉煌。左璐瑶鼻子动了动。

桂宝看出她的心思，笑呵呵地大拇指一挥："走着？"

"别，不能白练。"

桂宝拉她："哎呀，没关系，走吧。看你这样，就是想吃大鸡排。"

"这都能看出来？"

桂宝嬉笑:"那是,鼻子动得不一样,想吃鸡排和想吃串儿,那不同的方向。这叫美食行为学。"

"不行。"左璐瑶往反方向走,"回头是岸。"

"姐姐,吃吧,吃完我陪你练。"桂宝生把人拽过去。左璐瑶抵挡不住美食诱惑,缴械投降。如果说这辈子,除了男人,还有一个左璐瑶欲罢不能的,那就是美食。心情不好要吃,心情好也要吃,上班要吃,吃饱了才能干活儿,下班也要吃,吃是休闲,加班更要吃——别人休息我加班,外卖点起来:麻辣杂拌、麻辣烫、小火锅、大鸡排、螺蛳粉……左璐瑶已经有年纪了,可胃口还跟年轻人一样。桂圆曾经建议她去做吃播。

鸡排、串串都吃上,左璐瑶还在念佛:"阿弥陀佛,罪过。"说罢再来一口。

桂宝偷笑:"吃都吃了,干脆吃撑!"

"少害我。"璐瑶口是心非。

桂宝这才道:"这么积极,哪来的动力?"他知道璐瑶相亲的事。

"人往高处走,肉不让你走。不行,我得上进。"

"有喜欢的人了?"

"胡说什么。"璐瑶在结拜兄弟面前不想说这个 —— 尴尬。

"有就有,没什么,"桂宝鼓励她,"我也相亲了。"

"怎么样,什么成色?"璐瑶来兴趣了。

"一个画家。"

"哦哟,"璐瑶身子后仰,"玩文艺。"

"没你务实,找企业家。"

璐瑶顿时不高兴:"你姐告诉你的?"她要去剥桂圆的皮。

"不是。"

"你表妹说的?"

桂宝怪声怪气:"孙总很有名好吧?"

璐瑶沾沾自喜,仿佛自己身价也提高了似的。

"不过好像有对象。"

"你听谁说的?"璐瑶放下竹签子。

"别激动!"桂宝连忙安抚,"就那么一说,都还在竞争阶段,这么大一个企业家,青年才俊,有竞争正常,该怎么着怎么着。姐,我是好心,你可别说是我漏的风。"

左璐瑶眼里恨不得喷火。

033 / 巨 大 的 瓜

左璐瑶主动约见面,孙志明有点意外,考虑再三,还是去了,当然,得瞒着郝彤。郝彤已经向他"官宣"过,他们的关系现在是男女朋友。她的爱狠得像大型猫科动物,咬住就不撒口。

志明自己也觉得好笑,他这么个成功人士,几家公司的老总,怎么会被一个小姑娘吃住。当然,他担心的不仅仅是郝彤本人,主要是她背后的爹。志明不是没往深了想:如果真跟郝彤修成正果,那等于强强联手,只会加固他的事业,好处大于坏处。可是,谁来捅破这层窗户纸?郝彤现在也只说恋爱,总不能让他跟郝季鹏声明。

那左璐瑶呢?端庄,大方,有稳定工作,有独立住房,是标准版妻子,可就是有点……老。单从外貌看,左璐瑶还比不上桂圆。

一切都模糊,一切都悬而未决。志明感觉自己像产品,交付给哪一家,一时拿不定主意。

日本餐厅里,左璐瑶蹲坐在榻榻米上,温婉得像个日本女人。志明一边坐下,一边笑说:"抱歉,来晚了。"

"出差累了吧?"璐瑶贤惠。

志明才想起来自己撒的谎,连忙有模有样地扭扭脖子:"倒时差。"

璐瑶问:"坐的哪个航班?"这是她的老本行,话题自然展开。

志明只好把谎撒下去:"阿联酋,阿联酋航空。"

璐瑶道:"哦,他们的餐不错。"

两个人你来我往,似乎都逐渐放松,海阔天空地讲。菜上来,有菜堵着嘴,时间更好过。吃到一半,璐瑶去洗手间。志明翻翻手机,处理消息,再一抬头,迎面的单人座上,郝彤一尊佛似的坐在那儿,双手抱臂,盯着他看。志明打了个寒战,身子瞬间发僵。看来,他刚出门,她就跟上了。螳螂捕蝉,黄雀在后。

奇怪,郝彤竟然没冲过来,只是虎视眈眈。志明好几次抬起屁股打算走过去,又坐下了。

左璐瑶回来,见志明表情不自然,问:"怎么了?"

志明半拉上布帘,说:"没事没事。"

最后一道菜终于上齐。吃了两口,孙志明故意看看手表,说:"马上还有个会,要不今天先这样?"璐瑶表示理解,收拾收拾起身。璐瑶抢着付钱,志明绝对不许。于是璐瑶只能让绅士表现风度。她一转身,发现不远处有个熟面孔——桂圆的表妹彤彤,双目炯炯,满脸怒气,正朝这边观望。璐瑶不解,拍了拍志明,又指了指目光射来的方向。志明讪笑,对璐瑶说:"这么巧。"璐瑶感觉出不对,但隐忍不发,只笑说:"是不是对你有什么意见?"志明忙说:"没有没有。"

这口气,一直到回到家,脱了鞋,坐在自家的沙发上,左璐瑶才爆发出来。看那眼神,越想越不对。她打电话给桂圆,桂圆没接。她留言,桂圆迟迟不回复。

璐瑶打给桂宝,当头问:"你姐干吗呢?"桂宝发蒙。"在学校吗?"她又问。桂宝说:"可能是。"左璐瑶拎起包,去找代桂圆。

天近黄昏。太阳坠在路尽头,累得脱了相。人流涌动,上班族下了班,行色匆匆,脸上满是疲惫。别人下班,正是培训学校的工作高峰期。左璐瑶越过天桥,到便利店等桂圆。电话打通了,桂圆说:"老地方见。"

左璐瑶要了一杯咖啡,才喝一口就想吐。她追求品质,咖啡,男人,都是。可没想到,她千挑万选看中的孙志明,到嘴了,却仿佛吃了一口土。孙志明和桂圆相过亲,璐瑶可以不在乎,可如果是……她必须跟桂圆当面锣对面鼓地说清楚,这么多年的姐妹,别因为一个男人不痛快。

天黑桂圆才进门,左璐瑶问她:"吃什么?"桂圆还是要杯面。时间紧,她必须尽快赶回去给班主任们开会。

两杯面泡上了。

"我下面问的每一句话都很认真,也请你认真回答。"左璐瑶脸上结了一层冰。桂圆直觉问题严重,忙问:"怎么了?"璐瑶道:"孙志明是怎么回事?"

桂圆以为她勘破旧事,忙坦诚道:"就见过一面,连相亲都算不上,跟我不合适。你不用想那么多,喜欢就继续相处。"

左璐瑶直接抛炸弹:"他有女朋友。"

桂圆愣了一下。她听彤彤提了一下,但具体志明的女友是谁、什么样,她并不知晓。桂圆换了副口气,介于解释和劝导之间:"只是听说,他自己都没承认,你就不想想,他要真有,可能答应我小舅妈来跟你相亲吗?就算有,也正常,八成是剃头挑子一头热。这么优秀的男士,有女人主动围着不奇怪,就竞争嘛。你那么出色,你怕谁。"

左璐瑶道:"你知道跟他不清不楚的人是谁吗?"

桂圆站直了,等候发落的样子。

璐瑶憋了几秒,才道:"你表妹,郝彤!"

桂圆的心脏快跳出来。她大脑瞬间空白,过了许久,才把这两个人连连看。

"别开玩笑。"桂圆不由自主地否认,"不可能。孙志明多大,彤彤多大。"

左璐瑶道:"这事,我只能跟你点到。我知道你不是故意的,这么多年闺蜜,你不会害我,但我也不可能跟孙总有故事。到此为止。不提了。"

桂圆又是震惊又是愧疚,一把捉住璐瑶的手腕:"璐瑶——"

左璐瑶道:"真的没关系。"桂圆双手抓住闺蜜的手。

"真没事。"璐瑶一字一顿,"接受教训,总结经验,男人,都不靠谱!"

一刹那，代桂圆忽然感觉自己罪过深重，本来是做好事的，可到头来却让闺蜜更加仇视男人。

这一巨大的瓜，桂圆只能自己消化，在没确定之前，她不能向任何当事人求证，更不能向当事人的亲属透露。晚上到家，桂圆好几次想跟齐进倾诉，但话到嘴边又咽了下去——家丑不能外扬。说出去，对自己没有什么帮助，只能让齐进看他们家的笑话，顺带增加左璐瑶的尴尬。

桂圆突然闻到一股香水味，下意识警觉，再闻闻，才放松警惕，是她送齐进的生日礼物——男用香水。

洗完澡，桂圆准备上床睡觉。齐进帮桂圆撩开被子。

"干吗？"

"今天几号？"齐进问。

"6号。"桂圆不觉得有什么特别。

齐进拿出手机："帮你算好了。"桂圆瞅一眼，才想起来是排卵的事。忙昏了。齐进随即念："你看，这有个公式，你，育龄妇女，前八个月的月经周期，最长为30天，最短为28天，带入公式为：排卵日第一天=28天—18天=10天。排卵日最后一天=30天—11天=19天。所以，你的排卵期，开始于月经来潮后第10天，结束于月经来潮后第19天。"真不愧是程序员。

桂圆听得头皮发麻，有气无力："你直接说哪天。"

"今天，明天，后天，还有……"齐进真数起指头来。

"让我歇会儿。"桂圆平躺。

"你要是不想就算了。"他倒是开明。

桂圆怕齐进失望，机会难得："没有不想，就是累。"

齐进翻身坐起，要给桂圆按摩。代桂圆道："人活着，到底图什么？"

"要不辞职吧？"齐进道，"我一个人赚，够。"

桂圆打开他的手："胡说什么？我是校长。"

齐进揶揄："你还是精英呢。"

桂圆无力跟他贫嘴，道："我眯一会儿，定个闹钟。"

齐进照办。不过很遗憾,这天晚上,闹钟响了三次,齐进和桂圆都没听到,他们太累了,雷打不醒。第二天一早,上班前,齐进和桂圆匆匆来了一次。齐进道:"我怎么觉得不行?"

"什么不行?"桂圆不懂他意思。

"时间不对。"

"那什么时候对?"

"正午,阳气最足的时候,中标的概率大。"

"你什么意思?"桂圆问。

"要不中午都回来一趟?"

桂圆嘴嘟着,像金鱼吐泡泡,泡泡里全是疲惫。齐进道:"咱们多付出一点,娃儿就更健康一点。"

桂圆摆手说:"行行,我尽量抽空回来,你们单位那么远。"

齐进道:"去宾馆也行。"

桂圆感觉有点意思:"真去宾馆?"

"悉听尊便。"

桂圆叹息:"努力吧。"

齐进挥手臂:"一分耕耘一分收获。"

034 / 风头人物

念巧现在是妈妈群里的风头人物。原因很简单,彬彬优秀,她自然母凭子贵。在胡梅的引导下,念巧入了行,进而举一反三,层层深入,彬彬不但在英语、数学、钢琴、游泳、古典文学、速读上快速发展,还在一些小众项目上,比如冰球,也入了门。念巧觉着,既然目标是哈佛,本科过去不切实际,照眼下看,可能初中,最晚高中,就要过去。胡梅也是这个意思,所以才鼎力推女儿上外校。

对了,这才是大事。胡梅女儿恬恬考上外校啦。胡梅请客,给女儿过生日，顺带庆祝。念巧热心张罗，真心为胡梅高兴。

孩子们一桌，大人们一桌。孩子们有蛋糕，大人们有红酒。念巧带头举杯："敬梅姐，旗开得胜！"姐妹们都站起来。

胡梅不好意思，道："万里长征才头一步。今天坐到一块儿，就是朋友们热闹热闹，过去一直互通有无，将来还要相互帮助。"

孩子没能上外校的照照妈（照照上了次重点）不痛快，终于没憋住："上了也不一定怎么样。"一个不和谐的音符让欢笑停止。

胡梅谦虚："是，还是看未来发展。"

念巧却偏听出其中酸味，为胡梅抱不平："上了不一定怎么样，不上一定不怎么样。"

照照妈道："过去都是放养，也就现在，畸形圈养，拼命打鸡血。不过男孩女孩有差别的哦，小学四年级前女孩厉害，四年级以后男孩容易反超。照照是男孩，大有希望。"

胡梅嘴拙，又是当事人，实在不好说什么，也说不出，她后悔把照照妈叫来。念巧却当众道："女孩不如男孩的话，早都应该收起来啦。现在好多女孩一路领先到高考，多少状元都是女的。"她咽了口唾沫，继续，"至于散养还是圈养，这是一个世界问题。"

家长们侧目——还是彬彬妈高屋建瓴，以世界的眼光看问题。念巧见震住众人，更加志得意满，深入道："鸡娃还是散养，说白了就是养育风格的问题。这不是我们的个人意志，是和社会经济状况有关。"念巧伸出右手食指和中指，"两个因素。一个是收入的不平等，一个是教育回报率。社会贫富差距比较小的地方，放养的多，因为差距小呀，不努力也能有口饭吃，而且大家都差不多，自由发展，散养的性价比是最高的。"停一下，保持节奏，继续，"但贫富差距大的地方，那就得鸡娃，家长就得权威，孩子就得勤奋。现在是教育回报巨大的年代！散养还是圈养，纯属个人选择，但我说的就是我们做这个选择的深层原因。这本来是个浪赶浪的事情，这就是剧场效应。"

有位妈妈问什么是剧场效应。

念巧笑笑，道："假想我们现在在看演出或者看电影，第一排的人站起来了，接下来会怎么样？"

胡梅道："后面的人也必须站起来。"

念巧打了个响指："这就是剧场效应，我也想轻松，我也想散养，可是前面的人都这样了，咱们散养，你就根本看不到演出，别人都报钢琴班，咱要不为娃儿报点啥，睡得着觉吗？"

念巧话音一落，有家长轻轻鼓掌。念巧趾高气扬，仿佛她是刚舌战完群儒的诸葛亮。

蓦地有人"嗷"了一声，说了个词，念巧没听清。其余家长跟着就慌了。念巧问胡梅什么事。胡梅小声说："好像是剑桥英语报名。"

念巧大惊："今天报名？"

"10点钟开始。"

念巧连忙拿出手机，网站已经瘫痪。念巧先是失落，跟着肃然，虽然彬彬还没到考剑桥通用五级的时候，但看这架势，竞争的激烈程度超出了她的想象，花钱考试还报不上名！KET、PET、PCE、CAE……估计有人会被这报名场面吓哭！

一整天念巧都忧心忡忡，彬彬面临的事情太多，还有数学、古文、冰球……季鹏打电话来的时候，念巧正看着彬彬做算术题。她机械地汇报，声音里没有任何情绪："嗯……一共165道……现在还剩150道……你怎么样……不要住最靠边的房间。"

季鹏挂了电话，有点手足无措，站起来在房间来回走了一圈，拿出手机，翻了两下，又锁上。这回来海边出差，他跟胡斯楞同行。她住在他隔壁的隔壁。

会开了三天，什么也没发生，郝季鹏有点失落。他不觉得一定要发生肉体关系，但起码也应该有机会聊聊。他没给她打电话，她也没约他。他觉得自己和胡斯楞的关系有点尴尬，朋友以上，情人未满，卡在半空，进退维谷。他和斯楞现在没法打开心扉聊天。他们总爱躲在不相干的对话中，比如谈工作。多少年前斯楞就明确表示过,她不愿意做隐形人。可季鹏又不可能跟念巧离婚,过去不可能,现在更不可能。

郝季鹏烦闷到快10点,还是没迈出那步,索性下楼去小酒吧,打算用酒精麻醉神经,好入睡。

吧台边坐着个人,熟悉的背影。季鹏瞬间来了精神。踏破铁鞋无觅处。他坐过去,说了声:"这么巧。"那人回头,果然是胡斯楞。她也睡不着。他要了杯酒,却不晓得怎么开头。

季鹏认为自己有责任打破沉默,刚准备开口,斯楞先问:"彤彤最近怎么样?"当然是明知故问,她跟志明关系不错,早知道彤彤的情况。

季鹏简单答了,礼貌地回问她女儿的近况。胡斯楞回答得也很简单,然后问:"小唐呢?"这是季鹏不想聊的话题,他只能硬着头皮轻描淡写。

斯楞笑笑:"我就没小唐好命。"

季鹏连忙说:"不一样,走的路不一样。"

斯楞又说:"你可得对小唐好,这么大年纪,又给你生个娃儿。"

这么说当然是胡斯楞的话术。好容易把娃儿带大,婚也离了,她这次回来,纯为最后一搏,甩开膀子干。她提小唐,就是要在自己和季鹏之间筑一道堤坝。井水还是井水,河水还是河水。

微醺。得回去睡觉了。季鹏和斯楞往电梯走。有几个同事吃烧烤回来,在电梯门口等着。两个人都下意识地收住脚,转而又都觉得可笑,不是偷情,却弄得跟偷情似的。

等同事们上了楼,季鹏和斯楞才去乘电梯。小空间内,满是他和她带着温度的酒气。出了电梯口,先到斯楞房间。"我到了。"她说。季鹏仿佛突然大梦初醒。

斯楞刷卡进门,关上,他们又隔在两个世界。郝季鹏慢慢走回屋,快到门口,又不甘心,折回头,大踏步来到她的门口,站着,又犹豫。仿佛过了一个世纪,他终于敲门。她开了门,穿着睡衣,慵慵懒懒的。

"明天的会,几点?"他问。

"9点。"她答。

"晚安,晚安。"

她关上门。他迟迟不肯走开。她在门里站着,许久。

* * *

酒店房间,郝彤发了疯一般捶打着孙志明。不是粉拳,是重锤。她对志明的愤怒一直到这个密闭的小空间才终于爆发。风来雨去,志明挨着,直到实在肉痛,他才叫出来:"你不能不讲道理!"

郝彤回:"你不能不守规矩!"

好家伙!隐隐约约谈了一场恋爱,她就已经给他立了规矩。早十年,哦不,早五年,也不对,早两年,他孙志明这匹野马谁能套住笼头!偏偏一物降一物。志明只好拿出老总的架子,努力让他和郝彤的关系从男女两性中跳出来,努力恢复到上下级:"我有权利见任何人。"

郝彤麻丝缠:"你应该尊重你的另一半。"

志明匦面命之:"彤彤,你也说了,这个恋爱见机行事,也许过俩月,你看不上我了,而且你爸你妈不会同意我们的关系。你这样闹下去,我将失去你爸这个朋友!"

郝彤立即还嘴:"多大事?做亲戚好了。"

这关系志明考虑过,但话不能从他嘴里说。"难弄。"他撸了一下头发。

郝彤道:"这事我来处理,你不用管。我就问你一句话。"

志明睁大两眼,如临深渊,他最害怕的问话似乎要来。

"你爱不爱我?"郝彤轻声说重话。

一道送命题。说"不爱",他会死,说"爱",他也会死。志明扭捏。

郝彤不满:"一句话,不磨叽。"

"爱。"志明声音小小的。这"爱"字只有芝麻那么大。他万万没想到,自己行走江湖半辈子,竟然栽在一个小女孩手里。他是牛,郝彤直接庖丁解牛。

志明下意识去裤袋摸烟。郝彤却瞬间移动,面贴面,唇贴唇,他被扑倒在床上……这一刻,志明觉得郝彤真是他见过的最带劲的女人。

035 / 弯道超车

小桃摆家宴,亚玲带桂宝来,秀云带一雯来。小桃预感自己又要做一件善事。这顿饭吃了,桂宝和一雯看对眼了,恋爱关系就算正式确定了。冠峰虽然讨厌做媒的,但小桃是帮亚玲解决困难,他只好勉为其难,把酒言欢。

饭桌上,两个年轻人倒没什么话。桂宝对一雯印象不错,因此平日里的油嘴滑舌也都全部收起,力求稳重。一雯本就人淡如菊,时不时帮长辈们布菜。亚玲和小桃心花怒放。

小桃对亚玲说:"二妹,我可是你的福星。"

亚玲忙说:"那是。闺女和小子的婚事,大妈包办,比妈还管用。"

小桃对秀云说:"缘分来了,挡都挡不住。"

秀云忙说:"想不到咱们也要做亲家。"

小桃知道桂宝"硬件"上弱一点,因此就多说说桂宝的"软件",孝顺、有才、阳光帅气,从祖上数桂宝和一雯还算同乡,格外亲。冠峰有点不耐烦,嫌小桃说得太多,于是打岔,问一雯去美院进修得怎么样。

一雯抬头看了郝大师一眼,声音小小地说:"花鸟还是摸不上路子。"

秀云教育侄女:"多跟大师请教,他是花鸟的画家。"

桂宝正式恋爱了,桂圆替他高兴。不过眼下桂圆最担心的是左璐瑶、郝彤和孙志明这个三角。

亚玲做了锅牛肉汤,叫桂圆来拎点回去,早晚下面方便。桂圆一边打汤一边对老妈说:"知道孙志明孙总的绯闻女友是谁吗?"

亚玲不瞅女儿,忙着把牛棒骨捞出来。短暂空白。桂圆突然缄默。

亚玲扭头问:"谁?小左?"

"不是,"桂圆道,"你认识。"

亚玲没在意,嘀咕着说:"怎么我还认识?"

"你大侄女。"

"谁?"亚玲的脑子拐不过弯。

"彤彤,郝彤,郝巧彤。"桂圆念出三个名字,指向一个人。

牛棒骨差点掉进锅里……

亚玲道:"胡说的吧?"彤彤还是个小孩,比桂宝还小。桂宝刚刚恋爱,彤彤就已经明修栈道暗度陈仓,像话吗?何况还是跟孙志明。

桂圆说:"刚开始我也不信,可是左璐瑶亲眼看见她跟姓孙的约会,彤彤打上门来。"亚玲轻呼了声"我的天",又问:"你小舅小舅妈知道不?"桂圆说:"恐怕不知道。"亚玲深叹一口气:"胡闹,彤彤飘了,出个逆女了……这……你说……"

桂圆没收的男人,怎么下放到彤彤那儿去了?她跟孙志明可是差了十好几岁!少女配大叔这种事,怎么到了自己家?……各种念头在亚玲脑子里左冲右突,等牛棒骨上的碎碎肉都刮下来,她才算捋顺了,对女儿说:"这事,咱知道也得装不知道,虽然是亲戚,可各家的事各家管。最好就是,过一阵彤彤谈腻了,分了,神不知鬼不觉。就都抹过去了。"

桂圆问:"万一要成了呢?"

亚玲着急:"成不成,这风也不能从咱这儿漏。大富之家易出叛逆,就是好日子过多了,作!"

桂圆心里也感慨。这种感慨多少有点兔死狐悲的意思。她略过的,左璐瑶拿不下的,彤彤却手到擒来,如掌上观纹那般简单。没办法,青春无敌。她们忙到30多岁还在拼,小姑娘们却弯道超车。

桂圆一时出神,亚玲问:"最近怎么样?"

桂圆知道老妈又问那事,只好简单说在努力。其实,他们何止努力,简直是使了吃奶的劲,排卵那十来天,几乎天天"耕地"。中午来不及回家,就去宾馆,弄得齐进和桂圆都有点恶心了。目前尚无效果。

亚玲道:"主动一点。"

桂圆不乐意:"这跟主不主动有什么关系?"

"主动一点,命中率就高。"

"有科学道理吗？"桂圆略不屑。

"是实践经验，"亚玲说，"你和桂宝，就这么来的。"

桂圆无从反驳。

* * *

"一！二！三！"

桂圆带头喊，话音刚落，就听到背后一声"刺"——喷气的声音。桂圆在前，教职工们在后，弯着腰，低着头，湿手帕捂着口鼻，直接冲出大门去。

第三次消防演习，代校长亲自带队。大太阳底下，桂圆两手叉腰，分管副校长气喘吁吁："校长，万无一失了吧？"代校长道："一定要确保安全。"分管副校长说："下了大价钱，全部按照要求弄的。"

兄弟学校失火，造成巨大负面影响。桂圆如履薄冰。

桂圆一抬头，太阳被挡住了，郝彤站在她面前。分管副校长以为是孩子家长，道："还没到咨询时间，得预约。"桂圆让她别管，好声好气地问彤彤："这会儿怎么来了？"郝彤冷冷地说："借一步说话。"

桂圆只好带她到会议室，关好门，倒上茶。来者不善，虽然是自己表妹。桂圆大概猜到郝彤的来意，只是没想到会来这么快，而且气势汹汹。

郝彤干着嗓子说："姐，我妈胡闹，你别跟着她闹。"

桂圆装傻："又怎么啦？"

郝彤道："我那天跟你在电话里说的，都是事实。"

桂圆柔声说："彤彤，会不会有什么误会？小舅妈介绍之前肯定向孙总本人核实过，是孙总应允，才会有后面的故事。"

郝彤不怯："我妈不知道情况。"

"什么情况？"要问就问到底。

郝彤大义凛然地说："孙总喜欢的人是我，孙总爱的人是我，孙总的正牌女友是我。"顿一下，又补充，"他就是不好意思跟我爸妈说，我不把姐姐当外人，实际情况跟你不瞒。"

此前都是猜。可现在，哗啦一下，巨大的秘密摆上了桌面。郝彤说出了秘密,整个人似乎轻松了许多:"姐,你同学那边,你做做工作,这件事我会循序渐进处理,你一定帮我保密。"

桂圆说了两声"放心",一直到郝彤离开会议室,她依旧沉浸在震惊中。

这一向,桂圆在家老是不自觉叹气。齐进刚开始没在意,次数多了,他就是再迟钝,也反应过来。他递给桂圆一包琥珀桃仁:"在学校有什么不愉快?"桂圆说了句"没有"。左璐瑶跟她断交了,不点赞,不留言,不通信息,不打电话,她好心办坏了事。

"业绩压力太大?"齐进顺着往下问。桂圆有点不耐烦,还说"不是"。

"那就是对我不满意。"齐进以为又是造人的事,他抚着自己的小腹——也开始凸起了,"年纪大啦,力不从心啦,过劳肥。"

桂圆终于耐不住:"行了!"

齐进不懂老婆的愤怒,望着她的背影喊:"我去健身房!跑步!锻炼!"

*　*　*

恋爱之后,桂宝去健身房少了,不挣那份钱,也要省下时间跟一雯腻在一块儿。她真是他的菜——吹气如兰。虽然她比桂宝大一点,可这种年长仅仅体现在说话做事的稳重上,从外表上一点看不出来。

桂宝带着一雯到各景点打卡,玩,吃,乐呵,桂宝满脸洋溢着幸福,亚玲为儿子高兴,她对桂圆说:"瞅瞅,年轻人就是会享受恋爱!"桂圆一口发糕差点没噎住,这是在揶揄她跟齐进没有恋爱。

亚玲又道:"现在好多奉子成婚的,先有孩子,再谈结婚。"桂圆更惊,她想不到老妈思想如此新潮。话里话外,她又觉得老妈似乎在指责她——最少也是失望,她结婚以来努力求子,没半点动静——所以亚玲才希望未来的儿媳妇带着"皮球"进门,免得娶了"不下蛋的鸡"。

桂圆对老妈失望,对自己失望。归根到底,她渴望娃儿,一个属于自己的小生命。

桂圆从旅行包里拿出些衣服,都是她不穿的。她要捐,亚玲不让,说她能穿。桂圆只好洗好弄好,收拾好拿来。亚玲拎起条蓝色牛仔裤,问:"这你怎么不能穿?"

桂圆道:"我还哪能穿蓝?跟大妈似的,胖子不能穿蓝。"

亚玲道:"你还胖?我成什么了?"

桂圆说:"不一样,我下半身胖,偷胖。我现在只能穿黑,显瘦。"

亚玲道:"你穿黑,花花绿绿都给我,你奶还说衣服少,匀给她点。"老奶奶在屋里睡觉。天凉了之后,奶奶的睡眠时间越来越长,桂圆感觉有点不对,问要不要去医院看看。

亚玲道:"就那样,没事,老年病,药都吃着呢。你不想想,吃了快20年的降压药了,肯定会反应迟钝。"忽然小声,"现在跟她说话,有时候要好久才能反应过来,音儿不往脑子里进。要么就打盹儿。"

桂圆说:"今年的寿好好过过。"亚玲说:"过寿伤福气。"桂圆坚持说:"都这个岁数了,得过,多过是积福的事。"说完惆怅了一会儿,再补充,"说不定沾沾福气,娃儿就来了。"

036 / 开弓没有回头箭

一雯说喜欢桂宝的腹肌,说摸着像巧克力板。桂宝不敢懈怠,怕巧克力板变大冰块,又开始去健身房。

一溜跑步机,只有一台在运作。是位女士在跑,吭哧吭哧,汗流浃背。桂宝走过去,看背影就知道是左璐瑶,她厚实的后背始终没减下来。

"练呢?"桂宝憋着笑。

左璐瑶目不斜视,不答,继续吭哧。

"量太大了吧?"桂宝给出建议。

手一按,跑步机停了,璐瑶喘着粗气下器械:"不用你管。"她走向综合训练区。

"不是吧,姐姐?"桂宝的表情是不可置信,"还有劲吗?"

璐瑶眼神犀利,都是狠劲:"动感单车,会吗?"

桂宝颤巍巍说了声"会"。

"你带我。"璐瑶下令。

一节课下来，两人汗水顺脸淌，T恤湿透了。洗了澡，桂宝和璐瑶走出健身房。

璐瑶练得眼都直了。桂宝担忧地说："姐，你这是往死里练呀！"

璐瑶苦笑："我倒想眼一闭不起来了。"

炸鸡和烤串的味道飘过来。璐瑶大拇指一戳："走，我请你。"太反常。桂宝道："那白练啦？"璐瑶道："管它呢，走不走？"桂宝立刻表示愿意奉陪。

到了串店，左璐瑶撸串吃肉的凶猛态势把桂宝吓了一跳。她几乎在咬，在撕，在吞，肉涌进喉咙里。桂宝连忙劝阻："姐……不是……"

一只鸡腿卡在左璐瑶喉咙里，下不去，出不来，她终于呕出来，"哇"的一声哭了。

这一瞬间，桂宝有点后悔当初向左璐瑶传话。如果她不知道，慢慢消化，是不是就不会那么痛苦？或者至少痛苦不会来得这么快？桂宝尝过失恋的滋味了。他拍着左璐瑶的背。左璐瑶猛咳嗽几声，胃里还有酒气。两个人你搀我搀你走出小饭店。左璐瑶想忍住不哭，桂宝却说："姐，要哭就哭一次，失恋都这样，一天过。""失恋"二字一出，左璐瑶的泪水索性真跟大坝决堤似的，"哗啦"一下，哭得铺天盖地。

桂宝不是大禹，来不及治水，只好由着她哭。他叫了辆车，先把人送回家再说。到家门口，左璐瑶几乎已经不省人事。桂宝找到钥匙打开门，这时一雯来电话，桂宝谎称加班。璐瑶"嗷"的一声："不加班！加什么班？！"吓得桂宝连忙去捂左璐瑶的嘴。一雯听得真，却什么都没问，挂了。慌乱中，璐瑶一拉，桂宝正面跌在璐瑶身上。差一厘米嘴对嘴，一瞬间，桂宝有种错觉，难道璐瑶姐……念头刚产生，仿佛土拨鼠一探头立刻被打下去。不可能，他们是结拜姐弟。桂宝把她安顿好，左想右想：立刻走？不合适；不走？同样不合适。他只好给姐姐打电话。

桂圆不含糊，让齐进开车送自己到璐瑶家。桂圆换了桂宝的班，齐进送桂宝回家。

"怎么着？玩大了？"齐进跟小舅子开玩笑。

"失恋。"桂宝概括。

"跟谁，你？"

"姐夫！"桂宝不干了，"我女朋友是崔一雯，我姐没说？"

齐进故意摇头说："不知道。"

桂圆坐在左璐瑶床头，一会儿拨拨她的头发，一会儿抓抓她的手。桂圆愧疚：这场孽缘由她而起。左璐瑶一醉方休，只为冲淡恋爱失败的阴影。桂圆思忖着，她和左璐瑶都比不上彤彤。彤彤是大刀阔斧，披荆斩棘，有股子狠劲，很自信；她和左璐瑶呢，总还觉得自己是空谷幽兰，等着有缘人来发现。

璐瑶和彤彤对孙志明的争抢，不自觉地敦促桂圆反思当初的选择。她可是在第一时间就给志明投了反对票，现在看，人家不是没有可取之处。不，甚至可取之处还很多。或许她错过了一湾富矿？齐进看着像富矿，实际下面只有沙石？开弓没有回头箭。桂圆告诉自己，性格决定命运，平淡人过平淡日子。她不许自己后悔。

次日一早，左璐瑶一睁眼看到桂圆躺在旁边，想起昨夜的失态。桂圆没多问，只叮嘱她好好上班。醒得早，她给老妈亚玲打了个电话，说过去吃早饭。

亚玲把酒酿元宵端上桌，桂宝吃了几口，他本想问姐姐左璐瑶的情况，可桂圆一直打电话，他只好先走。

跟齐进报了平安，桂圆放下手机，坐回餐桌。她问老妈："奶奶怎么不出来吃？"亚玲道："起得晚。"桂圆问："是不是身体有什么不舒服？"亚玲挡话："都是老年病，没事。"桂圆一边吃酒酿一边把彤彤来找她的事说了。

亚玲冷静地回答："找你你就听着。"

桂圆道："那要是将来小舅和小舅妈知道，说咱们知情不报呢？"

亚玲轻轻拍了女儿一下："谁敢报？各人自扫门前雪，何况小孩子，三天新鲜劲,谁知道能耗到什么时候?"

桂圆问:"桂宝怎么样?"

亚玲说:"谈着呢,他倒挺喜欢。"

"喜欢就好。"桂圆为弟弟高兴。

亚玲放下勺子,叹一口气,桂圆不解,亚玲右手抚着胸口:"太顺了,也觉得不对。"

桂圆觉得好笑:"不顺才对?您就是操心太多。"

亚玲道:"你没当妈不知道,哼哼,只要不闭眼,都得操心。"吃一口元宵,又说,"原本我是说,让桂宝找个条件好的,现在想想,算啦,条件差点,不挑咱,桂宝少受气,我也能端端正正当个婆婆。"她已经准备接纳新身份。

桂圆顺着问:"女方没说什么吧?"

亚玲道:"可得谢谢你大妈,以前我老说没孩子的女人心毒,可她真善!"

* * *

季鹏出差回来,念巧要求他参加周末的冰球训练。看着在教练指引下轻巧挥杆射门的彬彬,念巧和季鹏都有种满足感,仿佛陶艺师看着手里的泥土渐渐成器,并终成大用。念巧获得的是双重满足:一个是看着儿子成长,她满足,另一个是看着丈夫的笑容,她满足。

念巧冷不丁偏头对双手插在裤兜里的季鹏道:"谢谢你。"

季鹏愣了一下,瞬间不好意思:"哪里?"

"谢谢你……的付出。"她说起好话来有点磕巴。

季鹏客气起来:"你付出得多,我就是……"实在措辞不好,"我就是出去打猎,你在家耕田。"

"彤彤当初要是学习抓紧,现在也就……"念巧话锋一转。季鹏劝:"现在不挺好的嘛。"念巧道:"感情还悬着呢。"季鹏道:"我的闺女,不愁。"

彬彬训练完,两口子带孩子吃饭,打电话叫彤彤也来,被婉拒。吃完饭看了场电影。或许是爱情片的熏染,夜晚季鹏和念巧之间的氛围有点异样。季鹏洗好澡,往被子里钻,这会儿念巧躺得像一枝玫瑰花——头发蓬蓬的是花朵,瘦长的身体是花茎。灯光柔和，儿子酣睡，女儿还没回来，天时地利都好。就差人和。

念巧不出声，开始脱睡衣。季鹏积极准备，却始终无法"开张"。

"我帮你？"念巧关切地问，像老师关怀差生。

季鹏窘极了："等会儿……"他伸手去床头摸药，好像还有几粒，不晓得有没有过期。

念巧拖着腔调，口气里全是宽慰："行啦——去拿点红酒，头疼。"药对身体不好，她不赞成吃。何况，药顶起来的有什么意思。

季鹏只好去拿了酒来，最贵的那瓶，一直没舍得开。这会儿将功补过似的。夫妻俩坐在床上，两只杯子碰一下，一声脆响。

"我倒放心了。"念巧苦笑。到这个年纪，她欲求也不算大。

"放心什么？"他不理解。

"老天收了法力，就不担心在外面有故事。"念巧高高仰起天鹅脖，抿了一口。脖子是她最得意的身体部位，自认媲美奥黛丽·赫本。

季鹏感到莫大羞辱。他放下杯子，提出再来。

"睡吧。"念巧说。

"你的……停了吗？"季鹏突然问。

念巧听明白了，心中好笑："这也要一对一，打个平手？"可她面容平静地撒了个谎，"月经停了。"又说，"没关系，我陪你。"

在季鹏听来，这几乎是念巧说过最动听的情话。"谢谢你。"他舒了口气。只不过，再美的情话也无法覆盖他心灵深处的惆怅。

037 / 咋独立

小桃给亚玲打电话，让她来家一趟。亚玲知道有事要说，不敢怠慢，想来想去不知带什么去好，最后去超市买了两条多宝鱼拎着。大嫂喜欢吃鳍边肉。

冠峰不在家，跟几个朋友进山，又"明月松间照，清泉石上流"去了。家里只有小桃一个人,说话方便。亚玲下厨把多宝鱼做了,又炒了两个菜,小桃笑说:"我就没你这手艺。"小饭桌,两个女人面对面坐着。小桃尝了一块鳍边肉,说:"入味。"亚玲道:"捡大的买的。"

小桃忽然正色:"你可得有心理准备。"

亚玲一听这话,放下筷子,两只前臂叠在饭桌上,做细聆听状。小桃笑了:"那么紧张做什么。"又道,"秀云跟我通气了。"

大嫂说话跟挤牙膏似的,亚玲着急:"对桂宝不满意?"

小桃道:"对人,是一万个满意,也是奔着结婚去的。但是——"

一有"但是"就不好了。亚玲吸一口气,凝神。

小桃继续:"秀云迟早回浙江,一雯刚过来,算个外地人,模样、性子都好,可一个人到底孤苦伶仃。"

亚玲点头附和。

小桃换了个坐姿,筷子头还在拨鱼肉:"人家要求有个住的地方。"

"有!"亚玲不假思索,"等办事,那两间打通,就做婚房。"

小桃望着亚玲,打心眼里觉得小姑子太可笑——鸽子笼一样的房,打通了能怎样?就是个食槽。可嘴上她只能好好说:"妹妹,人家要求独立住房。"

亚玲见招拆招:"没关系,桂宝有公积金,到时候租个房子,我和奶奶搬出来,给他们独立空间,"说着讪讪地笑笑,"也是,老人跟年轻人,就是住不到一块,吃啊、作息啊,都不一样。"

"独立住房,独立住房。"小桃强调两遍。

"咋独立?"

"得是桂宝自己的。"小桃说这话也有点为难,她知道亚玲的情况,可这就是秀云提出的,说是一雯的唯一要求,她劝过,无效,只能如实转达"三才"——才踏实,才安心,才愿意。

亚玲激动地抢白:"自己的不也是婚前财产?跟她没什么关系,即便以后……""离"字她生吞下去。

"就是个心理作用。"

"真要想结婚,不会在乎这个。"

"老二,现在的年轻人不像咱们那时候了,我嫁给你哥的时候,家里有什么?一穷二白,我在乎过吗?爱情至上!现在结婚首先是谈条件,没有感情基础,说这些也正常。"

亚玲当然明白大嫂的意思,她感到难过,但还得强撑:"你怎么回的?"

"我说有,放心。"小桃道。

话说出去了,接下来就得兑现。

眼下住的这套房子是桂圆的。这房子是桂圆的命。就算亲姐弟,她也不会把房子过给弟弟。她只好问:"要不这么说,先租着,以后肯定买?"

小桃说她再做做工作。说到这儿,亚玲对一雯的好感打消大半,可是,难得儿子喜欢,两个人还算情投意合,她不忍放弃。

告别大嫂,亚玲闷头到家。老奶奶见她愁眉不展,问怎么回事。亚玲把一雯要房子的事说了,奶奶的第一反应是:"这样的女人,嫌贫爱富,不要也罢。"亚玲道:"怪我这做娘的没本事。"奶奶随即道:"他爸走得早,这么多年,你照顾我,拉扯孩子,不易!别人不晓,我还能不知?!要因为房子打磕巴,不怪你,怪这世道!"婆婆很少在家夸她——都在外夸,如今冷不丁说出这话,亚玲说不上是难过还是感动,鼻子一酸,落下泪来。

* * *

郝彤近来跟志明无话不谈。她逐渐掌握了志明的财务、情感、家庭、历史……在床上说的话和在床下说的话毕竟不同。郝彤有点想结婚的意思。她从来也不喜欢白璧无瑕的愣头小子,志明这种"荤菜"让她有安全感。

郝彤经常对志明开玩笑:"你是臭的——臭人,臭脾气,臭屁。"

志明回:"你是香的话,也不会找我。"

好在两个人在相投的臭味中还包裹着几分真心。

志明也会问一些敏感问题——虽然彤彤向来百无禁忌,可志明一问,她还是有点激动。比如他问:"你跟你弟关系怎么样?"彤彤翻白眼:"不熟。"

志明没往下说。

彤彤问:"你是不是因为我爸才跟我在一起的?"

"胡说,"志明否认得特别及时,"怎么这么不相信自己的魅力!"说完又觉得似乎说服力不够,于是深入解释,"你爸也是你生命的一部分,你的出身培养了你的气质、你的性格,你的一切!你特别勇敢!"

彤彤心里高兴,嘴上说相反的:"勇敢什么?勇敢跟你在一起?"志明道:"你敢做别人不敢做的事。"彤彤道:"直接说我混不吝不得了。""你在改造我。"志明老爱这么说。

郝彤从志明嘴里无意中听到一个名字——胡斯楞。这个名字郝彤可是早就知道,她凭直觉从老爸的鬼祟和老妈的歇斯底里中觉察到,胡斯楞跟她老爸关系不一般。郝彤不遮掩,直接问志明:"胡斯楞是什么人?"

"就一大姐,人挺好。"

"多大,结婚了吗,有孩子吗?"郝彤查户口。

志明答:"离了,有孩子。"

郝彤进一步:"跟我爸什么关系?"

志明掩盖:"没关系。"又改口,"同事关系,上下级关系。"

"说实话!是不是我爸外头的头绪?"郝彤捏着志明的胳膊,"我不往外说。"

"真不知道。"志明铁骨铮铮。

郝彤不再多问,事实有待调查。说实话,她有点希望老爸跟姓胡的有故事,有一点就行。这样,将来她就有了跟老爸谈判的筹码。

* * *

郝亚玲觉得自己有必要跟秀云谈谈。小桃拦在当中,说:"孩子主意硬,跟秀云说也没用。"亚玲又侧面问桂宝:"一雯最近跟你说什么没有?"桂宝表情轻松地说:"没有。"亚玲立刻明白,估计这事目前只在家长层面转达,要不然,桂宝这脾气一点就爆,不会如此安然。

老实说,她理解一雯,父母都不在了,这么多年靠着远房叔伯,如今自己成家立业，想要男方有个独立住房——她还不是要占着房子——也算理所应当。怪就怪自己太穷。亚玲想到借钱买房。两个兄弟，一人凑点，她再拿出老底，给桂宝凑个首付。可上网一查，天价！她不敢想。而且，老底干了以后自己怎么办？考虑再三，她还是打算跟女儿透透风。

郝亚玲交代奶奶不要乱跑，拎起买菜的小手包，就往桂圆的培训学校去。代桂圆怎么也想不到老妈会在她上班时间上门。不用说，肯定有事，而且是急事。桂圆开完会，一直到中午，才带着老妈去附近大厦地下一层吃米线。桂圆又去凉菜档口要了点鸡肝、鸭肫、海带丝，端来招待老娘。

大碗汤刚端上来，亚玲恨不得叹了八回气。

桂圆问："妈，有事就说。"

亚玲打了个掩护："你奶奶的身体是一天不如一天。"

"该查查，别拖。"桂圆果断。

亚玲开不了口，但既然来了，就必须下定决心。闺女是亲闺女，姐姐是亲姐姐。亚玲道："这些年，亏得有你帮我，不然这家……"说着有点伤感。

桂圆道："妈，直接说吧。"多少年母女，老妈什么样，桂圆门儿清。

亚玲只好咬紧牙关："你弟弟谈的那个恋爱……女方提了个条件。"

桂圆不以为意，问："什么条件？"

亚玲的两手在桌台下一个劲儿搓。

038 / 亲弟弟

亚玲吞吞吐吐："就是……"太难说，咳咳两下，"就是……希望男方有独立住房。"手心手背都是肉，郝亚玲觉着自己这样近乎无耻。

桂圆不觉得奇怪："两方都凑凑，付个首付，都写名字，一起还贷款。"

亚玲和盘托出："女方一穷二白，"顿一下，"知道首付多少吗？不是你那时候了。"

"买偏点。"

"你知道你妈我的棺材本有多少吗?"亚玲声音嘶哑。提到钱,她就没底气。老妈这么说话,桂圆心里咯噔一下,"棺材"二字都用上了。她顺着问下去:"多少?"

"满打满算,五万。"亚玲沮丧,声音小得像蚊子。

存款只有五万,实在是个悲伤的故事。桂圆把视线对着汤汤水水:"不行我凑点。再找大舅、小舅想想办法。"

"那也不够,"亚玲说,"而且你大舅妈、小舅妈,哪个省油?"这时候她说出了真心话。她是周旋在小桃和念巧两宫太后之间的苦嬷嬷。

桂圆不晓得怎么往下说。亚玲跟着道:"买房,只能从长计议。现在女方就要求有独立住房,那就先给她看到房子,看到房本,这叫明修栈道、暗度陈仓,狸猫换太子。"亚玲着急,乱打比方。

桂圆发蒙。

亚玲翻过来倒过去:"反正,只要桂宝名下现在有独立住房,房产证上是桂宝的名字,一雯就肯嫁。"

桂圆被点透了——老妈是想让她把房子过户给弟弟……桂圆一阵心痛,她想不到老妈如此偏心。转而一想,桂圆又觉得老妈可怜。是的,她没办法,才不得不找女儿开口。除了大女儿代桂圆,她能啃谁?长姊如母,她躲不了。问题抛出来了,她得好好想想。是否还有转圜的可能?一雯真的雷打不动吗?可质疑的念头刚升起,便立刻自生自灭了。当初她嫁给齐进,老妈是怎么竭力要求住房的?现在事情临到自家头上。历史在重演……桂圆的眼睛也红了。

亚玲以为她要哭,立刻递给女儿一张纸巾,自己先激动地哭了。

桂圆只是上火。她接过纸巾,总结:"我想想。"

郝亚玲忙收了眼泪,心想:想想就有希望。

有句话桂圆没说:"这样的丫头进了家门,老妈这婆婆注定不好当。或者干脆……"桂圆掐灭了脑中的念头。她没有资格毁掉别人的爱情,尤其是亲弟弟。

母女俩搭电梯，从地下一层缓缓升上地面。天光大亮，桂圆感觉自己真跟去地府里游了一趟似的。看到的听到的，全是因果报应。

桂圆得上天桥去学校，亚玲要在天桥下等公交。分手前，亚玲忽然又要落泪，她抓了一下女儿的手："那可是你亲弟弟！"

一直到下班，代桂圆都沉浸在一种说不清道不明的情绪当中。说失落不准确，说不失落是假的。老妈说得对，弟弟是亲弟弟，可是让她把前半生的劳动成果拱手让出，不是件容易的事。

回到家，齐进看出桂圆状态不佳，主动提出"休耕"——他也疲了。桂圆犹豫要不要把这事告诉齐进，她怕齐进不自觉对比当初他们结婚的时候。

齐进感觉出桂圆的别扭劲，以为她还是想造人，于是问："来不来？"

"不是。"

"我时刻准备着。"

桂圆只好把一雯要房的事说了。"实在不行，只能把我那套先过给他，反正现在不租也不卖。"

齐进问："妈住哪儿，奶奶住哪儿？"

桂圆道："租。"

齐进皱眉，想了想，又问："桂宝没有户口，能过户吗？"

桂圆说："都问好了，有居住证，也能过户。"

齐进为桂圆这个大胆的决定吃惊，觉得丈母娘和小舅子够狠心。不过他只能不表态——只要反对，他就是坏人。

桂圆见齐进虎着脸，问："干吗，你不同意？"

"不是我的房子。"

"我这不是跟你商量吗？"桂圆略激动，"你不同意，那肯定不能给。"

"别，婚前财产，决定权在你。"齐进不背这锅，"这女的也是，量力而行，没房子难道就分手吗？也太不把感情当回事。"

桂圆悠悠地说："当初你怎么就愿意妥协，备房子。"

齐进立即说:"那不一样,跟你不好比,你优秀,我可不能轻易放手。"

桂圆嘴上说"少来",心里还是舒服。实际上,话赶话到这儿,桂圆心里已经有了答案——弟弟是亲的。最坏的情况,结了又离,房子也不会落到外姓人手里。

"今儿真不来?"齐进重申。

桂圆回过神:"你想?"

"有点。不过,你不享受就算了"

"享受——"桂圆有气无力。

* * *

吃完晚饭,郝亚玲给老奶奶按摩完,心里不痛快,于是拿酒出来,自斟自酌。为娘的,一碗水端不平,她感觉自己太失败。亚玲了解女儿,心善,肯定会帮弟弟,可女儿越是这样,她做娘的负罪感就越深。可是没办法,丈夫老代咽气的时候亚玲下过誓,一定会让两个孩子成家立业。如今桂圆修成正果,就剩桂宝,机会难得,丢车保帅也得成全。亚玲一杯接一杯地灌。由着来!

老奶奶起来上厕所,闻到酒味。她晃晃悠悠上完厕所,蜗行牛步挪到亚玲跟前:"干吗,又做亏心事啦?"亚玲已有醉态:"还是妈了解我。"奶奶又道:"做了亏心事,就别怕鬼敲门。"

"不怕。"亚玲一挥劳动妇女的糙手,"绝对不怕。"转而泫然,"妈,以后咱可能就不住这儿啦。"

老奶奶爽脆:"你去哪儿我去哪儿。"

"我回老家。"

"老家好,"奶奶说,"我以后还是要埋在老家地里。"

亚玲半醉半醒半真半假地问:"您说,以后桂圆会不会恨我?"

"恨也是一时。"奶奶说,就算安慰了。

桂宝进门,见奶奶和妈这状态,调侃:"怎么,有喜?姐怀上啦?"

亚玲和婆婆对看一眼。房子的事桂宝还不知道,照亚玲看,这正是一雯的聪明处。所有的大事都在无声无息中进行。

亚玲问儿子："今天干吗去了？"桂宝说："一直在大舅家，一雯在学画，跟着听听。"亚玲探问："一雯说什么没有？"桂宝咕噜："妈，怎么老问她说什么，她说得多了，您也没个范围。"亚玲心里有底了，便打发桂宝去洗澡。她拿出手机，翻看桂圆的朋友圈——桂圆的动态还停留在前几天学生家长给学校送锦旗的瞬间。

039 / 放一万个心

因为买了小桃的画，志明和冠峰家成了朋友。由他介绍，又有买家入了冠峰两幅画。小桃赚得钱财，自然以礼相待。

郝彤从小受妈妈教导，很少往大伯家来，不过现在不一样，她得团结一切可以团结的力量。看志明巴结大伯大伯母那样，郝彤认为这大叔已经领会基本精神，还没得到官方认可，就能做到妇唱夫随了。

小桃知道郝彤跟志明是上下级关系，没往那边想，一听说志明是单身，她就立刻拊掌："浪费，人才的浪费！"冠峰见老婆做媒做得魔怔，赶忙打断，引侄女和她的领导看画。

与小桃枯槁倔强的画风不同，年纪越大，郝冠峰的绘画风格愈趋富丽。孙志明对着《百花争艳图》，恨自己没有胡姐胡斯楞那两下子，除了大气、美、壮观这些干巴巴的词，说不出什么新意。倒是郝彤会夸，说大伯"老夫聊发少年狂，青春作伴好还乡"——她在厕所里看了弟弟彬彬的诗词书，现学现卖。

午饭是简餐，冠峰去里屋午休。和志明做成了生意，小桃为表感谢，非不让走。郝彤只能陪坐着。两三点钟，桂宝和一雯来了。几个人碰面。郝彤得知一雯和表哥的恋爱关系后，打心眼里瞧不上桂宝的审美。

小桃怕年轻人无聊，拿出两副扑克，她也去打个盹。四个人凑成一桌，打了起来。几圈下来，志明一家独赢。郝彤不满，伸手打了他一下："不许赢！"志明憨笑。桂宝看在眼里，严重怀疑两个人有故事。

去洗手间的当儿,桂宝和郝彤遇见了。他直言:"行啊,成一对儿了。"

郝彤白他一眼。

"自己人,还不说实话。"桂宝逼问。

"什么实话?"

"你跟孙总呀。"

"再胡扯撕了你!"郝彤露出凶相。

桂宝吓得后退,先出去了。等晚上到家,桂宝迫不及待跟老妈分享这一发现,口气大惊小怪:"妈!出大事了!"

亚玲以为一雯要房的事爆了出来,连忙安慰:"别慌,一家人一条心,再大的事都是小事。"

"现在的小姑娘,不得了。"

"真喜欢也没办法。"

"是,没办法。"桂宝惋惜。

"放心吧,妈帮你搞定。"亚玲信誓旦旦,有点悲壮。

"妈,您说什么呢?"

亚玲自顾自说:"人家提这要求也不过分,过去结婚,都是男方出房子,现在好,男方出,反正产权归男方,女方只图个安心。你姐结婚也这样。"

"什么房子?我说的是彤彤,郝彤好像跟孙总在一起了。"桂宝道。

亚玲这才觉得失言,想往回找补,又不知道从哪儿找起。桂宝追着问:"谁结婚,什么房子?"他心里猜到几分。亚玲见瞒不过,只好说:"秀云阿姨说了,你和一雯结婚,总得有套房子。"

桂宝不作声。他能怎么答呢!桂宝不是不想给一雯好的生活,可眼下这点工资和存款,实在没办法造成质的突破。结婚,他想过,也跟一雯侧面提过,一雯没说好,也没说不好。于是他就先不想,先快活日子快活过再说。如今老妈一提,事情摆在眼前,他不得不面对。

"我还没跟一雯说。"桂宝道。

亚玲点了一下儿子额头:"傻不傻,秀云阿姨提,就等于是一雯提。"

桂宝自暴自弃:"只有这个,结就结,不结拉倒。"

亚玲没接到桂圆准信,不好向桂宝打包票,于是道:"一点小困难!提起精神来!"

不日,桂圆来电话,把房子后续的安排跟亚玲说了。亚玲喜得什么似的,充分肯定女儿的深明大义,又一个劲儿给桂圆赔不是,反复保证都是暂时的,等桂宝买得起房,立刻还她。"有我在这儿镇着,放一万个心。"亚玲信誓旦旦。桂圆觉得老妈这口气仿佛她是河边的镇水神兽。亚玲又说:"这个家,没谁都行,就是不能没你。以前算命的说你是女身男命,准!没你撑着这门头,代家早塌啦,谢谢我的好女儿!"

桂圆的心颤了一下,她明白老妈重男轻女,只是,这剪不断割不裂的亲情,她总还是要牵着拽着。

桂宝到家,亚玲把这天大的好事说了。桂宝一愣。他原本以为老妈的办法是找舅舅们凑点钱,他想好了,老妈借钱,他还。可没想到老妈的"妙计"是让姐姐把房子过户给他。他自尊心受不了,更无法接受姐姐做那么大的牺牲。

他比老妈来得早,姐姐买这房子的时候,他陪着,他太知道这套房对桂圆来说意味着什么——同时兼着三份工!吃一年面条!如今姐姐拱手相让,就为了给他结婚!桂宝心一横,对老妈道:"这婚我不结了。"

亚玲像被泼了盆冰水:"什么意思?"她拽了儿子胳膊一下,"什么不结了?"

桂宝看着地下,硬着脖子说:"这么做不适合。"

亚玲着急:"周瑜打黄盖,愿打的愿打,愿挨的愿挨,有什么不合适?你姐姐结婚,不也要你姐夫备好房子?筑巢才能引凤,"停顿一下,"这点你都承受不起?还是害怕还不起?妈帮你还!"亚玲单手叉腰。

"不合适。"桂宝的脸色不太好了。

"那是你姐姐,你亲姐姐。"亚玲劝道。

"正因为她是我姐姐!"桂宝"嗷"一声,又转低,"所以不行。"

亚玲见航向歪斜，连忙道："你姐也要房了。"

桂宝纠正："不是我姐要房，是你撺掇我姐要房。"

亚玲急得心抽抽："我怎么跟你说不明白呢！"

"反正不结了。"

"不许不结！"亚玲雷霆万钧，奶奶都被她从床上震下来，扶着拐杖来问情况。亚玲没发现婆婆站在身后，泣道："你爸死后我立了誓，得看着你跟你姐成家立业。一雯没毛病！你不许给我犯毛病！"奶奶慢慢走过来，问："怎么了？"亚玲看到婆婆，嚷得更大声："妈，您也管管您大孙子！轴！"

奶奶说："有话好好讲。"亚玲泣诉："一家人都为他操碎了心，他说不结就不结。桂圆都没说一个'不'字……"桂宝实在听不下去，夺门而出，身后是亚玲愤懑的叫喊，"出去你就别回来！"

桂宝上了车，猛踩油门。出了小区，拐弯，迎面一辆车疾驰。他赶忙踩刹车。那司机伸出头来骂，桂宝也不回嘴，心里想，撞死算了。

深呼吸，哦，还活着。为了老娘，为了姐姐，他也不能死。是他不想上进吗？显然不是，他只是实在不知道从何发力。班在上，可照这么上下去，一辈子未必买得起一套房子。想要扭转局面，必须有外财，要提速，或者，弯道超车。可是，弯道在哪儿呢？

车在大马路上慢吞吞地走着，桂宝觉得自己就跟这车一样，夹在茫茫车海中，前进不得，后退不得，只能拖着耗着等着。他和一雯有爱情吗？他相信刚开始是有的。冷静下来想，一雯的要求过分吗？是他不配拥有爱情。一身腱子肉有什么用，抵不过砖头瓦块！怎么能连累姐姐呢？

桂宝一路到桂圆家。齐进见桂宝来，诧异，连忙引进屋。桂宝问："我姐呢？"齐进说："加班还没回来。"桂宝说："那我一会儿再来。"齐进更不理解。桂宝解释说："还有点事，再过来吧。"

等桂宝走了，齐进连忙跟桂圆联系，说怕桂宝有事。桂圆不放心，给家里打电话，奶奶说桂宝跟亚玲吵架，离家出走了。

桂圆问:"妈呢?"

奶奶道:"躺着呢。"

桂圆着急:"没事吧?"

奶奶说:"没事,能活,你找找桂宝。"桂圆再给桂宝打,桂宝说跟朋友聚会,让姐姐快到家联系他。桂圆不多问,抓紧办事,争取早点回去。

小区外小公园,代桂宝一个人坐在长椅上,想起自己无从谈起的20多年。对生活,他早都疲沓,对爱情,他的态度一直是"本公子没空",可他自己知道,这不过是一种自我保护措施。可一雯的出现给了他希望,现在希望破灭。

手机响,是姐姐发来的,问他要定位。

040 / 定 海 神 针

桂圆从路灯下走入黑暗里,轻喊了一声。桂宝坐在树丛凹槽长椅上,影影绰绰。

"在这地方干吗?都是虫。"桂圆拉弟弟起来。

桂圆在路上问清了桂宝的出走原因,可见到弟弟本人,她还是想不出对策。生活难,在大城市生活更难,没有背景没有资源在大城市生活难上加难。姐弟俩一时无言。桂圆只好拽着弟弟在小公园鹅卵石小道转悠。一圈,两圈,桂圆终于准备好了,在健身器材前停下。桂圆声调柔而长:"我是你姐。这关系割不断。"

"那也不成。"桂宝咬紧牙关。

"不是给你,是借你,以后还不就行了?"

"不合适,"桂宝迷茫地看远方,"姐夫会怎么想?"

"别管他,他不是重点。"

"我这种人就不适合结婚。"桂宝拧着脖子。

桂圆扶着压腿架:"这些你都别想,你就告诉我,到底喜不喜欢一雯?"

灵魂之问，直达病灶。

"其他都别想，就想这一个问题。"桂圆再次强调。

"还可以。"桂宝的声音很小，跟他的体型不相称。

"别'还可以'，喜欢就喜欢，不喜欢就不喜欢，男人，直接一点。"这是桂圆第一次跟弟弟交流关于男人女人的话题。

"我不愿意要你的房。"桂宝小声。

"我愿意，我是你姐，我支持你。"

"姐——"桂宝又感动又难受，"这事我不想这么办，也不能这么办。"

"那你想怎么办？"桂圆强势起来。

"不知道，"桂宝道，"是你的就是你的，别人不清楚，我还能不清楚！"桂宝语速加快，又突然放缓，"你为这房吃了多少苦，受了多少累！这房是你的定心丸，你的定海神针，而且你马上要娃儿，房还得给娃儿备着。我不能这么自私！"

忧愁和感动混合在一道，一下从桂圆胸腔里喷薄出来，她没料到桂宝比她想得还深还远——把她八字还没一撇的娃儿都考虑进去了。于是桂圆说："猴年马月的事。该谈谈，该结结。"

"反正我不要，"桂宝道，"一雯要是不理解，就分。"

桂圆还想劝，桂宝说了声"我回去了"，转脸朝另一个方向走。桂宝步子大，桂圆跟不上，只好高喊："别乱跑！回家！"

桂宝当然不回家，他还没想通呢。去喝酒？没心情。去找哥们儿？铁哥们儿都在老家呢。能去的只有单位，他打算在办公室沙发上凑合一夜。

亚玲担心儿子，打电话给桂圆问情况。桂圆怕妈妈担心，谎称桂宝在她家。亚玲道："你多劝劝他，白给还不要，想干吗？"

桂圆听着心里不舒服，可眼下安抚住弟弟是第一位。她给桂宝打电话，他不接。发消息，他报了个平安。

桂圆想让齐进过去看看。齐进分析："我去没问题，关键是有没有用。"桂圆愁，姐夫劝小舅子，效果有限，因为他们始终保持客气的距离。齐进提醒说:"左璐瑶不是他干姐姐吗?该发挥发挥作用。"

桂宝蜷缩在沙发上。敲门声起,他的心猛跳。

"谁?"桂宝胳臂支起来。

"我。"声音短促。

"你是谁?"

"你姐!"不耐烦的口气。

这下听出来了。不用说,一定是桂圆指派的。桂宝有气无力地去开门,眼皮子抬一下,招呼一声,又转身,有气无力地倒回沙发里。

左璐瑶站在他跟前,忽然哈哈大笑。

桂宝顿时起一身鸡皮疙瘩:"注意点,别真把鬼招来。"

左璐瑶声音尖利:"报应。"

桂宝打了个激灵。

璐瑶继续:"结束就结束了,好歹恋过,比我强,我是恋都没恋。"

桂宝纠正:"谁说结束了?没结束。"

璐瑶门儿清:"不就房子嘛,不大气,现在女的都自己买房。"

桂宝明白她在自夸,故意灭她气焰:"你厉害,你有房,你也是我姐,你能转给我吗?"

"可以,"璐瑶爽快,"没问题,你跟我结婚,立马改你的名字。"

桂宝屁股对着她——抗拒的姿态。

璐瑶对着他后背啐:"你乐意我还不乐意呢!"又呵呵道,"这样最好,咱都安全。"

桂宝迅速转脸,假笑:"对,安全。"

璐瑶叹气:"同是天涯沦落人,相逢何不吃一顿。"

桂宝不客气:"你请?"

璐瑶豪爽:"管你到撑!"

桂宝心里说不上是什么滋味。左璐瑶给的定位很对,同是天涯沦落人。老女人和穷男人是同类。这样一个欲哭无泪的夜,也只有璐瑶姐能给他来个翻云覆雨手——黑色苦闷立刻变成黑色幽默。桂宝太佩服璐瑶的自嘲、自黑。承认自己不行,承认自己糟糕,然后才能有和世界斗争的铠甲,才能有继续生活下去的勇气。

桂宝撸着串儿:"你要真是我姐,就给我多介绍点兼职。"

左璐瑶抬抬眼皮:"你不是有吗?撸铁。"

"那能赚几个钱!"

"你才多大,核心技能是什么?为了赚钱而赚钱,最终什么也赚不到。"左璐瑶头头是道。

桂宝若有所思。他就是普通青年,的确没有什么核心技能。如果说现在还有点资本,无非这副躯壳。他还算年轻。

璐瑶又说:"那个什么雯,不适合你。"

"你又不懂。"

"你就不应该在这儿继续待,趁年轻,回去吧,"左璐瑶道,"我跟你姐,都是没有回头路,这岁数,只能撑,你非在这儿干吗?回头是岸!"

"我姐在这儿,我妈在这儿。"

"你姐不是结婚了嘛,"璐瑶分析,"你奶奶多大啦?将来还不就是你跟你妈,你是儿子,你妈肯定跟你,要我说,还不如回老家,踏实找份工作,房子也不算贵,负担得起。找个差不多的老婆,对你好,不这山望着那山高,你业余当当教练,生个孩子,过过日子,挺好。"

有道理。只是,甘心吗?桂宝有点动摇。这地方不是他待的,他早都认识到这点。他姐和他妈比他心高。左璐瑶才是真正面对现实。

"回去?"桂宝反问。

"别说是我说的,"左璐瑶了解桂圆和亚玲,"能力大于欲望,幸福;能力小于欲望,痛苦。"

* * *

郝季鹏一进家门,念巧正让彬彬收写字的作业本,又拿出本书看,季鹏一瞅——《哈佛大学的 300 个侦探游戏》。

念巧对儿子说:"让你爸给你读。"

季鹏头大:"我这开了一天会,看了一天报告,脑子转得难受。"

念巧睁大眼睛:"你是他爹!"

行吧。季鹏只好执行任务。相比念巧,他陪伴孩子的时间有限。不过刚才他撒了个谎,他没开会,而是跟几个同事一起下门店调研,他们平台上线了月息4%的高利,正处于急速扩张时期。宣传很重要。当然,一起调研的同事里有胡斯楞。这不能让念巧知道。季鹏不贪心,止于此,享受当下就好。

念完《饭店老板的绝招》这篇,彬彬该睡觉了。念巧打发季鹏去洗澡,水放好,她还特地为他准备了香氛沐浴露。季鹏以为念巧今天对他有要求,谁知等他洗好,念巧穿得严严实实地坐在床上。看样子不像。

"女儿还没回来。"念巧近来喜欢直呼彤彤为"女儿"。

"不管她。"

"这大姑娘是不是有情况?"念巧道。她这个年纪时已经恋爱,推己及人。

"没有吧?"

"她不会跟我说。"念巧笃定,"你可得留点心,别走了弯路,再想回头,难。"

季鹏笑道:"她不给别人弯路走就不错了。"郝季鹏对女儿有信心。

041 / 活 大 卫

念巧说:"听说桂宝那对象,谈得挺好,估计很快要办事。"

季鹏说:"我怎么不知道?"

念巧说:"我听二姐说了一嘴。"

"挺好。"季鹏没放心上。他不太瞧得上桂宝这外甥,嫌桂宝懒。

"还挺好?"念巧道,"结了婚,住哪儿?那一家子。换成是我,绝对不愿意,上头有个婆婆,还有个婆婆的婆婆,住进去就是最底层。"

季鹏不瞅老婆,不耐烦地说:"不是咱的事,不操心。"

念巧问:"跟你借钱了吗?"

季鹏愣一下,谎称:"借了。"他故意气她,恨她对自己家人小气。他总批评念巧是"资产阶级作风",念巧爱反驳:"既然我是资产阶级,那你把资产都给我,你别上门要饭。"

"真借啦!"念巧掐他耳朵尖上的肉,"当我死的啦?!"

季鹏正色道:"唐念巧,你以后是要做哈佛的学生家长的,脑子动一动,我都不知道桂宝要结婚,怎么会借钱?退一步,就算二姐借一点,也不是什么大不了的事情。"

念巧转而得意:"哼哼,她好意思?借可以,拿什么还?肉包子打狗!而且那对象是大嫂介绍的,要借也是先找大哥大嫂借,一对土财主,只进不出,留那么多钱干吗?不给侄子,也不给外甥?那给谁?"

季鹏听得耳朵麻:"我说你怎么整天就钱钱钱?我白天听钱听得够多了,晚上就这一会儿,能不能清静点!"

此消彼长,你强她就弱。季鹏硬起来,念巧不闹了,只是抱怨似的说:"事都是我做,我成坏人,话都是你说,你是好人!"

季鹏收了脾气,好声道:"不是这意思,一家人,和和睦睦……"

念巧诉起苦来:"我照顾孩子,教育孩子,里里外外……"

季鹏怕听啰唆话,没过脑子,就拦话道:"我说不行就别生,是你非要生……"

念巧顿时炸了:"郝季鹏,不怕天打雷劈!是你非要个男孩!是你非要给老郝家传后!是你说一个孩子太少,两个孩子正好!是你说没有人继承家业!你现在都推到我身上?彬彬姓什么?是我一个人的?!你良心被狗吃了?!你就是太轻松!得来的太容易!你牛!我不管了!"念巧两眼上翻,披头散发,做撒手人寰状。

季鹏连忙找补,抱住念巧,她要真不管,那他的劳动量可得大增,他声音柔得像抹了蜜:"我这不是怕你辛苦嘛……"

念巧一边恨一边哭嚷:"你们谁我都不指望!儿子长大成才,我人近黄昏,这辈子圆满!"说完下床,赤着脚跑出去,今晚她可能要在另一个屋就寝。

*   *   *

亚玲最近有点糟心。奶奶情况不太好,去医院多开了两种药。更令她头痛的是儿子的婚事。桂宝明确跟老妈表示,姐姐那边已经辞了,这事不能提。亚玲以为桂圆真改主意了,打电话去问,桂圆表示没动摇,时刻准备着。亚玲只好再做儿子的工作。

桂宝说:"就算姐姐同意,姐夫能快活吗?妈,您要有点成算,赶紧想别的辙,甭老在我姐身上下功夫,或者咱们都回老家算了。"

亚玲诧异:"你姐夫说的?回老家,一雯也回?"

桂宝不睬她,要出门。亚玲追到门口叮嘱,见到一雯,一定不要提房子的事。可是老妈越这么说,桂宝越想要明知山有虎,偏向虎山行。

两个人对坐着,一人手里一杯奶茶。桂宝忽然抬头,脸有点僵。

"干吗?"一雯保持笑容。

"那个……独立住房……"每个字都很颠簸,像从早高峰的地铁里挤出来似的。

一雯否定得很自然:"不是我,是婶婶,"顿一下,继续,"他们也是为我着想,这么多年,他们把我当女儿待,我也就嘴上没叫爸妈,心里一直这么认为。女儿结婚,妈妈想多争取一点,人之常情。"

桂宝一时不晓得怎么让话题继续。

一雯又道:"其实我无所谓,有地方住就行。"

桂宝连忙说:"我姐那间房打通,还挺宽敞。"

一雯微笑,喝奶茶。桂宝情人眼里出西施,一雯就像她笔下的水墨山水,恬淡悠远,她不可能在俗事上纠缠。何况他家的那间房,打通了整个加起来有近20平方米,敞亮。桂宝认定一雯爱的是他这个人——风华正茂,意气风发……

刚过了中午,时间还长。桂宝必须安排好接下来的活动。提了几个方案,一雯都意兴阑珊。终于,她托着香腮问:"愿意当我的模特吗?"

桂宝问:"什么模特?"

"人体模特。"

"水墨画还有这个?"

"中西都学,融会贯通。"

谁能拒绝一雯的笑容呢?两个人开车往东面去,到了一雯某朋友的画室,是个大仓库。一雯跟朋友打了招呼,这地方今天归她。她给了桂宝一个铁皮椅子。桂宝脱光了,坐下去,屁股蛋凉凉的。

"开始了,别动。"一雯没什么不好意思。倒是桂宝,脸红心跳,不过坐着坐着,慢慢也适应了。

日头偏西。光线从巨大的落地窗照进来。远处靠墙有面落地镜。桂宝偶尔瞥见自己的裸体,很是俊美。活大卫。

一直画到天黑,才画了个头,一雯说下次再画。

气温下降,一雯把衣服拎给桂宝。两人一靠近,桂宝情不自禁,又难以启齿。一雯小声说:"现在没人。"桂宝脑中"丁零"一响。他顾不上穿衣服,一把扛起一雯,朝画室深处那张大床垫走去。一雯半闭着眼,靠在桂宝怀里。四周寂寂。

* * *

小桃请亚玲陪补牙。亚玲觉得应该是有事。她打电话问桂圆:"大妈跟你联系没有?"桂圆如实答:"来了个电话,问了情况。"

亚玲奇怪为什么不直接打给她。"说什么特别的没有?"亚玲问。

"没说什么。"

"你说你愿意让房子了?"亚玲步步深入。桂圆说提了,也提了桂宝的态度。亚玲心里有数了。

出门前,亚玲把老奶奶的饭菜在盒子里装好,中午用微波炉热一下就行。奶奶不多问。年纪大了,只看或者说只愿意看到眼前一点,她没能力解决,所以不关心。

小桃和亚玲见了面。刚开始都没提桂宝,只说牙。小桃这牙是多年的老麻烦。有好几次，她都想干脆敲掉，全换烤瓷。不是换不起。再一想，算了。烤瓷再好也是假的，一口烂牙再差，好歹是真的。

小桃躺在诊疗床上，张着嘴，大夫拿着钻子，时不时发出旋转声响。护士去吸口水。这次主要是把牙磨小，加个牙冠。小桃是VIP，医生和护士特别仔细。好容易弄好了，小桃又劝亚玲查。亚玲不肯。她宁愿盖着葫芦摇——不知道还好，知道了却不治，难受。治吧，实在太贵。亚玲总是趁年年清明回老家，去小牙科诊所瞧。

"我卡里还有钱，你查查。"小桃强烈要求。不好驳大嫂面子，亚玲躺下。检查出了几个小洞，小桃连忙说"补"。亚玲谦让，小桃坚持，亚玲只能从命。

花了2000多。亚玲讪讪地说："凑合能用，真是，花大嫂的钱。"小桃伸出一根手指，教育学生似的："小洞不补，大洞吃苦，亡羊补牢，犹未为晚。"亚玲连连点头，又说了好些奉承话。

该吃午饭了，刚补完牙，只能喝粥。亚玲抢着买单，打架似的，小桃只能由着她。不过，郝亚玲不解，这趟难道是纯补牙？大嫂从不放空炮，怎么会到现在不声不响？

姑嫂俩静静吃着。亚玲吃得快见底时，小桃忽然问："桂宝那事，打算怎么办？"亚玲左准备右准备，还是措手不及。她觉得大嫂明知故问，肯定有指点，于是苦哈哈地叹了一口气，说："一根藤上俩苦瓜……"

小桃呵呵笑，轻描淡写地说："我们那美术学院的房子，先给桂宝。"说着，越过桌面，抓了抓亚玲的手。

惊得亚玲差点没喷粥："大嫂！"

"自家孩子有难处，我和你大哥能坐视不理？"小桃下巴往下，"你大哥也说了，就当自己娃儿娶媳妇……"

"不是……大嫂……那个……"郝亚玲一时脑子用不过来。要谢，又不知道怎么谢，要提防，又不知道怎么提防。那可是一套房子呀！

042 / 预约下辈子

小桃的话，一个字一颗钉，铿锵有力。直到跟小桃分手、道别、钻进地铁，郝亚玲脑中一直纷纷乱乱。这事情很有迷惑性，勉强可以归纳为：没有孩子的大哥大嫂给一套房，免费。

亚玲到家把这事跟老奶奶说了。奶奶倒爽快："她给你就接，有什么大不了。"亚玲说："以后呢？"奶奶说："以后再说以后的，先把眼前的问题解决了，一步一步来。都在变化，只能抓眼前。"

亚玲忧心忡忡地说："吃人嘴软，拿人手短。妈，您就不想想人家为什么给？大哥是真大哥，大嫂是吃亏的主吗？看着是一马平川，一抬脚，就怕是个坑。"

奶奶道："老大怎么说？"

亚玲着急："妈，您糊涂了，大嫂不就代表大哥嘛，这种事能不商量吗？"

奶奶气弱，想了想，说："外甥也是亲外甥。"

亚玲好笑："是亲外甥，不是亲儿子。"又说，"那房多少钱您知道吗？"

奶奶没概念。亚玲张大嘴巴，像能吃人："500万！"唬得奶奶去摸速效救心丸，拿水吞了药，才嗫嚅着："也许是真发了善心……"她都没法说服自己。

亚玲坐下，拿牛角棒按摩腋下，疏肝气："没有无缘无故的爱。"她还留着半句话没说——人家给，你拿什么报？这就是穷人和富人往来的苦恼。下大雨了，穷人躲在富人的伞下，蝎蝎螫螫，最终湿的还是自己。

按摩了一会儿，亚玲要喝酒，奶奶道："小心以后手抖。"亚玲苦恼："干脆我走你前头。"奶奶连"呸"了三声："别胡说，这个家，没你不成，你还没完成任务，没尽到责任。"亚玲头大——全是责任，她就是个猴，被压在五行山下。

等桂宝回家，亚玲把小桃赠房的事说了。桂宝发蒙。

亚玲问:"你怎么看?"桂宝懒得分析:"也许是开玩笑。"亚玲道:"那要是真的呢?"桂宝说:"你定吧。"又说,"就算没有独立住房,一雯还是跟我在一起。"

"你问她啦?"亚玲站起来,"不是让你别说吗?嘴那么快!"

"没认真问,"桂宝连忙否认,"就那么一说。"

亚玲忽然想,小桃跟一雯那边是否通过气?是秀云向小桃要房子了?还是有什么别的交易?有好几次小桃说认一雯当干女儿。有一点基本可以肯定,大嫂如此大舍,那就肯定期盼着大得。

亚玲知道跟儿子商量不着,他还年轻,想不了那么深,只有女儿能为她分忧。次日,亚玲没叫桂圆回来,她直接去学校找。桂圆忙完,才带老妈去弄碗面吃。

亚玲开门见山:"出事了。"

桂圆最怕听到这仨字:"奶奶吗?"

"你弟。"

"他又怎么了?"

"他没怎么着,人家想把他怎么着。"亚玲舌头快打结。

"一雯又提条件了?"

亚玲压着嗓子,口气极其慎重,夹杂着烦忧,好像一口痰里夹着血丝:"你大舅和大舅妈要把美院那套房……给桂宝。"声音越说越小。

"给?"

"给,免费!"亚玲声音逐渐拔高,登山般。

桂圆不吭声。房子,桂宝,给,免费……这几个词在她脑海中盘旋,好像随时都能俯冲似的秃鹫,下来啄她一块肉。

"真的假的?"桂圆不得不问。

"真的。"亚玲似乎高兴不起来,"你大舅妈亲口说的。"

"什么要求?"桂圆问下去。

亚玲道:"没要求。"一脸的愁肠百转。

桂圆脑子快，挑明了："人家能给，咱拿什么还？"亚玲看桌面，下意识地拿指甲盖刮着桌上贴着的小广告。不语。

桂圆继续道："要了人家的房子，可就得给人当儿子，您舍得？"

亚玲一听，几乎快哭了。这正是她的担忧。要了房子，等于卖了儿子。

"桂宝怎么说？"桂圆问。亚玲说："他随便。"桂圆说："还是原计划，我让出来吧，跟齐进也通气了，他没意见，自己家能解决，还是咱自己解决。"代校长杀伐决断，绝不拖泥带水。

亚玲点点头。女儿愿意撑腰，她有了底气。后得罪不如先得罪，她只能痛下决心，弃房子，保儿子。

小桃给了亚玲三天时间考虑。虽然亚玲一天就做了决定，但为表慎重，还是憋了三天，才给小桃打了个电话。先是一千一万个感谢，然后才委婉拒绝。措辞大约是，桂圆已经去办过户了，不好回撤，否则要再多出钱。

电话里小桃笑语吟吟："这样好，这样好。"但一挂了电话，脸色立刻不大好看。午饭还是小时工做的简餐。虽然简，但费工夫。小桃一个字也不说，闷着。

冠峰觉察出不对，问："谁惹你生气了？"

小桃这才启朱唇，每一个字都好像能咬碎了："我就是犯贱！"

冠峰立刻明白。他了解二妹，早就估摸着悬，权且一试。到末了，果不其然。

"老二来电话了？"他问。

小桃不作声，狠吃沙拉，好像她跟菜叶子有仇。

"算啦。"冠峰摸了一下眉毛。他希望能长出长寿眉。

小桃这才狂风暴雨地说："白给还不要？真是穷惯了！搞搞清楚，咱们是做慈善！"冠峰说："没那么严重。"小桃继续："怎么，认为我想她儿子？也不看那儿子什么熊样！"一着急眼泪要下来，"看到了吧，这就是你们郝家人，姓郝，心却不好！我们奔着吃亏去，人家当咱藏奸！不遇事不知道，这才是人家对咱的真实态度！认为咱老了，不中用啦！有钱没处使了，所以开始想人家的儿子啦！老郝我跟你说，你对我好点，等你躺床上那天，你的这些侄儿侄女、妹妹弟弟，一个都指望不上！你还得指望我！"她越说越委屈，"这老二，我平时对她多好哇，她居然这么看我！桂圆男人谁介绍的？桂宝对象谁留意的？好人就是不能做！我穆小桃这辈子欠谁的？谁都不欠！"

冠峰见小桃越说越激动，只好放下银勺，绕过桌子，走到小桃面前，抱住她的头。小桃的脸垫在冠峰的肚子上，仿佛一只小猫找到了倚靠，慢慢安静下来。冠峰这才安慰道："不是说了嘛，你比我先走的话，我给你料理得好好的。"

只有他明白她的不安。虽然小桃没明说过，但冠峰早看出她这两步棋的深刻含义——一天天老了，身边要有个可靠的人。冠峰心中多少还有点英雄主义，潇洒走一回。但小桃还在极尽周全。什么房子、车子、票子，不过身外之物，他不吝惜。她要做，他就让她做。

小桃哽咽，抬头往上："那你怎么办？"

冠峰笑笑："我？好办，开一辆越野车，到塔克拉玛干大沙漠去。"

"去干吗？一个人影都没有。"

"不要人影。"

"然后呢？"

"约莫快不行了，我就加足马力，油门开到最大，一直往沙漠最深处开，开到流沙里。"

"你不跟我葬一起？"

"那肯定得暂时分开了。"冠峰用开玩笑的口气说。

"那下辈子怎么找你？"小桃忽然罗曼蒂克起来。

"哦哟，这辈子还没过够？"

"怎么，你过够了？"

冠峰拍拍她的头："先预约下辈子，下下辈子再说。"

小桃破涕说："就这么办。"

赠房的事黄了之后，小桃和亚玲都觉得别扭，冷处理最好。亚玲不敢贸然联系大嫂，也不敢给大哥打电话。

倒是桂宝和一雯，跟没事人似的出入冠峰家。小桃基本不招待，眼不见为净。桂宝和一雯心思都在画上，也没觉得有什么不对。

亚玲跟桂圆商量怎么找补。桂圆道："马上奶奶过寿，到时候我摆一桌，都请过来。人怕见面。抵在眼跟前，就都好了。"又说，"我再劝劝。事实也是，不是人家不好，是咱担不起，大舅和大妈都是明白人，能懂。"亚玲原本不愿意花钱给奶奶办寿，可如今这寿宴兼着好几个功能，她只能同意。

桂圆道："到时候把秀云阿姨也请来，两家大人谈好，房子、彩礼、陪嫁，都叨叨清楚，就行动。"

操心完儿子，郝亚玲认为有必要再关心关心女儿。她从里屋拿出张纸，皱皱的，展开，里头有几个圆珠笔写的字。桂圆拿过来看，太潦草，她只看明白头两个字是"青蛙"。亚玲随即说："老家的老产婆给的偏方，用青蛙眼睛当药引子，其余的都常见，能抓到。说吃了就能怀上。"

桂圆瘆得慌："妈，能不能别天天盯着我？去查了，没毛病。"亚玲道："你不小了。"桂圆轻恼："我知道我知道，不用天天提！"说着捋着胳膊上的汗毛，"看看这鸡皮疙瘩。"

亚玲道："我催，婆家催，都是假的。你不为任何人生，就为你自己。看看你妈我，不就是例子嘛。真不敢想当初你爸走，我要是没你和桂宝，咋个弄！"

桂圆道："像大舅和大妈那样也挺好，为自己活。"

亚玲手拍大腿面："人，女人，这一辈子如果只为自己活，也没意思，女人是要流血的。一个女人不流血，还叫女人嘛。"

桂圆嘟着嘴，不接话。

043 / 不招男人

胡梅离婚了。她是在等娃儿下课的时候突然轻描淡写地告诉唐念巧的。念巧并没大惊小怪，她只是问："那娃儿怎么办？补课费怎么办？"孩子是无辜的，还是要培养。

离婚原因她念巧大概能猜得到。胡梅倒是先自答了，说是她提出来的，在一起不开心，没意思。念巧不接话，权且一听。

胡梅又说："她爸爸还给钱，按年给。"

念巧连忙说："年年得涨，通货膨胀。"

胡梅苦笑，道："我也得出去做事，你要有合适的，帮我留意。"念巧表示没问题。胡梅又道："恬恬有天赋，我这个做妈的，不吃不喝，也得给她供出来。孩子倒不怨她爸，懂事，同学里这种情况也多。她知道之后照样学英语，背得比以前还快了呢。"

念巧一面赞恬恬，一面心中感叹。兔死狐悲，她不能不小心提防。好在这两年季鹏表现优秀，钱她都抓着。

彬彬下课了，念巧没回家，没给季鹏打电话就开着车直接去公司。前台说郝总下去调研了。念巧扑了个空，只好打电话给郝季鹏，要求他晚上早点回家。

"什么事？"季鹏问。虽然他尽量控制，念巧还是捕捉到了微微的不耐烦。

"没事就不能早回？"念巧道，"我现在是丧偶式育儿。"

"又是背《离骚》？"季鹏问。

"回来再说。"

明明啥事没有，可念巧心里就是有一团无名火。多年前季鹏在外头花花过，她睁一只眼闭一只眼，过去了。现在季鹏想花恐怕也没得精神。但话不能说死，老树开花老泉喷水，都难说。可能对她没精神，对别人就有精神了。慌乱之中，唐念巧给孙志明去了通电话，想问问老郝近来状况。

* * *

志明正跟郝彤在一块儿。他心惊，把手机在郝彤面前比了一下。郝彤以为她妈发现了真相，来兴师问罪，随即道："接，大不了鱼死网破。"

志明连忙说："别呀。"郝彤抢过来，说："你不接我接了。"志明只好走到窗户边，郑重按下接听键，声音尽量保持正常。一会儿，人踱回来了。

郝彤问:"啥事?"

志明道:"找你爸的。"又说,"也问了问你的工作情况,还有我的情感状况。"

郝彤忽然危机感爆棚。跟爸妈公布恋情是个大难题,郝彤一直在等时机,有好几次她都想跟老爸公开,要杀要剐悉听尊便。

她手上的谈判筹码无非胡斯楞这一宗。细想想,又觉得这筹码实在微弱得可怜。跟她的事比起来,那点破事根本无法挑拨离间。好在,在可长可短的等待过程中,孙志明的信念坚定了——天打雷劈也不改,就跟郝彤好!孙志明的结论是:强强联合,只有好处没有坏处,事业能拓展,还能享艳福。何乐而不为?

志明有时问郝彤:"我何德何能?"

郝彤很直白:"踩着你,我也一步登天。"

志明嬉笑着:"天上好玩吗?别掉下来。"

郝彤不客气:"有你这大块肉垫着,我放心。"

孙志明和郝彤刚平静一会儿,郝彤的手机响了——还是念巧。

念巧直问:"你爸人呢?"

"我哪儿知道?"

"他最近到底在忙什么?"

"出什么事了?"

"你爸要有什么这个那个的,你得告诉我。"念巧直接下命令。

"是不是有什么误会?"郝彤觉得一定有事。

"你胡梅阿姨离婚了。"

"她离婚关你屁事。"郝彤理解不了中年女人的仓皇与忧虑。她朝志明做了个鬼脸,继续对着电话说:"她丈夫的问题吗?"

"没说。"

"妈,别一点事就往自己身上想,我爸好着呢。"郝彤道。

念巧没再多说,只说希望她来看弟弟的冰球比赛。郝彤表示没问题。

晚上，季鹏果然提前回来。实际上，他偶尔晚归，并不是跟谁约会去，也不是加班，纯粹是做出加班的样子，在办公室多待一会儿。到了这年纪，郝季鹏才体会到下班后办公室的好处。清静，自在，没有下属汇报工作，没有老婆的叨叨、儿子的嚷嚷、女儿的吵吵。下班后的他是个没有身份的人。不是上司，不是丈夫，不是爸爸，甚至连情人都不是。他就是个任性的孩子。下班时间，郝季鹏在办公室会换上拖鞋，或者干脆赤脚，脚臭也不怕。他还吃零食，玩玩手机游戏，或者看看体育比赛。那是独属于他的时间。不过今天不可以，念巧让他回家。

晚上的全部安排，除了吃饭，就是"哈佛"读书时间。季鹏庆幸自己的妈当初不像念巧这样，他还有个完整的童年。看着一脸不愉快的老婆，季鹏还得安慰："有问题解决问题，别闷在心里。"

"胡梅离婚了。"念巧有点失落。

季鹏捏着勺子的手定住。他实在不晓得怎么接话。直觉推理：胡梅离婚是丈夫的错，他也是丈夫，所以他也要连坐，为全天下的男人背黑锅。季鹏不作声，继续吃。

念巧看他："你不震惊？"

"去民政局看看，天天发生。"

"关键胡梅是陪读妈妈，孩子还小。"

季鹏放下勺子，右手臂越过桌子，跋山涉水地捉住念巧的手："别人是别人，你是你，别老想太多，这不好好嘛。"

"你对我没兴趣。"念巧道。

彬彬端碗过来加菜。季鹏连忙"嘘"。彬彬一边吃饭一边看动画片。尽管念巧三令五申禁止，但这样好歹能利用时间，比吃完饭单独再看效率高。

儿子打了个岔，季鹏以为这尴尬就过去了。谁知念巧又问了一遍。躲不过了。季鹏略委屈："不是没兴趣，是能力达不到，吃药你又不许。"

念巧卖萌："在我这儿没办法，万一到别人那儿有办法了呢？"

季鹏不得不假装发火镇压妻子的无理取闹："你就是瞎想！胡想！乱想！

你要是不满足，我就……"季鹏说不下去了，他也不知道该怎么办，于是只好换了一副口气，"巧儿，你现在就是我的亲人，最亲最亲的，我孩儿的妈……我心尖上的肉……你动一下我都疼……胡梅离婚是胡梅，跟咱们有什么关系？好日子就好过，别瞎想，或者就是你对我不满意，有其他想法，也可以跟我说。"

念巧的虚荣心得到了满足，必须让一步："我没不满意，就是希望你多陪陪儿子，别让我丧偶式育儿。"

季鹏道："我也想陪，可我们这个家得有人顶着。彤彤大了，为了给女儿多准备点陪嫁，我也得拼。你不也说，过去咱们拼事业，忽略了她的学习，错过了成长的关键期。所以婚姻大事上，咱们得撑女儿一把。"

念巧认可，随即叹息："彤彤怎么一点不随我？"

"哪一点？"

"她就不招男人。"

季鹏揶揄："你招？那我可得小心。"

念巧从桌子底下踢了季鹏一下："以前我当小姑娘的时候，有红似白。是你追的我，这点你得承认吧？"

季鹏投降："承认，承认。"

念巧来劲："你还在我们家楼下站了一夜，还给我写过血书，还为我打过架，把鼻子给干出血了……"就算得老年痴呆，念巧也不会忘她的光荣历史，可季鹏听来却浑身刺挠。念巧正说着，他就端着碗，又往厨房打汤去。

郝彤回来，念巧把她叫到小屋，单独谈话。郝彤吃不准，故意抢先道："妈，知道啦，帮你留心，看着爸。都一把年纪了，能作什么妖？放心吧。"

念巧坐下，道："说的是你。"

"我怎么了？"

"是不是有好消息告诉我？"念巧突然发力。

郝彤揣度，如果唐念巧知道，不会这么和风细雨。

"没有好消息。"郝彤咬紧牙关。

"你多大了？"念巧道，"这里面的重要性，反反复复早跟你说过了。你得有成算。总不能现上轿现扎耳朵眼儿。"

郝彤的心放回了肚子："知道，明白，我没本事，这辈子就指靠嫁人，不但要自己嫁得好，还得对家里有帮助，帮老爸的事业，长老妈的面子，找个门当户对有实力的。"

念巧叮嘱："别学桂圆，男人不能光看脸，我跟你说过，久了都一样，有实力的男人，越看越顺眼。"

念巧倾囊相授几十年的经验，郝彤觉得好笑："我没您那两下子。"

念巧道："你是男孩性格，你妈当年，不说闭月羞花，起码也是一道亮丽的风景。是你爸追的我，当年他可是在我们家楼下站了一夜……"这话郝彤听得耳朵磨出了茧子，她抢白："还给你写过血书，还为你打过架，把别人的鼻子都打出血了。"

念巧愣住，随即笑着，骄傲地说："对。"又道，"我嫁给你爸的时候，他什么都没有，人家三转一响，我就一床被子、一个帐子，还有你姥姥给的一把银锁，你奶奶还对我不满意……"郝彤望着老妈一张一翕的嘴唇，脑子放空，她真不晓得老妈这门经得念到什么岁数才算完。

想到这儿，郝彤似乎更加确认，老爸应该在外面有故事。如果没有，她都为老爸不值，守着这么一个唠叨的女人过一辈子，有意思吗？尽管她为他生儿育女，传宗接代，可男人未必就领情。哦不，也许她从前不这样，后来慢慢变这样的。人在退化。郝彤提醒自己，她将来可不要成为唐念巧这样的女人。她要让男人觉得危险，小心翼翼地跟她跑，而不是她一颗心都挂在男人身上。

044 / 嘉 年 华

老妈不肯给奶奶办寿，桂圆的理解是不舍得花钱，但现在几件事叠在一起，不办也得办，就当是给奶奶人生最后一个嘉年华。爸爸还在那时候，奶奶看不上老妈，老妈也看不上奶奶。爸爸走了之后，两个女人势单力孤，不得不抱成团,把家撑起来。在外头,奶奶开始说亚玲的好话。在家里,奶奶带两个孩子,亚玲用得着她。于是以礼相待,拧成一股绳,一直走到现在。

桂圆说的这些,让齐进不由得想起了自己的奶奶。所以,桂圆一提办寿,齐进立刻拿出一笔钱来,说话也好听:"我是孙女婿,该出。要办,就办得体面点。"

桂圆跟桂宝商量了一下,在一间老年人很迷的饭店订了最大最堂皇的包间,然后通知各位来客。一雯和秀云由桂宝知会。很快,消息反馈,一雯要陪秀云回一趟浙江,时间错不开。秀云不好意思,提前封了个红包。

亚玲批评儿子:"她给你就拿?像什么样子。"

桂宝委屈:"那退回去。"

亚玲喝:"行了!什么时候才能学会做人!"

郝亚玲给季鹏、念巧分别打了电话,叮嘱他们一定带上彤彤和彬彬。"有一阵没见了,真想。"亚玲嘴甜起来也是真甜。

冠峰和小桃那边,则是桂圆和齐进亲自上门请,以示重视。桂圆把糕点盒子放在实木桌上。小桃怕油浸进木头里,连忙拿去厨房。一拎起,又嫌太多,嚷嚷着让桂圆拿回去点,说二妹爱吃。

寒暄完毕,桂圆表明来意。

小桃微笑着说:"你大舅有个会,约了好长时间,不去恐怕不成,我又得陪着。"

桂圆道:"反正一定给大舅和大妈留位置,主要是过了这回还不知道有没有下回。"小桃大惊,忙问奶奶怎么样。桂圆说:"身体还行,但就是年纪大,本命年大寿,这次错过,下回难说。"小桃心思有点松动,但也不好当即答应。齐进想帮腔,又不知道从何说起。三个人只好静静坐着喝茶。

少顷,桂圆酝酿好,说:"我和齐进都是靠大妈成全,以后大舅和大妈有什么用得着的地方,我和齐进一定肝脑涂地。"话说完,桂圆觉得"肝脑涂地"用得太重。海口夸下去,以后真麻烦。小桃微笑着。

桂圆又说:"我妈见世面少,说话办事欠妥当,桂宝更不用说,毛孩子一个。望望这一大家子,谁还能比大妈对咱上心。"说着看看齐进。齐进立刻呼应,连连点头。

等走出小院,齐进才问:"美术学院的房子干吗不收?真金白银。"桂圆冲他一句:"你懂什么!"

祝寿这天,念巧一早带彬彬出门。课照上,中午过去吃饭。郝彤10点才醒,临时跟老爸说她不过去了。季鹏不答应。郝彤道:"真的不舒服。"

"编,继续编。"季鹏否定她。

郝彤道:"二姑的婆婆,死去的二姑夫的妈,八竿子打不着的亲戚。我又不是什么重要人物。"

季鹏说:"你跟她不亲,跟二姑可亲?小时候二姑怎么对你的?那次你发烧,要不是二姑及时赶到,带你去医院,你现在不是聋子就是哑巴。人,不能忘本。"

郝彤道:"那也没见你朝二姑伸把手。她穷成那样。"

"救急不救穷。"季鹏催女儿赶紧收拾。到了地方,父女俩竟然是最先来的,桂圆和齐进还没到。冠峰年纪大了,不怎么开车,刚巧小桃的车限号。桂宝去接。

亚玲在包间陪着老奶奶。季鹏带郝彤来。亚玲问念巧和彬彬。季鹏说中午到。奶奶喜欢年轻人,一来就抓着郝彤的手不放,一会儿问工作怎么样,一会儿问有没有男朋友。亚玲知道郝彤的秘密,装不知道,但仍旧有点不自然。她听到婆婆这么问,连忙阻止。郝彤看了二姑一眼。

服务员来说有个菜断档,请亚玲换一个。郝亚玲起身去操作间看菜单。季鹏见惯场面,点菜是好手,于是跟着姐姐。点好了,亚玲悄悄把大哥大嫂生气的事说了,强调房子不是赠送,只是先给桂宝用。

季鹏说:"好事。"

"那也不能要,受不起。"

"舅舅帮外甥,不是应该的嘛。何况……"

亚玲打断他:"不管他们后面有没有,咱也不能想。"

213

季鹏道:"该想还是得想。"

亚玲道:"咱是一个娘胎出来的,可现在各有各的一摊子。就算大哥想,大嫂什么态度?就算现在真心实意,将来如果变了卦,你二姐我这张老脸,真等于在砂纸上打了。"

季鹏问:"最后怎么办?"

亚玲说:"还是桂圆大气,让出来了。"

季鹏太知道那房子对桂圆的意义,他心疼外甥女,而且这么大的事,二姐不找他开口,就是没给他面子。季鹏较着劲道:"要不这样,我出大头,你们凑凑,付个首付?"

亚玲连忙摆手说:"不成。"

季鹏道:"就当是借。"

"可是念巧……"

"都是私房钱,你知我知。"

亚玲感动得无以复加:"不枉小时候我从水塘里把你捞上来。可是……"

"没有可是,回头细说。"

冠峰和小桃到了,桂宝跟在后头,像随扈。郝彤站起来叫大伯大妈。小桃挨个招呼,走到季鹏眼前道:"三弟,又年轻了啊。"

季鹏连忙说:"大嫂才是容光焕发。"

小桃没理会,直接往老奶奶那边走,说要沾沾老寿星的福气。

齐进和桂圆来了。齐进手捧一束花,一进来就先给奶奶。桂圆想要仪式感,齐进就主动买了花,老人家高兴得合不拢嘴。穆小桃摘下一朵,给奶奶别在耳朵边。冠峰和季鹏出去抽烟。郝彤和桂宝在沙发上玩游戏对战。齐进去看菜了。奶奶坐在那儿,跟个摆设似的。

亚玲和桂圆围着穆小桃。这饭本来就是和好饭,最好在饭前就和好。亚玲道:"命大福才大,我们小家小户,跟大嫂不能比。"

小桃见老二姿态如此低,不好再踩踏,加上也过了段日子,气多少消了些,于是笑着回道:"大有大的难处,小有小的方便。"桂圆见情势不错,连忙喂了不少好话。小桃被捧得高高的,心花怒放,那件事算暂时过去。

季鹏和冠峰在包间外走廊抽烟。季鹏忍不住炫耀:"桂宝那事,我来处理。"

冠峰不明白:"处理什么?"

季鹏道:"二姐有难,我能不帮吗?"

冠峰觉得弟弟似乎在怪他,于是不得不明说:"老二也是有毛病,现成的不要,又找你帮什么?"

季鹏说:"我也不是给,是借。"

静默了一会儿,冠峰道:"借多少?"季鹏说:"还没报数。"冠峰说:"到时候跟我说,我壮一点。"季鹏一愣,心里暖暖的,到底是大哥。

念巧和彬彬卡着点到,一到就让彬彬给老奶奶磕头。彬彬听话,果然磕了。亚玲不好意思,又嚷嚷着给钱。念巧一定不要。

郝彤跟桂宝嘀咕:"看到了吧,把孩子当工具。"吃上饭,念巧又让儿子背《离骚》,彬彬不打磕巴地朗声背了一段。季鹏觉得脸上有光,头昂得高。念巧又让彬彬来一段英语,彬彬果然又来。

连小桃都说:"巧儿,别说了,别说了,再听下去,我们都感觉半辈子白活了,还没个娃儿有文化。"郝彤接话过去:"彬彬以后要上哈佛的。"

念巧又谈了一阵冰球,众人不耐烦,纷纷说小话,不听她说了。

吃到一半,亚玲见郝彤不怎么动筷子,敦促桂圆帮表妹夹。郝彤吃了一点鸡肉,胃里不大痛快,起身往洗手间去。桂圆和老妈对看了一眼,连忙跟着表妹走出去。

桂圆在外头都能听到一阵阵呕吐声,她自己期盼这声音许久了。亚玲也赶来了,她走上前,抓住女儿的手。

又是一阵干呕声。亚玲瞪大眼睛看桂圆。母女俩没说一句话。再呕,动静更大,郝彤根本没吃几口,至于这么山呼海啸吗?

亚玲轻轻敲门,柔声道:"是彤彤吧?没事吧?"

好一会儿,才听到水声。郝彤出来了,用纸巾揩着嘴角,狼狈不堪。

"怎么搞的？"姑姑心疼侄女。

郝彤连声说"没事"，姑姑和表姐奇怪的眼神提醒了她什么。郝彤脑中闪过一道光……她又喜又怕，顿时失了方寸。腹中又是一阵搅动，她折回头继续吐。

郝季鹏来上厕所，见二姐和桂圆都站在门口，问怎么了。桂圆怕尴尬，连忙先走。亚玲说："彤彤在里头，好像脾胃不大和。"跟着，郝季鹏也听到了女儿的呕吐声。

045／先上车后补票

齐进送奶奶，桂宝送大舅和大舅妈，季鹏和郝彤都还有事，念巧要带彬彬去练冰球，亚玲和桂圆要拐去布店一趟，亚玲在那儿做了个窗帘。

拿到窗帘，亚玲让桂圆帮着撑开看，她挑了点毛病，边轧得不齐啦，布料显旧啦，布店老板便宜了十几块，亚玲才包了走。桂圆有点瞧不上老妈的做法。上了公交，母女俩挨坐最后一排，都不说话。

桂圆不提彤彤的事，是感觉轻微羞愧，彤彤无心插柳，珠胎暗结，她呢，有心结果，一无所获。亚玲不提，是怕说多了女儿崩溃。彤彤先上车后补票，桂圆呢，正常买票上车，却始终到不了站。

季鹏主动无息无限期借钱给桂宝买房，让亚玲的心态起了变化。她问自己：如果早一点提醒季鹏，彤彤是不是就不会这么"离谱"？彤彤怀的是不是那个孙总的娃儿？

车拐弯，亚玲看了桂圆一眼，桂圆也看了老妈一眼，确认过眼神，万语千言的样子，却不约而同避开。下车了，马上就到家。亚玲不想让第三人听到，她拉住桂圆，母女俩就站在小区理发店旁边的小花园里说话。

亚玲道："你说，要不要跟你小舅说一声？"

桂圆明白是彤彤的事："他不是也听到了嘛。"

"他哪懂这些。"亚玲说。

"不是说按原计划行事嘛，从咱们嘴里说出来，回头落一身不是。"

"情况有变。"亚玲为难。桂圆伸着脖子，静听。亚玲说："你弟的房子，你小舅说借咱一笔钱先用着，什么时候还都行。"又补充，"私房钱，你小舅妈不知道。"

桂圆瞬间理解，老妈因为这笔钱觉得知情不报对不住小舅："那怎么说？"

"容我想想。"亚玲揉太阳穴。眼神起落间，她迅速朝桂圆的肚子瞄了一眼，那么细小的神态还是被桂圆捕捉到了。代桂圆的脸顿时微微发烧，她委屈——就好像学生时代，她做了无数的题，还是比不过有些人机智的大脑。

"再接再厉。"亚玲总结。

桂圆心里不痛快，却又不晓得朝谁撒气。

* * *

郝彤接过报告单，听了医生的叮嘱，一转身，脸色立刻凝重起来。这是坏事，也是好事。她叫了车，直接回公司，志明正在开会，她要第一时间见到他。

孙志明开会从不接电话，也不看消息。等了一个小时，会还没完，郝彤只好让秘书进去招呼。又过了一会儿，终于散会。志明快速走进办公室。

"什么事？"他问。

郝彤说："换个地方说话。"

上了车，志明问去哪儿。郝彤说："去你家吧。"

志明不问为什么，直接开车回家。一路上孙志明盘算着，看郝彤这架势，或者是想分手，或者是打算向父母摊牌。两种都是极端，他还深入想：如果是提分手，他一定不能当场答应，得斡旋几个来回；如果是向父母摊牌，他也得想想，季鹏会不会炸，目前没有百分百把握。

到家了。孙志明要给郝彤煮茶。郝彤直接从包里掏出一张纸。志明接过来看，表情顿时凝固。他想要孩子，但郝彤是郝季鹏的千金。

郝彤见志明犹豫，不高兴："怎么办？你什么意思？"郝彤想清楚了，这时候男人必须站出来，孙志明要敢说不要，她立刻带走孩子。

志明叠着两手，吸一口气，以中了彩票的喜悦表情循循善诱地说："首先，肯定得要。"大基调定下来，统一战线达成。他给她定心丸。

郝彤促狭："要是我说不要呢？"

这种方案志明没考虑："那个……彤彤……"郝彤喜欢让他显得笨拙、无措、委屈。

郝彤又道："不可能不明不白就生娃儿。"

孙志明连忙说："明白，必须明白……光明正大正大光明……明明白白我的心……"

郝彤笑说："那得有个正确的流程。"

志明立刻起身，进屋一趟，很快出来了，拿出个盒子。郝彤以为是套路，道："又是你妈还是你奶奶传给你的？老物件我不能要。"志明诚心地说："打开看看。"

郝彤打开一看，"鸽子蛋"粉钻让她怦然心动。郝彤撒娇："肯定是给别人的，掰了，才给我。"

"特地给你的。"志明喂甜话。

郝彤拿起来，对着灯光比比："假货吧？"

"哎哟，小姑奶奶，有鉴定证书。"志明着急。

郝彤嬉笑："流程还是不对。"

志明愣了一下，立刻单膝跪地，抱住郝彤的双腿，去亲她肚子，轻声说："嫁给我……"

"哪儿来的蚊子叫？"

"你敢嫁我就敢娶。"志明的蚊子声变苍蝇声。

郝彤摇头摆尾地说："你那么老，我还年轻，要不要这个娃儿，得看我心情。"志明朝她扑过去，郝彤连忙喊停，"注意点！孩子都知道！"

志明嬉皮笑脸地说："知道什么，现在也就一小盐粒子。"

"那也知道。"郝彤坚壁清野。她必须确保万无一失。

"咱爸……"志明换了口气，称谓也换了，好像他是祥子，郝彤是虎妞。

郝彤说:"你先别管了,让你出现你再出现,顶多挨顿打。"

志明吸了口冷气,郝季鹏的业余爱好可是拳击。

上了床,季鹏老觉得心里有口气。念巧一个劲儿地说彬彬的数学、体育、古文……季鹏撑她一句:"老大你也关心关心。"

念巧回击:"我怎么不关心了?我关心的都是大事。"

季鹏咬牙切齿:"闺女都得胃炎了!"郝彤这么告诉他的。

念巧不作声,停了一会儿,才说:"有病治病,你至于嘛。明天让李姐把吉尔吉斯斯坦带回来的那什么菌做了,以后多做猴头菇。"

季鹏知道,再说下去恐怕得一夜无眠。

* * *

灯早关了。桂圆先上的床,翻来覆去睡不着。齐进忙完工作,见桂圆还在床上辗转,问:"还等我呢?好像不是排卵期。"桂圆说心口闷。齐进上了床,慢慢给她揉。揉完又揉胳肢窝,再顺肋骨缝,说是平肝气。一边揉一边说:"寿宴不是办得挺好吗?"桂圆"嗯"了一声。她不能跟齐进说彤彤的事,没脸说。同样是女人,人家轻松得到,她费劲巴拉。

"学校又有情况?"齐进继续问。桂圆之前提过有个分管副校长想辞职。

"没事。"桂圆说。

齐进手上揉着,道:"肯定有事,你摸摸你这筋,硬。肝主筋。你肝气不舒。"齐进喜欢养生。桂圆知道,今天若没个说法,肯定过不了关,只好放出另一件事来。她侧过身,对着齐进:"房子不用过给桂宝了。"

齐进果然惊:"他不要,还是妈不许?"

桂圆道:"小舅出首付买房,算借的,不着急还。"

齐进感叹:"还是有钱好。"

借着夜晚的氛围,桂圆忽然又悲伤又勇敢。两个家族,上上下下,虽然除了郝亚玲没人多问,但桂圆感觉得到压力。所有人都盯着她的肚子,等着看好戏。生出来是好戏，生不出来也是好戏。她悄声道："怎么办？"齐进"唔"了一下，问："什么怎么办？"桂圆泫然："我要生不出来怎么办？"

一时静默。太重大的议题。齐进也着急，但他知道桂圆压力大，从来不提。他能做的只能是每个月排卵期不错过机会。

"我是不是盐碱地？"桂圆自嘲。齐进连忙否认："别胡说。时间问题。"

桂圆抱住齐进，很庆幸他还跟自己站在一边。

046／何方神圣

亚玲正要出门，穆小桃来电话，请她去一趟。亚玲打算先去找季鹏，再往老大那儿拐。老奶奶在身后喊："错了！错了！"亚玲一脸诧异。老奶奶道："你拿的是咸鱼，老三喜欢吃咸鸡。"亚玲忙换过来，拎着只三斤重的大咸鸡，直奔季鹏公司。

郝季鹏正在开会，胡斯楞出来倒水。亚玲看到她，有点面熟。季鹏听说姐姐来了也很诧异，姐姐从不直接来公司。亚玲递上鸡，说："你喜欢吃的。"季鹏叫人收了，又请亚玲去小会议室。亚玲手摆得跟拨浪鼓似的，连声说："没事没事，你忙你忙，我就是路过。"季鹏估摸是借钱的事，不然谁会提着咸鸡路过。姐姐没张口，他也不好主动提。

坐了片刻，亚玲就要走，季鹏送她到电梯口。姐弟俩一前一后走着。电梯来了。亚玲摆摆手，进了轿厢，才说："要不，你送我下去吧？怕迷路。"季鹏知道姐姐有话要说。

亚玲还是扭捏。季鹏道："姐，别客气，什么时候用钱，招呼一声就成。"亚玲连忙说："不是。"又道："知道你忙，为了事业，不过家庭也要兼顾。"季鹏呵呵说："是。"

亚玲仔仔细细地说："你多关心关心彤彤。"

"是，有点忽略。"季鹏没领会亚玲的意思。

亚玲补一句："女孩大了，要有自我保护意识，免得在外头吃亏。"说罢，转身走了。

郝季鹏心里揣着姐姐这最后一句话上了电梯,等走进办公室,心里直发毛。是暗示吗?他吃不准。

回到家,念巧和郝彤都在,两个人一对一句,似乎在讨论植物种植。彬彬学校的老师要求孩子们"学会观察"。观察植物生长就是其中一种。

郝彤道:"天冷成这样,万物收敛,种什么能发芽?"

念巧不同意:"老师让发芽那就得发芽,那大棚蔬菜怎么种出来的?"

郝彤失笑,道:"妈,就种大蒜,泡在水里就能长。"

念巧举一反三:"那不如种豆芽呢。"

季鹏脱了衣服,颓然坐在沙发上。念巧推了他一下:"你说一个。"

季鹏问说什么。念巧"啧"一声:"你的耳朵是聋的?"白他一眼,"植物,种什么植物?彬彬要观察。"

"番薯。"季鹏随口答。

念巧满意,说:"这个好,比大蒜高级,比豆芽明显,有叶子。这个好。"

"吃什么?"季鹏问。他打算饭后跟郝彤谈谈。

念巧道:"李姐正在做,做什么你吃什么,哪儿这么多讲究。"

郝彤回房间做孕妇瑜伽。郝季鹏轻轻推门进来,又合上门,蹑手蹑脚地,脸上笑容讪讪的。

郝彤闭着眼说:"别鬼鬼祟祟的。"

季鹏假装诙谐:"被你发现了。"

"我不去替你读什么诗词。"郝彤兑现承诺,坚决不做"扶弟魔"。

"我就是来看看你。"

郝彤恢复正常态势,深呼吸,摘掉发带。

季鹏好声好气地说:"有什么困难,你得跟爸爸说。"

郝彤愣了一下——有文章?有故事?还是有事故!

"工作做得怎么样?有难度的不要做,我可不许我女儿吃亏。"季鹏试探。

郝彤索性借力打力,也试探性地说:"爸,我是吃亏的人吗?"

季鹏拍胸脯："你是我女儿，无论到什么时候，我都是最支持你的。"

"犯了错你也支持？"郝彤斜着眼问。

"支持。"

郝彤灌迷魂汤："爸，从小到大，在我心目中你就是个大英雄！无论我做什么，你总是让我有勇气前进！"

"那当然。"季鹏飘飘然。

"爸，我谈恋爱了。"郝彤压着口气，好像哥伦布发现新大陆，要喜极而泣似的。

季鹏没想到，打了草，蛇直接就出来了，还一点没受惊。他自己反倒被惊到了。

"哪个？"季鹏木木的。

郝彤笑而不语，故作扭捏。

"我相信我女儿的眼光。"

"爸，说好的，你得支持我。"郝彤迟迟不放料。

季鹏感觉不妙，嘴上还说："当然。"又问，"不会是个穷同学吧？"

郝彤不言。

季鹏豪气："真要是人才，穷点也行！"

郝彤道："是人才。"

"哪儿人呀？"季鹏露出爸爸式好奇表情。

"北方人。"

"什么家庭？"

"家庭还不错，有点底子。"

季鹏搓手："多大了？"

"比我大一点。"

"这样好，稳重些，"季鹏满意，"做什么的？"

"开公司。"

"那么能干！那我得见见。"

"你认识。"

"认识?"季鹏着急,"行啦,别卖关子了,什么时候安排见见?我倒要看看,能入我宝贝女儿眼的,究竟是何方神圣。"

"孙老师。"

"啊?"季鹏惊了一下,"是教师?"

"不是教师,是个生意人。"

季鹏突然反应过来,惊愕地说:"你别吓爸爸!"

"说好了支持我的。"

"那也得有个度,"季鹏压着惊愕,"到底是谁?"

"孙志明。"

季鹏差点没站稳,随即大叫:"你再说一遍?!"

郝彤道:"爸!别激动呀!我就知道你肯定满意,肯定支持!"

郝季鹏咬牙切齿地举拳头:"我去杀了他!"

郝彤迅速跑到门边,用身子抵住门:"爸!冷静一点!"

季鹏心中万马奔腾:"这个王八羔子!竟敢……敢……他竟然敢……"

郝彤直着脖子道:"男未婚女未嫁,情投意合自由恋爱强强联合。爸,我也是为了家里着想,收了志明,您的生意会越做越大!"

"用不着!"季鹏气得脸都变形了。

季鹏一个箭步冲到门口,要把郝彤拽开。郝彤死挡着:"爸!您不能说话不算话呀!刚才还说支持我,这才过了几秒钟?"

郝季鹏道:"你才多大?花季少女,他多大?你这不是把你爹这张老脸在地上摩擦吗?我不同意,你要跟他,除非我死!你从我身上跨过去!"说着,季鹏拽过张椅子,倒坐着。

郝彤深呼一口,这种情况她不是没料到。她只是没料到老爸会激动得好像孙悟空附体。她原本还想等到肚子鼓起来再说。今天赶上个机会,破釜沉舟,不是鱼死就是网破。

郝彤脸绷得老紧:"爸,你要不支持,我就跟我妈说。"

季鹏道:"你妈也不会支持!"

郝彤坏笑:"那可不一定。你可以做我妈的工作呀。"

"我不支持,我反对!"季鹏屁股一欠一欠的,椅子也跟着乱晃。

郝彤再下一城:"你要是反对,我就跟我妈说你的事。"

季鹏的唾沫星子喷出来:"混账!说我什么事?"

郝彤故作轻松:"说你和胡阿姨的事。"

季鹏的头皮过了电一般,他下意识地站起来:"别胡说!"

郝彤促狭:"我妈那脾气,她要是知道你跟胡女士……"

季鹏大嚷:"放肆!我跟她什么也没有!"

"真没有?"郝彤眨巴着眼,"她也没去你的公司,你也没跟她一起出差?你们之间没有任何新的关系、新的故事?"

郝季鹏道:"彤彤,你不要以为用一些捕风捉影的事情就能威胁我。你妈在这件事上绝对不会支持你,我也不会,"又温柔地说,"彤彤,听爸爸一句话,离开他。"

"他就这么入不了您的眼?"郝彤震怒。

"他没什么不好,可是你们不合适!"

"哪里不合适?!"

"首先年龄就不合适,其余各方面,你那么单纯,你知道他是什么人吗?你知道他有多少劣迹斑斑的过去吗?他跟你不般配。你想要找什么样的男孩?爸爸帮你留意,肯定让你满意。"

"我找男人,不找男孩。"郝彤冷冷地说。

"没商量,你别去上班了,年纪轻轻,你要把握好自己!"季鹏满面通红。

郝彤坐在床上,拧着脖子,吸了口气,拿出最后的撒手锏:"我怀孕了。"

郝季鹏定了好半天,像尊蜡像。他缓了过来,一把抓起桌台上的维纳斯雕像,就要往女儿头上砸去,雕像在郝彤头发丝上刹车。

郝季鹏长叹:"我没你这个女儿!"

……

一个钟头之内，郝季鹏便冲到了孙志明家，见面先给一拳头，再来一脚，正中腹部。

志明求饶："郝总……有话好好说……"

孙志明倒在地上，狼狈得仿佛欠了上亿的债："真不怪我……"

季鹏再来一拳，下狠手。志明鼻子出血了，整张脸花里胡哨的。郝季鹏拽住他的领口，双眼仿佛能射出飞镖，他压低声音，但狠劲十足："你弄我女儿?!"他用"弄"这个字，算文雅的。

志明连忙说："不不不，郝总，是你女儿弄我……"说的也是实话。

季鹏道："你要敢露半个字出去，我杀了你！"

志明挣扎着："事到如今……"

"你跟我女儿没关系了！"门"咣当"一声巨响。

志明赶紧打彤彤电话，听筒里只传来"您所拨打的电话，暂时无法接通"。情急之下，志明只好打给穆小桃。事情到了这地步，如果说还有人能从中斡旋，恐怕非冠峰和小桃莫属。

穆小桃和冠峰坐着喝茶。亚玲刚走。冠峰怪小桃说得太直接。穆小桃道："那怎么办？秀云铁口直断，非说不成，咱们也不能强扭。"冠峰问："原因说了吗？"小桃不耐烦，说："就别自取其辱啦，八成是房子、车子、票子、面子，人家给咱留余地，何必打破砂锅问到底。"冠峰叹了一声，没再多问。

志明电话来，小桃以为又有生意，优雅地接了，一边说"喂"一边走到窗前。志明大呼小叫说了几句，嘈嘈切切的，小桃听了个大概，没太理解。她稳住了，道："你慢点说，到底怎么回事，我给你做主。"

047／一条人命

从大哥大嫂家出来，天已经黑了，郝亚玲整个头是晕乎的——她和桂圆已经约了中介，在准备买房。好么好生的，一雯突然提分手。据小桃说，应该是没有回旋余地。

亚玲当场爽快地说:"分就分,这大城市,什么都缺,等着结婚的女的,遍地是!"小桃安抚:"算啦!桂宝不愁。"

可刚出了门,亚玲适才的骨气瞬间消减,她的心这才开始阵痛。难道她的宝贝儿子还配不上一个父母双亡的孤女?一雯有什么资格主动提出分手!一路上,各种念头在脑海里翻腾,回到小区,亚玲觉着灵魂仿佛被放进搅拌机搅过一样。她筋疲力尽地坐在梧桐树下的木椅子上,竭力恢复平静,可越压制,失落的情绪就越像涨潮般层层涌进。

抬头看,天上月亮圆。月圆人不圆。亚玲再想想,多少也能理解一雯。小姑娘初来乍到,没有靠山,举步维艰,她跟桂宝在一块儿,苦日子在前头。可是,她为什么看不到桂宝的潜力?高高大大一好小伙子,还愁没用武之地?想到这儿,亚玲又开始恨一雯有眼无珠。

想来想去无从倾诉,亚玲拨通了女儿桂圆的电话。桂圆正在加班,听到老妈呜咽,连忙问怎么了,又问要不要她回家。亚玲忙说:"不用,"然后才道,"一雯跟你弟,分啦!"顿一下,啐骂,"她还瞧不上咱,咱能瞧得上她?!"

弟弟跟一雯分了。代桂圆一方面惊,另一方面认为未尝不是好事。她一直觉得一雯这丫头不简单。等亚玲倾诉的语速慢了,桂圆才插话:"妈,别想太多,多谈几个,多经历经历,才知道什么适合自己。天涯何处无芳草。咱不愁!"有了女儿的鼓励,亚玲起伏的心绪才终于平复。她慢慢站起来,慢慢上楼,慢慢开门,深吸一口气,她不晓得儿子知不知道这个悲剧。

老奶奶坐在客厅。

亚玲问:"妈,怎么还不睡?"

"等你呢。"

"等我干吗?"

奶奶朝桂宝房间方向指了指,极小声地说:"一回来就憋在里头哭!"亚玲瞬间明白。

亚玲轻轻敲门:"儿子,在里头吗?"

没人应。亚玲瞅奶奶。奶奶连忙说:"我看着他进去的。"亚玲只好再敲:"儿子,开开门,我是妈妈,开开门。"

一片死寂。

亚玲左顾右盼,想起来有备用钥匙,连忙去各个抽屉找。好容易找着,一推进去——门从里面反锁了。亚玲着急:"儿子,没事的!大丈夫何患无妻!是她不长眼睛!"

依旧悄无声息。

亚玲血冲上脑门,不由自主往最坏的方向想……她找来根细铁丝,直朝门缝里捅。没用。她继续拼命敲门:"桂宝!你开开!听到妈妈说话吗?!儿子!儿子!"

门如铁板,隔开两个世界,仿佛有生和死那么远。

郝亚玲拿她笨重的身体撞门。一下,两下……门纹丝不动。亚玲的老骨头要被撞散架。老奶奶头脑清楚,喊:"报警吧!"亚玲双唇双手一起颤抖,"对……报警……要报警……有困难找警察……"

她正要拨110,门开了。桂宝冷静地叫了声"妈"。

亚玲哇哇地上前抱住儿子,狠劲拍了他后背两下:"对!咱不生气!咱好好的!让她后悔去吧!"

桂宝任由母亲和奶奶揉搓着,仿佛丢了灵魂:"妈,有没有酒?"

"有!"亚玲立刻响应。今儿晚上,她打算陪儿子一醉方休。

*　　*　　*

晚上,志明赶到冠峰家。郝彤失联,估计被季鹏两口子控制了。他怕一不小心,郝彤会被强制流产,所以不敢怠慢。一进院子,志明先奉上一棵人参,然后一个劲儿道歉深夜打扰。

小桃沏茶。志明把他和郝彤的恋爱扼要说了,没提怀孕。冠峰沉默。小桃看着丈夫,等他表态定了大方向,她才好往下敷衍。孙志明这个关系她不想丢,过去,季鹏有关系,老感觉不大肯介绍,但认识小孙以后,冠峰的画销路大开,小孙本人还买了好几幅小桃的画。

冠峰捏了捏眉毛,他的长寿眉因为擦了生发剂,长出来一点:"真心相爱,就应该尊重。"

基调定了。志明连忙附和。小桃为难:"季鹏那两口子……"

志明连忙说:"目前主要是彤彤的人身安全。"

小桃道:"这个你放心,他们有分寸。父母不会伤害孩子。"志明没法往下说,他有眉眼高低,冠峰和小桃无子,他绝不能提郝彤怀孕的事,只好低声道:"虽然知道不深,可我听彤彤说过,整个家,谁能不给老大几分面子?大哥大嫂,我求求你们,彤彤真的危险。"说着,志明的腿跟面条似的,眼看要下跪。小桃没料到这出,连忙扶他起来。

冠峰于心不忍,道:"要不穆老师去打个电话给老三,就说我说的,不许伤害彤彤。"

小桃领了旨,事做在明面上,当场拨打老三电话,放免提。小桃努力声音端庄:"三弟,我是大嫂。"季鹏"哦"了一声。小桃问:"彤彤没事吧?"季鹏说:"睡觉呢。"小桃继续道:"你必须保证彤彤的安全,有什么事接下来再慢慢谈,不要激动。"季鹏说了声"知道了"。小桃问:"要不要跟你大哥说两句?"冠峰连忙摆手。季鹏说:"不早了,大哥大嫂早点休息。"

挂了电话,小桃很得意,她对志明道:"行啦,从长计议,彤彤没事,你先回去,踏实睡觉,有什么明儿再说。"

孙志明并不敢确认彤彤没事,他怀疑季鹏撒谎,可估摸着小桃和冠峰也只能帮到这地步,天确实晚了,再待下去不恰当,于是便起身告辞。

带儿子上完辅导班回来,唐念巧发现丈夫季鹏一个人坐在沙发上,脸色铁青。突然,门板"咚"了一声。

念巧问:"干吗呢?"

"你女儿。"

念巧朝郝彤那屋走。

"不许过去!"季鹏下令。念巧明白有事,连忙让彬彬去书房。她绕出来,拨了季鹏的胳膊一下:"干吗把女儿锁了?杀人了还是放火了?"

季鹏恨道:"真要杀人放火,有警察管着,直接送进去。"

念巧着急,无心调侃,直问:"到底怎么了?"

季鹏猛一转头,掷地有声:"你女儿怀孕了!怀孕了!"

唐念巧一时回不过神来:"你再说一遍。"

"彤彤怀孕了,她肚子里有了别人的种!"季鹏的痛苦全写在脸上。

"谁的?"念巧的头像被砍了一刀,但脑子还在运转,"别着急,也许坏事能变好事。谁的?"

"孙志明!"季鹏恨这名字。

这答案太具冲击力,仿佛火星撞了地球,地球失火三天三夜。念巧嗓子发不出声音,眼珠子充血,随时能点着似的。"这……"念巧也没了主意。她曾经看好孙志明,可那是给亚玲当女婿,不是留给她自己!

"必须打掉。"季鹏认准了,"那小子敢往外露一点风儿,我杀了他。"

念巧心疼:"一条人命!"

"不打也得出人命!"

念巧用食指揉太阳穴,她必须迅速想出个万全之策,可她想得脑袋都疼了,仍旧拿不出好办法。她只好化繁为简,处理眼前最迫切的问题——郝彤肚子里这娃儿,是留还是流?

"咚!"又是一声巨响。郝彤还在砸门。

"跟彤彤谈了吗?"念巧问。

"谈什么!"季鹏愤恨。

"已经这样了,面对现实,先问问孩子怎么想的,小孙也不是一无是处。看看怎么处理这娃儿。"念巧恢复理智比丈夫快。

"还怎么处理?只能打掉!打掉!这么不清不楚,以后谁要?!"季鹏一口气说。

念巧道:"你别管了,我来谈。"

048 / 无关爱情

跟桂宝分了手,一雯便陪秀云回浙江。因为这场尴尬,小桃没去送,她跟秀云也不似从前热络。冠峰顾面子,还是叫了车,一路送去机场。

小桃百无聊赖,本想跟亚玲说说郝彤的事取取乐,但又拘着面子,不肯主动打电话,只能在家画画解闷。

倒是志明有始有终,他主动跟穆小桃联系,说郝彤拿到了手机,他跟郝彤能联系了。小桃鼓励:"是真爱,就要坚持。"

冠峰回来,小桃忍不住在他面前夸:"小孙多好,桂圆当初非要找小齐,让彤彤捡个便宜。"

冠峰说:"萝卜青菜各有所爱。"

小桃来劲:"那也分好萝卜坏萝卜。"

冠峰道:"彤彤这点像我。叛逆。艺术家要有点叛逆精神。"

"你说老三两口子最后怎么办?"小桃遐想着,"罗密欧和朱丽叶是在一起,还是分,还是死?"

冠峰侧目:"都死了。"

小桃继续道:"客观说,小孙除了年纪大点,其他没毛病,甚至可以说还比较优秀。有能力,有事业,脾气也不错。最近看上去比以前还年轻了。从长远看,找小孙比找个毛头小伙子强。有实力。"

冠峰捏着眉毛,微微点头,深以为是。

鏖战不止。唐念巧第三次跟女儿谈判,结果,她居然差点被女儿说服。

按季鹏的主意,孩子肯定要打掉。但这话从念巧嘴里说出来却并不容易,她生过两个娃儿,深知孩子对于一个女人意味着什么。她只能反复跟彤彤分析利弊,可是分析来分析去,孙志明的劣势似乎唯有年纪一条。当然,还有一条念巧没说出口,郝彤帮她说了:"你们就怕别人说女儿嫁给了朋友,怕人笑话!有什么呀!那个张叔叔,还有王伯伯,他们找的老婆比我年纪还小呢,可他们比孙老师年纪还大！你们不是要强强联合吗？孙老师的发展不比我爸差！这属于你们期待的战略性联姻！我是为了家族利益！是帮大家找条后路！我一番苦心你们烧高香吧！"

念巧没法反驳，讪讪地说："也不能这么说。"

郝彤激动地呜咽："那怎么说？妈，您高龄生了弟，两次做娘，体会比我深，娃儿对女人太重要了。说句不好听的，男人可以换，娃儿是自己身上掉下来的肉，血脉相连。退一万步，如果有一天我爸离开了你，你有两个娃儿，总好过孤苦一人！"

郝彤胸口一起一伏。念巧劝她别太激动。郝彤继续道："反正，妈，我告诉你，这娃儿我肯定要，你们实在要反对我跟孙老师结婚，我放弃，男人我不要了，孩子留着。"

念巧听闻大惊："不许胡闹！"

在外面偷听的季鹏终于耐不住，硬生生冲进来："不结婚好！我去把那王八蛋杀了！"

念巧烦丈夫添乱，转头喝："不胡闹你会死?!"

看着几乎失控的父母，郝彤竟突然有种莫名的满足感。他们为所欲为，想生二娃就生二娃，连招呼都不跟她打。现在好了，她也不打招呼。

念巧和季鹏一言不合吵了起来，堡垒强攻不下，内部已经分裂。郝彤看看爸爸，又看看妈妈，这出戏她看过太多遍，乏味："能不能出去吵？"

季鹏和念巧顿时静止，瞅着女儿。

"我能恢复自由了吧？"

季鹏阴沉着脸："事情没解决之前，你只有在这个家活动的自由。"

郝彤叫道："还要怎么解决！孩子生下来才叫解决？"

季鹏骂："你混蛋！"

念巧两手一撑，挡开父女俩："行啦！"

郝彤撒够了气，靠在床上，蜷缩着腿。季鹏沉着脸。念巧又道："彤彤，妈妈知道你是故意的，要气气你爸，气气我，"顿一下，继续，"但要有个度，适可而止，现在孙老师还把你当盘菜，"她也跟着叫孙老师，"那是因为你娘家还不错，他是投鼠忌器看人下菜碟，不是妈妈吓唬你，要是你跟我们断了关系，看孙老师是把你当宝还是草。"

这话说到底了。郝彤缩着，是时候见好就收了。

念巧又转头对丈夫道："事实就是事实，发火不解决问题，女儿终究还是咱们的女儿。"

一席话，一瓢冷水。郝季鹏慢慢冷静下来。他不是讨厌志明这个人，是讨厌他的做法，他凭什么不吱声不吱气把他郝某人的女儿"密西"了。在季鹏看来，彤彤没出嫁之前都是他私人所有，想要求取，必须先经过他这一关，拿到通关文牒。他小孙竟直接"偷渡"！季鹏这口气始终平不下来。念巧抚着丈夫的背，拉他出门，到客厅才小声说："反正你记住一条，亏本的买卖咱们不做。"

季鹏随口甩出一句歌词："爱情不是你想买，想买就能买！"念巧左边眉毛抖了抖："可以卖呀，咱们现在谈的无关爱情，是婚姻。"

* * *

冠峰去贵州采风。小桃一个人在家，想来想去还是觉得一雯那事太对不住桂宝和亚玲。原本她认为是愿打愿挨的事，一雯也谈不上多么不对，但想的次数多了，她开始慢慢偏向亚玲方，越发认为秀云和一雯不地道。

小桃打算去看看亚玲，一方面缓和关系，另一方面说说志明和郝彤的八卦。独乐乐不如众乐乐。志明上次送的人参，她请人看了说——既不百年，更不千年。专家说，估计是浇了肥长起来的。小桃打算转送给亚玲。参肥肥大大，壮面子够。

郝亚玲对穆小桃突然上门感到意外，但人都来了，又带了那么大一棵人参，亚玲只好笑着招呼。奶奶见了人参，一个劲夸小桃，又说"年轻"，又说"能干"。人到这年纪，唯一的交换价值只剩一张嘴。奶奶聪明，不讨嫌。

小桃笑问老奶奶身体，又问亚玲怎么样，她正面端详："好像瘦了。"

亚玲一笑泯恩仇："都过去啦。"

小桃顺着道:"年轻就一点好,还有犯错的机会。不像咱们这个年纪,一步都不能错。"

亚玲呵呵道:"由着咱们错,能错到哪儿去?没那机会。"奶奶插话:"我倒想犯错误呢。"三个女人随即笑开。

小桃习惯早起,这次来得也早,她主动提出要陪亚玲买菜。两个人拉着小车往菜市走。买好豆腐、西红柿、空心菜、胡萝卜、韭菜,又转到肉柜前,亚玲拿食指戳了戳肉,看实不实。小桃说:"应该都是实在肉吧?"亚玲小声说:"就怕是剩的。"转了一圈,亚玲称了点肉馅,说回去包饺子。

都买好,小桃请客在奶茶铺子喝茶,仿佛不经意地说:"你知不知道?"

"什么?"亚玲白眼珠比黑眼珠多。

"那个小孙。"

"哪个小孙?"

"孙志明。"

亚玲皮紧,问:"他怎么了?"

小桃道:"你真不知道?跟彤彤在一块儿了。"亚玲配合地做出个惊讶表情。小桃继续,"老三两口子直接把彤彤扣了。"

亚玲问她怎么知道。小桃把志明来求助的事说了。亚玲问她:"帮了吗?"小桃道:"他恨不得下跪,咱不得不伸把手,打了个电话给老三,老三不冷不热,我看,这对鸳鸯迟早得分。"

亚玲下意识道:"凉不了,彤彤都怀……"亚玲嘴秃噜了,已经来不及找补。

小桃连忙追问怀什么。亚玲为难地胡扯:"怀……才……不遇。"

小桃不受蒙蔽:"到底怀什么?!"她像个渔夫,捉住黄鳝尾巴就不撒手。亚玲还不想说,她怕大嫂受刺激。小桃假装生气,屁股悬空:"不说我走了。"

亚玲面有难色:"不确定。"

小桃厉声:"说!"

亚玲只好把奶奶寿宴上郝彤呕吐的事说了。小桃头里"嗡"的一响,像有千万只蚊子飞。她嘴上不承认,心里却不痛快,这种不痛快来自本能。她一辈子没生,每回听到有人生育,总有点反应,但天长日久下来,多少有些免疫力。可这次是彤彤!她免疫不了。穆小桃心中不快,表面上还得优雅,她及时跟亚玲道了别——中午饭不一起吃了。回到家,她一屁股坐进沙发里,想给冠峰打电话,可想不好怎么抱怨。穆小桃静了一会儿,气还是下不去,她拿着手机,怒气冲冲地给孙志明拨过去。

她不寒暄,直接问:"你跟彤彤到底怎么回事?"孙志明支吾着。小桃道:"你要不说实话,就是把我和郝老师往坑里推。什么都不告诉我们,你让我打什么电话,求什么情!"

孙志明见退无可退,只好如实相告,又道:"大嫂,我也是没办法,只有您能帮我,要不您带我过去一趟,实在担心彤彤……"

"什么大嫂!是大伯母!"小桃纠正辈分。

志明连忙改口:"请大伯母和大伯压阵。彤彤还被扣着。"

049 / 有待证明

桂圆想吃酸汤水饺,亚玲给包了。可奶奶不吃酸汤,也烦水饺,亚玲只好下了点醪糟汤圆端给她,在床上支起小桌子——奶奶说不想起床,腿疼。

拾掇好婆婆,亚玲到客厅,跟女儿面对面吃饺子。

桂圆找话:"这味儿正。"

亚玲抬头:"是不是有什么情况?"

郝亚玲现在就这样,大事小情,拐十八道弯,总能拐到生娃儿的问题上去。桂圆顿时食欲大减。她小声说:"弄着呢。"

亚玲正色:"现在怎么都 20 多岁好生的时候不生,弄到 30 好几,40 郎当岁,才开花结果?都像彤彤那样才好。"

桂圆发愣:"彤彤怎么了?"

亚玲觑了一眼女儿:"真猜对啦!彤彤跟那个孙总,"比了个小爱心,"一不小心,有了!你小舅小舅妈都知道了。"余音袅袅,亚玲不往下说了。

桂圆兀自震撼着,虽然早就猜到七八分,可铁铮铮的事实突然空降眼前,她还是缓不过神来。彤彤是"轻舟已过万重山",她还"两岸猿声啼不住"呢,左璐瑶压根还没从"白帝城"出发。

亚玲见女儿失魂落魄,也觉得自己逼得太紧,但一时又不晓得怎么劝解。齐进来了,一边脱衣服,一边打招呼。亚玲让他去洗手,她去盛饺子。齐进刚坐下,郝亚玲就侧着脖子,循循善诱地说:"齐进,你认识的人多,有合适的女的,各方面差不多,帮桂宝留意留意。"齐进"嗳"了一声。桂圆喊道:"他是理工男,能认识几个女的?"亚玲反驳:"这叫反其道而行之。你们教育口女的多,也没见你帮帮你弟。"桂圆委屈加愤怒:"房子都给了,还要怎么帮!"若在平时,桂圆不会因为这句话生气,可夹着刚才受刺激的余怒,突然形成个风眼,龙卷风顿时拔地而起。

当着女婿的面,被女儿这么抢白,亚玲觉得没面子,于是定要战斗到底:"这不是又不要给了吗?反正再找,定一条,别要求房子。我就不信了,棒挺挺的小伙子,还能找不到老婆!"

桂圆一推碗,撤。亚玲不示弱,碗一收,也撤。齐进连忙两边劝:"桂圆!唉!妈!……还没吃完呢!"

桂圆发毛:"走吧!吃什么吃!"

* * *

健身房,桂宝猛做卧推。一张大脸笑嘻嘻地横空出现:"练呢?"

左璐瑶一身紧身运动服,勒得跟藕节子似的。

桂宝一分神,杠铃举到半空,上不上,下不下,为难。璐瑶失措,嚷着问怎么办。桂宝吸住气,大叫一声,顶起来了。

"你是来害我的吧?"桂宝起来就说。

璐瑶道:"怎么叫害你,我是来关心你的。"

"我姐跟你说的?"

"你的微博,"璐瑶拿出手机,读:"孤独万岁,失恋无罪,谁保证一觉醒来有人陪,我对于人性早有准备……还不算……太黑?……"璐瑶一边读一边笑。

"行啦!"桂宝不耐烦。

"今儿我请!"璐瑶横戳大拇指。

"不吃炸鸡,不撸串,不喝啤酒。"桂宝提建议。

"随你,吃龙肉姐姐都请了。"

餐馆里,桂宝把烤肉拿紫苏叶子卷了,往嘴里猛塞。腮帮子鼓鼓的,像只松鼠。

璐瑶看着他:"知道厉害了吧?"

桂宝没好气:"别说大道理,你也没什么经验。"

"再没经验,我是女的,女人总更了解女人的。我是怕你吃亏。"

"是吃亏……"桂宝叨叨。璐瑶立刻来了兴趣,问吃了什么亏。桂宝涨红脸,不好意思答。分手之前,一雯狠"用"了他一番。那幅画,他本想要回来,可一雯走得急,分手后全无联系。桂宝感觉自己被一雯玩了。

璐瑶跟柯南似的推理着:"钱上,没吃亏,你是男的,能吃什么亏?……"

桂宝打断她:"别难道了,反正,我短期内不谈了。"

"别因噎废食呀!"

"我有人生新目标了。"

"什么?"

"赚钱呀!买房呀!"从哪里跌倒从哪里站起来。他总觉得一雯是嫌他穷。

左璐瑶一时没反应过来,等到两人分手,各回各家,她脑子才转了一下,代桂圆不是说好给房子了,一雯为什么还分手?

另一个急于证明自己的是孙志明。他和郝彤的生物学意义上的关系已经不用证明了,但他和郝彤社会学意义上的关系还有待证明。

几天过去,郝彤仍被"拘禁"中。志明又打给小桃,穆小桃还是婉拒。在这个节骨眼上,冠峰和她的确不好再掺和。

事后,小桃在电话里跟冠峰抱怨:"你们老郝家尽出怪事!"

冠峰自嘲:"还是断子绝孙好。"

小桃道:"我没那意思,人家伟大,为社会培养人才,咱们才是消耗品,只顾眼前,不顾未来。"

孙志明又给桂圆打电话。这是他认识的郝彤的最后一个亲戚。桂圆接到志明的求助有点尴尬,她说,长辈的事,她一个小辈不好插手,她建议志明找他跟小舅共同的朋友,请朋友约季鹏出来,开诚布公好好谈谈。志明道谢不迭。

挂了电话,齐进见桂圆脸色不对,问什么事。桂圆本来不想说,但又觉得撒谎或隐瞒实在没必要,于是把郝彤的事说了。齐进问:"小舅为什么不同意?"桂圆说:"可能……年龄差距太大。"齐进道:"这点差距算什么。"又补充,"那孙总不是挺有实力嘛。对女人很有吸引力。"桂圆不语,心里疙疙瘩瘩。当初孙某就没吸引住她。她不想让齐进太得意,于是不提往事。

齐进洗澡出来,桂圆已经躺床上了。得知郝彤怀孕后,桂圆去医院做了检查。医生说她的怀孕条件特别好,子宫内膜、各种激素、免疫都好,建议多尝试自然受孕,精神压力别太大。医生还提出一种可能性,那就是夫妻双方基因不匹配,但眼下暂时不用查那么深。

齐进问:"今天有一次吧?"他算好日子了。

桂圆动了动。齐进又问:"好了没有?"

桂圆不耐烦:"别老问,一问我就紧张。"

* * *

谈判还在继续。郝老三家气氛紧张。季鹏的诉求很明确,孩子不要,切断关系,以后再找人家。念巧盘算过后,倾向于让彤彤跟志明结婚。只要孙志明有诚意,只是要姓孙的来求着他们,表明姿态。

季鹏递给念巧一杯水,小声道:"要不,我来?"念巧一脸憔悴:"你去顾儿子。"她扭动钥匙,进了郝彤那屋。这是念巧第八次舌战郝彤。

郝彤盘腿坐在床上,拖着调子:"妈,您放心,我不会跟他结婚。"

"孩子呢?"

"我自己养。"

念巧百爪挠心:"彤彤!你知不知道自己在说什么、做什么?拿什么养?"

郝彤失笑,转而强势:"那你让我怎么办,我要结婚,你不让,我不结婚,你也不让,反正娃儿我要定了。"

念巧气急攻心,竟呜呜哭起来。彤彤走过来安慰妈妈:"妈,志明有什么不好?只要对我好,对家好,不是一件好事吗?"

念巧泪眼婆娑,抬头看女儿:"我怕你吃亏……受委屈……"

彤彤摊手:"亏在哪儿?委屈在哪儿?有什么过不去?妈,当初你要弟弟,我强烈反对,现在我快当妈,才理解你当初的盼望。"

念巧哑口无言。她这女儿是魔王托生,这辈子的任务就是来磨他们。念巧愈发觉得要二娃是多么正确,她心目中的好孩子不应该是未婚先孕早早成家,而应该是哈佛毕业丰功伟业。

050 / 不是外人

孙志明找胡斯楞帮忙约郝季鹏。斯楞要求志明说实话。志明为难。他答应过郝季鹏,谁也不能说。"郝哥说过,我要敢跟外人透露一个字,他杀了我。"胡斯楞笑:"我不是外人,我是你们的挚友。"

志明考虑再三,要求胡姐必须对外保密,才把他和郝彤的恋爱说了。胡斯楞惊讶,但并不大惊小怪。她觉得志明也算是一块肥肉,如果他能对彤彤好,年龄不是核心问题。季鹏之所以大发雷霆,还是面子上下不来。

胡斯楞为自己想,也想要帮彤彤一把。跟老郝合起来干事业,难免要接触到彤彤,将来郝彤跟志明结合,大家碰面的机会更多,关键时刻顶一把,郝彤会承她这个情,有百利而无一弊。何况志明那么恳切,始终强调:"胡姐,真的是真感情。"

胡斯楞约季鹏喝茶,季鹏婉拒。斯楞再三邀请,说有事谈。郝季鹏心烦意乱,觉得跟胡斯楞聊聊也好。他跟念巧撒了个谎,让她看着彤彤,出门了。

念巧顾着女儿,顾不上儿子,又不放心让李姐送彬彬去辅导班,只好找桂圆帮忙。桂圆错不开时间，就安排齐进去接孩子。齐进开车到念巧家，带着笑脸在门廊站着。唐念巧把彬彬收拾好，衣服，书包，作业本，上课时间和下课时间都跟齐进交代好。

齐进道："没问题，上课我送去，下课桂圆送回来。"念巧不好意思，又要给齐进拿东西，齐进连忙说："小舅妈客气。"但还是收了。送完彬彬，他给桂圆打了个电话。桂圆问："有什么情况没有？"

齐进道："静悄悄。"桂圆犯嘀咕，难道小舅和小舅妈妥协了？不对，如果妥协，不会让她来接送孩子，应该还在僵持中。分管副校长来喊桂圆主持会议。亚玲来电话，桂圆接了，说了句"等会儿讲"，匆匆挂断。

亚玲按下接听键，她用的是免提。小桃坐在她对面。挂断了。空气静了片刻。老奶奶喊亚玲。郝亚玲只好去伺候。小桃嫌老人味儿重，没跟进去。等亚玲出来，姑嫂俩又一阵叹息。

"八成成了。"小桃道。

亚玲顾不上谁的面子，道："关键看娃儿。娃儿下来，估计能成。娃儿下不来，老三不会同意。"

小桃若有所思。娃儿，她最怕听到这两个字。念巧刺激过她一回，现在彤彤也来刺激她。还是桂圆好，一直生不出来，和她患难与共。

小桃问亚玲："桂圆怎么样？"亚玲为难，说："还是没动静。"小桃没往下问。亚玲问小桃："冠峰什么时候回来？"小桃说："还在贵州采风呢。时间未定。"又说，"不回来也好，免得听这些乌七八糟的事情，干扰创作。"

亚玲没再提一雯。桂宝的事垮了之后，一雯，包括秀云，都好像坐时光机穿梭了一样。世界上没这人了。分手前跟分手后，那是两辈子。

一进茶室，郝季鹏就觉得气氛异样，音乐仿佛蹑手蹑脚地提着步子。一看斯楞的眼神，季鹏就怀疑她被孙志明"策反"了。他转身要走，斯楞拽住他的胳膊："来都来了。鱼死网破对谁都不好，沉没成本太高，得止损，看看有没有可能双赢。"

止损——这正是郝季鹏几天以来反复思考的问题。堕胎——受伤害的是他女儿的身体，还有心灵。生下来但不结婚——受伤害的是彤彤的名誉，他这个外公还要搭上不少财力。生下来且结婚——恐怕是眼下最恰切的方案，只是面子上下不来。

胡斯楞推着季鹏进了包间。志明见季鹏进门，屁股立刻欠起来，半坐半蹲，脸上还存储着郝季鹏拳头的痕迹。季鹏用手压了压，居高临下示意他坐下。孙志明慌忙给郝总沏茶。

斯楞把门关紧，把空间和时间都留给男人们。结婚的条件是谈判的核心，季鹏现在要做的，不仅仅是为女儿争取，而且要为整个家庭，甚至整个家族的未来通盘设计。他本来想等着孙志明负荆请罪，他来个瓮中捉鳖。没想到半路杀出个胡斯楞。

季鹏挺直腰杆子，端起茶，抿了一口，又放下："说说。"声音很轻。

音乐在屋子里上下盘旋。

志明无所适从："完全是缘分……两情相悦……真心实意……"

"打算怎么办？"季鹏嫌他废话太多。

"负责，负责到底！"志明身子弹了一下，像虾。

"方案做好没有？"季鹏拿出一支烟。

志明忙掏打火机去点，干笑道："对彤彤，对孩子，只要您二老同意，都可以谈，要求都可以提。"

季鹏沉默不语。他不可能现在直接谈条件，那显得他太低了，像在卖女儿。知道了立场、态度，谈是后面的事。志明不晓得季鹏葫芦里卖什么药，追着说："您要觉着面子上下不来，就先不公布，保密工作一定做好。"

季鹏冷笑一声："胡姐怎么知道的？"

"这不是没办法嘛……"志明露出可怜巴巴的神色。

"等你方案吧。"季鹏说话间站了起来，拉门要走。外间，胡斯楞也站起来，随着季鹏往外。志明跟着，斯楞小声对他说："留步。"

出了茶室，胡斯楞问季鹏怎么样。季鹏叹了口气："先等他报价。""报价"二字似有不妥，又改口，"看他诚意。"

斯愣微笑，带点揶揄："你手里有人质。"

季鹏以为指的是彤彤，道："也关不了几天，她还扬言报警呢。"

斯愣点透了："大的关不住，小的怎么关呢？"季鹏这才理解斯愣的意思，苦笑笑。

斯愣又问念巧什么态度。季鹏停了一秒："疯了。"

斯愣道："他们要是真心相爱，你们成全了，也是积德。"

季鹏看了看斯愣，说："这世上有多少真心相爱的人都不能在一起，凭什么他们就那么幸运？"

斯愣脸上飘过一片红影，瞬间又消失。

风暴过后短暂平静。郝彤恢复了自由，不过，按照老爸的命令，她暂时不能跟志明联系——下一步动作前，他们必须拿到孙志明的"报价"。

唐念巧必须尽当妈的责任，带着女儿去医院查 HCG，隔日再查黄体酮，再查胎心，接下来"建小卡"——去社区所在地段的医院办保健手册，需要的材料有夫妻双方的身份证、户口本、结婚证、验胎心的 B 超单。眼下唯一缺少的，就是结婚证。

几天过去，孙志明没动静。念巧敲打季鹏："他什么意思？不会吓得转移财产潜逃了吧？"

季鹏摸下巴。这个节骨眼上他不好主动问，只能等。

念巧建议："要不，找个人探探？硬着陆，就怕一言不合，失去斡旋的余地。"

"找谁？"季鹏嘴上问，心里第一时间想到胡斯愣。可既然是念巧提议，找她就不合适。

"桂圆，"念巧伸出一根手指，"他们认识，记得吧？"季鹏皱眉，不置可否。

051 / 纪 念 日

代桂圆接到小舅妈的求助，心差点跳出来。由她出面去帮表妹谈条件，太过突兀。她不能跟老妈说，当初亚玲极力建议她弃齐选孙；也不能跟齐进说，男人爱吃醋；更不能跟郝彤说，唐念巧三令五申保密。桂圆只能自己消化。

念巧给她打气："你就是探探口风。他说什么你都别答应。"桂圆如芒刺在背。

其实她还有一点不舒服，偏又说不出口。彤彤轻松怀孕，她下意识感到自卑，觉得愧对齐进，甚至有点对不住自己。

早上出门前，齐进觉得桂圆有点怪怪的。"不是不化妆吗？"齐进问。

"今天学生家长来。"桂圆找了个理由。

桂圆实在忙，约了志明上门拜访。前台以为他是学生家长，桂圆让分管副校长带他进来，先茶水伺候着。等开完会，再来跟他碰面。

桂圆带着校长的气质进了门。其实时间硬挤还是有的，但桂圆特意安排在学校见面——在自己的主场更有底气。还有某种心思可能连代桂圆自己都说不清道不明。她似乎要证明她是白手起家的职业新女性，没有背景，跟郝彤完全两样。

见桂圆来，孙志明下意识起立。桂圆伸手压了一下——老师对学生家长的手势。他也的确要做家长了。桂圆心里一阵刺痛。

桂圆喝了口茶，盘算着怎么开口。孙志明径直道："麻烦您转告小舅和小舅妈，我跟彤彤不做婚前公证，我的就是她的，结婚证随时可以领。"说着他拿出手机，给桂圆看了他打算转到彤彤名下的市中心的100多平方米的大房子，又说了聘礼。桂圆听得耳鸣目眩。

志明的大度衬得当初一雯向桂宝提的那点要求根本不算什么。

桂圆摆弄了一下手机，录音笔开着，这是念巧反复交代的。桂圆按照小舅妈的指示总结："你多想了，是小舅妈怕你想不开，让我来问问。没有别的意思。"

"肯定隆重提亲。"孙志明面目严肃。

桂圆连声说："必须隆重。"跟着站起来，就要送客。

孙志明前脚出去，桂圆便觉得周身的气全散了，凝不起来。面对一步到位的郝彤，桂圆觉得自己着实命苦。

门口一阵嚷嚷。分管副校长颠颠跑来，说有个家长投诉教学质量，要退款。代桂圆下意识摸了一下额头，问："是不是叫胡梅？"副校长说："是。"桂圆道："让她到小会议室。"

代校长吸了口气，推门进去，立刻听到胡梅的怒吼："你们请的老师都是驴脑袋?!教的东西，跟教学大纲背道而驰！给的答案，考试得的都是大叉叉，我女儿期中考试语文才得91分！孩子的前途怎么办?!一群丧尽天良的东西！"胡梅张牙舞爪，桂圆伸手去安抚她，谁知她一扬手，啪，五根手指正中桂圆左脸颊。胡梅愣了……

桂圆在同事们的一片奉承声中下了班，大家都说，只有校长出马，才能降服这头"母狮"。桂圆苦笑，她可是用自己的脸降服的，"母狮"的那一掌分量不轻。

离开办公室之前，桂圆把孙志明到访的情况仔仔细细向小舅妈汇报了，算是报喜，电话录音也用另一支手机放给她听。关于房子等事宜，她一一念过，仿佛两家公司要合并，正在清算资产。念巧十分满意。

左璐瑶来电话，说想去做烫染，请桂圆陪同。桂圆想了想，同意了。跟着齐进打过来，说要来接桂圆去吃饭。桂圆问吃什么饭。齐进问："你忘了？"桂圆不懂他的意思。齐进才说："今儿是结婚纪念日。"桂圆一惊，这事她都忘了，那还是得紧着齐进。于是打电话回了璐瑶，只说家里有点急事。

到了饭店，齐进已经端端正正地坐在那儿，桌子上放着一朵花。桂圆站了一秒，走过去，说："你真客气。"齐进起身帮她拉椅子，很绅士。桂圆问："晚上没订酒店吧？"齐进说："吃完去超市。"桂圆放心了。

坐在镜子前，左璐瑶头偏向左边看看，又偏向右边看看。她对自己的形象不满意，同事提醒她，可能是自身问题占30%，发型占70%。发型师来打招呼："现在烫染都得涨价，因为刚装修过，升级了。"

左璐瑶道："涨价没问题，只要达到我的要求。"发型师问什么要求。

左璐瑶伸出一根手指："少女感，我只要少女感。"

发型师说了声"哦了",便开始忙活起来。左璐瑶玩着玩着手机,累了,闭目养神。

整个晚上桂圆都提不起精神,对牛排兴趣不大。齐进问她怎么了,桂圆只说上班太累。齐进道:"要不就换个岗位?"桂圆不答。她认为这话齐进就不该这么说。这位子来得容易吗?多少人觊觎,她一走,立刻有人顶上,想要再回头很难。桂圆听到有些风言风语,诸如代校长为了事业孩子都不生了。桂圆又好气又好笑,是她不肯生吗?可对外,她宁愿别人认为是她不肯生,也不愿意被人知道是她暂时生不出来。

吃完饭两个人去逛超市,分头逛。桂圆喜欢趁晚市买点打折菜。齐进去楼上买插线板。桂圆先买好了,迟迟不见齐进下来,她上楼去,发现齐进在母婴用品架子前徘徊。她的心顿时一沉。她像躲灾似的下楼,然后才给齐进打电话,说在收银台集合。一整天的不快,像颗泡发的胖大海,占据了她整个心房。齐进一下来,她就指责他选错了品牌:"这种容易漏电,不经摔。"他买的小瓷碟子她也不满意,"怎么能买印花的,吃到嘴里怎么办?"连结账时她都不爽,"不要总是电子支付,个人信息全泄露了,还是要随身带点现金。"上了车,她依旧不满,"晚上不要开那么快,危险。"

过日子这么久,齐进摸清了妻子的路数,这种时刻他不能反抗,越反抗,她咬得越紧,索性让她打个空拳就好。到家,桂圆先洗澡。等齐进上床,她已经睡得迷迷糊糊。不过,她还是要尽妻子的责任,闹了一晚上别扭,差不多了,齐进这么费心准备结婚纪念日,她必须知趣。大地要接纳春露。

齐进见她实在疲惫,道:"要不,算了?"

桂圆说:"日子是对的。"

任何事情,一变成必须,趣味就减少许多……

齐进搂着桂圆,两个人都不说话,各想各的心事,桂圆忽然流泪,泪水淌在齐进胸膛上。

齐进伸手摸了一下,知道桂圆哭了。他明白她的烦闷,于是抱得更紧。桂圆喃喃:"我每走一步都那么认真,偏偏每回都步履艰难,怎么办?"齐进道:

"那就一直努力到你绝经。"桂圆头皮过电,整颗头都木了——这将是多么长的炼狱。

桂圆凝在那儿:"实在不行,做试管吧?"好在灯关了,黑暗帮她打掩护。

齐进愣了一下,转而故作轻松:"不是说器质上没问题嘛。"他不想做试管,他要天然。桂圆上牙齿咬着下嘴唇:"彤彤都要生了。"齐进发呆,这消息对他来说的确是个新闻。

黑暗中,一块方砖亮了。手机在小沙发上,齐进连忙起身,摔了一跤。桂圆让他慢点。齐进爬起来,接了,"嗯嗯"两声,立刻穿衣服。桂圆问他怎么了,齐进说赶紧买票。桂圆问什么票。齐进大叫:"飞机票,火车票!有什么票买什么票!"桂圆不知道发生了什么。等齐进穿好衣服,她才意识到问题严重。

飞机票没有了,坐火车太慢。她打给在航空公司工作的左璐瑶。

璐瑶还在做头发。她被手机震动惊醒,对桂圆说了声"放心",便开始四处打电话,终于弄到两张机票。等放下手机的时候,她的新发型也要面世了。发型师吹好头发,左璐瑶的表情跟上了水泥似的。

"我要的是少女感。"她从镜子里看发型师,眼神凌厉。

"是少女感。"发型师拨弄着她的发梢。

"这是大妈感,"左璐瑶一锤定音,"不是少女感。"

"少女也分很多种,也有偏中年那种……"

左璐瑶锐叫:"不要中年!就要少女!少女感!"

发型师呆站着,不知所措——要把一个微胖中年妇女变成少女,哆啦A梦也做不到。

052／绝 对 安 全

齐进爸死于心脏病,走得很快,没受什么罪。

桂圆无语,奶奶死在她和齐进结婚当天,公公死在结婚纪念日,这话跟老妈都不好说。生老病死是大事。桂圆必须放下一切，陪齐进回老家。可是刚到婆家，桂圆就听到好几个亲戚说，老齐一辈子最大的遗憾就是没看到孙子就走了，而且是当着桂圆面说的。好像公公一辈子最大的遗憾是她一手造成的，她是罪魁祸首，是元凶。

跟齐进回老家，桂圆倒"幸运"地错过了一件大事——志明和郝彤领结婚证。郝彤的意思是孩子的满月酒和婚礼一并办。但既然允许志明进家门，订婚还是要的，季鹏要正式向家人介绍这乘龙快婿。

这场聚会，冠峰和桂圆缺席，一个还在贵州出差，一个奔丧。小桃全程虎着脸。桂宝也不大高兴——彤彤一出嫁，就剩他一个单着的，他会成被念经的重点对象。亚玲和奶奶都笑逐颜开，亚玲是强笑，奶奶是顺其自然。

饭后到家，桂宝跟老妈叨叨："看到了吧？"

"什么？"

"什么美丑胖瘦，年纪大小，"他伸出右手，大拇指和食指相互搓着，"跟钱比算个屁！"

"不是说了嘛，有真感情。"

"此地无银三百两！"桂宝激动，"我算看明白了，男人只要有钱，就是长成丑八怪，也有人要。"

"明白了就好好干。"亚玲顺势劝。

桂宝一屁股坐到沙发上："你说我姐怎么就这么不开眼，放着王老五不要，非要……"咽下去，"我要是有个能干的姐夫……"

亚玲早替女儿想到了这一点。眼下桂宝没结婚，桂圆有自己的房子，进可攻退可守，将来怀孕了，如果婆婆来，实在住不惯，她可以回娘家。但桂宝的一席话还是戳到了亚玲的痛处。当初她也是千劝万劝，让桂圆选孙某人。如果找了孙志明，会不会现在也怀上了呢？这些念头在脑子里跟磨芝麻似的来回转。郝亚玲又为儿子不争气的想法羞愧："自己不奋斗，老想着靠人，姐夫能干，你就鸡犬升天啦?! 还是得靠自己！"

桂宝坐正了："妈，您给我指条路，我上班好好上，平时还兼职，可就是没法突破,"端起茶几上的水杯,猛灌一口,继续说,"你说,那些发财的人到底都怎么发财的?"

亚玲没好气:"我要知道我早发财了!"

桂宝说:"就怪您脖子硬,但凡低下来点,去找大舅要几张画,跟小舅理理财,咱好歹能松快些。"

亚玲道:"理财,本钱呢?要画,你去哪里卖?你大妈统筹管理,是要抬高你大舅的身价,到处散,还值钱吗?"

桂宝说话不过脑子:"我还不如过继给大舅算了,将来他们百年之后,我再折回来,还姓代,带钱进家门。"

"你混蛋!"亚玲兜头打他,下手重。

一声闷响。桂宝惊愕,亚玲心痛。没钱的妈,连儿子都不想认!亚玲转身去拉大门:"去吧!认去吧!"

桂宝猛然认识到错误,态度软下来,凑到亚玲身边:"哎呀,妈,到什么时候你都是我妈,你怎么光听前半句不听后半句?后半句才是重点,主要目的还是孝顺您。"说罢,搂着妈妈,要亲她老脸蛋。

亚玲的气下去些:"不指望你!"

桂宝油嘴滑舌:"不指望我指望谁?指望我姐?都是嫁出去的人喽。"

过了头七,桂圆一个人回来了。齐进得守到五七。代校长走一个礼拜已经是极限,稍有不慎,就可能丢城失地。

见女儿一人回来,亚玲着急:"工作重要还是家庭重要?跟单位解释解释不就行了。"

桂圆道:"就是解释不了。"

亚玲出主意:"要不你这样,周五晚上去,周日回,怎么也得把这个月对付过去。"桂圆不以为意,认为老妈大惊小怪。她说这是跟齐进商量好的。

亚玲道:"他同意?"

"同意。"桂圆吃了口米酒。

亚玲摇头:"嘴上同意,心里未必,而且这事不是做给他一个人看,是做给全家看,男人还没撤,女人先抬腿了,人家怎么想你?而且你还是个……"

桂圆不屑地说:"还是个没有功劳的儿媳妇,再不好好表现,随时可能下岗。"

亚玲委婉地说:"不是妈催你,只是跟你讲客观情况。"

桂圆退一步:"我周末过去吧。"老妈说得不是没道理,在齐进老家听到的那些嚼舌根的话,她没跟亚玲说。坏话重复一遍,只会增添一分不愉快。

奶奶叫人,亚玲连忙去看看情况。桂圆跟着,奶奶说背后皮痒。亚玲道:"不是有痒痒挠吗?"奶奶道:"太硬。"桂圆上前,隔着衣服帮奶奶抓抓,直到她舒服地躺下。

母女俩回到客厅。亚玲嘀咕:"看到了吧,老了,缠人。这是婆婆,跟亲妈不一样。"

桂圆脑中"丁零"一响,在齐家的时候她就考虑过这个问题。齐进爸一走,齐进妈的生活问题摆上台面。其实这事在跟齐进结婚的时候桂圆就考量过,只是没料到变化太快,一下就抵到眼前了。

亚玲问:"想过没有,怎么弄?"

桂圆跟老妈对视几秒钟,才笑说:"有心理准备,书房有个小床,她来了,我们也省点心,顶多我再胖几斤。"桂圆苦笑,人还没来,她想起婆婆的食谱已然不寒而栗。

桂圆本想问问彤彤订婚的细节,但害怕一说就多。亚玲见女儿欲言又止,猜到她想问彤彤,于是主动提了。

桂圆惊讶:"小舅和小舅妈都挺平和?"亚玲道:"有什么不平和的,钱都盖住了。有钱什么都合理,20几的找……40出头,哼哼,也合理。"

桂圆说:"一物降一物,也许有真感情。"

亚玲不屑:"这世上,什么是真?什么是假?不过是一口气。我算看明白了,有钱的找有钱的,有名的找有钱的,没钱的找没钱的,结果就是,有钱的越来越有钱,没钱的越来越没钱。"

桂圆见老妈丧气重,鼓励道:"有钱有有钱的烦恼。"

亚玲道："什么烦恼？你让我也烦恼烦恼。"桂圆不继续往下说，改问桂宝什么时候回来。亚玲说他去健身房了，又说："你小舅那平台，我打算跟着投点钱。说利息高。"桂圆随口问："安全吗？"亚玲说："跟着你小舅，绝对安全。"

桂宝往跑步机方向走，上了机器，用余光观察到旁边是位男士。再看，面熟——剃了平头的左璐瑶！

烫染失败，左璐瑶痛斩青丝。桂宝"喂"了一声。左璐瑶不看他，专心跑步。

"你这是断发明志呢？"他问。

左璐瑶还是不理。那就各跑各的。

一会儿，桂宝忍不住："咋的了？我请你吃饭。"

璐瑶停下来，下器械："没咋。"

"还没走出情伤？"桂宝问。

璐瑶从朋友圈里得到志明跟郝彤订婚的消息，多少有点不痛快。她上器械，桂宝在旁边保护。他有心逗璐瑶开心，说请她电影。

"不看爱情电影。"

"恐怖的？"

"也不看。"

"悬疑的？"

"不看。"

"励志的总行吧？"

"有个纪录片在放。"

"那就看纪录片。"桂宝一咬牙。一日姐姐，终身姐姐，何况他也还没从失恋期中走出来。

053 / 哪 吒 闹 海

周六，桂宝和璐瑶在电影院准时碰头。

取票的时候,她跟桂宝靠得近,一转身,忽然发现排在后面的妇女眼神鄙夷。璐瑶秒懂。那妇女肯定误会她在跟桂宝谈恋爱。

左璐瑶下意识地往旁边站了站,可又一想:"你越这么想,我越要做出来。"于是,她索性挽住桂宝的胳膊。桂宝愣了一下,取出票,任由璐瑶姐姐挽着进场。

坐第六排。时间到,灯关了,一片黑暗。厅小。全场除了他们,只有第三排有两位观众。一男一女,应该是情侣。

电影放了十分钟,情侣吻起来。左璐瑶忽然明白前面那对儿为什么会选择看纪录片——图人少。看来她和桂宝影响了人家的黑灯约会。不过,他们似乎不在乎后方有人观看。你看你的,我玩我的。在影片无声的时候,他们的声响会冒出来——嘴唇激烈碰撞着。

左璐瑶和桂宝有点不好意思。大银幕上的纪录片无聊。大银幕下的"爱情电影"倒是高潮迭起。左璐瑶讪讪地低声说:"挺厉害。"

桂宝偏头:"我比他厉害。"

"真的假的?"左璐瑶捏着嗓子,听上去有点少女的意思。

"当然,"桂宝逞强,"不信你试试。"说着,动动屁股,调整坐姿。

刹那间,左璐瑶眼皮啪嗒关闭,脸向上45°角,向着他。桂宝一张大嘴上下左右为难——她来真的?吻下去?不合适。不吻?更不合适!索性心一横,捏着鼻子吃棵葱!七八个念头在桂宝脑海乱窜,跟哪吒闹海似的。一秒两秒过去,她不动。他不能再等下去。要么叫醒她,说吃不下去她这口菜,那可真作孽,璐瑶姐本来就没自信。唉,就当给她加油!代桂宝深吸一口气,仿佛要去深海潜泳。眼一闭,头探过去,一下吸住了……

璐瑶吻得很深。几秒钟后,桂宝似乎有了新的体验,索性沉醉在这深沉的吻里。

终于,啪!四片唇分开了,俨然盘古开了天地,分清了阴阳,定了乾坤。桂宝木木的。左璐瑶慌忙站起来,说要去厕所,然后就没再回放映厅。

*　　*　　*

郝彤订婚之后，唐念巧的第一个直观感受是：女儿不听她的了——过去也不听，但好歹能见着人，现在是人都见不着了。订婚第二天，郝彤就叫了搬家公司来，一锅端，直接去了新家，根本没有依依泪别的环节。

念巧难受。那感觉仿佛家是一口牙，郝彤一出去，缺了一块，漏风，牙龈都有凉意。从生物学角度讲，郝彤现在跟老妈平起平坐了。念巧抱怨了几次。季鹏劝："她在，你烦，她不在，你又想。"念巧道："你不觉得你女儿特别绝情？"季鹏道："正常。你不是还有彬彬嘛。"

念巧只能全身心投入彬彬的教育中。逢赛季，她要带彬彬去哈尔滨参加冰球比赛。临走前，她叮嘱季鹏注意女儿，又叮嘱郝彤注意爸爸。一家几口都单独行动，念巧怕出荒唐事。

唐念巧一走，孙季鹏轻松一大截。没人管没人问了。他想放肆地做点出格的事，比如，约胡斯楞单独吃个饭。季鹏觉得自己光明磊落，敢约她吃饭，正说明自己光明正大。何况，他是真感谢她。无论是私事，还是公事，都是胡斯楞拉的线，平台前一阵资金困难——那时候志明和郝彤还没结婚，胡斯楞去说，孙志明考虑再三，注了资，还帮他跑了其他关系。实际上，这些才是郝季鹏给孙志明的真正大考。他是出题人，志明是考生，胡斯楞监考。

胡斯楞从外地回来，郝季鹏去接机，然后直接去餐厅。胡斯楞笑问："今天不用早回去？"季鹏大声说没事。斯楞又问："念巧不在家？"季鹏提气，很大男子主义地说："她在家，我该见朋友还是见。"说了又有点窘，于是找补，"我是真谢谢你。"

"谢我什么？"

"彤彤和志明的事，你帮了大忙，咱们的队伍壮大了。"

斯楞莞尔："都是缘分。"

季鹏叹："真羡慕这些年轻人，想爱就爱。"

胡斯楞没吭声。车快速行驶，车厢内静悄悄。直到坐在餐桌两边，喝了点酒，郝季鹏才突然说："你是我的朋友。"

"当然。"斯楞立即认证了。

"一辈子的朋友。"

"那是。"

"人生能有几个朋友?"季鹏伸出右手食指,"一个就够。"

季鹏突然用右手抓住胡斯楞的左手。她猛一缩,手抽回来,依旧端庄。季鹏原本以为她不会躲,借着酒劲压低声音问:"你真就对我一点感觉没有?"

斯楞停了几秒:"有。"

"那为什么?"他眼睛朝上看,身子恨不得俯在桌上,"我们可以不让任何人知道。"

"不可以。"

季鹏哀求:"我忍不了了。"

"不行。"

"那你为什么回来?!"他自作多情地问。

"克制一点,"斯楞说,"越过那道线,就不美好了。"

郝季鹏愣在那儿。好一会儿,激情慢慢从脑中散去,仿佛像大风吹散了雾霾,天清日朗。他逐渐恢复理智。也许胡斯楞说得对,越过那道线不难,难的是永远守在那条线边上。

季鹏意气用事:"要么我离?"

"我给不了你未来。"胡斯楞很坚定。

"我是人,必须忠于自己的感受。"他咬牙切齿。

"忍一忍,"胡斯楞给他建议,"再过几年,你的想法可能会变。"

季鹏冲动地说:"我永远都不会变!"

谈话进行不下去,那就喝酒。斯楞刚被猫咬过,打了防疫针,不能喝。季鹏独饮。喝完了,她开车送他回家。夜色将晚,万家灯火。胡斯楞开门,把人扶进去,稍微收拾收拾,就要离开,突然看到门廊站着个人,是李姐。李姐看到斯楞也惊诧,连忙解释说:"我看到家里亮灯,就来拿一下橡胶手套,干活儿要用。"胡斯楞微微点头。李姐像老鼠一样窜进厨房,拿了手套,讪讪地笑着后退,走人。

不该问的不问，不该看的不看。

* * *

公公五七，桂圆特地赶回去，陪齐进走完全程。这次来她才知道，齐进把工作辞了。公司不许请那么多假。他刚好也打算跳槽，索性递交了辞呈。如果在过去，桂圆肯定发火，这样的大事怎能不跟她商量？可是现在公公的事摆眼跟前，她不好发火。

直到上火车，齐进都没提他老妈的后续安排。他不提，她也不好主动问。不问似乎也不太恰当，齐进会不会认为她装傻？她是儿媳妇，应该主动表示关心。一路上桂圆都在想措辞，找时机。齐进在睡觉，等车快到站才醒来。他去了趟洗手间，回来的时候，桂圆直问："妈怎么办，要不要接过来？"态度非常诚恳。

齐进说："现在不合适。"

"哪里不合适？你不合适？还是谁不合适？"桂圆追问。

"妈不愿意来。"齐进口气微微不耐烦。

桂圆说："我先表明态度，我随时欢迎妈来。"说罢，桂圆在心里为自己的表现叫好。

谁知齐进并不领情，还是那句话："是妈不肯来。"

"为什么？"

"不合适。"

"是觉得我们照顾不好她？"桂圆打破砂锅。

"别想那么多。"

桂圆不得不剖开了说："爸走了，妈不来，人家不会说你的不是，背地里只会说是我容不下人。"

齐进斜着眼："怕别人说，就别活了！"

"到底是什么问题？"桂圆轴。

"她说没资格来，没理由来。"齐进一字一顿。

"你是她儿子，她是咱妈，她没资格谁有资格？"桂圆死咬。

齐进没等她说完便抢白道:"妈是怕你为难,怕给你压力,"欲言又止,叹息,终于一鼓作气,"明白了吧!"

054 / 趁 年 轻

齐进话音没落,桂圆脑中仿佛大海被劈开一条道,海水壁立,海底显露,赤裸裸的,啥都明白了。她要是怀了娃儿,生了娃儿,齐进妈能来带孙子,现在没怀上,婆婆怕来了她更着急。一霎间,代桂圆又是羞又是恼又是气,抢白道:"是我一个人努力就行吗?是我的问题吗?"

齐进不看她,每个字都往下坠:"没人说是你的问题,只是描述事实。"

桂圆的心涨满了。她想哭,可又不想让齐进看到眼泪,于是咬破嘴唇也得忍。车到站了,齐进收拾行李,跟着人群一溜排往前走了两步,见后面没人跟着,折回头问桂圆:"走不走?"

桂圆还是岿然。

齐进恼了:"不走算了。"

桂圆猛然站起来:"做试管,明天就去。"

当然是气话。回来之后还有许多事要处理。亚玲那儿必须先露个脸。一进门,亚玲便对齐进好一通盘问,然后一番安慰。小厨房里,亚玲得知桂圆婆婆的安排,想了想,说:"不来最好,她端着,咱还端着呢。"

"意思是对我不满意。"桂圆挑明了。

亚玲沉吟:"百分百满意是不可能的,只要没挑明说,你就装傻。"

"装傻一辈子?"

"装一天是一天。"

桂圆又提做试管婴儿的事。亚玲担忧,问:"安全吗?"桂圆不作声。肯定没有自然孕好。可事到如今,她太需要一个孩子了,证明给自己看,也证明给别人看。她不要特殊,要普通——就当一个普普通通的女人,普普通通的妈妈。

亚玲说:"我陪你去。"

桂圆忙说:"不用。齐进也去,你跟着尴尬。"

亚玲着急:"到底是哪儿的毛病?"

桂圆道:"宫腔镜、免疫都做过,说我现在怀孕的条件不错。"

亚玲叹息:"趁年轻,做了也好,千万别丁克。"

桂圆说:"扯哪儿去了。"

亚玲幽幽地说:"丁了克,就算你不后悔,能保证男人不悔?人的想法是会变的,生育能力总归越来越差。"

桂圆闷头收碗。亚玲又道:"回头去普陀山给你求求。"桂圆长长地叫了声"妈"。

去完娘家,桂圆和齐进去探望冠峰。小桃悲叹了一阵,说齐进爸没享到儿子的福。冠峰没说什么,只说有困难就提。

然后去看小舅和小舅妈。念巧刚从哈尔滨回来。齐进和桂圆恭喜他们有女婿了。

念巧道:"捡了个漏。"

季鹏白了念巧一眼,她闭嘴。桂圆已经脸红了。她没跟齐进细说过跟孙志明的往事。

最后一站是去看彤彤。桂圆一个人去,带了套银锁。

郝彤住得真宽敞。桂圆瞧着,说不羡慕是假,但她也只能自我劝导:人各有命,富贵在天。郝彤没怎么提孩子,她不想让桂圆难堪。姊妹俩聊了一会儿,实在没话,桂圆又祝福了几句,走了。

齐进很快找了份工作。工作量增大,工资水平跟过去差不多。既然是跳槽,没升就算降了。人事各方面都需要重新处,他稍感吃力,但这话不能跟桂圆说。

桂圆也忙,学校招生给力,学生更多了,各方面她都要盯、抓、引导。上次胡梅来闹过后,她狠抓教学质量。另一头,既然决定做试管,身体也要注意。除了上班,桂圆到家之后基本没娱乐,吃了饭,休息休息,立刻上床。性生活蠲免。一切都遵医嘱。

从医院出来，桂圆头上还都是汗。她年纪偏大，卵少，取了多次。齐进心疼，直到上了车，他故作轻松地说："反正随缘。"

桂圆目光坚定，道："只许成功不许失败。我能吃苦，心诚则灵。咱继续修。人生在世，无非一场修行。"

"医生不是说了嘛，放轻松。"齐进拍拍她后背。桂圆沉默。车开了一阵，她让齐进路边停，说约了左璐瑶，散散心。齐进说："对，放松，找朋友玩玩，嘻嘻哈哈就能怀上。"可是，车一开走，桂圆就立刻叫车。她还得去学校一趟。找左璐瑶只是幌子，她害怕齐进的责备，只能撒个小谎。她现在忙都得偷忙，做贼似的。目前这个小家庭还没有让她做全职太太的能力。而且，就算齐进真赚了大钱，她也不敢不工作。那是极其危险的。

从婆家回来，桂圆一直没顾上跟璐瑶见面，等工作捋顺，试管也开始进入流程，她才得空找璐瑶说说体己话。桂圆打两次电话，左璐瑶都说没空，后来在她朋友圈看到健身照片，还是个短发，才意识到有点不对。

她找桂宝打探："左璐瑶怎么了？"

桂宝回答干脆："不知道。"

桂圆又道："你不是跟她在一个健身房吗？"

桂宝仓皇："换了。"

"你最近没见她？"桂圆追问。

"没。"桂宝秃噜嘴。电影院意外事件后，左璐瑶和代桂宝都避着彼此，仿佛在等瘟疫过去。桂宝觉得自己昏了头，璐瑶姐不是他的菜——他没想过姐弟恋。

左璐瑶换了健身房，屏蔽了桂宝的朋友圈，桂圆回来，她也不见。直到桂圆第三次打电话，她才勉为其难出现。桂圆去医院询问试管的进展，左璐瑶跟着。当得知桂圆真要开始操作试管婴儿，左小姐瞪大了眼睛。她想到自己。桂圆卵子都少了，她呢？

"我要不要也弄一个？"左璐瑶蝎蝎螫螫的。

"弄什么？试管？"

"先存起来呀，冻卵。"

"不找了？"

"不是不找，是难找，万一呢？"

左璐瑶扶着桂圆在走廊尽头的长椅上坐下，这次观测情况不容乐观，受精卵不着床。桂圆道："早做打算也好，看看我，跟西天取经似的，九九八十一难。"

璐瑶只好找话安慰："没孩子俐亮，拼事业，老了请保姆。"桂圆苦笑。左璐瑶真是未婚女子，多说指不定都能翻脸。

桂圆真心劝闺蜜："婚，能结还是结，孩子，能有还是有，不结婚不生孩子，比结婚生孩子还累。"

璐瑶心累。

桂圆迅速换话题："你跟桂宝不在一个健身房了？"

左璐瑶支支吾吾答了一声。

桂圆指了一下她的头："你这意思是从头开始？"

璐瑶说："对，就是从头开始。"

正说着，桂圆一抬头，看到个熟人。穆小桃夹着包，快速走进诊室。

从医院出来，桂圆没直接回家，也没去学校，而是往老妈那头一拐，进门就问："妈，你把我做试管的事说出去了？"

亚玲发蒙："没有啊。"

"跟大舅和大妈也没说？"

亚玲面露难色："跟你大妈露了一点。"她实在禁不住小桃的盘问。她以为桂圆会发火，谁知桂圆"哦"了一声，问："你猜我在医院遇到谁了？"

亚玲问："谁？"

"大妈。"桂圆道。

"穆小桃？"

桂圆点头。

"估计瞧病。"亚玲说。

"跟我挂一个科。"

亚玲来了兴趣:"不会吧?"

桂圆笑说:"50多岁生孩子的不是没有,现在医学那么发达。"

亚玲抚着胸口,觉得难以置信。丁克了大半辈子,大嫂要生孩子?大哥知道吗?亚玲心头的痒痒肉动了动。

这日,郝亚玲不知从哪儿弄了袋冻秋梨,巴巴地给穆小桃拎过去。小桃跟冠峰都爱吃。到家里,冠峰在休息。小桃说现在他是昼夜颠倒,夜里画画,白天睡觉。亚玲"哟"一声,说:"那对身体可不好。"

姑嫂俩坐着聊了会儿老三家的事。亚玲叹:"想不到是念巧先抱孙子。"亚玲说完才意识到自己糊涂——小桃儿子都没有,哪来的孙子!

好在小桃没在意,纠正:"外孙。"

亚玲咯咯笑:"老家裁缝铺子的儿媳妇记得吧?"小桃想不起来。亚玲说:"嘴上有个豁子那个。"小桃问怎么了。亚玲说:"听说他家发财了。"小桃说:"靠手艺发财的现在也多。"亚玲进一步:"上50岁,又生了个儿子。"

小桃"啊"了一声。亚玲渲染道:"桂圆难成这样,他们跟下乒乓球似的,想生就能生。"

小桃道:"理论上讲,只要没绝经,就有生育的可能。"小桃脸上云淡风轻,但亚玲从穆小桃脸上看到了一丝丝的倔强。

亚玲出神,小桃轻拍她一下:"这是武夷岩茶,有肉桂香味。"

亚玲说:"我人粗,舌头也粗,喝不出来。"

小桃忽然说:"哪天要去看中医。"

"谁看?"

"你大哥。"

"咋了?"

"更年期,脾气特别不好。"穆小桃忧心忡忡。

唐念巧最近脾气也不好,她要开除李姐,理由是素质太低,影响彬彬的成长。她有一次亲耳听到李姐教彬彬念诗:"两个黄鹂鸣翠柳,隔江犹唱后庭花。"念巧惊怒,跟季鹏嚷:"一个是杜甫,一个是杜牧,差着100年呢!"

季鹏劝:"不就一句诗嘛。"

"听到的是一句诗,听不到的可能是一道算术题,一句英语,多着呢!"

"英语她可不会。"

"反正这人不能留。"念巧下定决心。

关于李姐的去留,其实在念巧发作之前,郝季鹏已经开始考虑。胡斯楞跟他提过,送他回家时遇到过一个人,李姐的可能性最大。郝季鹏的第一反应是把人辞了,封口。但一想,万一李姐心眼多,反水,把那天的事偷偷告诉念巧,难免解释不清。如今念巧要辞,他就把责任推到念巧身上。

这天,念巧带彬彬上补习班去了。李姐刚打扫完洗手间出来。季鹏站起来,笑吟吟地招呼:"李姐。"

李姐连忙靠近。

季鹏道:"念巧发火,你知道吧?"

李姐说:"知道,"又自责,"都是我多嘴。"

季鹏道:"她的脾气你知道。你一直以来都很优秀,我对你非常满意,以前彤彤也说你好。"

李姐是聪明人,听到第一句,就知道全部内容了。她笑着说:"没关系,我再找。"季鹏从裤袋拿出钱包,直接给现金:"这是一个月工资,加给你。这样你再找就不急了。"李姐泪眼婆娑,一个劲儿说先生是好人。

问题解决了。

055 / 加 速 度

做了好几个医院,都找不到原因。不着床、生化、胎停……每次的结果在桂圆看来都是恐怖片。

那边厢,彤彤的肚子渐大。小舅和小舅妈叫饭,桂圆借故推辞,说要照顾奶奶。亚玲一个人去的,回来情绪低落。女儿上一次做试管,做出来是空囊。

医院进一步检测,怀疑是精子碎片率太高。于是齐进吃药,降低了碎片率。结果还是失败。

过年桂圆跟齐进回老家。虽然去之前齐进给她打气,她自己也做心理建设,但一到人家那地界,她的心立刻就虚了。她怕亲戚问孩子的事。有几个不知趣的亲戚还真问了。即便那些不问的,也释放着杀伤力。齐进妈老叹气,她还是不愿意跟儿子、媳妇一起过。老太太一副坚强的样子,说自己过习惯了。可越这样,齐进心里越难受,桂圆也跟着难受,仿佛错都在自己。桂圆看婆婆在老家过得寒淡,一来就要带婆婆去买东西。婆婆说有吃有穿,知足。桂圆无措。

年三十到初三,齐进天天晚上打麻将,桂圆一个人先睡。独初四晚上没打。桂圆的理解是,初四许是不吉利,怕戳事。所以各家各户都不出门。

一上床,两个人钻一个被窝。齐进突然道:"要不咱领一个?"

没头没尾一句话。桂圆像被冻住了。不用说,肯定是婆婆的主意,或者是周围亲戚的建议,婆婆采纳了,然后才让齐进来传话。

桂圆慢慢解冻了,心中蓦地蹿起一团火。领一个?是已经判处她代桂圆的子宫死刑了吗?桂圆压着火:"医生也没说不能生。"

"当然能生。"齐进提着气,气芯儿却有点屠弱。他也觉得这提议荒唐,但碍着长辈面子,必须传达"圣旨"。

"那领什么?"

"不是为了加速度嘛。"齐进讪讪地说。桂圆不懂他的意思。齐进补充道:"很多人领养之后,很快自己就怀上了。"

桂圆发蒙。原来领养还有这功能。

"你信吗?"她问。

齐进不吭声。看来是宁可信其有。

"咱们有多富裕?"桂圆进一步问。

"一个孩子还养得起。不说富养,普通养,凑合。"看来齐进是下定决心了。桂圆明白,就算不同意,也得缓一缓,给她男人面子,给婆婆面子,于是说:"再想想。"

齐进还在劝:"我也怕你太累,顺其自然,别把身体再弄坏,想开了都一样。"

次日启程。亲戚们都去车站送,都欢欢喜喜,一点异状没有。

年初六回娘家。下午桂宝和齐进去蒸桑拿,桂圆才把这委屈跟老娘说了。亚玲想了想,说:"如果实在不行,倒也算个法子。"桂圆着急:"妈,您糊涂了,领的是人,不是猫不是狗!而且不是亲生,更要小心翼翼,说话做事,深了浅了都不行。"她咽了口唾沫,继续道,"一直在努力,怎么就急成这样,摆明了对我不抱希望,才死马当活马医!"

郝亚玲觉得这事没有女儿想得那么严重,但她也能理解女儿的心情,忙劝解道:"你要真不想要,就直说。要不好意思,我跟齐进讲。"

桂圆跟着道:"做试管痛不欲生,我为他们家付出多少!"

亚玲连忙说:"这话可千万别在齐进面前说。"

桂圆眼眶发红,呼吸急促。

亚玲停了一会儿,口气悠长地说:"我是你妈,我当然巴着你好。"桂圆抬眼看她,瞧老娘这神色,估计说不出什么好话来。亚玲继续说:"退一万步,假设,是说假设啊,"她用锅勺推了推牛汤,"最坏的情况发生,你怎么办?"

"什么最坏的情况?"桂圆问。

"生不出,没有。"亚玲说得钝钝的,伸手把锅盖一盖。

桂圆的头像被砸了一板砖,漫天金星。

"不到绝经决不放弃。"她咬紧牙关,拳头握起来了。

"那万一呢?命里没带,你怎么弄?"亚玲追问。

桂圆答不上来。能怎么办?她低下头,思忖着。

亚玲道:"如果真是命该如此,你要不想离婚,就领个女孩。"每个字都像冰雹,劈头盖脸砸下来。

桂圆大梦初醒。如此说来,领养不单单是要孩子,还能保住婚姻。也许齐进情比金坚,可齐家那一大家子呢?……

亚玲又道:"要不这样,你呀,先别一口回绝,设个时限,比如再过两年,或者三年五载,如果还没有,就领。"桂圆虽然100个不情愿,但也不得不承认,老妈这个缓兵之计是眼下最可行的。

晚上回去,桂圆把想法跟齐进说了,齐进表示赞同,其实他打心里也不是特别想领养,只不过老妈催着,他总要有个说法。桂圆的提议在情在理,他跟老妈回了。齐进妈没吭声,算暂且应允了。

翻过年,左璐瑶真去冻了卵子。

不过,郝家的头等大事是郝彤将在五月临产。季鹏、念巧和志明忙前忙后。喜当爹的喜当爹,盼升级的盼升级。

念巧总念叨一句话:"不做父母,不知道当父母的难,等娃儿出来,她就知道了。"还有一句,季鹏听得厌烦,这是念巧悄悄跟他说的,"老郝,咱家要发。"

季鹏问:"发什么?"

念巧道:"将来叔叔侄子齐头并进,两个哈佛!"

季鹏可不敢接这话!念巧还在畅想,季鹏不得不打断她:"一辈不管一辈,你就把彬彬管好就行了,人家的事轮不到你操心。"

念巧白了他一眼:"什么人家,我是亲姥姥!"

小桃忙着拜访中医,她说冠峰得了抑郁症,都是郝彤害的——她认为小字辈怀孕刺激了冠峰。她本想自己上阵,也许能老树开花,但医生却确定她已经没有卵子了——早都没有了。她是干涸的河、枯萎的井,子宫纯属摆设。小桃失落了。她和冠峰的事业如日中天,画的价格都在走高,可是,就算两口子现在能屙金尿银,她也弄不出个娃儿来。领养孩子的问题,她过去跟冠峰讨论过。他几次三番不同意。小桃用排除法最终确定,自己的枕边人的确是处于更年期。

还有个问题更糟糕。情况只有穆小桃知道——郝冠峰画不出画了。天天熬夜,晚睡,却什么也没画出来。废掉的画纸,乱涂的墨汁,还有乱七八糟的画笔……明眼人一下就能明白这画室传达的信息:江郎才尽。

穆小桃穿着睡衣，提着步子，轻轻走过去，从后面抱住冠峰："你需要休息。"声音柔美。

"没事。"他说，不回头看她。

小桃又说："哪个艺术家没经历过高低起伏？高的时候冲一冲，低的时候歇一歇。你现在已经在高原了。"说着，左前臂一挥，比出个一马平川。冠峰没出声，身体微微抖了一下。小桃连忙拿出毯子给他披上："慢慢来，不着急，你的作品够了，咱们往后时间自由、财务自由，为什么不能自由自在？哪怕你现在不画了，我也能给你运作得流芳百世。"

"你不懂。"冠峰轻轻地说。

小桃一怔，心缩了一下。他怎么能说她不懂呢？过去这么多年，他们双宿双飞，驰骋画坛，且一直没要孩子，凭借的就是一个"懂得"。说她不懂，她万不能接受！小桃撒开胳膊，说了声"早点睡"，回屋了。结果是，等他回屋，吃了安眠药，酣然入睡，她却睡不着了。

小桃想给冠峰找心理医生，可又不敢再提，此前提过一次，冠峰大怒，他认为找心理医生约等于得精神病。可也不能一直这么下去。小桃想到了秀云。可是因为桂宝和一雯的事，两家闹得不愉快，她也不想让她们看笑话。还是找亚玲商量比较妥当，毕竟亲妹妹对亲大哥不会存坏心。

056 / 有 想 法

"我还没更呢，他倒先更了，"小桃坐在沙发上，跷着腿，"男的更年期比女的还厉害。"

"不一定，"亚玲递给小桃一只黑布朗，"艺术家不都这样嘛。"

"你的意思是，艺术家都是神经病？"小桃腰背微微挺起。

亚玲笑："不是那意思，"眼睛上翻，想打比方，好一会儿，才说，"跟老奶奶的慢性病似的，问题不大。"

"是病就得治，就是不知道要不要用药，"小桃挑开了说，"也不敢建议他去看心理医生。"

亚玲说："找心理医生不如找居委会大妈。"

桂宝满头汗地进门，他刚健身回来，见小桃在，叫了声"大妈"，便钻进卫生间放水洗澡。

小桃朝着亚玲小声说："还晃着呢？"

亚玲顿一下："可不。"

"怪我。"

"不不，都是命。"

"大好青春，浪费。"

"他这青春不值钱。"亚玲大喇喇的。

小桃觉亚玲的话有点矫情，小桃换了个话题。

"桂圆那儿呢？"

"孙女穿她奶奶的鞋，"亚玲撒气似的说。小桃瞪着眼等她解释，亚玲一吐气，"老样子！"

小桃太能理解桂圆的苦处。过去她也是始终怀不上，后来事业发展，犹豫了一阵，再后来，真就到了不可能的年纪。她老觉得选丁克是冠峰考虑她的情绪，可冠峰总说他就是不喜欢孩子。这些年过来，真的假的，她也不太清楚。"还拼吗？"她问。

"拼，"亚玲语调惆怅，"再拼两年，不行抱个女孩。"

小桃瞪目："能这样？齐进同意？"

亚玲忽然用手拢在嘴边："也是积福德，好多都是抱一个带一个，领养一个，很快自己也就怀上了。"

亚玲一番话忽然在穆小桃心中凿出了个口子。冠峰的情绪是个问题。她同样内心震荡。她不好意思往外说，这种震荡，不单是念巧、彤彤这两辈人轻松生子造成的，桂圆的艰难求子同样给她造成了心理阴影。

小桃最近接触到一种理论，热力学中有一个名词叫"熵"，是表征物质状态的参量之一，是我们这个世界事物混乱程度的一个指标。家庭内部也有熵。

有了孩子，看似费心费力，生活成本增加了，可是家庭内部的熵减了，活力和凝聚力增高，买房子、上学、上培训班，整个家庭变得匆忙有序。丁克夫妻呢，年轻时候活力十足，过了45、50，家里会死气沉沉。小桃深有感触，现在家中如果没有客人来，那无聊漫长得能绕地球好几圈。熵增！

这理论也有周围的朋友现身说法。最近朋友里有人"反水"。小吴夫妇当丁克当到40，开始努力生孩子，折腾了好一阵，终于怀上了，当时两个人就哭了。小桃注意到的是小吴的变化。他原本阴郁沉闷，忽然就活力四射，老树开花。

当初毛毛走丢的时候，小桃拜托亚玲跟冠峰谈过领养的事。现在还有没有再谈的必要，穆小桃吃不准。不过她可以肯定一点，她想要推动变化，绝不仅仅为自己，也为冠峰。家里一天到晚死气沉沉，不是个办法。这辈子，财务早自由了。画画，小桃也看得明白，她还有进步空间，冠峰估计差不多了。这时候弄个娃儿来，她带，他看着就行，以娱晚景。

亚玲看小桃出神，一秃噜嘴："大嫂，咋的，有想法？"

"不行吗？"小桃反问。

亚玲原是随口问，可小桃认真答，她反倒无所适从："不是不行，就是大哥……"亚玲知道冠峰对抱养孩子的态度。

"人是会变的。"

"那倒是。"

"要不你再去探探？"拜托的话终于说出口，小桃的心一下轻松多了。

"还探？"亚玲为难。

"最后一锤子。"小桃的口气有点悲壮。

亚玲心一软，犹豫了片刻，还是决定帮大嫂这个忙。

* * *

左璐瑶和桂宝一直没破冰。不过，他们俩不约而同生出个毛病——都喜欢找桂圆打探对方的消息，还都装作不经意。

桂宝帮姐姐洗碗的时候问："璐瑶姐还没缓过来吗？"桂圆问："缓什么？"

桂宝说:"剃平头呀,肯定有情伤。"桂圆道:"成年人了,过去的就过去了。没那么严重。"

齐进去迪拜出差了,桂圆不想一个人去医院,叫老妈又怕叨叨,于是便找璐瑶陪着。这家医院做出来同样不容乐观——没有胎心。天色晚了。璐瑶怕桂圆一个人在家出问题,要带她回自己家,桂圆说回娘家。璐瑶问:"你弟还没找呢?"桂圆顺势:"你给留意留意。"璐瑶道:"不找也好,结婚多烦,就是个契约,还不能轻易违约。"

桂圆正色:"不许你有这想法。"

璐瑶反驳:"有什么不许,卵子都冻了。"桂圆一时不知道怎么往下劝。她自己也难受,生理上,心理上。

璐瑶埋怨:"就非生不可吗?"

桂圆道:"受了那么多苦,我也想过,随他去!有当无。后来他们提出要抱一个,我才真正有危机感。"

"抱?"

"对,宁愿抱,也要养。"

璐瑶开车,双目无光。

桂圆问:"我是不是得加倍努力?"

璐瑶愤慨:"受那气!大不了离!"

桂圆道:"没想过。"顿一下,又说,"听说过给婚姻不幸的女性的建议书吗?"璐瑶说没有。

桂圆说:"娘家有钱,自己能挣,颜值高,带着娃儿,离;娘家没钱,自己不能挣,颜值高,可带可不带娃儿,离;娘家有钱,自己能挣,没颜值,最好不要带娃儿,离;娘家没钱,自己不能挣,没颜值,不要离。"

璐瑶听罢笑得花枝乱颤,说:"那我属于最后一项,哦不,我还没娘家。"桂圆连忙打岔:"我也是最后一项。所以,老老实实的。"

到地方了。亚玲在帮奶奶按摩,桂宝下来接姐姐,跟璐瑶遇个正着,都有点尴尬。桂宝帮开车门。璐瑶道:"扶着你姐!"桂宝连忙去扶。桂圆笑着说:

"没那么严重。"

趁着桂圆去后备厢拿东西,桂宝小声问璐瑶:"没事吧?"

"没事。"璐瑶以为他问桂圆的情况。

"我说你。"桂宝强调。

璐瑶愣了一下,才说:"翻篇了。"

桂宝立刻放轻松:"我也翻篇了。"

桂圆喊桂宝拎东西,桂宝连忙去帮忙。收拾好,姐弟俩上楼。左璐瑶目送他们的背影消失,又在楼下停了好一会儿,才驾车离开。

奶奶睡了。亚玲让桂宝拿计算器,让桂圆拿老花镜,她端坐在吃饭的桌子旁,准备算一下利息。她那5万块钱拿给季鹏理财,已经初见成效。桂圆坐在老妈身旁,桂宝站着。亚玲用计算器捣了两遍,越捣越糊涂。她那计算器有年头了,从老家带过来的。

桂圆问:"妈,这是什么算法?"

亚玲道:"就算那5万块钱。"

桂圆拿出手机,找出个年化利率计算器,问:"本金?"

"5万。"亚玲连忙答了。

"利息多少?"

"说是年利率,19.8%。"

"存了多少天?"

"三个月了。"

桂圆一输入,得出结论:利息是2441.1元。亚玲再用计算器除,每个月有800冒头。这可是很大一笔补贴!郝亚玲欢欣鼓舞,桂圆泼冷水:"妈,小心,利高风险也大。"亚玲道:"有你小舅镇着,能出多大事?"桂圆没往下说,最坏最坏,5万本金没了,也算不上巨大损失,而且小舅仁义,不会眼睁睁地看着二姐的棺材本掉水里。即便湿了底,他也会兜着。

桂宝在旁边听着,茅塞顿开,他很少理财,或者说根本就没理过。原因简单:他手里存不住钱。仅有的那一点,理起来也没什么动力。老妈的5万一个月能得800。要是50万呢？一个月8000。那就是一笔不小的收入。桂宝翻着手机，在想本金的事。找人借，不恰当。谁有这个闲钱？他那些穷朋友，自己花都不够。有钱的关系没那么铁。找大舅或者小舅借也不成，他们不可能不告诉郝亚玲。

找姐姐借呢？算了。她做试管婴儿，据说已经花了十几万。桂宝在床上打了个滚，挠头，痛苦。他忽然想起手机上有短期借贷的。利息比小舅平台的利息低。如果从别处借贷来，投资到小舅平台，赚中间的差价，不就等于一笔外财。他知道其中的风险，可是连老妈这样保守的人都玩这个，何况有二舅坐镇，应该没问题。

桂宝仔细研究了一阵，发现借贷的钱还是少，不够玩儿的。他左思右想，想起一个人或许可以帮忙添把火。

057 / 所 以 然

桂宝走进健身房，一眼便瞄到左璐瑶。她的头发长了点。

桂宝还是像往常一样，上了她旁边的跑步机。不过这次他有求于人，揶揄的语调不见了。

璐瑶发现了桂宝，不吭声。她的情绪有点复杂。那一吻多多少少激发了她体内的女性能量。她有感觉。可是，两个人注定不可能——他年轻，不可能，他是桂圆的亲弟弟，更不可能。几重不可能叠加在一起，她变得有点恨他。

两个人都说翻篇了，可想回到过去似乎没那么容易。过去他们是义结金兰八拜之交。现在呢，情人不情人，朋友不朋友，很尴尬。好多东西，打破了就是打破了。

"我带你练。"桂宝先发声。

"不用。"她拒绝得很明确，又补充，"谢谢。"

璐瑶穿过有氧区，往力量区走。她感觉到桂宝跟着，突然站住，桂宝也站住。璐瑶再前进，桂宝还是跟着。璐瑶猛一转身，看见扭捏的桂宝，以为他要表白，于是暗想：好吧，来吧，反正我肯定拒绝。快刀斩乱麻。"你想说什么？"左璐瑶微微抬头。

"其实……那个……"桂宝纠结着。

"不是说翻篇了吗？"

"不是……那个……我是说……"

"我是你姐你是我弟，没有别的，那就是个梦，醒了就醒了，没有了，明白吗？"左璐瑶佩服自己的口才。

桂宝摆手："其实我想问你，有没有……钱。"最后一个字有点口吃。

"什么？"璐瑶以为自己没听清。

桂宝提着眉毛："钱……人民币……"他怕她不明白，"我想借点钱。"

哦，只是借钱。忽然索然无味。

* * *

郝亚玲从画室走出来，穆小桃迎上去，神情紧张。事关重大，冠峰的态度决定这个小家庭的走向。亚玲看了小桃一眼，没说话，快速往房门外走。

小桃会意，连忙跟上，一直出了院子，走到外头巷道，亚玲才停住脚步。

小桃站在她身后，放大音量："老二，到底怎么样？"

亚玲终于控制不住喜悦，声调还是压着："同意了。"

"真的？"小桃的嘴角里都是笑，"没说其他的？具体怎么说的？"

亚玲道："大哥就说，要就要一个。"

"没了？"

"没了。"亚玲道。

"没听错吧？"小桃还是难以置信，"说了抱个丫头吗？"

亚玲说："明确讲了，大哥也说丫头好。"

小桃深深吐一口气："怎么谢你？"

亚玲道："大嫂，说什么谢，只要你高兴，大哥高兴，能把日子过得顺顺当当舒心体面，比怎么谢我都强。"说罢，亚玲要走。小桃连忙拦住，说不能走。亚玲不解，一转念，才明白如果自己走得太急，大嫂怕突然一个人面对大哥。于是两个人在巷道口小店买了几只馅饼带回去,小桃留她吃饭。连带馅饼店的老板也跟着受益,小桃说零钱不用找了。

姑嫂俩到家淘了绿豆,放一点米,开始熬粥。冠峰从画室出来,两个女人都起立,对他行注目礼。天黑了,亚玲吃完饭,赶紧朝回赶,奶奶的饭是桂宝买的外卖。她怕婆婆不消化,得回去给她按摩。胃不和则寝不安。

偌大的房间只剩小桃和冠峰两个人。他们早都戒了电视,一到晚上静得吓人。冠峰站在院子里抽雪茄。小桃收拾完碗筷才到院子里,轻声问:"要不要出去散散步?"冠峰乐得奉陪。小区外是大公园,一年四季,一到晚上都是人。冠峰和小桃沿着水塘走了大半圈,站在垂柳下歇脚。风微微的,柳条轻摆。

小桃笑着低语:"真没想到。"

冠峰应对:"看你很坚持。"

"我是怕你再这么下去,会崩溃。"

冠峰笑说:"你开心就好。"

小桃恍惚,轻声问:"那我们都成叛徒了?"

冠峰说:"人都会变,不是信这个,就是信那个。"

小桃叹了口气。

冠峰道:"过去你是真心不想要,现在你是真心想要。"停了几秒,又说,"不出意外,我估计得走你前头,到时候有人陪着你,挺好。"

小桃鼻子一酸,哭出来:"说这些干吗?"她没想到他想得那么远。只是,还远吗?

"生老病死,自然规律。"冠峰道。

"那也不许提。"

"不提。"冠峰搂着她。小桃感觉一下回到恋爱季节。难以置信,一晃几十年过去了。人老,珠黄,却从头开始。也好。人生这玩意儿,不能想太多,最好知其然而不知其所以然,意义、本质之类交给老天爷去想吧。小桃只想体验——体验爱,体验做妈妈的感觉。

＊　　＊　　＊

念巧给彤彤拿来不少东西，大多跟胎教有关，都是彬彬下放来的。彤彤明显感觉到念巧的好为人师。

郝彤不想按图索骥："妈，我都快生了，还有用吗？"

"有用，知耻后勇，亡羊补牢，为时未晚。"念巧的态度很严肃。郝彤只好阳奉阴违，这边收下，等老妈一走，她立刻让志明把东西都堆到储藏室去。

唐念巧还有一点不适应，那就是孙志明现在开始叫她妈。这么个胖头大脸的中年人，妈前妈后地喊着，念巧觉着仿佛在演着西游记里戏弄猪八戒那一集，志明是猪八戒，她是骊山老母。

念巧把女儿嫁给了志明，在家想想，生气，可一旦到了女儿家，念巧的气顿时消了大半。她还会跟郝彤念叨："你说你表姐当时怎么就走了眼。"郝彤说："萝卜青菜，各有所爱。"念巧道："爱吧，爱到现在，娃儿都没有。"郝彤不吭声。

念巧继续道："这就是家庭的影响，你是我跟你爸的宝贝女儿，不短这不缺那，自信，敢要。桂圆和桂宝，骨子里还是自卑，给她个元宝她都不敢收。"

郝彤道："冷暖自知。只要自己喜欢就行。"

念巧说："我现在就委屈，知道的，会说我女儿自己喜欢，不知道的，还当我嫁女儿是为了挣钱呢。"

郝彤好笑："行啦，妈，这女儿你还是跟以前一样看待，有当无，你的主要精力放在你儿子身上。"

一提到彬彬，念巧顿时来劲，又是说英语口语进步多少，又是说数学也优秀，还说冰球打得好，马上就要过剑桥英语……哩哩啦啦一大串，郝彤只能闭着眼听。反正，郝彤铁了一条心，自己娃儿出来后，绝不能受姥姥影响。

　　＊　　＊　　＊

放洗澡水的时候，季鹏衣服脱到一半，念巧突然问："家里是不是来过一个女的？"

季鹏下意识地问："哪个女的？"

念巧似乎不在意:"你先洗澡,出来说。"

郝季鹏坐在浴缸里,像无处逃生的鸟。女的……盘算来盘算去,除了胡斯楞,家里就再没来过什么女的。念巧怎么知道的?她装监控了?不应该,要是她有实锤,不会那么冷静。她闻到味道了?季鹏仔细回想,那天胡斯楞好像没喷香水。难道是李姐说的?李姐为什么恩将仇报?女人心,海底针。

关键眼下他赤身裸体坐在浴室,手机在外头,他不可能找人打掩护。郝季鹏头皮发麻,不过,这种危机也让他对自己有了更清醒的认识——他根本就是个有贼心没贼胆的人。那回之所以敢表白,一个是借着酒劲,一个是希望从胡斯楞那儿借点胆量。她要是敢不顾一切,他也就不顾一切了。

"好了吗?"念巧在外面喊。

季鹏慌慌张张举了一下手,"嗳"了一声。他只是把身体湿了一下,连忙起身,擦干,套上睡衣,步伐凌乱地往外走。唐念巧在沙发边等着他,好像猎人布好了陷阱,等着他钻。念巧抬眼,定定地看着季鹏,仿佛有万语千言似的。季鹏感觉不妙。

"李姐说有一天在家碰到个女的,"念巧单刀直入,杀他个措手不及,"我去哈尔滨那天。"说完两手托着,等他下文。

郝季鹏心中暗骂:这个李姐什么东西!他确实不懂李姐的心。在李姐看来,让唐念巧知道她不高兴知道的,也是报仇。

"哪个女的?"念巧追问。

季鹏微微皱眉,做思考状。他必须在两秒之内答出个所以然,否则念巧会看出破绽。

058 / 有 个 家

季鹏"哎哟"一声,跟气球撒气似的:"那天呀,是志明公司副总,一个老姐姐。志明送我回来,她非跟着。"

"老姐姐?多老?"念巧追根究底。

"干吗？为女儿担心？那么没自信？"季鹏口气顽皮，试图误导她思考。

"有照片吗？"

"我怎么会有她的照片？"季鹏偏头，不看妻子。

"头像呢？"

"真没有。"季鹏快抵挡不住了。

念巧拿出手机，直接拨打志明电话，放免提。孙志明接了，叫了声"妈"。念巧起鸡皮疙瘩，但还是问："志明，上次家里来了个女的，说跟你有关系，有这事吗？"

孙志明一个磕巴没打："哦，妈，对，我们公司副总，老大姐，一起应酬，爸喝多了，我给弄回去的，"信号突然不好，志明"喂"了两下，"您要见她吗？要不，明天我让她过去？"念巧笑着说："没事，随便问问，不用过来。"

电话挂了，郝季鹏全身的细胞突然跟散了架似的。"说了没事，大惊小怪！"他开始发火，理直气壮。越是这时候，越要虚张声势。念巧说了句"我不是怕你吃亏嘛"，便起身进屋顾彬彬去。

如今季鹏和志明的关系有点像奶黄酥，分许多层。首先是朋友，然后是弟兄，再然后是合作伙伴，最后是亲戚。这多层关系糅合在一起，弄得两个人都有点精神分裂。主要是志明分不清什么时候该扮演什么角色。比如，说着生意的事呢，互惠互利，公平合作，郝季鹏忽然会拿出老丈人的架子，志明只好低下去，把老丈人捧得高高的。看在彤彤和孩子的面子上，他得忍着。不过这回，郝季鹏一见面就给了他个大大的赞。

念巧的"飞行检查"，若不是志明打掩护，他郝季鹏就是个死。只是，季鹏又有点为女儿担忧。女婿插上毛比猴都精，以后他要拿这套对付彤彤呢？

志明立功，季鹏请茶。两个人对坐着喝茶，季鹏道："有两下子。"

"阵地战不行，咱就游击战。"志明得意。

季鹏一缩脖子，侧目，说他胖他还喘上了。于是放下小瓷茶杯，身子后仰，问："你怎么知道'敌人'要问这个？"

"不打无准备之仗。"

"你怎么知道往公司大姐身上引?"

"秀才不出门,全知天下事。"

季鹏不耐烦,从牙缝里"啧"了一声。志明连忙笑道:"胡姐提前打了招呼。"

胡姐?季鹏恍然——真高明。胡斯楞连他都压着没说,直接办了。防患于未然呀!季鹏好奇,追问她怎么说的。志明耐心地把胡斯楞交代他的几套方案一一拆解,季鹏大呼其妙,志明笑呵呵地说:"爸,您有胡姐这红颜知己,一辈子值。"

季鹏喝道:"一派胡言!我跟小胡,高山流水,比汉白玉都洁白!一个污点没有。"他对外总叫她小胡或胡总。

志明皱眉,附和道:"白,白。"

这一"战"打下来,郝季鹏更加能领会到胡斯楞的魅力。她是"随风潜入夜,润物细无声"。一切都安排得那么妥帖,给人一种不争不抢的感觉。念巧动不动就"飞流直下三千尺",动静特大,俗不可耐。他欣赏胡斯楞对尺度的把握。他们什么都没发生,可又好像什么都发生了,他精神上很大一块被她占据,念巧和孩子只剩一小块自留地,负隅顽抗。

郝季鹏忽然意识到自己那天多么愚蠢,非要离了婚,上了床,领了证,才叫在一起吗?都弄得伤筋动骨,没一点美感,庸俗!人与人之间,都是一程一程的。若即若离,反倒可能是长久之道。想到这儿,郝季鹏精神大振,人到中年的不愉快似乎霎时烟消云散。

次日,散会后,胡斯楞走出会议室,郝季鹏加快脚步跟上,轻轻说了声"谢谢你"。斯楞一笑了之。在世俗里打滚,看透了,才能看淡,看淡了,才能长长久久,然后在这世俗的泥土里再长出些简单纯洁的东西。

* * *

齐进从迪拜回来升了半级,手底下带六七个人,工资也涨了。桂圆的事业势如破竹,分校业绩好,总部又拨给她一个校区,两校并一校,桂圆是领头大校长,日日忙得四脚朝天。

亚玲怕女儿辛苦,把小桃送的参切了炖鸡汤,喊了女儿几次都没人来,眼看搁不住,她只好用保温桶拎过去,盯着她喝。

"又失败了?"亚玲伸着脖子,口吻满是关切。

如果搁过去,桂圆肯定立刻没心情喝了。现在失败的次数多了,有了免疫力,妈说妈的,她照喝。现在桂圆要求自己锻造强者心态。自信、淡然、努力提高自我价值感,做一个气定神闲的女人,要有强大的控制力,控制节奏控制场面控制氛围。桂圆自认还需修炼。

"马上做三代。"桂圆像医生一样冷酷。她久病成医。"三代"指第三代试管婴儿技术。

"你还没领呢,你大妈倒领上了。"亚玲提领娃儿的事。

"有个牵绊也好。"

"后天走,我陪你大妈去。"她跟女儿打招呼。

桂圆微微笑:"不知道哪个娃儿有福了。"

亚玲话锋陡然一转:"真弄回来,你先带几天。"顿一下,又道,"我跟你大妈说。"

桂圆秒懂,瞬间又觉得老妈真是脑子糊涂:"别添乱。"

"你大妈能理解。"

"不是理不理解的问题,这是尊重,领了娃儿,都要办手续的,大妈就是娃儿的监护人。"

"可是你……"

"不信那套,继续努力。"

喝完汤,桂圆要工作了。下午两个校区都有会,她开着小电动,跟送外卖似的跑。亚玲叮嘱她明儿晚上去家住,照看着点,她不放心桂宝。桂圆表示没问题。亚玲又道:"我给齐进打个电话,解释解释。特殊情况。"桂圆忙说:"不用,他没那么矫情,我说吧。"

亚玲被捎带了一段,她去地铁站。刚下车,她还想叮嘱几句,可话还没说出口,桂圆一踩加速,溜出去好几米。

晚上郝亚玲交代儿子，奶奶在家，白天她请小时工照料，晚上他必须把整个流程走了：吃饭，饭后按摩，吃药，看着她睡觉。桂宝嘀咕："需要那么精细吗？能动能行，又不是残疾人。"

亚玲轻敲儿子的头："小心驶得万年船，能动能行最好，真要不能动不能行，累的是我！"又叮嘱，"你姐晚上过来。"

桂宝嘀咕："有她还要我干吗？"

"她是孕妇。"

桂宝小声反抗："不是还没怀上嘛。期待中的孕妇。"

亚玲立刻指着儿子："破嘴话！去'呸'！"桂宝朝空气"呸"了三声，亚玲才作罢。

次日一早，亚玲跟着小桃去机场，坐飞机回老家——实际上，机场离老宅比火车站离老宅远多了。但小桃坚持要坐飞机。亚玲的理解是，矫情，说文一点就是仪式感。亚玲乐得沾光，从地上到天上，再下到地上，陪着大嫂一起迎接生命中的重大时刻。

一路蜿蜒，小桃一直抓着亚玲的手不撒，手心都湿了，手指头都被攥疼了。小桃时不时问亚玲："行吗？"亚玲变着法鼓劲，或者说"行"，或者说"没问题"，或者用反问句"怎么不行？"到了福利院门口，小桃还问行不行，亚玲一撂手："来都来了，进吧。"

穆小桃跟就义一样往福利院深处走。一个中年妇女迎过来，是亚玲提前联系好的。材料已经上交，审核通过。

孩子小鼻子小眼小嘴巴，眉毛淡淡的，清清丽丽一女孩，见了小桃和亚玲就笑，咯咯咯，隐约有点小酒窝。

亚玲道："嫂子，跟你长得还真有点像。"停一下，又补充，"缘分。"

小桃喜不自禁，但还是压住情绪，扭头问工作人员："叫什么？"

"还没取名呢。"

小桃看了亚玲一眼。亚玲点点头。

"要不叫豆豆？"小桃道，"看她，精得跟个豆儿似的。"

"豆豆好。"亚玲附和。

"豆豆。"小桃伸手去抱孩子,"豆儿……豆豆……我的豆豆……"眼泪下来了,哗啦啦淌。她终于体会到做母亲的感觉,酸甜苦辣混在一道,一股脑灌下去,竟成个提神汤、回春剂,让她一下年轻了多少岁,有劲了,刀山火海都愿意替这娃儿扛似的。大嘴亲到小脸蛋上,不知道怎么疼才好。

"不能这么抱……"工作人员连忙阻止,"孩子差点大头朝下了。"亚玲帮着调整姿态,小桃破涕:"没经验……"亚玲道:"都是这么过来的。"

豆豆见到小桃和亚玲的时候,来到人世将六个月。她是个弃婴,父母不详。从这天起,她总算又有个家了。

059 / 当务之急

这晚,亚玲的日常工作全由桂宝代劳。饭没做,叫的外卖。饭后的按摩必不可少,然后伺候奶奶洗脚,扶她上床,等她睡着,桂宝觉得烦琐极了。偏偏桂圆加班,9点多才回来。

一进门,桂宝揶揄:"姐,故意的吧?"

桂圆放下包,问:"吃了没有?"

桂宝道:"你要在难民署工作,难民早饿死了。"

桂圆不耍贫嘴,问:"奶奶怎么样?"

"睡了。"

"你有功。"桂圆用校长的口吻表扬。

"有赏吗?"桂宝问。

桂圆颓然坐到沙发上。桂宝见姐太累,收起油嘴滑舌,转身给她放洗澡水。折回头来,才道:"姐,别太累,让姐夫去拼,你的当务之急……"他被老妈熏陶的,下意识叨叨老姐生孩子的事,话到嘴边才意识到不妥,又改口,"当务之急是养好身体。"

桂圆苦笑。弟弟年轻,不懂他们这年纪的焦虑,事业算上到半山坡了,往前走，还可能有更好的风景，往下退，再想爬坡，估计难了。像他们这种没有家庭背景、没有特殊才能、颜值普通的年轻人，只能苦干。即便买了房，有不错的工作，结了婚，代桂圆觉得自己依旧处于"手停口停"的阶段。而且她整天在辅导学校工作，深知养娃儿的花费。没有足够的粮草，娃儿生出来，只会把整个家往下拖。

桂圆不想谈这话题，于是进攻弟弟："真不找啦？"

桂宝歪着头："别的不想，就挣钱。"

"你？"桂圆骇笑。

"小瞧人？这月收入小3万。"

"哎哟，抢银行啦？"

"诚实劳动。"桂宝得意。除了从左璐瑶那儿借钱，他还从不同的网贷平台借了点，再去小舅的平台买理财，吃中间利息。他觉得自己现在像地主，到季就收割，活脱天地中间一散仙。

"一雯没联系你了吧？"桂圆问。

"她是谁？不认识。"桂宝还恨她的冷酷绝情。

"曾经沧海难为水。"桂圆文绉绉地说。

奶奶在里屋叫人，桂宝起身去看。他不想听老姐唠叨。桂圆跟着进去，听到奶奶在叫亚玲。桂圆绕过桂宝，上前叫了声"奶"。

奶奶抓着桂圆的手，道："亚玲，和一点藕粉。"桂圆傻愣在那儿。奶奶推了桂圆一下："去啊。"

桂宝纠正："奶，您糊涂啦，这是您孙女，代——桂——圆——"

奶奶瞪眼："胡说，这是亚玲，郝亚玲，我儿媳妇，守了几十年寡的亚玲。"

桂圆脑中纷乱，一时不知怎么扮演老妈。奶奶还在嚷嚷，桂圆只好先承认，说："我是亚玲。"又转头对弟弟，"冲藕粉去。"

吃了藕粉，奶奶睡着了。桂圆洗了澡，心里都是事，她打了个电话给齐进，问他睡了没有。齐进问："换床睡不着吗？"她是睡不着，但不是因为换床，是因为奶奶的病。家里的药她翻了一遍，一个个对，上网搜，才发现奶奶的确在吃治老年痴呆的药。

老妈为啥瞒着？桂圆想直接打给老妈问个究竟。再一想，算了，这个点说，一夜都别睡了。而且她在陪穆小桃，万一起争执，让外人看笑话。

桂圆钻进被窝，手放在小腹上。平坦的小腹，还有点下陷，跟小盆地似的，她指望着这块盆地成为丘陵。这么渺渺茫茫地想着，慢慢进入梦乡。

不日，娃儿抱回来了。小桃让亚玲暂时保密，她还不打算让老三那边知道，尤其不想让念巧知道，免得她得意。

冠峰似乎不那么兴奋，礼貌地赔着笑。小桃心里欢腾，敏锐度下降，顾不上冠峰，兀自体会当妈的快乐。她老给亚玲打电话，一会儿问吃的，一会儿问用的，其实家里早请了个保姆。小桃嫌她毛手毛脚。问亚玲，亚玲也答不上来，她笑着叫苦："大嫂，我这经验可有年头了，你就当养个小猫小狗。"小桃不同意，说："既然养了，就要全力以赴。"

关于孩子的名字，小桃跟冠峰有分歧。小桃的意思是，孩子姓郝，叫郝豆豆。冠峰道："该是什么就是什么，还用姓她原来的姓。"

小桃埋怨："就是不知道。"

"那跟你姓，穆豆豆。"

小桃认为冠峰这是嫌弃孩子，抵死不让步，就要姓郝。冠峰只好让步。最后名字定为郝穆豆，小名还是豆豆。

豆豆来了没多久，消息就散出去了。非丁克朋友们来恭喜，意思是，欢迎冠峰和小桃进入他们的阵营。丁克朋友们集体抵制，不过小桃也无所谓，有女万事足。

家里这边，消息是从孙志明嘴里放出去的。他带人来看画，随口问："这是谁呀？"小桃直说："我女儿。"志明一时不知怎么接，下意识地瞧小桃的肚子。

小桃用肯定的口气复重："我女儿！"

志明嘿嘿笑："好好好，女儿好！"从他这儿"走露"消息，小桃多少有点存心——亚玲不想面对季鹏和念巧,还要解释,搞不好还要站队,麻烦,那就劳烦这位女婿吧。

志明告诉了郝彤,郝彤很兴奋,不为这孩子本身,而为大伯和大伯母的传奇。在这个岁数抱养个娃儿,带劲!不愧是艺术家。

郝彤跟老妈念巧吹嘘。念巧又告诉季鹏,季鹏感到惊讶。念巧道:"瞧瞧,我生彬彬,大嫂鼻子不是鼻子眼不是眼,现在呢,脑勺子后面长疙瘩,她看不见自己的毛病!"鼻孔里哼出点气儿,"人呀,结了婚,没孩子,年轻时候就是小两口,老了是老两口,那都不叫家!就得有娃儿,才叫家!"

季鹏道:"你给大嫂打个电话。"人不到,话得到。知道了就不能装傻。念巧满心不情愿,可还是得打,笑盈盈地恭喜嫂子:"有什么需要帮忙的,随时张嘴,彤彤这马上要生,等生完,一定去看娃儿。"小桃客气客气,挂了。次日,季鹏上门给大哥大嫂送了红包,恭贺添丁进口。小桃收了,季鹏不多坐。冠峰继续作画,季鹏看他情绪似乎并没有多大改变,过去是阴,现在是多云,顶多点缀几个毛——冠峰的长寿眉养起来了。

亚玲从老家回来,桂圆一直没得空找她。总部举行教学比赛,分部一方面要抓日常教学,吸纳会员,另一方面要天天往总部跑,开会,推优,各种事。终于有一天,出大事了——总部提拔的最年轻的双料校长代桂圆晕倒在会议当场。拉到医院,一通查,医生说有点贫血,血糖低。

公司内部哗然——平时受了桂圆惠的,真担心,几个竞争对手及其下属,幸灾乐祸,不失时机制造舆论:"忙着生娃儿,哪儿有精力做管理?"桂圆只好让分管副校长把校内舆论强压下去,她一出医院,就先到学校露面。她如今事业春风得意,关键时刻要顶住。

齐进和亚玲急得一头紫疙瘩。亚玲让桂宝出钱,买了两块阿胶,仔仔细细煮了,成膏,盛在小瓷盅子里,巴巴地端上门。齐进开门,亚玲边进门边说:"熬了点补的,你也喝一碗。"抬眼一瞧,客厅没人。

亚玲诧异:"桂圆呢?"

齐进不好意思地说:"去学校了。"

"成啥样了，还去！你怎么不拦着？"亚玲心疼女儿。

"拦不住——"齐进说实话。桂圆上班恨不得小跑。

亚玲低头东看西看，生气，像兽："咋就恁忙，今儿大礼拜。"

"辅导班，就趁周末上课呢。"齐进两手插在口袋里，他紧张。亚玲放下小饭兜，一屁股坐在饭桌旁的椅子上："身子瘦成柴棒棒，哪能长出好苗苗。"

齐进不知该怎么劝丈母娘。还没审问呢，他已经成了共犯。亚玲抬头："你呀，就是太贤惠！"她觉得有点用词不当，马上改口，"老实！"又说，"一个家，只能有一个人忙，两个人都忙，怎么成个家。"

齐进敲打过桂圆，建议她辞职休息一段，惹得桂圆几天没理他。如今丈母娘似乎也是让桂圆辞，或者至少换个岗位，可这话他不能说。

他也能理解桂圆，娘家不是大富，没底气，一个人干活儿挣钱，将来养孩子也难。可是，现在生育和工作都是大事，那必须英雄断臂二选一。亚玲跟齐进沉默以对，坐了一会儿，她问："你跟桂圆，谁工资高？"

齐进怔了一下，虽然不好意思，但也得如实答："她挣得多点，"尴尬笑笑，又补充，"可生孩子这事，我没法代劳。"

亚玲没多问，又坐了几分钟，走了，临走时反复叮嘱齐进晚上一定要看着桂圆把膏喝了，说赶明儿再来。齐进说要不他去学校叫桂圆。亚玲表示不用，说不能打扰桂圆工作。齐进犯糊涂：这丈母娘到底是支持桂圆工作还是支持生娃儿，又或者是，双管齐下，两个都支持？

060 / 小 白 兔

桂圆喝着阿胶膏。齐进念叨："妈特生气。"桂圆不解，说："她有什么好气的？""气你不知道爱惜自己。"齐进跟丈母娘一头。

话从桂圆左耳朵进，立刻又从右耳朵出，她没空细想，学校一脑门子事，试管婴儿还在接触，都是麻烦。她现在一有时间就想睡觉。齐进还在念叨，桂圆跟个游魂似的，摸到床，倒头睡。

没了听众，齐进闭嘴，可火气却慢慢升上来。次日一早，桂圆在刷牙，齐进挤过来，桂圆嘴里都是白沫，吐字不清："我还没刷完呢。"齐进还是不动。桂圆推他。齐进跟座山似的。

桂圆嚷："想干吗呀？"

齐进把厕所门反锁上，说："我请假了，休一天，你也休一天。"嘟囔着，"就一天。"

桂圆打他："让开，有正事。"

"就休一天，放松，全部放松。"齐进捏桂圆的胳膊，从上到下，又挠她的胳肢窝。桂圆一边笑一边说不行。齐进不停。桂圆终于怒了："说了不行！一屋子人等着我开会呢！"说罢夺路而逃。

齐进朝她背影喊："世界离了你不转了？"

桂圆回头，道："世界离了我转，学校离了我不转。"

齐进伸着脖子："那是你以为！照转！"

桂圆不理他，迅速收拾，出门。今天是总部的技能大赛，她管的分部有三名老师参加，她必须到场。

没桂圆陪，齐进很少主动上亚玲的门，他怕尴尬。但这次不一样，他是来告状的。提前打招呼，免得丈母娘一并怪罪。亚玲听了生闷气，她怪女儿不知道哪头轻哪头重。晚上，桂宝猫在屋里算钱，利息按天算，高高低低他得调配。亚玲敲他的屋门板："给你姐打个电话。"

桂宝抬头，又低头："忙呢。"

"打！"亚玲声如洪钟。

桂宝意识到问题严重，嘴里一边念着"打打打"，一边翻手机。亚玲下令："明天，最晚后天，请她务必来家，"说完又觉得口气不够重，"不得有误！"

桂宝撇一下嘴，打过去，通了，连内容带口气都模拟了。桂圆听了，说知道了，听不出情绪。次日中午，桂圆骑着小车来家。她只有这个时段有空。菜摆出来了，亚玲精心做了红参炖瘦肉。

亚玲脸色有点不好看。桂圆瞧出不对——其实接到桂宝电话那一刻她就知道老妈又要发作，每次不痛快她都会找桂宝先预告。不过代桂圆实在没有心情跟老妈掰扯。老实说，自从当上两个学校的校长之后，她脾气见长，职业病。再加上试管婴儿老不成功，她焦虑。弄到最后，她也不知道到底是哪件事让她烦恼。总之，百恼汇。

"妈，又怎么了？"桂圆用反问句。

亚玲手上忙自己的，先把一碗汤端到屋里给老奶奶，出来才说："现在见你一面也难。"

"这不来了嘛。"

"做试管就好好做试管，你要这样拼，做 100 次都不会成功。地坏了，播种有什么用？"

桂圆纠正："都查了，医生也说了，我的身体状况适合怀孕。"

郝亚玲放下汤勺，直视女儿："那为什么怀不上，想过没有？你就一点意识不到问题的严重性，这一次次一回回，我看着都疼。一次成功不好吗？东一榔头西一棒槌，拆了东墙补西墙，两边都弄不好。"

桂圆不吭声，喝汤。

亚玲两手揉搓着，十分恳挚，百分担忧，千分愁绪，万分殷切地说："钱，只要人不死，都能赚，娃儿，过了这村就没这店了。我知道你舍不得这俩校长的位子。"

桂圆不得不自辩："妈，知道我熬这位子熬了多少年吗？"喉管咕嘟一下，"不光是熬，还有机会的因素。现在的情况就是逆水行舟不进则退，再往前进一步，干到总部去，不说副总，当个小总，也算这些年没白忙。"

亚玲的口气还是柔缓，但有内劲："知道你事业心重，这些年不容易，家里一穷二白，全指自己拼。可这校长是铁打的吗？私人企业，今天能让你上去，明天就能让你下来，哪儿有长流水？道理你都明白，娃儿是大事，其他都是小事。"

"生了娃儿不还得过吗？总不能为了生娃儿，就把其他的全毁了。"

"你多大了？"亚玲正色厉声。

一箭穿心。桂圆顿时一个头两个大，她又是羞又是恼又是愧又是恨，索性破罐破摔："全赖我！我是盐碱地！不长苗！"又恨道，"大不了不生了，不是照过！"

"那你就等着离。"

"离就离！"桂圆站起来，一不小心，汤碗被打翻，汤水滚了一桌一地。亚玲连忙拿抹布拾掇。桂圆手足无措。亚玲道："真想干事业，当初就别结婚。"

桂圆道："什么话都让你说了！"

亚玲道："我为你好！"

桂圆质问："奶奶的病呢？瞒着不说，也是为我好？"

亚玲一愣，随即摔抹布，啪，桌子上细水花四溅："跟你说，病就好了？跟你说，就不用吃药了？跟你说，脑子就清楚、人就明白了？你们家人，遗传！没一个脑子好使的！我是怕你知道了多个心事，对工作不利，对怀娃儿不好！天大的事我兜着。"她拍胸口，"我是故意隐瞒不给治吗？这么多年，人都是你们伺候的？行，我伺候得不好，我不周全，我故意隐瞒，我居心不良！罪大恶极！有本事你接过去伺候两天试试！孝子贤孙不是嘴巴说出来的！"

"接就接！"桂圆迅速穿衣服走人。

亚玲不追。

出了单元门，桂圆真想哭呀！可不成。下午全员等着她开会，眼泡子不能肿。代校长仰面朝天，硬把一不小心快要流出来的眼泪逼回去。这就是成年人的世界，逼出内伤也得忍。

女儿走了。郝亚玲呆坐在沙发上生闷气。奶奶出来上厕所，瞥见亚玲，喊了一句："桂圆来啦？"亚玲抓狂："妈，我是亚玲，郝亚玲！"奶奶不理她，走自己的。亚玲对着她的背影喊："你们家人，我伺候不起！"

气又来了，郝亚玲站起来，去柜子底下摸酒。她打算喝两盅，醉了最好。

齐进到家，桂圆正在小屋收拾床铺。齐进刚探头进来，桂圆就道："奶搬来。"齐进惊了一下，明白老婆可能跟丈母娘吵架了。他尽量压制住自己，不露出任何可供琢磨的神色。桂圆抒好床单,又搬来两床被子,齐进帮忙,夫妻俩弯着腰,面对面。桂圆问:"你跟谁一头的?"

"跟你一头。"

"不是跟我妈一头?"

"哪儿能呢?"齐进嘴甜,"谁近谁远还分得清。"

"我妈让我辞职,你什么意见?"桂圆故意说得严重。

送命题。说"不同意",有违初心,说"同意",必死无疑。齐进回避:"妈是让你放松。"说着,他双手扶住桂圆的肩,"你看你现在,当领导了,人变得那么紧绷,放松一点,"他轻拍她双肩,"好多病都是情绪引发的。"

他说的也是实话,桂圆的脾气越来越硬,没当校长之前,不说是小白兔,起码是小白羊,当上培训学校的校长,就成母狼了,等手上抓着两个培训学校,真快成母老虎了。

桂圆看话赶话到这儿,于是道:"齐进,咱们今天就说一句掏心窝子的话,我这辈子要是生不了,你是不是立刻跟我离?"

"不是立刻。"齐进下意识地回嘴。

桂圆立刻不满:"不是立刻,是等一等,拖个三年五年再离。"

齐进连忙双臂圈住她:"你怎么老想这么严重呢?"

桂圆喉头发紧:"古来如此,人之常情,你要真有这想法,我理解。"

齐进摸摸她的脸,耐着性子:"你爱我,我爱你,都想要个孩子,两个人共同的东西,"又纠正,"不是东西,结晶,共同结晶,"笑笑,继续,"五年计划不是都定好了吗?努力,实在不行,先抱一个养着,大舅和大舅妈就这样,他们都多大了。咱年轻,有的是机会。"

桂圆又感动又难过。感动的是,齐进包容,难过的是,听上去还有漫漫长路要走。

"要是你变了呢?"

"只要你不变,我就不变。"齐进笃定。深情的话说完,齐进又开始敦促桂圆去看心理医生,桂圆有点不耐烦,说:"我们学校就有专职的心理老师。"齐进说："认识的不行，得找不认识的。"桂圆只好同意找时间去一次。

"妈来电话了。"桂圆道。指齐进妈。家里专门安了座机，算是她的专线。"妈怎么样？"齐进问。桂圆说："是一个女的打来的，叫如意。"

"马如意。"齐进道。这是老家一个亲戚。离婚了，有个女儿，男方带。她找事做，齐进雇她在家照顾老妈，免费住，月月给点钱，她平时还可以去做小时工。齐进劝了老妈几次过来住，他妈不肯，只能想这个法子。找亲戚，知根知底，放心。

桂圆沮丧："妈又该怪我了。"

"不会。"

"要不咱再租一套，把妈接过来。"

"真不是房子的事。"

"还是嫌我不生。"

"真没有，"齐进也快没了好性子，"她就是住不惯大城市，嫌闹，嫌寂寞。"多荒诞的理由。可听上去，又那么真实——又闹又寂寞。桂圆觉得现在自己也是这个状态，又繁华又荒芜。

晚上睡觉前，郝亚玲来电话。桂圆不理，齐进接的。亚玲低了个头，奶奶暂时不送过来，还是她带。女儿现在是非常时期，她心疼女儿，也必须顾全大局。桂圆意识到老妈的海阔天空，鼻子发酸，这事也就过去了。妈是亲妈，桂圆只能这么想。

061 / 一 幅 水 彩 画

念巧现在巴望着季鹏出差，什么事都说不到一块儿。比如郝彤的胎教，念巧认为应该多听巴赫，郝彤要听周杰伦。念巧骂："别娃儿生出来口齿不清。"郝彤不睬，一意孤行。季鹏来个"我支持"。念巧认为女不教父之过。后来想想便放弃了，女儿就这样了，还是抓儿子吧。

念巧有日子没见胡梅了。究其原因，一是因为恬恬上外校后，跟彬彬的辅导班没有重叠；二是因为念巧现在突进了更上流的鸡娃圈，胡梅属于落后分子；三是因为胡梅太忙，又要工作又要带娃儿。要不是这次区歌咏比赛恬恬和彬彬都参加，姐儿俩不知啥时才能见。

胡梅老了。托了关系在药店找到工作，天天熬阿胶。卖阿胶的胡梅脸蜡黄，念巧觉得真讽刺。聚到一块儿，还是因为娃儿。不过这次，胡梅谈的是位学生家长——歌咏比赛的带头娃儿翔翔爸。

翔翔由老爸一个人带着，但这丝毫不耽误他在各方面优秀，奖拿了一堆，孩子也灵泛，懂礼貌。胡梅道："翔翔爸跟你有个共同点。"念巧不明白。胡梅伸出右手食指："目标都是哈佛。"念巧恍然。正说着，翔翔爸朝这边走，胡梅打了个招呼，又向他介绍，说："这是彬彬妈，老唐。"

翔翔爸伸手来握："你好，老唐，我是老于。"唐念巧仔细看，翔翔爸形体高大，一身运动装，显得特年轻，戴着眼镜，斯斯文文，棕色皮肤，头发茂密，乍看有点像苗侨伟。

手握了三秒还没撒开，再握下去该尴尬了，念巧连忙往回抽。胡梅意识到不妥，连忙找别的话："别老不老的了，统一，都叫谁谁爸谁谁妈，我是恬恬妈，你，彬彬妈，你，翔翔爸。"

翔翔爸笑道："想不到彬彬妈妈这么年轻。"

一句话说得念巧心花怒放。好久没人这么夸念巧了。说一个有年纪的女人年轻，根本是一桩善举。念巧真想让他把这句话再说一遍，她录下来，反复听，代替百忧解。

三个人互加了微信，念巧才发现其实他们一直在同一个群里。等翔翔爸走了，念巧又多问了几句情况。胡梅一一解答，说老于是丹阳人，做眼镜生意起家，有十几家店，算是做实体的，老家还有其他生意。总之，是个小土豪。

念巧又问："为什么离？"

"我哪儿知道。"胡梅微嗔。

念巧意识到自己问多了，转而奉承道："你俩倒挺合适。"

胡梅撇嘴："拉倒吧，这种年纪的男人，要么不找，要找，一定是小姑娘。"

念巧不屑:"小姑娘去做后妈?"

胡梅说:"钱顶上,什么前妈后妈,大不了自己再生。"又说,"正当年,能闲着?没有正房,也有相好。"

念巧无从反驳,一时缄默。

胡梅又说:"人家夸过你几次。"

"说什么?"念巧很想知道细节。

胡梅做思考状:"好像是说你会带孩子,把彬彬培养得优秀。"

念巧失落,这叫什么夸,比不夸还糟糕。

"还说你一定是个良家妇女。"胡梅看念巧脸色不好,又纠正,"表述不一定准确,反正就这意思。"

胡梅又问她老郝最近怎么样,念巧说他去法国出差了。胡梅叹:"你们家老郝真不错,三从四德。"

念巧笑:"这个驴呀,你不抽它,它就不走。人也一样。"

季鹏这次出去是谈对外合作。本来没胡斯楞什么事,但架不住季鹏的团队英语都一般,法语更糟。胡斯楞英语法语俱佳,不得不跟着去。

季鹏有点为难。上一回两个人的关系定了基调,再重逢,就必须是阳春白雪,不能是下里巴人。可这回一出差,又是去国外,季鹏怕自己按捺不住。出发前郝季鹏什么可能性都考虑到了——药丸带足,以防万一。

在英国转几天,谈投资,失败。又去德国几天,谈到一半,人家嫌聊得太虚。只剩法国了。季鹏压根不抱希望。谁知道胡斯楞一出马,成了。郝季鹏一高兴,给团员们放几天假,自由活动。他和胡斯楞有了独处的时间和空间。

透过酒店窗户能看到埃菲尔铁塔,晚上更绚丽。郝季鹏觉着此情此景不发生点什么,简直是对自己魅力的否决,也是对胡斯楞魅力的羞辱。郝季鹏决定主动出击。

胡斯楞站在阳台上,对着埃菲尔铁塔抽烟。逆光,她的剪影那么窈窕,被夜色晕染成了一幅水彩画。

郝季鹏走近了。胡斯楞转身，轻笑一下，递给他一支烟。

季鹏盯着她看。斯楞笑："看什么？"她太了解他，所以同情他。

"谢谢你。"他说。

"不是应该的嘛。"斯楞保持微笑。

"没有你，我寸步难行。"

"老朋友，别说这种话。"

季鹏陡然发问："我能不能提个要求？"

斯楞不作声。烟雾缭绕。周围所有的光线都吵嚷起来，等着看戏。

季鹏又转脸对着铁塔方向："多美啊！"这抒情语调因为刻意，反倒有些笨拙。胡斯楞觉得好笑，不过，一个人肯在你面前笨拙，不管是有心还是无意，究竟有几分可爱了。

"浪漫。"季鹏又说。

"你还有这种感觉？"胡斯楞说，"这个年纪……"

郝季鹏怕听年纪的话，连忙拿话堵住她的嘴："现在是最好的年纪，现在是最好的时间，面对着最好的人，天时地利人和，就该发生点什么。"

"什么？"她顺着问。

季鹏视线朝下，斯楞跟着望过去。季鹏讪讪地说："抱歉，情不自禁了。"

斯楞点破："吃药了吧？"

胡斯楞一句话就把郝季鹏的热情浇灭一半。

"你不会不管我了吧？"季鹏苦哈哈地求救。

"想管，管不了。"斯楞莞尔，说罢朝屋内走，季鹏跟上去，从后面抱住她，在耳边吹气："我老觉得不踏实，觉得你不是我的人。"

"我不是任何人的人。"胡斯楞偏着头，又说，"我不想让念巧误会。"

"你还在乎这些？"季鹏怪她提不该提的名字，"就一次。"

胡斯楞道："要不，我们只同枕眠一夜？"

……

老实说，事后郝季鹏都觉得恍惚，不敢确认自己这一晚上怎么过来的。埃菲尔铁塔像被倒过来，直插在地上。

黎明悄至，铁塔的灯熄灭了。郝季鹏看着灰白的天——是个阴天，他忽然有点为自己骄傲。繁华落尽见真淳。他感觉自己特纯洁。他对得起家庭，对得起念巧，对得起孩子，对得起工作，勉强也对得起斯楞。他跟她什么也没发生，却仿佛什么都发生了。

欲望是一道洪流，过去就过去了。也许，胡斯楞不过是他选中的一个别致的出口。他故意想犯规，不想要整齐划一不出错的人生。而胡斯楞的妙处恰恰是她有能力让这种犯规控制在合理的范围内。

他唯一对不起的，只有自己。他忽然有点为自己悲伤。在这个黎明，郝季鹏的全部感受只有八个字：廉颇老矣壮志未酬。再成功的男人偶尔都会觉得自己怀才不遇，因此，才需要女人的怀抱。

062 / 脱 胎 换 骨

齐进和桂圆又去医院彻底体检。结论是，两方都没问题，具备怀孕条件。再看中医，老大夫提出个线索，说不排除是情志原因。无奈之下，齐进找了心理医生，两口子一起去看。医生给桂圆做了催眠，追溯到她小时候的心理创伤。有意识无意识地，桂圆和齐进写了点东西，画了东西，说了点东西，医师一番循循善诱，该说的不该说的，桂圆说了，齐进也跟着说了。

出来之后，桂圆后怕，问："我说什么不恰当的了吗？"她担心言语有失影响校长的工作。

齐进说："没有。"

"靠谱吗这人？"

齐进道："你看你就是深度紧张。"

"我没觉得紧张。"桂圆否认。

齐进拉着她的手，非常真挚地说："这么说吧，你不紧张，这是你的自我，但是你的本我，潜意识，一直紧张，一直不肯放松，所以导致你主观上想怀，可是呢，整个系统不受控制。"

桂圆虎着脸，似乎听明白了——本我自我超我。齐进进一步："请请假，休息休息，现在春暖花开，到哪儿走走都好，你不能再累了。"

"马上要高考。"桂圆脸上没有笑容，"这是孩子们一生中最重要的时刻，也是学校攻坚克难的关键点，这时候撤合适吗？我是校长，我得以大局为重，考虑未来。"

齐进耐不住："那我们的未来呢？"

桂圆沉默，过了一会儿说："我下来就有未来，我不下来就没未来，是这意思吗？"

齐进不得不解释："你老是放大问题，夸张。"

桂圆索性摊开了："我知道你对我不满意，你们全家都对我有意见，可是我是有社会角色的人，你们软磨硬泡非要让我放弃社会身份，以后怎么办？"

"我养你。"齐进硬气。

桂圆默默不语，有些话只能在心里叹，她就是去做文员做保洁，也不能让男人养着。手心朝上，意味着低人一等。进一步讲，就算齐进愿意养她，他能心甘情愿打点她全家吗？郝亚玲、代桂宝，还有奶奶，以后用钱的地方多着呢。她必须在财务上独立，乃至强壮。

"继续试管。"桂圆轻声。

"还受得了吗？"

桂圆顿一下："该受的就得受。"

肉体的折磨是一方面，她还得接受精神的折磨，比如，很快代桂圆便接到消息，表妹郝彤生了个七斤二两的大胖小子。去探望对她来说是精神凌迟。桂圆真不想去，可是她有什么理由不去？小舅对她不薄。

桂圆打给老妈，她还没说话，亚玲便道："得一起去。"桂圆发毛，放大音量："没说不去。"亚玲意识到女儿太过敏感，解释道："是说跟你大舅和大妈约个时间，一起过去。"桂圆立刻不好意思，脾气发得毫无必要。亚玲又说:"彤彤婆家没什么人,孙志明有个老爹,早再婚了,全是你小舅这边打点。"

桂圆深呼吸,努力心平气和,问老妈礼钱什么标准。亚玲道:"给她妈什么样,就给她什么样,女儿总不能大过妈去。"末了,亚玲提醒,"到时候多带一份,你大妈抱豆豆回来,你和齐进还没去过,你大妈说了,你们情况特殊,不用去。真见到面,不给一份不好。"

桂圆明白,越是假的外的,越要比真的内的还要真还要内。桂圆真佩服穆小桃,这个年纪还有兴致从头再来。

桂圆去银行取了崭新的百元票,晚上回去包红包。齐进问:"怎么两个?"桂圆道:"郝彤儿子一个,大妈女儿一个。"齐进笑说:"真乱。"桂圆叹息,说:"还笑!"齐进连忙收了笑容,问到时候要不要陪她过去。他最近工作紧,去看月子里的妇女,男人出现也不大恰当。桂圆说不用。齐进看她的表情有点担忧:"还是去吧?"桂圆着急:"说了不用!"

郝彤坐月子的待遇比她老妈高半截,也住在那家五星级酒店内的月子会所,不过是大套房。这是她向志明特别要求的。生了孩子,郝彤才发现她早先对生孩子的困难预估还是不足。她是顺产,疼得好像被人捅了一刀。生了6个小时还没生下来,念巧原本要请求剖腹,志明也没了主意,一个劲儿说"保大人"。郝彤不答应。她就要自然生,不为别的,只为证明自己比老妈能干。用力9个小时,瓜熟蒂落,生下来了。儿子!

郝彤抱着自己的儿子,一瞬间,跟脱胎换骨似的,美少女变身,她是妈妈了。可是,困难跟着来了。她原本以为,娃儿一哭,她抱起就能哺乳。可是在哺乳之前,她经历了胸变石头的恐怖历程:涨奶,发低烧,奶头每隔两个小时磨破并结痂一次,全天睡不好觉。

彤彤没想到当妈这么痛苦,气得拿指甲挖志明的肉:"都是你害的!"志明山呼:"老婆英明,老婆伟大!"

因为形象不佳,郝彤要把亲戚探望的时间推后,这话得由志明传达给念巧,念巧再通知冠峰、亚玲以及桂圆等人。

小桃得知,不禁狐疑,问冠峰:"不会有什么问题吧?"冠峰道:"不是说了嘛,身体状况不佳。"小桃笑道:"刚生完孩子,有几个特佳的。"冠峰瞟了她一眼,没接话。小桃弯腰摆弄女儿。豆豆咯咯笑。小桃一回头,"该不会是……"言语迟疑,"娃儿有什么问题吧?"冠峰蹙眉。小桃没继续往下说。

亚玲得到消息没往心里去。她这些天在忙老奶奶。药还在吃,病却加重。过去是间歇性不认人,现在是指鹿为马,非认亚玲是桂圆、桂圆是亚玲。亚玲一站到奶奶窗前,正打算下手按摩,奶奶便说:"去把你妈叫来,你不行。"亚玲"啧"一声:"妈,我就是亚玲。"奶奶厉声正色:"你不是!"说不是就是不是。亚玲没法去烦女儿,女儿也烦着呢。可奶奶死活就是不认。

桂宝帮老妈分析:"这有什么难的?奶就是张冠李戴,现在你就是姐,姐就是你,你穿姐的衣服,扮演姐,不就完了?"

于是郝亚玲翻出几件桂圆的衣服。桂圆最近是中长发,中分。她也那么弄。齐活儿后,往奶奶床前一站,奶奶果然又叫她亚玲了。

桂圆接到探望延迟的消息,刚开始没感觉,因为忙,但一静下来,比如周末休一天,不好的感觉又回来了,仿佛一个马上要被执行死刑的人突然被通知改判。等待的滋味不好受。

齐进道:"是不是有什么问题?"

桂圆没好气:"能有什么问题?"

"产妇?娃儿?"齐进的揣测跟小桃差不离。

"顺产,大胖小子。"桂圆觉着这两个词对她是羞辱。

齐进下床在地板上做了几个俯卧撑:"要不今天……"

"算了。"桂圆拒绝。心情不好,就算中标,生出来的孩子估计也不健康。手机响,桂圆接,小舅妈通知桂圆这周六邀请她来月子会所。桂圆挤出笑,表示一定准时到。

"再来一次吧?"齐进再次邀约。

"洗没洗?"桂圆问。

齐进猫腰出去，一分钟就回来了。桂圆诧异："没听到水声呢？"

"洗好了。"齐进低头。

"好好冲一冲。"不能局部，要整体。

"冲了。"齐进上床。

"用沐浴露了吗？"桂圆问。

齐进兴致大减："算了。"

桂圆反倒不好意思："我的意思是你得卫生，你想要个不卫生的孩子？"

齐进只好又起床，嘴里念叨："好，卫生，卫生，"又嘀咕，"那《红高粱》里，还在高粱地里呢。"

"你嘀咕什么？"

"没什么。"齐进洗去了。

063 / 三 代 人

一条腿迈进月子会所前，桂圆挽紧老妈的胳臂。亚玲看出女儿紧张，安抚道："没事！"

桂圆被看破心事，反倒要掩饰："本来就没事。"怎么能没事呢？这可是个妈妈、娃儿的老巢，堪比盘丝洞。小舅妈就在这里坐的月子，如今轮到她女儿，一对母女，三代人。对桂圆来说，真是无可奈何娃坠地，似曾相识妈归来，月子中心独徘徊。

刚走到门口，就听见欢声笑语，亚玲和桂圆缓步进去，手上没拿东西——带了钱，就不带果篮。桂圆扫了一眼，没一个认识的。刚往里走了两步，就听到念巧说"不留"，一帮人鱼贯而出。

娘儿仨在大套间的客厅打了招呼，亚玲越过念巧，快步往屋里走，还没见到彤彤的面，就拖着长调子叫："我孩儿——"彤彤满面笑意。到彤彤床前，挨小凳子坐下，亚玲再叫："能耐！"彤彤叫声"姑"。

亚玲回头看念巧："娃儿呢？"念巧说："他爷抱去了。"亚玲又问："孩子爸呢?"念巧说:"工作忙。"实际他们怕志明来了尴尬,特地支开。

桂圆在亚玲身后站着,遥遥望着表妹郝彤,不出声。

亚玲没话找话:"真能干。"

郝彤道:"姑,跟您和我妈不能比。"

季鹏抱着娃儿进来,当头就喊"二姐",声如洪钟。亚玲连忙站起来,让郝季鹏把孩子放到彤彤旁边,细瞧一番。亚玲道喜:"老三,你最先升级!"

季鹏"哎呀"一声,看了桂圆一眼,才对姐姐道:"都快了。"

桂圆脸立刻红了。

护士来问保育室的事,季鹏和念巧都去看,亚玲给桂圆使了个眼色,也跟去了。一时间,卧室就剩桂圆和郝彤两个人。桂圆只好坐下,捉住郝彤的手,又伸着脖子看看孩子,以示亲密。

表姊妹俩一直挺好,只是后来郝彤找了志明,桂圆总觉得疙疙瘩瘩,再加上彤彤怀了孕,两个人好一阵没联系,如今再坐到一块儿,总觉得不自然。郝彤知道志明对桂圆曾经赞赏有加,现在开始防着表姐。

"不怎么疼。"郝彤先开口。

桂圆心里咯噔一下,觉得彤彤这是在传授经验,心里不大痛快,但还是说着场面话:"恭喜啊。"又伸手摸摸娃儿的小脸蛋,呵呵笑,然后就都没话了。

桂宝风风火火地进门:"真生啦!"他每次都迟到。

桂圆蹙眉,叮嘱他:"小声!"

桂宝上前,压低声音:"我瞧瞧。"凑近了看孩子,又对着郝彤,"长得像谁?怎么不太像你,别抱错了吧。"

桂圆惊:"桂宝!"狗嘴吐不出象牙。

郝彤不生气,对着桂宝笑:"你得小心了。"

桂宝不懂:"我小心什么?"

郝彤幸灾乐祸地笑:"我完成任务了呀,以后这一大家子的嘴就长在你身上啦。"

桂宝抢白:"生了还得养呢,任务还在后头。"

郝彤不示弱："难不成你不生？绝后？"

桂圆嫌闹，对弟弟说："少说两句，都是做舅舅的人了。"

桂宝冲郝彤说："先说好，我没钱。"

郝彤撇撇嘴，笑："你又没结婚，还不算个人。"

桂圆换个话题，问："奶奶呢？"桂宝说："在家呢，请了小时工照顾。"桂圆道："你回去。"桂宝说："来都来了，总得见大舅小舅一面。"桂圆说："那你别乱走。"说话间季鹏他们仨回来，谈到孩子的名字问题。彤彤说叫"宝宝"。亚玲笑道："十亿人八亿人都叫宝宝，"又对季鹏，"做姥爷的，你不给一个？"季鹏道："姑姥姥取一个！"皮球又踢给亚玲。郝亚玲得了这么一个重任，实在难以负担，于是对念巧说："姥姥取最好。"

念巧白了季鹏一眼："要我说，就从《离骚》里取。古人云，女诗经，男楚辞，文论语，武周易，取名字就得按这个来，这叫文化！"

念巧拿出手机，翻找："'乘骐骥以驰骋兮，来吾道夫先路'，孙骐骥，多好。"季鹏、亚玲、桂宝都凑过去看，只有桂圆作壁上观。

亚玲道："好是好，字太复杂，以后考试写名字耽误时间，笔画太多。"

念巧认为有道理，再念："'鸷鸟之不群兮，自前世而固然'，孙世然。"

郝彤问："妈，啥意思？"

念巧翻了翻，道："意思是说，雄鹰跟一般的鸟不一样，那是骨子里带来的。"这一解释，大家都说好。将定未定之际，冠峰两口子进门。众人扭头看，却见穆小桃怀里抱着个女娃娃。

念巧大叫："哎呀，大嫂！"

郝穆豆被大嗓门惊扰，"哇"的一声哭了。小桃埋怨："这狮子吼。"

念巧不好意思地说："大哥大嫂，坐，我去接彬彬。"跟着便快步出门。

冠峰放下礼品，一只灵芝，一袋桂圆，一包上好的红枣。亚玲凑趣道："不用早生贵子啦。"季鹏也调整出老大热情，和二姐一起围着豆豆转。

越是假的，越要显得比真的还亲。豆豆天生耳朵上有颗小痦子。桂宝眼尖，发现了，正要指出来，桂圆拽住他："闭嘴。"众人在客厅夸了一会儿，穆小桃才施施然抱着郝穆豆进屋,跟郝彤打照面。

郝彤要起来,小桃连忙说:"别,好生养着。"她原本就慈眉善目,有了娃儿,行动言语都有点古风。又问:"叫什么?"

郝彤现得现卖:"然然,孙世然。"

小桃自报家门:"我们叫豆豆,郝穆豆。"又对男娃儿说:"然然,这是你豆豆姑姑。"

亚玲、季鹏站在她身后发窘,冠峰倒一派坦然。桂宝小声对桂圆说:"姑姑……搞得跟神雕侠侣似的。"桂圆用胳膊肘拐了他一下。

女人们聊天。冠峰出去抽烟,桂宝跟着。两个人在抽烟室说话,冠峰问他最近怎么样。

桂宝道:"还行,跟着小舅挣了不少。"

听了这句话,冠峰就不往下问了。季鹏来找大哥借火。三个男人站着,各抽各的烟。

远观近看,代桂圆发现,大妈小桃抱了娃儿之后,整个人柔软了许多,也不开口就谈八大山人了。她现在跟郝彤能说得来,娃儿长娃儿短。

小桃羡慕彤彤是"自然产奶机",她可没有,豆豆只能喝奶粉,但必须是进口的。

亚玲道:"进口的也不一定好,有那种专为中国宝宝设计的国产奶粉。"

小桃白她一眼:"你信吗?"

桂圆清嗓子,暗示老妈少说几句。

不大会儿,念巧领着彬彬回来。"叫大妈。"念巧命令。彬彬叫了声"大妈"。又命令:"叫二姑。"彬彬又喊。"叫圆圆姐。"彬彬严格执行。

轮到豆豆。念巧郑重介绍:"这是你的豆豆妹妹。"

彬彬站直了:"豆妹好。"

介绍完毕。郝彤不答应,对弟弟说:"彬彬,还有一个没打招呼呢。"众人才想起来,然然是彬彬的外甥,彬彬是然然的舅舅。亚玲好事,道:"彬彬,知道这是谁吗?"

彬彬不糊涂:"姐的宝。"

亚玲笑:"那他是你的谁?"

彬彬学着大人的口气:"亲外甥。"

一圈皆大笑。就连下定决心冷若冰霜的桂圆,也被这无忌的童言和天真的感染力打动,她本能地抗拒这些属于别人的欢乐,又本能地被吸引,她更加想要自己的孩子了。看看四周,因为娃儿,曾经势不两立的穆小桃和唐念巧团结了,根本不是一个辈分的彤彤和小桃成了无话不谈的好姐妹。她们都有天底下最具号召力的名字:妈妈,母亲!桂圆觉得一阵惨痛。这种痛苦,就连老妈都无法替她分担。桂圆正忧伤着,探视活动的最高潮冷不防到了:发红包。

064 / 吃什么补什么

小桃先出手。两个红包,一个给彬彬,一个给然然。小桃笑呵呵地说:"这样好,一个是养,两个也是养,叔侄年纪差不多,以后一起上哈佛。"

这正是念巧的愿望,小桃明着说了,念巧道谢不迭,连忙掏出一只更大的红包,塞到豆豆怀里,笑道:"豆豆真好命,遇到这么个好妈。"说的恰也是小桃想听的。

彤彤也从床头摸出个红包,许是别人给然然的,她就当是自己的,转赠给大伯母和豆豆。小桃喜滋滋的,过去总是她给别人娃儿钱,现在她也有娃儿能收钱了。虽然她不在乎这点钱,可在乎这感觉呀!

亚玲也掏出俩红包,一人一个分了,讪讪道:"姑姥姥二姑没本事,别见怪。"她那红包比小桃的可就小多了,跟念巧的更不能比。

老妈给了,桂圆这才站出来,从皮包里拿出两只红包来。念巧、小桃异口同声说不要。桂圆坚持:"桂宝免了,我得给,成家立业了,就是独一户。"

小桃和郝彤只好收了。念巧不识趣,笑说:"桂圆,加把劲,我们想给钱,你得给咱机会呀。"桂圆的脸红了。最怕听的那句话,到底还是来了。她就是准备一年，临场还是不适应，顿时兵荒马乱。

冠峰、季鹏、桂宝进来。冠峰说要走，亚玲和桂圆也要告辞。冠峰和小桃前脚走，季鹏非要让亚玲把大哥送的灵芝拎走给奶奶，桂圆和红枣给桂圆，又对桂圆说："吃什么补什么。"桂圆一肚子委屈烦恼，听了小舅的话更是一头雾水："我叫桂圆，吃桂圆，怎么叫吃什么补什么？"

季鹏见她迷惑，解释道："桂圆里不是有个小核嘛，你也早点有。"桂圆立刻太阳穴发胀，眼冒金星。

桂宝开车送亚玲和桂圆回去，亚玲先到，下了车，桂圆说还要去学校看看。亚玲安慰女儿："别想太多。"桂圆坐在副驾驶位子上，没回头，摆摆手。老妈这一句安慰，桂圆心中好不容易平息的潮涌再次被引逗，一股气从胸腔里窜到嗓子眼，鼻子一酸，眼睛红了。

桂宝偏头看姐姐："想哭就哭吧。"

打从月子会所出来，桂圆就憋着。一次探望看到三个娃儿，刺激太大。马上穆小桃还要回请，再办一场酒席。刺激还要再来一回！桂圆绝望。

桂宝直言劝慰："姐，别太难过。"

桂圆抱着几袋桂圆，眼泪滚在塑料袋上。桂宝越说，她越难过。桂宝口气俏皮地给她打气："姐，我觉得你肯定没问题。"

桂圆嗫嚅："你咋知道？"

桂宝立即道："因为你叫桂圆呀，桂圆是有核的。"桂宝现学小舅的比方。

桂圆破涕，反问："你是桂宝，宝的意思是家里有玉，有钱，怎么也没见你挣多少钱？"

桂宝嚷嚷："哎哟，姐，你可冤枉我，我现在比你挣得多。"

"吹吧。"

桂宝得意："回头给你看个数字，你嘴巴得张大了。"

眼泪喷出来，胸中那股潮汐才真正退却，桂圆调整呼吸，恢复到正常状态。桂宝看姐姐平静了，正儿八经地说："姐，干吗非要生孩子？"桂圆没作声。桂宝又道："人生价值不一定非要从孩子身上体现。是姐夫非得要？"

桂圆这才道:"我想要一个自己的孩子,"又一挥手,"你是男的你不懂。"

桂宝嘀咕:"跟男女有什么关系?"

桂圆道:"女人一生排出的成熟卵子只有四五百个,男人呢,一次射精就有两三亿个精子!公平吗?"

轮到桂宝不吭声了。

桂圆怅惘地说:"男女平等是社会学意义上的,男女不同是生物学意义上的,不能因为追求平等就忽略不同。女人,就是比男人辛苦。"

桂宝立刻道:"这我不同意,男人比女人辛苦得多,女人不成功,还可以靠男人,没人会责备一个靠男人的女人。男人不成功,就不能靠女人,靠了女人,唾沫星子能把你淹死,你自己也会不认可自己。男人必须要成功。"

"什么是成功?"

桂宝不假思索:"有钱,有权,有地位。"

"狭隘。"

"这是事实。"

"为什么不是能影响更多人、帮助更多人、成就更多人,自己也幸福?"

桂宝紧握方向盘:"不冲突。没有钱没有权没有地位,你怎么去推动这些事情?美好需要成本。"

两个人正说着,亚玲来电话,让他们赶紧回去。桂宝估计是奶奶的事。桂圆问:"奶奶怎么了?怎么不早说?"

奶奶把小时工的胳膊抓了道口子。亚玲赔礼道歉,补了点钱,接管了奶奶。可奶奶压根儿不认她,翻来覆去一句话:"你不是亚玲,你是桂圆。"亚玲只好紧急召集代桂圆。人站到床头,奶奶拦腰抱住桂圆,还是那句话:"亚玲呀,你不能撇下我!"桂圆只得好生安慰。先平息情绪,再喂饭。老奶奶吃饱了,往床头一靠,睡了。

娘儿仨合上门,到客厅说话。

亚玲叹气:"我扮你也不成了。"

桂宝对桂圆说:"奶现在就是脑子里头电路搭错了,你就是妈,妈就是你,她只认你这个假妈,真妈她不认。"

桂圆听明白了,道:"要不接我那儿去?"

"那白天怎么弄?"

"妈,你过去。"

"麻烦。"

"那我住过来?"桂圆掉了个个儿想。

"齐进同意不?"亚玲问。

"不同意也得同意。"桂圆说。晚上回家,桂圆把考量跟齐进说了,齐进双手赞同。桂圆见丈夫态度良好,觉得自己的口气似乎太硬了,于是柔声柔气地说:"你一个人在家行吗?"齐进道:"不就晚上睡个觉嘛,实在不行,我找你去。"

"那儿可小。"桂圆打预防针。

"挤挤,没准有新火花。"齐进幽了一默。说实话,桂圆很佩服他这点。他的幽默感是随着婚姻生活的深入逐渐释放出来的。刚遇到的时候不这样。现在,好多事情他都一笑了之,她做不到,面对生活、工作,她如临大敌。当晚,代桂圆就暂时搬回娘家,老奶奶见"亚玲"回来了,便息事宁人,安静得像只白兔。生活又回归正轨。

既回了娘家,按说娘儿俩近了,应该常说说体己话,谁知亚玲和桂圆话反倒话少了。亚玲小心照顾女儿的情绪,万一她毛了,一抬腿,老奶奶这儿真没辙。娘儿俩的共同点只有两个:一个是奶奶,得共同照顾,桂圆还是"假亚玲";一个是桂宝,只要想起来,亚玲就催儿子找女朋友,桂圆充当"帮凶"。桂宝头大,只好往健身房跑。不日,小桃请客,娃儿们又都逼到眼前。桂圆和亚玲去了,回来后桂圆好几天阴沉沉的。

桂圆回娘家之后,齐进来过几次。因为忙,做试管暂时停了。齐进每次都要人工尝试,动静还特大。桂宝在隔壁住着,不大爽快,提醒了齐进两回,齐进反攻:"早点找个老婆。"桂宝"啧"一声:"哟!就因为未婚,谁都能说我两句,什么世道!"

这日,桂宝从健身房回来,一进门就虎着脸。亚玲正在包馄饨,瞟了他一眼:"赔钱了?"桂宝说了声"没有",进了自己屋。稍晚,桂圆回来,桂宝拉着姐姐到小屋道:"你猜我遇到谁了?"桂圆猜是一雯,但嘴上没说,还是问谁。

"左璐瑶。"桂宝道。

"遇到她太正常。"桂圆不以为意。

"旁边还有一男的。"桂宝吊着眼,提着气。

"可能是熟人。"桂圆说。

"搂着走的。"

桂圆来了兴趣。结了婚,工作一摊事,家里一摊事,桂圆跟左璐瑶联系少了。但璐瑶身边突然出现男士,桂圆还是打算拷问拷问。

人约出来边吃边聊。桂圆卷了块肉,递到左璐瑶盘子里,煞有介事地微笑。

"干吗?"璐瑶觉察出不对,"有阴谋。"

桂圆点了两下头:"从前有座山,山里有个庙,"吃一口,继续,"庙里有一男的。"

璐瑶一笑:"哪儿来的消息?"

"有没有?"

"没有。"

"这顿你请。"桂圆假装起身。

左璐瑶连忙拉住她的胳膊:"还没有确定嘛,哪儿那么着急。"

桂圆屁股回落:"什么情况,说仔细点。"

"是介绍认识的,40多岁,二婚,有个男孩。他做眼镜生意,不过对航空行业特别感兴趣,是个航模爱好者。"

桂圆伸出一根手指:"你是航空公司的……"左璐瑶笑。

"姓什么?"桂圆问。

"姓于,是个南方人。"

桂圆脱口而出:"南方人好,南方男人会照顾人。大点也好,成熟。适合你。"其实桂圆内心的第一反应是,怎么找了个二婚?再一想,到这岁数还未婚的男人,肯定质量有问题。只是,进门就当后妈,又是男孩后妈,桂圆替璐瑶感到压力大。

065 / 不咸不淡

自从豆豆来家后,小桃和冠峰开始分床睡。小桃对冠峰不满意,认为他对女儿的爱不够,可这话又不能直说,只能用其他方式间接地、侧面地表达。一来二去,就有点找别扭的意思。小桃故意给冠峰安排些活儿。比如,抽尿不湿的时候她会让冠峰来帮忙,保姆见了大惊失色,连忙要整个接过去。小桃强调:"他是爸爸。"豆豆如果晚上闹腾,小桃会叫冠峰一起哄。只要他稍微露出不耐烦的神色,她就会"战斗到底"。

冠峰昼夜颠倒的毛病在他遇到创作瓶颈之后算刚恢复,豆豆来了,打破了新规律。实际上,穆小桃要求不高,但凡冠峰表现出一点真心实意的爱,她就会松口。问题在于,真心实意装不出来。冠峰总是不咸不淡的表情。

亚玲来看过小桃两次,豆豆是她和小桃一起抱回来的,感情自然也深点。不过亚玲也提醒:"嫂,别顾了小的,忘了大的。"

小桃一肚子苦水,叹息:"你大哥当丁克都当麻木了。"亚玲也看出大哥的不积极,对豆豆生分。她只能劝嫂子慢慢来,又说:"大哥其实也就是个孩子。"小桃幽默一把:"那我是两个孩子的妈?"亚玲道:"你家三个孩子。"小桃诧异。亚玲提醒:"你也有孩子气。"

那边厢,唐念巧和郝彤的矛盾也越来越大,主要集中在孩子的教育问题上。念巧发现郝彤根本听不进去她的成功教育经验,甚至反着来,或者干脆说:"妈,咱晚点荼毒行吗?能不能让娃儿过个快乐童年?才刚落地,就要被您洗脑。您适合一份工作。"念巧问是什么。郝彤道:"月嫂,方便近距离洗脑。"

可气的是，女婿孙志明还两面三刀，这边说好，那边就站在彤彤那边。更糟的是，她的郝季鹏也没站在她这边。只有儿子彬彬坚决维护她："妈，他们不配上哈佛。"听儿子这么说，念巧眼泪快下来。

不过，女儿生娃儿之后家里碰着喜事了，用季鹏的话说就是，女儿带来了财。

女婿志明在婚后立马倾囊相助，公司里季鹏管的这一支异军突起，成为最重要的部门。当然，其中也有胡斯楞的功劳。一时间，鲜花着锦烈火烹油。

为了犒劳自己，也为了谈生意方便，郝季鹏入手了一套别墅，靠山依水，念巧送孩子上辅导班也便利。整个家欣欣向荣，谁见了季鹏都说他是标准的人生赢家。

胡斯楞入手了一套公寓，独住，也是朋友聚会的据点。

季鹏感觉自己很伟大，一碗水摆得平，对得起所有人。不过，孙志明跟彤彤结婚后，只要是胡姐叫的局，他就不去。

搬进别墅后不久，念巧在清扫后院草坪的时候遇到一个中年妇女，叫周凯丽。她家院子比念巧家大，孩子却比彬彬小点。两个人一见如故，原因很简单，都是鸡娃派。

周凯丽有段感慨深得念巧的心。说这话的时候，周凯丽站在草坪上，抬头看看天——是个阴天，云层迭起，有点压抑，她拖着悠悠的调子："没意思。"

念巧不懂她的意思。

周凯丽收回眼神，朝念巧一笑："放眼看看，都住着千万的房子，都开着百万的车，都拎着几十万的包，都穿着几万的羽绒服，出国都是头等舱，还比什么？只能忙活娃儿。娃儿好，才是真的好，娃儿好，这辈子打下来的基业才守得住，整个家才站得稳。"仿佛她是太后，有整个帝国要传给儿子。

念巧心有戚戚！天下的妈是同类，对于教育娃儿怀揣同一份焦虑。尤其现在郝老三事业更上一层楼，更显得念巧鸡娃有先见之明，因为说到底，娃儿代表的就是你的基因、能力和未来的可能性！财富是成倍的，焦虑也是成倍的。

她唐念巧抓的不仅仅是现在，还有郝家未来50年的繁荣昌盛！她不知道苦？彬彬学高尔夫、学冰球，她就带着孩子一会儿海南、一会儿哈尔滨，整个中国从南到北跟逛菜市场似的；她不知道累？彬彬学英语，她就跟着把英语拾起来；她不知道艰难？她不但要赢这一辈人，还要赢下一辈人！她不能像郝老二那样鼠目寸光，更不能像大嫂那样领养个娃儿，纯粹以娱晚景。

录像设备架好了。所有录制内容必须清晰，回家要继续研究，这是数学大师课，说老师提名过某大奖，念巧费了大劲抢到。胡梅没抢到。念巧的理解是，可能财力不足了。

念巧占了一个位子。旁边来了个人，穿黑皮鞋，念巧没看他。她要做一个心无旁骛的高冷贵妇。

"彬彬妈。"有个声音在耳边荡。

听着耳熟，念巧抬头。高高大大一男士，夹克衫，棒球帽，黝黑脸庞，是翔翔爸。念巧立即不好意思，挽了一下头发，笑着打招呼。

"没位子了。"翔翔爸说。

念巧连忙把三脚架移了移："凑合用。"翔翔爸真不客气，从双肩背包里拿出器械，招牌式地弄起来。念巧用余光观察，他的摄影器材高级，跟他本人一样。

一整堂课，唐念巧就没听进去几个字。老于在身旁，她立刻对自己有了极其严格的要求——体态要优美，面部表情要控制，既不能太严肃，又不能太放松，总之，整个人要传达出四个字：从容优雅。实际上，坚持到一半，念巧就腰酸腿麻了，她反问自己："至于吗？"再一想："我也不是为他呀，我本来就是个淑女。"于是，挺直腰板，继续坚持！

小忙一帮，顺理成章，翔爸提出请彬彬妈吃饭，彬彬妈礼貌拒绝。淑女当然不能一次就同意跟陌生男人单独吃饭。等到翔翔爸发出第三次邀请，彬彬妈才勉为其难同意了。

日子定下，念巧心情大悦，季鹏和郝彤也跟着受惠。郝彤问老爸："我老妈的更年期是不是过去了？"季鹏道："一阵一阵的。"郝彤道："可能住大房子还是舒坦。"季鹏立刻归为自己的功劳："丈夫成功，女儿嫁得好，儿子优秀，吃香喝辣风风光光，她有什么不舒坦？"

郝彤随即道："爸，你做妈的工作，我儿子我管，她管她儿子就可以了，我不指望然然去什么哈佛耶鲁，家门口大学上上，平平凡凡普普通通。"

季鹏懒得听娃儿的事："随你。"

郝彤又说："爸，投资那事，志明就不掺和了，忙照帮，还跟以前一样。"季鹏的心咯噔一下，拉下脸来："彤彤，嫁了人就不帮爸爸了？"

"郝彤道："不是不帮，是志明的钱都盘在链上，不能动，剩下一点老底，全是生活费，你忍心让你女儿和外孙喝西北风？"

季鹏绷着脸。郝彤继续做工作："鸡蛋不能放在一个篮子里，一个家得四面开花，不能孤注一掷。"

季鹏心痛："随你！"

郝彤打趣，活跃气氛："爸，你可别伤妈的心呀。"

季鹏不明所以。郝彤说："胡阿姨来了几个电话，志明都不敢去，为啥？"

"那你得问他！"季鹏站起来，小小激动。

郝彤拉他回来坐："我就是提醒提醒，适可而止。"

季鹏道："什么都没有！自己思想肮脏，把别人想得跟他一样。"鼻孔一张一翕，"你就这么不相信爸爸？"

066／静 观 其 变

不日，季鹏去浙江出差。念巧应了翔翔爸的邀请，奔赴饭局。包间不大，很温馨。她到时，他已经提前来了。念巧提出过叫胡梅，翔翔爸同意，但很快又说胡梅没时间。念巧怀疑他根本没联系她。

念巧今儿的衣服藏着暗劲。看似平平无奇，但无一不是名牌。她就一身黑，脖子上坠着块平安无事牌，起画龙点睛之效。念巧认为这样合适，既为自己长了体面，也不让翔翔爸太得意。

念巧含笑，落落大方坐下。老于招招手，上菜。念巧一看，天上飞的，地上走的，水里游的，都有。她倒不在乎吃什么，她在乎的是菜价，那代表着她的重要性。点贵的菜并不一定代表尊重，但点便宜的菜一定代表不尊重。

吃到一半，念巧嫌气氛沉闷，随口将他一军："鸡娃群里，妈妈常见，爸爸可是稀缺品种。"

老于不藏着掖着，笑道："正给找妈妈呢。"

念巧连忙故作矜持，用餐巾掩住半张嘴："真抱歉。"

老于"嗨"了一声："也不是丑事。离了有日子了，一直……"

话没说完，念巧抢着说："一直挑挑拣拣。"

老于哈哈大笑，中气十足，包间似乎都在震颤，笑好了才说："不是挑，是真没合适的。"

"什么要求，说说，我帮你掌掌眼。"

老于道："没有特别要求，就是理解我，支持我。"

念巧笑道："你这就是男人的自私。"她不单说他的自私，而且把他归到男人大类里，罪就不那么重似的。

老于回道："真喜欢，就无私了。"

吃完饭，老于非要带念巧到他的眼镜店看看，又说："上次我就看出来了，你视力不好，眼睛眯着看黑板。"

念巧不禁飘飘然："有点散光。"

到店里，老于立刻安排工作人员给念巧 VIP 服务，先挑镜框，再验光，然后配镜，行云流水，半小时后，念巧得了一副 100 来度的眼镜。左眼镜片几乎是平光镜。老于从验光师手上接过来，交货到念巧手里，笑呵呵地说："试试，看晕不晕。"

眼镜不晕人自晕。念巧接过来戴上，猛一下不适应，她摸摸耳朵，似乎眼镜腿有点短，戴不到耳朵上。老于连忙上前探看，左摸摸右摸摸，又捏了两下她的耳垂，再交给配镜师调整。

念巧脖子红了，脸也发烫。捏这两下什么意思？好像跟配镜无关。念巧说不清是什么触感，多少年来，除了丈夫和儿子，她就没跟其他男人有过身体接触。

"孩子！"念巧突然想起来该接孩子了。老于还是保持微笑，从容不迫的样子，好像一切都在他掌控之中。他举起胳膊，看看手表："来得及。"他的小臂恨不得比她的大臂还粗，手腕上都是毛。念巧骇然。跟老于比，季鹏像白斩鸡。

* * *

马如意来电话，说要陪婶儿上大城市一趟。齐进紧张，问："怎么了？"马如意支支吾吾："没啥事。"齐进给他妈打电话，没人接。临行前他老妈才回了电话，说："就是过去住几天。"

齐进第一时间给桂圆打电话。桂圆刚洗完澡，正在擦头发，毛巾差点没掉地上。亚玲见女儿失魂落魄，问怎么了。桂圆说："我婆婆要来。"亚玲"嗨"了一声："大惊小怪。"桂圆对着镜子："八成又是那事，"顿一下，补充，"这次还带了个丫鬟。"亚玲问究竟。桂圆把齐进雇用马如意的事简单说了。亚玲叹："也好，真要有这么个人替你们尽孝，省多少事，花点钱倒没什么。"

桂圆不满："妈，搞清楚，我们愿意尽孝，我愿意尽孝，请她来她不来。"

亚玲抿抿嘴："你最好这几天回去住，哪个妈看到自己儿子一个人被撂家里心里舒服？"

"情况特殊嘛，奶有病。我也不是吃闲饭的，白天忙，晚上忙，跟陀螺一样。"

"让你休息你不休息。"

桂圆朝客厅走："妈，您这话实在糊涂，现在不积累，再过两年呢？万一有个病有个灾，靠你宝贝儿子还是靠你那 5 万存款？"

亚玲苦闷。这些事情她当然想过，几十年前就想过，后来也一直想。只是，想也没办法，不如不想。如今女儿提出来，问题又浮出水面，那么巨大，囫囵个儿的。郝亚玲感觉自己像被压在五指山下。

"拿酒来。"亚玲对桂圆说。

"还喝?"桂圆问。

"这辈子就这一个爱好。"亚玲道。

"桂宝怎么还不回来?"桂圆忽然想起来她不能陪老妈喝,桂宝应该代劳。亚玲说儿子在健身房。

深蹲完毕,代桂宝看到左璐瑶走进来。他迅速凑过去,打了个招呼。璐瑶礼貌回敬,既不激动,也不冷淡。自打认识了老于,璐瑶想开了:跟桂宝就是个意外,像吃了一口冰激凌,老于才是一日三餐,谁能靠吃冰激凌过日子呢?

看到璐瑶落落大方毫无尴尬,桂宝忍不住有点失落。他原本以为她会迷恋他。别扭,说明在意。自然,代表不在乎。

璐瑶上器械,桂宝随扈,笑呵呵地说:"姐,不够意思了吧?"

左璐瑶喘着气,她瘦了些,可能心情好,五脏协调,人自然清爽:"我谈了一个,还在观察,有意见吗?"她微笑。

桂宝僵在那儿,他当然不能劝她别找。这么大龄一姐姐,好不容易看对眼一个,过了这村没这店,劝分是造孽!

璐瑶跑了起来。

桂宝道:"钱尽快还你。"

"不着急。"

"找着大款啦?"

"管好你自己吧。"璐瑶平和得如一汪湖水,又问,"你到底在赚什么钱?"

桂宝不肯露实情,怕丢面子,故作坦然地说:"正规渠道。"

璐瑶说:"大葫芦可把超人包了。"大葫芦是个女会员,屁股像葫芦。超人是健身教练。桂宝知道这事,他不方便评价同行。

左璐瑶敲打:"你可别走这路。"

桂宝说:"怎么可能呢!我这正经人走正路办大事正正派派……"桂宝还在念叨,璐瑶下了器械,朝另一个方向走去。桂宝望着左璐瑶的背影,不知为什么有点惆怅。

* * *

头天晚上说好了，一上午桂圆还是收到齐进好几条消息，都是提醒。桂圆高度重视。她必须和齐进同时出现在火车站，迎接婆婆的到来。

车到站，人接到了。齐进介绍了马如意，如意叫"桂圆姐"。一路上，为活跃气氛，齐进跟马如意打岔，说了不少笑话，可老太太就是不笑。桂圆在旁侧看着，大觉不妙。婆婆是有备而来，像是要发难。

"什么味儿？"桂圆鼻子尖。

齐进早闻到了，是他老妈身上的味儿，但当着大家的面他不好说。谁知桂圆实在，齐进道："上次车里放了打包的菜。"桂圆不多问了。

到家，桂圆一阵忙活，床铺，吃的，用的，钥匙，全都准备好。桂圆道："妈，我去趟学校，你们先休息，我明天白天来看您。"想起来又补充，"我奶老年痴呆，离不开，晚上我在那儿住。"

齐进妈点点头，没二话。桂圆前脚走，后脚齐进也去上班。齐进妈坐在沙发上，头歪着，马如意端茶过来。齐进妈恨道："还怪怀不上吗？"如意劝解，"就这一阵。"齐进妈长出一口气："你哥苦！"马如意不吭声。婶子收留了她，还给她钱用，婶子说什么是什么。

晚上回到娘家，桂圆把白天的情况如此这般跟老妈说了。亚玲道："赶明儿我请吃个饭，人家都来了，我们不露头不好。"又问，"没说为什么事来吗？"桂圆说没讲。亚玲诧异，觉得总不至于无事来玩，又带个马如意。桂圆说："来都来了，静观其变。"

吃完晚饭，桂圆伺候好奶奶，亚玲洗好碗，桂宝也从健身房回来了。齐进来了电话，口气很急，叫桂圆回去一趟。

"什么事？"桂圆问。

"回来再说。"

"明天不能说吗？"

"回来。"齐进坚持，桂圆不好反驳了。亚玲从厨房出来，问谁打的。

"齐进让我现在回去。"

"啥事？"亚玲蹙眉。

"没讲。"

亚玲站了两秒,当机立断:"走,我跟你去一趟。"她怕齐进妈出幺蛾子。

"我一人行。"

"没事,打车不远,走,"亚玲半推着女儿,又伸脖子对小屋,"儿子!看家!"

067 / 四个女人一出戏

齐进开门,见亚玲跟着有点吃惊。他叫了声"妈",迎老婆和丈母娘进屋。马如意陪齐进妈坐在沙发上,见来了两位,都站起身。

电视没开,屋子里很安静。亚玲打破沉默,笑说:"桂圆一个人走我不放心,正好也来看看亲家。"

齐进妈上前跟亚玲握手,搞得跟桂圆见到学生家长似的。

亚玲带着主人架势招呼:"都坐,坐。"

齐进连忙让着众人坐了,他跟马如意去倒水。桂圆远远叫了声"妈",坐在亲妈身旁。

亚玲伸头对厨房:"别泡茶,影响睡眠!白水就行!"

一会儿,水端来了。亚玲捏着茶杯把儿,作势喝了一口,才对齐进说:"是不是家里有急事?"

齐进看妈,齐进妈看如意,如意看齐进。三个人都犯难,跟便秘似的。

亚玲抓着女儿的手,脸对着那三口人:"有事不怕,都好商量。"

齐进深呼吸。齐进妈窝着两手,微微低头。终于,马如意先开口,口音很重:"婶儿肺上长了个疤,过来找医生瞧瞧。"

"疤?"亚玲问。

齐进满面愁云地解释:"阴影。没确诊。"

霎时,桂圆全身像过了道电流,从百会穴直打到涌泉穴。婆婆是肺部有阴影,她是心里有阴影。一时静默,谁也不敢说出那两个值得怀疑的字。桂圆知道，她婆婆爱玩小麻将，那麻将场整天就泡在烟里。

亚玲本是较着劲来的，可一听到这个消息那股劲瞬间散了。她立刻说："挂哪家医院，需要找人吗？"说着，拿出手机，要给穆小桃打电话，小桃熟人多。桂圆不知道怎么安慰，这个时候她突然明白，婆婆身上那股味儿多半是死亡的气息。

婆婆病了。桂圆生命中的一切都必须让路，工作必须缓一缓，交给分管领导，做试管也暂停。她严重怀疑，现在就算要生，那娃儿也可能不健康。她和齐进心照不宣，都没再提过去医院。

婆婆确诊之前，桂圆每天中午回家看一回，晚上还是回娘家住。桂圆认为这样都自在，给他们足够空间。再说，马如意在，她不担心婆婆没人照料。

亚玲不免有点兔死狐悲，对桂圆道："还是你有远见。"又道，"以后我要这样，你别给我治。"她说反话，考验女儿。

桂圆道："好么好生地瞎咒，有病治病，别悲春伤秋想那么多。"

亚玲又说："瞧瞧他们老齐家……你说当初要你别找齐进……"

桂圆听不下去，大声叫："妈！"

不日，小桃联系的专家出诊，一家人带着齐进妈去瞧病。确定是肿瘤，所幸属早期，且为良性，立即手术，治愈的可能性很大。马如意哭着把她婶儿送进手术室，笑着接出来。

跟着是术后治疗。医生说，只要挺过最关键的几个时期，就大有希望。待病情稍微稳定，齐进妈的心又转到儿子身上。

马如意安慰她："放心，婶儿福大命大，还要享我进哥的福呢。"齐进妈道："你叔就没享上，走的时候眼都是睁的。"马如意不明就里："叔有啥未了愿？"齐进妈深深叹气。马如意领会了——叔想看娃儿。

很快，马如意侧面跟齐进透露了婶儿的心愿："婶儿这病，也是心病。"齐进不理解。马如意道："跟我这名字反着的，婶儿不如意，在老家，人人怀里都抱一个，婶儿怀里是空的，麻将都不好意思去打。"

齐进气冲冲地说："那就别回去，就住我这儿。"

马如意不作声,阴差阳错,这样好,她喜欢大城市。

穆小桃和郝亚玲一起来看齐进妈。小桃还保持着这层关系,毕竟齐进是她介绍的。念巧和季鹏没来,但给了钱,打了电话慰问,都劝她老人家好生将养着,千万不要过度思虑。

眼看快过年,齐进妈能四处走动了,可偏偏大家怕她感冒,坚决不让出屋。齐进妈憋得气闷,不由得多想,脾气也没那么好了。这天放假,吃完午饭,儿子在刷碗,她冷眼瞅着,老大不痛快:"留着,让如意弄。"齐进道:"没事。"马如意推了碗就去拿药,跑着也累。

齐进妈说:"儿,等身体好点,我还是回!"

"妈,又说这个。"

"在这儿,耽误你们。"

"没那事。"

"你媳妇儿没法来家。"

"这不是特殊情况嘛。两边都特殊。"

"她那奶,真就病那么重?"

"重,不认人了,就认她。"

"两地分居久了不是事。"

"妈,这叫啥两地分居。"

"只要不在一张床上睡,都叫两地分居!"

下面半句她没讲——不在一张床上睡,哪来的娃儿?老妈这么一说,齐进明白,再这样下去,桂圆指定不得安生。

齐进去电跟桂圆商议,桂圆为难。亚玲说:"你婆婆这样,按理说是该紧着那头。"桂圆问:"奶怎么办?"亚玲说:"晚饭后给她吃片安眠药。"桂圆大觉惊悚:"还嫌奶脑子不够坏?!"

桂宝给了个主意:"让奶一起去不就得了。"

母女俩愣住,半晌不说话。终于,桂圆吐气:"行吗?"

亚玲道:"我看行。"

313

桂圆要"回宫"了，连带回去的，还有"太皇太后"。齐进得知，只能答应。这样也好，让他老娘看看桂圆奶奶确实情况危重，心中的顾虑便迎刃而解。

亚玲护送，一见到齐进妈就道："亲家母，没办法，手心手背都是肉，两头都得齐全了。当然，以亲家母为主。"老奶奶叫齐进妈"小妹"。齐进妈见是真痴真呆，顿时不大好意思，嚷嚷着让桂圆还是回去住。

桂圆道："妈，就住在这儿吧，看着妈一天一天好，我也心安。"这不仅仅是漂亮话，也是桂圆的真心实意。

当晚，齐进跟桂圆在客厅睡沙发床。齐进妈满意，儿子和媳妇终于睡在一张床上了。桂圆奶奶睡小卧室，齐进妈和如意睡主卧。全家人协同一心，要挺过这段最艰难的时光。

接下来的日子，桂圆像对待学生家长和学生一样对待婆婆，不但生活伺候得好好的，还教会马如意不少职场经验。马如意也说桂圆好。皮贴皮肉贴肉地伺候着，齐进妈就是铁石心肠也暖了。她对桂圆的态度有了微妙转变。

这日，桂圆起夜，推开洗手间的门，吓一跳——婆婆坐在马桶上，也不开灯，闭着眼，坐化了似的。桂圆的心快跳到嗓子眼，轻推她一下："妈。"

齐进妈"哦"了一声，睁开眼，不好意思地说是睡着了，跟着就要起身，桂圆连忙去扶。齐进妈去洗手，桂圆连忙道："妈，别沾凉水。"她弯腰从热水瓶里倒热水，冷热和匀了，端给婆婆洗。手泡在温水里，齐进妈的心也暖暖的。她不禁有感而发："孩子，这段时间辛苦你了。"

桂圆笑道："应该的。"

婆婆又说："不来不知道你在这个家多重要，里里外外都是你，忙了老的忙小的，你这儿媳妇，我满意！"

一句话说得桂圆眼泪喷出来，跟洒水车似的。人心换人心，四两换半斤！

齐进妈继续道："不得病不知晓，什么前代后代，人死灯灭，就一捧灰！看到你身上的针眼，我心也疼！你跟进儿，能生最好，实在不成，过两年，想抱就抱一个，不想抱就两个人好好过！一样！别有压力。"

桂圆的心是一眼苦泉，这会子突然冒了甜水。桂圆甚至觉着，婆婆得一场病真好。"妈——"桂圆真哭了。她哭自己，从结婚第一天到现在，各种事情就没消停过，如今婆婆退一步，她也必须退一步，表现出姿态来："都怪我。"

齐进妈一把搂住桂圆："我的孩儿。"她哭了。桂圆有感于婆婆的眼泪，也抽抽搭搭地哭。

门被拉开，马如意揉揉眼，被这一幕辣到眼睛："婶儿，姐，咋啦？"

齐进妈一把扯住她，马如意糊里糊涂加入这个女团，看到她二人都在哭，她忽然想起自己离婚以来的惨淡经历，瞬间悲从中来，吱哇乱哭起来，边哭边嚷："我的女儿呀！"

门又开了。老奶奶也来上厕所，二话不说，直接加入。四个女人一出戏。

齐进终于被惊醒，寻声而来："咋啦？"

一见齐进，四个女人突然破涕为笑。

068 / 漂 泊 的 人

年前都忙。

小桃是忙豆豆，经过摸索，她对当妈已经有了点心得，且当得兴兴头头，有乐趣。在她的各种暗示和明示下，冠峰对娃儿的态度有了点调整，偶尔用他的长寿眉碰碰女儿的小脸蛋，父女俩都咯咯笑。小桃要求他为郝穆豆画幅画："画写实的。"冠峰说："不会，只能写意。"

小桃道："能传神也成。"冠峰二话不说，大笔一挥，一蹴而就，画了个水墨的大头娃娃，旁边有只鸡。小桃问："鸡是什么意思？"冠峰答："金鸡报晓，有曙光了。"小桃满意。

因为豆豆的到来，穆小桃取消了每年的固定节目——出国旅游。冠峰被告知这一消息十分不满，阴沉着脸。小桃见状，索性退一步："你自己出去，我跟丫头在家。"说完又不放心，"志明、郝彤说要出去，你跟他们一起吧。"说着，小桃就给孙志明打电话，确认两口子要带娃儿去挪威看极光。冠峰可以跟他们一起先飞柏林，再分道扬镳。

念巧得知郝彤要带然然去挪威，立刻反对："去那儿干吗？冷飕飕的。"可她的话无效。她要带彬彬去海南练高尔夫，名师都去那儿过年。

季鹏留守，说要值班，哪儿都不去。念巧没过脑子，答应了。实际上，郝季鹏是存心留下。胡斯楞过年没人陪，她女儿说好不回来。季鹏舍命陪香玉。

齐进妈听说郝家人走了大半，也劝齐进和桂圆趁放假出去走走。累了这么久，该放松放松。桂圆不想花冤枉钱。齐进妈道："孩子，听我的，什么都别想，撒开了玩，钱我出。"桂圆为难："妈，不是这意思……"老太太是不当家不知柴米贵。还没等她解释，齐进妈又道："听我的。"

去哪儿？这是个难题。齐进说了几个地方，桂圆都不想去。思来想去，齐进在同事的建议下，推荐去菲律宾某个小岛，说那里游客不多，风景优美。桂圆同意了。

行程定下，齐进妈就给了2000块，算是支持，那是她的一个月的工资。亚玲得知，也问儿子桂宝要了2000块，补给女儿。她不能输了面子。桂宝不悦，抱怨道："我的亲老妈，咱不是胖子，就别硬打脸了。"亚玲手掌悬空，手心朝下，端平，左右晃荡，道："人争一口气，佛争一炷香。"

桂宝嗤笑："妈，您有本地户口吗？您有独立住房吗？您的医保社保都在这里吗？好，就算都齐全了，您，还有我，您儿子，离大城市人还远着呢。骨子里咱们是什么人还是什么人，包括我姐，都不能说是大城市人。"

"那她是什么人？"亚玲反驳。

桂宝想了想："漂泊的人。"

亚玲惨然。儿子的无心之语偏说到她心里去了。退休后，她正式开始大城市的漂泊之旅，带着婆婆、儿子跟着女儿。时至今日，她当然不是大城市人，可让她回小城市，似乎也做不到。她见惯了大城市的好，便忍受不了小城市的坏，连带着，连小城市的好也无法忍受了。她知道自己再也回不去了，就算下半辈子一直走下坡，她估计也得在这里终老。多亏女儿有这套房子，不然她不知道怎么办。

亚玲出神。桂宝道:"姐去旅游,奶怎么办?"亚玲说:"放心吧,最近好多了。"实际上,老奶奶的病情进入了新阶段,眼下连桂圆这个假亚玲都不认了——六亲不认。唉,这样也好。不用桂圆见天守着。不过代桂圆和亚玲商量好了,奶奶的病情对外维持原说法。

学校那摊子,走之前都得安排好。桂圆事无巨细地过了一遍。放假期间依旧有学生来上课,消防以及水电要特别小心。两家学校的水电包给同一个工人,30岁一男的。桂圆平时没跟他说过几句话,但年前人少,她又想交代清楚,便多讲了几句。谈到过年的安排,桂圆问:"张师傅,不回家呀?"不问不要紧,一问,代校长才知道,水电工张师傅离了婚,没孩子。

桂圆回去就跟齐进提,张师傅虽然没房子,长相普通,但似乎跟马如意也还相配。齐进立刻说:"别多这事!"桂圆分析了一下,才猛然明白——是啊,把如意介绍给小张,谁来照顾齐进妈呢?老太太寸步离不了人。前阵子马如意出去几次找老乡,齐进妈立刻不自在,念叨了好几遍:"没了谁都行,就是不能没如意。我是瞎子,她就是棒。"

桂圆问齐进:"小马还年轻,就没想过再找?"

"那不知道。"齐进背过身子,睡觉。

这事本来到此为止,谁知这天马如意接到前夫电话,放下电话就哭了。齐进妈连忙安慰,桂圆也围着劝。马如意一把鼻涕一把泪:"他不要脸!问我要钱!说我来大城市挣得多!不给钱就不给闺女上学!"

桂圆周了1000块,给打过去。前夫暂且不闹。如意洗衣服,眼泪叭嗒的,桂圆进洗手间,关好门,安慰:"你就当为你闺女。"

马如意顿时嚷开:"我要带他不让,死霸着丫头,我月月给钱,从没缺过!人太贪!我来大城市挣啥哩,分分毛毛没得挣!"

桂圆听出这似乎是嫌齐进妈绊住了她,脸色稍变。

马如意连忙道:"姐,你是好人。"

桂圆压低声调,笑问:"还找吗?"

马如意静静坐着,好像一段呆木头,片晌,直起身子说:"不找了。"

桂圆道:"你那么年轻……"

马如意道:"姐,来了这段时间,我看得真,你是好人,所以什么话我都对你说。我是离过婚的人,再找,有什么意思?"

桂圆不解:"离过婚就不能再找吗?"

如意道:"关键是能给我带来什么,俺们自己是保姆,不想再去给男人当保姆。来到这儿,我看得透透的,两个人在一块儿,不管合不合法,只管合不合适!"

马如意的婚恋观令桂圆震撼。桂圆不太理解她怎么就看透了,她来到这儿无非日日在家,怎么就习得那么多经验感慨。她觉得如意比她还超前,还洒脱。

马如意继续道:"前几天我见了几个老乡大姐。有个在这儿干了十多年。在老家买了新房,全款,29万。车库16万,40平方米。这些年交保险交了10万,现在退休,有退休金,她还打算干十年。说一年能挣十几万。"

桂圆听得出马如意的羡慕:"你出去那几次,就是见这大姐?"

马如意拧干衣服,抬起脸,脸上的大痦子直对桂圆:"是去办健康证哩。"

还没等她问,马如意就挑明了:"姐,俺不敢说,所以先跟你说,等年过完,我可能不能继续伺候俺婶儿。俺得去挣钱哩,以后把女儿接过来,日子过得松快点。现在俺什么都不想,姐能在这儿挣,俺也能挣。"

桂圆顿时遍体发麻,骨头都似乎沉了几两。马如意一走,齐进妈谁照顾?再找个合适的人,难!……

桂圆脑中纷乱,她下意识地赶紧挽留马如意,说给她加钱,马如意却道:"姐,你跟哥给得不低,不能再挣自己人的钱。得出去挣钱。俺想好了,等健康证办下来,就去当月嫂带娃儿,听说挣得多,"说着,她兀自发笑,"普通月嫂,特级月嫂,金牌月嫂,"手比画着,"我一个搭凳一个搭凳上,说做到金牌,一个月收入过万!请的人排队!"

马如意畅想未来,桂圆愁绪交加,只觉得生活变化万千,辨不出是悲是喜是苦是乐,唯有承受。她没跟齐进提,打算把一切抛诸脑后,先好好度个假。

069 / 期 待 奇 迹

这个年，念巧在海南过得不太愉快，具体情况她不能跟家里人透露。跟季鹏说？肯定不行。跟郝彤说？同样不切实际，她自己都还是个孩子。跟亚玲说？跟大哥说？都不合适！谁的孩子谁管。跟胡梅说？她担心被老胡看不起，而且如今她们不在一个层次上。

念巧想起老于，他家也是男孩，或许能给点关于叛逆期的建议。

老于很耐心，给出的建议很传统——做思想工作。这话要是别人说，念巧肯定唾："废话，谁不明白？"可从老于嘴里说出来，她就觉得特有道理。

房间内，儿子坐在床边上，低头抠手指。

"坐好！"念巧拿出老妈的威严，她没想到儿子的叛逆期来得这么早。厌学，跟著名教练顶嘴，"一不小心"挥杆到教练身上……

彬彬动了动屁股，不看妈妈。

"跟谁学的？"念巧上前半步质问，"知道错在哪儿了吗？"

"我累——"彬彬拖着调子。

念巧大声："你知不知道王教练多难请，要排队，多少小朋友想上课都没机会。你可好，走神！消极！顶嘴！"三大罪状。

"我想回家——"彬彬表达诉求。

"练不好不可能让你回家。"念巧咬牙切齿。

彬彬脸一转，背对墙，不看妈妈。冷战开始了。当天晚上，次日早上，彬彬都没吃，绝食。念巧铆着劲——好，饿你两顿，屎都吃。到中午，彬彬还是躺在床上，一动不动。念巧仍然挺住——不就是个孩子嘛，能有多大意志力。天黑了，彬彬还不吃。

第二天早上，彬彬依旧水米不沾。肠子空了，屎都不拉了。念巧有点发急，端着餐盘到儿子床前。"起来，吃。"还是居高临下的口气。

郝巧彬不动，蜷缩着，跟个煮熟的虾似的。

"吃不吃？不吃端走了，没了。"念巧吓唬他。

彬彬纹丝不动，一声不吭。

念巧哼哼："饿的是你自己，不是我。"

"我要回家。"彬彬的诉求不变。他恨高尔夫。

"吃了饭再说。"她把餐盘往前送。彬彬一挥前臂，餐盘当啷坠地，三明治滚在地上，散开了。念巧勃然大怒，单臂高举，眼看就要狂风暴雨。可彬彬平静得仿佛大海中的一块顽石，管你怎么风吹浪打，他自岿然。念巧集中火力，越说越激动，她主要恨儿子的不懂事，不理解她的用心，不知道珍惜机会。她唾沫横飞，眼珠子发红。

彬彬站起身，兀自去洗手间。

这绝对零度一般的冷漠刺痛了念巧，她终于绷不住，"哇"的一声哭了。老妈崩溃大哭，彬彬是第一次见。他毕竟还是个孩子，见老妈崩溃，心软了。他透过洗手间门缝观察了一会儿，发现老妈是真的难过，这才慢吞吞地走到念巧面前，抽了张纸巾，帮她擦眼泪。

念巧猛擤鼻涕，叨咕："我不管你……这个世界就没人管你……你以后怎么上哈佛？"

"可以不上。"彬彬道。

念巧听闻哭得更大声，仿佛万箭穿心。

彬彬马上改口："我上哈佛。"

念巧的哭声小了，继续谈判："把王教练的课上了。"

"上了就回家。"彬彬讨价还价。

成交。唐念巧怎么也想不到，自己叱咤风云半辈子，会败在儿子手里。可怜天下父母心。

*　　*　　*

过年，胡斯楞要去寺庙礼佛上香，郝季鹏陪同。斯楞刚进大雄宝殿，在佛祖面前跪下，她身后季鹏的电话就响了，是念巧打来的。

"你的携程账号和密码多少？"

"干吗？"

"买票。"

"你不是有吗？"

"打不开了。你积分高。"

"你去哪儿？我帮你买。"

"哪儿那么多废话，发来。"念巧不耐烦。

"稍等，我找找。"季鹏声音柔和，在佛祖面前撒谎，小心报应。郝季鹏鬼头鬼脑跳出大殿，躲在殿门口小角落，打开账号，仔仔细细地看了一遍，该删的删。他帮胡斯楞订过机票、酒店，那都是罪证，必须销毁。删完了，又反反复复看一遍，才小心翼翼地把账号和密码发过去。斯楞出来，问他怎么了，季鹏说没事。

斯楞笑："念巧？"

季鹏的心咯噔一下："不是。"

"不是？"胡斯楞还是微笑。

"是。"胡女士火眼金睛，郝先生撒不了谎。

"等她回来，大家见一面。"胡斯楞很平静。

"见她干吗？"季鹏着急。

斯楞笑说："都是朋友，也该见见了。"

殿前烟雾缭绕，郝季鹏的心缠缠绵绵。他分析来分析去，拆解出两重含义：一个是杜绝他的想法，不偷不摸，光明正大；再一个是杜绝念巧多想，都浮出水面，给唐念巧一个放心，任由念巧监督。当然，不排除有第三种可能——一旦见了念巧，她和他就有可能灯下黑。

胡斯楞拍季鹏一下："都这个岁数了，还有什么不能坦坦荡荡。"

季鹏笑嘻嘻："坦荡，必须坦荡。"

"抽签吗？"斯楞问。

季鹏犹豫。

斯楞又说："来都来了。"

季鹏怕抽到不好的,可被斯楞这么一说,实在不想在她面前显得无胆没魄,于是大大咧咧走到殿前,找和尚取了签筒,虔诚祈祷一番,摇出一支。是第48签:韩信挂帅。签词有云:鲲鸟秋来化作鹏,好游快乐喜飞腾,翱翔万里云霄去,余外诸禽总不能。此卦鲲鹏兴变之象。凡事有变动大吉。

"有什么变动呢?"季鹏问斯楞。

"要发达。"斯楞笑。没再多说。她跟着摇出一支,是第59签:张良隐山。签词是:直上重楼去藏身,四围荆棘绕为林,天高君命长和短,得一番成失二人。

两人对望。斯楞喃喃自语:"失二人。"

* * *

菲律宾小岛上,碧海蓝天,山石耸峙,齐进和桂圆日日无非吃饭睡觉溜海滩晒太阳,刚放松了几天,两通电话让小两口的神经又紧绷起来。

一通是齐进公司打来的。服务器出了问题,下属无力解决,齐进必须遥控解决问题。好在有惊无险,系统顺利恢复运行。

另一通是马如意打来的。桂圆生怕马如意突然辞职。原来是问齐进家里的电卡放在哪儿。虚惊过后,桂圆思忖着要不要把马如意想走的消息告诉丈夫。可是在度假的时候说出来未免扫兴,她便忍住了。

直到倒数第二天两个人之间还什么都没发生。没激情,到点就睡觉,谁都没发出邀约。做试管之前的一阵"集中办公",仿佛让齐进和桂圆都失去了兴趣。而且,既然决定做试管,还忙什么呢?

到了这么风景优美的地方,不发生点什么似乎也不对。这晚,桂圆在浴缸里坐着,外面风景很好。海是海天是天,有月亮。齐进走过来,不由分说,也坐进去。一人把一边,水没过脖颈。他看着她,不说话。桂圆有点发毛。

"取卵疼吗?"他突然问。

"有麻醉。"桂圆说,不过那过程想想都觉得恐怖——取卵针从靠近子宫颈的阴道壁刺入,进入卵巢,取出成熟卵泡,好像一只鸟妈妈被偷了鸟蛋。

"要不然算了?"齐进道。

"没事。"

"怕你太受罪。"齐进温柔地说。

桂圆心中一暖。她没想过放弃吗?当然想过。只是这话不能从她口中说出。她自认担不起这个"罪责"。如果她主动放弃,等于落了一辈子的话柄,但齐进说就不一样。只是,即便他说放弃,她就真放弃吗?她想清楚了,只要有希望,这一辈子她还是希望有个自己的孩子。现在放弃为时过早。

"今天什么日子?"齐进又问。

"初五。"桂圆说。

"不是指这个。"齐进道。

桂圆才明白他在算她的排卵期,她静静想了想,说:"好像是。"

齐进很严肃:"要不最后一次?"说得跟要生离死别似的。桂圆理解了。齐进泅过去……

在回程的飞机上,桂圆抚着小腹,平平坦坦,似乎并没有什么不同。齐进睡着了。她温柔地望着他,期待奇迹发生。

070 / 团团转

出去是一起出去,回来却不是一起回来。郝彤和志明先回国,给每个人都带了东西。桂圆和齐进第二拨回。最后才是冠峰。他是家里老大,回来之后小桃张罗了一顿饭。很快,来了吃,吃了走,前后不到两个小时,就各有各忙了。

马如意跟桂圆又打了招呼,问她跟进哥说了没有。桂圆道:"再等两天。"当晚,她就把马如意想走的事跟齐进提。齐进一听,立马把如意拉到楼下,道:"如意,哪儿不满意跟哥说。"如意说:"哥,我满意哩,婶儿的病康复得不错,能好,我不能老住这儿,家里也不宽敞。"

齐进板着脸,在老家人面前他很有威严:"那现在也不能走。"

马如意小心地说:"哥,放心,肯定有过渡,就算找到新活儿,也两边兼着。"

见这架势,齐进知道拦不住,面部表情慢慢放松:"真要走?"

如意一脸无奈:"没法子,得奔日头。她爸指不上,闺女以后还得带出来,搁他那儿准毁!"

提到孩子,齐进心软了,人心已去,不能再留。两个人商定,晚点跟老太太说,至少等到病情再稳定点。

学生假期还没结束,辅导班已经开始忙起来。双校校长代桂圆度假回来第二天就去学校查探。还好,一切正常运转。这天中午,桂圆单独回娘家吃,那天大舅请吃饭,桂圆没顾上跟老妈说话。而且过年菜还有不少,一顿顿热,桂圆来也是吃剩菜。

"奶咋样?"桂圆问。

"睡觉多。"亚玲说。

"好了还是坏了?"

"这岁数有啥好坏,能喘气就是好。"亚玲口气钝钝的,又问,"玩得怎么样?"

桂圆摸摸脖子,说:"累。没意思。"其余没多讲。

亚玲又道:"左璐瑶来家过的年。桂宝在健身房遇到她,一问,她没处过年,就叫了过来。"

桂圆有点奇怪。她既没有收到左璐瑶的消息,也没听桂宝提。桂圆问:"有什么事吗?"亚玲说:"好像没什么事。"桂圆不放心,给璐瑶打了个电话。璐瑶没多说,约她见面聊。桂圆心里明白,差不多有事了。

餐厅内,两人中间一大盆火锅。璐瑶剔牙,都快吃完了,她才吐露真言:"我被人给整了。"

桂圆笑:"谁敢整你?"

璐瑶放下牙签:"老于儿子。"

桂圆一时没反应过来。再一想,想起了眼镜店老板,于是笑问:"怎么了?"

璐瑶道："初二见面，那小子泼我一身果汁。"

　　本来是悲剧，可话从璐瑶嘴里说出来却像喜剧。桂圆掩口笑道："不想让你当后妈？"

　　璐瑶道："他想不想倒是其次，关键是老于。"

　　"他还挑你？"

　　"他不挑我，但他有要求。"

　　"什么要求？过分不？"

　　左璐瑶食指蘸水，在桌子上画圈，半晌才抬头："他不想再生。"

　　这要求多少令桂圆意外，有钱人都想多生，比如她小舅和小舅妈。或许老于是个好爸爸，为了儿子坚持不要。可是，璐瑶是头婚，没生过孩子，且想要自己的孩子。桂圆沉默，给不出建议。

　　璐瑶缄默了一会儿，拿筷子捣着锅里的娃娃菜："我才不干呢，我得要娃儿。他有娃儿，凭什么我没有？"

　　桂圆懂闺蜜的愤怒，但她不建议立刻分手，可以再观察观察。

　　*　　*　　*

　　念巧从海南回来之后，季鹏有两个担忧。一个是胡斯楞说要约念巧吃饭。这是个雷。季鹏想劝，当然是劝别来，可自己说有点不合适，他只好找女婿孙志明疏通。志明转脸就透给彤彤了。郝彤来劲，问："爸是怎么个意思？"志明故作神秘："没说透。"郝彤放下孩子："我去问问。"志明"啧"一声："那你等于把我卖了。"

　　郝彤问："他到底让你干吗呢，你起啥作用？"

　　志明道："给胡姐传个话，说不吃饭，维持原状。"郝彤重复一遍，还是没理解，她拉着志明道："我也观察了一阵，你说我爸跟姓胡这女的到底有事没事？"

　　"爸说没事。"志明道。

　　"那就是有事。"郝彤反应快。

　　"我观察，好像确实没事。"

"好像?"郝彤脖子一缩。

"好像。"孙志明很肯定。

"那我们不较真?"郝彤问他意见。

"都这年纪了还较真?难得糊涂。"

郝彤隔着帐子踹他一脚:"你要出去'好像',我也'难得糊涂'?"

志明摆手:"我不会。"又说,"咱爸别说没有,就是有,也顶多是点精神文明的事。"

"物质文明没事?"

"没事。"

"你咋知道?"

"爸以前跟我不是哥儿们嘛。"

郝彤提着志明的耳朵:"以前的事我怎么没听你说?好好说说。"

见妈妈跟爸爸欢闹,小世然在旁边咯咯笑。

孙志明迅速把老丈人的精神传达给了胡姐,当然,那几个关键词、几句话也都说了。胡斯楞一笑了之。没过多久,她跳槽了。郝季鹏几乎是最后一个得到消息。他冲进胡斯楞的办公室:"到底怎么回事?!"

胡斯楞起身先关上门。

季鹏又道:"就因为不让你见念巧?我们之间的人物关系怎么定调子都由你说了算,行不行?"

斯楞还是微笑:"别多想,真的是工作需要,我总不能一辈子做宣发。正好星辉国际的储总邀请我。"

"过去做什么?"

"执行副总裁。"

"星辉国际什么背景你不知道吗?"

"我只是去做事情。"

"星辉吞并了那么多企业,迟早要出妖!"季鹏焦躁。

胡斯楞绕过办公桌,靠近他:"老说出事却没出事,恰恰说明靠谱嘛。"

季鹏压低声调："星辉随时可能变火山！"

胡斯楞笑呵呵地说："都是过路，我只是需要一个平台，并没打算在那儿养老。"顿一下，又伸出右手道，"也许咱们合作的空间更大。"

虽然郝季鹏百般不愿意，但他还是伸出手握了握。这就算道别了。胡斯楞这个女人做事，从来都在他的预料之外，他从来没有摸到过她的脉门。她太难捉摸，太难控制，可这恰恰是她对他造成致命吸引的地方。她洒脱、自在、随心所欲不逾矩，在她身上看不到中年人沉重的灵魂和沉重的肉身。她是他中年乏味沉闷生活的一个出口。她走了自己怎么办？季鹏不敢想。

季鹏还有件糟心事，念巧从海南回来之后，整个人陷入躁郁状态。念巧说了，彬彬现在叛逆，厌学，打了教练，不愿意上辅导班。这是其一。更糟糕的是胡梅来了通电话——她好久没跟念巧通语音了，一上来口气就异常沉重："你知道吗？还没开学呢，我们那儿已经有好几起跳楼事件了。初中生，学校不错，成绩挺好，无非是玩手机，父母说了几句，或者没考好，被批评了。"念巧听得心惊，问："恬恬没事吧？"胡梅吐槽："也叛逆，没收了她的手机，几天不跟我说话。"胡梅反问念巧的情况。念巧谎称彬彬还好。

胡梅浩叹："现在的孩子，还能管吗？还敢管吗？管轻了，不痛不痒，没有效果；管重了，就叛逆给你看！门板上都直接贴四个大字：非请勿进。"

胡梅的电话让念巧百爪挠心。这不就是彬彬的现状吗？娃儿聪明，叛逆起来也聪明，能跟大人斗智斗勇。前天上钢琴课，非说自己手指弹弯了，不愿意再弹。念巧刚开始还跟老师掰扯，后来发现根本是儿子的伎俩。她被一个小孩耍得团团转。

"站好！"念巧喝。彬彬果然站好了。一转脸，再回头看，屁股朝前。反面站。

念巧的焦虑自然传给了郝季鹏。如果是过去，季鹏忍一忍或者糊弄糊弄，就过去了。眼下胡斯楞"离巢"，季鹏心情坏到极点，他认为搞不好就是过年时抽签抽坏了。斯楞的签是"得一番成失二人"。神准。唉！早该防备！那自己的呢？季鹏琢磨，他拿出手机，看签词照片——变动大吉。他猜不透这个

"变动"指什么。

晚饭时间,饭桌上念巧嘴就没停过。她不吃饭,一直说话,跟念咒似的。季鹏腻味,筷子一放:"不就少弹点钢琴,少背点英语,少打点高尔夫吗?没那么严重——"调子拖得长长的。

念巧当即立眉瞪眼,像见了鬼。

071 / 哲 学 家

念巧双手放在饭桌上,气沉丹田坐稳了。

季鹏看出有事,要逃。

"别动!"念巧雷霆万钧。

屁股刚离开椅子几厘米,郝季鹏只能让它回落。

"郝总,请教一个问题。"念巧故作优雅,不慌不忙地引蛇出洞。

"请说。"季鹏吸一口气。

"我们是怎么出来的?"念巧问。

又来了。季鹏暗叹,这问题谈过上万遍,他都快倒背如流了。

"考出来的。"季鹏只能顺着她说,心甘情愿着她的道儿,否则她讲八样也得把你拉回来,来回来去折磨。

"知道周莹在干什么吗?"

周莹是念巧的中学同学,在老家生活。季鹏纳闷,突然提她做什么。念巧跟着道:"现在在十三小门口炸臭干子土豆片儿呢!当年我家还不如她家。现在瞅瞅,差距!你就不想想,要不是我们经过了残酷的应试教育,抽尖尖拔苗苗地跳了出来,能有今天的日子吗?住别墅,开好车,敢想吗?"

念巧这堂课,季鹏听着听着都能睡着。念巧家里是苦,她从小就很有危机感。姊妹里头,就她出来了。离开老家后,联系都很少。季鹏怪她绝情,念巧则说:"有付出才有回报。他们对我没有付出,凭什么要求回报?"

念巧拍了一下神游的季鹏:"郝总我告诉你,咱们的女儿就那样了,可儿子还得往上,咱们艰苦奋斗的成果得保住呀,不能往下坠,得在这个水平面上,这是底线。"

季鹏耐着性子:"我理解,我支持,可饭总要一口一口吃。"

念巧道:"现在就是吃得太慢。"

季鹏忍不住:"掌握技能当然重要,儿子钢琴弹得好,球打得好,还有那什么英语说得溜,咱们骄傲……可这些事情放到整个一辈子去看,也就不是那么那么重要……巧儿,咱们都这岁数了,还有什么看不透?咱跟那新手爸妈不一样……你看大嫂,她逼孩子学这学那了吗?"

念巧抢白:"豆豆多大?"

季鹏直眉瞪眼:"彬彬像豆豆那么大的时候,已经开始学了。"

念巧"哼"了一声,说:"大哥大嫂那是玩票,那不是亲生的!"

季鹏不答应:"亲生后生都是自己的娃儿。你看彤彤,也没把然然怎么着。"

"那是因为彤彤躺在咱们创造的红利上,她就没有危机感!"念巧站起来,挥斥方道,"她那脑子就想不到10年后、20年后、30年后!她短视!错过了孩子学习的关键期,后果极其严重!"

"那也得儿子有兴趣。那是一个人,一条命,咱们得尊重。"季鹏一鼓作气。

"我懒得跟你说!"念巧一拍桌子,扬长而去。

郝季鹏望着老婆的背影,真的觉得现在跟她完全没法沟通。她是他压抑生活的一部分,甚至是最重的一座大山。他想逃离,偏偏她有七十二变,让他无处可逃。他只能当忍者。

冠峰约见面。这么多年大哥很少找他,单独见面更是屈指可数。不过,老大电话一来,季鹏就猜到了——不仅有事,而且这事一定得背着嫂子办。

季鹏开车到画院,郝冠峰已经泡好茶。季鹏问大哥什么事,冠峰让他先喝茶。茶过三巡,冠峰开口:"你跟小孙现在关系怎么样?"季鹏心里咯噔一下,直觉大哥这话里大有玄机。他是老丈人,志明是女婿,关系还能怎么样!可既然老大问，郝季鹏的态度还是很严肃："摆平他没问题。"

冠峰没多说，领着季鹏进里屋，拿出几幅画来，都是山水花鸟："这几幅，你去跟志明打打招呼，看有没有朋友感兴趣。"

"嫂子画的？"季鹏有眼不识金镶玉。

"我的手笔。"冠峰捏了捏右眼上方的长寿眉。

季鹏瞬间明白了。大哥这是想跳过嫂子的"审查"，弄点私房钱。也难怪，这些年郝冠峰三个字虽然有名头，但全部收入，包括经纪渠道，都捏在大嫂手里。"急用吗？从我那儿拿？"季鹏立刻表态，冠峰却说不急。

从画院出来，郝季鹏仔细咂摸这事，觉得大哥做事确实仔细。冠峰认识志明，本可以直接单线联系，可大哥偏偏要通过他，一来是对他这个弟弟的尊重和信任，二来避免跌面子的风险，三来不担心保密工作。

事不宜迟，告别大哥，季鹏立刻驱车去公司找志明。孙志明当即表示没问题。季鹏格外交代两句："一是价格要合适，二是务必保密。跟彤彤都不能说。"季鹏很严肃。志明笑："爸，懂！"

志明在办公室冷不丁叫"爸"，郝季鹏一怔，随即摆起了当爸爸的威风，身板后仰，问："最近怎么样？"

志明嬉皮笑脸地回答："凑合。"

郝季鹏指着他说："你小子现在会给彤彤吹枕头风啦，不想跟我联手。"

志明嘴撇得跟水瓢似的："爸，真冤枉，都是彤彤的主意。"

"胡姐呢？"季鹏又问，"胡姐要动，你提前知不知道？"

志明继续委屈："爸，胡姐主意大，她能跟我说吗？"

* * *

行李包摆在客厅地上，马如意立在一旁，臊眉耷眼的。桂圆握握如意的手，扭头朝屋里去。齐进妈坐在床头靠着，怀里抱着个圆形靠垫，丧着脸。

桂圆上前："妈，不是说好了嘛，如意暂时两边顾着，有个过渡期。"

婆婆的小嘴瘪着："没有如意，我睡不着觉。"

桂圆本想脱口而出说"我陪您睡"，话到嘴边理智恢复，于是改口："妈，我们也能照顾您，要是嫌白天无聊，再请人。"

齐进妈立刻摆手："千万别，请的那些个，不知根知底。"

这不行那不行，桂圆一时不知如何应对。她是接到齐进电话回来"救火"的。齐进开会，得晚一点才能回。马如意要走，提了不是一两天，头天晚上还说得好好的，可人家一拎起包，老太太又反悔。换位思考，桂圆能理解婆婆的心情，马如意鞍前马后伺候这么长时间，相当于老太太的左右手，是她跟世界联系的一个通道。有如意挡一层，齐进妈觉得安全。而且，马如意就是个减速挡板，能避免事故。有如意在，齐进妈跟她的关系也缓和许多。可是，天要下雨娘要嫁人，他们也没有理由不放如意走。她去做月嫂一个月挣上万，他们付不起。

桂圆摊牌："妈，如意得挣钱啊。"

齐进妈眼一白："咱缺她钱啦？"

桂圆小声："两码事，人家是去奔事业。"

齐进妈不理解："哎哟，当个月嫂，多大事业？"

马如意听到婶儿这么说，心里不痛快，换了个站姿。

这时候齐进进了门，嚷嚷着："如意，怎么就非要走呢？要多少钱我给你……"

桂圆连忙从里屋出来，想悄悄质问齐进怎么临阵倒戈。齐进抬脸，朝桂圆挤了挤眼。桂圆明白了——一个唱红脸，一个唱白脸。只是，他扮上了白脸，让她唱红脸，那婆婆以后不得恨死她！这坑不能跳。于是桂圆也跟着劝。

齐进妈走出来，大声问："如意，你真就不管婶儿啦?!"说话间要涕泪纵横。如意也乱了阵脚，一边说"不是不管"，一边上前安慰婶儿。齐进妈一把抱着马如意，吱哇乱哭，跟生离死别似的。好了，暂时走不了了。谈判结果，马如意决定再住三天。这是新东家给她的最后期限。齐进妈重展欢颜。

吃了晚饭，桂圆拉如意下去散步，留空间给齐进，他妈的工作交给他做。

路灯下,如意和桂圆手拉着手。如意道:"姐,别担心,婶儿是刀子嘴豆腐心。"

桂圆心惊。如意是真聪明,看透了这个家的格局。桂圆只能用干笑掩饰:"没事。"

如意道:"有啥困难给我打电话。"

桂圆苦笑:"打电话有用吗?她是贾母,你是鸳鸯,我就是亲女儿也不成,何况还只是儿媳妇。"

如意道:"不用想,人就这么回事,走一步看一步。"桂圆瞬间觉得马如意这水平应该去当哲学家。

072 / 命 运 的 影 子

打海南回来之后,念巧犯上头疼病。彬彬变了。或者说,彬彬尝到了叛逆的甜头之后,对她展开了游击战。比如老师布置的作业,过去彬彬不打磕巴,嗖嗖写完,现在他会找各种理由。

这天,念巧拿把折扇在手里,监督儿子写作业。彬彬不动笔了。念巧诧异:"写呀!"

隔一会儿,又不动了。彬彬道:"老师怎么布置这么多作业!"念巧拿折扇敲敲桌子:"这还算多?知道恬恬姐的作业有多少吗?多就慢慢做,总能做完。"彬彬瞟了老妈一眼,见脸色不对,只好拿起笔,一笔一画继续写。

又过了几分钟,再度停笔。念巧不耐烦,她问:"怎么了?""手热。"念巧放下折扇,去抓儿子小手,是热。她站起身:"等着!"转头去拿了瓶矿泉水来,让他握一会儿,然后继续。

结果刚写了没几分钟,彬彬又说笔不行,换了笔。一会儿,再宕机,说本子太薄。念巧气得把矿泉水撂地上。写几行字,哪儿那么多矫情!彬彬嘟着嘴,不动。念巧本来想打,再一想,算了,毕竟是亲生的,自己忍忍,还是威逼利诱为主。好说歹说,作业做完了。

上了床，念巧跟季鹏抱怨："你不能大撒把。明天他写作业，你看着，咱们一人管一天。"季鹏这回没有反抗，连抱怨都没有。念巧觉得不正常。其实季鹏心里想着大哥卖画的事。季鹏要关灯，念巧忽然问："最近还好吧？"季鹏一愣："这从何说起？"念巧明示："那方面。"念巧的突然关心让他不自在，感觉像在查岗。

"老样子。"他闷闷地。

"需要我帮忙吗？"念巧问。

"睡吧。"季鹏说，暗暗想起了胡斯楞。斯楞走了。他和她的故事再次断了线。简直是秘史！

季鹏出神，念巧忽然问："公司现在怎么样？"

"还行。"他感觉警报在拉响。

"招人了吗？"

"什么？"

"不是一直找做宣传的吗？"

季鹏不知道怎么答。实际情况是，原来是胡斯楞主管，她走后位置一直空着。

不等季鹏回答，念巧便道："胡梅行不行？"

"哪个胡梅？"

"恬恬妈。"

"她干吗的？"

"她以前也做过宣传。"

"我们招总监级。"

"又不是让她去做总监，做个小员工，打打下手，"念巧道，"总不能在药店熬一辈子阿胶。"天下娃儿妈是一家，念巧不忍心看姐妹受苦。

季鹏放下心来——不是大事，他换了个坐姿，道："给份简历。"反正胡斯楞已经离开，他不担心念巧植入她的人。

*　　*　　*

桂宝约璐瑶酒吧见。两个目的。头一个，还钱，这次还一半。桂宝认为在自己的理财大业路途上，璐瑶姐是他的贵人。第二，炫耀，他得吹吹牛。

景观位定好了。璐瑶落座，桂宝笑嘻嘻地递给她一个包。

"真长本事了？"璐瑶笑呵呵。

"那可不。"桂宝摇头晃脑，得意得很。

璐瑶要了血腥玛丽，桂宝要了威士忌。等酒上来，两个人喝上几口，左璐瑶才细问："说说，偷还是抢？"

桂宝噘嘴："姐，你怎么就这么不相信我呢，士别三日，刮目相看，我这收入合理合法。"事实上，桂宝打心眼里为自己这段投资的经历自豪。这次站在风口上，他这只猪也飞起来了。桂宝所有的钱，甚至借来的钱，都投进去了。刚开始只投小舅的平台，后来其他平台也投。

听桂宝吹了一阵，璐瑶担忧："风险太大吧？脑子用不过来。"

桂宝直起身子："不，你得有自己的筛选标准，不能只看榜单。"

"那看什么？"这方面璐瑶是小学生。

桂宝诲人不倦："看团队是不是有专业能力，看创始人、大股东是不是有造假的动机。"桂宝伸出食指，竖着推向璐瑶，"如果资本运作太厉害，或者履历很出色，过于活跃，像投机风格，就不能跟。"顿一下，又说，"还有那些'抱大腿'的也行，跟着知名风投系，安全。"

"你小心点。"

桂宝给璐瑶看手机，展示他的投资成果。璐瑶似懂非懂点着头，她的心思不在这上面，来之前她刚跟老于吵过架。桂宝两手交叉，垫在后脑上，跷起二郎腿："这话我跟我姐都没说，每天看着这些收益，多开心。"

"啥也别说了，姐恭喜你，"璐瑶招手，"再来一杯血腥玛丽！"

桂宝瞧不出璐瑶的高兴是故意放浪形骸，也就跟着痛饮。过了12点，他们相互搀扶着出了店门，叫上车，各回各家。

出租车上，手机响。是老于打来的。璐瑶狠狠挂断。下午争论激烈，看老于那架势，仿佛是杀了他他都不会再要孩子，璐瑶几乎恳求："就当为我，行吗?!"她快哭出来。结论还是不行。璐瑶认为他就是自私,只考虑和前妻的儿子,根本不考虑她,只把她当作二等公民。

又来电,再次挂断。

第三次,还是挂。手机安静了。车稳稳行驶。夜色无边。璐瑶忽然想哭。她礼貌地问司机:"我能哭吗?"司机答:"哭吧。"璐瑶真就哇哇地哭起来,像发了洪水。她哭光阴流转青春逝去,哭自己成熟晚,哭桂宝年纪小,哭老于不要孩子,哭再找也找不回或者说从来也没有过的少女感……妆哭花了,累了,倦了,终于到家了。

家门口,老于站在那儿。璐瑶扭头就走。老于三两步跳下楼梯追她,嘴里喊她名字。捉住了,扭打着,她下狠手。

老于埋怨:"乱喝酒。"

"滚!"璐瑶嘶喊。

"进屋说行不行?"他两手钳住她的手腕。

进了屋,灯一打开,老于突然开始脱衣服,先从裤子脱起。璐瑶的鼻涕快出来了:"穿上!我报警了!"她把手机当手枪,手机屁股指着他。

两条大腿,内侧斑白一片一片。璐瑶看愣了,她这才明白为啥老于每次都要关灯。

"我有病。"老于说。

璐瑶不哭了。

"医生不建议再生。"他继续说。

璐瑶呆住。命运的影子在晃。

"实在对不住你。"他口气十足诚恳,说完开始穿裤子,等皮带头扣上,他才说,"就这样吧。"他转身要走,璐瑶猛然冲上去,从后面抱住他,嘴里喃喃说:"不要走……"

* * *

睡到半夜,郝亚玲醒来了,她以为自己刚才梦见发大水,手一摸,回归现实——老奶奶尿床上了。亚玲迅速穿好衣服,换床单:"妈……起来一下……妈……"老奶奶动了动身子，似醒非醒。亚玲继续叫："妈……起来两分钟……"老奶奶撑着起来了。郝亚玲单手扶，奶奶身子靠过来，她顶不住，直接歪坐在地上。"桂宝！"亚玲向儿子求助。还算好，桂宝第一时间赶来了，揉揉眼，不懂眼前的景象。

"扶着！"亚玲给儿子交代任务。

被子扯开，床单裸露。水落石出了——一块"世界地图"印在床单上。亚玲苦恼不已，婆婆已经糊涂到能造"世界地图"了，这可是"新大陆"，可惜她不是哥伦布。

都忙完，桂宝去休息，一会儿就起鼾声，亚玲的瞌睡劲过了，睡不着干脆起来，拿出酒来，自斟自酌。郝亚玲举杯，对着灯光，酒在杯中晃，闪着白金色的光。三杯下肚，全身的血活起来，郝亚玲突然想跳舞，配个曲，亚玲自己哼："鸿雁……天空上……对对排成行……"她挥动两只胳膊，再一个转圈，下盘支撑不住，慢慢坐到地上，喘着大气。

鸿雁也老了，飞不起来了。

073 / 多么痛的领悟

孩子的叛逆问题，念巧跟胡梅说也没用，胡梅的苦恼也很大。念巧只能趁陪娃儿上辅导班的机会向老于请教。

两个人站在走廊里，念巧发问了。老于没立刻回答，想了一会儿，才说："我的办法对你不适用。"

"什么办法？"

"打。"

"那不行。"唐念巧坚决抵制，她不相信棍棒底下出孝子，也舍不得。

老于摊手："那就没法了，你是慈母，不打，我是严父，该打就打。"

念巧忽然想起季鹏来，这个糊弄事的父亲，在彬彬面前他永远是好人，让她做坏人。

老于想起有日子没见胡梅来，念巧把她给胡梅介绍新工作的事说了，又叹："一个女人带着个孩子，教育支出那么大，难。"

老于笑道："同病相怜，都是一类人。"念巧下意识地推了他一把，说："你少来。"念巧马上后悔——这一推似乎过于亲密了。一瞬间，两个人都意识到有点不同。

念巧连忙换了语气，严肃地说："你跟她不一样，她是离异女，你是离异男。"

老于好笑，道："不离异也不一样，我是男，她是女。"

念巧被逗乐了，说："我的意思是，女人离婚，搞不好成抹布，男人离婚，一大意刚起步。"

老于脱口而出："那你可得小心。你老公挺成功。"

"他……"念巧口气不屑，脸上带着鄙夷的笑意。

老于奉承："就算离，你这样的，还不知多少人双手接着。"

有点轻佻了，可念巧很受用，道："别奉承我了。"

"真的。"

"'多少人'是谁？"

"我肯定愿意。"老于像在开玩笑，可态度憨厚认真……

这一点点的刺激仿佛是生活的调味剂，回家路上念巧整个人似乎都轻松适意多了，还哼起歌来——有意思，念巧高兴的时候喜欢唱一些苦情歌，比如辛晓琪的《领悟》："多么痛的领悟，你曾是我的全部……"

回到家，彬彬又让她有一重领悟。辅导班刚布置下来的作业他又不愿意做，一会儿说头疼，一会儿说肚子饿，吃了晚饭又说想吃水果，折腾到快10点，一个字还没动。

念巧终于被逼得火山喷发，大吼："郝巧彬！"这是她极少几次喊儿子大名。音调频率之高，简直能惊动死神。话音刚落，唐念巧就捂着胸口，慢慢歪倒在地，跟着是彬彬的尖叫声："爸爸！"

陪孩子写作业气到心脏搭桥，这恐怕会是唐念巧能在鸡娃圈流传一辈子的段子。幸亏季鹏懂得急救，送医及时，念巧捡回一条命。躺在病床上，她看着天花板，忽然忧伤起来。真要这么一闭眼过去了怎么弄？她还没活够呢，她的任务还没完成呢。

郝季鹏里里外外跑着。这次他表现很优秀。郝彤、志明第一时间带着世然来看姥姥。郝彤一见妈妈没事，悲剧立刻转喜剧："妈，还是放养好。"念巧才不要听这种揶揄，把女儿驱逐出去，连带也驱逐女婿，心中暗骂："哼，等着吧，20年后，世然会把你们的家产都败光！"

小桃、亚玲这些亲戚还没得到消息，胡梅倒先来了。她已经去季鹏公司上班，不过级别太低，基本见不到郝季鹏。

胡梅抓着念巧的手，唐念巧一下泪眼蒙眬，胡梅懂她的苦，反复说："没事就好。"

放学了，季鹏带彬彬过来。小小的个子，站在离病床两米开外。事闹得太大，天神一样的妈都倒了，他知道怕了。

胡梅招手："过来。"

彬彬小步磨蹭，还是过去了。

胡梅带着标志性的笑容看看彬彬，又看看念巧，然后再把目光对准彬彬："跟你妈妈说对不起。"

小小的人儿用小小的声音说："对不起。"

"我要是死了，你上哈佛没戏！"念巧吼。

季鹏和胡梅对了个眼色，胡梅急忙打圆场："别给自己这么大压力，降个档次，耶鲁也行。"又对彬彬说："跟妈妈表个态。"

季鹏不耐烦："休息吧。"

念巧不饶："你干什么？"又对儿子，"表态。"

彬彬终于吓哭了："我一定好好学习……天天向上……将来争光……上哈佛。"

胡梅和稀泥："行啦！"念巧整个身子终于松懈下来。

亲戚们得到消息的时候，念巧都快出院了。亚玲和桂圆紧赶慢赶，赶在念巧出院前一天去了一趟。到了病房，冠峰和小桃刚走。志明给丈母娘送鸡汤，趁机跟老丈人季鹏汇报，画出手了，不日就能结账。季鹏跟冠峰说了，冠峰说最好给现金。季鹏感到奇怪，但没多问。

志明悄悄跟老丈人道："大伯的那个朋友，好像病啦。"季鹏问："哪个朋友？"志明说："上次内部看画会上遇到那个。"季鹏估摸是秀云。搭不上边的人，他没在意，转头应付二姐亚玲。

亚玲趁机问理财的事。季鹏简单说最近还算稳，有情况随时汇报。

念巧能起来了，但还睡着——难得当回病人，就当个彻底，让大家都看看她为家庭操劳多少。

桂圆单独走到小舅妈床头。来了总得说点话。桂圆给念巧带来一套儿童教育材料，他们学校推的。念巧兴高采烈收了，转头一句："你是对的。"桂圆不懂她什么意思。

念巧又道："不要孩子好。"

桂圆傻眼，小舅妈这话听着像个诅咒。她如霸王别姬般无奈，可又不能解释——不是她不要孩子，是暂时没要着，已经任劳任怨废寝忘食锲而不舍精卫填海，就等着有志竟成。桂圆讪讪的笑也不是那个笑，点头也不是那个点头。态度模糊，哼哼两声，像蚊子叫。

"别学你大妈。"念巧又说，"找罪受。"

桂圆嫌念巧饱汉子不知饿汉子饥，自己有孩子，还两个，却总劝别人不要。桂圆柔软反击："主要是大妈有条件。"

手机响，念巧抬眼看看，是老于打来的。他也得到消息了。当着桂圆她不好意思接。老于又发消息来，说要来探病。念巧回复："别来。"她现在有点躲着他。不是怕他怎么样，而是怕久而久之，自己有变化。

* * *

马如意走了没两天，齐进妈就嚷嚷着回老家。去复查了，指标正常，大夫说继续观察。没了马如意，齐进妈跟瞎子没两样。齐进知道老妈手痒："妈，就是回去了，也不能玩麻将。烟雾太大。"齐进妈来一句："我戴口罩。"桂圆不敢吭声，听得肉跳——麻将瘾恁大。齐进劝不动，急得嘴上长俩大泡，桂圆心疼丈夫，才不得不出手。晚饭后，齐进出去了。桂圆准备做婆婆的工作。可是，直到面对面，桂圆还是没完全准备好论点、论据，张嘴一句："妈，您不能走，齐进需要您。"

婆婆瞟了她一眼："不是有你嘛，你照顾，我放心。"

桂圆一时不知道怎么说。齐进妈抢先道："小日子就得小夫妻过。我在这儿，添乱。现在我病好得差不多，就是养。你放心，回去我也不打麻将，休息为主。你们要给我找个保姆，我就收着，不找，我自己过。"顿一下，齐进妈反抓着桂圆手，"人和人不能贴得太近，我走了好。"

桂圆急忙说："妈，别人该说我们不孝顺了。"

齐进妈说："别人是谁？你妈？还有哪个别人？关起门来过日子，别人不重要，我明白就行。你跟进儿都是孝顺孩子，你们要真孝顺……"余音袅袅。桂圆充分领会，那没说出来的话无非是，你们要真孝顺，就生个娃儿。

齐进回来了，递过来一个纸盒。桂圆一看，是验孕棒。自打从菲律宾回来，是日子不是日子，两口子都魔魔怔怔反复试。桂圆现在总盼着例假不正常，天降惊喜。这个月是迟了点，可她觉得可能与婆婆带来的压力有关。桂圆猫进洗手间，一会儿，出来了。很遗憾，代桂圆女士尚未怀孕。

"再来一次吧。"齐进不甘心。

桂圆以为他要再验一次，摆摆手："一样。"说完才反应过来，齐进可能是要"耕地"，可是她不想，受够了。

074／修 成 正 果

事情定下来，跟着就是送齐进妈回去的问题。马如意不在，齐进不放心让老太太一个人走，桂圆自告奋勇要送，婆婆不答应，说："你们忙，不用管我。"可齐进一说要送，她又答应了。儿媳妇和儿子终究不一样。

定好了日子，买了车票，桂圆便从其他方面求表现。亚玲的意思是，给点钱。桂圆道:"给钱算什么呢?好像给钱让她走似的。"亚玲再出谋划策:"那就买点东西,天冷了,买衣服。"不失为一个办法。自婆婆到访,她没正儿八经陪着逛过街,更别说买衣服。周末,马如意请了一天假,过来了。娘儿仨连带齐进,一起上街买衣服。逛了一个多小时,女士们尿急,便去上厕所。

齐进拿着购物袋,远远站着。如意和老太太排在前面,桂圆殿后,一个接一个。桂圆一进去,不自觉呕了两下,她以为是被熏的,强忍,还呕。代桂圆突然想起什么,连忙从包里拿出一支棒棒……女厕所内一声尖叫。

后面排队的女士以为发生了什么惨剧,吓得不敢进门。如意反应快:"嫂在里面!"

齐进妈紧张,招呼儿子:"你去看看。"

齐进为难:"那……这……"

如意自告奋勇:"我去!"

推开门,马如意看到的是泪流满面的桂圆。如意愣了。桂圆仰天大叫,跟着大笑,疯癫了一般。

齐进在外头听见怪声,终于忍不住,冲了进去。看到桂圆了——一脸泪,说不清是悲是喜。桂圆一伸手,把棒棒递给齐进。齐进接过去,低头看,两道紫红条。齐进的心像炸开了,他大叫一声,一把抱住桂圆,转了个圈。地方太小,桂圆的腿打到如意。如意连忙躲开。齐进笑,桂圆也笑,笑着笑着,两个人都哭了。

有女士挤进来说:"能不能出去闹?"齐进、桂圆和如意,你搀着我,我搀着你,走出女厕,乐呵得好像刚从游乐园出来似的。

桂圆怀孕了。千辛万苦千难万阻千钧一发!

齐进妈当场宣布不回老家,勒令儿子立刻退票,她要待在这儿,看着孙子降生。

桂圆怀孕了。郝亚玲是第二波得到消息的。桂圆打来电话,一接通就哭了。亚玲不知发生了什么,一个劲问怎么了,当确定女儿迸发的是喜悦的泪水,郝亚玲便捏着嗓子:"娃儿,有娃儿啦?!"桂圆泣不成声地"嗯"了一声。亚玲二话不说，打车前往，一进门就冲到女儿床边——桂圆已经被婆婆"勒令"卧床休息。刚握住女儿的手，亚玲便哭了起来。

太难了，桂圆太难了！这一路曲里拐弯的委屈心事，她这个为娘的全知道。齐进妈站在一旁，红了眼眶，脸上带着笑意，道："等着盼着，好事终于来了，怎么还哭了？"

亚玲转头，鼻音老重："亲家，到时候，可得论功行赏。"

齐进妈豪气："赏！"

桂圆怀孕了。这在家里可是个爆炸性新闻，其惊喜程度约等于老树开花、老蚌怀珠。桂圆立马成为重点保护对象。季鹏和念巧来看她，带了红参。齐进妈说太行气，不能用；冠峰和小桃也来，带了铁皮石斛，齐进妈说太滋阴，不能用；彤彤和志明来，带了上好的阿胶，齐进妈也说不能用。齐进妈制订了严格的菜谱。桂圆这下胖也不怕了，高跟鞋换成了平底鞋，满面妆容换成了素面朝天，连防辐射服都穿上了，走路也变慢了。总而言之，格外小心。

学校那边，桂圆本没打算公布那么早，可装束一变，等于不打自招，老师和工作人员立刻明白了。代校长怀孕的事传得人尽皆知，连学生家长都来恭喜，送礼物。桂圆感觉自己像是在众目睽睽之下孕育这一胎。肚子里是她的孩子，两个学校也是她的孩子，而且将来还要靠外头俩孩子养孩子。她不加班了，任务分配给副校长和主管老师们，她遥控。不过这天，她一顿饭接了七个电话，老妈亚玲露出不满的神色："你这是在娘家，能这样，跟婆婆吃饭你得收敛。"

桂圆说："知道。"

亚玲放下筷子："哪头轻哪头重分清楚，工作是干不完的。"喝口水，又说，"再这样下去，齐进和他妈都会对你不满。"

"没有不满。"

"不满人家也不会说，"亚玲分析，"你现在有人质。"

吃好了，桂圆站起来，一抬脚，不小心踢到桌子腿，她疼得叫唤。亚玲嚷："让你加小心！"

桂圆忍住痛，走太空步慢慢回到沙发上，坐好。

过了一会儿，亚玲朝里屋喊："儿子！送你姐！"

车开得慢慢的。桂圆坐在后座，稳稳的。

桂宝从后视镜瞟了她一眼："姐，什么感受？"

"开你的车。"

"修成正果了。"

"你也别晃荡，趁早。"桂圆教育弟弟。

"我在攒首付嘛。"

要在过去，桂圆肯定能借些钱给弟弟，但现在怀了孩子，要当妈，未来用钱的地方多，她不敢轻易松口，于是深深叹一口气。桂宝道："怎么，瞧不起你弟？"桂圆说："没有。"桂宝道："我这边指日可待。"桂圆叮嘱："安全第一，别铤而走险。"桂宝打了个响指，说："放心吧。"桂圆又问桂宝："最近见到左璐瑶没有？"桂宝说："好长时间没见到她出现在健身房了。"

有喜的事，桂圆一直没跟左璐瑶分享，怕她受刺激。你的喜剧，弄不好，就是别人的悲剧。可这么大个事，如果完全不跟璐瑶透露，将来她知道了，肯定不痛快。桂圆打算找个合适机会，以合适的方式，透露出去。前提是，胎气稳定。

* * *

事情是唐念巧深夜在朋友圈发现的。

她跟邻居周凯丽两口子都加了微信。临近午夜，周凯丽的丈夫发了一条离婚官宣，周凯丽立刻在评论区开撕了。战况之惨烈，足以蒸发念巧的睡眠。季鹏出差了，她一个人在床上翻来覆去不是滋味。周凯丽历数其丈夫八宗大罪，念巧做梦都想不到这些事。周凯丽的丈夫是那么儒雅幽默成功，周凯丽是那么漂亮优雅知书达理，怎么一夜之间全成画皮了！念巧感慨："啊！这就是婚姻，温情脉脉之下多少龌龊恩怨。说不清，道不明！"

第二天，她站在窗前目送着周凯丽开着豪车离去，突然有了点危机感——季鹏生理上是有点问题的，那心理上呢？再往下想，她觉得自己有点苛刻了,都过了几十年,成老帮菜了,心理上她也要管?磨蹭半天,好不容易口问心心问口地把自己说服了。理智上通了,但情感上念巧还是不踏实。她想找老于诉诉苦。再一想,算了,在一个男人面前吐槽自己的老公,她成什么了?她是个良家妇女,还是找胡梅吧。

把儿子送到辅导班,念巧约胡梅出来。胡梅说:"在上班。"念巧道:"请假,出事我担着!"胡梅晓得闺蜜是真想见她,风里雨里也得去。

见面第一句,念巧问:"怎么样?"

胡梅说:"多亏了你。"

念巧又问:"没什么情况吧?"

念巧安排她去季鹏公司,就是要起到探子的作用。这话唐念巧虽然没明说过,但胡梅当然明白。胡梅笑呵呵地说:"打进公司第一天就留意着呢,真没什么事,你们家老郝,真不愧姓郝。"比大拇指,"跟一碗阳春面似的,清白,上面一根青菜都没有。"

念巧被逗乐,说:"就你抬举他。"

胡梅深深吐一口气,道:"巧儿,你命真好。"

自己的事问完了,念巧才把周凯丽的事当八卦说了。胡梅感叹:"做夫妻,太穷,肯定不行,百事哀,太富,也不行!中不溜,就行了!"喝口水,继续说,"两口子撕成这样,现在舒服了、痛快了,以后呢,娃儿怎么办?娃儿是不是要一辈子面对这个破事,满世界皆知,他们考虑过娃儿的感受吗?做不好夫妻,起码做好父母吧。"

念巧嗟叹:"每个人的底线不一样。"

胡梅伸着脖子:"妹妹,你听姐姐一句,我是过来人,别说你们老郝清汤寡水,就是沾了点荤腥,你都得睁一只眼闭一只眼。多年夫妻没有感情有恩情,你便宜别人干吗?咱俩的任务是一样的,把娃儿养大。"

可接彬彬回家的路上,念巧咂摸胡梅的话,前后似乎不一致,前面刚说老郝是阳春面,后面又让她睁一只眼闭一只眼。什么意思?念巧不放心,又打电话找胡梅确认:"你要是听到什么看到什么,一定要告诉我。"胡梅道:"哎呀,妹妹,真没有,放一万个心,我胡梅永远是你的左膀右臂。"

放下手机,胡梅叹息,别说没有,就是有,她敢跟念巧说吗?这种事,谁说谁臭头。她知道念巧要面子,虽然委以重任,恐怕只希望多听吹捧。进了郝总公司,她胡梅就是念巧的子民,好话说再多都不嫌多。

075 / 一场幻梦

小桃打电话,说让亚玲帮她照顾一下豆豆,郝亚玲吓得痒痒挠差点摔地上,以为大嫂这么快就后悔了。小桃说,秀云病危,他们必须去浙江见她最后一面。亚玲把心放回肚子里,不过听到秀云的名字,心里不大痛快。

很快,小桃开车将豆豆送过来,吃喝住都交代好,匆匆走了。亚玲抱着豆豆,期待着自己的外孙来到人间。桂宝下班回来,见豆豆在,问怎么回事。亚玲把秀云病危的事说了。

桂宝紧张,第一句就问:"那一雯呢?"

亚玲唾:"她问你吗?你还管她死活。"

桂宝不作声。老实讲,他忘不了一雯,他牵挂一雯的未来。本来就是个孤女,以后怎么办?找到工作了吗?有房子吗?还在画画吗?结婚了吗?无数个问号在桂宝心中打转。他恨不得跟大舅大妈一起去见见真人,可是自尊心不许他这么做。

桂宝朝亚玲说:"我开始看房了哦。"

亚玲回身:"什么房?"

桂宝道:"住房。"

"什么住房?"

"独立住房,我的房,开始找中介看了。"

亚玲放下手中的活儿,凑近了问:"哪儿来的钱?"

桂宝"喷"一声,他不满老妈的轻视态度:"攒的。"

"你姐给的?"

"妈！"桂宝毛了，"这都是一分一分攒的赚的，跟姐没半毛钱关系，你儿子现在多有能耐你都不知道。"

"能耐！钱呢？一个毛没见着。"

桂宝掏出手机，哼哼道："今儿就让你见识见识。"他调出页面，在郝亚玲面前一比。

亚玲有点老花，光看到几个零："等会儿！"她去摸老花镜，戴上了，凑近看，晕了。亚玲嚷嚷："你没犯法吧？"

桂宝得意："合理合法。"

*　　*　　*

往机场去一路，小桃和冠峰都没说话。上了飞机，坐下，又是一阵沉默。过去小桃讨厌秀云，但这两年她宁愿有秀云这个人存在。秀云跟一雯回浙江，她还感伤了一阵。她怪冠峰不早点跟她说。她认识名医，有偏方，或许能捡回一命。再往深了想，她终于为冠峰这一段时间以来的抑郁找到了理由，活到这岁数，周围不断有朋友退场，那滋味不好受。因此，小桃更觉得自己将豆豆引入家庭是多么英明。人生是一场幻梦，结局相同，你能把握的仅仅是过程。那么，为什么不尽量让自己舒心开心一点呢？如果养育一个孩子能让家庭的熵降低，那就值得去做。小桃还怀疑冠峰早就知道秀云病情恶化，但是为什么没告诉她？小桃费解。推理来推理去，小桃给自己的解释是，冠峰怕她笑话秀云。

不过刚领豆豆回来的时候冠峰说的那句话，小桃往心里走了。照这样发展下去，不出意外，冠峰应该会走在她前头，因此，她的未来在豆豆身上。

冠峰睡着了，小桃给他盖毯子，动作很轻，冠峰还是被惊醒。"快到没有？"他问。

小桃看看手机："还有半小时。"

冠峰又不说话了，眉头微微蹙着，面色灰白。他看着小桃，似乎想说话，却终究一个字没说。小桃的理解是，郝冠峰太过悲伤。

秀云爱人派了专车来接，安顿他们入住医院附近的酒店。当天晚上，秀云的爱人露了一面，亲友们都集中在这家酒店。他跟冠峰和小桃打了招呼。看到秀云丈夫，穆小桃才真正觉得过去的自己是多么浅薄。秀云丈夫看上去比冠峰还年轻，清癯的面庞，许是因为照顾太太过度劳累，却更添了几分英姿。进一步，小桃又不禁为秀云惋惜：这么好的男人，也许很快就是别人的了。

原定次日早上探病，谁知当晚9点秀云爱人打电话来问冠峰和小桃能不能提前探望。当地风俗忌讳晚间探病，可秀云情况不容乐观，第二天探病的人太多，恐怕排不开。秀云丈夫说，癌症复发后，癌细胞已经向喉部转移，秀云现在几乎发不出声音，人很虚弱，但脑子还算清醒。冠峰两口子换了一身深色衣服就出发，在医院门口的花店买了束花。到病房，秀云丈夫已经在门口等待。

单人病房内摆满了秀云的画作。据说这是秀云自己要求的。秀云的身子藏在被单下，几乎隐形。冠峰和小桃提步靠近，看到秀云的脸都心头一震，简直像换了个人，整个脸凹成个盆地，只有一双眼还是从前样貌。

小桃忍不住哭了。冠峰挺立着，浑身散发着悲伤。小桃蹲下来，抓住秀云的手。要劝解吗？毫无意义。往事如烟，尽在不言中。过了大约十分钟，秀云丈夫进来了。小桃和冠峰意识到探望时间到了。走出这个门，就是生离死别。

冠峰一步三回头地出了门。小桃的眼泪如泉涌，她慢慢起身，才发现秀云抓着她的手。秀云的嘴唇在动，却只有一点暗哑的呼吸声。"有什么需要我帮忙的，你说，我听着呢。"小桃重新蹲下来。秀云好像费了大力气，嘴唇一张一翕，表情也有点激动。小桃把耳朵凑近了，还是无法领会她的深意。冠峰走回来，轻轻掰开秀云的手，扶小桃起来。秀云丈夫看着他们走出病房。

秀云死在第二天凌晨。

小桃大哭。冠峰倒是满面坚毅，跟着秀云的家人忙前忙后，待了四天，直到秀云的告别仪式办完，才准备离开这悲伤的地方。

秀云走后，小桃才重新发现了秀云，她是那么温婉秀丽、善解人意。世上还有如此才女吗？周围还有这般朋友吗？答案是否定的。

上了飞机，穆小桃靠在座位上，闭上眼，往事跟过电影似的在脑海中飘,这时她忽然想起个人,瞬间睁开眼,微微直起身子,问身旁的冠峰:"一雯呢?"

冠峰面无表情。小桃继续问:"怎么没见一雯?"

冠峰倒抽了一口气,摊摊手。

小桃谴责:"这孩子怎么这样?秀云病、秀云走,影子都不见,蒸发啦?过去秀云怎么对她的?"

冠峰语重心长地说:"对年轻人,不能要求太高。"

小桃斥骂:"得鱼丢钩,忘恩负义,幸亏桂宝跟她没成,这样的女人进了家门还得了!"

冠峰扭头问路过的空姐要了一杯咖啡。

飞机穿过云层,渐渐恢复平稳。小桃戴着眼罩休息。冠峰听着音乐,一只大肚子突然占据了他的视线,跟着出现一只肥胖的手,然后才是声音:"您是郝大师吗?"冠峰这才抬头,是个中年男人,戴着眼镜。他还没来得及反应,那人就握住了他的手:"就是这双手画的呀!大师,我收藏了您的画呀!"

小桃迅速摘掉眼罩,醒了。她立刻行使经纪人的职责:"先撒手。"小桃不客气。男人讪讪地松开了热情的双手,还在感叹着:"这趟飞机值,哪怕失事了也值得!"周围乘客侧目。小桃问他入手的是哪幅,他说是《福寿图》,跟着又要合影,直到冠峰满足了他这个要求才离开。

直到走廊恢复平静,穆小桃才问冠峰:"我怎么不记得《福寿图》?"冠峰瞟了穆小桃一眼:"不排除是赝品。"

下了飞机,穆小桃的第一件事是去接豆豆。郝冠峰先回家,他太累了。只是,夫妇俩一分开,郝冠峰就打给老三季鹏,问画的销售情况。季鹏连忙打给志明。经核查,《福寿图》确实已经出手,价格还不错。季鹏给大哥回话,请他放心。冠峰道:"价格都好说,关键怕出赝品。"季鹏嘴上不说,心里觉得大哥太敝帚自珍。

回到家,冠峰放下行李,第一件事是走进画室。画比天大,他现在很有创作激情。手机响,冠峰接了,说了几句,他竭力压住情绪。挂断电话,他重新拿起画笔。他感觉自己仿佛回到了刚学画的那时候——穷,有野心,为了名利而画画。

小桃进门,抱着孩子到画室,嘴里嘟囔着,让豆豆叫爸爸。冠峰不耐烦,应付一下。

小桃盯着他手里的画笔:"不要命了?"

"别管我,灵感来了,我现在需要绝对安静。"

穆小桃只好抱着娃儿,退出画室。

076 / 真 面 目

安顿好彬彬,念巧开始练瑜伽,练完敷面膜。季鹏洗了澡出来。念巧问:"谁打电话?"

"大哥。"

"大哥?"念巧问,"这是哪阵风?"

"没什么事。"季鹏不肯出卖冠峰。

"没事打电话,谁信。"念巧较真。

季鹏不理她。

"到底是谁?"念巧纠缠。

"说了是大哥。"

"隔壁可离了,看到没,周凯丽把他老公的脸都抓烂了。"

"跟咱有关系吗?关门来各过各的日子。"季鹏必须快速灭火,烧起来不得了。

"天下乌鸦一般黑。"

季鹏沉着脸,抬腿要走。晚饭后还跟唐女士待在一个空间是个错误。他应该属于书房,而不是客厅。

"去哪儿?"念巧道,"坐会儿。"

季鹏只好把屁股安顿在沙发上。

"说吧。"他严肃起来，想用生气击退他。

念巧涎皮涎脸地说："那么紧张干吗？没觉得咱们好久没聊天了吗？"

"哪天没聊？"季鹏不同意，"除了上班，其余的时间全部贡献给你，此刻就在聊。"

念巧揭掉面膜，露出真面目："我是说掏心掏肺地聊。"

"聊啥？"

念巧优雅地站起，去洗手间冲了脸，涂了精华，再折回来，坐好，拿起手机："今天看到一篇文章挺有意思，跟郝总分享。"

季鹏不耐烦，可又不能逃。

念巧用广播腔念："快速判断男人有没有出轨的20个细节。"

季鹏反跳："你有毛病吧！"

念巧笑着："干吗紧张？紧张就说明有故事。"

季鹏只好稳住："我紧张什么！"

念巧继续读："1，手机响了，第一眼不是看手机，而是看老婆；2，回家第一件事是洗澡；3，手机不离身，洗澡也要把手机带进浴室；4，他'爸'半夜给他发短信（爸打引号），说：'老公，我想你了。'"

季鹏忍不住插嘴："闹鬼呢，我还有爸吗？"

念巧挥挥手指，念下去："5，经常在朋友圈秀恩爱；6，开始用可爱的表情包；7，蚂蚁森林的能量突然比平常多了好多，"顿一下，"这个胡扯哦，你没那么时髦。8，接到未知电话总是直接挂断，几分钟后借口下楼；9，变得特别忙，永远没有时间陪老婆；10，800年没动过的副驾驶座位变宽了。"念巧停下来，喝了一口水，笑呵呵道："怎么样，过半了，郝总中了几个？"

"无理取闹！"郝季鹏要起身。

念巧喝："别走！"她坚持把程序走完。游戏继续，她读："11，刚打完电话，竟然没有通话记录；12，在聊天记录里搜'哈哈哈'，消息数最多的那个人和你最亲密；13，大部分时候的咳嗽都不是生病，而是掩饰；14，曾经邋遢的他开始讲究衣着；15，开始挑剔你，一点小事就容易发火，说你每天只知道花钱，怪你头发贼多，掉得到处都是；16，去看漫威电影，却开始玩手机（肯定已经看过了）；17，看到出轨的电视剧，着急换台；18，和兄弟一起去打球，朋友圈晒站立的照片，180+，那肯定是个子矮的人拍的；19，iPhone 手机进入设置，隐私，定位服务，系统服务，重要地点，精确到几点几分在哪里出现；20，女人的直觉。"

念完，唐念巧保持微笑，凝望着丈夫。郝季鹏极力维持镇定，可额头上还是铺了一层细密的汗。

"中了几条？"念巧幽幽地问。

"无理取闹。"他词穷了。

"真有我也不在乎。"念巧道。

"不要胡思乱想。"季鹏几乎在哀求。原本有胡思乱想，可人家胡斯楞躲开了。他根本没想过离开念巧，名分上不离，但他也没想过离开斯楞，精神上不离。

"看看你的手机。"念巧忽然说。

季鹏吓了一跳，这要求太过分。他大喝："唐念巧！"

念巧狡黠地说："就试探试探你，干吗？真有事？"

"睡觉。"季鹏想撤退。

念巧举着手机，笑嘻嘻地说："我来登录一下支付宝。"

"行啦！"季鹏只好使出撒手锏，"你要不想过，就直说！别费那么大劲玩什么名侦探柯南！"

唐念巧原本只想刺激一下郝季鹏，给他敲敲警钟，他的暴跳如雷却不能不让她警觉。不过，眼下没有证据，念巧不好说什么，只好收了脾气："看你，一点玩笑都开不起。睡觉。"

季鹏不饶："你这是开玩笑吗？你这是对我人格的侮辱！"

"好了，休息。"念巧心里打鼓，面上却很平静。这事尚需从长计议。

*　　*　　*

产检婆婆全程陪同，桂圆紧张。桂圆对齐进说："你陪我去不行吗？"齐进说："有会，走不开。妈不也一样嘛，她更懂。"桂圆想叫亲妈陪着，可郝亚玲忙于照顾婆婆，分身乏术，而且避开婆婆找亲妈，桂圆怕齐进妈多想。

自怀孕以来，桂圆最怕齐进妈的大惊小怪，现在在家不能发出一点声音。只要拖鞋打地动静大点，齐进妈就会嚷："怎么啦？小心！"目的当然是不能惊扰到她孙子。洗衣机的甩干功能也不许用了，说动静太大。这回去产检，一切正常，医生照例说了几句高龄产妇应该注意饮食、休息、情绪的话，齐进妈立刻无限放大。晚上吃完饭，小会就开起来了。

马如意还没走的时候，齐进妈有个什么话，要么让马如意传，要么告诉儿子，不直接跟桂圆对接。现在不一样。每一次决策，都不仅仅是婆媳之间的事，还是关系到齐家后代的大事。是打开天窗说亮话的时候了。

桂圆收碗。齐进妈说："你放那儿。"

齐进连忙附和："都别管了，我收。"

"你也坐下。"齐进妈态度严肃。

小两口意识到老太太有话要说。坐好，等着听课。

齐进妈开口，是下坠的声调："桂圆，你这状态不行。"

桂圆柔柔地顶回去："妈，我的身体我知道，我觉得还行。"

齐进妈立刻道："不能你觉得，不能我觉得，也不能齐进觉得，只能医生觉得，检查数据觉得。"半秒静默，"你那些数据看着好像达标了，其实都在悬崖边上，稍微再累一点，操劳一点，立马不合格。"口气瞬间轻缓下来，"桂圆呀，每天带的饭，都按时吃了吗？你那秘书能顾得好你吗？就是个毛手毛脚的小姑娘，没一点经验。"

桂圆耐住性子："妈，咱平常心对待，时间很快，转眼就生。"

齐进妈嘟囔："来得多不容易，我念了整整一年的米佛。"

桂圆诧然，看看齐进。念米佛这事，谁也没跟她说过，好像怀上孩子全是婆婆的功劳。

齐进插话："妈，您有什么建议不妨直说。"

齐进妈被接引了话头，顺势道："我不放心。两个办法，要么桂圆请假。"桂圆刚想说话，齐进妈就道："知道——肯定做不到，那就第二个办法，我陪你上班。"

婆婆陪儿媳上班，亘古未有之奇谈。桂圆不好说行，也不好说不行，确切地说，这道题她代校长一时半会儿解不出来，只能留着，慢慢研习。

上了床，桂圆狠狠揪了齐进耳朵背面的肉一下，齐进疼得叫。桂圆狠狠地问："你的主意是不是？"

齐进求饶："真不赖我，"又说，"妈也是为你好。"

桂圆道："我是校长，带着婆婆上班，像什么样子！"

齐进秃噜嘴："别说身份不就得了。"

桂圆恨道："现在隐瞒，以后被发现，那不成段子了？"

"我再跟妈说说，"齐进搂住桂圆，"你不能气。"

"你搞定！"桂圆屁股对齐进。

次日中午，桂圆回娘家吃饭，抓着亚玲就抱怨。郝亚玲听说这事，第一反应竟然说"好"，打趣道："不要钱的保姆，不用白不用，也就现在，再过几个月，你让她陪她都不陪。"

桂圆道："她这是陪我吗？是监视我，是怕我害她家后代。陪，只是借口！"

亚玲放下棒针，她在打一个假领子——旧的用了多少年，来大城市不好买，网上那些她看不上，只好自己动手。"客观说，你婆婆身体不好，大病初愈，不适合全天陪，"亚玲分析，"她要陪，你得让她陪，至于怎么陪，你可以跟齐进说，他总舍不得把亲老娘累坏吧？他会做工作。我看，顶多就一天送一顿饭，当锻炼了，其余也不现实。"

桂圆一听靠谱："妈，还是您会分析。"

奶奶晃晃荡荡走出来，见桂圆，张嘴道："桂圆来啦。"

桂圆愣了一下，兴奋地对亚玲说："又认回来啦？听见没，叫我桂圆。"亚玲不说话。人是又认了，可屎尿不认，老奶奶现在更麻烦。考虑到女儿的身体状况，她觉得现在说这些没意义。

当天，桂圆回去跟齐进说了看法，齐进又去做她老妈的工作。最后达成一致，中午这顿饭由婆婆送到学校。齐进心疼老妈，打车费他出。

077 / 有 点 交 情

中介带着转了一圈，桂宝赫然发现，即便押上老本，他和首付款还相距遥远。而且中介有技巧，比如，你的预算是50万，他就给你报60万上下，让你觉得似乎快达成目标，那么，中间的差距，只能去借了。

桂宝第一时间想到的是大舅和二舅，可再一想，自尊心又不允许——打小大舅二舅都对他斜着眼看。这次买房是一次翻身仗，关系到男人的自尊。

找老妈和老姐想办法也不成，一对苦瓠子。思来想去，桂宝认为自己跟新晋富婆郝彤还算有点交情。

拎着一套玩具，桂宝上门了。先去看然然，鼻子尖贴到小脸蛋上。郝彤拉他起来："行啦，一脸的油。"她给他递吸油面纸。

"什么事，说吧。"郝彤敞亮。

桂宝被猜中心事，反倒不好意思："没事就不能来啦？"

郝彤道："一起长大，知根知底。有什么困难，直说。"

桂宝叹一口气："真不该来找你。"

郝彤笑说："不该来也来了，说吧。"

"我想……买房。"桂宝犹犹豫豫，拆开来说。

"想借多少？"郝彤脑子快。桂宝支支吾吾，一时说不出来数，郝彤抢白道："借你10万，多了也没有，不用利息，也不用借条，你先用着。你妹夫最近生意难做。"

桂宝原本想多借一点，可妹妹抢先宽宽厚厚地说出来，他只能接受。不然就成了不知趣——要饭还嫌饭凉。

桂宝道："别跟我妈说。"又改口，"谁都别说。"

郝彤呵呵地乐："我做好事还不能留名？"

桂宝指指脸："面子。"

郝彤喝："那一点男人的臭面子，我踩脚底下。"

大事办妥。桂宝难得来一次，又在各屋参观，在书房里他看到一幅画。过去他经常陪一雯去大舅那儿，看熟了，认得出是大舅手笔。他问郝彤："大舅给你的？"郝彤说是志明朋友的。桂宝心里打鼓：怎么跟大舅的《葫芦图》一模一样？他没多说，转而去书画院打听——没人知道。他又去问妹夫志明，志明见瞒不过，才跟他说是他老丈人郝季鹏的安排。桂宝一听，脑子转了个弯，回家就跟亚玲说了自己的打算。

亚玲道："人家有路子，你有什么路子？"

桂宝说："我开车送过多少画家，接过多少收藏家，都有联系，有路子。"

亚玲道："那我也不能跟你大舅提。"她怕小桃不高兴。明摆着，老大搞私销，八成有小金库。

桂宝着急，说："谁让你跟大舅说了，跟小舅说就成，他负责。"

亚玲说："你自己跟他说。"

桂宝道："您支持才行，小舅也是看您面子。"

亚玲只好同意。不日，桂宝找季鹏要画，季鹏向来不信任他，拘着二姐的面子，就同意分两幅。冠峰最近产量很大，将将又出来一批新货。

*　　*　　*

孙志明每周必须给儿子念三次童话书，哪怕然然听不懂，也要念。在这个问题上，郝彤遗传了念巧。不过，老妈那天特地发来判断男人出轨的细节，郝彤本能地觉得老妈的心态出问题了。郝彤问志明："那个胡女士跟爸还来往吗？"

志明回一句："人家都单飞了，跳槽去别的平台了，还来往什么。"

郝彤问："不联系了？"

志明道："应该是不联系了。"

尘埃落定，无事发生。郝彤似乎又有点为老爸惋惜。适当的罗曼史，跟放风一样，对老爸的身心健康有益。

郝彤想起桂宝借钱买房的事，提醒志明："文化行业别做了，也不能跟我爸。"

志明不解："那做什么？"

"得往回收了。"

"收哪儿去？"

"买房呀。"

"那不成土财主了。"志明不满，他是要资本运作的。资本必须运作起来，才能不断扩大。

"做土财主有什么不好，"郝彤道，"你不看看行情，都在降，房子是不动产，明白吗？你读过《红楼梦》吗？"

志明笑着凝视郝彤——老婆开始谈《红楼梦》了，四大名著他就差《红楼梦》没读，嫌娘儿们气太重。

"知道贾家怎么一败涂地的吗？"

志明不解。

郝彤继续："就是因为没买地，约等于现在的没房产。"

志明不纠缠："买房可以，有个要求。"

轮到郝彤盯着他看了。

"再来一个。"

"来什么？"

"二娃。"志明嬉皮笑脸。

郝彤敲打他："我先跟你说好，生不生，我说了算，子宫是我的，但如果你敢出去搞事情，试试！"

* * *

小桃和亚玲围着豆豆。亚玲碎碎念："豆豆飞呀，豆豆飞。"小桃在一旁看着，时不时侧过身，仔细听画室那边的动静。是小桃把亚玲叫过来的。明着，是问问孩子的养育知识，暗着，是想让亚玲过来瞅瞅她大哥。

从浙江回来以后，冠峰的精神状态明显不正常，时而狂画一通不睡觉，时而一睡好几天。可画来画去，也没画出什么道道。小桃断定，这下冠峰江郎才尽。

"当啷"一声巨响从画室传出来。

亚玲惊诧，看小桃。小桃一脸苦闷："快成仙了。"亚玲这才忽然明白大嫂请她来的目的。安顿好豆豆，郝亚玲跟着大嫂到画室去。

推开门，郝大画家坐在地上，打着赤脚，案桌倒着，墨汁在墙壁上打了个大黑点，笔散落着，有些因为跟冠峰作对被腰斩。一地狼藉。亚玲连忙去扶。小桃已经麻木。

掀桌子，这不是第一次，她认为郝冠峰现在遇到了一个哲学难题翻不过去——人为什么活着。冠峰看《易经》，看《老子》，看完似懂非懂，更感虚无。

亚玲一边安慰冠峰，一边蹲下收拾东西。

蓦地一声巨吼，是冠峰发出来的。郝亚玲吓得差点屁股着地。小桃连忙拉她出来，小声说："别管他。"过了一会儿，屋子里又死一般寂静，直到卧室里传来豆豆的哭声。

"都怪张秀云。"小桃总结。

亚玲应和，她恨一雯，顺带也不喜欢秀云："活着祸害人，死了还祸害人。"

小桃骤然问："我老了会不会也这样？"

亚玲笑："嫂，你离老还早呢。"

老实说，这大半年，除了大哥这一桩糟心事，郝亚玲没有一处不满意。婆婆又开始认人，居委会评选"慈孝人物"，她郝亚玲蝉联。女儿那儿，齐进妈伺候得好好的，一天三顿不用她操心，唯一不愉快的小插曲是，总部怕代校长太累，只让她负责一个校区，桂圆心中不快。亚玲劝："量力而行，你现在是非常时期。"又说，"不能怪你婆婆。"

齐进妈每天送饭，风雨无阻，桂圆其实挺感动。

桂宝定了套房，老远老远的期房。尽管如此，亚玲也庆祝了好几天。

郝亚玲喝着小酒，美滋滋地跟儿子碰杯："某些雨字头的人，是不是瞎了眼？"

桂宝知道老妈在说一雯："提她干吗？"

亚玲老滋老味地说："三十年河东三十年河西！"

桂宝举杯："妈，我敬您。"

亚玲摇头晃脑："敬得有说头。"

桂宝道："这些年您不容易，照顾老的，培养小的，您是大功臣，以后等着享福。"

亚玲鼻子一酸，眼泪要下来。"干！"亚玲举杯，仰脖子。喝了酒，晚上又好睡觉了。

合同签完，桂宝开始畅想自己的房，扎了根的感觉慢慢真切。

桂宝请左璐瑶吃饭。他还欠着她一点钱。吃完饭，桂宝开车带她到新家认门。桂宝指着天，一片蔚蓝："就在那儿。"

璐瑶戴着墨镜："挺好。"

两个人在工地转悠一圈，上车走人。车稳稳开着，桂宝突然问："姐，你打算咋办？"

"什么咋办？"

"跟你那大款男朋友呀。"

"他？"璐瑶笑笑。她对老于的感情又有变化。刚开始是不理解，后来理解了，再后来，理解更深入，反倒没法继续。老于只是把她当情人。当然，老于也没亏待她，答应她的事，无论是帮忙还是经济上，都肯出力。可左璐瑶归根到底还是想要个孩子。

"没可能。"璐瑶补充。

桂宝叹了口气："姐，你到底想找个什么样的呀？"

左璐瑶道："要求不高——结个婚，要个娃儿，下了班能一起吃饭，吃完饭能一起看电视，看完电视能一起上床，说说话，然后一起睡到天亮。"

桂宝说："听出来了，要娃儿是关键。"又说，"那得抓紧。"

左璐瑶笑出来，说："这辈子要不要娃儿，还没想好。"

078 / 此 一 时

雪花没飘下来之前，桂圆生了个女孩。名字是桂圆取的——齐一菲。婆婆和丈夫都没表示异议。桂宝不乐意，一菲总让他想起一雯。

桂圆侧面观察，齐进似乎没有一丝一毫不快，他抱着一菲不撒手。从齐进妈的脸上也看不出什么来，月子里她前操后弄，忙得最欢，亚玲都没能插上手。桂圆知道老太太想要孙子，看来孙女她也接受。

桂圆坐不起月子会所的高级月子，就在家里凑合坐平民月子，整个人包得跟大粽子似的。婆婆一天多少个鸡蛋地喂，生怕媳妇没奶。桂圆争气，奶水充足。不过，也顺带有个副作用，桂圆胖得不敢照镜子。

一菲落地，亲戚们都来看。小桃和冠峰来了，给了个大红包。亚玲陪着他们在床边站着。亚玲暗中观察，大哥似乎情绪平稳了许多，抱着豆豆，好让穆小桃腾出手来去看一菲。小桃觑了小不点一眼，两手合十，对着桂圆说："真好，我们豆豆这么快就当阿姨了。"又问，"一菲该叫我什么？"亚玲道："大舅奶。"小桃忙说："老了，老了。"

季鹏和念巧错开来。念巧带了好些教学光盘，还有书，都是彬彬下放的。念巧道："三岁之前，重中之重，一定要抓住。"桂圆笑说："知道啦。"念巧不好意思地说："我都忘了，桂圆是校长。"

季鹏偷偷给了齐进3万。齐进不肯要。季鹏严肃："是给我外甥女的，不是给你的。"齐进只好收了。齐进妈辨别出这是大亲戚，要留饭，念巧说还要带彬彬去上课。实际上她是嫌桂圆家局促。

左璐瑶最后来。桂宝陪着她进了小房间，璐瑶抓着桂圆的手，看看闺蜜的脸跟盆似的，笑中带泪地问："苦吧？"

"苦。"桂圆确认,"是真苦。自然产,我几乎晕过去。"

"幸福吧?"璐瑶又问。

桂圆点点头。她不知道怎么才能让璐瑶也幸福起来。她怕自己的幸福让璐瑶受伤,只好抓住闺蜜的手,暗暗给她能量。

孩子满月,齐进摆了一桌。收了红包,不答谢不合适。选了个上档次的酒店,包下个包间。人一一请来,包括左璐瑶。一桌子热闹,还是奶奶为首,向右依次是冠峰、小桃、豆豆、亚玲、桂宝、桂圆、一菲、齐进、齐进妈、季鹏、念巧、彬彬、志明、郝彤、世然。

欢欢喜喜吃完,小桃提议合照,先让服务员帮着咔一张全的。齐进妈直嚷遗憾,说马如意没来——如意说东家忙,走不开,随喜倒发过来了。

然后是女士们照。亚玲四下望望,笑道:"都有娃儿了。"璐瑶尴尬,往旁边缩。有娃儿的女士们自动聚到一块儿,牵着抱着,喜上眉梢。此时此刻,没有纷争。小桃、念巧、桂圆、郝彤、亚玲、齐进妈,都有个共同的名字:母亲。

有娃儿了,无论是生理还是心理上,代桂圆都感觉到不一样。首先,肉一直回不去,胖了。好多人见到她都说"名副其实"。她现在的外形特征就一个字:圆。可婆婆似乎并没有打算放过她,人为刀俎,桂圆为鱼肉——为了娃儿继续吃。奶水充足,孩子吃不完,导致她经常半夜疼得要起来挤奶。

桂宝和璐瑶都让她锻炼减肥,或者报班,让专业人员帮助她。桂圆不是不想,是没有时间。产假还没结束,她就时不时去学校看看。她已经失去了一个校长的头衔,不能再失去另一个。怎奈在她休息期间从总部空降来代理她职位的吕副校长,一个没结婚、没孩子、跟桂圆年纪差不多大的女人,仿佛一下控制了整个学校,她天天在学校待到晚上十一二点,恨不得以校为家。桂圆去总部找老上司老领导打听,才知道这位吕副校长疑似某董事的情人,所以才一直没结婚。吕副校长全身心扑在学校上。桂圆的危机感太强烈了。她问老上司怎么办。老领导说:"我都快坐不住了。"桂圆惊诧。老领导透露,公司可能要跟另一家集团合并,确切地说,是被吞并,到时候人事肯定要大动。风暴未起,桂圆已经感觉到震荡，总部副总走了七八个，老领导最后来一句："你大不了歇一阵，正好陪陪孩子。"

学校的情况桂圆没敢跟齐进和婆婆说。只要露一点风声，他们肯定会说："休息就休息嘛。"桂圆相信，以她的资历，跳到别的学校，应该不难。结果没想到，就在她产假即将结束，眼看全面重归职场的时候，婆婆突然提出要回老家，理由是在大城市住不惯。桂圆心里不舒服。这由头里有太多的弦外之音。桂圆心里清楚，婆婆带是情分，不带是本分，一代不管一代，谁的娃儿谁操心。只是，孩子刚出生，方方面面都要花钱。齐进妈是肿瘤康复病人，齐进必然不放心她回家单住，请人照看估计也是必然，又是一笔花销，雪上加霜。

桂圆憋了几天，表面和颜悦色，可心中的小火苗越烧越旺。

这天睡前，齐进找她说话，起了三次头，桂圆都不理睬。齐进不得不破冰："现在年轻家长都不敢让老人带孩子，代沟太大，带出来的娃儿歪七扭八。"

"不指望任何人，我的娃儿我带。"

"请个保姆。"

桂圆哄着宝宝，不理他。

"要不我出钱，请你妈出山。"齐进口气豪壮。

桂圆喷火气："你妈是妈，我妈就不是妈？你妈是老人，我妈就不是老人？你妈身体不好，我妈是20岁的小姑娘？我妈还得照顾她婆婆呢，她婆婆老年痴呆！"

齐进换个角度："我妈走，你也自在些嘛。"

桂圆立刻回敬："这话你收回！妈在我也自在，说得好像我不容人似的。"桂圆起身，把一菲放回小床，转身道："没生的时候，撵都撵不走，生了之后，跑得比兔子都快。你告诉我为什么。"

齐进鼻音老重："此一时彼一时，顺势而为。"

桂圆道："编，继续编，程序你会编，谎话你也编得像一点。"哼哼一下，"我不怕挑明了告诉你，你妈就是嫌一菲是女孩，追根溯源，是嫌我。你们全家都重男轻女！懂不懂科学道理？生男生女不是女方决定的，是男方决定的！"

齐进把镜子摸过来："瞅瞅啥样，怕不怕人？"

桂圆凛然："我可给你打预防针，别催我生二胎。"

齐进也有点生气："没有的事老瞎想。"

代桂圆最近经常情绪失控，左璐瑶猜测是不是产后抑郁。桂圆说："我不是产后抑郁，我是产后暴躁。"产后的桂圆不憋着，说发火就发火，而且她的火，不是因为某一个原因，工作、生活、家庭，种种琐事，只要触发到她心中的开关，嘭，她就炸。

桂圆提前上班了。学校要被兼并已成事实，老师们还好，管理者们仿佛在等待判刑。代校长一边要给下属们鼓劲，一边要照顾孩子，两头顾不开。齐进提出找郝亚玲女士帮忙时，桂圆是当即反对的，但冷静下来想，能找的、能放心的人，除了郝亚玲女士，还有谁呢？桂圆给马如意打过电话，想请她回来，可人家在当月嫂，据说已经是"金牌"，每个月收入比她代桂圆都多，怎么好意思让别人舍大钱挣小钱。郝亚玲女士的困难也摆在那儿，顾着老的，就不能顾小的。找郝彤帮忙也不切实际，她能带好自己的娃儿就不错了。

婆婆走，齐进送。桂圆在家气闷，便带着一菲去娘家晃晃。

079 / 白天不懂夜的黑

亚玲对着油锅炸野鸡脖。桂圆一说就多，动肝火："不是说非得要她留，太明显，不把我当回事。"

亚玲手动嘴也动："你得反过来想，她不养你小，你不养她老。一个肿瘤病人能带啥孩子？苦不得累不得，回家休息最好，万一以后复发，怪不着你。"桂圆肃然，她就没想到这层。姜还是老的辣。

桂圆在出神。亚玲呼一声："盘子！"桂圆连忙拿白盘子接着。亚玲继续道："不是我不帮你，一天两天行，一个月两个月行，一年两年，三年五年，行吗?"桂圆不出声,听妈絮叨。

亚玲看她一眼:"你自己也是搞教育的,都知道,别的不说,看看你小舅妈,那投入,那专注,那拼死拼活,这就是大势!请个人帮把手吧。我是能凑合带,但你要我教育,我实在没那能力。三岁看老。孩子长到三岁,好多东西就定型了,你三岁能背诗,桂宝什么都背不出来,现在看看,不一样吧?"

桂圆失神。老妈这话才真说到她心坎上。一菲的教育难道不是天大的事?

亚玲又说:"前几天我路过你们那个学校,长丰路那个,怎么门脸都拆了?"桂圆心里咯噔一下,像什么东西脱了钩。亚玲继续,"天时地利人和,就得顺势而为。你正好进可攻退可守,休息两年踏踏实实把娃儿带好,等一菲上幼儿园,你想咋折腾咋折腾。难得齐进全力支持。那有的家,男人还不支持呢。"桂圆刚要说话,亚玲拿话堵住她,"我不是劝,我没任何意见,你自己考虑啊——"说着,郝亚玲转过身,开始炸多春鱼。

桂圆的心思有点松动,但她还得盘算盘算,每个月的流水齐进能不能稳住,乃至于最坏的情况一旦出现,小家庭能够支撑多长时间。桂圆暂时不打算跟齐进说。

不日,马如意上门看桂圆和一菲,连连道歉说对不住婶子,对不住姐。桂圆问:"干得好不,舒心不?"如意道:"就是睡不好,累。"桂圆不往下问了,问得太细,怕伤了如意的体面。桂圆刚从月子里解脱,太知道月子里的苦——坐月子的人苦,伺候月子的人更苦。这次见面,她明显感觉马如意黑了,瘦了,气色差。这钱,挣的就是命。

马如意自叹:"趁身子顶得住,多挣点,早些把闺女接出来。"

桂圆一听她提闺女,就顺着问她闺女的事。

马如意道:"他爸又找了。"然后就没话了。

桂圆也没往下问,只能给她鼓劲。又坐了片刻,马如意走了,她让桂圆给齐进带好。晚上齐进到家,桂圆提了句马如意来过。

齐进道:"刚从乡下上来,要找落脚的地方,找到我老齐家,现成屋现成床，现在过了河，桥在哪儿早忘了。"

桂圆只好破开了说："人家有人家的日子，还能围着咱？她前夫再找了，她得挣！接娃儿出来。"

齐进一听，不吭声。桂圆有点生他的气。让男人体恤女人的苦，不可能。上了床，齐进不想带着气睡觉，才主动求和："母爱伟大，不容置喙。"

桂圆问："妈回去怎么样？"

齐进说："找着保姆呢，小姨跟她女婿生气，可能暂时搬去住，正好做伴。"

桂圆故意找碴："我妈腾不出手，以后一菲，咱俩一人带一天。"

"要不请保姆？"他不看她。

"这又不嫌保姆危险了？"

"工作还是得干。"

"你要干工作，我就不要干工作？"桂圆身子90°转，浑身的肉朝向他，汹涌着。"又乱扣屎盆。"齐进缩着。

"一菲咋办？"桂圆坐起，像座小山，"你给个法子。"齐进沉默是金。

桂圆叹口气道："没有的时候，想有，有了，又咋弄？儿女是债，一点不错。"

齐进道："主要我不是女的，我要是女的，我绝对……"

桂圆喜欢看齐进茫然无措的样子。实际上，她开问之前就有答案。之所以问，就是要让他知道，这不是件容易事。她愿意做，那是做出了巨大牺牲。

"行啦，"桂圆道，"出怪相！我的女儿，我带。"

"老婆——优秀——"齐进拥住她。桂圆推开他，道："我下来带娃儿，等于进入战时状态，你得保证有战利品拿回来。"自结婚以来，除了公共支出，两个人的钱一直各管各。齐进一听这话立刻表态，工资卡上交，奖金上交，外快上交。

桂圆捂着胸口，她自己都没料到，这么重大的决定这么潦草地说出。能收回吗？扭头看看一菲，恬静安然，做孩子真好。她是一把伞，帮一菲遮风挡雨。想到这儿桂圆的鼻子有点发酸。她在感动自己，也是在惋惜自己。

"我不是校长了。"桂圆惨淡地说。

齐进搂着她，安慰她："不是校长，当家长，不做乙方，做甲方，挺好。"

他不懂她的悲伤，就像白天不懂夜的黑。

* * *

小桃带豆豆打疫苗，找亚玲陪同，打完带孩子去做启蒙练习，促进智力发育。小桃和亚玲站在外面，旁边都是年轻爸妈，衬得她们更显年纪大。亚玲佩服小桃，不为别的，就为她这份按部就班，安之若素，她是真为孩子好。

姑嫂俩有一搭没一搭说话，小桃问桂圆、一菲以及奶奶的情况。

嫂子关心完，亚玲不好意思不回敬，她问大哥怎么样。小桃口气很淡："搬出去了。"

亚玲嘴巴微张，惊讶。

"去美术学院住，"小桃笑容无奈，"免得在家闹腾，晚上不睡，白天发疯，孩子吓得哭。"

亚玲问："谁照顾？"大哥是艺术家，日常生活基本不能自理。

小桃道："我跟保姆换着去看看，吃饭就在学校食堂。"

亚玲这才明白大嫂找她来陪打疫苗的真正缘由，每次她跟冠峰闹别扭，亚玲都是居间调停那位。亚玲当即表示回头去看看。

小桃道："人老了，怪。"

"还画吗？"

"谁晓得，"小桃说，"真怕他画不出向日葵，人倒成凡·高了。"

亚玲对不上号，问："凡·高怎么回事？"

"把自己耳朵剪了。"小桃危言耸听。

"那得送精神病院。"亚玲说。

事不宜迟。告别小桃，郝亚玲就往美术学院去。走到一半，桂宝来电话，说奶奶尿了。公交车上，亚玲举着手机大声问："尿哪儿了？"桂宝说："床单上。"说了去看大哥，总不能半途而返，可桂宝不方便给奶奶换洗，亚玲只好打电话给桂圆。桂圆正在医院，一菲发烧。亚玲只好打给比较熟的小时工。

下车了，郝亚玲一颗心乱跳。进美术学院，往后走，到家属区。面对这房子，郝亚玲有点感触。当初大嫂要送他们的就是这套。如果当初她不那么维护自尊……

郝亚玲深呼吸，上楼，敲门。冠峰见亚玲来有点意外，问："谁让你来的？"

亚玲进屋，房间内秩序井然，并没有任何东西跟冠峰作对。郝冠峰看上去情绪还不错，仙风道骨的样子。

"那个……路过……来看看。"亚玲装憨，谎撒得很拙劣。她放下手里的两把香蕉，跟在冠峰后头。在大哥面前，她永远是小妹。

郝亚玲还没破题，郝冠峰率先说开："那个家我待不住。"

亚玲估计跟豆豆有关，柔声柔气劝："大哥，抱孩子，当初也是您同意的。"

冠峰道："跟孩子没关系。"

亚玲诧异："那为什么？大哥，你可是什么都有了，还有哪里不愉快？"

"人为什么活着？"冠峰看窗外，口气悠长。

郝亚玲更蒙。活着就活着，有什么为什么不为什么。她和大哥不是一个境界——冠峰读老庄，亚玲读超市打折商品目录。

亚玲上前半步："安安分分踏踏实实地，别多想，这过日子……"

话还没说完，郝冠峰就道："我得走。"

亚玲迷惑得好像掉进一团麻里："走，走去哪儿？"

"山里，海边，任何地方，塔希提岛。"

"哪儿？"亚玲问。她只知道爪哇岛，老远，郑和下西洋里有。

冠峰很严肃地说："一个没人认识我的地方。"

冠峰现在是只刺猬，她想咬都不晓得从哪里下口。"大哥……咱不闹……"亚玲劝得很无力。

只有在喝醉的时候,郝亚玲才会想到一丁点形而上的问题,其余时间她都活在形而下中。她没办法领会知名画家郝大师的人生哲学。她只能碎碎叨叨地劝:"大哥,咱走到今天不容易,别做让自己后悔的事……"

冠峰转过身:"老二,拜托你去做你大嫂的工作,我净身出户,离婚。"

郝亚玲瞬间石化。

080 / 火 山 口

郝亚玲觉着大哥这简直是把她放在火山口上。回家路上郝亚玲一直在盘算,到底怎么做才能让事情完美解决,她才能全身而退。他之所以让她传话,可能说明还有转圜的余地。只是,看大哥那表情,还有净身出户的"价码",似乎不像在开玩笑。郝大师从来不是说笑的人。

下了车,郝亚玲先打给桂宝,问奶奶的情况。桂宝说已经睡了。她再打给桂圆,问一菲的情况。桂圆说已经退烧了,还在医院观察。亚玲道:"我去看看她。"桂圆说不用,一会儿就弄完回家。亚玲坚持,桂圆只好说在医院等她。

一路赶到医院,天已经黑了。一菲在妈妈的怀中安睡。亚玲陪着桂圆往外走。尽管有夜色掩护,桂圆还是看出老妈脸色不对。

"出什么事了?"桂圆问。

亚玲大吸气:"你大舅……"说一半,卡在那儿,跟岔气了似的。

桂圆问:"大舅怎么了?"

亚玲才挤牙膏似的:"要……离……"

"谁要离?"

"你大舅要跟你大妈离婚。"

桂圆差点没抱住孩子。桂圆了解大舅,做事往往在意料之外、情理之中。而且话一旦说出来,就是一言既出驷马难追。问题严重了。

一菲不舒服,在桂圆怀里发癔症乱说话。母女俩叫了车回家。齐进已经在家,桂圆把一菲交给他,才跟老妈去楼下。这是秘密,不得外泄。

小花园路灯下，母女俩的影子拉得老长。

"原因呢？"桂圆问。

"没原因，过够了，要去隐居，去塔希提岛。"亚玲记"塔希提岛"四个字记得牢。

理由令人迷醉，好似天方夜谭。桂圆读不透大舅这门经。

"是不是因为孩子？"

"他说不是。"亚玲道。

"嘴上说的跟心里想的不一定一致。"桂圆揣测，"现在还不能说？"

"当然不能。"

"可既然说了净身出户，估计想清楚了。"桂圆继续分析。亚玲赞同。

"还是得做大舅工作。"桂圆道。

"谁去？"

"你。"桂圆道，"要我去，显得您多大嘴巴。"

亚玲着急："你大舅现在巴不得我大嘴巴。"

桂圆踌躇。她就是福尔摩斯，也看不透大舅的心。两个人围着小花园绕了一圈。

桂圆问："他怎么不自己说呢？"

"估计不好意思。过了大半辈子，突然要离婚。"

"应该另有原因。"

"原因就是有病，发疯。"

"追求艺术，"桂圆说，"《月亮和六便士》里那人就这样。"

"怎么弄？"亚玲犯愁。她懒得理什么月亮。

"先缓几天。"桂圆说。似乎只能如此。

桂圆帮老妈叫了车，自己慢慢往楼上走。刚进门就见齐进在穿衣服穿鞋——公司机房出了点问题，他必须立刻赶过去。工作的事，她不能拦阻，只好叮嘱丈夫开车慢点，万事小心。洗了澡，桂圆又给一菲量体温，还有点低烧。她开了片冰宝贴放在女儿头上。不大会儿，一菲睡熟了。桂圆却睡不着。

说不清哪里不舒服。自己没了工作，齐进经常加班，老妈的烦恼，大舅的麻烦，所有事放在心里，小火慢炖，百种滋味。她想起和齐进努力求子的日子，那时候她以为，只要有了娃儿，那就是幸福大结局……现在才真切认识到，有娃儿不过是另一个故事的开始。

桂圆忽然明白大舅为什么同意穆小桃抱娃儿。十有八九，预谋已久。小桃想要娃儿，有了，大舅想追求艺术，那可以去追求，跟高更一样。有豆豆陪她，他就可以离开了。就好像《边城》里驾渡船的人，有人接替，他才可以离开渡船，终得解脱。从这个角度看，大舅提离婚似乎并不是那么"罪无可赦"。

有好几次，桂圆差点对着璐瑶脱口而出："不要走入婚姻！"最终还是忍住。很多事情，只有自己亲身经历，才知道其中甘苦。

左璐瑶做了个甲状腺手术，出院了桂圆才知道。她结婚和生孩子左璐瑶都封了大红包，现在璐瑶生小病，是个还人情的好机会。选了个周末，桂圆上门。

歪着头，桂圆摸闺蜜脖颈下那道口子："疼不疼？"

"没什么感觉。"璐瑶道，"吃饭咽东西费劲点。"又说，"年纪大了，都不敢体检。"

桂圆道："我有脂肪肝。"

璐瑶打量："看着也像。"

桂圆双手箍腰："减不下来。"

璐瑶笑道："有一菲，胖一把也值。"神色忽然忧伤。

桂圆顺着问她和老于怎么样。璐瑶说："我开刀都没告诉他。"

桂圆说："那不对，应该给别人表现的机会。"

"不合适。"璐瑶下判词。

"不是谈得挺好吗？"

"进度不一样，"璐瑶道，"跟跑马拉松似的，人家已经赛程过半，优哉游哉，我这儿还跟冲刺似的，吭哧吭哧，"顿一下，"一个男人，结过婚，离过婚，有儿子，有钱，剩下的就是享受生活，再不再婚是大问题吗？换成我，我也不再找那麻烦。"

桂圆暗叹，人的一切焦虑都来源于时间。

左璐瑶又道："我真英明。趁着身体好，留了几个种子。"

桂圆问她为这事总共花了多少钱。璐瑶说粗算应该有十几万。"疯了，"桂圆惊诧，"还是自己生吧。"璐瑶嘿嘿笑："就是没人。"

表妹郝彤来电，找桂圆介绍做小儿推拿的鲁大夫，说然然有点疳积。鲁大夫曾经在桂圆的辅导学校拉了不少生意。桂圆把名片发过去，说："就说是代校长介绍的。"挂掉电话代桂圆才意识到，自己已经不是校长了。璐瑶看闺蜜失神，问："干吗，不当校长难受？"

桂圆白她一眼，终于说出那句话："千万不要走入婚姻！"

左璐瑶笑得脖子根疼。

桂圆感叹："我现在只对两个人负责。"

璐瑶问："哪两个？"

桂圆道："生我的和我生的。"

该吃饭了。璐瑶叫外卖。等待的时候，两个人聊起桂宝的期房、桂宝的发展。提起弟弟，桂圆倒是满脸欣慰。左璐瑶没提桂宝曾找她借钱的事。

*　　*　　*

门铃响，郝彤以为是鲁大夫来了。打开一瞧，才发现是老妈驾到，脸色阴沉得像要下雨。

"彬彬呢？"郝彤问。

念巧不说话，甩掉高跟鞋，进屋："水 。"

郝彤见情况不妙，连忙温水伺候。

念巧坐在沙发上，猛然后靠，闭目养神。

郝彤连忙进屋安顿好世然，合上门，她怕老妈一会儿大呼小叫。

念巧捂着心口，流泪。郝彤连忙去拿速效救心丸。念巧心脏搭桥之后，全家人对她格外保护。郝彤一边喂药一边劝："哈佛不是一天就能上的，慢慢来。"

念巧忽然跟见了鬼似的双目大睁:"你爸外头有头绪你知不知道?"

雷终于打响了。郝彤猜是胡斯楞,但不能火上浇油。

"这事你知道?"念巧问。

郝彤头摇得跟拨浪鼓似的,说:"会不会是……误会?"没摸清楚情况前,她不知道怎么下药。

念巧道:"看你爸朋友圈。"

郝彤翻,没有——季鹏把她屏蔽了。"哟,爸这……"

念巧拽过自己的包,翻出两部手机。先把郝季鹏的朋友圈亮出来,一张照片,四个男人站成一排,好像是个战略合作发布会。郝季鹏站在最旁边,咧着嘴大笑。郝彤觉得没毛病:"挺好的呀!"

念巧解锁另一部手机,翻出胡梅的朋友圈——同一张合照,季鹏的旁边还站着个女的——她的手隐约碰着郝季鹏的手,她也大笑。

唐念巧的鼻孔一张一翕,如牛:"郝季鹏发朋友圈前对照片进行了剪裁、分组。什么目的?"

081 / 楚 河 汉 界

郝彤抱着息事宁人的态度,笑得勉强:"一张照片,说明不了什么吧?"

念巧锐叫:"都查清楚了!她回来不是一天两天,早前在你爸公司任职!跟你爸有很多交集!三亚是一起去的!香港是一起去的!巴黎是一起去的!"

郝彤了解,老妈的调查一旦启动,就是地毯式,苍蝇都别想飞出去。她暂时还是维护不在场者:"那也许是工作需要。"

念巧不理女儿,兀自说:"我说怎么携程的记录删得干干净净,心里没鬼删什么记录,裁什么照片!"

郝彤反着劝:"也许是……太在乎你……"

念巧摔手机:"骗老鬼!"恨得像得了红眼病。

郝彤继续劝:"妈,也许没你想得那么复杂,爸不敢,真的。"

念巧道:"你知道这是谁吗?如果是一般的小姑娘,我眼睛眨都不眨。这是胡斯楞!千年的狐狸精!"

郝彤不知道怎么劝了,老妈充分掌握材料。她来,不是听劝,是抱怨。胡斯楞重现江湖,她早都知道。不过据她观察,胡女士并没有进一步动作,郝季鹏也安安静静。郝彤道:"妈,别犯傻,真的怎么样?假的又怎么样?闹开了,对你只有坏处没有好处。"

念巧没想到女儿这么说:"郝季鹏让你这么说的?"她直呼丈夫大名。

郝彤道:"光有调查,有证据吗?妈,你要想好了离,我支持你,可听志明说,爸的平台现在资金吃紧,他虽然占了股份,可都是不能套现的。离婚你除了能分点房子,估计还不能现卖,其余顶多分点存款,值当吗?"

念巧听女儿一席话,顿时一身冷汗。

郝彤道:"妈,闹开了,离了,彬彬怎么办?目标哈佛,这中间且有九九八十一难呢,没有郝总做后盾,唐总能行吗?"

从女儿家出来,念巧开车猛踩油门,脑中不断脑补季鹏和斯楞的画面……

念巧和胡梅在试衣间里并排坐着。灯光从西面八方打过来,让她成为焦点。心底的那点事也被照亮了似的。念巧打着逛街的幌子让胡梅请假出来。一直等到进入这个小空间,她心中的愤怒才突然迸发。

两部手机是楚河汉界,摆在大腿旁边的座位上。

两张照片形成比对,清清楚楚。胡梅怪自己多事:"打算怎么办?"

念巧眼泪干了,依然坚强:"离。"

"别呀!"

"忍辱负重不适合我。"念巧牙咬得咔咔响。

"那不等于便宜了那贱人。"胡梅其实对斯楞印象挺好,又都姓胡。但此时此刻,她必须跟念巧同仇敌忾。

念巧抬头,从镜子里看胡梅:"你不也离了?还劝我。"

胡梅连忙说:"那不一样,我那个是什么男人,你这个是什么男人。"她当然不希望念巧离,不然,皮之不存,毛将焉附。

"都一样,没区别。"

"郝总一年挣多少?"胡梅咽唾沫,"不为自己,也为彬彬想想,花钱的日子在后头。"

念巧正对她:"都想好了,房子一人一半,他一年给250万抚养费,我放他自由。"

胡梅迅速在脑海中分析人物关系,又迅速得出结论。她问念巧:"这些钱算什么?"

"抚养费,一直到儿子上哈佛。"念巧道。

"你以什么身份拿?"

"这是给儿子的。"

"给儿子的,但总得你去要吧,"胡梅掰扯,"我就问你打算以什么身份去拿。"

轮到念巧沉默了。她还没来得及考虑身份问题。

胡梅继续:"一旦离了,郝总跟别的女人结了婚,天地就变啦。"

念巧忽然意识到问题的严重性。

"你现在要钱,为孩子要,为自己要,那是妻子问丈夫要钱,应当应分,"胡梅娓娓道来,"离了呢,等于是前妻问前夫要钱,人家万一有新妻子,你能保证新来那位不吹风不作妖不给你上眼药?你能保证这钱能准时足额拿到?妹妹,保持清醒,没有这层夫妻关系,你手伸着去找别人要钱,别说要不到,就是要到了,脸色也未必好看。你们这种夫妻,从苦日子熬到有点家业,宁愿提溜着也别说离。他要提离你都不能同意!你还主动提,傻不傻?!看着烦,大不了分居,钱该要就要,你带你的孩子,一切照旧!"

唐念巧浑身微微颤抖,仿佛在佛前听了一段经,醍醐灌顶。

走进家门之前,郝季鹏已经接到女儿雷霆万钧式的预警:"爸,你跟那个胡女士别玩得太过火!"季鹏立刻晴天霹雳式反弹:"谁胡扯!我撕了他!"

郝彤再咆哮:"常在河边走,哪能不湿鞋。妈发现了!别说我说的!小心我妈跟你离!"

一听到"离"这个字,郝季鹏的第一感觉是:"这一天还是来了。"转而,他觉得委屈:他有这么纯洁的男女关系,念巧凭什么炸毛?!心理建设做好,郝季鹏又理直气壮了。他进家门还带着笑容,彬彬跑过来,他抱起儿子,转两个圈,亲一口。

念巧从厨房出来,端着现烤的土豆泥,柔柔轻轻叫一句:"回来啦。"在保姆眼中,这根本就是一个标准的五好家庭。郝彤的"天气预报"失灵了,季鹏傻眼。哪有什么大风降温,冷雨冰雹?根本就是艳阳高照,和风送暖。看着念巧强打出来的欢笑,郝季鹏明白,大海以上的平静都是假的,水面以下的波涛汹涌只有他自己知道。念巧知道了胡斯楞的存在,装得这么淡定,目的是什么?郝季鹏吃不准。第二天,念巧猛花了几笔钱,季鹏认定是报复性消费,其实念巧只是给彬彬交高尔夫学费。不过,季鹏玩金融,轻松锁定,念巧就动弹不得。

郝季鹏突然精神大振,中年危机都被驱散一半。他忽然想起跟胡斯楞一起抽的签——"鲲鹏兴变之象","凡事变动大吉"。

斯楞正在看文件,一抬头,季鹏天神下凡似的,鼻孔还喷着火气。

斯楞保持职业性的微笑,让季鹏坐,又让秘书冲咖啡来:"今儿什么风?"

郝季鹏叉着两腿,叹气,然后猛然抬头:"念巧发现了!"每一个字都加重,仿佛爆发了世界大战。

斯楞轻飘飘地明知故问:"发现什么?"

"发现你,发现你和我,发现你我的关系。"季鹏急促促地说。

"我应该请她吃个饭。"

"这是请客吃饭的问题吗?"

斯楞右手挥了一下:"问题是,我们的关系很健康,很透明,我不觉得有什么可以指摘的。我不明白你所谓的'念巧发现了'是指什么。"

季鹏道:"她要跟我离婚。"

胡斯楞沉默,仿佛在运气。季鹏见有效果,继续追加:"斯楞,这么多年,我对你的心思,你难道还不了解吗?"

斯楞语速加快:"我了解,我明白,我感谢,我珍惜,可关键在于,我们的确不是念巧想的那种关系,我们是很好的朋友,是合作伙伴,在你的婚姻内外,我的角色始终不是也永远不会是第三者。"顿一下,"念巧误会我,我不在意,但你要硬给我加这个帽子,那就是在为难我。"

季鹏质问:"难道你对我真就一点感觉都没有?……"

胡斯楞不觉得难为情:"有感觉和破坏别人婚姻是两码事,性质不同,发乎情,可以止乎礼。"她忽然柔声地说:"季鹏,我不希望念巧因为我受伤,都是女人,不用换位思考我都能明白她的难处。"

"那我也要离。"

斯楞不得不绝情:"离可以,别说是因为我。"

"胡斯楞!"他恨她绝情。

胡斯楞不示弱:"你们之间的问题,在我出现之前就有,婚姻这东西我了解,你需要一个出口,我刚好出现,你就觉得我是问题所在。真的不是!我不是你要离婚的出发点和归宿。"

郝季鹏惨然:"那我要真离了呢?"

"那就是另一段故事了。"胡斯楞的语调恢复正常。

082 / 将错就错

郝季鹏反复咀摸胡斯楞的话,再一次觉得自己被斯楞利用了。季鹏下定决心,不如将错就错,如果误会解开,那生活不就回到原来的轨道上去了吗?上一次逃离,念巧和他议和,用二娃套牢了他,这一次,他要跟《肖申克的救赎》里的安迪一样,奔向自由。郝季鹏把这视为"越狱"的最后一次机会。

念巧打电话来查岗。郝季故意模糊处理:"见个朋友。"念巧让他早点回家,季鹏当即打给志明,大呼小叫:"出来!"

志明要出门,郝彤叮嘱他:"爸说什么你就听着。"志明一边穿鞋一边问:

"爸到底怎么了?"郝彤重复:"别问那么多,他说什么你就听着,保证他安全。"孙志明领了命,一会儿工夫就到地方了。

志明奇怪,老丈人一贯好大喜功,怎么会在铁锅炖小馆子栖身。他走进去,郝季鹏坐在那儿,四平八稳的样子。菜有了,桌上一只大铁锅。志明喊了声"爸"。季鹏给志明倒上白酒。

志明知道季鹏平时喝红酒,于是问:"爸,要不我去弄点红的来?"

季鹏命令:"坐下!"

志明舍命陪君子。酒过三巡,郝季鹏话多起来,翻过来倒过去,中心思想就一个,骂唐念巧。从刚认识开始说,恋爱、结婚、生孩子、创业……郝季鹏顺带还骂了全世界他最痛恨的学校——哈佛。

斤两上来了,郝季鹏人头似虾头。志明劝:"爸,不能再喝了。"季鹏说醉话,打醉拳:"什么不能……没有不能……必须能!"孙志明也挨了一拳头。服务员要上来帮忙,季鹏以为自己受到围攻,挥胳膊,一个前冲,"哐当"一声,头磕到桌角。反作用力不含糊,他跟一块橡皮似的弹出老远,人倒在地上,血流了一脸,口吐黄水。

孙志明大叫"爸",饭店内乱作一团……

意识模糊。眼缝里透进点白光。彤彤的声音,志明的声音,念巧的声音,很快,其他两个声音消失了。念巧的声音在道别。慢慢地,白光更大。郝季鹏睁开眼,唐念巧坐在病床边,微笑着。

"疼吗?"念巧头微微伸了伸,探看。

季鹏头上、胳膊上都包着纱布,想扭脸不太方便。

唐念巧吹着气,好像在吹稀饭似的:"疼吗?"念巧又问一遍。

"不疼……"季鹏还有气。

念巧伸出涂着粉色指甲油的右手食指,微微笑,猛一发力,千蛛万毒手正中伤口……季鹏随即杀猪般大叫起来。

念巧"行刺"完毕,迅速转身,迈着大步子,消失在病房门口。

* * *

夜色苍茫。小楼底下，桂圆把手从亚玲的臂弯里抽出来："妈，你上去吧，我在这儿等着。"母女俩来美术学院，目的是劝大舅。

亚玲道："一起。"

桂圆犯难："好吗？"

亚玲说："双拳难敌四手，咱两个对一个，或许能说服你大舅。"

桂圆觉得在理，便跟着老妈上楼。敲门，没人应。郝亚玲用备用钥匙打开门。屋里没人。桂圆打大舅电话，暂时无法接通。母女俩搜寻一番，在床头柜上发现一个小本子，页面打开，写着一行字，亚玲瞅瞅，确是冠峰手笔："去山里住几天。"母女对望，无言。

桂圆不明白大舅的日子怎么一步一步走到今天，可据亚玲说，苗头早就有，冰冻三尺非一日之寒。桂圆没明说。她总认为质变是从豆豆到来开始的。母女俩拿了本子，打车直接往小桃那儿去。直到本子送到大嫂手上，小桃翻着看了看，亚玲才问："要不要报警？"

小桃看上去倒还平静："不是写得明明白白嘛，去山里了，等几天吧。"

桂圆和亚玲心里都犯毛咕：去山里用得着手机？都没信号。亚玲道："嫂，要不晚上我住这儿？"小桃镇定地说："不用，有豆豆，还有保姆。"

直到出了郝家小院的门，桂圆才跟老妈对了眼色。

桂圆问："你觉得大舅说了吗？"

"什么？"亚玲不明白。

"离……"桂圆声音小小的，怕人听见似的，第二个字还省略不说。

亚玲往好处想："应该没说，不是委托我说嘛，炸弹在我手上，"顿一下，又说，"也许想通了，也许是玩笑话。"

郝冠峰是开玩笑的人吗？桂圆不信。

来的时候打车，回去坐公交，颠了快40分钟到家。一菲还在亚玲家，桂宝看着。她爱跟老奶奶玩。进家门，桂圆听到奶奶在唱儿歌，往里看，只见奶奶伸着头，正拿着一支口红在一菲脸上抹。桂圆心惊肉跳，连忙夺过来："奶！你干吗！"又叫，"桂宝！"没人应。

377

桂圆扭头朝亚玲："看看你儿子！老的小的甩在家！他没了！"亚玲委屈，儿子犯错，母亲受责，是何道理。正说着，桂宝进门。

桂圆吼："代桂宝！有没有责任心，知不知道多危险?!"

桂宝从口袋里掏出一袋棒棒糖："一菲要吃。"

桂圆突然不好意思，但嘴还硬着："那也不能丢下老人孩子不管。"

亚玲投了热毛巾，帮一菲擦了又擦。一菲见舅舅回来，伸手要糖。桂宝剥了一根给她。

不大会儿，桂圆平复好情绪，便带一菲回家，临走之前叮嘱老妈别忘了把那袋拐枣泡了。是她从网上买来，特地拎给老妈泡酒的。亚玲把女儿和一菲送到楼梯口，母女俩相约有情况随时互通有无。

小客厅里，桂宝已经忙着收拾拐枣。亚玲问："酒呢?"桂宝道："泡了一点，其余的明天到，今年全用二锅头。"亚玲嗔怪："看个娃儿看不好。"桂宝委屈："就几分钟，赶巧你们回来。"

"几分钟就能出大事！"

桂宝换话题："大舅怎么样?"

"失踪了。"亚玲丧气。

"什么叫失踪?"

"找不着，消失了，躲起来了。"

"那还画画不？我还等着要货呢。"

"没有皮哪有毛?"亚玲道，"最近少惹你大舅。"

奶奶踱出来，披着纱巾。亚玲道："妈！能不能消停一会儿！"又对桂宝，"这一天天跟看戏似的。"

桂宝道："奶奶要玩，你就让她玩，起码认得你郝亚玲了。"

亚玲道："不认得还好点，我现在谁都不想认得。"

敲门声起。桂宝去开门，竟然是郝彤。"呦，微服私访呢。"

郝彤一个挥臂把桂宝支在门框上的手打飞："我姑呢？让开！"

亚玲听到彤彤的声音，迎了过去。

郝彤叫了声"姑",叹气。亚玲问:"可有事?"

郝彤看桂宝。桂宝不屑:"怎么,我又碍事了?还不稀得听呢。"

亚玲笑笑,领郝彤到桂圆过去的房间。刚关上门,郝彤便道:"我爸出事了。"

亚玲惊,老大刚失踪,老三又出事,这是中了什么魔咒?

"咋的?"亚玲抓着彤彤的手。

"在医院躺着呢。"郝彤道。

亚玲一口气问:"打的?摔的?撞的?烫的?"

郝彤憋着气。亚玲着急:"到底什么事你说呀。"

郝彤大吐气:"闹离婚。"

亚玲一阵头晕:"怎么又是离婚!"

郝彤是来求助的。这么多年郝亚玲一直是这个家的和事佬。拆东墙补西墙。亲人是老天定的,怎么着她也得把这伙人捏巴起来。只是这一次的命题实在重大,郝亚玲一时想不清楚从哪儿下手。

能商量的人只有桂圆,可郝亚玲不忍心给桂圆添堵。

郝彤走了,老奶奶睡了,桂宝猫在屋里,不知道鼓捣些什么。亚玲一个人坐在沙发上,对着电视,越看越心烦。她朝桂宝屋方向:"儿子!"

桂宝应了一声。

"酒枣呢?"

"刚泡上。"

"弄点。"

桂宝趿拉着拖鞋出来:"妈,不是吧?"

"别废话,弄点。"

桂宝只好从床底下拽出大玻璃瓶子,拿两只碗,用酒提子打酒出来,再捞几颗枣配上,端到老妈跟前。母子俩一人一碗酒。

桂宝问:"郝彤来干吗?"

亚玲觑儿子一眼:"你小舅和小舅妈吵架。"

桂宝不屑:"我要是我小舅,也受不了那样的老婆。"

亚玲哼哼:"没大没小!"

"刻薄,好强,里外不分。"

亚玲不许儿子这样以下犯上,她"嗷"一嗓子:"行啦!事实就是你小舅跟小舅妈现在要离!"

083 / 首 要 角 色

齐进晚上10点打电话回来,说可能通宵加班,让桂圆早点休息。

已经是本月第三个通宵,再这么干下去,保不齐出毛病。桂圆真怕齐进把身体拼坏了,但她又不能说"你别干了"。

桂圆只能忍。她现在的首要角色不是妻子,而是母亲。一菲的出生改变了这个家的格局,将男人和女人推向两端。"男子打仗到边关,女子纺织在家园。"她一下成了个守后方的人。而且,一个更深刻的感受是,女儿成了她的总指挥。

一菲在身边,她管辖着女儿,女儿也管辖着她;一菲不在身边,比如送去姥姥家,她暂时不用管辖女儿,可女儿照样管辖着她,意识上的。她无时无刻不牵挂女儿。这种牵挂有时让她烦。比如眼下,这个齐进不在的夜晚,她要独自完成一系列操作,一菲哭了她要哄,一菲饿了她要喂,一菲尿了拉了她要换尿不湿,一菲病了她要立刻判断是什么病,怎么处理。这些问题走马灯似的轮番上阵,让她一整个晚上都不得安睡。撑到早晨,终于睡了一会儿,可天光又提醒她该给孩子弄早饭了。

事实上,刚全职当妈没多久,代桂圆就陷入巨大的烦躁当中,偏偏这种烦躁还说不出口。她终于理解老妈过去老挂在口头的话——"只要没闭眼,就有操不完的心。"

吃完早饭,桂圆洗了个澡,然后照例给老妈打了个电话。自打带娃儿之后,桂圆给老妈打电话的次数明显增多了。

亚玲不藏着掖着:"我得去你小舅那儿一趟。"

桂圆问:"怎么了?"

亚玲干脆答:"想离,要离。"

桂圆的心咯噔一下:"又怎么回事?"

"具体不清楚,去了再说。"亚玲正准备出门,请隔壁邻居照看奶奶几小时。小时工能不请就不请,省钱。

"要我陪吗?"桂圆问。

"你忙你的,"郝亚玲道,"回头告诉你。"

挂了电话,桂圆心里跟猫抓似的。大舅和小舅双箭齐发,都要离,都要造婚姻的反。

　　*　　*　　*

季鹏出院后,一直住在公司附近的酒店。郝亚玲找到他的时候,他刚从盥洗室出来。他最近不能洗澡,只能擦。亚玲看不惯弟弟住酒店。"把这儿当家啦?"亚玲质问。

"她让你来的吧?"

亚玲来火:"她是谁?"

"一个妇女。"

"老三,天作有雨,人作有祸!"

"你要是她派来的,我得送客了。"

亚玲一个箭步上前,要掐弟弟胳膊上的肉:"是你女儿求我来的!"

季鹏把每一个字都往下压:"姐,你根本不知道这些年我过的是什么日子!"

亚玲道:"什么日子?神仙日子!念巧再不好,帮你生了俩娃儿。"

"我没让她生,阴谋,她不生有人生。"季鹏嘟囔。

亚玲真想打他一顿:"外头有头绪了是不是?"

"姐!"季鹏道,"别人的话你信,我的话你就不信,你到底是谁姐?我郝季鹏对天发誓,我清清白白,在外头没头绪!哼,还头绪,证据呢?"

亚玲还想发问,却被季鹏排山倒海般的吐槽封住了口。从结婚到创业,从生一娃到生二娃,从海外公司到国内公司,从家里到家外,郝季鹏历数唐念巧八大罪状:"女人的所有角色——老婆,妈,儿媳妇,她哪一样合格!"

亚玲的头蒙蒙的,同为女人,她还是忍不住为念巧辩解:"再怎么说,她当妈还当得到位。"

季鹏驳斥:"那叫到位?鸡血打得娃儿都能上天了!还哈佛,知道哈佛的门朝哪儿开吗?"

亚玲掐了自己一下,必须冷静,明明是来劝他的,差点被他说住了,不行。亚玲只好总结陈词,一锅炖:"老三,你的话,我就一听,清官难断家务事,一起过了几十年,都能说出点黑料。你听二姐一句,缓缓,免得后悔。"

"缓了几十年了都!"

"那你现在也不能动!"亚玲用音量压制,"家里出了大事,你别添乱!"

季鹏呆了一秒,问:"奶奶她……"

亚玲"啧"了一声:"她没事。大哥失踪了!"

季鹏忙问怎么了、为什么、怎么办……

郝亚玲松了口气,老三离婚的事暂时盖过去了。她算明白了什么叫公关。公关就是,出了个屁事,你得用更大的屁事盖过去。从这个角度看,她郝亚玲就是个天才。

084 / 寂 静 的 夜

晚上睡觉前,桂圆安顿好了一菲,一鼓作气把大舅和二舅的最新消息释放给齐进。齐进原本躺着——他上班太累,到家就不想坐,能躺就躺,可一听桂圆的消息,惊得顿时坐起,陷入思考。半晌,齐进问:"二舅离,我理解,大舅离,不明白。"

桂圆拿右手食指点点太阳穴。

齐进道:"脑子有病?"

"去！"桂圆给他一脚。齐进连忙避开。

桂圆反问："知道《月亮与六便士》吗？"

齐进记性好："咱家有这书。"齐进赤脚去储藏间翻找，过了一会儿，把《月亮与六便士》找了出来。他对着老婆念："作品以法国印象派画家保罗·高更的生平为素材，描述了一个原本平凡的伦敦证券经纪人斯特里克兰德，突然着了艺术的魔，抛妻弃子，"他咳嗽一声，嘀咕，"真行，"继续念，"弃绝了旁人看来优裕美满的生活，奔赴南太平洋的塔希提岛，用画笔谱写出自己光辉灿烂的生命，把生命的价值全部注入绚烂的画布的故事。"

桂圆伸手接过书。

齐进问："大舅不会也这样了吧？"

"有这苗头。"

"大妈咋办？"齐进一直感谢小桃。

桂圆叹息："能怎么办？人要真铁了心，你拷个链子也拴不住，"皱眉，咽口唾沫，"好在大妈有钱，又有娃儿伴着，真要没了大舅，日子照过。"

齐进道："这年头，钱是硬通货。"说着，他下床，到南墙边上的瑜伽垫上做了几个俯卧撑。工作强度大，身体得跟上，只要休息过来，齐进积极锻炼。谁知刚做了不到五个，鼻子出血了，滴滴答答落了一垫子。

桂圆怕吵醒一菲，连忙拉他到客厅处理，然后到卫生间冲冷水，用的全是祈使句："抬头！手举起来！右手！别抠鼻子！"

齐进鼻孔朝天躺床上。桂圆在旁碎碎念："真不能这么累，别回头有命赚没命花！你数数，这个月加了多少个通宵了，当自己18岁呀，一夜不睡第二天照干……"

桂圆一路念下去，跟咒语似的，齐进听到最后终于不耐烦，每个字都往下坠："没办法嘛。"

桂圆不看他，低头看床单，跟寻找什么似的："我也得做点事。"

血"轰"一下集中到脑袋上，齐进觉得自己被严重轻视："不要闹行不行？"

桂圆诧异地看着他："什么叫闹？"

齐进急促促地说:"不是都说好了吗?赚钱,我来。带孩子,你来。"

桂圆反攻:"看看都来成什么样了。"

齐进激动地坐起来:"滴个鼻血,太正常了,我是沙鼻子。"说话间,血流又从鼻孔内汹涌而出。夫妻俩又一阵手忙脚乱。一菲不失时机地醒了,又不失时机地大哭起来,寂静的夜一下热闹起来……

桂圆反省一夜。不应该这么直不棱登说出来,她还没真正学会做一家之主。

第二天,桂圆把齐进累到流鼻血的事对老妈简单说了,又说打算自己出去做事。

"娃儿才多大,怎么出去?"亚玲反问。

桂圆盯着老妈看。亚玲浑身不自在:"瞅我干啥?奶奶不带外婆带,真新鲜。"

桂圆道:"放心,送托儿所也不劳动您。"

亚玲怕女儿误会:"不是我不带,你奶……"

"知道——"桂圆拖长音调,"有困难就想办法,其余的不扯,没用。"

亚玲这才道:"齐进要挣,你就让他挣。男人没一个不好强的,你要比他还强,日子怎么过?"

桂圆提着气:"妈,我真没要比谁强,是没办法,日子不是省出来的。齐进也不都累在咱小家,他月月请保姆伺候他妈,我不说啥,他妈不来,我轻省,可钱上轻省不了。"

亚玲呵呵笑:"桂圆,要有定力,看看你老娘我,两个娃儿,一个老婆婆,不照样滴水穿石地都照顾了,好多事,不能急。"

知女莫若母。那些心底的想法,有些桂圆都不算明晰,被亚玲这么一分析,沉渣泛起。桂圆忽然意识到,除了经济上的原因,她自己待不住也是她想要工作的缘由之一。天生不是阔太命。她在家也没闲着,过去的伙伴说想做线上教育,一声招呼,她立刻坐在电脑前分析、研究,一边抱着一菲,一边开电话会议。只有忙碌着,她的焦虑才能化解,她才能获得平静。

虽然有了家庭，有个男人——甭管多大本事，代桂圆却没有真正放松下来。她觉得这是中国人世世代代沉淀下来的潜意识——居安思危，笨鸟先飞，治不忘乱。有了娃儿之后，桂圆更相信人无远虑必有近忧。明天的生活到底会怎么样？明天的太阳到底会不会明媚？明天会不会有工作？……

亚玲见女儿发呆，轻拍了她一下："反正最近你给我平稳，别弄出事来，你大舅和二舅的事还没压下去呢。"桂圆忙问有什么新进展。亚玲说："老大联系上了，确实在山里静修，翻过月尾估计能回来。"又说，"老三暂时消停。等老大回来，郝彤组个局，一家人坐到一起，团聚团聚。这个家不能散。"

桂圆惨然："你应该去故宫修文物。"

亚玲问："啥意思？"

桂圆道："只有你有本事把裂缝都填上。"

亚玲嗟叹："拆了东墙补西墙。这日子，这年岁，谁不是走过一段算一段。"

085／典型的找碴

入了冬，天却没冷，小桃还是把地暖打开了。豆豆爱在地板上玩闹，她怕受凉。冠峰从山里回来了，直接住美术学院。话是亚玲传给小桃的。小桃想去看看，可她知道冠峰的脾气，她一旦主动去，关系可能更不好处。

冠峰的变化不是一天两天，从失眠，到抑郁，到江郎才尽……穆小桃努力说服自己理解他，包容他，鼓励他，支持他。他是病人，他是老人，他是亲人。连穆小桃也搞不清楚冠峰和她之间质变的节点到底在哪里。是秀云去世？似乎是。可张秀云死了，对他郝冠峰的刺激有这么大吗？冠峰的水平、层次、潜力，没有比她穆小桃更清楚的，想再上一层楼难上加难。难道是她任性领养了豆豆，他也要任性一回？

小桃打电话让亚玲来拿秋冬衣服，都是她穿不了的。拾掇完毕，姑嫂俩才得闲坐着喝口茶。亚玲凑到小桃跟前,问:"微信头像用什么图好?"

"反正别用荷花。"小桃道。

"啥讲究?"亚玲不明白。她挺喜欢荷花,出淤泥还不染。

"以前的小时工叫荷花。"

亚玲没了主意。小桃道:"春天院子里的玉兰花你不是拍了几张?"

亚玲说:"那敢情好。"在大嫂面前,亚玲喜欢扮小学生。眼下大嫂不痛快,她更要奉承。

亚玲又问:"我这名要不要改改?"

小桃抬眼看她:"昨夜星辰?"

"老气了点。"亚玲咂嘴:"你叫什么来着?"

小桃的微信名是大玉儿。亚玲瞧清楚了,道:"你是大玉儿,我就改苏麻喇姑吧,伺候大玉儿。"

小桃被逗乐了。她知道小姑子是在讨自己开心。她领亚玲的情,笑道:"四个字太长。"

"那就苏麻。"亚玲顺嘴。

"喇姑吧。"

亚玲应允,开始输入,"哪个 lā?"

"喇叭的喇。"

填好了,亚玲笑说:"配我,喇叭,姑姑,我可不就是到处说,宣传,也是姑姑。"

姑嫂俩说笑一阵,亚玲才自自然然地说正题。她说冠峰在美术学院住着,她去看了,都好,请嫂子放心,还说大哥情绪挺稳定,估计静修得不错,又说郝彤准备请吃饭,到时候一起过去,大哥也去。小桃心里舒坦,没再问冠峰的事,只好奇郝彤请什么饭。

亚玲道:"为她大伯洗尘。"又说,"这大哥也是,追求艺术都快赶上《月亮与六便士》了。"这话是桂圆告诉她的。她学给小桃听,显得有文化。

穆小桃听说过这书,但没看过,亚玲提,她就"哦"一声。

亚玲又说:"这豆豆也不知道是抱对了还是抱错了。"

小桃斥:"跟豆豆有什么关系?"

亚玲说:"按说是大哥同意的,可娃儿抱回来,他又老找碴。"

小桃道:"他找他的,这把年纪,还想怎么样,还能怎么样。"亚玲见大嫂有点生气,转而"出卖"念巧,忽然小声说:"老三两口子闹离婚。"

穆小桃怔了怔,说:"老三吃腥不是一两天了。"

亚玲惊诧,原来大嫂也知道季鹏过去的故事。"是,龙生九子各不同,老三跟大哥比,定力差太多,三脚猫似的。"

穆小桃冷笑,道:"这话只能关起门来跟你说,我要是念巧,我就睁一只眼闭一只眼。"

亚玲一脸认真地求教。小桃又说:"有她那样的老婆,没被逼成同性恋就算万幸。"

* * *

天一黑,一菲就开始发烧。头两天是低烧,桂圆独自处理了。这日一上来就是高烧,特别凶猛。桂圆手足无措。给娃儿包好包被,她让桂宝开车来,一路狂奔到医院,挂急诊。最后协商的方案是打退烧针。孩子太小,找不到血管,护士建议从头上打。可害怕针头的一菲紧张大哭,针一打进去,针头弯曲,差点拔不出来。一阵手忙脚乱,处理完毕,一菲慢慢睡着了。医生让带回家观察,桂宝一直送姐姐进家门,才问:"姐夫呢?"

是啊。齐进呢?桂圆也想问这个问题。她足足给他打了36通电话,外加发了无数条短信。没回复。过了12点,齐进来电话了。桂圆只回复了两个字:"没事。"她说的是事实。一菲发了汗,退了烧,安然入睡。

齐进追问。桂圆说了声"睡了",挂断。后半夜,齐进回来了,摸黑上床,轻轻碰桂圆一下,她装睡,感觉到身边的被子被拉起又放下,不大会儿鼾声轻起。

次日,桂圆早起给一菲量体温,喂奶,收拾。今儿郝彤请客,亚玲叮嘱桂圆和齐进必须到场。

桂圆拿毛巾抽了被子两下。齐进醒了。

"起来。"桂圆利索地命令。

齐进揉揉眼睛，问："干吗？"

"你脑子编程编傻了？"桂圆面容冰冷，"彤彤请吃饭。"

齐进迷迷糊糊起床，穿衣服。

"去洗澡。"桂圆下令。齐进照办。刚进浴室。桂圆就拎着一条内裤，质问："怎么回事，说了把内裤和衣服分开放，一菲的衣服不要放洗衣机，分开，手洗，孩子病了你带去看？腿上都是癣！"

齐进知道老婆还在生气，可没办法，他在技术室，手机静音，一忙就是几个小时，压根儿没注意。这理由很正当，但齐进懒得说，只"哦"一声。

齐进从浴室出来，娘儿俩已经吃完。齐进一看餐桌上的馒头就明白了。上次吵架，惩罚信号也是馒头。

齐进坐下，就着纯净水咬馒头。吃了几口，实在无味，于是扭头去厨房翻出一瓶豆腐乳，叨两块夹馒头里。桂圆的话匣子瞬间打开。齐进只听到耳朵边跟打快板似的："高盐的东西少吃，你们家有几个心脑血管没毛病的？你爹，你妈，你三姑，你二姨，你表妹……现在吃得欢，到时候一中风，往床上一躺，我可告诉你，我没空伺候，一菲还不顾过来呢……"

找碴，典型的找碴。齐进明白，醉翁之意不在豆腐乳。齐进三两口吞了馒头，开始换衣服。

齐进穿黑西装，桂圆道："一身黑，你干吗？又不是去火葬场。"齐进换条纹西装，桂圆点评两个字："轻浮。"——当初买的时候她赞优雅。齐进最后换了件夹克，桂圆摸摸料子，道："那么薄，冻坏了我不管。"

齐进手一挥："没事！经冻！"

出门了。齐进开车，桂圆100个不满意，一会儿说开得太猛，颠着孩子，一会儿又说开得太磨叽，要迟到。齐进时快时慢反复调节，好容易到了地方。从车库出来，齐进抢着抱一菲，桂圆站在楼底下不动，跟稻草人似的。

齐进扭头："走啊。"

桂圆还是不动，驴脸呱嗒着。

"怎么啦？"齐进又走回去。

桂圆横眉瞪眼："我就看你脑子动不动。"

齐进有点不耐烦："我的大脑现在死机，有什么你直说。"

"你空手就上楼啦？好意思？"

齐进反应过来，换个方向走，桂圆跟着，夫妻俩往小超市去。挑来选去，提了一箱酸奶。齐进结完账，桂圆道："800年不上一次门，就拎这点？"

齐进又去称了几斤苹果，两嘟噜葡萄，一把子香蕉。桂圆总算不说话了。桂圆打前面走，齐进瞅着老婆的背影——背影都是扭曲的，他预计代校长的不愉快能闹三天。

086 / 且 饶 人

打结婚后，郝彤第一次在自家办宴席。志明的意思是去酒店。郝彤不依，说酒店没家味儿。其实彤彤还偷偷存着一个念想，想要抓住机会炫耀一下她的大富之家。

菜不能马虎。头两天郝彤就指挥保姆东忙西忙，又特地请了个厨子，烧菜头天烧好，炒菜当天操作。郝彤逐个打电话问老爸老妈想吃什么，她指望这顿饭让老爸老妈夫妻双双把家还。

念巧张口就说想吃鱼兜子。郝彤听说过，没做过，大厨倒是见多识广，知道是鱼肉加鸡蛋、淀粉搓成的丸子。

季鹏要求不高，就想吃盘拌黄花菜。

穆小桃笑说一个烧黄鳝，冠峰爱吃的，再一个烧茄子，她爱吃的。

最后问亚玲。亚玲大喇喇地说："什么都行，看着弄。"

请客当天，郝彤、志明一早就起来。郝彤挑衣服挑了一个小时，太隆重不好，太寡淡也不好，妆太浓不好，不化又不能见人。志明倒一派自然。郝彤拍他的肚子:"收着点。"

上午10点,客厅的大吊灯都打开,屋子里亮堂堂。过了半小时,念巧竟先来了,带着彬彬,说今天没课。志明把彬彬带去跟世然玩。念巧娘儿俩在客厅说话。郝彤嬉笑着问:"太后,气还没消呢?"

念巧白她一眼:"我气什么?"

彤彤笑道:"妈,得饶人处且饶人,别弄得自己无路可走。"

念巧脊柱一弹,身体都来表达愤怒:"我是要让他无路可走!"

郝彤又劝:"志明在外头也帮妈,等于半个探子。爸跟那个胡,真没什么。"

念巧受刺激:"千年狐狸精!"

郝彤换了个坐姿:"真闹掰了,可便宜人家,这笔账得算。"

念巧直面女儿:"你搞清楚,我不要离,是他要离,他巴不得把这个家一锅端了,直接带走。"

郝彤有点意外。她原本以为是老妈在气头上,老爸在安抚。谁知竟然掉了个个儿。郝彤继续劝:"那也别生气,气多了生癌。"

念巧目光锐利,鼻孔里蹦出个"哼"字:"我要让他生癌,死了正好,都留给咱们。"

郝彤听得胆寒,不敢再往下劝,只好拣那吃的穿的用的话题聊着。

志明安顿好娃儿,来跟丈母娘打招呼。过去念巧跟志明说话还算注意,如今久了,她真把他当半个儿了,又在气头上,于是人一出现,她就对志明道:"知道了吧,别跟你爸学!"志明不明所以。

郝彤对丈夫:"妈教训你就听着。"

志明只好唯唯点头。听完了,飘走。

念巧对女儿说:"你记住,男人没有不想偷的,区别只是敢和不敢,能和不能。"郝彤不大赞同,但知道一说就多,只能先应和着。

第二拨到的是桂圆和齐进。郝彤迎上去:"不是说不要带东西吗?都有。"桂圆微笑着,不言声。志明迎出来跟齐进握手。桂圆和郝彤见此情景,心中都别有一番滋味,但都不说。面儿上一定是风轻云淡。桂圆怕齐进说不好话,便让他跟小舅妈打个招呼,就到书房带孩子去。志明则去厨房监督厨师。

桂圆甜甜地叫声"小舅妈",坐下了。念巧每次见到桂圆,必然想起教育话题。

"等会儿。"念巧才想起来一个稀罕玩意儿。片刻,她拿来一只黑圈,塑料的,上面有个红色条杠。桂圆和郝彤都不知为何物。念巧卖关子,直接戴桂圆头上。

桂圆难为情,声音断续:"怎么像孙猴子戴箍似的?"

彤彤搧掇着问是啥,念巧这才道:"最新科研成果,智能学习机,能控制脑电波,提高专注力。防走神的。"

桂圆和郝彤对望。

"打开。"念巧迅速操作。

桂圆担忧:"会不会辐射太大?"

"没有辐射。"念巧很肯定。

彤彤道:"这得问问姐夫。"正说着,桂宝搀着奶奶,亚玲跟在后头,三口人进门。桂圆趁机摆脱黑科技。

奶奶谁也不认识了,进了屋也不客气,直接往沙发上一躺。亚玲嫌难堪,扶着她去客房休息。郝彤连忙给安排。

等一群人出来,亚玲才上赶着跟念巧问好,又拉她到一边,道:"老三该打!不过,退一步海阔天空。"

念巧道:"二姐,你应该劝劝郝总,劝我干吗?我退一万步都行,反正'离婚'二字跟我无缘。"

亚玲一直以为是念巧要离。照她平日强势的个性,眼睛里不揉沙子。可现在看,情况有变。亚玲笑道:"这么想就对了。"

门口一阵喧嚷。穆小桃带着孩子来了。亚玲挽着念巧凑过去。念巧叫了声"大嫂",寒暄两句,转头去厨房了。桂圆、郝彤、齐进,还有志明,都来和小桃打招呼，又逗豆豆玩。豆豆一早就犯困，郝彤把娃儿安顿在小床上。

郝彤把书房门开开，让大妈小桃进去休息。彤彤明白，大妈跟亲妈是"后不见后"，最好空间上区隔开。小桃又叮嘱彤彤菜做得别太辣，豆豆有点起嗓子。

片刻，清静了。小辈们都出去，屋子里只有亚玲和小桃两个人。亚玲轻声笑道："来之前我给大哥打了电话。"

小桃明白老二的潜台词，意思是说冠峰肯定来。《月亮与六便士》她找来读了。扉页上那句话她仔细咂摸："感情有理智都根本不能理解的理由。"冠峰对艺术的狂热，她在这个年纪毅然抱个娃儿，都属于这一范畴。

冠峰走的这段日子，穆小桃自我开解，又向禅宗寻找答案，她基本想清楚了，最坏的结果是冠峰离开，去追求他的阳春白雪，她呢，还是食自己的人间烟火，带着娃儿过，偶尔去看看他。或许，从最开始他就想到有今天。这是一盘棋，下棋的人是郝冠峰。只是，当豆豆来了之后，她发现自己似乎没有那么依赖他。这么多年，是他依赖她。他都能放手，她有什么不可以。

进一步讲，迟早有这天。大师算过命，她能活到85，冠峰只能活到70。所以，她更加能理解冠峰的急迫，迫切想要更上层楼，画出传世之作。想要全身心投入，其他方面就必须有牺牲。

穆小桃告诉自己，她才不要像唐念巧那样一哭二闹三上吊。人与人的缘分是有期限的。她感谢亚玲愿意苦心周旋——能把冠峰留下来是最好。孩子需要爸爸，哪怕是养父。

小桃脑中思绪万千，亚玲以为她失落，轻轻叫了她一声，小桃回过神，笑道："等着吧。"门外一阵喧嚷，亚玲以为是老三或老大来了，忙出门看。小桃坐着不动。

人不在客厅，都挤在小卧室。郝彤坐着，怀里抱着世然，世然哇哇哭。念巧搂着彬彬，站着。郝彤斜着眼对老妈："妈，你也管管老二，怎么能动手呢？瞧这红的。"又对彬彬，"老二，这是你亲外甥！"

念巧低头问儿子:"动手了吗?"

彬彬摇头。

郝彤道:"还不说实话,不是你,是一菲,可能吗?"

桂圆连忙上前:"一菲不打人……这么小。"笑容讪讪的。

亚玲也来帮腔。齐进、志明闻声而来,打圆场,说孩子的皮是橡皮的,没事。

长辈们都在,郝彤不好再发作。她认定了是老二报复。现在彬彬大了点,有心,知道她这个做姐姐的不喜欢他,所以伺机报复到她娃儿身上。可恶!郝彤对彬彬说:"老二,你去那屋玩。"

念巧本想维护儿子,但见小桃也出来看,不愿意让她看笑话,便忍住了。

季鹏风风火火地来了。一进屋就嚷着要看外孙子。郝彤拦着,拉到一边:"等会儿,你儿子把我儿子打了。"季鹏没放心上,"哦"了一声。余光看到念巧,故意忽略,绕着走过去跟二姐和大嫂打招呼。

小桃揶揄:"老二,精神不错嘛。"

季鹏回道:"大嫂红光满面,有什么喜事?"小桃脸色顿时沉下来,不理他,走了。

亚玲跟在后头,打了弟弟一下,小声说:"多嘴多舌!"

季鹏没在意,一偏头,撞到念巧。念巧打了个踉跄,斥:"眼睛留着出气用的?!"

季鹏"哼"一声:"这路这么宽,你非跟我挤。"

郝彤见要吵架,忙给志明使了个眼色,孙志明带老丈人去书房,郝彤安抚老妈唐念巧。空间拉开,战火暂时熄灭了。

快12点冠峰才到。一袭风衣,一顶礼帽,看上去状态不错,随手还拿着个卷轴,是给侄女侄女婿的礼物。郝彤迎在最前头,志明打开画卷,是一副泼彩作品,中西合璧,是张大千、吴冠中那一路下来的。

小桃远远看着,并不觉得有多大进步,看来去山里修炼不过尔尔。冠峰脱衣服,桂圆接了。众人拥簇着老大往里走。冠峰走到小桃面前,点了个头,好像领导视察。

郝彤拍手掌:"开饭了,开饭了。"

087 / 揭竿而起

郝彤和志明两口子安排座位。安排座位是个大学问。

首座是冠峰的。冠峰不肯,让着老奶奶坐。

亚玲道:"大哥,今儿您是主角。您得坐。"冠峰让不过,只好坐了。

亚玲、桂圆和郝彤让着小桃和豆豆坐冠峰旁边。小桃推辞一下,坐了。旁边一个婴儿座,放豆豆。

郝彤想把老爸和老妈捏一块儿,可念巧说:"我跟桂圆坐,说教育问题。"季鹏说:"男人要喝酒,我跟大哥挨着,志明,齐进,今儿一醉方休。"于是乎,大圆桌上,男人们一边,冠峰左手起,女人们一边,小桃右手边,念巧带着彬彬。落了座,满上酒,热菜就开始上了。

女主人郝彤笑呵呵道:"第一次在这儿聚那么齐,不是给我面子啊,是给大舅面子。"众人笑。郝彤对她丈夫说:"你说两句。"

孙志明随即举着杯子起立:"这个……大伯是好大伯。"郝彤"啧"一声。志明忽然紧张,忘了要说啥。

桂圆抿嘴憋住笑,齐进拉了她一下。老奶奶伸手拿兔子馒头,亚玲连忙拽回来,劝她先别动。豆豆哇哇叫两下。一菲和世然没上桌,在里屋睡觉。

彬彬道:"姐夫是好姐夫。"随即哄然。

志明混场面混惯了,不嫌难看,这样也好,反倒有点谐趣,他继续道:"大妈是好大妈,"舌头顺溜了,"爸是好爸,妈是好妈,二姑是好二姑,姐姐是好姐姐,姐夫是好姐夫,儿子是好儿子,"突然两手伸出来,十根手指头一抓,"全部捏到一块儿,才是个好家庭。"

郝彤端起杯子,对冠峰说:"我这辈子最佩服的男人,是我大伯。郝大师艺高人胆大,大艺术家!"冠峰笑呵呵地回:"彤彤,会拍马屁了。"郝彤继续恭维:"都是实话,我喝了,您随意!"一仰脖子,杯子空了。冠峰也喝,不含糊。

桂圆给郝彤倒酒。郝彤又举杯,这次对念巧:"这个世界上,我最佩服的女人……"念巧接话:"是我。"郝彤突然转向小桃:"是我大妈。"小桃原本挺严肃,这会儿也被饭桌上的气氛感染,笑道:"我不伟大,你妈伟大。"郝彤道:"没有大妈,就没有大伯的今天。"可冠峰听着不舒服。亚玲见话越说越干,斜刺里蹿出来,道:"都佩服,都伟大,都好,家和万事兴,干一杯。"

除了开车的和要喂奶的,其余人都干了杯中酒。季鹏起哄:"酒喝了,是不是还得唱个歌呀?"一家子都明白了,就亚玲嗓子好。

郝亚玲喝了点酒,情绪放松,于是笑道:"咱家兄妹仨,老大能画,"突然打了个嗝,"老三能干,我顶多唱唱,要不是工厂那些年……"桂圆见老妈越说越离谱,怕她又说出老三篇来,小声道:"要唱就唱吧。"

奶奶这时不糊涂:"唱《二月里来》。"亚玲站起来,两臂平端着,范儿先起来,环视一周,提气:"二月里来呀好春光,家家户户种田忙,种瓜的得瓜呀种豆的得豆,谁种下仇恨他自己遭殃……"

跟着沉闷一阵。郝彤见情势不对,连忙组织志明、桂宝起来敬酒。一时间喊里咔嚓,好生热闹。

吃完饭,小时工收拾,厨子领了钱走了。郝彤趁热打铁,叫志明拿出牛骨麻将,硬要玩几圈增进感情。

冠峰要走,郝彤不肯,拦着:"大伯,您的麻将技术隐藏多少年了?我还想见识见识呢。"季鹏手痒,也劝大哥玩。冠峰抹不开面子,只好归位。

亚玲和桂圆撺掇小桃上场。等于有三个人了。最后一个位子,郝彤推念巧。念巧不肯,郝彤道:"妈,给点面子。"念巧只好勉为其难坐下,只是给谁面子她也闹不清。于是,两位男士坐对过,两位女士坐对门,季鹏是念巧上家,冠峰是小桃上家。

桂宝坐在冠峰后头看牌,志明坐季鹏后头,桂圆和亚玲坐小桃后头,郝彤则坐念巧后头。奶奶午睡,齐进照看孩子们。

垒牌，起张子。小桃运气最好，起手就快听牌。亚玲高兴得笑出声。走了三圈，小桃率先听牌了。牌全合住，闷着等一万。

季鹏道："大嫂，可以啊。"

小桃笑而不语，摸牌，打一张发。冠峰碰，打一万。小桃眉毛动了一下。桂圆心惊："和牌了，推不推呢？"桂圆和亚玲对看一眼。

桂宝道："大舅牛掰！"原来冠峰也听牌了。

季鹏着急，"呦呵"一声，起张子，打九饼。志明不出声，看了看郝彤。

念巧想跟打九饼。郝彤手上动作的意思是让她留着九饼，回头够夹八饼，打七饼。可念巧觉得不如打九饼，两个七饼做头子，再组其他牌。郝彤只能随她。

谁知刚转一圈，八饼来了。念巧叫苦，只好拆了其他牌，等着七饼和红中，胡个对子。牌稳稳进行，暗藏杀机。看的人屏息，打的人全神贯注。

冠峰又打了个一万。小桃还没要。桂圆搞不懂她，是自家人不想和自家人的牌，还是等着自摸？看这样子，穆小桃对郝大师总还是网开一面。

冠峰等不来三、六条，想换。桂宝倒抽凉气。冠峰本来犹豫，可外甥这么一惊一乍，他反倒偏要拆了原来的牌，改和六、九条。

下来个八饼。郝彤替老妈心惊。季鹏看出点名堂，手里的七饼硬扣着。结果到最后，小桃打了个九条，冠峰和了。

桂圆和亚玲同为穆小桃不值。亚玲扭头道："大哥，你打了两个一万大嫂都没和。"

牌推倒，念巧查季鹏的牌，顿时来火。郝季鹏抱着一对红中不说，还扣着一个没用的七饼。

念巧质问："你怎么不打七饼？"

季鹏拖着调子："我的牌，我想怎么打怎么打。"

念巧喷："跟你八字就不合。"

季鹏道："合则聚，不合则散。"

念巧摔牌："不玩了！"众人好说歹说，念巧终于平息，继续玩牌。可玩了几局，郝季鹏又故意扣牌，自己不和牌，也不让念巧和。念巧气得说："你这是损人不利己！"坚决不玩了。

没办法，亚玲顶上。摸了两盘，点了两个炮，其中一局还是季鹏杠后翻花赢的。亚玲让给桂圆打。桂圆不擅此道，又让给齐进。谁知齐进一上场，又是一阵猛输。

又打了一圈，郝季鹏尿急，让孙志明代着，他去厕所一趟。狭路相逢，念巧刚从厕所出来。他往右，她也往右，他朝左，她也向左。

念巧口气冲："让开。"

季鹏索性堵在半途，不打算让路。念巧一掌劈下去，路开了。她对书房大喊："儿子，戴上，准备学习！"

季鹏好奇地跟过去，见巧彬头上戴着个黑箍："什么东西？"季鹏指着问。

"你不懂。"念巧一句话回了。

"你就说是什么。"

"福克斯·布朗，听得懂吗？"念巧知道季鹏英语不好。

"干吗用？"

"集中注意力，"说完念巧立刻不耐烦，"你问这么多干吗？儿子打生下来你问过几次？辅导班你接送过吗？儿子英语考几级你知道吗？"

"不许戴。"郝季鹏端出父亲的权威，严肃极了。

"儿子，学习。"念巧下命令。

"你这到底是什么东西？不许给我儿子用！摘掉！"

"哈佛大学博士设计的！"念巧声音更大了。

季鹏吼："哈佛的屎都是香的！"

唐念巧气不过，上去要跟季鹏扭打，却被他一把推开。彬彬见不得老妈受气，揭竿而起，一头朝老爸撞过去。季鹏后脑勺磕在柜门上，疼得吱哇乱叫。众人听到出事，连忙赶来拉架。

牌局自然散了。

088 / 半 句 多

架是拉下来了。聚会散场。郝彤安排志明护送季鹏、念巧、彬彬回家。桂宝送冠峰、小桃、豆豆走。散着来的,合起来走。今天这顿饭算没白吃。

齐进和桂圆先开车送老妈和奶奶,然后才往自己家去。一路桂圆闭着眼。她懒得跟齐进说话。到了家,换了鞋,洗了澡,桂圆一言不发。齐进明白,还是头天的毛病。原本他以为,过了一天,总该过去了。谁知桂圆记着呢。再闹下去,搞不好会冷战。齐进口气软下来:"是我不好,没及时回你电话。以后注意,音量调到最大,加震动。"

桂圆道:"你乱加罪名,我才不在乎这些。"

齐进索性摊开来说:"没人逼你在家带孩子,你要是觉得不耐烦,咱们请保姆,加个摄像头就是了。"

桂圆心底的不满被齐进看得透透的,她更加愤怒,随手抓起桌上果盘里的苹果,直接朝齐进丢过去:"混账东西!"

齐进也火了:"我在外头加班赚钱受累受气,回来还得看你脸色受你的气!不就一个电话没看到嘛,至于吗?"

桂圆终于控制不住情绪:"你跟工作过去!"再丢一只苹果,还有橘子,全是炮弹,带着桂圆的怒气,流星雨一般朝齐进飞过去。齐进却是个好捕手,啪啪,左右开弓,两只都抓住了。桂圆还要扔,这次是桌子上一只座钟。齐进提醒:"1500呢!"桂圆舍不得,放下了。

志明把老丈人和丈母娘一起安全护送到家,完成任务了。至于后续如何,只能看造化。

实际上,郝季鹏迈进家门第一步就想走,可正因为念巧的跋扈傲慢,郝季鹏偏又想安营扎寨,斗她一斗。

睡觉前,念巧进季鹏睡的客房:"从今天开始,对儿子,对这个家,你必须尽责任。"

季鹏好笑："我什么时候没尽过责任？这个不用你说。"

"每个月的家用，得提高。"念巧谈钱。

季鹏不耐烦："唐念巧你是不是过分了？还没离婚就提赡养费，你要真想离，咱们现在就谈。"

念巧不接茬儿，说完走了。

季鹏离婚的决心更大了。他受够了，受够了她的腔调、姿态、脾气、长相、教育方法、饮食，受够了她所有的一切！要不是她，他能落到今天这境地？或许他早跟胡斯楞双宿双飞。他相信胡斯楞是爱他的。只是，好多话，她不能说出来。比如，她能说郝季鹏你去离婚吗？她能说郝季鹏我就是你的情妇吗？这种话她说不出口。胡斯楞有底线，所以只能避开，等着故事的转折，她说过，如果他离了，"那就是另一个故事了"。郝季鹏怪自己怎么现在才明白这个暗示。

躺在床上，郝季鹏也想明白一点，他和念巧的关系真的不是因为胡斯楞的两次出现才这样的，这一辈子做夫妻，疲劳了……胡思乱想着，季鹏睡着了，天一亮他就得去公司开会。如今大局势很微妙，小公司已经顶不住，他们公司还算好，资金流正常，能盘活这棋局。

念巧见过胡梅一次，讨论复出工作的事。胡梅以为她的婚姻出现了危机，念巧否认了。胡梅道："我是没办法，你何必出来？"

念巧苦笑。现在工作不是为了赚钱，她想转移注意力。念巧也考虑过后手，比如，再找一个。只是，那样对孩子的成长恐怕弊大于利，复杂的家庭关系会引发孩子的心理问题，彬彬现在本来就叛逆，她怎么忍心给娃儿找个后爹？会影响上哈佛的。

老于那样的倒是不错。念巧的心思稍微动过，但也只是一刹那。她现在的原则是，只要日子能凑合过，那就还凑合过。为了孩子，怎么也先过了这十年。至于男朋友，哦不，确切地说是男性朋友，念巧觉得可以交，调节生活。念巧自认比季鹏善于把握尺度。

课还没开始，旁边架起了摄像器材。念巧一抬头，翔翔爸在旁边，一身西装笔挺，跟往日不同。念巧微笑着上下打量："有场子？"老于不掖着："几个朋友非要给我过生日。"念巧嘴唇造出个圆形，"哦"了一声："Happy birthday."她说英语感觉更自然，不尴尬。

念巧问："翔翔呢，一会儿也跟着？"老于说儿子今儿去他妈那儿。老于从来不提翔翔妈，这是第一次，为什么离婚他也没说过。念巧道："那得送你个小礼物。"老于说不用，念巧却说必须好好想想。

一整堂课唐念巧都在思索送什么礼物好。送轻了不合适，送重了也不合适。不知不觉，下课了，念巧和老于道别，开车带彬彬回家。进家门，保姆已经把饭菜做好。郝季鹏坐在饭桌旁打电话，意气风发的样子。念巧打发儿子去洗手。季鹏见她来，说了声"吃饭"，念巧没应声。

是，饭还是要吃。一家三口又坐在饭桌旁。保姆在厨房吃。念巧回来的时候看到季鹏的司机在楼下，或许季鹏吃了饭还要出门。她现在想明白了，出了这个家门，他郝季鹏是魔也好是鬼也罢，回来了，他就必须是个人，得有人样！是丈夫，是爸爸，就得履行责任。她不会放手。她现在觉得婚姻真好，婚姻是个大框架，把男人女人都框进来。安全。

季鹏的手机响，他拿起来就接，开头就说："哦，斯楞啊。"念巧全身汗毛立刻竖起来。郝季鹏看了念巧一眼，继续谈笑风生，扯东道西，煞是甜蜜。

念巧吃不下去了，她让彬彬进屋。然后一直看着丈夫把这通电话打完，足足打了30分钟！看看，他跟狐狸精就是酒逢知己千杯少，跟她则是话不投机半句多。念巧面容阴沉，一双眼睛灼灼，好像随时能射出闪电来。保姆见状连忙告辞，她怕殃及池鱼。

季鹏放下了手机。

"说够了？"念巧像法官，也像大家长。

季鹏若无其事："怎么不吃了？吃呀。"他伸筷子找浓汤里的龙利鱼。

"你当我是死的？"念巧运气。

季鹏继续吃自己的。

念巧拿食指指着正门:"你进了这个门,就是我的丈夫、孩子的爸爸,什么该做什么不该做你不知道?"

季鹏嘴角含着些许嘲讽:"你是不是想太多了?"

"谁打来的?"

"你不是听到了嘛,还问,"季鹏稳住了,"正常谈工作。"

"我没聋!"念巧不让,"请不要在跟儿子吃饭的时候和别的女人打情骂俏!"

季鹏放下筷子,碗一推:"你是不是有妄想症?不满意你可以走。"

"离婚是吧?行。"

季鹏强忍兴奋,脊椎直起:"你同意?"

"你净身出户。"

季鹏冷笑:"我打江山,你做皇帝,想得倒美。"

念巧迅速反击:"没我你能有今天?"

季鹏鼻孔里"哼哼"两声:"今天?明天都照有!"

念巧道:"舍不得钱也行,儿子我带走,跟别人姓,叫别人爸爸。"

"嘭"的一声巨响!桌面上的碗盘集体蹦了一下,又摔回去,季鹏力大得跟要劈了这桌子似的。他恨道:"儿子永远是我儿子!"

念巧迅速起身,把彬彬拽了出来:"让儿子自己选。"

季鹏去搂彬彬。

念巧踹开他,对彬彬说:"儿子,你喜欢爸爸还是妈妈?"

彬彬两眼看看念巧,又看看季鹏:"都喜欢。"

季鹏幸灾乐祸,拍手大笑道:"好儿子!"

念巧抓狂:"再想想!谁对你好!谁心疼你!谁送你上辅导班!谁培养你上哈佛!"一听说辅导班、哈佛,彬彬心中的天平瞬间发生微妙变化。有时他真羡慕那些普娃,不优秀有不优秀的好。跟着妈妈,永远上辅导班,跟着爸爸,或许有讨价还价的余地。

季鹏半蹲下,鼓励道:"儿子,爸爸在这儿,你别怕,说实话,说真话。

以后爸爸和妈妈分开住,你想跟谁?"他现在是世界上最慈祥的爸爸,比圣诞老人还慈眉善目。

念巧眼神里无限期盼。母子连心,她有信心。

季鹏还在说"别怕"。

彬彬瑟缩着,他真想逃!很遗憾,地板上一个缝儿都没有。他必须选择。小彬彬低着头,为难极了。他不想背叛妈妈。事实上,他愿意为老妈挺身而出,在姐姐家的时候他就一头撞向爸爸,毫不含糊……可一想到无尽的辅导班、兴趣班、背诵、作业、看录像、考试……他又畏惧了。小脚慢慢挪动,终于站到老爸这边。立场分明了。

"胜利!"季鹏放声大笑,血盆大口像能吃人。

念巧目眩,抬头,天花板上无数盏小灯也仿佛约好了似的,齐声嘲笑她的失败。

念巧嘶吼:"都是王!八!蛋!"她一秒钟也待不下去,至少今夜,她需要冷静。

089 / 另一个礼物

开着车,念巧觉着自己像个游魂。去哪儿,她不知道。霓虹灯闪烁,到处亮堂堂,仿佛都处心积虑看她笑话。她真想找个地方躲起来。她也想找人倾诉,找谁适合呢?找女儿?女儿刚摆过局,就为了父母和好。找亚玲?郝亚玲终究是郝季鹏的亲姐姐。找同学?平日里她高傲无比风光无限,大家早都等着看她的笑话落井下石。念巧给胡梅打了通电话,说话间一阵叫嚷——胡梅在批评恬恬的作业,听到这个,念巧瞬间改主意,胡梅够难的,何必再给她增添负能量。

车下高架桥,念巧突然想起来,老于家好像住在附近。看时间,晚饭该散场了。她不知中了什么魔,就当报复季鹏也好,拨通了老于的电话,老于说,生日宴结束了,他快到家了,还怪她不早点来电话,还能一起吃饭,多认识几个朋友。

"我去看看你。"念巧直言。

电话那头静默两秒,跟着一声"哦",再一声,有点慌乱。

念巧解释:"路过,给你个生日礼物。"

老于一边给她发定位,一边说:"等会儿见。"

挂了电话,唐念巧掉转车头,疾驰而去。一直到老于家楼下,念巧才发觉自己的身体都在颤抖,好像树叶被风吹,沙沙沙。停好车,她感觉自己上下牙都有点乱碰了。别看她那么凶,其实对男女之间的事并不擅长。她始终认为自己是正派人,她的理直气壮和凶悍很多时候正源于这份正派。但此时此刻,她站在老于家门前,仿佛抱着必死的决心。

她敲门。门迅速开了,老于做了个请的手势。

房子比想象中小。老于穿着居家服,清清爽爽,高大的身躯藏在衣服下。

念巧小心坐下。

老于拿了瓶饮料,递过来,头一偏,笑着问:"礼物?"唐念巧这才想起礼物的事。自己撒的谎自己都忘了。她随即笑笑,缓解尴尬,每根鱼尾纹里都是苦恼。

"忘带了。"她直言。

老于傻笑,摇头。

"其实……带了……另一个礼物。"她改主意了。女人有变卦的权利。

老于用眼神向她寻求答案。念巧站起来,两手捋了捋衣服。左璐瑶求而不得的少女感,此时此刻在念巧身上浮现。

"所以?"老于往下问。

念巧点了点头,手从腰往下走……

老于领会了,试探:"礼物是……你?"

"不行吗?"念巧肢体僵硬。这种事,她太笨拙。

"很好,很棒。"老于憨笑,笑容迷人。

念巧就那么站着,闭上眼。老于愣了两秒,突然拔起念巧,拔旱葱似的。

念巧脑子里千万个念头攒动，这一脚下去，可就真没有回头路了！郝季鹏更可以抓住把柄把她扫地出门，她还没找到他的实锤呢，怎么能让人有可乘之机……啪，老于的衬衫扣子飞了一颗，正中念巧门牙。

她出了一身冷汗，醒了。"不行……"念巧嗫嚅着。老于以为她是半推半就，强行推进。"不行……真的不行……"念巧还在推。

不行？不行自己送上门来？还包装成礼物？老于忠于自己的判断，一把抱起念巧，直接朝卧室走去。

唐念巧屁股先着床，弹了两下。仿佛只用了一秒，老于就把衣服脱了。念巧呼喊着："不行不行真的不行。"可她越喊，他越兴奋，像虎一样扑上来。念巧一时半会儿成不了武松。她的随身武器只有指甲……瞬间，胸口几道血口子让老于大梦初醒。唐念巧狼狈地抓起衣服，一边穿一边说："对不起。"

老于只好套上衣服："我以为……"

唐念巧抢白："我的问题！"

生日礼物秒变生日炸弹，老于只能安安分分做绅士："没关系，来日方长。"

他出门给她端水压惊，等她出来的时候递到她手上。

念巧还在道歉："我的问题。"说着就要走。

老于披上风衣，送她下楼。楼门口，冷风一吹，唐念巧恢复镇定了，仿佛刚才的事情完全没发生。她伸出手，老于也礼貌性地伸手握了握。

"生日快乐。"念巧说，临走之前还不忘拥抱一下。

"谢谢。"老于只能这么回答。

不远处，一辆车静静趴着，左璐瑶坐在里面，胸口起伏得厉害。要不是她提前出差回来，恐怕还赶不上这一幕。老于果然是高手，多钩钓鱼，上来哪条是哪条。左璐瑶恨自己瞎了眼！这次出差，她想了很久。"妥协吧！"璐瑶对自己说，"只要是真爱，有没有娃儿，又有什么关系呢？没有娃儿还轻松呢。"可路灯下的一个拥抱瞬间让左璐瑶的心肠坚硬起来。没娃儿怎么行！娃儿跟妈的关系不会变，男人可不一定，今天是丈夫，明天就可能成前夫。

璐瑶摇开车窗，丢掉烟头。烟头熄灭的时刻，她对老于的热情也熄灭了。璐瑶好奇跟老于吻别的女人究竟什么样，于是悄悄启动车子，跟了过去。老于转身上楼，那女人朝停车场走。交错的刹那，路灯的亮光下，璐瑶看清那女人的脸——桂圆的小舅妈。

左璐遥一踩油门，车蹿了出去。一边开车，璐瑶一边拿出手机，翻出桂圆的号码，想了想，终于没点下去……这两个人怎么会有交集？璐瑶的脑子快速转着，突然看到路边培训学校巨大的广告牌，任督二脉通了！他们都是学生家长！她彻悟自己跟老于不是一路人。转瞬，她庆幸，还好发现得早，没入坑，又为桂圆小舅遗憾。电话不能打，那是人家的家事。她现在能做的，只是把老于的电话和微信全部拉黑。车停在路边，都操作完毕，左璐瑶把手机丢在副驾驶位子上。冷静下来，悲伤才如夜色降临般徐徐蔓延。

她想喝酒。找谁呢？只有桂宝。手机铃响，桂宝接了，璐瑶直接说："出来喝酒。"桂宝问："几点了都？"璐瑶坚持，桂宝同意了。亚玲见儿子这个点还出门，追到门口问去哪儿。桂宝说单位有点紧急情况，必须去一趟。他也不晓得为什么要对老妈撒谎。

090 / 都要成仙

进家门之前念巧自查了一遍：衣服是对的，头发是对的，表情是对的，整个人的状态都是对的。她不想让季鹏看出一丝一毫破绽。两脚踏在家里地板上，念巧又是一副凛然难犯状。

季鹏迎上来，劈头盖脸地说："还关机，你以为是我找你？是你儿子找你！明天的作业要交，今天必须做完，要你监督……"

"儿子"二字一点化，念巧的怒气瞬间烟消云散。她又温情似水了。

彬彬从书房门缝里露出个小脑袋，看到是妈妈，立刻奔跑而来。

念巧下蹲，抱住儿子，号啕大哭。她真觉得自己去阴曹地府走了一圈似的。她认清楚了，自己就是个妈，只适合当家庭妇女，男女之事，顶多想想，真枪实弹,她受不了。

季鹏见念巧突然哭得撕心裂肺地动山摇,换了口气:"就算咱们有什么,你也犯不着作践自己,以后儿子还是靠你的多。"

念巧干脆哭倒在地板上,仰面朝天平躺。许久,终于不哭了,一动不动。天空掉下来一床被子,是季鹏丢过来的:"盖上点!冻死不负责。"

季鹏打电话给冠峰,汇报画的销售情况,志明和桂宝都卖出去了几幅,有结算。冠峰听着,"嗯嗯"应着。小桃带着豆豆在旁边玩,等冠峰挂了电话才问是谁。冠峰说是老三。小桃问什么事。郝冠峰道:"还是跟念巧闹矛盾。"小桃没多问。自打从彤彤的鸿门宴回来,冠峰回家住了。每日正常得很,吃饭、睡觉、画画、读经,跟正常人的作息差不多。可这正常里又透着不正常。吃饭就吃那么点,又全素,鸡蛋都不吃;晚上7:00睡,早晨4:00就起了,起来就开车去山上,散步;至于画画,一天就画那么几笔,看上去也不像攀登艺术高峰;读经只读《地藏菩萨本愿经》,好像要超度什么人。穆小桃对冠峰没什么要求,只要他愿意回来安分过日子,他就是得老年痴呆,她也给他养老送终。

过了没几日,这晚,灯火温柔,穆小桃刚安顿好豆豆,转身,郝冠峰站在她身后,手里捧着本书,是《月亮与六便士》。小桃带上门,两个人站在门廊说话。小桃刚晒了萝卜干,她用小竹竿拨弄着看。

冠峰问:"刚买的?"

小桃转身往沙发方向走,到跟前,坐下来才说:"凑单凑的书。"

"看了吗?"冠峰刚理了发,显得很精神,看上去比年龄小。

小桃说:"看了一点。"

冠峰又问:"怎么看小说中的男主人公斯特里克兰德?"

小桃微笑:"正常人不那样。"

冠峰略激动:"40岁才学画画,原来是证券经纪人,从现代文明到原始森林,终自成一格。"

小桃看着他,等他的下文,她知道他想表达的不仅仅是这些。果然,郝冠峰继续道:"说明只要你敢于追求,什么时候都不算晚。"小桃有种不好的预感,她换个坐姿,道:"你是说你的画。"

冠峰抢白道:"不光是画,任何事都是这样,包括你抱豆豆来,也是一种从头开始,也是一种勇气。"

"我是为了你才……"穆小桃话还没说完,郝冠峰便道:"不能说是为了我,也不许说是为了我,当初你要这么说,我绝对不同意抱孩子。我知道你有这个心愿。过去错过的,现在成全。"

"可你不喜欢她。"小桃锐利地说。

"不是不喜欢,"冠峰慌忙道:"是有点……陌生。"

"感情可以培养,就看你有没有这个意愿。"

冠峰岔开话题:"你不觉得斯特里克兰德很伟大吗?他的原型是高更。"

小桃没接话。香案上长明的烛火突然爆了一下,又归于沉寂。好一会儿,小桃才问:"你想说什么,学高更,住到岛上去,还是住到山里去?"

郝冠峰说:"高更那幅《我们从哪里来?我们是谁?我们要去哪里?》多棒。"

小桃屁股动了动,口气急促:"高更是傻子!凡·高是疯子!高更做的都是文明社会不允许的事,去岛上再找个老婆,给老婆画画!你想这样?!"

冠峰皱眉,长寿眉的须须乱抖:"你以前不这样。"

"你以前还不这样呢,"小桃侧过身,正面对冠峰,她等这一天等了许久,要说就说清楚,"你是不是有什么困难?说出来,咱们一起面对。"

"没有。"

"或者是犯了什么错误?"

"想多了。"

"喜欢上别人了?"小桃问得直白。

郝冠峰一身正气:"不要胡思乱想!"

小桃道:"那我不明白。"

冠峰道:"说得再明白不过,你还不明白!我就是要学斯特里克兰德。"

"跟谁？"

"没有！"

"多大了，还折腾，不怕不得善终？"

"人生自古谁无死。"冠峰毅然决然。

小桃大喘气："是生病了吗？有病就治，现在医学那么发达。"

冠峰道："老二没跟你说吗？"

"说什么？"

"我的打算。"

"没有。"

冠峰吸一口气："要不……我们分开吧。"

一个字一座山。

刹那间，穆小桃感觉自己被封了五感。可是，颤抖的身体偏偏证明着，她听明白了，听清楚了，只是不愿意相信罢了。字字如针，刺入心脏。疼痛是那么真切。穆小桃活了大半辈子，从来没想过这两个字会跟自己扯上关系。小桃笑着站起来，下意识拿手刷了刷衣服，笑容照旧，嘴唇却哆嗦着："你是说老三吧？"

"我，我本人，我郝冠峰，"他也站起来，"我们还能有多少日子？想追求什么，就去实现。我要月亮，六便士给你。"

伪装没有了，都是真相，特别狰狞。

她一伸手，快得跟激光刀似的。啪！巴掌打在冠峰右脸上，他不躲避。小桃眼中含泪，另一只手也用上，啪！稳稳击中。跟着，跟搅面机一样左右开弓，冠峰的脸颊被打得跟炸炮仗似的。终于，她打累了，停下来。

冠峰却是很欣慰的表情："我什么都不带，都给你，给孩子。"

穆小桃嘶喊："你应该去精神病院！"

当然是气话、疯话。穆小桃知道，有些话一从冠峰嘴里说出来，事情基本就没有转圜的余地。老二早就知道这事，为什么不说？可恨！哪怕早透一点风声，她也不会像现在这么被动！冠峰要做斯特里克兰德，听上去像遁入空门。

小桃觉着,其中一定有故事,只是她不知道罢了。兴许亚玲知道。

一提出来,一切就快了。次日,冠峰就开始收拾行李,一副说走就走的样子,小桃问他去哪儿,他说去云南山里。问具体地址,他说几个朋友带过去,到了再给她写信,还说去追寻月亮不代表不联系了,彼此还是亲人。小桃明白拦不住,只好抱着豆豆,站在院门口,送他远去。跟一场大梦似的。

穆小桃揉着太阳穴,整个人陷在沙发里,像被抽了魂。亚玲在里屋忙活奶奶。从彤彤的宴会回来,奶奶的病情似有加重——破坏力增强,手里抓着什么东西都砸。就穆小桃来家这一会儿,老人家就砸了两只碗。

老奶奶安泰了,亚玲才从里屋出来,洗了手,来到小桃跟前。手不住在衣服上揩着,她问:"嫂子,啥事呀?"

穆小桃深呼吸,等气吐出来,才问:"你哥是不是跟你说过要离婚……"她还是怕这两个字,发音都小小的。

郝亚玲瞬间头胀大两倍。东窗事发了。她讪讪地说:"一时生气不能当真。"

穆小桃竭力维持镇定:"他跟我提了。"

亚玲嘴巴大张,下嘴唇下撇,隔了好几秒才问:"嫂子,别傻!"

穆小桃道:"你应该早点告诉我,瞒着有什么意义?搞得我现在被打个措手不及。"

亚玲义不容辞的模样:"我去找他!"

"人都走了。"

"哪儿去啦?"

"云南。"

"跑这老远!上次不是附近山区吗?"

"人家故意躲,你还能找着?"小桃叹息。

亚玲道:"反正说八样也不能离。"

"是不离,我不会同意,可现在……"小桃欲言又止,摊手。

亚玲道:"大哥是不是跟那个什么高一样,得了精神病……"亚玲记得有个姓高的。

小桃抬眼瞅她一下,眼皮子又耷拉下来,说:"精神病没有,就是追求艺术,学斯特里克兰德。"

亚玲诧异地说:"也是外国人?"又道,"这大哥也是糊涂,你跟一个外国人学啥,外国人多懒,都不上班,整天就知道玩,能比吗?国情都不一样。"跟着亚玲要报警,小桃不让,说不是失踪。

亚玲拿手拍两边胯骨:"嫂子,你现在等于是放风筝,不管大哥走多远,这线还在你手里。反正就记住一条,不离婚。钱、房子什么都把在自己手里,看得紧紧的,他就不能咋样。他要学兰德,让他学去!赶明儿山里苦,无聊,住闷了,自动就回来。"没辙,她只能往好处劝嫂嫂。

小桃长叹:"老二,这事你跟谁都不能说,尤其跟老三两口子。"

亚玲求教:"那他们要问大哥呢?"

小桃道:"一时半会儿也不会问,问了你就说采风去了。"亚玲遵嘱。

桂宝回来了,叫了声"大妈",去自己屋。小桃看桂宝情绪不高,可她自己都一脑门子事,豆豆还在托儿所,她得赶紧回家,便没多问。

亚玲布好饭菜,桂宝和奶奶都没吃。奶奶睡觉,不能打扰,等醒了再给她冲点藕粉就行。桂宝说胃不舒服,一回来就躺床上。亚玲道:"不陪妈妈吃点?"桂宝回复两个字:"不饿。"亚玲想起老大和老三的事,再想想老婆婆,再看看儿子,不禁气闷:"这都咋了?都要成仙!"

091 / 没 齿 难 忘

一大清早,桂圆又和齐进吵了一架,特别激烈。其实这次争吵是从头天晚上延续下来的。齐进12点才回来,刚躺下,又起来办公,吵醒了一菲。桂圆说他是声污染和光污染。齐进委屈。给老板打工,卖的就是时间,他的手机24小时不能关机。桂圆一生气,拿起他的手机就摔。手机撞在墙上,还好,没彻底坏,还能打电话。

齐进的手机好久没换。有了一菲之后,两个人更能体会到生活的重量。桂圆专职带娃,加上齐进妈在老家康复,小家庭的生活渐次捉襟见肘。

桂圆没抱怨过钱的事。不过齐进明白,桂圆之所以在小事上找碴,一方面因为带孩子焦虑,另一方面,追根溯源,还是钱不够。他作为一家之主,当初放出过豪言,现在只能顶上。桂圆发火,他就忍着,就好比这次,一早他紧赶慢赶出门,缩短桂圆唠叨的时间。他现在宁愿把家当作旅馆,回来就睡个觉,要拼出去拼。

齐进出了门,桂圆一天的生活开始了。桂圆觉得一菲就是个小炸弹,随身挂着。她必须全天候让一菲存在于她的视线内,不知什么时候就会磕了碰了哭了尿了,所有的后果都必须由她这个当妈的承担。有一回,她一个没看见,一菲摔了一跤,额角磕破了皮。齐进和亚玲都数落一菲,可言下之意很明显——是她代桂圆没尽到责任。这样的日子得持续到娃儿上幼儿园。

钱也是个问题。豆豆和世然都吃进口奶粉。一菲能落后吗?起跑线不能输!可这一切都需要钱。桂圆也知道齐进真尽力了。她也在想辙,写点稿子,等着老搭档们的线上教育项目上线,只是一切都很缓慢。稿费来得慢,线上教育项目似乎还有很长的路要走。桂圆只能投入,只能等。

有了娃儿之后,桂圆回头看,偶尔也会疑惑,这婚结得有必要吗?这娃儿要得有必要吗?如果跟璐瑶一样,到现在没婚没娃儿,日子会怎么样?但这个念头仅仅在脑海中一闪而过,代桂圆立刻给出了否定答案。她有自知之明,她就是个普通女人,来自普通家庭,长相普通,工作也很普通(现在比普通还不如),那就不要玩新鲜的了。她付不起那代价。

吃完午饭,桂圆刚想眯一会儿,桂宝来了。

"家里有事?"桂圆问。

桂宝两手插在上衣口袋里,有点不自然,说:"没事。"

"妈让你来的?"桂宝说不是,他路过,上来看看。

一菲听到有人来,醒了,哇哇叫。桂圆连忙去哄孩子。哄好了,才转过头叮咛弟弟:"好好挣钱,以后结婚,对你老婆好点。"桂宝不懂什么意思。桂圆道:"你多挣钱,你老婆才能踏踏实实带孩子。现在,一个孩子,一个大人根本带不过来。"

桂宝道:"让姐夫请保姆。"桂圆直问:"钱呢?"

赤裸裸两个字,直接让桂宝没话了。他就是来找姐姐借钱的。他投的P2P爆雷,钱拿不出来,借贷的款子却在催款,还有房贷要还,资金链断裂,危在旦夕。这事他能跟亚玲说吗?她知道了只有骂、急,没别的办法。亲人中只剩姐姐桂圆能求助。可到桂圆家看到老姐愁得这样,他又不好意思开口了。

桂宝站在一旁,头蒙蒙的,桂圆还在说,说齐进妈能花钱,吃东西也讲究……当妈之后她唠叨了许多。桂宝听了一会儿便要走,桂圆留他吃饭,桂宝说下午还要上班。

一个礼拜,桂宝瘦了十多斤。请假,维权,跟全国各地来的人碰头,大家一起去平台总部,人去楼空,一片狼藉,400电话早都打不通了,公司跑路……

桂宝觉得天塌了。他给小舅季鹏打电话,问情况。郝季鹏告诉他,小平台就是危险,能赎赶紧赎。桂宝问:"咱们平台没事吧?"郝季鹏很有信心:"背靠大树,我们很稳健,放心。"又问:"你还投了别的?亏了多少?"桂宝连忙说没亏,他不敢告诉舅舅,告诉他就等于告诉了老妈。郝亚玲能急得跳楼。

桂宝出了金融公司总部大楼就摔了一跤,尽管有难友好心扶他,桂宝仍几乎是爬着摸到台阶边坐下,深呼吸。他刚把其他小平台的95万汇聚到这家号称服务新中产的平台上,突然就爆了雷。

问题来了,只能解决。眼下有两条路:一是到楼顶,跳下去,一了百了,这个简单,直接坐电梯上去就行;二是找人借钱,先把借贷的款子还上。期房他已经在卖,短期内无法出手,卖了房子这窟窿也填不上。

太阳从头顶照下来,热的,可桂宝却觉得浑身发抖。他完了,没希望了。他在台阶上坐了半小时,力气终于回来了一点,能支撑他上台阶,进大厅,上电梯,一直到楼顶。桂宝扶着栏杆探头看看,哆嗦。他给自己打气,一闭眼就下去了。20年后又是条好汉。迈过去。脚步一点一点挪,再探头看看,心脏要跳出来。桂宝又后悔了。还是胆小,他不敢。原来自杀也需要勇气,而他就是个怂包。桂宝忽然对自己失望极了,他一缩头,好像乌龟缩回壳里。他瘫坐在地上,放声大哭。

手机响,是璐瑶打来的,问他办健身卡的事。一听到桂宝这状态,璐瑶立刻问他在哪儿。她马上赶过去。

桂宝跟在她屁股后头,像小学生做了错事后被班主任领着走。

到璐瑶家了。"坐。"璐瑶放下钥匙,去倒水。桂宝还是站着。

左璐瑶端热水过来,又让他坐。桂宝直不棱登坐下。适才他是全身发软,现在又变成发硬。

璐瑶也坐下,微微伸着脖子:"钱被套了?"左璐瑶赶到那座大楼,碰到楼下的人群,看到楼道里的标语,就明白了个大概。

桂宝猛然抬头,双目圆睁,不吭声。

璐瑶继续问:"多少?"

桂宝不敢说出那数字,他怕把自己吓着。

璐瑶问:"想过没有,你死了,你妈和你姐怎么办?"

桂宝的心软了,眼泪啪嗒。

"就是我,估计也得哭一场,"璐瑶还能笑得出来,"欠多少,跟姐说。"

桂宝道:"主要是……借贷……"

"说数字。"

桂宝嘟囔一声,璐瑶听清楚了。桂宝又追加:"还有房贷。"左璐瑶停了一会儿,问:"这事你姐和你妈知道吗?"桂宝当即回:"她们知道我更得死!"

璐瑶又问:"大舅和小舅呢?"

桂宝脖子一拧:"你让我死吧。"

璐瑶突然站起来,转身去厨房拿一把刀来,递到桂宝手里,恨道:"你先割肉试试,看疼不疼。"桂宝手软,刀"当啷"一声掉在地上。

璐瑶凛然道:"代桂宝,你要还是个男人就别提死不死,有问题解决问题。"

桂宝愣在那儿，一个弯腰拿起刀，真要行刑。

璐瑶一个劈空掌，大叫："犯浑！"

桂宝双目无神，嗫嚅："不是你叫我死吗？……"

璐瑶恨铁不成钢："你死也不能死在我家呀！"

桂宝转身，嘀咕："那我出去死。"

"回来！"璐瑶伸手扯住他。

桂宝回头，神色落寞。

左璐瑶道："不就是钱嘛，只要你保证改过自新不再入坑，姐帮你垫上！"

桂宝眨巴眼，以为自己在听天书。等桂宝走了，左璐瑶调出手机计算器，又上手机银行瞧瞧存款，这才开始后悔适才的大包大揽。可不是小数目！帮人也有个限度，又不是亲弟弟。虽然桂宝同意打借条，他要是手痒再借呢？

现在反悔，等于更把桂宝往火坑里推。璐瑶一咬牙，算了，就当做善事，反正她孤身一人，没有负担。要不要告诉桂圆呢？左璐瑶十分为难。这么大的事，她一个结拜的姐姐帮他平了，他亲姐都不知道，太不像话。可是告诉桂圆，等于出卖了桂宝。左璐瑶想了一夜。

几天后的一个下午，左璐瑶在办公室坐着，桂宝发来三个笑脸。璐瑶明白，时候到了。她挣扎半天，回复："手头没那么多，先给1/3。"

桂宝回："大恩大德，做牛做马，没齿难忘。"

璐瑶转账过后，突然感觉特别失落……

092 / 双倍奉还

念巧没想到胡斯楞胆子真大，竟然主动联系她。念巧准备着，没跟任何人说，只有保姆有些慌乱——夫人让她帮着整理衣服，跟埋在山里似的。

站在镜子前，唐念巧一赶气儿恨不得换了十套，脑子里就两个字：压制。她一定要全面压制狐狸精：妆容、气质、谈吐、身份、地位……全面压制！

地点是胡斯楞提议的，一家女性会所，念巧不同意，改为某翡翠店的 VIP

包间,她是老主顾。

是日,念巧一起床就跟打了鸡血似的,妆容一新,气场两米八。彬彬托给保姆,她单刀赴会。

不堵车,到早了。唐念巧故意在附近多转悠了两圈,看准时候——迟到一刻钟,才故作姗姗来迟状,跟王熙凤似的,人未到声先到,在老板的陪同下进了包间。

胡斯楞见念巧来,连忙起立迎接。念巧扫了她一眼,只用了不到一秒,就掌握了对手全部的信息。胡斯楞素面朝天,估计只涂了面霜,大喇叭牛仔裤,黑色绣花夹克,手上、脖子上、耳朵上都光光的,素得仿佛一碗阳春面,衬得她这盅佛跳墙似的打扮太过隆重。念巧暗叹失策。她还鲜花着锦烈火烹油呢,人家都繁华落尽见真淳了。第一回合,念巧似乎输了半招。

老板娘退出去,房间里只剩两个人。胡斯楞邀念巧坐,搞得她是主念巧是客似的。念巧坐下,端起茶盏,有模有样喝了一口,才抬头。

胡斯楞熙和恬静:"早都说约你,一直没机会,也怕你多想。"

念巧放下茶盏:"现在就不怕我多想了?"

胡斯楞笑道:"现在不一样。"

念巧犀利地直刺:"给别人的丈夫打电话,一打就是半个小时,谈笑风生,也是误会?"

胡斯楞笑着,拿出手机。她就为这事来的。那天季鹏突然发消息让她回个电话,她就感觉不对。手机屏幕停在念巧眼前,上面是季鹏的留言:"麻烦回个电话。"看时间,正是那一天那一晚。

念巧发愣。是季鹏设的局?意欲何为?两段故事接上,逻辑通了——郝季鹏是为了激怒她。

斯楞继续说:"我跟老郝有阵子没联系了,"她稳稳地端起茶盏,"放心,我跟你们那位,过去没故事,现在没故事,未来更不会有故事。不过我感谢他,也感谢志明。我离了婚,刚从国外回来,没处落脚,事业上打不开局面,是他们撑了我一把,我才能有如今的风光。"顿一下,又说,"念巧,季鹏没多在我面前说你们的情况,但我能感觉到他压力很大,生活上、工作上你该多关心关心他。"说着身子动了动,正对念巧,"现在平台越来越难,有些已经出状况,老郝那儿情况还行,但压力不小,现在谁敢押宝,哪儿是靠山,哪儿是火山?有的时候也是命。"

念巧的心颤了一下,她原本以为见面会是一场缠斗,所以她才选择了自己的主场,谁料胡斯楞竟冷不丁说出些掏心窝子的话来。每一个字念巧都听进去了,但她还必须装出不在乎的样子,宣示主权:"我是他妻子,他是我丈夫,我们还有两个孩子,我对他的关心不言自明。"停半秒,又道,"不过还是谢谢你的提醒。我和老郝比三峡大坝还坚固。"

胡斯楞脸上还是一派云淡风轻。停了几秒,都喝茶。再次放下茶盏,她才若无其事地说道:"我准备再婚了。"

念巧忽然明白胡斯楞约见面的真正意义——她再婚了,念巧不用再吃这口干醋。还没等念巧深问,胡斯楞再下一城:"到时候请你。"停一下,留足余地,也是强调,"新郎是星辉国际董事长。"唐念巧的心跟浇了一桶冰水似的,"王可凡?"她忍不住念出名字。胡斯楞微笑点头。

此时此刻,唐念巧对胡斯楞只有佩服,王可凡可是真正的豪门!唐念巧忽然又为季鹏失落——他一定是对胡斯楞动过心的。她转而又觉得胡斯楞这个对手着实可敬。未来的王太太必然成为社交圈里的焦点人物,近水楼台,她为什么不先得月?想到这儿,唐念巧当即换了副面孔,和胡斯楞以姐妹相称,临走前还合了影,相约喝茶。

开车回家的路上,念巧心里跟泡了一块普洱茶似的,滋味慢慢散开。一个大敌手突然间没了,所有的问题又回归到她和郝季鹏自身。季鹏要离婚是因为厌倦了婚姻?讨厌她唐念巧?苦心经营半辈子,生了儿育了女,却换不来丈夫一点真心,这令念巧万分伤心。念巧想清楚了,如果郝季鹏同意净身出户,或者至少出让80%的财产,她就同意离婚。

吃完晚饭,彬彬去做作业。饭桌旁只剩念巧和季鹏两个人。这是规定。季鹏每周必须陪儿子吃饭三次。大灯没开,别墅里灯光昏暗。客厅一角挂着念巧的油画画像,静静看着这一对夫妻,仿佛嘴角都有了点笑意。

季鹏起身要走。念巧问:"去哪儿?"

季鹏不理她,继续向前,朝书房方向。

"你猜我今儿见到谁了?"季鹏刺激过她,她要双倍奉还。

"谁?鬼?"季鹏停住脚步,转身,"见着鬼跟我也没关系。"

念巧也起身,绕过桌子,走到沙发边,拿起披肩绕在肩膀上,然后45°转身,朝向丈夫,每说一个字都好像在吹一个泡泡:"胡——斯——楞——"

季鹏像被三只飞镖打中,镖镖致命。他缓过劲儿,怒道:"在家没闹够,还出去闹!"

念巧一点也不生气:"怎么是我闹?人家找我的。"

他用食指指着她:"你让我说你什么好!"

念巧面带微笑:"你就不好奇她跟我说了什么?"

季鹏换了一副口气:"跟你说了一万遍,跟她一点故事没有,你怎么就是不信?"

念巧立即说:"我当然信。"拽了拽披肩,"她找我是下喜帖。"

季鹏一头雾水:"谁的喜帖?"

念巧看他这样,明白他不晓得这事,于是才跟媒婆报喜似的,也像下判决书似的,突然大声说:"她要结婚了,跟星辉国际的王可凡。"

一道闪电劈下,郝季鹏彻底没声了。季鹏恼怒自己的尊严被踏了一万脚,可在念巧面前又必须忍住,他咬着牙,笑笑:"就这事?是秘密吗?"

念巧摇头晃脑地继续加码,用念儿歌的感觉念:"我本将心向明月,奈何明月照沟渠……"

季鹏不恋战,逃了。第二天他打电话向志明求证,孙志明说他也没得到消息。郝彤在一旁问什么事。志明简单说了。郝彤马上说:"爸失恋了。"

话糙理不糙。此时此刻,郝季鹏就是这感觉。曾经有那么一点模糊,曾经有那么一点暧昧,现在风吹雾散,天清气朗,郝季鹏感觉自己被抛弃了,一个人站在荒原上,四顾茫然。他突然想去找胡斯楞要个说法,像秋菊打官司那样,可是,有意义吗?她告诉念巧,就是想让念巧转告他。高,实在是高——既破除了谣言,安抚了念巧,也传达了消息,切割了关系。

郝季鹏在办公室坐也不是,站也不是。秘书通知他开会,他没心思。公司的情况很微妙,他必须力挽狂澜。一会儿,秘书又来了,他必须去开会。一直到晚上8点,工作结束,失落的感觉重新来袭。干脆去一趟。季鹏开着车,一路到胡斯楞家,敲门,却没人应声,再打电话,传来的声音却是:"您所拨打的电话暂时无法接通。"三天后,郝季鹏从另一个朋友那儿得知,胡斯楞跟未婚夫出国了,眼下正在纽约。

093 / 一次就好

左璐瑶进退维谷,第一笔钱已经借给桂宝,钱转出的刹那,璐瑶感觉自己进了个无底洞。

可是,一言既出,驷马难追,璐瑶现在最怕的就是接到桂宝的电话或短信。怕什么来什么,桂宝又联系她了。这次是约吃饭,左璐瑶纠结了一个下午,她怕桂宝自杀,还是开着车去了。

桂宝在饭店的一个角落里坐着,看到她立刻站起来,像迎接重要人物似的。左璐瑶慢慢走过去,微笑,坐下,问他怎么样。桂宝请她坐下再说。点菜,一点一桌子,璐瑶连忙阻止:"疯啦!又不是不要钱。"

桂宝豪气:"点,难得出来一次。"

等菜的间隙,桂宝突然笑着说:"你是我的恩人。"

左璐瑶怕他再借钱:"其实我也……"

桂宝的右臂从桌子上空伸过去。他要跟璐瑶握手,左璐瑶讪讪地伸手。

桂宝道:"什么感觉?"

"你手热,我手凉。"

桂宝又说:"问你两个问题。为什么救我?"

"好好吃饭!"璐瑶躲避。这个问题她自己都没想过,桂宝一问,她的意识不由地往心的深处潜游——凭一点冲动？凭几分交情？

"为什么借我钱？"桂宝又问，层层深入。

左璐瑶屏气凝神，她无法招架十万个为什么。

桂宝的声音突然变小："维权成功了！钱收回来了！"

璐瑶发愣。桂宝摇她的手臂："姐，我逃出来了，今天就能还你钱。"

天大的好消息。可左璐瑶似乎高兴不起来。事情结束了，桂宝不再需要她。

上菜打断了谈话。左璐瑶端坐着。她自己也弄不清对桂宝究竟是什么样的感情。能义无反顾借钱，就不是一般二般。

桂宝给璐瑶夹了一块鸡："怎么报答你？"

璐瑶搪塞："胡说啥。"

桂宝很认真地说："那得报答呀。"说着，他拿起菜单，翻过来，用圆珠笔在背面空白处画了一个长方形的框，里面写字：终身会员。落款：代桂宝。再署上日期。

桂宝看看手机，道："从现在，7：37开始，"他把纸条递给璐瑶，"你就是我的终身健身会员，永久免费。"

璐瑶发笑，道："随叫随到？"

桂宝大包大揽："那必须！"

两个人吃了一会儿，桂宝又问："问你个问题。"

璐瑶抱怨："哪儿那么多问题？"

"最后一个。"

"问。"

"就是……上次在电影院，"桂宝略羞涩，"看纪录片那次……你是不是……来真的……"

璐瑶的脑子里"轰"一下，好像整个太平洋的水都灌进脑子似的："再胡说我走了。"桂宝连忙劝阻，她继续吃。

直到回了家，洗了澡，躺在床上，左璐瑶的心绪仍旧没能平静。她原本以为那件事、那种感觉已经过去了。可是，一个人静静坐着，她又忍不住咂摸自己对桂宝的感情。呼之欲出，却又必须悬崖勒马。如果她年轻十岁，哦不，哪怕年轻五岁，她都有勇气往前走一步，但现在，不可能。

桂宝发来一条消息。璐瑶紧张地点开，见屏幕上一行小字："请允许我认真追求你一次，就一次。"

半秒之内，左璐瑶起一身鸡皮疙瘩。她真不知道自己这猛不防是走了大运还是倒了大霉。

* * *

冠峰走后，小桃来亚玲家勤了。按说应该亚玲上门，大嫂家地方大。怎奈老奶奶病情反复，离不开人，小桃想见亚玲，只能带着豆豆上门，有时还带着保姆一起来。小桃知道亚玲的喜好，每回上门都带酒，偶尔是黄酒，最多的是红酒。前几回亚玲都用茶杯或者一次性杯子喝，小桃嫌不够雅致。这次，她索性连杯子一起拿来。姑嫂俩开怀畅饮。

保姆领着豆豆去桂圆房间玩。小桃在客厅等。亚玲忙完奶奶，出来就看到茶几上放着两杯酒。酒线浅的，是小桃的，足有半杯的，属于她。穆小桃率先举杯，郝亚玲忙来碰，一口下去一大半，又加。

小桃笑："瘾这么大。"

亚玲道："就这一个爱好。"

再喝一口。小桃才说："你大哥来信了。"

亚玲说："这大哥也奇，老了老了，开始鸿雁传书。"

小桃把来信的内容复述了一遍，记录的都是日常生活点滴，从信上看，冠峰真在苦修。他要从肉身的改变着手，带动艺术风格的突破。亚玲听不懂，也不感兴趣，只总结说："这样好，远香近臭。"

穆小桃感叹："过去感觉离不开，真走了，过一阵，也就那么回事。他在家，才是不得安生，吃饭睡觉，没一样省心。他不在，我带豆豆好好过，家里有保姆顾着，真叫安度晚年。"

亚玲问："嫂还画画不？"

小桃问："什么画？"

亚玲道："翻白眼的那个鱼。"

小桃摆摆手，说："我画它干吗？自从有了豆豆，我的生活才算真正落到实处。"

奶奶在里屋叫。亚玲又去忙一阵，冲藕粉，换尿布。她出来，小桃感叹："要不是老人家拖着，这些年你怎么着也能再遇一个。"亚玲下意识摸摸自己的脸，她不自信："就我这样，脸皮老厚，找谁？"

小桃"啧"一下，东看看，西看看："自信点嘛，你这就是缺水。"说着，她去包里扒拉，找出一盒即抽面膜，补水缩毛孔的，要给亚玲做。

大嫂盛情邀请，亚玲不好推辞，先去洗脸，回来拿桂圆留下的发箍插上头发，仰着脸请小桃伺候。穆小桃抽出一张，端端正正敷。谁知脸占地面积太大，面膜无法全部覆盖。亚玲拿镜子比比，自嘲："小时候我就有个外号。"小桃问是啥。亚玲道："饼子。"小桃没明白。亚玲进一步解释："大饼子，大饼子脸。"姑嫂随即哈哈大笑。

这一阵欢乐气氛感染到娃儿，桂圆屋里，豆豆也咯咯笑了。两个人闻声去看豆豆。只见小豆豆在保姆怀里笑得欢快。只是亚玲一出现，豆豆就被吓哭了。郝亚玲连忙摘掉面膜。小桃去抱女儿，耳边突然出现一道声响："mama。"再一声，"mama。"清晰了，"妈妈。"豆豆在叫妈妈！那么长时间来，豆豆一直不太说话，偶尔露出几个音，乱七八糟听不真切。"妈妈。"豆豆又对小桃叫。穆小桃看亚玲，亚玲也有点激动，狠狠点头。小桃抱过女儿亲了一口，眼眶湿润，狠狠体会着身为人母的幸福。

桂宝到家，小桃和亚玲已经从适才激动的情绪中平复，桂宝叫了声"大妈"，吹着小曲，放水洗澡。小桃朝桂宝的背影努努嘴："心情不错。"

亚玲笑道："穷乐呵。"

小桃操心："还没头绪呢？"

亚玲说："没。"

"伤着了。"

421

两个人又把一雯骂了一通，骂完了，亚玲才道："也不指望他找个凤，哪怕家庭差一点，没房子都行。只要老实听话，干干净净，比他小一两岁，进门就让她当家，我什么都不管。"

淋浴喷头下，桂宝哼着小曲。他现在是事业和爱情双丰收。

发送表白短信之后，桂宝言出必行，追求女孩的每一个必备环节都做到，做全套——送花、上下班接送、买饭送饭、周末去家里做饭、开车出去玩……刚开始璐瑶还是接受的，随着项目的逐渐拓展，左璐瑶慢慢拒绝，理由是："不可能。"

桂宝不答应："怎么就不可能呢？男未婚，女未嫁。"

璐瑶强调："你是我弟！我是你姐！"

桂宝反问："有血缘关系吗？"

璐瑶不吭声。桂宝追击："不是说了嘛，就让我好好追你一次，一次就好。如果你没有动心的感觉，我绝不纠缠。但我可说好，我反正是动心了。"

璐瑶深陷其中，只能让他为所欲为，可她担心这事发展下去怎么收场，桂圆，还有桂圆那难缠的老母亲，还不生吞活剥了她！人家会骂她老牛吃嫩草！不日，璐瑶生日，桂圆来庆祝，带着一菲。结果，娃儿从头哭到尾，一直到饭局结束才稍微消停。桂圆带着愤懑的情绪对璐瑶道："你是对的。"璐瑶不懂她的意思，微笑着寻求答案。

桂圆跟喷火龙似的："千万不要走入婚姻！"桂圆开始历数自己结婚以来的种种苦："生育，带娃儿，辞职，没一样顺心，没一样齐进能帮上忙。他还对我不满，我还不知道对谁不满呢，我跟你说，女人承担的比男人多太多！"如果在过去，璐瑶一定同仇敌忾，帮着桂圆骂男人。但现在她心里装着个桂宝，无法言说。一贯豪爽的璐瑶也忧愁起来。

桂宝一天没出现。可能他不知道她的生日。手机响，璐瑶连忙拿起来，是老于发来的短信，祝她生日快乐。璐瑶不回复。一会儿又来一条，老于说想去她家。璐瑶考虑再三，还是礼貌回复："我们结束了。勿扰。"

入夜，左璐瑶开车回家，城市灯火辉煌，行驶其间却觉得无比落寞。这些光都与她无关。她隐约觉察这种落寞还与桂宝的不露头有关。他如果今天出现，或许她会心软。到了家，洗了澡，左璐瑶一个人坐在客厅看电视。手机静悄悄。

突然，敲门声响，左璐瑶的心咯噔一下——难道是老于？

094 / 请 签 收

"哪位？"璐瑶靠近门，问。

"快递。"声音陌生。

"稍等。"璐瑶从猫眼瞧瞧，是快递师傅的服装，怀里抱着红玫瑰。门打开，师傅递玫瑰，璐瑶一抬头，吓一跳——桂宝站在她面前。

"麻烦签收。"桂宝憨憨地说。

"搞什么！"璐瑶抱过玫瑰花，闻了一下。

进了门，桂宝还在重复那句话："请签收。"

左璐瑶抱着花，诧异："收了呀。"

说时迟那时快，桂宝一抓上衣，跟变魔术似的，瞬间上身赤裸，只有脖子上套了根领带。璐瑶接连后退两步，呼吸困难。

"我喜欢你。"桂宝的声音很小，像从另一个世界传过来似的。左璐瑶感觉全身燃烧起来。桂宝继续，"我要跟你在一起，我要跟你结婚。"左璐瑶的自我和本我在打架，桂宝嘴唇上去，贴稳了……

接下来的故事让璐瑶一生难忘。她承认桂宝很棒，可她又认定了他们没有未来。今夜的美好像烟花，绚丽短暂。她告诉自己，经历过，或许就不枉此生。

敲门声又起。桂宝和璐瑶对看一眼。璐瑶连忙捂住桂宝的嘴，不让他出声。老于又喊左璐瑶的名字。璐瑶还是不出声。桂宝要动，璐瑶按住他。

手机响了。不用说，老于打的。行踪暴露，老于的喊叫声更大："璐瑶，我知道你在家，咱们之间是不是有什么误会？"

璐瑶还是趴在床上,她下定决心装死。

桂宝耐不住,迅速跳起来,套上裤子就往门口走。璐瑶压住嗓子惊呼:"桂宝!"桂宝哪里肯听,一阵风般来到门口。

门打开了。代桂宝直面老于,裸着上半身,事情一目了然。

桂宝用胜利者的口吻对老于说:"璐瑶跟我在一起了。"

还好有夜色掩护,老于的惊诧不算明显。

这一晚介于惊喜和惊吓之间。

同样受惊吓的还有桂圆,罪魁祸首是齐进。事情发生在璐瑶过生日后的第三天,齐进加了一个通宵的夜班,外加应酬客户一夜,一回家就像疯了一样朝桂圆吼:"你为什么不接电话?"再颠倒过来问,"电话你为什么不接?!"

桂圆正从洗衣机里把甩干的衣服拿出来。"什么电话?"她问。

齐进继续:"你的手机是死的?你人是死的?"

桂圆不理他,去阳台晾好衣服,才去拿手机来看,五个未接电话,时间是昨天夜里,都是陌生号码。

齐进激动:"我就你一个紧急联系人,你不接电话,造成多大损失你知道吗?系统停了4分38秒,造成直接损失上百万!我的项目刚有点成绩,全被这个错误抵消了!"血盆大口,"我被降级了!"

哦,桂圆听清楚了——问题巨大。可是,能怪她吗?桂圆拿出校长临危不乱的气魄:"我没听到。"

"你不会设铃声?整天震动,要手机干吗?"齐进吼。

"铃声响,一菲怎么休息?你设我为紧急联系人,经过我同意了吗?"

"那让我设谁,你说!"齐进拉桂圆到沙发边,做出要谈判的架势,"你今天说一个,你让我设谁我设谁!"

桂圆不打算示弱:"事情已经出了,跟我大呼小叫有用吗?"顿一下,"我的手机死的,你的手机不能活?自己工作失误,怪到我头上,你老婆就不是人,是出气筒!"

不说手机不要紧,一提齐进气更大,掏出手机,朝墙壁狠狠砸过去:"我的手机被你摔聋了!""啪"一声脆响,齐进的老款手机粉身碎骨了。

桂圆呆了。她从未见齐进发那么大的火,或者说,她从没见过如此失控的齐进。公司损失,他被降级,最严重的后果无非是职位低了,少拿点钱。她代桂圆从校长职位上下来,做家庭妇女,不照样笑眯眯?桂圆打心眼里瞧不上齐进这样——婚前是绅士,婚后净找事。

她冷笑道:"要不这样,你也别忙了,咱俩换换,我出去赚钱,你在家,你一个月赚多少,我绝对不比你少,行不行?"

齐进像看外星人一样看着自己的老婆,他不敢相信这话是从桂圆嘴里说出来的。说好的理解呢?说好的支持呢?说好的心甘情愿呢?全是谎,全是骗!此时此刻,他只能感觉到桂圆的蔑视!他知道,她觉得日子难过,她羡慕彤彤。

齐进冷冰冰地说:"孩子不是我一个人的。"

桂圆吼:"也不是我一个人的!"

吼出这句话,代桂圆眼泪汹涌,不是怯弱,而是伤心。男人是她选的,家庭是她要的,娃儿是她求的,辞职是她自愿的,可她现在真觉得难受。她觉得自己像一个被孤立的人,孤立于社会之外。

老实说,桂圆这火不是一两天,她现在老爱跟齐进找碴,都是小事。比如,挤牙膏,桂圆从牙膏屁股挤,齐进从中间下手,桂圆就批评他缺乏计划性。一菲的教育就更不用说了。桂圆自己就是做教育的,有的内容,她自己在家教就可以,教不了的内容,就必须报班。齐进不理解,说没有必要。桂圆把念巧对季鹏说的那一套教育改变阶层、教育改变命运的说辞说给齐进听,齐进反驳:"到了我们这一代,教育也没怎么改变命运。"反思之后,她不得不承认齐进的话有道理。小舅和小舅妈那一代,教育是魔术手,点哪儿哪儿出彩,现在呢,高校扩招,学历贬值,桂圆、齐进这样的高学历人群尚且活得如此艰难,更别说桂宝他们。

里屋,齐一菲因为手机的突然"爆炸"惊醒,她只能用哭声表达不满。桂圆迅速走进屋,抱起一菲,转身就走,临出门前转头,狠狠地对齐进说:"你自己过吧!"她下定决心,齐进不三请四邀,她绝不回来。

　　桂圆抱着女儿一到娘家控诉完齐进,郝亚玲就严肃地批评她不顾全大局,批评她不给男人面子,批评她不懂什么叫以柔克刚,批评她五个电话都听不到,惹得桂圆嚷嚷:"我也是人!我也会累!半夜三更接什么电话!"亚玲继续批评:"你要想想齐进还在工作,还在支撑这个家,你就应该有动力,生活就一个字,拼!"

　　桂圆顺着道:"对,妈,这话说得对,我得拼,我得出去工作。"

　　亚玲一见风头不对,连忙阻止:"再熬两年,等一菲上幼儿园……"

　　桂圆嚷开了:"我等不了!我得疯!"

　　老奶奶扶着门框站着,看着客厅里母女俩的一场闹剧,她现在谁都不认识。"藕粉在哪儿?"奶奶问。亚玲叹了一声,扭头帮婆婆冲藕粉去。

095 / 打 开 天 窗

　　齐进第二天就上门赔不是。亚玲调解。桂圆对丈夫的姿态是满意的,但她不打算立刻原谅他。按套路,起码得等齐进"三顾茅庐",她才能勉为其难"摆驾回宫。"

　　当齐进第二回上门,桂圆当着他和亚玲的面明确提出,她要复出,时间不确定。锣鼓先敲起来。

　　当着丈母娘的面,齐进不好发作,只好赔着笑说:"妈,代校长当初下来是因为学校有变化,现在弄得好像咱耽误她职业发展似的。"

　　亚玲立即教训桂圆:"你的娃儿,你得负责,想甩摊子,那甩不掉。"

　　桂圆不示弱:"反正将来我要出去做事,如果,我是说如果,一菲还没到入园年龄,那只有三个办法,今天咱们就定一个。"

　　齐进、亚玲对望一眼,等桂圆的下文。

　　桂圆道:"第一,把一菲送回老家,让我婆婆带。"

　　齐进发蔫。这办法不切实际。他老妈是肿瘤康复患者,又懒,整日除了打麻将,就是往沙发上一歪。别说她不能带孩子,就是她能带,他也不放心。

桂圆跟着说:"第二,把我婆婆接来,帮咱看着。"

齐进忍不住,道:"妈就是住不惯才走的。"他怕亚玲误会,多解释一句,"我妈不像您,适应大城市,她在小城市摸爬惯了,在这儿真不得劲。"

桂圆又说:"第三,咱请保姆,我妈当监工。我那小房间正好给保姆住,周六日,或者平时隔三岔五,我们来接孩子,轮换着带。"

说到这儿,齐进和桂圆都把目光对准亚玲。郝亚玲忽然感觉这两口子给她下了个套!亚玲为难:"不是我不想带,只是你奶奶……"说的也是实话,困难确实巨大。桂圆道:"所以才不让您伸手,请保姆,您就看着,不用动手。"又补充,"保姆还能伺候您呢,您是慈禧,等于给您配个宫女。"亚玲心里嘀咕:"有我这样的慈禧吗?"

齐进一走,郝亚玲背对着女儿,一边收拾奶奶的衣服一边抱怨:"我这一辈子的苦,不能想。"

桂圆笑道:"眼看就苦尽甘来了嘛。"

亚玲"哼"一声:"伺候完老的伺候小的,伺候完小的还有更小的。"桂圆不想听抱怨,正好奶奶要喝葛根粉——藕粉她喝够了,桂圆忙不迭下去买。老妈的为难她知道,可下意识里她故意想给老妈找点碴,没生娃儿的时候见天催着,好不容易生了,凭什么苦就她代桂圆一个人受。

桂圆回来这几天,桂宝没在家住,亚玲说他加班。这天晚上,桂宝回来了,吹着口哨,心情似乎不错。桂圆问:"发财啦?"桂宝道:"早不做了。"

亚玲端上来汤汤水水,一家人围坐吃了。好久没这么齐全,亚玲叹:"我进你们家门的时候是儿媳妇,当了几十年,还是儿媳妇。"桂圆理解老妈的意思,笑而不语。桂宝装作没听见。

亚玲对桂圆说:"别整天只顾着小家,也操操你弟弟的心。"

桂圆道:"留意着呢。"

桂宝一见这架势,感觉时机到了。他跟璐瑶谈的这段时间,璐瑶冷不防就要退缩,究其根由,就是怕没法面对桂圆和亚玲。在璐瑶看来,她们就是两座迈不过去的火焰山，绝不会同意她跟桂宝恋爱。桂宝一开始也犹豫，妈妈和姐姐难缠，可问题不提出来，就永远不可能解决。今儿老妈开问，老姐也在，桂宝决定打开天窗说亮话。饭吃完了，桂宝主动洗碗。等从厨房里出来，桂圆正嗑瓜子给一菲吃，亚玲在嚼花生米。桂宝在她们对面的椅子上坐好，两手放膝盖上，叉着腿，清清嗓子："妈，姐，我说个事。"

亚玲母女抬头看他，等下文。桂宝酝酿，不晓得怎么破题。

桂圆不耐烦："说呀。"亚玲"嗯"了一声，也说："你说。"

桂宝支吾："我……谈了个对象。"

亚玲一听，立马起立，走到儿子身边，拿手拨拉他一下，豌豆射手似的："真的？哪儿的人呀？多大啦？做什么的？什么模样？有照片不？"

桂宝不好意思："你们……认识。"

桂圆直觉不对，瞧老妈一眼，亚玲没反应来，继续追问："多久啦？怎么到现在才说？什么时候带家来？"

桂圆喝："一雯绝对不行！"

桂宝嚷："姐，想哪儿去了。"

亚玲道："咋能是一雯，我儿不瞎，我儿不傻。"

桂宝道："是个有钱的。"

亚玲顿时倾身拊掌，极欢："算命的都说我儿带财！"

桂圆警惕性高，指着弟弟："你说清楚点。"

桂宝不吭声，拿食指朝左边指了指。桂圆不懂什么意思，问："东部省份的？"桂宝名词解释，朝反方向："这边是右，那这边就是……"

亚玲接话："左。"

桂圆头发发麻，一个字一个字吐："左，璐？"她不敢把"瑶"字说出来，怕吓到自己。

桂宝点头微笑。亚玲和桂圆顿时静止。天哪！这消息！简直引来天雷滚滚，把人轰傻，又引来闪电霍霍，把人劈翻！在桂圆心中，小左不跟桂宝掺和，那她就是好闺蜜、独立女性、小可爱，一跟桂宝掺和，瞬间是吃嫩男的老女人。在亚玲这儿，小左不染指桂宝，那她就是她郝亚玲的干女儿，一旦染指，那就是生死仇敌。

代桂圆和郝亚玲当即开启劝导模式。桂圆道："你图她什么，人还是钱？真喜欢吗？图钱没有能过到头的。"亚玲道："天涯何处无芳草，你就非往上了找？她做我儿媳妇合适吗？她这么大年纪能生出娃儿来吗？"

劝来劝去，桂宝就一句话："非璐瑶不娶。"

气得亚玲跳脚："怎么刚谈就要娶！疯了！"

奶奶倒是支持，是因为她想看新娘子和新郎官。

桂宝突然出这个事，桂圆不好立刻回家了，她得在娘家驻扎下来，把这问题捋顺，乃至解决。亚玲跟齐进解释，齐进表示一万个理解。桂圆问齐进："别憋着了，出出主意。"齐进呵呵。桂圆道："怎么，幸灾乐祸？"齐进道："咱弟那脾气，跟你一样，八头牛都拉不回来。"桂圆纠正："我是九头牛。"齐进被逗乐："要想解活，只能从小左那边攻。"桂圆叹了口气。多年的闺蜜，怎么眼看就要成弟媳？她倒不是反对姐弟恋，只是怕不能长久，到最后朋友都没得做，彼此都受伤害。桂圆一时没想好，是单独约还是请璐瑶到家里来。

* * *

难得跟胡梅见一面，一见面还是讨论鸡娃，这是念巧和胡梅永恒的共同点。恬恬进了外校，表现优秀，连续几次班级第一、年级第三，狠狠给胡梅争了光。私下里，胡梅更成了含辛茹苦的成功典型。

吃着甜点，胡梅冷不丁说："你们家老郝可表扬你了哦。"那种声调一听就是劝和。念巧不信："表扬我什么？"胡梅道："员工大会上，郝总明确表示，他能有今天的成绩，都是因为贤内助打理大后方，还劝单身的大姑娘小伙子早点结婚，说结婚好。"念巧心里咯噔一下，面子上一点不露出来："客气话。"

老实说，胡斯楞宣布婚讯之后，季鹏经历了低潮，如今状态回升，离婚是不提了。他干吗提呢？离婚成本太高，给儿找后妈有什么好处？而且彤彤也明确表示反对，不会给他好脸色。季鹏是生意人，亏本的买卖他不会做。念巧和季鹏的关系也恢复到社会学意义上的夫妻,偶尔夹杂点温情。比如,季鹏亲自做过一顿饭——虽然就是蒸俩螃蟹,但在念巧看来,这就是求和讯号。可念巧不打算这么快就和好,不战不和维持现状最好。她的生活中心20年不变,就是培养孩子,目标也不变,直取哈佛。

胡梅见念巧出神,又说:"翔翔爸还念叨你呢,说老不见你了。"念巧从愁绪中跳脱,想起了翔翔爸。自从那次尴尬后,她再没联系过老于。为了避开老于,她教学录像都不录了。她甚至觉得,那简直是她人生的一个黑点。倒不是因为三从四德束缚,只是觉得窘迫。偷情偷成那个样子,一点也不优雅,一点也不罗曼蒂克……幻想和现实差距太大。

念巧微笑不语,保持淑女的矜持。胡梅道:"有机会一起聚聚。"念巧连忙说:"哪至于,他跟你我不同,咱们是朋友,他就是路过,哪能真当朋友处。"胡梅听出念巧的口风,不再往下走。其实她这么问,是老于的委托。没戏,那就停止表演。

但念巧的表演还得继续。比如这天,她一早就打招呼,要求季鹏必须参加彬彬学习计划的制订。晚饭过后,念巧坐在沙发这头,季鹏就坐在那头。

念巧嗔:"我不吃人。"

季鹏只好挪挪屁股,靠近她。

念巧指着本子,挥动笔杆子:"一个完整的学习过程,大致可以分为四个阶段,预习、学习、练习、复习……"念巧唾沫横飞,口若悬河,季鹏虚心接受,不时给出建议。整个沟通过程,念巧感觉很满意,她第一次觉着跟季鹏在教育儿子的问题上也能珠联璧合。说着说着,季鹏靠得更近了,在她耳边吹气。念巧感觉出异样,扭头。

她跟他的脸只相距几厘米。"什么意思?"念巧小声问。

"没什么意思。"季鹏说。

"外头玩够了,想起我来了?"念巧话中带刺。

"对你都是真情实感。"

念巧停在那儿,在想到底要不要成全他。

"不想要算了。"季鹏泄气。

念巧连忙说:"总不能在这儿吧?"

"在哪儿都行。"季鹏拥住她。恰在此时保姆进门,嘀咕着说外头下雨。季鹏听见动静,连忙弹起身子,假模假式谈孩子的学习计划。念巧捋捋头发,嘀咕:"早不来晚不来,讨厌。"

床头打架床尾和,到底是夫妻。

096 / 分 手 炮

该发生的还是发生了。

地点:五星级酒店。时间:半夜。结果:念巧对季鹏的表现满意。最关键是,他保证自己没吃药。说来也奇怪,一顺百顺。唐念巧扪心自问,她确实有点忽略季鹏,忽略了他的事业,忽略了他的健康,忽略了他的内心感受……季鹏的反叛看似偶然,实则必然,都是中年危机的一部分。念巧想清楚了,以后她要把时间好好分配,60% 给彬彬,20% 给自己,剩下 20% 她要操季鹏的心。

这一夜,念巧跟季鹏彼此说了好些话,净掏心窝子,一起回忆过去:他们的青春,他们的奋斗,他们之间的小秘密……

次日早上,念巧醒了,旁边没人。哦,她记得季鹏说了要开会。她摸手机,要给家里打电话,彬彬昨夜由保姆照顾着,今天一早就要去打高尔夫。她手一抓,床头柜上一张纸片掉地上。

念巧弯腰去捡,是酒店的便笺纸,上面有字。念巧揉揉眼睛,努力识别那龙飞凤舞的一行字:"我净身出户,咱们离婚吧"。没有句号。署名:郝季鹏。

念巧简直要原地爆炸!昨天一夜算什么。分手炮?! 念巧撕碎了便笺,狂拨季鹏号码。通了,没人接听。她闭着眼都能想出他的借口——开会。不行,念巧迅速穿上衣服,开车,油门最大,直奔季鹏公司。

前台看见电梯门一开,就炮弹似的弹出个女人,拦也拦不住,一进来就喊"郝季鹏"。前台追着喊:"郝总不在!"拦不住要丢饭碗。保安上来了。办公大厅一片嘈杂。胡梅发现念巧来了,连忙拉她去小会议室。胡梅毫不怀疑,要是郝季鹏现在出现,念巧能一刀把人攮了。最后,念巧搞清楚郝总去向——参加一个签约活动,重点合作区块链技术在供应链金融的开发应用。怎奈等她赶到活动已经结束。唐念巧再打季鹏电话,已经无法接通。

进了女儿家门,念巧的情绪才真正迸发出来,委屈、愤恨、迷惑、纠结……全部情绪凝聚到一块儿,一股脑儿地顺着眼泪喷出。

郝彤一边拍老妈的背,一边让保姆拿纸巾,等扶着老妈坐到沙发上,她才开始询问缘由。

念巧哭嚷,头一句:"你爸失踪了!"

第二句:"要跟我离婚!"

第三句:"他宁愿净身出户,也要离!"

念巧抓住郝彤的手,泣不成声:"你说……你说实话!你妈有这么差吗?"

老妈乱了,彤不能乱。排兵布阵,她得有章法。郝彤打电话给志明,让他尽快跟郝总联系:"活要见人死要见尸!到底什么情况弄清楚!"再让保姆去接彬彬过来。大人打仗,孩子不能再出事故。

然后,郝彤打给二姑,请她立即出山。看这架势,彤彤怕自己一个人对付不了老妈,必须有得力帮手。她还想到一个人,胡斯楞,可她去联系不好,于是发了条消息提醒志明,让他别忘了找胡姐打听。

桂圆从楼梯口上来,见老妈在门口站着。桂圆问怎么了。亚玲让她在家看着,她要去彤彤家一趟。桂圆开玩笑:"天塌啦?"

亚玲迅速下楼:"差不多。"

"要一起不?"桂圆伸头喊。

"回来再说!"亚玲的身影消失在楼梯拐弯处,"你赶紧上来。"

屋里有哭声,是一菲。她最近老爱哭。桂圆忙着去哄她,旁边屋又传来奶奶的声音,她又要吃葛根粉。代桂圆狼奔豕突左右伺候着,彻底体会到老妈的难处。

*　*　*

冠峰家小院前，桂宝和璐瑶站在门外，两个人两手都拎着东西。璐瑶问："这样好吗？"桂宝鼓劲："有什么不好的，光明正大。"

拜访小桃是桂宝的策略，以应对老妈和老姐的"拖"字诀。自他公布恋情以来，桂圆和亚玲一直都持置若罔闻的态度，刚开始他以为她们妥协了，后来发现她们是想让他的感情无疾而终。桂宝说了两次请璐瑶来家，都被亚玲严词拒绝。桂宝就决定在亲戚里找突破，到时候生米熟饭，不由得她们不答应。

大舅和大舅妈是老大。第一站自然是这儿。

桂宝敲门，保姆来开的，进客厅。小桃一会儿才出来，看到桂宝有点意外，见璐瑶也跟着，更惊讶。她认识璐瑶，以为桂宝带她来买画，于是还没等桂宝开口，便笑呵呵道："你大舅不在家，去山里闭关，现在没新画。"

桂宝不好意思："大妈……不是买画的。"

小桃看茶。桂宝和璐瑶端端正正坐了，桂宝才说："是来看您。"

小桃不知他葫芦里卖什么药，微笑道："谢谢。"

璐瑶接过话："阿姨，我跟桂宝这趟来，是特地拜访家里长辈。"小桃"哦"了一声，意思是愿闻其详。璐瑶给桂宝使了个眼色。桂宝准备了许久，临了还是慌里慌张："大妈，我跟璐瑶准备结婚。"

穆小桃努力咽下一口茶，放下茶杯，看看桂宝，又看看璐瑶，道："你妈让你们来的？"

桂宝道："我妈不知道。"

小桃想了一会儿，问："你妈不同意？"

璐瑶发窘。桂宝抢白："她不同意是她的，反正只要我们真心相爱就行。"

小桃见年轻人这样，多少有点感动，但她不可能跳过亚玲帮桂宝和璐瑶。她只能劝他们慢慢做家长工作，又说："一段婚姻没有家长的祝福，将来日子不好过。我一定会支持你们。"

桂宝和璐瑶看了豆豆，璐瑶当即要给见面礼，小桃硬推，拗不过璐瑶热情，只好收了。

临了，璎瑶走前头，桂宝和小桃在后头，小桃又交代他几句。桂宝冷不防道："大舅新作还挺多，都在走。"小桃诧异，问什么新作。桂宝说他最近没代理，画都从小舅那边走。小桃觉得里头有毛咕。等桂宝走了，她打电话给季鹏问情况，却无法接通。小桃想打给亚玲，号码拨出去，又连忙挂断了，不是那么着急，她打算等见了面再谈。

出了大妈家门，桂宝和璎瑶一顿吃喝，算庆祝。桂宝到家已经快到10点。桂圆没好气地批评他："整天瞎逛！"桂宝以为老姐针对他和璎瑶，反驳道："姐，我知道你的心思，你嫌丢脸，"顿一下，继续，"反正我跟璎瑶会走到底。"

桂圆不屑："三天新鲜劲，都不用我拆散，不到仨月你们自动散伙。"

桂宝故意气她："姐，我要说散不了，你信吗？"

桂圆心里刺挠："现在没空跟你说这些。"

桂宝再下一城："知道什么叫生米煮成熟饭吗？"

"代桂宝！"桂圆怒不可遏。

桂宝临危不惧："反正，你们同意，好说，不同意，到时候我直接把娃儿抱回来，不怕妈不认孙子你不认侄子！"

桂圆揪着桂宝耳朵质问他到底什么情况。桂宝疼得嗷嗷叫，解释："我是说如果……如果……你俩任校长怎么当的……阅读理解不及格……是如果……哎哟喂！"

* * *

亚玲到彤彤家，看到的是个四仰八叉的念巧。

一见到亲人，念巧悲愤升级，一把鼻涕一把泪，骂季鹏骂到词穷，才开始念叨自己这些年的苦，几乎哭得断了气。亚玲从腋窝架着念巧，动情地说："你的苦，咱都知道……"念巧突然睁大眼睛，跟牛眼似的，"那他还要跟我离！宁愿净身出户也要离！我就这么差！我就这么差？！"亚玲也词穷："你不差，你不差，你很好，你很棒。"念巧疯劲上来，劝都是多余，只能陪着她。亚玲实在被缠得受不了，趁上厕所的空档问彤彤："你爸呢？还没找着?"彤彤只说志明还在找。亚玲建议报警,彤彤告诉她时间没到。这一夜,郝亚玲和郝彤姑侄俩真不晓得是怎么熬过来的。大人闹,念巧醒一阵哭一阵闹一阵,活脱孩子一个。小孩也跟着闹,彬彬被妈妈吓哭,世然被姥姥吓哭。亚玲和郝彤跟灭火队员一样,灭了东边灭西边,两个人都祈求着郝总早点出现。

桂圆在家揪着心,时不时去个电话,亚玲没空接,保姆接了,颤巍巍说"一团糟"。桂圆想去看,可终究走不开。

097 / 等 待 与 希 望

直到第二天上午平台爆雷,志明才带回细节,在几个女人面前手舞足蹈地描述。他激动,他庆幸,幸亏当时没入老丈人的平台,要不现在遭难的可能还有他。男人有个贤内助太重要。

念巧微微张着嘴,神色恍惚。郝彤蹙着眉,满脸慌张。亚玲两手窝着,全身紧张。娘儿仨都瞅着志明。

孙志明痛心疾首:"前天还加班到半夜,昨天就失踪了,今天警察找上门,王玉清跑路了!"那是平台的大老板,季鹏的上级,"说是在外面借了4000万,还不上,只能跑,"呼口气,继续,"说是天光担保出事之后,整个公司都运转不良,刚刚APP推送了消息,说老板失联,让大家速速报警维权,还有人说……"

郝彤不耐烦:"别那么多废话!爸呢?"

志明道:"没弄清。目前看,两种可能,跑路或者被警方执行了强制措施。"

念巧当即哭倒在地,亚玲赶紧扶她,郝彤对志明嚷:"赶紧去查,要确实消息!"

捋捋时间线,念巧发现一个残酷的事实。很有可能大老板是想带着季鹏一起跑的,可因为跟她的一夜春宵,季鹏错过了机会。原来季鹏是存心跟她过最后一夜！念巧呜咽着，她突然觉着自己错怪了季鹏，他是好丈夫，好爸爸，在千钧一发最后时刻想着离婚，还净身出户，就是想给她唐念巧和彬彬一个安稳的下半生。可是，法网恢恢，疏而不漏，就算脚底抹油跑了，最后跑得了和尚跑不了庙！绝望之下，念巧只能抓住女儿，摇晃："救救你爸爸……彤彤……快想办法……那是你亲爸爸呀……"郝彤又急又气，也哭了。

震惊、焦躁、急迫、懊恼、怨愤、绝望……各种负面情绪萦绕在郝家上空。亚玲没走，郝彤不让，她怕念巧轻生。

桂圆把家里交给桂宝，她带着一菲到彤彤家探看。齐进加班，桂圆也不指望他来。小桃得知消息也赶来了，大哥冠峰不在，她必须露头。彤彤问大伯，小桃和亚玲统一口径，就说在外地采风，暂时回不来。

小桃平日里讨厌念巧的为人，可眼下她们有了相似的境遇——男人都不在身边，也真心实意同情起念巧来。念巧抱住小桃就哭："大嫂呀……以后我们孤儿寡母怎么弄呀……当初我就不该脑门一热……为老郝家传宗接代……"彤彤怕彬彬听到伤心，连忙去把门关好。

小桃没失了方寸，问郝彤和亚玲："老三现在到底什么情况？"

郝彤说："还在等志明消息。"

小桃道："希望他别犯糊涂。"

亚玲问："怎么是糊涂，怎么又是明白？"

小桃叹息："被警方控制，还算明白，脚底抹油，就是糊涂！"正说着，胡梅进门，她是志明找来的，刚进来就扑向念巧。念巧一见闺蜜，哭得更凶。老板跑路，胡梅和大部分同事仍旧办公，维权人上门，他们只能继续让网站运转。哭了一阵，志明拍拍胡梅的肩膀，胡梅这才抬起头，泪眼婆娑地对念巧说："郝总是被警方控制了。"石头落地。所有人松了口气。

念巧说不上放心还是伤心，竟不哭了，呆坐着。亚玲推了她一下："巧儿。"小桃也叫："巧儿，你说句话。"郝彤心疼："妈，没事，有我呢。"念巧看看东，看看西，看看前，看看后，突然一倒，昏厥过去。

等念巧在医院里醒来，旁边只有郝彤陪着。她反反复复就一句话："我不跟你爸离婚。"郝彤刚开始还劝,后来终于不耐烦:"妈,您就是想离,现在也离不了!人还没出来呢,到底是拘留还是候审,还是怎么着,都没定。再说,如果能离,你为什么不离?这是对您的保护,说句不好听的,幸亏爸不是平台的前三位人物。志明去找胡姐斡旋,看看她那边有什么办法。"胡斯楞是念巧曾经的生死仇敌,现在还指望人家伸把手,人生真荒谬。

郝彤叹息,整个家现在能相信的只有那句格言:"人世间所有的智慧都包含在这两个词中间了:等待与希望。"

弟弟不知所踪,亚玲揪心,也庆幸。她那点棺材本,儿子敦促她退出来了。爆雷没爆到她。她感谢桂宝。只是,小桃在彤彤家点她一句,说璐瑶和桂宝登门拜访,亚玲的警惕性瞬间提高。想来想去,亚玲觉得有必要跟儿子好好谈谈。

到家。桂圆带一菲走了,齐进四顾茅庐,她再不回就有点不知趣了。桂圆一走,奶奶吃完藕粉又吃了药,安睡了。亚玲觉着是时候跟桂宝好好谈谈了。

"儿子。"亚玲拿出拐枣酒,"陪妈喝两盅。"

桂宝大喇喇地过来,拿小杯子。一人一杯,满上。

桂宝喝了一盅,道:"妈,我厉害吧?"

"厉害。"亚玲承认。

"要不是我,您那棺材本,呵呵。"桂宝再喝。

"你怎么知道要爆?"亚玲问。

"反正我就知道。"桂宝不吐露实情。

郝亚玲长长地叹一口气:"你二舅这咋弄?这一倒还能不能起来,难说。"

桂宝也感叹:"走运的时候,那是真走运,倒霉的时候,也是真倒霉。人生,不是要看你能爬多高,是要看你经不经得起摔。"

亚玲和桂宝碰杯,喝高兴了,道:"儿,是不是去你大妈那儿了?"

桂宝愣神。他想到了大妈会告诉老妈,但没想到老妈在这时候提。他如实回答:"去了。"

"想清楚了？"

"我是认真的。"

亚玲两手相互搓着："儿，妈不是歧视，璐瑶是很好，有能力，也有财力，我也相信她对你是真心实意。"停半秒，"我儿优秀！"又喝一盅，"可5年后呢？10年后呢？15年、20年后呢？她多大，你多大？就算她不变，你能不变吗？我生的儿我知道，你还没定性！"

"妈，没有璐瑶就没有我。"

"怎么，"亚玲不懂，"她生的你？"

"她救了我的命。"

"啥时候？"

"其实……"桂宝道，"我也爆过雷，我差点跳楼。"

亚玲猛咳嗽两声，酒喷到桂宝脸上，左手捂着心口，喊："疯啦？然后呢？"

"璐瑶垫的钱。"

"因为钱，人就搭进去啦？"

"后来平台退款，又还给她了。"

"那不欠。"

"什么欠不欠，我跟璐瑶是真感情，患难见真情。"

亚玲伸出手："儿子，你搞清楚，恩情和爱情不是一码事。"

"我说的就是两码事。"桂宝分辩。

亚玲叹一大口气，斟满了酒，喝下："她这年纪……"璐瑶跟桂圆同岁，她真担心娶那么个"大"姑娘，怎么生？能不能有了娃儿再结婚呢？这是考题，亚玲觉着暂时还说不出口，太伤人，得跟桂圆商量商量再看。

洗完澡，齐进上床了。这是近期难得一次两口子同时坐床上。桂圆翻新闻，为小舅平台爆雷操心。齐进看编程材料。桂圆忍不住絮叨，让齐进想办法帮帮小舅。齐进放下材料，道："杀人偿命欠债还钱，能有什么办法。"

道理是这么个道理，可桂圆听着就是不舒服，她把身子45°角微转："你是不是巴不得我们家人都倒霉？"

齐进说："你看你，又不客观了。"他拿起材料挡在脸前："小舅还不错，被警方控制，还算安全，那些投资人呢？好多都是一辈子的努力全部放在里头，"齐进突然撒手，十指张开，"爆了，全没了，跳楼的恨不得都有。"

桂圆憋气不吭声。齐进来劲："赚钱，就得踏踏实实，力不到不为财。"桂圆斥责道："像你这样累，猴年马月才能发财。"齐进自尊心受不住，道："咱不谈发财成不！咱是普通人，咱就过日子。"

桂圆冷笑："齐老师，我问你一句，你来大城市多少年了？"齐进说："十几年。"桂圆继续挖苦："十几年了，你还没悟出来？"

齐进缩着脖子："焐出来什么？一窝小鸡？"

桂圆道："在这个地界儿，像咱们这样的，只有发了财，才有资格说自己是普通人、过普通日子。否则，麻烦照照镜子，你配普通吗？"

齐进拖着腔调："知道——明白——"这语气有点像他妈，"等着代校长发财，等着代校长站上风口。"桂圆整理的那些组团队的材料，还有策划案，齐进"无意中"看到了。他明白老婆即将发力。

"你讽刺我？"

"我可不敢，"齐进嬉皮笑脸，"不过，一菲这阵可瘦了不少。"

这话触到了桂圆的雷区。说一菲瘦等于说她没带好女儿，连带也批评了郝亚玲女士——因为菲菲是在她那儿瘦的，同时质疑了她重出江湖的合理性。桂圆决定把话挡回去。"什么叫瘦？你用词精确一点，这叫健康，在我妈那儿吃的都是卫生菜。胖就是好？你去小学门口站站，一个个娃儿都跟高庄馒头似的。那就叫好？吃上去容易，想下来就难了。"随即嗤笑，"我知道你是什么意思，就想把我困在家里，当家庭妇女，按你妈那个食谱喂孩子，喂出脂肪肝也在所不惜。"

"扯我妈干吗？"齐进不乐意，"我说的都是客观事实，没有责怪任何人的意思。"

"什么事实？"桂圆火力升级，"磅秤拿出来，称称，一菲天生脸小，瘦没瘦一称便知。"

"孩子睡了,别折腾。"

齐进在被窝里放了个屁,桂圆猛拍被子,坚持再拿出一床被来,一人一个。

098 / 就这个命

平静下来,桂圆才真正触摸到焦虑。她睡不着,烧心。她又开始忙创业了,几个老朋友组了班子,做线上教育。先把公众号矩阵做起来,早期时间投入很大,还要跑线下。伙伴们照顾她,线下能不让她去就不让她去,那么线上桂圆自然要多劳动点。一菲在家,一会儿东一会儿西,她什么都做不了。她要外出,就得把娃儿放到老妈那儿。没办法,分身乏术,最近开会更多,伙伴们找了个地方,办公室搭起来了,她总不能老不露头。

桂圆觉得讽刺。自己教育别人的孩子,自己的孩子却没人教育。她愧疚。奶奶的身体一天不如一天,要用钱,齐进妈那儿,月月得贴补。还有一菲的吃穿用度……未来靠齐进那点工资不现实。她不为自己拼,也得为家人拼。

她当初找齐进,是觉得有个人,踏踏实实,一起看细水长流就好,可现在发现,细水长流不是那么容易看的。所有的优雅都要经济基础支撑。但退一步,桂圆也看得清,不找齐进,假如找了志明,她估计也不会快乐。她做不了郝彤那样的太太。她就这个性格。她就这个命。

次日,又是小组会。桂圆把一菲送到老妈那儿。亚玲说有事讲。桂圆来不及,只能开完会回来再谈。谁知会开到一半,来了个电话,是郝亚玲打来的,说有突发状况,让她立刻到郝彤家去。桂圆只好先撤退。到了表妹家,才得知是志明从胡斯楞那儿得到消息,郝季鹏在留滞期间顶不住压力,吞了假牙,已经紧急转指定医院救治。念巧哭得死去活来,谁劝都没有用。

桂圆诧异,她不知道小舅什么时候都戴上假牙了。她小声问郝彤:"确定是假牙吗?"郝彤点头,她知道这事。季鹏一直不肯整体换烤瓷牙,几个后槽牙坏透了,刚拔,没来得及细弄,暂时戴的活动假牙。念巧呼喊:"他这是离不成婚,才出此下策,郝总呀郝总,我就是砸锅卖铁,一分钱不要,你也不能死呀!"她现在对季鹏的感情深似海,老尊称"郝总"。

志明大声说:"妈,胡姐说了,没有生命危险,还在救治!不一定定刑事罪,他不是最主要人员,只要坦白,一定会从宽的。"一听要判,念巧又一波情绪涌起。人找遍了,她的老同事、同学、朋友。可谁敢在这时候出手相助?只有胡斯楞和老于还在奔忙。

念巧忽然觉得世界好可怕,过去的朋友现在都成了陌生人,反倒是两个有着说不清道不明关系的人肯拔刀相助。大家劝了一阵,没好办法,只能等。现在是考验耐力的时刻。能保释,最好,不能保释,那就该怎么办怎么办。再往后就是法律程序。

郝彤和志明已经为季鹏请了律师。不过彤彤认为老爸在这个时候吞假牙实在是昏招。这等于不打自招。这次老爸出事,彤彤还有个新感受——她想不到老妈对老爸感情这么深,她真担心如果老爸真走了,老妈会不会跟着去。唉,那她就得做"扶弟魔"。就冲这,也得把老爹捞出来。

小桃带豆豆回家。桂圆跟亚玲走。到家,郝亚玲才对女儿说:"你弟差点就跟你小舅一样。"

桂圆才想起来弟弟玩 P2P 也很凶。只是她这阵子事多,没关注这方面。"您的棺材本呢?"说完又觉得"棺材"二字实在难听,改口,"就是养老的钱。"

亚玲长吁:"都退出来了。"桂圆平平气。亚玲这才把桂宝怎么爆雷,又怎么跟璐瑶借钱,然后怎么还钱,怎么着陆,一唱三叹地说了。桂圆的心也跟着起伏,眉头一会儿皱、一会儿开,最后终于展眉,叹命大。

亚玲道:"他们都到你大妈那儿走亲戚了。"

桂圆原本希望用冷处理的法子熄灭两人的爱火,不承想他们竟然再加一把火。她打心眼里觉得璐瑶不妥当,愁闷地说:"再闹下去,别闹出娃儿来。"

亚玲立即道:"闹出娃儿来倒好了!"

桂圆看着老妈，仔仔细细揣度着她这句话的意思，忽然明白自己和郝亚玲女士的侧重点不一样。她是觉着，两个人差着年岁，即便现在有激情有爱情，时间久了，日子难过；亚玲是担心万一生不出娃儿，日子难过。璐瑶跟她同岁，将来会和她生一菲一样千难万阻吗？这样一分析，她反倒有点同情璐瑶——这大女子结婚，有财产、有爱情还不行，还得有生物学意义上的生育能力。

桂圆略带厌恶地说："摆明了说有娃儿就结婚，没娃儿就不结？东西都不能这样试用，何况是人。"

亚玲这才铺开了说："璐瑶知根知底，上头没亲没眷，结了婚，只有对咱们好，女大三，抱金砖，她这种情况，就当多抱几块。至于住房，两方都有，没什么争抢。唯一一点，就是娃儿。"

桂圆口气急促："你就知道娃儿，有娃儿就能过好了？我跟齐进，没娃儿还好，有娃儿天天吵。璐瑶是什么人我知道，不是她不好，是她跟桂宝太不合适。两个人一时昏了头在一起，真要结婚，以后都是麻烦。你要说有娃儿你就同意，我没话说，你是亲妈，我只是姐姐。但你们要是问我，我就反对。"

亚玲摸摸桂圆的头："你的脑袋瓜是榆木疙瘩做的？我没说不同意，也没说同意，我的意思就是这事不能拖了，快刀斩乱麻。"

这乱麻不好斩——桂宝态度坚决，老妈态度模糊，只要璐瑶和桂宝在钱上下点功夫，老妈可能就被拉过去了。桂圆担心的是弟弟和闺蜜的未来。

桂圆想跟齐进商量，可他这晚又加班未归。桂圆一个人躺在大床上，仔细品味老妈的话，那句"闹出娃儿来倒好了"在脑中回荡。她不得不承认，老妈的提法有一定道理，只是她怎么面对璐瑶这个铁杆闺蜜。

面还是要见。说开了，总比盖着葫芦好。

次日，伙伴们在公司开会，这次事关创业方向，桂圆必须到场。她一早就把一菲送到姥姥家，并交代亚玲尽快请保姆。亚玲笑说："不浪费钱！我带就成。"桂圆愣了两秒，才明白老妈的言外之意，连忙从手机上给她转了2000块。亚玲推让，桂圆深劝，亚玲死活要退一半。桂圆再三劝，亚玲这才面带微笑收下。实际上，自打桂圆说要请保姆，郝亚玲就有想法——肥水不流外人田。只是这话她不能主动提。如今桂圆提了，她半推半就把事情揽下。钱也挣了，又让女儿女婿担着人情，两全其美。

桂圆又提让左璐瑶来家见面的事，亚玲立刻说她跟桂宝打招呼。桂圆问亚玲："妈，你到底什么态度？"亚玲道："关键不是我的态度，是人家的态度，这种事只能见招拆招，"又补充，"我就不信真就针插不进水泼不进，咱们态度强硬一点。"桂圆看得出，亚玲已经软化，谈何强硬。

女儿一出门，郝亚玲一天的生活开始了。拾掇好奶奶的事，她要带外孙女出门买菜，然后做菜、吃饭、刷锅洗碗，一直忙到下午才算有点空闲。她对着一菲自说自话："下辈子，要么不投胎，投胎一定别当女的，太累。"一菲眨巴着眼。亚玲还喋喋不休，一菲伸小手打了她一下。

约莫三点，来了个同城快递。刚签收，穆小桃的电话就来了，说是送去两条多宝鱼，也是别的朋友送的，新鲜的，冠峰不在家，冻在冰箱可惜，所以送去两条。亚玲道谢不迭。关于吃，她过去是不讲究的，吃什么都行，只是不吃剩菜——怕得癌症。小桃的多宝鱼一来，她就想着晚上做了吃，这鱼的裙边肉嫩。她打给桂圆，问她几点回来，桂圆说别等她，开会，还说她跟齐进说好了，他来接一菲。

那就做给外孙女吃吧。刚歇了一小会儿，郝亚玲就又忙活起来。喊里咔嚓收拾了鱼，做了，喂一菲吃了，又端给老奶奶品尝，剩下半片亚玲自己品尝。好菜怎能不配酒？桂宝不在，她就自斟自酌拐枣酒，喝着舒坦！三杯下肚，郝亚玲对着小孙女唱起邓丽君的《漫步人生路》，直接上粤语，她年轻时一个字一个字学过："在你身边路虽远未疲倦，伴你漫行一段接一段，越过高峰另一峰却又见，目标推远，让理想永远在前面……"越唱越兴起，索性抱起一菲跳舞："愿一生中苦痛快乐也体验，愉快悲哀在身边转又转……"一转身，孩子差点甩出去，忙拉回来，"咣当"一下，一菲的额头撞到柜角上，她哇哇暴哭。

099 / 有冤没处申

一菲的额角起个大包,跟被马蜂叮了似的。奶奶说抹红汞,亚玲觉着这是十足的昏招——太醒目,可是不抹红汞也能看出来。偏偏今儿是齐进来接一菲。如果是桂圆来,亚玲还能解释,齐进来,所有解释都是多余。他只看事实——姥姥郝亚玲带娃儿不力。

时间到,齐进来。一菲头上的大包暴露在众目睽睽之下。亚玲缩着脖子,她想清楚了,就是女婿说几句不好听的,她也忍着、受着。一辈子卖蒸馍——她受不完的气。

谁知齐进在丫头额头上吹吹气,对亚玲道:"没事,小孩是橡皮做的,一会儿就好。"女婿这么大度,亚玲更不好意思,解释道:"一直牵着拽着,一个没看到……"齐进说:"妈,真没事,磕着碰着难免。"

他闻到亚玲嘴里喷出来的酒气,但啥话没问、啥话没说。亚玲给齐进倒水,让他坐一会儿。奶奶也出来跟他说话——虽然都是胡话。

齐进认为此地不宜久留,一边帮一菲穿衣服,一边跟亚玲道别。一低头,眼见一菲脖子上一片红。再扒拉看看,整个脖子都是红的,疹子一片一片,红海滩似的。齐进再也憋不住,抬头问:"妈,您给一菲吃什么了?"亚玲失了方寸:"没吃什么呀。"老奶奶插嘴:"大鱼!多宝大鱼!"齐进痛心疾首:"妈,一菲对海鱼过敏!"亚玲大惊失色,急忙找台阶,骂道:"桂圆怎么不跟我说?这丫头!"为今之计,只能骂桂圆。

郝亚玲叮嘱奶奶乖乖在家,她立即跟齐进带着一菲往医院跑。一通治疗,医生宣布脱离危险,又表示,假如晚来半小时,有窒息的危险。亚玲望着女婿,想道歉,可又觉得言语实在苍白。孩子受罪,她也受罪。她本来是功臣,谁知一条鱼来,她立刻成罪人了。有冤没处申。

齐进顾不上丈母娘的情绪,他抱着女儿,看着她打点滴,好像他的心在滴血。半小时后,桂圆来了,是亚玲打电话通知的。一进急诊病房门,桂圆就关切地问:"怎么搞的……"亚玲连忙把她拉过来解释了。

桂圆问:"你不是从来不吃海鱼吗?家里没有呀。"

亚玲委屈地说:"是不吃,是没有,谁知道你大妈突然送来一条,你又没说。"

桂圆的心都在女儿身上,奶奶还在家,她帮老妈打车回去。都安顿好,代桂圆才折回头,心疼地凑到齐进腿边,探寻女儿的状况。

齐进突然扭头,双眼赤红,对着桂圆怒吼:"你还是个妈吗?!"

桂圆的魂魄差点没从身体里震出来。她好不容易重回职场,犯不着把矛盾扩大化,只能辩解:"大妈送的鱼,妈不清楚情况。"

齐进道:"不反对你忙,轻重缓急得分!一菲差点窒息!"

桂圆吓一跳。她被齐进说得有点自责:"该死的多宝鱼!下次注意。"

"妈太粗心!"齐进这才开始抱怨亚玲。

这话惹恼了桂圆。桂圆当即拉下脸来:"齐进,是意外,鱼是大妈送的,谁也不想这样,"大喘气,"怪我没说清楚,一菲是你女儿,也是我生的,我不比你少疼,妈那是帮咱们的忙。"

齐进嘀咕:"钱也没少拿。"

桂圆光火:"姓齐的,你以为你几个臭钱能怎么样!现在的问题不是钱,是没有可靠的人。"

齐进道:"要不是我今天下班早,一菲什么情况敢想吗?"

桂圆压住火,恨道:"你什么意思,直说。"她讨厌拐弯抹角。

齐进说:"问题发现得早,也好。"

桂圆领会他的意思,他是对郝亚玲这个老保姆不满意。

"要不把你妈接过来?"桂圆反应快。

齐进放下一菲,又脱外套盖在她身上,然后才拉着桂圆到走廊说话:"我妈什么状况你不知道吗?"

桂圆冷笑:"你妈不能带,我妈你不放心。齐总,那怎么办?"

"我求求你,能不能照顾照顾女儿?"齐进换了一副口气,明着像恳求,桂圆听来是讽刺。

她明白他的真实意图,可眼下她必须顶住,她需要工作,需要创业,现在是关键期,不能前功尽弃……桂圆吸一口气:"我每天都在照顾女儿,比你照顾得多。"

"你是妈妈。"

"你还是爸爸呢,爸就该比妈少承担?"

"抠字眼有意思吗?"

"反正我不会退,你有事忙,我也不是闲人。"桂圆把话说死。

齐进不再劝,屁股对着她。桂圆知道,冷战又要开始了。

一遇到实际情况,齐进就逞不了英雄。他太忙,事业爬坡,恨不得不吃不睡,就算找保姆,也需要时间,于是只好向桂圆低头,请她想办法。桂圆暂时也只有一招——去找郝亚玲女士。这天要开大会。一早,桂圆把一菲送到亚玲家。一菲头上的包已经消了,但印子还在。亚玲跟桂圆打了招呼,说周末璐瑶会来,正式谈那事。桂圆支应了一声。她现在脑子80%在工作上,剩余20%在女儿身上,对弟弟的恋爱不像之前那么上心。

亚玲又说:"一菲,我照顾到月底。"

"妈——"桂圆真急了,"真没怪你。"

亚玲低着眉,不看女儿,手上拿起一个花瓶,上下里外仔细擦:"不是你怪不怪我,是我的问题,我的心脏受不了。"

"要去医院吗?"

亚玲抬头,正色:"担不起这责任。"

桂圆劝道:"妈,您是亲姥姥,谁也不会怀疑您对一菲的好。"

亚玲愀然变色:"我是亲姥姥,不是亲奶奶!"又改口,"亲奶奶都不行!一菲姓齐!不姓代也不姓郝。"

桂圆道:"我奶既不姓代也不姓郝,可您也顾着嘛。"

"那是没办法!"

桂圆只好另谋他途:"那这样,我们尽快找个保姆来,保姆看孩子,您看保姆,成不成?"亚玲不作声。桂圆急得要哭,"妈,我是真没办法。"

郝亚玲深深叹气,只好暂且退步。

亚玲跟小桃约好下午去看念巧。一菲一来,她就得带着一起去。奶奶呢,临时找邻居照看。

季鹏还没放出来,具体是能保释还是要移送,摸不清。小桃和亚玲都劝念巧,日子还得过,心思先放到彬彬身上来。念巧理智上想这么做,可情感上不允许,身体上不支持。接送彬彬上辅导班的任务,一下就落到郝彤身上。郝彤不乐意,可她总不能雪上加霜,只好在志明和亚玲面前絮叨,说自己就是"扶弟魔"的命!这些辅导班里,郝彤最讨厌的就是录像这一场,她想偷懒,偏偏念巧这场盯得最紧。郝彤只好全副武装,来到教室后面。念巧告诉她老摊位位置。郝彤架好设备,旁边一个男人问:"你是彬彬的阿姨?"

郝彤抬头:"我是他姐。"

男人笑,脸上的褶子都散发着魅力。他赢在身板挺直,肤色也恰到好处,不太黑,也不太白,但绝不发黄。"唐女士……"

他还没问完,郝彤就道:"她是我妈。"

男人自我介绍说姓于。郝彤突然想起来,听胡梅阿姨说有个老于也在帮忙。

"你是那个老于吗?"郝彤问得奇怪,自己笑了,再补充,"就是帮我爸……"

老于微笑点头,认了。郝彤连忙道谢。老于说:"我也有朋友遇到过这种事。"郝彤问后续。老于说:"看你在里面的职位,以及拿了多少款,还有就是看法院对性质的认定,如果定性是诈骗,问题就严重了,如果不是,你又不是主要人员,且表现还不错,可能赔钱就能保释或者放了。"

下了课,郝彤连忙打电话给老妈,把这情况汇报了一番。念巧听到老于的名字并不兴奋,直起腰板问:"要多少钱?"

小桃出来倒水,看到志明回来了。她问志明情况,志明说还要等。小桃又问:"你大舅的画,你爸是不是委托你在出?"

志明一脑子都是老丈人季鹏的事,警惕性有点放松,随口说:"是,最近也出去几张画。"

"还有吗?"小桃问。

志明说:"手里只剩一幅山水,泼彩的。"

小桃说:"你爸一时半会儿看来难出来,卖画的钱怎么弄?"

志明说:"有个账户,直接打过去就行。"

小桃道:"哦对,这样方便,账户户头抄我一份,我那边也有两幅画,也要打钱过去。"

小桃跟冠峰是一家人,什么账户她能不知道?为什么还要找他孙志明要账户?若在平时,志明肯定要深思。可今儿他偏心不在此,直接在手机上发了个消息过去。

小桃一看,收款方是个工作室,属于对公业务,上天眼查,法人确实是冠峰,工作室在浙江,刚成立不久,注册资本30万。小桃不禁感叹,郝大师啊郝大师,还说自己看破红尘,要去画画,原来照样赚着钱,说好的四大皆空、斯特里克兰德呢?身在红尘中,到什么时候都是个俗人。

100 / 咄 咄 逼 人

时间卡得刚好。11:15,桂宝领着璐瑶上门了。彼此知根知底,按说不用装了。可这次接到要去家里坐坐的"通知",璐瑶不自觉紧张,换了十几套衣服,怎么看都觉得不恰当,在梳妆镜前花了一个小时描眉毛,都快比上林黛玉了。璐瑶拿不定主意,到底应该走成熟稳重风还是年轻可爱风。

一直到桂宝在楼下等她,左璐瑶才匆忙完工,匆忙出门。到亚玲家门口,桂宝给璐瑶打气:"放心,甭管同不同意,最后都得同意。"

璐瑶劝:"别硬来。"

桂宝道:"我妈就我一个儿子,她不同意,我就离家出走。"璐瑶轻喝:

"不许胡来,长辈不同意,我们就没法继续往下走。"桂宝还要嚷,璐瑶制止他。实际上,亚玲和桂圆的担忧,左璐瑶也想到了。尤其桂圆艰难的求子路,左璐瑶是一路看过来的,她真担心自己生不了,如果事情真不凑巧,到时候就算桂圆和她妈明里不说,她的自尊心也会受不住。

"来吧。"桂宝拽了璐瑶一下。他掏钥匙。

左璐瑶深吸一口气,跟着桂宝进了家门。亚玲和桂圆正对着门口看。璐瑶感觉遇着两尊门神,下意识往后退了半步,桂宝回头看,知道她心虚,一把牵过她的手,让她挽着他胳膊,跟走婚礼红地毯似的进了屋。

亚玲和桂圆站起来,脸上水波不兴的样子。亚玲招呼了一下就去厨房烧菜。

桂圆用家长的口吻道:"来了,坐吧。"

璐瑶没说话,放下见面礼——一人一件羊毛衫。

左璐瑶跟桂圆遥遥相对坐下,她从来没想过会跟桂圆发展成这样的人物关系。桂圆照例问最近怎么样。璐瑶不知道她问哪方面,就把生活和工作都说了一下。核心议题不适合此刻谈,实在没话说,桂圆只好借故去厨房帮老妈烧菜。冷不防奶奶从屋里出来,见沙发上有个生人。她当然见过璐瑶,只是一来脑子糊涂,二来璐瑶的打扮与平时别个样,她慢吞吞靠过去,牵起璐瑶的手,问桂宝:"这是我孙媳妇不?"桂宝大声答回:"是!"

亚玲从厨房里钻出来,拦阻:"妈,不要起哄!"璐瑶羞赧。桂宝抱怨:"这不叫起哄,叫未卜先知。"奶奶又对亚玲问:"这是我孙媳妇不?"亚玲掷地有声:"还没定!"璐瑶更不好意思了,仿佛自己正站在被告席上,法官还没就位,奶奶糊涂僧判断糊涂案。亚玲两眼上翻:"妈,您不吃藕粉啦?"奶奶这才想起来大事,忙着去和藕粉。璐瑶瞅瞅桂宝,苦笑。桂宝小声说:"没事。"

饭吃上了。亚玲先伺候奶奶,等她从里屋出来,大家才动筷子。璐瑶紧张,来吃饭好多次了,但以桂宝准女友,哦不,是准未婚妻的身份来,是第一回。几个人你看我、我看你,莫名有点尴尬。桂圆不多问,还没到时候,她酝酿。

亚玲先盯着璐瑶看，上上下下打量，好像要把每个毛孔都研究清楚，然后发问——工作、生活、健康，里外三层，祖宗八辈，都捋明白了。桂宝不耐烦："妈，您干吗呢？明知故问。"亚玲用筷子头打儿子："是为你们好。"

吃完饭，璐瑶抢着洗碗，桂圆客气，亚玲拦着："让小左洗。"桂宝上前，亚玲拽着儿子，"你过来。"到小屋，桂宝才跟老妈抱怨："您这是唱哪一出，您要是认了人，全楼的碗洗了都行！"

亚玲喝："你懂什么！"

左璐瑶认真仔细地把锅碗瓢盆弄干净，从厨房出来，还系着围裙，两手在裙面上擦拭，一低头，放下靠东面墙摆的两张小凳子。

"坐。"亚玲指了指。

桂宝和璐瑶坐下。桂圆从里屋出来，跟老妈并排坐在沙发上。她们的位置高，他们的位置低，准备聆听教训。

时候到了。桂圆和亚玲对望一眼，最后由亚玲发声，她是长辈，名正言顺。郝亚玲启朱唇开玉口，话音直接奔左璐瑶去："小左，阿姨这么多年对你印象一直不错，你是个好姑娘，优秀，可是……"

最后这俩字一出，桂宝不乐意："妈，您别'可是'行吗？"

亚玲右手一伸，意思是让他别说话，继续道："你跟我们桂宝你喜欢我、我喜欢你，谁也管不着，可是往后走呢？你想过没有，再过10年，桂宝30好几，你多大了？"

璐瑶面上发窘，颧骨微微泛红。

桂宝跳出来道："天崩地裂海枯石烂，我对璐瑶的感情不变。"

桂圆喝止弟弟："听妈说完。"

郝亚玲两手比画着，食指伸出，中间有一段距离，道："这当中的一大截，你要硬跨，搞不好会摔沟里。"

璐瑶深呼吸。桂宝插嘴："妈，姐，反正你们要不让我跟璐瑶在一起，我就终身不娶。"

这话正着了亚玲的道儿。郝亚玲随即暴喝："你娶不娶随你，娃儿你给我留一个,我对得起你死去的爸!这个家往下走,总得有个人姓代!"

桂宝呆住了。桂圆气定神闲。

璐瑶脑中好像爆炸了一颗地雷。她原本以为这些属于亚玲背后考虑的,没想到突然被拿到台面上,明着是说给桂宝,实际就是说给她听的。言下之意明显,就是质疑她的生育能力,害怕有个万一。

她左璐瑶风风火火半辈子,这话必须拾起来。璐瑶心一定,勇气瞬间万丈,笑笑,道:"阿姨,您的担心也是我的担心,桂圆一路什么样,受多少苦,我清楚,我也害怕跟桂宝生不出娃儿来,责任太重,压力太大,"停一下,继续,"要不这么着成不成?我和桂宝先处着,有了娃儿再结婚,没有,就原地踏步,"说着她看看桂宝,"阿姨说得对,哪有天长地久,说不定哪天你就烦我了,我也烦你了,那咱俩还是各走各路。"

一席话豪气、郑重、洒脱。在场三个人都被震得头晕。桂宝觉得男人的自尊受到挑战,亚玲没想到自己拐着弯说话一下被璐瑶挑明了,桂圆眼看着闺蜜被逼成这样,情何以堪?

正当女人们愁肠百转时,桂宝一下站起来。老妈把自己的女人逼成这样合适吗?他要再不冲冠一怒,哪儿还算是个男人?他拽住璐瑶:"走,领证去!"

璐瑶大惊。亚玲着急,要去拦。桂圆冲上前:"桂宝!再胡闹我打你了!"奶奶和一菲扒着门框看。奶奶问:"这是抢新娘子不?喜糖呢?"亚玲喊道:"妈,进屋歇着!这儿没你事!一会儿有藕粉!"奶奶道:"要葛根粉。"

第一次面谈,说不上成功还是失败。在左璐瑶看来是成功的,起码她想说的话说明白了,桂宝也用激烈的方式表明了态度。但在郝亚玲和桂圆看来基本算失败了。璐瑶提出的方案正是亚玲心中所想,只是,万一造人不成功,真的要逼他们分手吗?

接连几天,桂宝都住单位。亚玲不放心,桂圆安慰她:"冷静冷静也好。"亚玲道:"马上是一菲的生日了,都叫回来吃饭。好不好就她了。跟孩子干仗,没有妈不投降的。"桂圆问:"您同意了?"亚玲道:"再不同意,我看得出人命,"吸一口气,继续,"小左哪儿都挺好,就是年龄大点,可人家都退成这样了,咱们还咄咄逼人,那真不是人了。"

其实代桂圆已经被璐瑶感动,认了她这弟媳,只是怕老妈还有想法,所以反复试探。桂圆问:"那您那位姓代的怎么办?"亚玲道:"我也就那么一说,你遭罪,我看着真怕。万一真没有,只能是命!走一步看一步吧!"

101 / 竹篮打水

一次次碰头,信息流不断汇聚到唐念巧这儿。

胡梅带来的是平台大老板跑路前的状态。"话不多。""很少出现在公司,逾期之后次数多一些。""开会的时候总让大家相信他,说问题正在解决。"

志明带回来的消息则是,大老板的老婆和孩子一年前就已经移民,连两个小姨子都出去了,看来早已做好跑路准备。

郝彤遗憾,对念巧道:"爸提得晚了点。"

念巧努力回想,在那一夜春宵之前郝季鹏就提过离婚,如果那时候离,是不是还来得及。但目前她关注的点在于,季鹏要跟她离到底是因为感情破裂,还是为了转移资产,如果是前者,她绝不原谅,如果是后者,那她对他还保留几分柔情。只是,如果是为了转移资产离婚,当初让他净身出户,他为什么不肯?想到这儿,唐念巧瞬间又陷入失落。如此看来,郝总是单纯不想过了,并非策略性离婚。他还是王八蛋。

最后是胡斯楞引荐、志明请的律师带来的判断,互联网非法集资案涉刑高危主体包括,挂名的法定代表人、股东、董事、监事、高级管理人员,理财端销售人员、风控人员、财务人员、核心技术人员等。郝总属于第二梯次人员,最大头跑路了,他就要配合调查。

念巧问:"身体怎么样,还吞假牙吗?"

志明答:"救过来了,没假牙了。"

念巧又问:"什么时候能探视?"

志明说:"这还说不好,说爸是有机会取保候审的,但目前经侦以追钱为目的,要求涉案人员退赔赃款。"

没几天,念巧又听到个大消息。是胡梅爆出来的,她从入职到现在所有工作提成、工资、奖金,必须上交。胡梅哭天抢地地喊叫:"我不吃行,我女儿要上辅导班呀!"她不好意思给念巧添乱,可是不还钱,人就得进去,恬恬没人管,她的抚养权会被剥夺,最后只能忍痛吐钱。辅导班费用一时垫不上,只能削减,剩几个最重要的。老于还算仗义,垫了两处。胡梅又回药店熬阿胶去了。现在她看女儿做作业,时不时要喷泪,语重心长地说:"好好读书!"恬恬见老妈如此不易,心有所感,悬梁刺股地苦读。

没多久,终于轮到念巧这儿了——让季鹏退赔3000万。念巧立刻不同意,家里的现款没有这个数,只能卖房子。念巧问郝彤:"我现在还能跟你爸离婚吗?"郝彤说:"晚了。"念巧狠下心:"那该怎么判怎么判吧。"郝彤道:"现在交钱,算表现良好,不交钱,到时候还是会被挖出来,而且爸可能要判10年。"顿一下,伸出十根手指头,"10年!"

念巧深呼吸。3000万,10年的自由。面对女儿,她没法做历史罪人。当然,也可能钱投进去,人照样得判,十年八年不好说。可看彤彤的表情,他们是宁愿死马当活马医。

"你弟怎么办?"念巧担心彬彬的未来。

"教育费用,我跟志明担。"

念巧立即强调:"这不是一般的费用,你弟弟以后要上哈佛的,你一年能给200万吗?"郝彤迟疑了。她没想到老妈开口那么大。念巧见女儿犹豫,道:"还是判吧,自己造的孽,自己还。"

郝彤抢白:"那是我爸,也是彬彬的爸爸!"

"那你帮他还!"

郝彤不语。女儿的优先级怎么能超过妻子?!

念巧咬牙切齿:"那你就是让我无家可归!"

郝彤只能说:"放心,我给你养老送终。"念巧心里发冷,看来他们已经把她当成老人,而且是个男人倒台的女人,季鹏东山再起的概率很小了。

念巧觉着季鹏这事目前进入第二阶段"罢黜百家"——第一阶段"群魔乱舞"已经告一段落,第三阶段"王者归来"能不能上演就看她的决策。正如彤彤所说,如果一查到底,现在不交,最后保不齐还是竹篮打水,不如提前做好人。等到房子卖了,交了钱,剩一点,一来解决彬彬的教育资金,二来短期内生活没问题,也稍微贴补胡梅一点。念巧愧疚,如果不是她把胡梅介绍到季鹏公司,也不会有这昙花一梦。

夜幕降临,念巧带着彬彬回到别墅,觉得无限惨伤。她想起过去做姑娘的时候,家里恁多姊妹,七嘴八舌,滚在一张大铺上闹腾。那时候从不失眠,夜夜睡得好。现在住着大房子,每天还得靠安眠药才能睡着。财大福大,你得有命受、有命享!念巧躺在沙发上,拿起手机,打给志明,让他尽快约中介,把房子挂出去。

唐念巧卖房救夫的故事可歌可泣,连穆小桃都在亚玲面前说念巧的好。分析的角度是"原配的温度",口气微讽:"半路夫妻都防着,原配到底不一样。老三这事,你换半路的老婆试试,保管立刻拿钱走人。"

亚玲说:"毕竟有娃儿。"

小桃说:"有彬彬更要走,钱都交了,以后娘儿俩怎么过?"然后伸出来三个手指头,道:"以后苦的是彤彤,得养仨。"亚玲说:"那也是志明的事。"小桃道:"小孙没准现在后悔呢,本来只需要养老婆孩子,现在呢,一口气养五个。"亚玲纠正:"老三也会出去做事,半老不少,总不能在家待着。"小桃深呼吸:"有事没事还不好说,老本行肯定是不能做了,瞧着吧,等一出来,过去的朋友立马全部消失,人就是这么现实。"

姑嫂俩正说着,小豆豆凑过来,讨巧地叫小桃"妈"。小桃让她叫亚玲姑姑,豆豆也不打磕巴,照叫。亚玲欢喜,说:"一菲没豆豆嘴甜,话不多。"

小桃说:"一菲算不错了,彤彤家那然然才是三棍子打不出个屁,没听见他叫过人。"亚玲说:"还小吧。"

再算算，好像也不小了。郝亚玲来不及细想，就被小桃别的话牵走。小桃问桂宝最近怎么样，亚玲把璐瑶和桂宝尴尬恋爱说了。

小桃笑道："还是你好，养儿子，是带人回来，壮大家庭。"

亚玲不屑，"这回带得好，真带回个大……姑娘。"

穆小桃深劝："大点好，什么都有了，还知道疼人，来了就能伺候你。"

郝亚玲说："没那指望，不找事就算不错了。就怕到时候不生，又麻烦。"若在过去，亚玲绝不会在小桃面前谈生孩子的问题，但现在不同了，小桃有了豆豆，而且自冠峰走后小桃的姿态低多了。过去亚玲是她的丫鬟，现在大家平起平坐，百无禁忌。小桃又劝说："现在医学发达，不用想那么多，真心相爱最重要，还是要善待。"

一菲过生日，桂圆认为是个契机。最近家里太纷扰，都需要喘口气，借着生日宴会，有好几对关系需要缓和。首先是她和齐进的关系，最近闹过几次，娃儿过生日算是个休止符；其次是把璐瑶正式介绍给全家人，就算认了这个准儿媳妇；再次，小舅妈念巧需要换换脑子，志明和郝彤两口子也要松一口气。这一向忙季鹏的事，大家都揪心。低价卖了别墅，图个全款，钱交了上去。根据胡姐的推测，很快应该可以取保；最后，桂宝带回来消息说大舅冠峰要回来一趟，他是从收藏家那儿得到的消息。有人买了冠峰的画，他得出来招呼。

桂圆得知，跟亚玲亲自去酒店堵人。好歹堵到了。亚玲劝冠峰回家住两天，说嫂子想，孩子也想。冠峰问："是你嫂让你来的？"亚玲说不是。冠峰道："别说我回来，后天就得走。"娘儿俩见郝大师急促，桂圆只好借一菲生日宴的事邀大舅出席。亚玲也说："你就是再修炼，一年总得见一回吧？织女和牛郎一年还能鹊桥见一次呢。"冠峰犹豫。亚玲和桂圆又一番细劝，冠峰同意了多留几天，不过他有个要求，提前不能告诉小桃——他怕她提前找过来。

出了酒店，代桂圆忍不住问老妈："大舅是不是在外头有人？"亚玲道："这年纪，谁跟他？"桂圆纠正："大舅是大师。"亚玲说："有人，还进山修炼吗？"桂圆说："谁知道是真是假。"亚玲道："真也好假也好，照这架势，你大舅肯定先走，你大妈只要保住房子，钱攥手里，什么都不怕。"桂圆想想也是,便不再纠结。

桂圆去老妈家,让桂宝暂时带着一菲。交接的时候桂宝抱怨:"用人朝前不用人朝后。"桂圆道:"你也别气,一菲马上过生日,到时候把璐瑶带来,给大家认识认识。"桂宝大喜,激动地要给姐姐拥抱。桂圆躲开,骂:"娶了媳妇别忘了你姐,忘了你娘。"

家长关过了。桂宝觉着,他跟璐瑶这对苦命鸳鸯终于见天日了。一高兴,他把拐枣酒抱了出来,要跟老妈对饮。"菜呢?"亚玲问。桂宝立刻下厨,炸了点花生米,再叨两块红油腐乳,又点了外卖,叫了份凉拌猪耳。齐活儿。母子对坐,开怀畅饮。

桂宝敬了亚玲一个,才道:"妈,我孝顺吧?"

亚玲嘿嘿笑:"不指望,别气我就成。"

桂宝一挥胳膊:"那绝对不会。"

亚玲故意试探:"我要是躺床上不能动了呢?"

"那也是久病床前……有孝子。"

"我要是跟你奶那样呢?"

"要有的话……"桂宝答不出来这高难度问题。

"真有这天,"亚玲喝了一口,"如果你媳妇儿虐待我,你怎么办?"

"假如……"桂宝挠头,"假如……我就跟她……离。"

亚玲举杯:"我儿没白养!"半醉半醒间,外头啪啪作响。透过窗,看天,烟花四散,好不壮丽。亚玲和桂宝被引了去瞧,站在窗台看得不过瘾,母子俩索性披了衣服下楼去看个痛快。绚烂夺目,五光十色,真像过年。桂宝问亚玲:"怎么这时候放烟花,不是禁止了吗?"亚玲说她也不懂,可能有什么庆祝。两个人在楼下站了十几分钟,折上楼,想再喝两盅,却发现酒杯少了一只。仔细找寻,发现杯子摔在卧室地上,碎了。老奶奶脸朝下,倒在碎杯子旁边。"妈!"亚玲惊叫。代桂宝要去扶奶奶,亚玲又叫:"别动!就怕是脑充血。"她让桂宝赶紧打120,自己轻声唤妈。

突然,老奶奶动了一下,跟着,"哎哟哎哟"细细叫出声来。人没事,郝亚玲才想起来抱怨："好好的，拿酒杯干什么！"又喊，"妈，吸气，喘气……呼吸……呼吸……"

102 / 骗骗自己

　　人老了最怕瘫在床上。万幸，奶奶只是轻微脊椎骨裂，没骨折。但因为年纪实在太大，造成的损伤无法逆转。医生说，奶奶将来能否下床自由行动得看恢复情况。医生话说得婉转，桂宝概括得直接："奶奶瘫了。"不过，亚玲和桂宝达成一致，奶奶摔跤跟酒杯、跟拐枣酒的关系，守口如瓶。良心上他们反反复复自我解说——确实是他们疏忽，可是奶奶不该偷酒喝。桂圆得到消息，心疼得差点取消一菲的生日宴——她由奶奶带大的，隔代亲。

　　各家来看奶奶的时候，桂圆通知，时间朝后推，给一菲过农历生日。亚玲建议："或者就别吃了。"桂圆想了想，不答应。奶奶都这样了，热闹一回是一回，不怕一万就怕万一。亚玲体恤到女儿的心思，只能硬着头皮同意办。奶奶行动不便，只能在家吃。桂圆跟团队告了假——平台已经上马，眼下是粉丝积累阶段，能稍微喘口气，她要腾出手来专心伺候奶奶几天。

　　奶奶这一摔，桂圆对齐进更不满意。从摔到养到出院，齐进总共就露头一回，孙志明都出现了两次。左璐瑶硬是陪了几夜的床。桂圆吐槽："他妈妈病，咱们是一团忙，我奶奶病，他装孙子！"

　　亚玲怕矛盾激化："他那是忙赚钱嘛。"

　　桂圆唾："快别提赚钱，这个月挣的还没上个月多，忙倒加了一倍！"

　　桂宝也对姐夫不满："不是当老黄牛就能干出来。"

　　亚玲斥儿子："少说两句！"

　　桂圆对老妈说："桂宝都明白的事他不明白，跟常务副总抬杠，总觉得自己有点技术，清高。"摆摆手，继续，"轴！就适合下乡种那一亩三分地。"气得直喘，还不尽兴，"种地也得看天气预报吧！"

　　亚玲见桂圆气越来越大，赶紧灭火，男人的忍耐是有限度的，离家出走这招她不赞成多用。偶尔用一次是画龙点睛,用的次数多了,起反作用。一顿饭,一通劝解,桂圆的气好歹平下来。亚玲送桂圆到门口还不忘叮嘱:"你永远记着,你是孙女,齐进只是孙女婿。"

桂圆反驳:"你是儿媳妇,可伺候了奶一辈子,"随即叹了口气,"儿子没了,儿媳妇能伺候婆婆一辈子,女儿没了,女婿能伺候丈母娘一辈子吗?"

亚玲心悸,连忙打断:"不许乱说。"

回到家,齐进已经在小书房坐着了,在写代码。清锅冷灶。桂圆问:"吃了吗?"齐进"嗯嗯啊啊",算是回答。桌子上有桶面的遗骸。桂圆先伺候好一菲,又放水洗澡,里里外外都收拾完,才凑到齐进跟前,一下闻到他身上的汗味。

"去洗澡。"桂圆道。

齐进"哦"一声,目光没离开屏幕。

桂圆心里有气,带着娃儿出去看电视。

"洗澡!"桂圆又下命令。齐进说了声"好嘞",可屁股还不动。桂圆窝火,"到底洗不洗?不洗别上床,孩子要睡觉了,你磨蹭啥?"

齐进这下听了,三分钟洗完,出来继续噼里啪啦写代码,都忙完了,才去电脑包里翻出两瓶软骨素,拿给桂圆:"给奶奶的,对骨头好。"

"迟了点吧?"桂圆冷笑:"保健品能治病吗?"

"老年人都吃这个,我妈也吃。"齐进没在意。

桂圆一听更来气,盘腿坐在床上,跟座钟似的:"齐进,是不是在你眼里我们家人都不是人?"

齐进意识到问题严重,转过身,上床要去抱她。桂圆一掌把他打开:"奶奶躺在医院,你去过几次?"

齐进认错态度很好:"我的错。"

桂圆道:"你妈病,我前前后后跑。"

可一提到亲妈,齐进忍不了。因为他觉得老妈为家付出巨多,得到善待是理所应当。他挺直腰杆子,反驳:"你月子里,我妈可是一天没歇。"

桂圆呆呆地看着齐进,她想破脑袋也料不到齐进会提这茬儿。坐月子,她和亚玲都主张请人,齐进妈不肯,为省钱,再就是说不出来的理由——她得知生的是丫头就想甩手走,伺候月子算"最后的礼物",好让她代桂圆说不出话来。

桂圆吸了口气,在脑子里组织好逻辑,才道:"那不是伺候我,是伺候你们家后代,我知道妈不满意我没给她生出孙子来。"

齐进不示弱,道:"代校长,从头到尾谁说过一个字的不满?妈抱着一菲宝贝得跟什么似的,怎么你硬给戴了个重男轻女的帽子?"

桂圆索性掰扯清楚:"嘴上没说,心里就那么想的。"

"没有,就是没有。"齐进口气有点不好了。

"在你眼里,你的工作、你的事业、你的未来就是比我的工作、我的事业、我的未来重要!"桂圆随时准备战斗。

齐进控制情绪,声音低沉:"我的未来里有你,一直有你。"

桂圆大声说:"我要我自己的未来!"

齐进失去耐心,把枕头一撂:"你想怎么样,说吧。"

桂圆耳鸣了。她不知道想怎么样,只知道她不痛快。齐进见她不出声,胳膊一挥,做了个打发她去的姿势:"你想怎么样就怎么样,行了吧?"说着,抱被子出去,他今晚要在沙发安营扎寨。

* * *

灯光暗黄,左璐瑶还嫌太亮,桂宝只好伸手一按,光线彻底消失。跟桂宝办事,左璐瑶反对有光线。说实话,桂宝的身体太年轻,她多少有点不自信。家庭会议后,桂宝和她都没提提前要娃儿的事。桂宝觉得他不能提,那是对璐瑶自尊心的保护,但如果璐瑶有打算,他就立刻照办。其实,左璐瑶自己也吃不准。如果现在就开始造人,造出来当然皆大欢喜,万一一时半会儿造不出来,那连桂宝的自信心都会动摇,她就太被动了。因此,最好的办法还是等结婚后再努力。

黑暗中,左璐瑶很严肃地说:"万一我生不出娃儿,咱们就分手。"

"我没那个意思。"

"是我的意思。"璐瑶守护自尊。

桂宝告诉她过几天参加一菲生日会,让她别紧张。璐瑶笑说:"不都认识嘛,什么场面我没走过。"

* * *

奶奶出院后有了"新家"。护理床是最高级的。小桃掏的钱。不锈钢护栏,带电动操作,有0°至75°起背功能,可以整体翻身。这一摔,估计未来奶奶就得一直在床上瘫到终老。人生最后这一段最恐怖,最难。老人自己难,老人身边的人更难。伺候瘫痪病人最重要的是防止起褥疮,可老奶奶伤的是脊椎骨,再加上老年痴呆不肯配合,往后亚玲的工作量翻一倍都不止。亚玲坐在墙边椅子上望婆兴叹……

枯坐无聊。郝亚玲起身,去桂宝的床底下把存着的拐枣酒扒拉出来。对影成三人。喝着喝着,亚玲歪在沙发扶手上,轻轻哼唱:"五花马……青锋剑……江山无限……夜一程昼一程星月轮转……"唱着唱着,流出泪来。窗外,夜色无边,大月亮当空照了千万年,世间百态看了够,心早冷了,所以才面若冰霜。唱到"醒也罢梦也罢人生苦短",郝亚玲突然倒在沙发上,不动弹了。时间嘀嗒嘀嗒从她身边跳过去。许久,手机响,亚玲才跟还魂似的,摸过去接。

是桂圆打来的。女儿叮嘱她少喝酒。亚玲醉醺醺地说:"没喝,睡着呢。"她算搞明白了,人活着,无非骗骗别人,再骗骗自己。

103 / 一 整 个 天

一菲生日会当天一早,亚玲家就各有各忙。郝亚玲还是伺候奶奶,客人来之前她必须把该清理的都清理了,饭、药喂好,确保客人来了老人家不闹腾。

桂圆去酒店接大舅。重点人物重点对待。只是桂圆一直不明白,就算大舅在外头有人,也没必要对大妈如此坚壁清野。是为了艺术没有人情味了?或者是情感上无法接受豆豆?

桂宝去接璐瑶。临出门前亚玲叮嘱:"让她穿得朴素点。"桂宝维护,"一直很朴素。"亚玲道:"也别太老气。"桂宝道:"哎呀,妈,您真操心。"璐瑶以准儿媳的身份第一次亮相,亚玲比她还紧张。这关系到脸面,在娶媳妇这件事上她一定要光光彩彩。

上午,郝彤带着世然先来。志明去接丈母娘唐念巧。郝彤让儿子跟一菲玩。她去瞧了瞧奶奶,送上礼盒,然后站着在厨房里跟二姑亚玲说话。

亚玲问季鹏的情况。郝彤叹息:"还是要还钱,房在卖,有买家,价格还在谈。想要一把付清,就得降价。"亚玲问:"你妈呢,以后住哪儿?"郝彤说先住她家,住别的地方她也不放心,唐女士精神状态不太稳定。

亚玲赞:"你爸能找你妈这样的,三生有幸!"

郝彤一愣,她没想到二姑突然对唐女士如此赞誉。

亚玲解释:"有福同享的大把,有难同当的能有几个?为了救人房子都愿意卖,仁至义尽!"郝彤不好意思说她妈也曾犹豫,是他们施加压力,她才痛下决心,只能说:"钱是身外物。"说完便换话题,问桂宝怎么不在。

亚玲这才把桂宝和璐瑶的事透露给彤彤,好像不情愿地说:"没办法,我不同意,可拦不住呀,烈火干柴。"

郝彤听出姑姑是明贬实捧,于是道:"这挺好,女方家没人,嫁进来,一门心思扑到咱们家,还是个小富婆,桂宝可以少奋斗十年。"顿一下,又说,"璐瑶姐跟桂圆姐是同学加闺蜜,姑嫂关系也好处。"

说话间,小桃带豆豆来了。亚玲从厨房伸头打招呼。郝彤先出去,给大妈倒水。穆小桃一边脱衣服一边问家里情况。郝彤无奈地说:"一步一步来吧。"

小桃领豆豆去找一菲和然然。两个女孩一见面就你有来言我有去语,只有然然不吭声。

小桃看郝彤:"小的生气了?"

"就那样。"

"还没说话呢?"

"一直没开口,心里明白。"

小桃说宽心话:"男孩说话迟。"

郝彤没往下接,转而问:"大伯呢?"

"出差。"

"真够忙的。"

小桃撒谎也撒得真切:"不比你们年轻人,他一辈子估计就拼这最后一回,看能不能画出传世之作。"两个人都笑得尴尬。

志明陪念巧到了。彬彬一进门就背着书包去表哥桂宝房间,作业本铺开,奋笔疾书。老爸出事,孩子懂,现在学习不用催。念巧觉察到娃儿的变化,又窝心,又戳心。看着娃儿的背影,她不觉有点感伤。郝彤和小桃见念巧情绪又上来,劝也不好,不劝也不好。对望望,着实为难。倒是念巧自己恢复得快,一转脸自嘲道:"没事,不就是钱嘛,千金散尽还复来,夫妻一场,帮他最后一回。"

小桃是真心佩服念巧,大舍大得。琢磨琢磨又有点惆怅。老三在外头的故事她有所耳闻。这样也好,老三摔了跟头,就可以踏踏实实跟念巧岁月静好了。叛逆期过去,中年危机解除,后半段人生的路才能清晰。

穆小桃现在巴不得冠峰在山里被蛇咬了手,残疾到不能再画,或者干脆中风,脊椎断裂,像奶奶这样。那么他就又完全属于她了。她不介意给他养老送终。可现实没那么残酷,郝冠峰势头好着呢。

郝彤把空间留给老妈和大妈,她去卧室陪奶奶说话。

客厅里一阵闹腾。郝彤出去看,见桂宝领着璐瑶来了。两个人都一身新,意气风发。亚玲从厨房出来,招呼:"都坐,别站着了,都认识。"

桂宝道:"认识跟认识还不一样。"璐瑶拉他一下,不好意思。桂宝继续说:"大妈,小舅妈,老妹,跟你们正式介绍一下啊,"说着看看璐瑶,清清嗓子,"这位,姓左名璐瑶,是我女朋友,我们打算结婚。"

天大的消息一秒钟就宣布了。

小桃忙说要给见面礼。念巧虽然穷了,可气魄还在,也嚷嚷着给礼钱。这是整个家族这阵子最喜庆的事，灰突突的日子里总得添点色彩。于是大伙格外把桂宝的喜事捧得再高一些，再热闹一些，好冲淡内心的悲凉。

左璐瑶被小桃、念巧妯娌俩夸成一朵花，又说她懂礼，又说她能赚，模样也是一等一。左璐瑶受宠若惊。桂宝得意，对璐瑶打眼色，眉目间似乎在说："看吧，我说没问题。"

快到12点，凉菜已经端出来，外卖也送上了门。小桃问亚玲："桂圆和齐进怎么还没来？"亚玲让桂宝给桂圆打电话。打过去，桂圆立刻挂断了。再一抬头，却见桂圆和冠峰站在门口。念巧眼尖，忙叫了声"大哥"。志明看郝彤，郝彤眉毛皱着。小桃手里的杯子差点没拿稳，脸色如风云突变，但只用一秒钟她就调整好了，微笑着去迎："回来了？"

整个生日会，小一菲最不满意的就是蛋糕一直没到位，孩子过生日最主要就是吃蛋糕，爸爸到没到她倒不在意。桂圆只能解释："蛋糕在肯德基呢，下午还要去肯德基跟小朋友们过一次。"然后对大人们解释，"出差。"

亚玲知道真相，她怕女儿没面子，附和："现在搞集成电路，太忙！"实际齐进早不做集成电路了。好在，这点小BUG大家似乎都不太在意。甚至连左璐瑶这个新晋的儿媳妇，都没人太放在心上。

冠峰回来对小桃是天大的事。冠峰对念巧问个不停，迫切想知道季鹏的近况。念巧和郝彤、志明感觉老大回来完全是为了营救老三。可冠峰问来问去，似乎也没有好办法，他问："有什么困难吗？"

念巧愣神。郝彤本来想说，困难就是要付钱，可当着这么多人，实在不好说出口。志明这会儿倒实诚，有一说一，把那天文数字报了，又说他丈母娘要流离失所。

念巧不愿意丢面子，喝："志明！"

冠峰当即表态，美术学院的房子给念巧住，又说彬彬是他侄子，他这个做大伯的应该照顾。

郝彤、桂圆、志明深感意外。一提到那房，亚玲和桂宝想起了一雯。小桃一派平静，仿佛送个房没什么大不了。亚玲怕大哥抬腿又走，故意对小桃说：

"嫂,你那自动汤煲又有用处了,大哥爱喝老鸭汤。"

冠峰纠正:"是她爱喝,不是我爱喝。"

气氛一时尴尬。吃完饭,说散就散了。这场生日宴真正的高潮在宴会后。下午,桂圆带着一菲在肯德基坐着,眼前真摆了个蛋糕。允孩子的,一定要做到。

桂圆两眼通红,不是苦,是怒!临出门前,她叮嘱齐进一定要到,他答应得好好的。结果,人没来,一条信息没有,打电话不接,一个电话没回。这么忙,挣了多少钱!桂圆的项目刚启动,可她这个月就比他挣得多!

桂圆真想哭。愚蠢的工作,愚蠢的男人,愚蠢的婚姻,愚蠢的生活……愚蠢的一切。可当着女儿她怎能落泪?代桂圆告诉自己:"从这一刻起,赚钱,带娃儿,双管齐下,不当半边天,就当一整个天。"

吃完小蛋糕。一菲跟刚认识的小朋友去玩滑梯了。齐进打电话过来,桂圆挂!再打!再挂!齐进发来消息:"在哪儿?"

桂圆把手机调到飞行模式,关闭微信。她要暂时与世界隔离,她想静静。

104 / 下 半 辈 子

郝彤和志明一到家就对着世然说话,什么爸爸妈妈爷爷奶奶,你好您好逗逗飞,简单的词复杂的句子都说了,小世然就是蹦不出半个字来,急了还打人。郝彤问志明:"你瞅瞅,他都懂,怎么就是不说?"志明道:"去医院。"

志明提过去医院,郝彤不愿意,她觉得男孩说话迟正常。郝彤从小优越到大,她生的孩子不可能在起跑线上落后。她可是培训班老师嘴里的"高端家长"。"高端家长"不可能生出"低端孩子"。可是,事实摆在眼前,头总插到沙子里不是事。郝彤感觉到痛苦了。这是她打结婚、生育以来第一次走心的痛苦,她怕极了。

志明见老婆神色失落,道:"一个娃儿孤单,要是两个娃儿,相互促进,或许都能好。"郝彤立刻反击:"什么意思?一个质量不好,就再要一个?考虑过第一个的感受吗？我就是二胎家庭出来的，我绝对不会让我儿子再跟他妈受同样的罪！"志明"啧"一声，还是劝："老婆大人，那能一样吗？你跟彬彬差着十几岁，我说的是年纪大差不差的，基本是同龄人。"郝彤明白这道理，但眼下她不能松口："甭废话，然然就是我的唯一。"

志明为避免冲突，找别的话题，说他担心念巧。大伯给了钥匙，今天晚上念巧就跟彬彬过去住，不知道能否适应。

郝彤道："清静清静也好。"

"去了还得打扫。"

"我妈没问题。"

"大伯真够意思。"

"只说住，又没说给。"郝彤纠正。

"说给了，"志明回味，"说要照顾他大侄子。"

郝彤道："看到了吧，侄子重要，侄女就是空气。"

志明道："回头留两张画给你，也算一大笔。"

念巧迅速收拾床铺。她在女儿家住够了，不是女儿女婿对她不好，是过于好了，好到她无法思考。别人一可怜她，她就更觉得自己可怜。现在好，大哥给了钥匙，她有了栖身之所。

别墅里的东西，头几日已经搬到大哥的画院仓库。她随身带了只 USB 台灯，还有集中注意力的头盔，给彬彬学习用。季鹏被控制之后，念巧更觉得自己深谋远虑。忠厚传家久，诗书继世长。男人倒了（没倒也指望不上），儿子将来能起来，这个家就还有希望。

夜深了。念巧冲了杯牛奶给儿子端过去。彬彬带着头盔坐在书桌旁。也不说手心热了，也不分神了，懂事的娃儿全力拼。当然，彬彬状态爆发还有一个原因，念巧觉得不足为外人道——他现在不是班里第一了，算数有点跟不上，老师教得太难，同学又都太强，他焦虑。念巧看着儿子把牛奶喝完，问："还有作业吗？"彬彬点头，说："全做完了。""睡觉吧。"念巧给彬彬铺好被褥，关了灯，转身要走。

"妈!"彬彬叫她。

念巧回过头。

"别走……"彬彬的声音怯怯的。唐念巧明白儿子的脆弱,于是转身坐回书桌前凳子上,靠在小床边:"不走,睡吧。"

彬彬端端正正地躺下了。不大会儿,他说灯太亮,念巧关了台灯,坐在黑暗里,借着窗外一点光感知世界。以后只有她和儿子相依为命了。念巧甚至觉得,或许她一开始就知道这个结局,所以才拼尽全力要了二娃。夫妻不到头,就不是夫妻了。但母子却是一辈子的母子,永远不会更改。想到这儿,念巧忽然有了安全感,进而有了动力,她一定要帮儿子谋求更好的未来。

半小时过去,彬彬的小手又伸出来了。他睡不着。念巧问他怎么了。彬彬说他也不知道,反正一闭眼脑子里就乱哄哄,无法入睡。

儿子这么小就失眠了,念巧心疼。可眼下的问题必须解决。"先起来。"念巧递衣服给彬彬。然后母子俩在客厅里小跑,念巧喊口号,充满乐观精神。跑了半小时,彬彬回去,一会儿,睡着了。

念巧悄悄起身,提着步子回主卧。这下轮到她睡不着了。翻手机,更睡不着。念巧就那么躺着,胡思乱想,越想越烦躁。头冒冷汗。干脆在心里默念绿度母心咒。不知不觉,念巧终于陷入黑色梦乡。

有人抓她的手,念巧以为在做梦。胳膊晃动,感觉更强烈。再晃,念巧醒了。床头有个黑影,念巧顿时惊出一身冷汗。她吓得坐起来,打开灯,彬彬站在眼前,额头汗津津。

念巧一把搂住彬彬:"怎么啦?"彬彬说他做噩梦。念巧把被子掀开,让儿子上来一起躺着。"没事,儿子……没事……"念巧吻彬彬额头,问他做了什么梦。彬彬说记不清楚。念巧又说:"你只要记住,无论到什么时候,妈妈都会在你身边,支持你……我们要成才……要去哈佛……知道吗?"彬彬溜溜的一双眼盯着念巧看,许久,他哭了,一边哭一边嚷:"同学都说爸爸是罪犯……"念巧的脑袋跟被铁锤偷袭了似的,一刹那她无法思考,下意识地把台灯调得更亮,光散开来,她仿佛回到人间。是啊,季鹏摔倒,彬彬身上仿佛贴了个符咒，钱可以没有，名誉是一辈子的。念巧忽然清醒地认识到，不能再心慈手软了。事实上，如果早点离婚，或许她现在还不会落到这个境地。

她前几天随便翻小说转移注意力，看到一本《英国病人》，里面有句话她深以为是："在我生命的 50% 时间里，觉得没有你简直就活不下去；在另外的 50% 时间里，觉得没有你也没什么。"现在她该进入第二个 50% 了。想到这儿，唐念巧忽然不担心郝季鹏了，下半辈子她要换一种活法。

* * *

左璐瑶躺进被子里，说："灯关一下。"桂宝一伸胳膊，灯光熄灭了。左璐瑶不想桂宝老盯着自己的素颜。桂宝靠在床头板上，怀里抱个大抱枕："看到了吧，那就是我们家，鸡飞狗跳，好多事之前都不敢跟你说。"璐瑶笑道："我是嫁给你，又不是嫁给你们家。"桂宝说："那都是一体的呀，富贵的倒了，剩下的都是老弱病残。"

璐瑶说："能照顾的，咱们就照顾，不能照顾的，意思到了就行。"桂宝没想到璐瑶还挺利索。将来老妈、奶奶以及姐姐，是他必须照顾的。他相信璐瑶是个好女人，她爱他，肯付出。

两个人静静坐了一会儿。桂宝忽然问："真不抓住机会？"

左璐瑶举棋不定，明白自己还在排卵期，可是她不是不想要小孩，也不是反对在婚前有孩子，她是怕万一不避孕她也生不出小孩，那就是天大的尴尬。

桂宝见璐瑶不吭声，道："知道你的顾虑，你是想名正言顺是不是？明儿咱们就去领证。"

璐瑶没想到他这么说，嘟囔着说："反正不能偷偷摸摸。"桂宝道："怎么叫偷偷摸摸？咱们这是光明正大，早一天晚一天的事。领了证，一切都合理合法。"璐瑶还说不是那意思。桂宝着急："姐，您就别慎着了。"璐瑶连忙说："不许叫我姐。"

桂宝嬉皮笑脸改叫妹。闹了一会儿，璐瑶道："还真有点害怕。"桂宝道："怕什么？怕我挣不着钱，养不起你和娃儿，还是怕我当陈世美，做负心汉？

放心,我没那本事,我代桂宝这辈子没什么大志向,老婆孩子热炕头,行了。"

璐瑶笑笑,没再说话。其实她自己也不知道怕什么,只是一种感觉,她害怕未来。从一个人到一家人,这是量变到质变,她怕处理不了那么多关系,做不好儿媳妇。虽然她跟桂圆是多年的朋友、闺蜜,但人物关系一变,桂圆成大姑姐,她是弟媳妇,要求就不一样。还有亚玲和奶奶,一个是婆婆,一个是婆婆的婆婆。还没进门,璐瑶就想着怎么在奶奶的康复问题上出点力。飞伦敦的同事代购回来一种药,还有康复器械,她想着找医生问问,看奶奶这种情况能否用上。想着想着,璐瑶觉得充实。为家人付出,看似麻烦,其实里面有满足感,只要这种付出别是旷日持久的就成。

"璐瑶妹。"桂宝突然喊了一声。左璐瑶觉得瘆得慌,还是让他喊璐瑶。桂宝问:"我摘了?"璐瑶从嗓子眼里"嗯"了一声。

105 / 宾至如归

冠峰的表现有点令小桃意外。在家过夜,没立刻走,而是有点长住的样子,对她的称呼也变了,叫回"桃妹"。恍如隔世啊!穆小桃已经不记得多久冠峰没这么称呼她。

小桃的理解是,冠峰变了,在外面经历了些风霜,知道家里好了,回头了。小桃亲自下厨做了几个冠峰爱吃的菜,务必做到宾至如归。

冠峰对豆豆的态度还是淡漠。豆豆也躲着冠峰,好像他是大马猴。

小桃教育女儿:"这是你爸,你爸爸。"豆豆一双小眼往上看,怯怯的。

回来了,冠峰倒有点闲心,下午特地拿着小铲子、花剪、小桶,去收拾小院花圃。许久不归,杂草丛生,盆景也长得支棱八叉。小桃顾孩子,顾不上这些花花草草。剪好了蜡梅的斜杈,冠峰叉腰站在树下,小桃把保温杯递过来,冠峰转身,冷不丁道:"有个事。"

穆小桃心一沉,但她还是面带微笑。冠峰面无表情,口气平稳地说:"我得立个遗嘱。"

此情此景，小桃怎么也料不到冠峰会提这个："早了点吧？"

"墓地都买好了，立遗嘱不算早。"

小桃不作声，把剪刀接过来，去修剪窗台上的文竹。冠峰两手背在身后，又说："什么事都得想在头里，免得临到跟前慌里慌张。"小桃不看他，盯着文竹道："真有那天，你放心，我肯定给你弄得好好的。"

冠峰不接她的话，说自己的："美术学院那套房，给老三，这次他遇到难事，以后估计很难再起来。"顿一下，又说，"画给老二和桂圆一些，希望能保值。"冠峰分配清晰，当机立断，很有一家之主的霸气。

小桃当即道："老三有老婆有孩子，都挺有能耐，轮得到你扶贫？"

冠峰看了她一眼，往下说："其余的，都给你和豆豆。"小桃放下剪刀，语速加快："你要没了，本来都是我和豆豆的。哦，你防止我抠门，不肯救助你们老郝家，所以才提前打好草稿，是这个意思吗？"

"你总喜欢把人往坏了想。"

"不是我往坏了想，是有的人就这么坏，"小桃说开了，"冠峰，我也想说服我自己，可到现在我不明白，你怎么就避我们娘儿俩跟避瘟神似的。回来恨不得屁股没坐热就要走，这次还要写遗嘱。写了遗嘱就不见面了吗？还是说你就是不喜欢豆豆？你要不喜欢，我送回福利院去，行不行？"

冠峰见小桃生气，有点不痛快："桃妹，我都是为你着想，你想抱孩子，那就抱，难道我就不能有自己的一点追求？我想去闭关，想进步，要提高，想把有限的生命扩展到无限，不可以吗？人，不是只有活着才有价值，人最大的价值是死后别人还能记得你。谁都不想日复一日年复一年过完一辈子，什么都没留下。生死是所有人的课题。生，不过是有躯体的生，死，是没躯体的生！是一阴一阳的不同现象，明白了吧？"

"我不明白。"小桃咬紧牙关，迎接大风暴。

"那是你修行还不够。"冠峰平静地说。

"我不会同意离婚的。"小桃直戳要害。

冠峰有点意外，他是想提离婚，所以才做切割，他想好了，除了给老二和老三留点东西，他净身出户。没想到，他还没说出口，穆小桃就给出了答案。冠峰叹了口气，往屋里走。

穆小桃一个垫步，突然从后面抱住他，泪流满面。她有预感，一旦他走出这个门，她便会永远失去他。她甚至想说，哪怕他在外面有人，她也默许，只要他还顾着这个家。可是冠峰坚持说自己学斯特里克兰德。从他的画艺上看，却是逆水行舟不进反退。

忧愤，惆怅，纠结，烦嚣——许多种负面情绪在小桃心里煮了一夜，也没能融为一体，消化更无从谈起。她忽然有点后悔这么多年为冠峰运作、付出。穆小桃又在想，如果他们有个亲生的孩子，事情会不会两样？也难说，斯特里克兰德不也是抛妻弃子吗？冠峰还算不错，留给她这么多。

次日一早，小桃起床，冠峰已经不在了，床头柜上留了封遗嘱，把财产的分配情况简单说明，签了字，摁了手印。穆小桃考虑着要不要拿去公证，没有这个环节，遗嘱的效应恐怕可疑。但这念头只在她脑海中一闪就消失了。她觉得冠峰立遗嘱纯属仪式性的胡闹。他走了就走了，也不是第一次。

小桃的痛苦似乎没有此前那么强烈。男人不在，女人照样要过日子。小豆豆是小桃中老年生活的一片树叶，挡在眼前，凄风苦雨似乎也被遮掉一些，让她无惧无畏。

小桃最近看到一项研究结果，已婚男性比单身男性活得长，单身女性比在婚姻中的女性活得长。她得好好活着，看着豆豆上学、工作、结婚、生子……人活着，只要有事情可做！有个盼头，就蛮有意思的。

* * *

一菲生日当天桂圆最终没有发作，原因有二：一是当她关闭飞行模式后，立刻传来了齐进的道歉短信，前后十来条，加起来恨不得有千把字，说明了情况，抒发了感情，表示了悔恨，承诺了弥补，态度良好。桂圆就是体内酝酿了洪荒之力等着发泄，瞬间也百炼钢成绕指柔了。他说当时是真走不开，领导都在现场。可实际情况是，齐进在现场晕倒，被拉到急诊去了。他没敢告诉桂圆。后来领导终于给他批了几天假，可齐进不敢休——关键时刻他得顶住。

他脑子里都是工作。能者上不能者下，他要做个能者。

二是一菲到家就听到生日快乐歌，蛋糕摆在茶几上，上面插着蜡烛，小火苗跳动。齐进拍着手，一菲立刻扑到爸爸怀里，齐进抱起女儿转圈，玩开飞机。家庭气氛欢乐。桂圆决定到此为止，她不想给女儿留下童年阴影。

"回来啦。"跟女儿疯够了，齐进带着笑容凑到桂圆跟前，觍着脸。桂圆不能笑，一笑就破功，起不到震慑作用。"水放了吗？累。"桂圆摸后脖颈。齐进连忙小跑着去放水。齐进的态度低下来，桂圆也不好意思飞扬跋扈。

接连几日都安安静静，齐进敬桂圆，桂圆敬齐进。一时间，矛盾似乎都不存在，夫妻俩各忙各。

桂圆的事业在发展，平台做得很快，加上有些老资源，两相合并，竟产生了新火花。春天还没过去，他们的公众号矩阵就爆发了。几篇爆文过后，关注数火速上升，雇了专门的运营，桂圆从日常事务中解脱出来，和几个合伙人一起在上游决策。好几次，桂圆都累得屁股疼——坐太久，坐骨神经受不住。但她知道，如果现在挺住，还可能有第二春，公司上去了，她就是创始人。如果挺不住，那估计这辈子难翻身。原始积累必须快、准、狠。

像齐进这样的工作思路，说好听点叫踏实，说不好听叫跟不上时代。不过，这些话桂圆不说破，她要用事实说话。

这日，桂圆把一菲从亚玲家接回来。她送给老妈一只鳖——过去在老家常吃，到大城市后少见，另一只拎着回来。齐进已经到家了，桂圆把这稀罕物放进厨房水池子，脸上压抑着高兴。

齐进问："中奖啦？"

桂圆不答，直接唱："卖豆腐赚下了几个钱，爹爹称回了二斤面，带回家来包饺子，欢欢喜喜过个年。"过去亚玲老唱，她听也听会了。

齐进"哎哟"一声，领会了老婆的喜悦，跟着问老鳖怎么处理。桂圆撸起袖子："我来。"清蒸老鳖是她的拿手菜。齐进一听，乐得享受，陪女儿玩积木去了。

喊里咔嚓一顿操弄，生姜葱段佐料放齐整，上锅了，桂圆这才去客厅，叫了齐进一声。齐进猫出来问怎么了。桂圆抱着平日背的小包，扭扭捏捏地抿嘴微笑。齐进问："咋啦？新买的？驴牌？"桂圆怼："什么驴牌，还鳖牌呢。"说着，她变魔术似的从包里拿出一沓现金。齐进脸绿。桂圆道："第一次分红，真枪实弹。"她晃了晃，故意问："这是什么？"齐进木木地回："钱。"桂圆晃晃右手食指："这是一菲这个月和下个月的伙食费、教育费，是咱家的水电费、物业费、煤气费，是给老妈的保姆费，是你的汽油费，是我的养老保险费。"

齐进沉着脸，挤不出笑容。桂圆觉得骄傲的，他只觉得是讽刺。"汽油费我能出，你自己留着用。"齐进道。桂圆说："两口子，一家人，什么你的我的，只要能挣回来就成。"

老鳖汤无法让齐进兴奋了。他是一家之主，他必须养家，这是天职。他能在桂圆面前扮小丑，是因为他打心眼里觉着老婆孩子都是他的子民。如今桂圆拿出武则天的架势，他就不痛快了。男为天，女是地，乾坤阴阳怎么能倒转呢？喝着鳖汤，细品品，他甚至认为桂圆似乎在讽刺、挤压他。他不能明着跟桂圆吵，有钱入账是好事，对小家庭不无小补也是事实。他只能怪自己无能，买不起红头绳，比杨白劳还不如。

106 / 到 白 头

齐进洗澡出来，闻到一股香，是老婆那瓶名牌香水。齐进明白了，这是桂圆的讯号。推开卧室门，桂圆玉体横陈，一身丝绸睡衣是他去苏州公干时买的。桂圆近来忙瘦了，反倒显得年轻些。齐进清清嗓子，桂圆斜看他一眼，不说话。空气莫名紧张。

齐进拉开被子，桂圆有点扭捏，一时不知怎么破题，两个人并排坐着，酝酿气氛。微信群里不断有急事，桂圆先用手机处理，后来索性开电脑，还让齐进帮忙连数据线。齐进打了一会儿下手。工作气氛逐渐浓盛，旖旎的氛围被冲得七零八落。

忙完了，两口子从头再来。齐进本想跟桂圆说算了，可又不忍心。因为暂时不打算再生，流程必须严谨。过去是求娃儿来，现在是怕娃儿来。

"可以了吗？"桂圆准备好了。

齐进打了个"OK"的手势。没过两分钟，桂圆觉得不对头，一抬脸，却发现齐进竟然睡着了！那轻微的鼾声就是证明。

桂圆一股热气往上冲，委屈，不甘，自怜……眼泪瞬间喷涌。桂圆仰头看天花板，心里发出灵魂的拷问："齐进啊齐进，如何跟你到白头！"

恍恍惚惚间，桂圆对准齐进耳朵边的肉，狠狠拧下去。他大叫一声，醒了。桂圆一脚把他踢下床。

* * *

季鹏被取保候审了，一出来就老泪纵横。心高气傲了几十年，今天他才知道，自由才是世界上最宝贵的东西。

看到憔悴如斯的老爸，郝彤颇有沧海桑田之感。原本她正带然然在看病，医生说不排除自闭症的可能，郝彤的心跟被绞了似的。临时接到通知，可以接人，她只能先放下儿子这头，顾爸这头。

"彤彤……"季鹏哭着跑过来。郝彤拍拍他的背。现在老爸也是孩子。她感觉老爸过去是生肉，油盐不进，经这件事"涮"了一遍，成熟肉了。

车上，季鹏抓着志明的手，险些干扰他握方向盘，连连说自己找了个好女婿。

郝彤道："还是得谢谢妈。"

季鹏竖起大拇指："你妈在女的里头，是这个。"

到底是原配夫妻，心连着心，肉连着肉！季鹏想好了，此后余生，他要跟念巧白头到老！

别墅没了，只能暂居女儿家。季鹏一进门就到处寻找。

"我的巧儿呢？"季鹏问得甜蜜。郝彤这才把念巧和彬彬去美术学院住的事说了，又说了大伯的情况。志明见老丈人着急，说他去接。

郝彤拦阻："妈带彬彬去上课,说好了,下了课就来。"季鹏忙问念巧知不知道他回来。郝彤说提了。季鹏问："你妈啥反应?"

郝彤僵了半秒,说："当然是高兴。"其实念巧冷若冰霜。

保姆准备了豆腐白面,意思是清清白白,季鹏捧着吃了。志明陪他说话,郝彤带然然去医院。可是,一直等到天擦黑,郝彤和然然都回来了,也不见念巧和彬彬。

季鹏惨然,问女儿,还是那话："我的巧儿呢?"郝彤说："再等等。"一直等到快八点,桌上的菜几乎凉透,也没见念巧和彬彬的身影。

季鹏满面愁容,让郝彤给她妈打个电话。郝彤只好起身,到小书房打。其实她已经猜到老妈的用意。唐女士存心不想来,不然不会一个电话没有。

很快,郝彤出来了,耸耸肩,故作轻松地"哎呀"了一声："彬彬临时加课,补习呢。"

季鹏打破砂锅问到底："那还来不来?"

郝彤道："今儿太晚了,明天来。"

季鹏期待中的重逢是一到家就跟念巧深情相拥,和好如初,可眼下女主角迟迟不到位,他的激情慢慢冷却。

晚上睡觉前,郝彤给志明布置任务："你明天看着爸,我去看看妈。"志明说："你不带然然去医院啦?"郝彤才想起这事,于是重新分配："你带过去。"

"爸呢?"

"一起去。你看着办。"

"不保密了?要跟爸说?"然然的病对外一直严格保密。

郝彤叹息："该什么就什么吧,也不是什么丑的病。"

"妈到底怎么说的?"志明问。

郝彤看着丈夫,沉默良久。志明用胳膊肘捣她一下。

"离……"郝彤惨然。

志明眼珠子差点没掉下来："现在?爸可是取保候审。"

郝彤瞟他一眼："妈咨询了律师,可以离。"

志明忍不住："早知道要离……那还不如……"话没说下去。郝彤接过来："还不如让爸待在里头？"志明文绉绉地说："伉俪情深舍财救夫都已经成了佳话，好不容易出来了，那还不如……"

"你懂什么。"郝彤撑他一句。

"咋弄？"志明惆怅。

"明天我见了妈再说，"郝彤道，"不排除是气话，拿拿架子。"

两口子又谈了几句彬彬的病。志明又想提二胎，可想来想去，在这个节骨眼上还是不提为妙。志明天天看着儿子像个闷葫芦也愁，他到现在还没听然然叫过一声爸爸。

次日一早，郝彤就往美术学院去，她以为肯定能碰着，所以提前没打电话。可是家里没人，郝彤在家门口打给老妈，念巧说送彬彬上学呢。郝彤问在哪儿碰头。念巧说了一家银行的地址，还是外资银行，郝彤不知道老妈唱的是哪出。

肚子里揣着十万个为什么，郝彤去了，到了地方，银行还没开门。等了好大一会儿，唐念巧的电话终于来了。

"上10楼。"念巧下命令。郝彤乖乖上了10楼，念巧来开门禁。郝彤一边跟着她往里走一边问："妈，您在这里干什么？"

"上班。"念巧答得干脆。她托了朋友帮忙，已经迅速就业，在这家银行做助理。

关好小会议室的门，念巧问女儿啥事。

郝彤口吻沉重："妈，您是真不知道还是装不知道，还是不想面对。"

念巧抱着两臂，短暂沉默。

"爸昨儿等你等到12点。"郝彤像在宣布某个重大新闻。

念巧道："不都跟你说了嘛，你没告诉他？"

"我开不了口，要说你自己当面说。"郝彤嘟囔。

"是他让你来的？"念巧问。

"重要吗？"郝彤说，"我来找我妈回家不是天经地义吗？妈，爸在里头，你倾尽家财捞人，人现在出来了，你又要闪人，这不是自相矛盾吗？"

念巧"哼哼"一笑，也拉着女儿一起坐下，弄得好像要商务谈判。念巧道："两码事，两个问题。这些年我吃苦受累，生孩子照顾家，一心想着，咱好不容易从小地方出来了，打下了江山，那就得守住，"随即苦笑，两手一摊，"现在呢，白茫茫大地真干净。"念巧站起来，去饮水机旁捏了个纸杯，倒水，然后右手托着左肘，把杯子送到唇边，轻轻喝了一口，"救人，是情分，人出来了，就该各走各的。我跟你爸，郝总，"哼哼一声，"是该翻篇了，该讲讲别的故事了。"她单臂摆了一下，意思让郝彤看这房间，"我也想清楚了，只要想干，什么时候都不晚，"重新坐下，"彤彤，你放心，你不会当'扶弟魔'，妈妈来培养他上哈佛。"

郝彤被驳得不晓得怎么劝："妈——"她长长地叫了一声，打感情牌。

念巧又道："彤彤，你不是妈妈心目中品学兼优的孩子，但你是明白孩子，我跟你爸的问题不是一两天，他对我的不满同样不是一两天。"

郝彤急促地说："他现在对你满意呀。"

"他满意，我不满意。"

郝彤说话口气像志明："不能一棒子打死，彬彬也不会同意。"

念巧道："征求过你弟弟的意见，他同意，也支持，以后他跟着我，坚决站在我这边。"叹一口气，"离了，他和我就不是夫妻了，但你爸还是你爸，我不顾他，你得多顾着他点。"

"您这不是把他往绝路上逼吗？"郝彤急得站起来，直搓手。

念巧兵来将挡："放心，没那么多副假牙给他吞，在里头都没死掉，出来了还能自找死路？郝总不是那种人。"

郝彤耐住性子劝："妈，您真是误会我爸，他跟那个胡阿姨清汤白水。"

念巧稳稳地说："你胡阿姨，我哪天真得上门谢谢她，你爸也得谢，为这事胡阿姨帮了多少忙，操了多少心！所以说，还是女人帮女人。"

郝彤没想到老妈来这一出，彻底没辙。念巧乘胜追击："彤彤，妈妈有一句忠告送给你，全部是切身经验，等娃儿大点，你得找点事干，"她停了一下，又喝点水,"风水轮流转,哪年到你家,人这一生,说短短,说长,呵呵,长着呢……爷们儿不顶事的时候,咱娘们儿就得站出来。"

郝彤愁眉紧锁:"那也不能站到家外头呀!"

念巧无心再说,说还有会要开,说罢开门往外走。郝彤出了大楼,打了个电话给志明。孙志明正带然然瞧病。季鹏在家,保姆看着。郝彤琢磨了一会儿,事到如今,如果说还有人可以回天,估计只郝亚玲。

107 / 做 牛 做 马

摔了之后,奶奶更难伺候了。一个是身体不能大动,好在璐瑶买了医疗器械和药品,用上真管用,老奶奶能坐起来,偶尔还能下床走两步。另一个是脾气更坏,更不讲理。她记不得亚玲的长相,却记得亚玲的名字。一有点些来小去就喊:"亚玲——亚玲——"嗓门一点没见小。

郝亚玲也有了斗争经验,她会预判,婆婆叫她是真有事还是胡闹,判断好了,要么去弄,要么装听不见,在客厅端坐着守静气。

这日,桂宝跟璐瑶出去玩,桂圆没送一菲过来,奶奶也安然入睡。中午,亚玲做一盘辣椒炒毛刀鱼,就馒头,再配点小酒,舒坦自在。兴起处,亚玲压着嗓子唱黄梅戏:"为救李郎离家园,谁料皇榜中状元……"

有人敲门,亚玲感觉不妙,打开一看是郝彤,知道真的不妙。这个侄女是无事不登三宝殿。

郝彤来不及进屋,站在门口就把事情说了。亚玲问:"你爸出来,怎么没跟我说?"郝彤说:"刚出来就爆发了。"亚玲又问:"你妈呢?"郝彤说在银行上班。亚玲只好打电话让桂宝立刻回来。等桂宝和璐瑶一到,她就跟郝彤去见念巧。

当了那么多年和事佬,亚玲觉着这一次的难度前所未有。她懂念巧的心,只是,作为郝家人,她必须为弟弟说话。

到了银行大楼,亚玲一个人上去,郝彤赶忙去医院。念巧在开会,亚玲等了一个多钟头。念巧一见大姑姐就猜到来意,立刻把她带进小会议室,一人一杯水端着。亚玲一时不晓得怎么破题。

念巧一上来就把基调定了:"二姐,我知道你的意思,这事我考虑了很久,很慎重,您就别劝我了。"

亚玲委曲求全:"巧儿,要有信心,老三有学历、有能力,还不算太老,换个行当做,一样能起来。"

念巧严肃地说:"你觉得我是为了钱?我要是为了钱,就不会卖房救人。"

亚玲连声说:"我知道……我知道……你对老三……有感情。"

"那是过去。"

"现在没有啦?"亚玲惊诧,"没有爱情还有亲情,没有亲情还有恩情,"亚玲手中的一次性水杯捏走形了,"巧儿,我就问你,你是找还是不找?"

念巧半低头,沉默。

亚玲感觉有点效果,于是追击:"一个女人带着俩孩子的滋味,我是尝到过,不好受!何况彬彬那么小,不能没爹!"

念巧纠正:"二姐,你是丧偶,我是离婚,彬彬有爹,我跟郝总分开,不耽误他拥有父爱。"

亚玲提气:"破碎家庭跟完整家庭能一样吗?"停顿一秒,捋顺节奏,"巧儿,你听姐一句劝,彬彬将来要上哈佛,你一个人的肩膀抬着,太难。"跟着把椅子往前拉拉,更靠近念巧,"现在老三欠你一辈子,从今往后,他做牛做马,只有对你好。"

念巧苦笑:"我不要这个牛,也不要这个马,我是真想翻篇儿了。姐,我谢谢你,不管我跟郝总未来如何,你都是我姐,是孩子姑姑,"她望向亚玲,目光柔和,"人这一生短短几十年,跟谁过,怎么过,过多久,说难也难,说简单也简单。"又捂着心口,"一切从心出发,人还是应该忠于自己的感受。"

话讲到这地步,尽了。

亚玲无奈极了,只好说:"就算要离,总得两个人见面说,躲着也不是事。"

念巧恢复微笑，说："不是躲，是真忙得滴溜溜转。周末就去碰碰。"

夜幕降临，郝彤家飘荡着一股忧郁的气息。郝季鹏斜靠在沙发上，旁边站着个中年女人，表情肃穆。季鹏问，她就得答。她是郝彤家的保姆，做了有一阵，跟念巧和彬彬都有接触，属于知情人。郝季鹏已经"审问"了她大半天，没别的，单问念巧在家提他什么没有。保姆冥思苦想，说没有。季鹏吊着嗓子："你再想想——"想到最后，保姆只好编出一点细节来满足"老爷"。季鹏听了，又觉得不对，说不像念巧能说出来的话。继续问。保姆苦不堪言。做了那么长时间保姆，第一次兼职做编剧，还屡被"退稿"，末了，她终于想出来一条。保姆大姐亮出一根食指："说您能吃……胃口好……晚上12点还能来碗面……"季鹏击节："对对对，有这事，再想想，还有什么？"保姆又愁眉不展了。

同样愁闷的还有郝彤、志明两口子。郝彤到医院，正好撞见儿子在针灸，一头一脸一脖子针，画面太狰狞，她觉着跟扎在自己心上似的。确诊了。然然智力发育基本正常，但重度抽动，注意力重度障碍，感觉统合失调，本体感轻度失调，需要治疗，估计得长期，还要中西医结合。

郝彤抱着儿子盘坐在床上。然然睡着了。志明坐在她对面，要掏烟。郝彤狠狠瞪他一眼。志明只好收起来。郝彤吸气、呼气，努力平复情绪，从结婚到生子，她都顺利得跟坐滑梯似的，可等到儿子不说话，她才明白这世上还有美中不足。老天爷不可能把什么都给你。

郝彤跟志明商量好了，最好不要让任何人知道。她不是为了自己的面子，而是要给儿子一份尊严，不管付出多大代价，不管多久，她都死磕到底。

志明叹了口气。郝彤不乐意了："什么意思？"志明委屈，道："你瞅咱俩，都挺聪明。"郝彤驳斥："我儿不是傻子！"停一下，又说，"反正你死了那条心，咱这辈子就这一个娃儿！"

志明缩脖子："你看你，太敏感，我又没说再要个娃儿。"

郝彤低头看然然，他醒了："儿子……我是妈妈……叫妈妈……"

*　　*　　*

亚玲包豌豆馅馄饨，叫小桃过来吃。豆豆胃口好，连吃了两小碗。连老奶奶都吃了半碗，亚玲忙活半天，反倒没胃口。小桃饭量本来就小，一碗下肚，说什么也吃不动。小桃问亚玲去体检没有。亚玲说："检了，该高的都高了，不该高的也高了。王小二过年，一年不如一年。"

小桃说："那你也不能倒下，上有老下有小呢。"说得亚玲更愁，又想喝酒。小桃笑道："好歹老奶奶恢复过来，勉勉强强能走能行，没想到。"

"老三出来了。"亚玲毫无预警地说。

小桃连忙动了动屁股，腰杆子直起来，这才是今儿亚玲叫她来的重点。

"见着人了吗？"小桃问。

"没见着。"

"什么时候去一趟？这是大事。"

"现在去……不合适。"

"住院了？还是精神崩溃了？"

"差不多。"

小桃倒抽一口冷气。亚玲抬眼看看她："念巧要跟他离。"

小桃不意外，她早都看出念巧有这意思。如今是沉没成本最低的时候，最适合另起炉灶。

亚玲见嫂子不吭声，问："你不意外？"

小桃说："天要下雨娘要嫁人，跟你大哥似的，谁也拦不住。"

亚玲忧心忡忡："离了，老三咋办？"

"谁离了谁不能活？你哥走了，我不也得咬牙适应。"

"那不一样。"亚玲道。说到这儿，姑嫂俩都不说话了。馄饨凉了。老奶奶又在屋里叫人，小豆豆走过去，陪她说话。亚玲这才问冠峰最近有没有消息。小桃苦笑："你都没消息，我更没消息了。"叹一口气，"只要他还活在这世上，也就满足了。"

小桃伸手指在太阳穴绕，亚玲不懂她的精神疗法。小桃问桂宝和璐瑶的事，亚玲说最近没心思管。小桃又问桂圆的情况，亚玲说："就那样，贫贱夫妻百事哀。"小桃问一菲,亚玲用了两个字评价:"淘神!"这一向,她带一菲也带得够够的,她感觉自己一辈子都在为老郝家做牛做马。

小桃去屋里接豆豆,看到奶奶,不禁有所触动,回到客厅,她忍不住跟亚玲嘀咕:"你说我要也有这天,怎么办?"亚玲看看嫂子,实在想不出破解之法,只好说句吉利话:"你福大命大!"

108 / 一 顺 百 顺

不是生日,桂圆却订了个蛋糕,情绪实在高昂,上一次这么兴奋还是高考出分的时候。妈妈买蛋糕,一菲鼓小掌。桂圆叮嘱:"别动,等爸爸。"

桂圆觉着自己这是换了大运,天顺地顺一顺百顺。他们没日没夜注册的上百个公众号组成了庞大的教育矩阵,现在显示出巨大的前瞻性,公司赚钱了。关键是,桂圆是决策人。如今有人要把这些号包圆儿了,报价上千万。当然不卖——圆思教育刚刚进入快车道,未来可期。

桂圆不仅志得意满,而且觉得团队在行善,偏远地区的儿童教育资源匮乏,线上教育正好弥补了这个短板。

桂圆和璐瑶去算过命。大师一脸严肃地对桂圆说:"天克地冲。"桂圆脸色惨白。大师又说:"不一定是不好,冲有两个结果——冲动或者冲败,冲动也许是好的,而且只有冲,才能出现新鲜事物。"现在,桂圆更加笃信她的运道是被冲出来的。桂圆的微信签名改成了"圆思教育创始人"。微信头像不是风景画了,改成自己的正装照。

小一菲一见爸爸进门,就开始拍手,唱生日快乐歌。齐进神色落寞,"哦"了一声,去洗手间擦脸。齐进前额头发湿了,耷拉着,跟失意的指挥家似的——没人听他指挥。公司人事大洗牌,他的团队里,调岗的调岗,辞职的辞职,怀孕的怀孕,他现在成了光杆司令。他知道是分管副总想逼他走,直接摘桃。齐进还指望做成这个项目,打个漂亮的翻身仗,到时候就算走,也有资本。

"谁过生日？"齐进想了想，好像不是女儿，不是他，也不是桂圆。

"谁规定过生日才能吃蛋糕？"桂圆嬉笑着，脸上每一寸肉都兴奋。

"浪费。"

"我还没买花呢。"

齐进不作声。一菲要点蜡烛，桂圆点了一根。女儿嚷嚷着让爸爸吹。桂圆道："你吹，祝爸爸早点升职。"一菲照办。齐进心里酸酸的，有苦难言。

切蛋糕了，一人一块。正准备吃，桂圆手一举："等会儿！"跟着从椅子上拿来包，跟抱着个宝贝似的。齐进还没反应过来，桂圆就从包里拿出两沓钱来，一沓放在自己跟前，一沓摆在齐进眼前。

"我不要。"

"哎哟，"桂圆提着调子，"还富贵不能淫了？"

"在孩子面前这样，俗不俗？"

桂圆"啧啧"两下："你跟钱有仇？不要，我收着。"

齐进吃两口就撤了。进屋，打开电脑，继续加他的班。桂圆扯着嗓子朝里屋喊："烧水给你泡脚？"齐进不理她，把门轻轻关上。桂圆没闹，她估摸这男人一定有事。

创始人代桂圆忍不住反思，刚才自己可能太高调了，尤其是把钱放桌子上刺激太大，有损丈夫的自尊。于是，晚上睡觉前，桂圆重新找回了女性的温柔，冲着齐进正在电脑前忙碌的背影说了一句："早点休息吧。"

齐进明白，老婆的态度虚了下来，他也应该退一步。又忙了一会儿，齐进合上电脑，往床上一倒。

桂圆道："要懂得休息，才能好好工作。"

"我也想休息。"

"副总又给你穿小鞋？"桂圆会算命。

"他恨不得我马上走。"

"此处不留爷，自有留爷处。"桂圆给丈夫鼓劲。

齐进翻个身，仰面朝天。桂圆的脸悬在他上空，两眼直眨巴。

"现在走，不正如了人家的意？功劳全被他占了。"顿一下，齐进继续说，"再怎么着，也得把这项目做完，以后简历也好写，"口气加重，狠狠地，"反正我就耗，现在啊，我是属癞蛤蟆的，我恶心他。"

代创始人实在不认可眼前这个男人的工作观，呵呵道："你恶心他，不也在恶心自己？果断止损是关键。旧的不去，新的不来。大丈夫能屈能伸。"

桂圆无法理解丈夫的谨小慎微，她始终相信形势逼人强，如果环境已经不支持，硬撑着没意义。

齐进用余光观察着桂圆，不晓得怎么回答。是，她说的是有几分道理，可他不愿认输——可以被打倒，但不可以被打败。

桂圆见齐进闭眼，便回到自己的领地——床的右半边。在齐进彻底睡着之前，她提醒道："周日留出来哈，小舅出来了，咱们得露头。"

周日是大的家庭聚会。志明是召集人，算季鹏回家后的第一次亮相，也是对家里人的交代。周六，郝彤安排老妈念巧和老爸季鹏见面。

念巧走进郝彤家门的时候，清冷得仿佛一枝白莲。一身职业套装，没化妆，有点憔悴，尤其眼泡子略肿，但不像是哭过。念巧脸上没有笑容，甚至可以说，没有任何表情，平静得仿佛长白山天池。季鹏顿时有点紧张。根据约定，老妈一来，志明就送郝彤和然然去扎针，然后去辅导班接彬彬。

房子里只剩季鹏两口子。念巧还是傲然伫立着，好像风中的旗杆。季鹏连忙让座，仿佛他面对的是想要辞职的员工。两个人都坐下了。一个在沙发这头，一个在那头。

季鹏用笑容打掩护："最近怎么样？"

念巧目光如炬，盯着他："客气话不用说了。郝总，我就想问你一件事。"

季鹏连忙说："你问，"想了想，补充说，"巧儿，我跟胡斯楞真没事。"

"我知道。"

季鹏觉得意外："那还有什么事要问？"

念巧问："还记得你被抓头一晚留给我的那个字条吗？什么意思？"

"当时是……迫不得已……"

念巧微笑:"现在成全你。"

季鹏着急:"巧儿!你怎么就不理解我的良苦用心!"

念巧道:"我理解,离了婚,资产就能保住一部分。"

季鹏竖大拇指:"真聪明。"

念巧双肩微微抖动:"但你几次提离婚,原因不一样,第一次提是跟我过够了,想用胡老师刺激我,第二次提就是刚才说的,转移资产。"

季鹏急促促地截话:"任何一段关系都有好的时候,也有不好的时候,遇到困难很正常,何况当时工作压力那么大……巧儿,酒店那次,我是想万一有个什么不测,多给你和娃儿留点儿,我就是……"

念巧打个停的手势:"纠正一下,你不是为我,是为你儿子,为你们郝家的血脉,我只是刚好是保护你郝家血脉的最佳保姆。"

季鹏把屁股往沙发那头挪了半米:"巧儿,我知道你生气,可你要说我对你不在乎,那是冤枉我。"

念巧扬了扬眉毛:"冤枉你?不说胡斯楞,那个前台是怎么回事?那个会计是怎么回事?你是惯犯!"转而低头婉转地说:"提这些没意思,既然要分开,就给彼此留点体面。"

季鹏恼羞成怒:"你就都对?非要当全职太太,非要生二胎,非要儿子上哈佛,你天天心思在我身上吗?我是男人,我有自尊,我有感觉。"

念巧厉声:"我做这些为了谁?!"

109 / 自 谋 出 路

念巧鼻子发酸,声音也有点哽咽:"还不是为了咱们两个能融到一块儿、捏到一块儿、过到一块儿!你都不知道我过去多害怕!"

季鹏软下来,恳求着:"现在我人不是回来了嘛……我们就是一家子。"

念巧的声音劈叉了:"你怎么还不明白,两块面疙瘩做不成一个大馒头!你有你的自由,我也有我的自由!咱们都得自谋出路。"

"儿子呢,你不管了?"季鹏搬出儿子。

念巧恢复冷静:"你犯着事,儿子只能由我监护。"

季鹏绝望:"巧儿……再给我个机会成不成?……不出三年……我一定东山再起……"

半晌,念巧吐出四个字:"没那必要。"

季鹏转而凶狠地说:"就是因为钱。我有钱的时候,你死都不肯离,我现在没钱了,你跑得比兔子还快。"

念巧的嘴跟机关枪似的:"是!就是因为钱!我把全部的钱交上去,就是怕但凡还有点钱,我会舍不得离开!现在好,一穷二白,没啥可留恋,都轻装上阵!"

季鹏见硬的无效,突然跌爬过去,抱住念巧的腿。念巧惊得站起。季鹏语速加快:"巧儿……你就不想想咱们过去开心的日子……"念巧腿往外抽,季鹏抱得更紧,"巧儿……咱们都慢慢老了……你别走……真的……别走……你走了我活不了!"

往事种种,如浪涛翻滚,又滚滚东去。唐念巧仰头看天花板,不想让眼泪落下来,可泪珠最终抵抗不住地心引力,啪嗒嗒掉。

念巧摸着季鹏的头,道:"分开了……咱们都能活,在一起……搞不好都要死。"她拼命把腿抽出来。季鹏瘫坐在地,臂膀扑在沙发上。他哭嚷着:"你就是嫌我穷!"

念巧平静地说:"要是这么想能让你心里舒服点,你就这么想。"

季鹏使出最后一招:"你走,我一头碰死。"说着身子弓起,头朝墙壁方向。

念巧不看他:"死了儿子给你戴孝。"说完转身去皮包里掏出份文件,摆在沙发前的茶几上,"协议我拟好了,你看看,有意见提出来,没意见,咱们就签。"

郝季鹏仰天长啸:"我不同意!"

这一回念巧是铁了心。人到中年,又遭此变故,还有什么放不下、看不开、舍不得？要说眼下念巧唯一的期望，就是彬彬的未来。

第二天，亚玲、桂圆、小桃来看季鹏的时候，唐念巧当众宣布了她和季鹏将要离婚的消息。"多好，不是夫妻，还是亲人。"念巧看似很轻松。

念巧话音刚落，季鹏就给志明下指示："把律师退了吧。"

郝彤叫："爸，不是说好冷静吗？"

亚玲劝："老三！不许胡闹！"小桃忙着抚慰念巧。

季鹏看看众人，说："我还是进去好，里头自在。"

郝彤道："爸！说什么胡话呢！"

亚玲和稀泥："好！离了好！想离就离！大不了将来再复！"

桂圆见老妈说得实在不像话，忙拉她过去。事已至此，说什么都是徒劳。一顿饭吃得沉闷。饭后，小桃带豆豆和保姆回家。桂圆陪亚玲上趟街。母女俩手挽着手，亚玲仍在感叹："天下大事，合久必分，分久必合。瞧着吧。"桂圆对小舅和小舅妈复合不抱希望。

桂圆一边陪老妈试衣服，一边努力寻找喜庆的话题。思来想去，只有桂宝和璐瑶的婚事一条。不过她还不知道在亚玲这儿这算是喜剧还是悲剧。

桂圆从镜子里看老妈，装作随口一问："桂宝他们什么时候办事？"亚玲回答得很快："想什么时候办就什么时候办。"桂圆看老妈的表情，揣摩不出来这是支持还是不支持，只好深入问："还是先有了再说？"亚玲道："顺其自然，他们想办，自然就会提，咱们不用主动提。"桂圆看老妈这意思，还是希望璐瑶先怀娃儿。

桂圆道："那总得桂宝先求婚吧？"亚玲不作声，比衣服。其实，关于婚期，桂宝和亚玲透过风儿，可她多少有点回避。桂宝和璐瑶都有房子。一结婚，儿子铁定搬出去住，到时候家里就剩她陪着老奶奶。搭把手的人没有不说，连陪喝酒的都没有。亚玲不平衡，当初她嫁进来，一进门就伺候婆婆。璐瑶这媳妇当得轻松。时代变了，她总不能明说让璐瑶伺候她或者伺候奶奶。这个道理，她得让儿子和媳妇自己明白。

桂圆这么直不棱登问，亚玲也不高兴。她的这些忧愁烦恼，儿子考虑不到，女儿能考虑不到吗？没考虑到就说明心不在她这儿。照亚玲看，最好的办法是拖几年，等老奶奶仙去，大家都轻省，到时候璐瑶也该有了孩子。船到码头车到站，那时候儿子再搬出去，她也算有了几年的过渡期，足够缓冲了。

桂圆见老妈情绪低落，便下了个狠手，给她买了件 2000 块的羊绒衫。郝亚玲惊诧："中彩票啦？不买不买，几百块的一样穿，也保暖。"

桂圆坚持，亚玲只好收下。羊绒衫拎在手里，亚玲对桂圆的口气有点变化，东问西问。桂圆笑呵呵地告诉她公司发展得特别好。亚玲激动得直拍女儿的手背。桂圆道："以后有得忙了。"郝亚玲一下明白过来，衣服不是白买的，又要让她带一菲——这 2000 块花得真值。

桂圆猜出老妈的心思，道："放心，不让你带。"亚玲嘟着嘴。桂圆又道："你就照顾好奶奶。"亚玲摸摸后脖颈："一岁年龄一岁人，我要年轻个五岁，别说一个孩子，两个孩子都能玩得转。"

桂圆和亚玲在奶茶店坐下，一人一杯奶茶。桂圆把齐进的近况跟老妈提了。亚玲说："难怪今儿没来。"桂圆说："人生就这样，起起伏伏，山不转水转，过去是我难，我下来，我带孩子，现在他要下来了，当一阵奶爸，不过分吧？"

是的，这就是桂圆的最新打算。她跟齐进的几位下属都熟。她侧面打听了，齐进目前在公司基本等于死路一条，早走早止损，耗下去，损失的是时间。而她创办的圆思教育蒸蒸日上，一日千里，她忙得恨不得屁股装火箭。

亚玲皱眉，她不赞成女儿跟女婿提这事："男人能带什么孩子？"

桂圆反驳："女人能带，男人为什么不能带？男人不能生就罢了，带都不肯？何况也不是逼着他带，这不赶巧了嘛，跟我过去一样。"她见老妈惆怅，继续劝，"这叫蛰伏，积蓄能量，李安还在家带了六年孩子呢。运没到，乱出击，苦的是自己，与其逆流而上，不如韬光养晦。时间一到，重出江湖。"

亚玲道："钱呢，怎么分配？"

"我赚啊。"桂圆不假思索。

"你给他钱？"

桂圆点头，继续吃。

"成女儿国了？吃软饭。"

"话说得那么难听，"桂圆道，"家庭分工的转变很正常，能者上不能者下。"

亚玲叹一口气："女人吃男人的饭，理所应当，男人吃女人的饭，他自己都觉得不理直气壮。"

桂圆放下勺子："那是过去，现在男女平等。"

亚玲又道："女子要像湖，美美的，静静的，包容万物，不要像长江像黄河，波涛汹涌，"停半秒，"哗啦一下，把什么都冲走了，哪个男人跟你玩。"

桂圆不乐意地说："那你的意思是，女人就不发展事业了？"

"发展，适可而止。"

桂圆不懂亚玲的妈妈经："你知道我等这个机会等了多久吗？"

亚玲不客气："你要事业还是要男人？"

"都要。"

亚玲叹气："你是洪水，不知道齐进是不是能挡住你这洪水的大坝！"

110／回马枪

战略上坚决，战术上还是要委婉。齐进到家之前，桂圆准备好一桌好菜，百味鸡、酱猪蹄、鸭头、鸭肠，还有大老远去菜市场那家包子店买的大包子——都是齐进最爱吃的。再开一瓶红酒。桂圆觉着，起码，第一步，齐进的胃今儿一定会满意。然后再攻脑。亚玲的教诲她听，男人要面子，她给。

齐进回来了，兴致不高。桂圆招呼一菲给爸爸拿毛巾。小一菲乐得劳动，跑前跑后。齐进好歹露出点笑容。洗了手，一家三口坐在饭桌旁。

桂圆盛饭，给齐进递过去："我妈今儿给算了个命。"

"妈还会这个？"齐进夹了块百味鸡。

"祖传。"

"没听你说过,"齐进没抬头,"算得咋样?"

"说我是水,你是土。"

"哦?"齐进似乎有点兴趣。

"我是洪灾泛滥,你是大禹治水。"

齐进笑了,呵呵道:"我治不了你。"

"治,你得治。"桂圆嬉皮笑脸,有点不自然。

齐进觉察出老婆的不对,问:"是不是有事找我办?"

"没有。"

"没有你会这样?"齐进用筷子头点点一桌子好菜。

桂圆换了副口气:"你信命吗?"

筷子停在半空,齐进看着桂圆,不晓得她卖什么药:"不信。"

桂圆的手给一菲布菜,嘴对着齐进:"你得信,人是有大运的。"

齐进道:"那我现在是好还是不好?"

桂圆顺着说:"人生百年,十年一大运,基本寿命就算 80 岁吧,那就是八个大运,掐头去尾,头两个大运在幼年时期,还在成长,后面两个在老年,没什么作为,真正有用的就是中间这四个大运。"

齐进放下筷子,似乎听进去了。

桂圆目光灼灼:"你现在正是从一个大运往另一个大运换的路上,"她拿出手机,"你现在走乙卯大运,你是土,运正克着你,所以你难受!"齐进不自觉地缩了一下脖子。桂圆又道:"等过了这两年,走上丙辰大运,你立马就发达了。"

"还得等两年?"齐进惨然。他顶多只能等两个月。哦不,两天。最好两个时辰。他心里太苦了。在公司他打不开局面,在家里他撑不开场子。

"韬光养晦。"桂圆好生劝慰。

"能破解吗?"

"运是不能改的。"

"总不能坐以待毙吧?"

"听过一句话吗？"

"什么？"

"虎落平阳，龙游浅滩。"一菲吃完了，桂圆打发她去，"运来天地皆同力，运去英雄不自由。"桂圆说得头头是道。

"你想让我辞职，是这意思吗？"齐进直接问。

桂圆有点措手不及："不是那意思。"

"那是什么意思？"

桂圆把椅子拉了拉，欠起屁股："进，看你天天这样累，我心疼，咱妈要知道，肯定心也疼，今年公司体检了吗？怎么没见单子？"

单子有，有几项指标不合格。齐进没拿回来，是怕桂圆啰唆。她的关心现在对他是负担。一点小毛病还打不倒他。只要把这个阶段扛过去，就能见彩虹。齐进轻声说："没什么问题。"

"有困难你得跟我说。"桂圆关心加重。

"有用吗？"齐进逐渐不配合。

第一波攻势宣告失败，桂圆决定等一等，找机会展开第二波攻势。吃完饭，一菲做手工劳动，桂圆看电视，齐进一头钻进卧房，打开电脑。桂圆端一杯红枣茶，凑到齐进面前，说要给他补补血。齐进没抬头，手上飞忙。

"注意身体。"桂圆还是那句话。谁知，话音刚落，一道血从齐进的左鼻孔冲出，滴在桌子边、键盘上。

"抬头！"桂圆大惊，放下杯子，连忙抽纸巾帮齐进堵血。

齐进被扶上床，靠着，头仰着，斜看天花板。桂圆正好小题大做，又是拿凉毛巾又是让他举起右手——老话说，左鼻孔流血要举右手。弄了好一会儿，终于不流血了。一菲来看爸爸，桂圆应付了一番，打发她去，因为接下来的话不方便让女儿听到。

一时寂然，客厅里电视机的声音从门缝里钻进来，跟小探子似的。齐进躺在床上，正对着柜子上那只小丑玩具。小丑在狞笑。

没错，小丑都在嘲笑他——嘲笑他的无能，嘲笑他的无奈，嘲笑他的无力。他是真想拼呀!他恨不得把自己全身的力气凝聚到一支箭上,就像《圣斗士星矢:冥王哈迪斯十二宫篇》里演的那样,凝聚十二宫的能量,射向叹息之墙。只可惜,现在的他只能叹息。

齐进睁开眼,遇到桂圆温柔的目光。还没等他开口,桂圆抢先道:"刚说注意身体,身体就有问题了,你不为自己想,也得为我和女儿想想……"

温柔的责备,齐进受用。桂圆又说:"人生是一段一段的,领导瞧不上你,那咱就撤。有什么放不下的呢?"

齐进明白妻子的用意,他的脸还斜对着天花板:"我那么容易认输吗?"

桂圆穷追猛打:"这不叫认输,这叫保存有生力量。将来咱壮大了,再杀个回马枪,"说着她坐下来,促膝长谈的样子,"留得青山在,不怕没柴烧。你这么大人了,还能不懂这点道理吗?"

齐进不吭声,桂圆留出空白让他思考。保持节奏很重要。过了好大一会儿,鼻血似乎不流了,齐进直起脖子,赌气似的,吐出来的每个字都直不棱登的:"我知道,你现在挣钱了。"

桂圆没想到丈夫突然这么说,她只好变换策略,转而道:"那你的意思是,我不挣钱,你就肯休息?"停顿半秒,"咱就只能共患难,不能共富贵?"然后再说,"那杨家将的男人被困住了,穆桂英不照样得出来挂帅吗?"

齐进道:"是穆桂英倒好,就怕是武则天,我不是张易之。"桂圆"啧"一声,说:"怎么扯到武则天了。"

手机响,齐进连忙接了,挂了电话又坐回桌前,手忙脚乱修改代码。字节跳动着,桂圆远远瞅着。她说了这么大一圈,里外都说清楚了,可他就是油盐不进。看来,他是真不想辞职,真不想带孩子。

桂圆心中的怒气逐渐燃起。她端着茶杯,走到他跟前,不耐烦道:"不要命了?这些破字母就那么重要?字母是死的,人还得活!我就不明白了,你整天面对这些不能吃不能喝冷冰冰无意义的代码,有意思吗?有前途吗?"

齐进慢慢转头,眼珠子通红。桂圆触碰了他的底线,这些跳动的字符是他齐进赖以生存的工具,是他前半生全部的骄傲!可是在桂圆眼里一钱不值!一瞬间，齐进脑中仿佛涌进十万只蜜蜂，嗡嗡嗡……他只能隐约听到桂圆的抱怨……"啪"的一声，电脑突然黑屏——代桂圆女士的脚不小心碰到了电源线，老电脑不失时机地罢工了，齐进半晌的劳动付诸东流。

齐进怒不可遏，终于吼道："你懂什么！"桂圆呆立，打结婚到现在，他没这么吼过她。齐进索性撕开了说："别以为我不知道你有什么目的，绕啊绕，你就是巴不得我失业，当家庭妇男！什么都听你的！在你面前抬不起头来！"

桂圆把杯子往地下一摔，红枣水炸开了，溅得满屋哪都是："臭来劲！我巴着你当亿万富翁，你倒有那本事！"

齐进不示弱，质问："你生个娃儿了不起是吧？"

一菲在外头哇哇哭，父母的战争已经波及她。桂圆拼死拦在门口，齐进冲，她就挡，伸出双手，狠劲一推，齐进失去重心，身子后倒，"嘭"的一声，后脑勺磕在床沿上，他连叫都没叫一下就倒在地上。桂圆吓得连忙去看，真怕他就这么摔死。谁知，她刚靠近，齐进突然睁眼，两手猛一推，桂圆像颗炮弹似的撞在门板上，再往前摔，额头撞到地面，蹭破了皮，磕出了大包。桂圆哭嚷着去床头找到手机，然后迅速带上一菲逃往娘家。

111 / 识 时 务

这是代桂圆第二次因为吵架回娘家。郝亚玲看到女儿脸上的惨状，立刻要找齐进拼命："穷横！"

桂宝也不答应："我找他算账！"

桂圆拦住了，她还不想离婚，没必要鱼死网破。不过，这一回齐进真生气了，第二天人没出现，电话没来。亚玲恨得骂："什么玩意儿！"

自己挖的坑，只能自己填。眼下，桂圆的填坑办法只有等。

璐瑶得知后坐不住了。桂宝和亚玲都不好出面，她可以。她跟桂宝商量了一番，很快便单枪匹马去公司找齐进，打算做和事佬。

一见到璐瑶，齐进就明白她是来打先锋的。他逼自己忍住——不能那么快低头，非得把代校长的毛病扳过来才行。核心问题是他不可能放弃眼下的工作，狭路相逢勇者胜，退缩之后只能任人践踏。家里家外都一样。

璐瑶水也不喝，直奔主题："你跟桂圆从恋爱到结婚到生孩子，我是一路看过来的，她对你真是没话说。"

齐进沉默。

璐瑶继续："再怎么吵架，你也不能打人呀！"

齐进辩解："我没打人，是她打我。"

"她脸上挂彩，"璐瑶上下打量，"你好么好生的？"

齐进拧着脖子："跟你解释不清。"

璐瑶道："清官难断家务事，本来我不想多事。可现在我也要进这家门，咱们以后就是亲戚，我是以亲戚的立场告诉你，你这就是大男子主义。"

大帽子扣过来，齐进犯难："你都不了解全部事实。"

璐瑶随即说："事实就是桂圆被你气回娘家了。"

齐进道："事实是她想干事业，就想让我放下我的事业，这是什么逻辑？"

璐瑶反问："什么是夫妻？"

齐进不吭声。璐瑶追击："夫妻就是商量着来，都付出一点。你忘了当初你们是怎么恳求老天赐给你们一个娃儿。现在呢，娃儿有了，都不想顾了？"

齐进刚要说话，璐瑶拦截道："你别跟我说带孩子是女人的天职，男人就该甩手，就该不顾。"

齐进道："可以请保姆，妈也能兼顾，为什么非要我辞职？"

璐瑶道："她不是非要你辞职，她是不满意你的态度。再一个，她确实是为你好。你辞职，不丢人，你哪怕先让一步再进一步也行呀。你既然觉得自己是男人很骄傲，就要拿出男人的风度、男人的气度、男人的温度。"喘口气，继续批驳，"你以为当家庭主妇是赋闲在家？那是爱的退让。"

齐进嘀咕："等你当家庭主妇再说吧。"

璐瑶没听清，问他说什么。齐进深呼吸。两个人沉默了好一会儿，左璐瑶总结陈词似的问:"什么时候接人?"

齐进说:"等几天吧,太忙。可能马上要飞迪拜一趟。这是事业翻盘的最后机会。"

* * *

唐念巧和郝季鹏离婚了。小桃和亚玲没去看季鹏,反倒先赶着去看念巧。一来,离婚后念巧暂时住在美术学院。作为房主,穆小桃觉得自己有必要露一面。二来,小桃对离婚后的念巧格外心有戚戚,不说同病相怜,起码感受是相通的——冠峰也跟她提过离婚。而且她们现在都养着娃儿。亚玲怕尴尬,本不想去,可架不住小桃邀请,她只好像过去一样,充当丫鬟角色,陪着大嫂前往。

小桃没空着手,她带了双枣红色皮靴:"我没怎么穿过,正好送给念巧。都是37码的脚,我的腿太瘦,小玲的腿又太壮了,你穿正好。"要搁过去,念巧一定不会收。现在不一样,她离了婚,穷了,再者大嫂一片好心,她必须领情。真离开了男人,念巧才发现女人的好——还是女人帮女人。

妯娌姑嫂坐在一块儿喝茶,小桃和亚玲都想安慰念巧,唐念巧看出苗头,道:"今儿只许说开心的事。"思来想去,整个家里似乎就没有值得拿来说的开心事,于是只好谈谈孩子的学习成绩,彬彬争气,成绩直线上升,暑假去英国夏令营,又是一笔钱——郝彤出的。谈完彬彬,念巧问小桃大哥怎么样。小桃倒自然:"闲云野鹤,活到老学到老,都等着看他的传世之作呢。"念巧道:"看看,有几个能像大哥那么可心、潇洒,我要能从头来,也找大哥这样的。"

亚玲知道内情,怕说多了小桃难受,便把话头往自己这边引。谈到亚玲家,还真有个真真切切的大喜事。念巧和小桃都问桂宝什么时候办事。

亚玲为难:"没有巢,怎么引凤?"小桃说:"凤自己有巢不就得了?"念巧又说要看日子。小桃想起来这房子里有万年历,她去书房找了来。三个人当真甲子乙丑地选起来。

老实说,事到如今,郝亚玲也没什么好挑的,璐瑶通情达理,工作不错,自己有房子,至于生娃儿的问题,她也想开了,只能顺其自然。

大嫂和弟媳这么一提醒，亚玲也觉着，这个家的确需要出点喜事冲冲霉头。这喜事要出在自己家，那是光荣。桂宝住在璐瑶那儿，三天两头不沾家。于是郝亚玲打算当天晚上就跟桂圆商量这事，她们俩定下之后再和桂宝说。

这次桂圆和齐进吵架，齐进算较上劲了，亚玲给他的期限是一个礼拜，如果不来，她就上门。桂圆却阻拦："妈，随他，都冷静冷静，让他过过一个人的日子。"

亚玲为女儿骄傲。要说喜事，桂圆事业逐渐起飞，也算喜事。郝亚玲这么来回来去地想着，才发现喜事都在自己家。奶奶现在已经能自由活动，康复璐瑶出了不少力。亚玲满意——还没进门就尽孝了。

晚上10点，代桂圆才到家。等桂圆洗了澡，亚玲端来面条，上面卧个荷包蛋。桂圆一边吃一边问小舅妈的情况。亚玲简单说了。桂圆有点意外，离婚离得开开心心倒不多见。

亚玲道："有时间给齐进打个电话。"

"我不打。"

"低个头，不丢人。"

"他家暴。"

亚玲道："不许胡说，璐瑶都调查清楚了，说是你打的人家。"

桂圆道："妈，你到底是谁妈？人家都帮着女儿，你怎么还帮着外人。"

亚玲说："谁在理我帮谁。"

桂圆说："瞧着吧，等他撞南墙那天，自动就来了。"吃一口面，继续，"自己的女儿，自己不想着带，"顿一下，"不带可以呀，我带着去上班，地球照样转。"

亚玲感叹："没娃儿的时候，恨不得从鼻孔里拽出个娃儿来，有了娃儿，又这么推。"

桂圆纠正："妈，真不是推，这是理念问题，这是男权主义的遗留，中国男人精神里的这个'辫子'该割了。我当初能下来，他为什么不能？说句不好听的，他就是嫉妒，见不得我比他发展得好。"

亚玲劝："一家人，什么嫉妒不嫉妒，你好还是他好，不都是一个锅里的嘛。"

正说着，奶奶从里屋探出头来。亚玲偏头瞧见，着急："妈，您就别起来啦！这都几点了，跟着瞎闹腾什么……小心别摔了！"桂圆帮着搭把手，喂了点黑芝麻糊，母女俩把老奶奶安顿好。

娘儿俩出来，在客厅坐着，亚玲感叹："别看奶奶脑子糊涂，能吃着呢。"桂圆说："能吃是好事。"亚玲道："这一辈子孝顺儿媳妇当的，我都累了。别一口气上不来，我走在你奶头里。"

桂圆大惊："别胡说，妈，平时少喝酒。"亚玲恰恰想喝酒，桂圆拦着，"妈，我帮你按摩。"亚玲道："你弟的事，是不是该办了？"桂圆问："是桂宝提了吗？"亚玲道："他没提，你大妈和小舅妈提了，说咱们家好久没有喜事，都等着沾你弟的喜。"

桂圆想了想，说："那也得桂宝先求婚，流程上别乱了，彩礼什么的都给到位，别让人家觉得咱多占了便宜。璐瑶无父无母，进了咱的门，咱要真心待她，"手停下来，"以后万一有什么不到的地方，妈您多担待，在大城市，婆媳矛盾都得往下压，活着太难，必须抱起团来，才能奔日头。"

女儿一席知心话说得亚玲心里也敞亮亮的。只是，郝亚玲内心深处免不了有一点点失落。伺候婆婆这么多年，她原本盼着儿媳妇进门能伺候她，可眼下看，有难度。时代变了，每个人都得识时务。这一夜，郝亚玲和桂圆很晚才睡觉，体己话说了一筐。

隔天桂圆休息，母女俩打算去逛逛金店。谁知一大早穆小桃一通电话打来，亚玲顿时哭出来。

112 / 桃 花 春 雨

冠峰死在酒店。死时身边没一个人。

这是位于山区的一家高级酒店，郝冠峰住在顶层小套间，酒店房间内摆满了画,几乎都是半成品,从中能够看出郝大师临死之前在艺术上的艰难探索。画了一半的《桃花春雨图》应该是绝笔,画风狂乱。小桃一见到就明白了,她冤枉了冠峰,他就是一心向艺术,要用生命最后的燃烧去冲击艺术的最高境界。

穆小桃泣不成声,几乎晕倒在现场,等到见了冠峰的遗体,她哭晕了过去。亚玲和医护人员手忙脚乱抢救。郝亚玲必须冷静。大嫂已然失控,她陪着来就是为稳定大局。很快,法医鉴定的结果出来了,服药过量,心源性猝死。据酒店工作人员说,郝先生去世前一个月都住在这家酒店,他预付了三个月房钱。再调了视频看,发现冠峰的生活很简单,白天基本在房间内,傍晚才走出酒店,去山路上散步。

穆小桃醒了。郝亚玲看着她,哀哀地叫了一声"嫂子"。小桃泪水长流。现在她只要一睁眼就是悔恨,恨自己不陪他浪迹天涯。可是,有了豆豆之后,她是一棵树,生了根,不能移动,冠峰却是一片叶子,飘到哪儿是哪儿,叶落也不归根。悔,恨,痛,真如山区的迷雾一般,眼看就要把穆小桃淹没。

两个女人扶灵回去不现实,亚玲征求了小桃的意见,先火化,再带着冠峰的骨灰回家。

回到家,灵堂设好。郝冠峰突然离世是圈里的爆炸性新闻。一时吊唁的客人如云如织,大家都来送郝大师最后一程。

小桃哭得不能自已,豆豆在旁边跪着陪妈妈。亚玲前后招呼。念巧在遗像旁站着啜泣,她切身懂得了离婚比丧偶强,她真心心疼嫂子。桂圆和郝彤在门口招呼来宾。齐进也来了,站在一旁。因为大舅突然离世,齐进和桂圆都觉着生死面前他们的小矛盾微不足道,只是立刻和好也不现实。齐进对桂圆说:"我马上要去迪拜一趟。"桂圆口气坚硬:"你忙你的。"

志明扶着季鹏来。郝季鹏一进场就呼天抢地:"让我死……让我死……"他说的是真心话,离了婚,没了事业,搞不好还要被判刑,季鹏觉着他应该代大哥去死。客人们都在,季鹏这么满地打滚实在难看,亚玲走过去劝弟弟:"老三,克制!"季鹏不管,还是哭。

一天的吊唁结束，亚玲见嫂子如此哀痛，决定留下来陪她。亚玲对桂圆说："奶奶你多照顾。"又对璐瑶说："你帮着桂圆。"说着拍拍璐瑶的肩，这一拍肩就算认了儿媳妇。璐瑶心里明白，连忙应着。亚玲又对念巧说："巧儿，彬彬上学不能耽误，明儿你不用来。"再对郝彤说："你跟志明把你爸照顾好。随时告诉我有什么进展。"她又问："志明呢？"郝彤撒了个谎，说公司有事。实际上，孙志明是带然然去治疗。郝彤原本愁得心炸，可大舅的事一出来，然然的事似乎又不是那么愁人了，只要人还在，就有希望。郝彤下决心要跑完这场"马拉松"。

天擦黑，院子里的长明灯越发亮堂。

小桃还是跪坐在灵堂遗像前。亚玲端着碗粥，凑过去，要喂："嫂子，多少吃点。"小桃不动，被抽了魂似的。《桃花春雨图》就摆在遗像旁，裱起来了，供人瞻仰。来客无不啧啧称叹——大师就是大师，冠峰这么一走，他的画作价钱恐怕要翻好几倍，收藏者的电话不绝。亚玲怕小桃受刺激，售卖事宜暂时交给志明做记录，最终等小桃情绪恢复后再定夺。

"不为自己，也为孩子，你得吃饭。"亚玲的声音微微颤抖。

小桃面色无华。

"大哥一辈子轰轰烈烈，也算值了。"亚玲心痛，只能这么劝。

小桃不言声。死一般寂静。

"有这么个大哥，我打心眼里骄傲。"亚玲又说。

小桃深呼吸。他也是她的骄傲，上辈子，这辈子，下辈子。

"深谋远虑啊……我的好大哥，蜡炬成灰泪始干，一片冰心在玉壶……他想到有这天……所以才让豆豆来陪你……苦心啊……"亚玲把能想起来的诗句都用了。

小桃目光逐渐坚定："纪念馆得建起来，"她抓着亚玲的手，"冠峰是大师。"

郝冠峰的声名因为离世冲到了顶点。而穆小桃接下来努力的方向，就是要让冠峰在走了之后依旧延续巨大的影响力。她觉得这是她对亡夫的最好纪念。头七过后,小桃就开始思考改造画院。那块地他们租了 30 年,现在还能利用。还有就是开学术研讨会,出版画册。小桃要让冠峰流芳百世,她总觉得自己欠他的。一代名画家客死他乡,坊间不是没有对她的非议。

碑立了起来,小桃在墓前流泪,豆豆站在她身旁,风吹头发飘,娃儿一点泪没有。小桃第一次骂女儿:"爸爸走了,你不难过?!"豆豆这才配合地哭起来,只是怎么哭也没有眼泪。亚玲陪了大嫂一个礼拜,等大哥后事都安顿好,小桃才催她走:"家里有保姆,能照顾。"亚玲抓着小桃的手:"嫂子,别想不开,还有孩子。"小桃说:"你放心,我有分寸。"

保姆带豆豆出去了。穆小桃一个人坐在房间里,正对着冠峰的绝笔《桃花春雨图》。小桃忽然想起当年他们谈恋爱,正是桃花流水鳜鱼肥的时候,她跟冠峰在河岸边跳了一支舞蹈,"嘣嚓嚓嘣嚓嚓"……小桃不自觉站起来,仿佛有了音乐,她举起胳膊,好像有人搂着她似的。她闭上眼,自己数着拍子,"嘣嚓嚓嘣嚓嚓"……这算是她跟冠峰跳的最后一支舞,神仙伴侣今生缘尽于此,来世再见……一支舞毕,穆小桃站在原地,泪流不止,奇怪的是,她脸上似乎又带着些许说不清道不明的微笑,跟蒙娜丽莎似的。

阳光从西面窗照进来,光线刚扫到画一点点,穆小桃怕光照损伤画幅,连忙把画稍微挪挪位置。一俯身,换了个视角,她才赫然发现,这幅未完成的画里似乎藏着个人形——长条的轻微的"S"形。有人站在河岸边,赏桃花,迎春雨。

小桃忽然感动,冠峰是在这幅绝笔里回忆往昔呀!画来画去,他还是要从过去的生活中寻找灵感!小桃忽然有种冲动,她要把这半幅画补齐,好像高鹗续写《红楼梦》那样。她要在画里再添两个人——一家三口,完美生活。

手机响,是亚玲打来的,她还是不放心嫂子,小桃反复说没事。亚玲又叮嘱她吃点东西,才挂断电话。

郝亚玲到家,老奶奶情况良好,桂圆还在。亚玲诧异:"齐进还没来?"桂圆说:"他去迪拜出差。"亚玲道:"退一步海阔天空,别闹得太僵。"桂圆说:"我们已经和好了,我也看开了,夫妻就那么回事,不能太较真。"

亚玲又提桂宝的事，桂圆也觉得宜早不宜迟。于是亚玲特地打电话让桂宝当晚务必回家。桂宝刚进门，桂圆就问："你跟璐瑶到底进展到什么程度了？"

桂宝没理解，道："准备出娃儿。"

桂圆失笑，道："跟人家求婚了吗？妈选了日子，你得抓紧。"桂宝一下紧张起来。桂圆道："仪式感还是得有，璐瑶快过生日了，你看着办。"桂宝说："那就去饭店摆一桌，然后给个惊喜。"

亚玲从厨房出来："也别去饭店了，家里什么都有，就在家里弄。"

娘儿仨商量好，先让桂宝去买求婚钻戒，亚玲建议不用太大，她打算包在饺子里。

桂圆私下问亚玲："妈，还有钱不？"

亚玲没想到女儿会问这个，儿子结婚要备彩礼，这是当妈的本分，她没好意思跟桂圆开口。可事到如今，她只能有多少拿多少，桂宝办事是她人生倒数第二件大事（最后一件是送婆婆）。"你别管了。"亚玲道。桂圆笑着说："上次你是嫁女儿，赚钱，这回可是娶媳妇，要赔钱的。"

亚玲顿一下："棺材本儿，够。"

"7万？"

"8万。"亚玲道，"算彩礼。"她的老底儿到底有多少，桂圆也闹不清。过去说4万，后来说5万，再后来说6万，现在又说8万。

桂圆开始算账："彩礼8万，就算婚房不用咱出钱，婚车婚庆酒席最少2万，三金首饰2万，婚纱照1万，度蜜月2万，备用储备金2万。这些你儿子要拿不出，咱们就得出。"

亚玲犯难。

桂圆道："刨去彩礼，怎么着也得再添10万。"

亚玲不吭声。

桂圆打趣："这10万是以后儿媳妇伺候你的钱。"

亚玲道："不求她伺候。"

桂圆随即道:"行啦,我的老母亲,这10万我先出。"

亚玲惊呼:"你有钱?"

"多少赚了点。"桂圆底气足,不过她没跟老妈透露过多。

"齐进知道不?"

"跟他没关系。"

亚玲抚着胸口说:"舒坦。你这个女儿没话说。"

桂圆道:"一边是亲弟弟,一边是好闺蜜,他们一辈子就这一回,咱得给人体面。人活来活去活个什么?就活个尊严,活个像人样。"

亚玲忽然有点伤感:"你爸活着就好了。你弟一结婚,我基本完成任务,算是对得起你爸了。"

桂圆鼻子发酸:"我知道,您有好几次再婚机会……"

亚玲拦话:"别惹我哭!"

桂圆不说了。"咱娘儿俩喝一盅。"亚玲提议。这一次桂圆无法拒绝。

113 / 三 生 有 幸

桂宝一说去家里吃饭,左璐瑶就感觉可能时候到了。但桂宝不说,她也不点破。

桂圆正在大桌上包饺子。璐瑶大大方方进了门,洗洗手,帮着包。虽然还没正式嫁入代家,但最近家里的几件大事她都跟着经历,算是自己人了。

璐瑶问大妈的情况。桂圆道:"幸亏有个娃儿。"璐瑶不知怎么接话,她跟桂宝一直在努力,可硬是没动静。她的心提着。上个月单位体检,她为了避免辐射伤身体,好几个项目都没做。医生建议她再注意注意甲状腺,开过刀后似乎又大了点,璐瑶也没太往心里去。她眼下一门心思想要孩子。

"中午吃饺子?"璐瑶问,"还是晚上?"

桂圆的表情定格了一秒,说:"中午就吃。"

上菜了。老奶奶也被移了出来,亚玲有意让婆婆看到关键一幕。给璐瑶的那只饺子,她单独煮,捞出来直接放进璐瑶的碗里。

偏巧一开吃,璐瑶就觉得硌牙,吐出来,看到了饺子里的钻戒。左璐瑶愣在那儿,情绪还没来得及发散。代桂宝站起来,起得太猛,竟撞到椅子腿儿,他顾不上疼,呆气地单膝下跪,跪得又太猛,成了双膝跪地。亚玲一拍脑门,桂圆和一菲都哈哈笑,奶奶瞪着眼看好戏。

桂宝调整成单膝跪地,可惜手里缺朵花:"璐瑶……那个……嫁给我……"到了动真格的时候,他有点结巴了。璐瑶顿时哭了,捂着嘴。桂圆眼眶发红,她太知道闺蜜一路以来的苦,能修成正果不容易。亚玲一脸欣慰。奶奶和一菲直拍手。

桂宝伸出手,璐瑶捉住了。桂宝又说了一遍"嫁给我",璐瑶泣不成声,狠狠点头。戴上戒指,成一对。

吃完饭,趁晌午太阳好,桂宝带着一菲,推奶奶下去晒太阳了。娘儿几个说闲话,亚玲把存折拿出来——她特地去补登了信息,明明白白的数字,一目了然。亚玲坐着,桂圆站在她身后,璐瑶在侧旁。

亚玲把存折递到璐瑶手上,口气里仿佛也充满阳光:"进了咱这门,你跟桂圆一样,都是我闺女。"

平日里再豪爽的人,到了这个时候也会有小女儿姿态。璐瑶羞羞怯怯地推搡着,亚玲说:"按老家的规矩,彩礼6万。你来,我心里喜欢,再添2万,总共8万。别嫌少。"

璐瑶抬眼看桂圆,桂圆微笑着点头说:"收着吧!"璐瑶收下了存折。桂圆跟着说:"房子你们各有各的,结了婚,想回来住就回来住,想单住就单住。酒席、婚纱照、蜜月的钱,也是男方出。"

璐瑶点点头,表情自然多了。她回过身,从包里拿出钱包,又从钱包里抽出一张卡,递到亚玲手里,道:"阿姨,桂圆,我爸妈都不在了,这么多年我一个人在外头漂着,现在有个家,踏实多了。老家的风俗我知道,您给我彩礼,我收着,但您也要收我的回礼,密码是六个零。"

亚玲和桂圆都有点吃惊,相互对看。亚玲忙说不要。璐瑶改口叫"妈":

"妈,有来有回才是情谊,您要是不收,这彩礼我也不要了。"亚玲被让得没办法,只好收下,再看璐瑶,仿佛她头顶放光。这儿媳除了年龄大,没别的毛病,桂宝能找她,三生有幸。

亚玲想得远——将来她走后,虽然桂圆能帮衬桂宝,可到底是各人有各人的小家,各人有各人的烦恼。身边有个能提点的女人,比有金山银山都强。

待下午桂宝和璐瑶去逛商场,亚玲让桂圆看家,她自己去了银行,一查——璐瑶给了10万!比彩礼还多。亚玲打心眼里叹,这什么胸襟,这什么气度!在古代璐瑶一准是花木兰、穆桂英、梁红玉!郝亚玲加快脚步,到家跟桂圆说了。桂圆了解闺蜜,这在意料之外、情理之中。

亚玲道:"人家对咱这样,咱要在娃儿上为难人家,那还是人吗?"

桂圆打趣:"妈,你就不要孙子啦?"

亚玲反驳:"不是不要,美好的希望要有,该拜佛还是拜佛,"深叹一口气,"璐瑶这孩子,为人处事真让人服。"

* * *

爸妈离婚了,大伯去世了,娃儿病了,这一年里,郝彤就没遇到过好事。老爸的官司还得打。可是有时候季鹏太缠人,郝彤没办法,只好把然然的病跟他说了,让他帮外孙子看病。

郝季鹏得知然然的病吓了一跳:"一家子伶牙俐齿,怎么第三代成哑巴了?"郝彤不高兴地说:"爸!世然不是哑巴!"季鹏捏然然的脸:"叫爷爷,爷爷,叫爷爷。"然然就是不开口,冷不防还挠他一下。季鹏颓然长叹:"儿女是债,无债不来。"

郝彤不满:"没见你还我的债。"

季鹏抖擞了一下:"娃儿投胎来找父母,都是讲缘分的。"咽口水,"有四种缘。第一种是报恩。来报恩的小孩省心,孝子贤孙,聪明听话。"郝彤插话:"那估计我不是这种。"

郝季鹏接着说:"第二种是报怨。上辈子的冤家对头来找麻烦,轻则自己是败家子,重则让你家破人亡。"郝彤越听越有意思,索性放下手机,看着老爸。"第三种是讨债。你欠他钱,不欠命。他不要你命,只要钱,你赚的钱就得给他。这种娃儿叫讨债鬼,他讨完就走了,不管你怎么喜欢他,他对你没感情。"郝彤听得毛骨悚然,不自觉摸摸手臂,都是鸡皮疙瘩。

"第四种是还债的,他欠父母钱,欠得多,就还得多,对父母的物质照顾很优厚。欠得少,就还得少,不会给你多余的,不会让你日子过得很好。"

话音还没落,郝彤就抢着说:"那我是来还债的,欠你欠得多。"季鹏激动地说:"好女儿,你是报恩的,不是还债的。"郝彤讽刺:"我不信你上辈子做了啥好事。"

郝彤的心一整天都悬着。晚上志明到家,郝彤在临睡觉前把四种娃儿的说法跟丈夫说了,又说:"真怕然然是来讨债的。"

志明一愣:"啥意思,不治了?"

郝彤打他:"就算他是讨债的,咱倾家荡产也得治!"

郝彤还在教世然说"妈妈",硬是教不会,到最后她自己都累了,想哭,却没有眼泪。过去她强烈反对爸妈要二娃,现在才发现老妈当初是多么英明,敢赌这一把。现在,彬彬成了唐念巧女士的唯一安慰和动力。客观地说,彬彬的出现延缓了唐念巧女士的衰老,比打多少针羊胎素都管用。大妈穆小桃也是同理。郝彤断定,如果这世上有桃花源,那一定是由女人和孩子组成的,与男人无关。

老妈来电话,郝彤接。念巧竟然也知道然然的病了。她说有朋友在儿童医院,认识专家。"妈,您怎么知道的?"郝彤关心是谁走漏了消息。念巧道:"你爸说的,让我这个做姥姥的也尽尽心。"挂了电话,郝彤就冲着季鹏吼:"爸!怎么不保密!"

季鹏问:"保什么密?"

郝彤道:"你就是巴不得全天下都知道家里生了个哑巴!"

季鹏叨咕:"不是哑巴,是有病,有病治病,你不用担心你妈,她嘴巴牢,姥爷关心,姥姥也应该关心。"

郝彤理解了,郝总这是在求公平。或者,郝总还想跟唐念巧女士有牵绊?

郝彤巴望着老爸早点结案，如果能全身而退，郝彤还想撮合爸妈。这两个人恐怕只有彼此能受得了对方。

114 / 甘 苦 自 知

离婚后，念巧最大的变化是朴素了。外人认为这很容易理解：她穷了，不得不朴素。但其实是念巧的观念彻底变了。朴素不是贫乏，而是主动地删繁就简。她妆容变淡，少言寡语，行事利落又带点温情。甩掉过去，念巧感觉跟重生了似的。在银行工作，生活上有了保障。她还得感谢嫂子小桃给了她和彬彬一处栖身之所，否则，租房又是一笔大开销。

她现在最好的闺蜜是穆小桃。她们有太多共同点——都没了男人，孩子都小，都肩负培养娃儿成才的任务，都要努力寻找新的幸福——不一定是男人，怎么舒心怎么来，女人到了这个年纪，更要学会对自己好。

念巧觉得自己对不住胡梅，于是动用一切关系给胡梅在商业银行谋了个业务员职位。风不吹头雨不打脸，就是老得在大堂站着。胡梅乐观，说就当减肥。闺蜜俩凑到一块儿，主要还是谈孩子。

念巧叹："恬恬是真优秀，稳稳占据各项指标第一名。你这闺女以后不得了。"

胡梅答："再不得了也是闺女。"

念巧反驳："男女平等，都一样。"

胡梅打趣："还是不一样，儿子以后是要往家里带人的，闺女是要送出去的。"

念巧笑，说："那以后咱们老了，做邻居。"

胡梅脱口而出："我买不起你那样的房。"话说出来，才想起那别墅早已是明日黄花。

念巧些微失落，但她不打算让胡梅看出来，仍旧谈笑风生。胡梅赶忙把话题往别处引，于是提起老于来："翔翔爸老说你，要见你。"

"说我什么?"念巧道。

"说跟你谈得来。"胡梅见念巧有点抵触,便点到为止。

其实念巧现在对老于不是避,是没机会交流。季鹏出事时,老于出手帮忙,虽然暂时没有实际效果,但肯那么上心就是给面子。这个人情,念巧担着。经过这么大的家庭变故,唐念巧对她和老于的关系看得很淡。这日,在辅导班门口,念巧又见到了老于。他还是老样子。

孩子们进去上课了。老于和念巧站在休息区的半弯形天台上。

念巧先开口:"谢谢你。"

"谢我什么?"老于眼角的皱纹蹙着,都是魅力。

"你这个朋友是真的。"念巧还有点幽默感。

老于"嗨"了一声,说:"也没帮上什么忙。"他又问郝总的情况。念巧说:"等着呢,或者判,或者放。"停顿几秒,又说,"我不关心。"

老于悠悠然:"咱俩现在是一类人。"

念巧没理解他的意思,问:"什么人?"

老于老滋老味地说:"都是离异人士,有娃儿。"

念巧随即道:"是,不值钱了。"

"怎么会?"

念巧又纠正:"离异,有娃儿,没钱,年纪还大。"说得她自己都呵呵笑。

老于赤裸裸地来一句:"你是自己不知道自己魅力有多大。"

念巧不禁遐思,如果老于再继续进攻,她是坚壁清野还是大开城门。她现在觉得,恋爱太奢侈,婚姻太麻烦。

老于看念巧出神,以为自己说错了话,忙说:"有空我请你吃饭吧,再配一副墨镜,开车戴很舒服。"

* * *

彩礼一下定,桂宝和璐瑶的生育计划就正式提上日程。璐瑶感觉自己仿佛是在发令枪响前就开始偷跑,可还是一直没跑到终点。璐瑶灰心,她撑着头斜躺着,对桂宝说:"我会不会跟大姐一样?"她尊称桂圆为"大姐"。

桂宝提着气："什么一样？"

"难。"璐瑶只肯说一个字，多一个字都觉得是压力。

桂宝意气风发："你跟我姐一样，我跟姐夫可不一样。"他换了个坐姿，抚摸着璐瑶的头发，"姐夫那身体跟我怎么比？放心，我没问题。"

璐瑶支吾着："我真怕……"

左璐瑶要结婚，上司奖励机票，送她去伦敦度蜜月。婚纱照还是在国内拍。桂圆抽时间陪璐瑶逛了几家，最后选中一家，定下了摄影风格，婚纱还没选好。在婚纱店里，桂圆看了看时间，对璐瑶说："真不能陪你了。"璐瑶打发她去，桂圆又叮嘱："晚上在奇异居吃饭。"老同学张慧慧从老家来培训，约着见一面。桂圆和璐瑶不好驳她面子，选了个体面的餐厅，吃个晚饭。在老同学眼里，桂圆和璐瑶都混得好。其实呢，甘苦自知。既然同学来了，桂圆就要把面子撑起来。

张慧慧本科毕业当了选调生，而后经过区里到了市里，现在是市委宣传部小科长（非实职）。同学见面还是亲。一见面桂圆就送上大拥抱。张慧慧捧捧桂圆的脸，又捧捧璐瑶的脸，笑道："在大城市混就是不一样，洋气！"桂圆受用，嘴上却谦虚："都是大妈了。"

坐下来，张慧慧问她们做什么工作。桂圆说在创业，璐瑶说还在航空公司，慧慧忙道："哎呀，有前途，不像我，现在都能看到退休什么样了。"

桂圆夸她稳定。

慧慧伸着脖子，问桂圆："要老二啦？"

桂圆笑回："一个就够淘。"

聊天戛然而止，张慧慧似乎没有要问璐瑶的意思。桂圆估摸慧慧知道璐瑶一直单身，所以没好意思问，左璐瑶又不能自己说，突然沉默好不尴尬。桂圆看看璐瑶，再看向慧慧，说："璐瑶也名花有主了，正在幸福地准备婚礼。"

张慧慧激动得又要去拥抱璐瑶，突然又惊惊乍乍地说："哎呀，忘了，我不能激动。"说罢端端正正坐好。桂圆和璐瑶都不懂她什么意思。慧慧低头瞅瞅肚子,又抬头,一脸甜蜜地说:"老二在里头呢。"

桂圆和璐瑶连忙恭喜。

慧慧自说自话:"本来不想要,又怕儿子太孤单,他爸想要男孩,我就想要个闺女,"她拍了拍桂圆的手面,"凑成个好字,"然后叹气,"我们科有个大姐,儿子去美国留学,突然车祸……她可怎么活?!"顿一下,"所以我也下定决心再要一个,活到这岁数才明白,什么功名利禄,都是过眼云烟,多子才多福。"

桂圆听着无感,璐瑶却脸红一阵白一阵——她一个娃儿还没有呢。

谈完自己,又是老节目,老同学挨个数,桂圆和璐瑶平时跟他们联系得少,这么一聊才知道,多数女同学都要了二胎,有的离了婚,还有一个燕燕,从财经大学毕业后在一个工业园工作,突发心脏疾病,走了。

慧慧绕回老话:"她父母怎么活?我们去看过几次,她爸一头头发都白了!"气氛有点悲伤了。桂圆为调节气氛,说了点自己创业的事,慧慧被刺激得大呼小叫,大呼桂圆要成女富豪。

吃完饭,桂宝来接璐瑶。慧慧见璐瑶对象这么年轻,又是一番惊叹。她转过脸,跟桂圆说:"真要结婚?"

桂圆点点头。

慧慧的嘴呈"O"形:"抓得牢吗?"

"有感情不就行吗?"

"哪儿的人呀?你可得帮璐瑶把把关。"慧慧担心男方骗钱骗感情。

桂圆笑:"把了几十年关了。"

慧慧迷惑。桂圆揭秘:"我弟。"慧慧这才对上号,搂着抱着喊"恭喜"。

115 / 打回原形

为了拿下项目,齐进由出差改成外派,要在迪拜待一段日子。只要有时间,他就争取每天跟一菲视频一回,不用桂圆的手机,而是用亚玲的平板电脑。这日,桂圆刚进门,就听到屋内叽叽喳喳,郝亚玲抱着一菲,正在跟齐进说话。亚玲让桂圆来讲话。桂圆老大不情愿,凑过来问了问情况,挂了。

桂圆在洗手间对着镜子卸妆。亚玲来到她身后,脸色似有不悦:"清明节回不回去?"

桂圆把手停在脸上,诧异——多少年清明都不回,在路口烧烧算了,怎么偏在她忙的时候要回去?"有大事吗?"桂圆问,"还是想带璐瑶他们回去拜拜爸?"

亚玲道:"你爸不讲究,是齐进问清明节回不回他家。"

桂圆更觉好笑,刚才当面锣对面鼓不说,私下让她妈传话,可见他也知道不合理。桂圆道:"我是真想去,也是真走不开。"

亚玲反驳:"你就是不想去。"

桂圆不再伪装:"是,是不想,早都该移风易俗,年年来这出,没必要,我亲爸都只有在路边烧纸的待遇,怎么必须到人家爸跟前磕头烧香?"

亚玲说:"这是做给活人看的。"

"活人去迪拜了。"桂圆不以为意。

"去不去是你们的家务事,你去,最好,不去,自己跟齐进交代好,别又出毛咕,"亚玲谆谆教诲,"给你婆婆也打个电话,说明情况。"

桂圆道:"这个月的保姆费,她儿子没法及时给到位,是我从私房钱里出的。老太太逍遥着呢,天天活在麻将桌上。"

亚玲诧异:"你们的钱到现在还分开用?"

桂圆说:"家用,他给,我也贴补,大头各留各的,不过月月不剩。要不是死抠硬省,你宝贝儿子结婚都吭哧。"

亚玲咧嘴。桂圆突然小声说:"妈,我挣钱了,你信吗?"

"你不是一直在挣嘛,"亚玲并不惊诧,抬头环顾房子,"妈一直为你骄傲。"

桂圆没料到老娘突然动情,想用嬉笑冲淡她的忧伤情绪:"不是一般的挣。"

"那是什么挣?"亚玲问。

"大挣,"她压低声音,"挣大钱。"

"挣多少?"

桂圆抿嘴微笑:"有人投资。九位数。"

亚玲想了想,才叫出来:"我的妈呀!"

虽然代桂圆一再强调融资不等于钱进她兜里,但在一定意义上他们公司的线上教育培训已经进入快车道。亚玲认定女儿要发财,桂圆也志得意满,她反复跟老妈提一句话:"大运来了。"

活到30好几,代桂圆终于体会到命运的魔力。最近桂圆做梦经常梦到风筝,她觉得是个好意头。"好风凭借力,送我上青云。"可是齐进偏偏跟她作对。这日,桂圆正在开会,齐进又来语音了。会议完毕,桂圆才打回去。

齐进口气平稳,话的分量却不轻:"你回去一趟。妈身体不好。"

桂圆打心里冷笑,多么荒唐的借口,可是还要尽量避免冲突,她声音低沉地说:"知道了。"

"一菲怎么样?"齐进多问一句。

桂圆说正常。齐进又问妈、奶奶,还问桂宝和璐瑶要不要到迪拜度蜜月。桂圆一一应对。齐进问来问去,一个字没问她代桂圆过得怎么样。

桂圆觉得自己真心累。年轻人累,是倒头就睡,她呢,是累到睡不着。睡不着就整理东西。她好久没清理书架,杂志塞得到处都是。她突然看到几本《读者》,那一期选了她的一篇小散文,齐进买了十来本,送人的送人,其余留在家里。后来这本杂志居然有了个奇怪的功能——两个人都在页面边缘给对方留话。翻开,是齐进的笔迹——向她道歉。下面还有她的回复——表示理解。那时的他们是绅士和淑女,温情脉脉……

桂圆趴在床上,再读自己的文章。她不明白过去自己为什么那么矫情,动不动就写"听雨"。她现在才不要听什么窗外的雨,她只求能闭眼就睡着,一夜到亮,第二天起来继续战斗。现实不许她把生活过成散文,容不下那些枝枝丫丫的抒情句子。过成诗歌更不行。她觉得现实生活只能过成小说、戏剧,还必须是击剑题材的,最好直中要害,一招制敌。

桂圆努力把自己打造成电脑处理器,所有的事情到她这儿,她就要立刻做出判断。她现在说话都简短——好,行,可以,不可以,暂停,放弃……

手机响了,是马如意来的电话。桂圆翻身起来接,听到一个惊爆消息——齐进妈病危。

风里雨里,桂圆赶到了,一路上她想过无数种可能,可人到医院,见到马如意,才发现根本猜不中。齐进妈夜里打麻将回家险些出车祸,进而引发心脏问题。麻将搭子发现人倒了,她们只有马如意的号码——如意过去在附近做小生意,跟街坊四邻都熟。如意十万火急地送齐进妈到医院。手术完成,人还在,但撑了一时三刻,婶儿还是走了。马如意哭得快背过气去。婶儿对她有恩,齐家对她有恩。马如意打不通齐进电话,只能联系桂圆。等桂圆人到,老太太已经去了。

齐进已经上飞机了。

医院走廊里,桂圆浑身颤抖,她断定齐进一定会发火。她想清楚了,无论他怎么骂都不还嘴,虽然归根到底这事不怪她。完全不是她的错吗?如果她早回来几天陪着老太太,是不是这个意外就能避免?或者最起码能见婆婆最后一面。如果她事业不发达,还是家庭妇女,是不是这个悲剧就不会发生?桂圆满怀愧疚,泪水长流。

外头一阵响动,齐进气喘吁吁地飞跑过来。桂圆转身,想要伸手挽住丈夫,齐进狠狠推了她一把。桂圆心里咯噔一下。婆媳关系一直平平和和,到这个生死大关上却翻了个大车。老天无眼。

齐进悲恸的哭声撕心裂肺。

人死灯灭,四大皆空。葬礼的费用桂圆全掏,寿衣寿盒墓地选最贵的,和尚道士都请了。齐进妈极尽哀荣。

灵棚搭在小院里,白天喧嚣,到了晚上,冷风一吹,格外凄凉。只有一盏临时拉出来的电灯悬着。齐进跪在灵棚里,不吃不喝。桂圆拿了件衣服给他披上,齐进胳膊一举,抖掉了。桂圆又去拿粥,端到跟前,用勺子喂到嘴边。齐进一挥手,碗摔在地上,碎成几瓣。

"妈留话了吗?"他明知故问。

桂圆手足无措,不吭声。

齐进抬头看她:"留了吗?"

必答题。知道是引蛇出洞也得答。桂圆嗫嚅:"没来得及……"

齐进调转目光,视线对着黑暗,口气冰冷地说:"你什么时候听过我一句话?"后面三个字顿得很重,能把牙咬碎了,"你答应了,没做。"齐进叨咕着,"永远这样,屡教不改。"

桂圆知道眼前这个男人要发作了,她语无伦次地解释:"谁也不想……是……意外……"

齐进突然声音大得像打雷,其中夹杂的愤怒仿佛原子弹爆炸般向桂圆袭来:"你早点回来妈就不会死!"

桂圆的耳朵隐隐鸣叫。她害怕自己如果再上前半步,齐进就会把她吞了。

齐进压住怒火,抬了一下下巴,语速很快地说:"你这样的女人,就不适合有家庭,不适合过简单日子,不适合当人家的老婆孩子的妈!"

桂圆轻声唤:"齐进……齐进……"不等她说完,齐进再度喷发:"你还有人的感情吗?滚!"

灯泡突然变暗了,闪闪烁烁,仿佛连它也害怕夜晚的寒冷。

"离婚。"黑暗中突然蹦出这两个字,好像从坟墓里爬出来的鬼。

终于来了,一整天桂圆都有不祥之感,可她没想到一切来得这么快。她没有选择。她犯了错误,虽然是无心之失,也必须承担罪责。"想清楚了吗?"桂圆问最后一句。

齐进突然直起身子,仿佛要用嘶吼撕了桂圆:"离婚!我要跟你离婚!"他一瞬间发出的高音仿佛闪电射向桂圆,要把她打穿。

……

处理完老太太的葬礼,齐进和桂圆迅速办了离婚手续。齐进要去迪拜,一菲的抚养权暂时归桂圆,他有权探视。两个人商定,消息暂时不公布。

走出民政局的刹那，桂圆恍惚，从恋爱到结婚，从结婚到生孩子，从生孩子到如今，真跟做了一场梦般。婚姻这场修行，她还没得道成仙，便被打回原形。桂圆怎么也没想到自己这辈子会离婚。她倒不是信奉从一而终，但她认定自己不会离婚——结了婚，有了娃儿，骨血都融在一起，怎么会分开呢？然而，一切成真了。

走在路上，代桂圆痛哭失声，哭荒谬的命运，哭失败的婚姻，哭完了又癫狂地带着泪笑，笑自己自由了。所幸，有个娃儿。

家已不是家了，那是齐进的房子，他还在迪拜。东西可以慢慢拿，一点一点，失血似的。

桂圆觉着自己跟面对一场死亡似的，她必须缩短哀悼期，见老妈之前得处理好情绪，免得让这场"死亡"波及亲人。对所有人都暂时隐瞒，不单单因为怕人知道，主要是她自己的情绪没调整好。

116 / 不 许 哭

老于起来，去裤子口袋摸了包烟，又回到床上，递过去，帮念巧点上。为了这一场相会，念巧的心理建设是巨大的。

季鹏的事情有进展，十之八九得判，郝彤和志明在争取缓刑。听说胡斯楞的丈夫也关心这个案子。念巧刚开始以为要峰回路转了，后来才明白，是王可凡担心季鹏顶不住，拔出萝卜带出泥。

念巧逼自己开始新生活，她要用新故事冲破季鹏给她的心理阴影。老于就是她新生活的一部分。刚巧，老于百花丛中过，挑来挑去，还是觉得念巧最对心。

只是，事情一发生，念巧才真正明白，原来世界上还有很多美好可以享受，心灵层面还没来得及体悟太多，肉体已经领会了。念巧很久不抽烟了，这回是破例。老于的脚趾扒着念巧的脚趾。念巧转脸对着老于——健硕的身材，俊朗的面孔，他是有吸引力的，但念巧对他没有过多幻想。

烟抽完了，老于把烟屁股捻灭，突然来一句："要不咱俩过吧？"

念巧听清了，但是没理解："过什么？"

老于继续："也可以结婚。"

念巧内心仓皇，表面强撑："放尊重一点。"

老于停了一秒，笑笑说："我还以为结婚是最大的尊重。"

念巧这才真正意识到老于是在求婚。

念巧不禁有点得意，看来自己是宝刀未老。一转念，她又有点失落，就算这一次证明了自己的魅力，但她没有信心抓牢眼前的男人。或许人家只是逢场作戏，现在说句"我爱你"、求个婚，似乎都稀松平常。

想到这儿，念巧决定逗逗他："小姑娘不要，要大妈？"

老于不说虚的："找过，真不合适。"

"怎么不合适？"

"小姑娘想要娃儿，我不想要。"老于没说自己的病。念巧有点惊讶。老于继续说："这辈子有一个，可以了，接下来就是培养孩子，然后享受人生，"喘了口气，"咱们目标一致，志趣相投，年龄相仿，你现在又是单身，为什么不能在一起？"

念巧不出声，整个屋里只有两个人的呼吸。老于换了个姿势，侧着身对念巧："你也够对得起他了。"

念巧连忙说："跟他没关系！"忽然意识到自己情绪太激动，又缓下来，"是我没准备好。"老于的攻势继续："巧儿，他不懂珍惜你，我当成宝贝。让我对你好，行吗？"

这是一发重型的糖衣炮弹。结婚十几年，唐念巧没听过这话，她鼻子发酸，眼眶发热，但她告诫自己："不许哭！"

念巧动心了，可是此时此刻必须以退为进。她想清楚了，如果她奋力阻击，他还勇往直前，那这事就可以考虑。主意定了，方寸就有了，念巧稳稳地说："你富，我穷，咱俩走不到一起。"

老于爽快地说："我的就是你的。"

念巧定定地望着他,一字一句:"你的就是我的,是吗?"

轮到老于尴尬了,这话说得太快,他不能因为结个婚就送出半生奋斗的资产,只是,话赶话到这儿,他如果不亮剑,显得太不男人。

"过户一套房。"老于掷地有声。

念巧哈哈大笑,老于以为念巧嫌少,又充满诚意地说:"都可以聊,这不是重点,重点是你的心、我的心在一起。"

念巧心烦意乱,怕再鏖战下去会心软。她下了床,迅速穿上衣服:"该去接孩子了。"老于也忙着穿衣服。念巧让他等等,两人错开走,各接各的娃儿。

* * *

桂宝的婚礼准备工作基本落在亚玲身上,桂圆太忙,只能做财务支持。而且亚玲发现,最近女儿似乎更忙了,基本不回自己的家,周末也猫在娘家,且每天下班都很晚。

亚玲心疼地劝女儿:"钱是赚不完的,身体要紧。"

每回桂圆给家用,亚玲都欢天喜地收下。借着喜事,奶奶的身体也恢复得不错,居然能不用人扶着走路了,连康复医生都说是个小奇迹。亚玲老跟婆婆说:"妈,您要抱曾孙子啦!"奶奶虽然现在有轻微痴呆,但还知道抱曾孙子是件好事。在亚玲看来,这叫"意念法",想多了,自然就来了。亚玲感觉自己也仿佛沾了女儿的运道。

小桃老早就把贺礼送来了,是冠峰的两幅画。亚玲不收,小桃道:"我现在也是吃老本,现钱不给了,送两幅画,你自己挂也好,卖也罢,我不管。"

念巧也给了礼钱。她跟季鹏离婚后,反倒跟亚玲和小桃走得更近。傍晚,亚玲做的糖饼快出锅,儿子点名要吃的,亚玲做得兴起。

桂宝回来,一进门就叫"妈",比平时声音都大。亚玲应了一声,桂宝还叫,郝亚玲穿着围裙从厨房出来:"天塌啦,声音再大点,楼上楼下都来找。"

桂宝弯着腰,大喘气,看样子是跑回来的。

"到底怎么啦?好事坏事?"亚玲不耐烦,"好事说,坏事别说,我现在不能受任何刺激。"

"你儿子，能干！"桂宝说了这么一句。

亚玲猜："升职啦？"

桂宝嘿嘿笑，压低嗓子，鼻孔里都喷着喜悦："璐瑶，有了——"每个字都是跳动的快乐音符。

郝亚玲跟被电击般一声惊叫，高兴得不知道怎么好。她四下张望，要找人分享，见奶奶坐在沙发上，便快步走过去，一把抓住奶奶的手："妈，听到了没？璐瑶有了，璐瑶有了！您要做祖奶奶啦！咱家福分大，要四世同堂！"嚷完了还觉得不过瘾，亚玲一边跳一边唱："北京的金山上光芒照四方……"唱跳了好一会儿，才想起来问："璐瑶呢，要保护，重点保护！"桂宝说璐瑶在家。郝亚玲才放下心，提出两个要求，一是尽快办婚礼办酒席，二是现在喝一杯。

桂宝去床底下看，拐枣酒早喝完了，他下楼去买。亚玲叮嘱："哪个贵买哪个，我报销。"

郝亚玲又给桂圆打电话，问她几点回来。桂圆问："去接一菲了吗？"一菲能上托儿所了。亚玲才想起来正事没办，她一边说接了，一边慌着找衣服，喜事暂时也不好说了。

这顿晚饭，桂圆到底没回来吃。一菲接回来了，吃了饭，就去看电视。奶奶困了。桂宝陪着老娘一醉方休，喝到尽情处，亚玲忽然眼泪长流，对儿子说："你说，你妈这一辈子，值不值？"

桂宝也动情："值，大大地值！"

亚玲面色酡红，两手比画着唱："没有花香……没有树高……我是一棵无人知道的小草……"桂宝帮老妈打拍子。唱罢，亚玲拍着胸脯总结："我郝亚玲这辈子，对得起任何人，"掰着手指头数，"生我的，我生的，跟我一起生娃儿的，生了我男人的……我就是现在走了，都能成仙，因为我……"顿一下，"问心无愧。"

桂宝唯唯。纵情吧，宣泄吧，即将为人父，他也慢慢能理解老妈亚玲的隐忍与心酸，多少年的困苦，娘儿仨过来了，能走过来，苦就不是苦。这一晚，等桂圆到家的时候，家里的三个女人都睡了——桂宝不放心璐瑶，喝完了酒回去了。奶奶酣睡如婴儿,一菲却像个小大人似的,睡得端端正正,被子都披得好好的。她的娘亲郝亚玲女士靠坐在沙发上,身上盖着毛毯,她走近了,亚玲忽然说梦话:"生了,生了……"桂圆愣住,不晓得这话从何而来。她不忍心叫醒亚玲,伸手帮她理了理被子,望着眼前这个饱受风霜的女人,不禁莞尔。

117 / 三 十 年 河 西

一有了娃儿,左璐瑶就请了假,暂时不上班。虽说是第一胎,但璐瑶当成最后一胎。亚玲和桂圆来看望,璐瑶要从床上下来,亚玲的声音和姿态都像在救火:"别动!你别动!"后面跟好多语助词——都是心疼、都是唏嘘。

璐瑶笑,这是她宣布怀孕以来听到最多的话:"你别动。"她感觉自己仿佛被肚子里的小东西绑架了,然而又是心甘情愿的。单位中层要体检——璐瑶刚升了中层,她担心什么光啊谱啊波啊碰到娃儿,所以按兵不动。

结婚证是打了,璐瑶和桂宝已经是一对合法夫妻。不过婚礼得延期,必须等到胎气稳定。

亚玲瞒着儿媳妇怀孕的事。按照老话,刚怀上,小鬼会来捣乱。她必须忍,必须等,只求功德圆满。

郝亚玲现在恨不得长在璐瑶家,端茶倒水伺候。临时请了个保姆照看奶奶。

相较于亚玲的常驻,桂圆上门的次数真少。除了跟老娘一起来的第一回,中间只来过一次,屁股没坐热就走了。桂宝没在意。璐瑶隐约觉察到闺蜜脸上的惆怅,忍不住想:桂圆是不高兴吗?毕竟代校长当初求子是经过九九八十一难的,而她刚走出大唐就取到真经了。再想想,桂圆不是那种人。璐瑶好奇,于是趁婆婆不在,侧面问桂宝:"大姐是不是有什么事?"

桂宝说:"没什么事。"璐瑶说:"看着有点疲惫。"桂宝道:"钱多压的。"忽然小声,"我姐现在是总裁了,哦不,是创始人,比总裁还大。"他从老妈那儿得到的消息。璐瑶忽然气弱,过去至少在事业上她是领先于桂圆的,可现在,无论是家庭还是事业,她都远远落后。不过,好在有希望。

璐瑶问桂宝:"你喜欢男孩还是女孩?"

桂宝为难,他喜欢男孩,可如果据实回答,璐瑶一定不高兴。左璐瑶嘴巴上是高举女权的。于是桂宝反着说:"女孩好,我喜欢女孩。"璐瑶也故意说反话:"我喜欢男孩。"桂宝立即附会:"那就男孩。"

璐瑶道:"万一是女孩呢?"

桂宝实在答不出来了,只好糊弄:"男孩女孩,只要是咱们的娃儿就行。"

一晃三个月过去,夏天来了,璐瑶的肚子显了。婚礼筹备得差不多,亚玲让桂圆把喜帖填了,她要挨家挨户送。桂宝有了娃儿要结婚这喜事,似乎真为整个家族带来好运。

季鹏似乎暂时安全,但还不能乱跑,也没有工作,整日在郝彤家养着。郝彤给老爸个任务,帮然然做康复训练。季鹏动不动就开启回忆模式,一副当年勇的样子。然然看着他,一声不吭,有时候还打他两下。亲儿子他没法儿管。念巧一个礼拜让见一次,请志明接彬彬。彬彬心重,老爸在他面前说老妈坏话,他从不回去学嘴。当然,老妈说老爸的不好,他也不说。郝彤看弟弟乖巧,煞是喜欢,对志明说:"没准将来咱郝家还真能出个人才。"只是,对比着弟弟,想着儿子,郝彤不禁垂泪。

病越治越悲观,她想过最坏的情况,然然的病要是一辈子治不好,她也只能认。至于生老二,她有点动摇。可是,如果有二娃,万一志明偏心——谁都喜欢正常孩子,那对世然太不公平。进一步想,万一她再生出个有毛病的,里子面子都没了。

郝彤心烦,打电话跟老妈诉苦。念巧正在招待亚玲,说了两句就挂了电话。亚玲端着茶杯,满面春风。念巧问婚礼定在哪天。亚玲把日子说了,又说是黄道吉日。念巧奉承道:"二姐,你真熬出来了。"郝亚玲是来说好事的,她运运气,才笑道:"喜事要成双。"

念巧问什么意思。亚玲拍拍肚皮。念巧领会,眼睛睁大:"真的?哎哟,真争气。"

亚玲拖着腔调:"还不止呢。"

念巧又不明白了。

亚玲伸出右手,立在念巧眼前,食指跟中指突然立起。念巧琢磨了几秒,惊问:"一次俩?"亚玲颔首。念巧叫:"这肚皮,养人!"亚玲道:"是儿子有本事。"念巧道:"生孩子就得趁年轻。"

亚玲摇头摆尾,深深吐一口气:"命里有时终须有,命里没有莫强求。"还有一半句她没说——三十年河东三十年河西。她郝亚玲现在简直冲到了人生的高点——这幸福都是娃儿带给她的。

跟念巧分享完,亚玲又去大嫂家送帖子。小桃住得远些。一进门,她就拉住小桃一五一十地说了,尤其点明"双黄蛋"。小桃也惊讶,随即祝福。亚玲心满意足。

再往郝彤家去。这件大事必须告诉季鹏和彤彤。志明不在家,郝彤带着然然和季鹏正在玩五子棋。亚玲黑旋风似的来了,放下帖子,把双胞胎的事说了。季鹏叹:"我老早就说桂宝这小子有福。"郝彤咂舌,老爹真能见风使舵。亚玲去抱然然:"然然,你马上要有弟弟妹妹啦。"世然怒目,一言不发。郝彤连忙把孩子抱过来:"姑,然然感冒,别传染您。"

交代好主要亲戚,亚玲打道回府。回到家,再把能来的朋友翻一圈,个个电话通知。儿子结婚,过去送出去的礼钱得找回来。亚玲突然想起齐进妈,这么大喜事,得告诉亲家,多要一份钱也好。打过去,座机已注销。

亚玲满心欢喜地打给马如意,却被惊得下巴差点脱臼。天大的事,桂圆瞒着!

亚玲问如意:"怎么你哥你姐都没说?"如意知道自己话多了,闪躲。亚玲着急:"如意,以前婶儿怎么对你的?知道什么,你说!我不出卖你。"

马如意大概说了齐进妈去世后齐进和桂圆在老家大闹的事。"然后呢?"亚玲追问。"婶儿,我真不知道……"如意确实不知道。

挂了电话,郝亚玲打车去桂圆家,打开门就看到客厅的七八个纸箱子。瞬间,郝亚玲眼眶红了。她连忙关好门,装作没人来过的样子。郝亚玲心头纵有千万个问号,也不能问,儿子要结婚,媳妇儿又怀了宝宝,郝亚玲不允许任何人破坏这份喜悦,她要开开心心快快乐乐地把这人生大事操持完。迅速回家,让快乐尽量长一点吧。

只是,心里装着事,郝亚玲看女儿看外孙女的眼光不由得变了——一菲真可怜,桂圆更可怜。齐进来视频,她恨不得当面质问,但话到嘴边,又必须忍住。一直到婚礼前夕,郝亚玲都没问过桂圆齐进来不来,齐进妈来不来。桂圆也没觉得异常。不过,桂圆有句话却点醒了亚玲另一个向度的忧思。

"妈,这俩娃儿生下来,你带还是不带啊?"

郝亚玲嘴上说:"自己的娃儿自己带。"可心里却掂量着:她可能不带吗?璐瑶上头没老人,她又是嫡亲的奶奶。她要不带,儿子媳妇都有话说。可如果真带,那工作量简直比一头耕牛还大。郝亚玲感觉眼前飘着淡淡愁绪。

亚玲强迫自己睡几个小时。明天就是儿子的婚礼,一定要风风光光、体体面面,仿佛她这一辈子就靠这场婚礼盖棺定论似的。

118 / 夫妻对拜

司仪的嗓音浑厚温暖:"一拜天地!"

桂宝和璐瑶面向宾客,对着虚空,拜了一拜。

"二拜高堂。"

桂宝和璐瑶转过身,正对亚玲。高堂一身唐装,正大仙容,跟庙里的菩萨似的。二位新人深深一拜,亚玲脸上又是笑又是泪,她努力控制,轻轻咬着颤抖的嘴唇。

"夫妻对拜。"

桂宝和璐瑶面对面拜了一下。

仪式结束,台下的人开始起哄。小桃抱着豆豆站着,这喜悦的气氛让她想起冠峰来。

念巧拉着彬彬,朝旁边避了避,季鹏靠过来了,她不想跟他说话。郝彤轻轻鼓掌。志明抱着然然,表情停留在喜悦瞬间,法令纹上提。

只有桂圆泪眼滔滔。弟弟和闺蜜一次性"打包",都幸福了。她离婚的伤痛压抑了好久,突然从心缝儿里冒出来。她原本以为工作可以消减痛苦,实际上,痛苦一直都在,工作是缓释的,疗程久,仿佛没个十年八年解不了这痛。而且,碰到合适的契机,还要猛地加大剂量。比如现在,桂圆感觉自己的整个身子被劈成两半,一半喜悦,一半忧伤。

鼻涕出来了,妆也花了,桂圆不得不去洗手间整理。桂圆低头猛擤鼻涕,没看见郝彤进门。郝彤见情形不对,怕直接撞着尴尬,连忙往隔间里躲,关门。等表姐走了,她才探头探脑地出来。

念巧也来上厕所,见女儿鬼鬼祟祟,道:"搞什么?"

郝彤小声:"桂圆……哭呢。"

念巧道:"喜悦的泪水,你们这辈人,终于都有着落了。"

郝彤悠悠地说:"要我我也哭。"

"哭啥?"

"老大难丢给别人了,高兴的呗,"郝彤打趣,"这么多年,桂圆姐为家里付出多少,我在旁边看着都觉得不堪重负,现在有人肯接盘,让桂宝祸祸别人去。"

念巧道:"这话可别在外头说。"

"真不知道女方喜欢他什么。"

念巧一口气说出三个优点:"年轻、壮实、能干。"

郝彤失笑:"又不是采阳补阴。"

念巧不接话,说别的:"一会儿你拉着你爸,别让他过来。"

郝彤不失时机地劝说:"妈,您这气生得差不多,也该回心转意了。"

念巧甩手:"你什么意思,立场坚定点好不好?"

郝彤深劝:"爸对您……那是真有感情……"

"行啦,他一个要进去的人,对谁有感情都白搭。"

"未必进去。"

"你当是过家家,一会儿分一会儿合,我没那么无聊。"念巧心意已决。王母娘娘来劝,她也是这话。

郝彤道:"您要是觉得台阶下不来,我给您铺,只要您一句话。"

"谢谢,"念巧坚决,"不用。"

郝彤忽然小声嘀咕:"妈,您不会在外头有……""人"字还没说出来,念巧便斥:"放屁!"转头出去了。

酒桌上,亚玲被围在当中,街坊四邻都被她请来了。众星捧着,她就是那个月。儿媳妇有孕,不能喝,她代。老奶奶和一菲坐在旁边看。亚玲一杯接着一杯,怎么都不醉。桂圆过来劝:"妈,少喝两杯。"

亚玲道:"一辈子就这一回。高兴。我要一醉方休。"

桂圆打了个激灵。是啊,往后家里还能有什么大喜事?一菲结婚要等到多少年后了,老妈为什么不能畅饮一场!想到这儿,代桂圆也拿起酒杯,你敬我、我敬你,来者不拒地喝开了。

酒席举行到下午,桂宝和璐瑶的朋友们跟着去璐瑶家闹洞房了。酒尽羹残,各回各家。亚玲还要打包,桂圆不让,只是把婚礼的份子钱又点了一下,都交给老妈。郝亚玲揣在包里。志明让司机送老奶奶、亚玲、桂圆和一菲回家。

亚玲到家就吐了。桂圆给老妈喂了解酒药,自己也吃。亚玲昏昏睡去,也不晓得睡到几点,起来上厕所,一抬头发现桂圆坐在马桶上发呆,披头散发。

"去床上睡。"郝亚玲道,酒顿时醒了大半。

桂圆慢吞吞走。亚玲迅速上完厕所,跟着女儿一起,到她的小屋。

桂圆低头坐着,失魂落魄。

静默了两秒。郝亚玲凭空来一句:"想哭就哭吧。"

桂圆诧异,抬头看老妈。原本汹涌的情绪已经被黑夜熨平了些,可经郝女士一引导,似乎又瞬间潮起,眼泪要夺眶。过了好大一会儿,代桂圆才回过神,猜测老妈为什么这么说。

亚玲缓缓道:"这么多年,这个家,真得谢谢你。"

桂圆把心放回肚子里,挤出点笑容。亚玲又道:"我是包拯,你就是展昭,没你,我什么事也办不了。"桂圆不语。

亚玲上前,轻轻抚摸着女儿的头发:"你就是太要强……什么都自己扛……怎么不能跟妈说说?"她鼻子发酸,声音也有点波动,"妈帮你担……到什么时候……你记着……你都有你妈这个一百好几十斤的靠山。"

桂圆的眼泪汹涌。

亚玲大喘气:"是他没福气,没了你,我看他能蹦多远!"

代桂圆惊得推开老妈的肚皮,不晓得怎么接话。她嫌灯照得人无所遁形,伸手关了。母女俩一个坐,一个站,都陷在黑暗里。只有一点月光和外面散乱的灯光照进来,敷在脸上,跟隔离霜似的。

"离婚不是丑事!"亚玲咬牙切齿,"就该摆到台面上来,公平公正,他给你什么了?别的不说,你生一菲,那是遭了多少罪?等回头我得跟他算总账,拍屁股走人哪行?!"

"妈——"桂圆的心仿佛被烙铁烙,痛出声音。她不愿纠缠下去,不想更痛。

"他没要娃儿?全推给你了?"

"是我要的。"

"月月给钱吗?给多少?"

"都有。"

"一个女人,带着娃儿,以后还怎么再婚?"

"不想了,就带着孩子过。"

亚玲顿足:"你才多大!"

桂圆声音柔缓:"妈也是这么过来的嘛。"

亚玲声音尖锐:"就是因为我是这么过来的,才不愿意让你也受这罪!"

桂圆强颜欢笑:"再找就不受罪了?"

"好歹有个人分担。"

"不用，我自己能挣、能累。"

"老了呢？"亚玲说，"女儿出嫁了，剩你独一个，孤孤单单……"说着说着，她又有点自怜，"我还有个婆婆陪着，你连婆婆都没有。"

"随缘，最快也是一菲上大学以后的事。"桂圆初步打算。

亚玲兴叹："操心完女儿，操心儿子，儿子好了，又回头操心女儿。"

桂圆宽慰："不用您操心，现在挺好，能名正言顺地陪陪奶奶、陪陪您。"

亚玲想起来又问："齐进妈真没啦？"

桂圆没想到老妈问那么细，只好说："确实没了。"

亚玲不吐不快："这根本是意外，怪你啥？她一个癌症病人，这样走了，正是福气，难不成非要在床上躺个三年五载？真到那时候，估摸又是久病床前无孝子，都是你的事。"呵呵一下，继续，"离了好，让他也愁愁心。"

桂圆不想再提齐进："这事别往外说。"

* * *

郝彤半夜睡不着，璐瑶一次怀两个给了她巨大的刺激。事到如今，她终于能换位思考，理解了当初她带给桂圆的痛苦，也理解了老妈坚持生彬彬的苦衷。

志明陪着她，她不许他睡。可志明困得快睡着了，郝彤戳了他一下，志明勉强睁开眼，他终于不耐烦："要不吃点安眠药？"

郝彤慢慢把脸转向丈夫，问："要不，再要一个？"

志明打了个激灵，问："不顾然然了？"一提到然然，郝彤眼泪哗哗流。她不是不顾，是怕治不好。她不为自己虚荣，而是担心，等到她和志明都走了，谁顾然然？

郝彤觉得自己走进了死胡同。

志明劝她："早就该再要一个，咱小心点，这回肯定是全乎人，没问题。"

郝彤骂："然然也没问题。"志明只好顺着她说："好好好，没问题。"郝彤怪丈夫："都是你的基因不好。"志明无措。郝彤又道："我们家个个很棒，是你连累我。"志明只好说："怪我，怪我。"郝彤伸手击了他的肚皮一下："你先减肥！"

119 / 电话已关机

璐瑶的肚子越来越大。三个月过后，左璐瑶回去上过几天班，但稍微有点不舒服，她就逃回床上。工作可以不做，这一胎必须保住。

桂圆逐渐从离婚的失落中走出来，工作一忙，她几乎忘了齐进，偶尔有时间，她便来探望璐瑶。

桂圆捉住璐瑶的手，微笑不语。璐瑶稍微动了动身子，她现在像蝈蝈。

"看我干吗？"璐瑶发毛。

桂圆停了几秒，才说："为你高兴。"

轮到璐瑶沉默了。

桂圆又道："一次俩，省事了。"

"累人。"璐瑶深呼吸。

桂圆道："女人这辈子的最佳怀孕机会，只有84次。"

璐瑶"嚯"了一下，问："怎么那么少？还有零有整。"她掐指算算，就按一个月排一次，好像不止。

桂圆解释："公司同事去看医生，医生说的。"说完轻轻叹了口气。

璐瑶觉得时机已到，问："你是不是有什么事没告诉我？"

桂圆心里一沉，故作轻松地说："能有什么事？"

璐瑶捏了桂圆的手指一下："反正你记着，无论你遇到什么事，无论什么时候，我永远都是你坚强的后盾。"

刹那间，代桂圆真想把离婚的事说了，可话到嘴边，还是咽了下去。她告诫自己，不能影响弟弟和弟媳妇的美好生活。

桂圆抬头看璐瑶，忽然发现她脖子侧面有点大。她一边伸手摸一边问："疼吗？"璐瑶自己也伸手摸，说："不疼不痒，是结节，正常。"桂圆问她："体检了吗？"璐瑶说："等孩子生了，再去大查一次，现在怕吃各种射线。"

亚玲现在天天跑来照顾璐瑶。她端着一碗银耳羹进屋，桂圆站起来要走，亚玲让她也喝一碗。桂圆伸头瞧瞧，不忘幽默："我叫桂圆，就不吃桂圆了。"说完就走了。

亚玲把碗端到璐瑶嘴跟前，拿勺子喂。璐瑶不好意思，接过来，自己吃。郝亚玲盯着左璐瑶看，嘴角微微上扬。左璐瑶略带娇嗔："妈，这么瞅我。"亚玲道："看你吃东西，我高兴。"

璐瑶明白，婆婆这是为肚子里的俩孩子高兴，她话锋一转，朝别的方面引："妈，大姐是不是有什么事？"

郝亚玲一直瞒着桂圆离婚的事，璐瑶这么问，她思忖要不要漏点光。璐瑶见婆婆迟疑，追问道："妈，到底出什么事了？我不是外人。"

儿媳妇一提外不外人，郝亚玲真不好见外了。她小心翼翼地叮嘱："你可得保密。"

璐瑶忙道："放心，话不会出这个门。"

亚玲微微伸脖子，低低一声："离了。"

璐瑶不禁"啊"了一下。亚玲说全乎了："你大姐……跟那个王八蛋……离了。"

璐瑶忍不住动动屁股——这消息让人坐不住。亚玲怕她受惊，连忙说："别动！呼吸……呼吸……"

桂圆离婚了，这对左璐瑶来说真是重磅炸弹。代桂圆和齐进曾经是她羡慕的对象、学习的榜样，而且都有孩子了。听完齐进妈出事前后的事情，她勉强能够理解他们的分手。

婚姻真可怕，不是领了证就能过到头，不是有了娃儿就能天长地久，不是睡在一张床上就能心灵相通。璐瑶问婆婆："大姐怎么办？"亚玲无奈："一个人带着孩子过。"璐瑶看着婆婆，有句话她想问，可终究有点问不出口——桂圆这么年轻，难道从此以后就孤身一人了？亚玲看出璐瑶的心思，直接道："看缘分，有合适的，就继续，没合适的，不如一个人自在。"

左璐瑶不得不承认这是事实。没结婚的都难找，这离了婚的，还带着个娃儿，再找谈何容易。桂宝晚上到家，璐瑶憋得难受，都跟他说了。桂宝立刻跳脚，要去问老姐。璐瑶嚷：“你这不是把我和妈都出卖了吗?!"

桂宝道："那也不能任由别人欺负我姐！"

璐瑶假装："哎哟，我的肚子……"桂宝慌了，立刻围着老婆。左璐瑶道："这话不能从咱们嘴里说出来。"

桂宝大喘气："我姐就这么被休了？"

璐瑶不赞同，道："年纪不大，思想挺老，协议离婚，怎么叫休？瞧瞧大姐现在风生水起，多好。"

桂宝抢白："那也得有个说法。"

璐瑶说："你是秋菊？秋菊本人都没要说法。这事就是卡在点上，过不下去，没办法。"

桂宝猛喘气，下床做了好几个俯卧撑，才渐渐平复心绪。

仿佛齐进所有的坏运气，都随着他娘亲的去世去了另一个世界。没多长时间，他一鼓作气搞定项目，又借势拿下了好几个大单。有业绩打底，他在公司的地位水涨船高。离婚半年后，齐进回国，官升公司副总裁。

回国之后，齐进每周看孩子一次。每次桂圆把一菲送到公司门口，孩子自己走进去，她再打电话确认。齐进以为这场婚姻算是彻底完结，不会再和桂圆家人有接触，可没料到，在这个阳光和煦的上午，早会刚结束，前小舅子代桂宝会突然冲进来暴打他一顿。

桂宝人高马大，跟尊天神似的，加上练过，再加上带着气，下手狠。齐进忍着痛去关门，转过头再接着挨打。他不是没反抗，可反抗无效，终于，他被代桂宝按在桌子上。齐进要申辩，他努力转头："撒开！桂宝！你不了解情况。"桂宝这才道："情况就是你妈遇到那事谁也不想，不能赖到我姐头上！"

一提到妈，齐进不知突然哪儿来的牛劲，奋力一顶，把桂宝撞开了。齐进指着地，好像地板是他的仇敌："你知道什么？那就是个导火索！"话又咽下去，"看来我跟你姐八字不合，结婚第一天就碰到丧事。"

桂宝厉声说："婚礼上你说要对我姐好一辈子。"

"你根本就不了解婚姻。"齐进一副过来人的表情。

桂宝一愣。他刚走进婚姻，感觉一切都很美好。难道婚姻也跟那午餐肉似的，保质期就几年？

齐进见桂宝发愣，继续道："我和你姐不是因为哪一件事分手，我们对生活的看法不一样。事实上，分开了大家都好过。"

桂宝冷笑："你以为我是来劝你复婚的？"伸手推了他一下，"你也不撒泡尿照照……"

齐进喝："代桂宝！我看你年纪小，又是桂圆的亲弟弟，所以让着你，别得寸进尺！我跟桂圆的事，只有我和桂圆说了算，别人管不着。"桂宝还要上前，齐进说："你再这样，我叫保安了。"桂宝发狠："行，齐总，咱们走着瞧！"

桂宝一阵风似的走了。齐进靠在大大的办公椅上，他理解桂宝的愤怒，现在他仍旧把桂宝当成个孩子。只是，桂宝的到来让他忍不住回想往事。

他刚才跟桂宝说的没错，跟桂圆分开后，两个人似乎都解脱了，变得更好了。齐进甚至慢慢发现，升职后他自己逐渐成了桂圆想要他成为的那种人。现在他们都混出了点模样，生活充实。只是，偶尔不忙的时候，齐进会想到桂圆，怀着温柔怜惜。齐进最近老单曲循环一首歌，因为其中有一句歌词："也许喜欢怀念你，多于看见你。"他跟桂圆现在就是这样，相忘于江湖。

离婚过后，有好事者给齐进介绍过对象：有离婚的，有丧偶的，还有未婚的，条件都不错。齐进碍于面子去见了几个，但他始终认为自己目前的状态并不适合再度走入婚姻。单身多好，自由多好。

这天回到家，齐进收拾写字台，无意中看到桂圆发表过散文的那期《读者》，翻看那些柔情蜜意的句子，他跟桂圆留在页面边缘的笔迹……

夜深人静，齐进有点想桂圆了。想念她给放好的洗澡水，想念她哼着小曲上床时的样子，想念她突然隔着被子给他一巴掌，再来一句"不许放屁！"……她那凶巴巴的模样，摆在他顺风顺水的当下，竟有几分可爱了。齐进掏出手机，迟疑了好久，还是决定给桂圆打个电话。谁知，号码拨出去，听筒里传来的声音却是："您好，您所拨打的电话已关机。"

120 / 三 头 六 臂

小桃带豆豆去上辅导班，发现了个大新闻，她第一时间找亚玲说了，亚玲听了也吓一跳。"念巧不是那样的人吧？"亚玲缩着脖子，手上的棒针没停。璐瑶快生了，她抓紧时间给孩子打毛衣。桂宝劝说都能买，没必要劳累，可郝亚玲非遵循老传统。

小桃一笑："那是什么人？巧儿现在就是个离了婚的单身女人。"亚玲不吭声。她憋闷。季鹏的前途未卜，下半辈子没着落，念巧却开出第二春了。女人跟女人真不一样。她郝亚玲守了一辈子寡，也没见老树上长出一朵花花。

静默了一会儿，郝亚玲放下棒针："真要再走一家，怎么也得提前跟咱们说。"小桃道："跟咱说不着。"亚玲道："跟咱说不着，跟老三总说得着吧？冷不丁跟孩子找了个后爸，总得经亲爹同意吧？"

小桃"啧"一声："这么激动，早知道不跟你说了。"亚玲说："一个人过日子挺好，非找那麻烦。"小桃往回找补："也可能看错了，背影瞧过去，好像年龄比她还小呢。"亚玲说："回头打听打听。"小桃推脱："我打听这干啥？"

说话间，厨房稀饭溢了，亚玲起身去看。小桃不解，问："这个点做什么稀饭？"亚玲说："璐瑶中午想吃，我做了送过去。"小桃笑说："不如直接去她那儿做。"郝亚玲朝里屋瞥瞥："还有一位呢，都离不了人。"奶奶靠在床上，半闭着眼打瞌睡，像只老猫。

小桃揶揄："你最好变成哪吒。"

亚玲问："啥意思？"

"三头六臂呀，"小桃说，"等那两个娃儿下来，你带不带？"

亚玲叹息："没有的时候，想有，这马上要有了，又有点怕。"

小桃道："只要睁着眼，这心就一点一点操吧。"

璐瑶右侧脖子上的疙瘩越来越大，左侧乳房也有肿块。桂宝要带她去医院检查，璐瑶不肯，说就是结节、增生，没大问题，一切要等孩子出生再说。桂宝没敢跟老妈说，他怕郝亚玲女士一惊一乍，他先向姐姐桂圆汇报。

桂圆来劝璐瑶："有病治病，没必要讳疾忌医，任其发展不如早做打算。"

璐瑶肚子太大，只能躺着。她还是那句话："等生了孩子再说。"

桂圆问她产检正常不正常，璐瑶说都正常。实际上，璐瑶撒了个小谎，产检查过甲状腺功能，没有异常，至于结节的病变性质，没有进一步检查、诊断，产期临近，她还是选择一切以孩子为重，不去管它。乳房肿块因为发现得晚，连产检都没来得及诊断。

桂圆不放心，细劝："孩子重要，大人更重要，万一……"说出这俩字她自己都吓一跳。是啊，如果有万一，怎么办？左璐瑶面色沉郁，不自觉地伸手摸了摸脖子。"不会的。"她自我安慰。

桂圆抓着闺蜜的手，加重语气说："我陪你去。"

璐瑶跟桂圆去了医院。一进医院，医生就建议住院观察，桂圆和桂宝马上同意。不日，初步检查结果出来——甲状腺和乳腺两处结节，都比较大，不排除是增生性结节。卵巢初步诊断有囊肿，至于良性还是恶性，有待进一步检查确定。照目前的情况看，医生建议产后手术。

桂圆头皮发麻，璐瑶倒一派乐观，每天亚玲来送饭，她该吃吃该喝喝。有一次，桂圆无意中看到璐瑶一个人的时候满脸都是落寞和忧伤，她瞬间就明白了闺蜜兼弟媳左璐瑶不过是在强颜欢笑。

璐瑶住院期间，医院里出了件大新闻。隔壁房间有个产妇，姓仇，36岁，以前得过卵巢癌，做过一次手术，六次化疗，当时医生要把她的两侧附件都切除，她为了保留生孩子的希望，只同意切除左边长肿瘤的附件。很幸运，她怀孕了。可怀孕六个月时，仇女士癌症复发，为了保住孩子，她坚持撑到足月，生了一个男孩后，她又开始了新的手术、新的化疗……

接连几天，左璐瑶都提不起神来，仇女士仿佛是老天爷给她的一面镜子，敲响的一次警钟……这天，亚玲送完饭，要立刻回去照看奶奶。桂圆陪着璐瑶。左璐瑶吃了几口便说没胃口。桂圆晓得她的心事,劝她再吃点。

璐瑶冷不防说:"癌和爱,她选择了爱。"

桂圆一怔。

璐瑶又道:"要我,我也这么选。"说着,她不自觉地托着肚子。

"她得的是癌症,你得的是结节,别自己吓自己。"桂圆从床头摸了一只苹果,拿起刀开始削,掩饰紧张。

"我有三个。"

桂圆微笑着说:"你是三口井,她是一片湖,没有可比性,过几天娃儿一出来,该保守保守,该开刀开刀,没问题。"

"上天待我不错。"璐瑶忧郁地说,"一次给我俩娃儿。"

"你的福气在后头。"

璐瑶抿了抿嘴:"要是真有这一万里的那个一……桂圆,你……"说话间,璐瑶已然哭得泪水跟条河似的。

桂圆着急,一面抽纸巾一面说:"我听说,很多大病患者是被吓死的,不是病死的,你别整天胡乱瞎想……"

璐瑶痛哭失声,怎么劝都没用。

桂圆急中生智,厉声问:"难道你想让孩子跟后妈过?"

左璐瑶的泪水跟瀑布悬停似的,止住了。

桂圆见惊吓有效,便铺展开说:"你要是挺不住,我能照顾,可我再怎么照顾,也只是姑姑。将来保不齐桂宝再找,遇到什么样的后妈,可不好说。"

郝亚玲推门进来——她手机落这儿了,见女儿和儿媳都泪眼婆娑,诧异:"怎么了?"

璐瑶不知怎么应变。桂圆脑子快,打掩护道:"忆苦思甜,回想起我们这些年吃的苦,又想哭又想笑。"

亚玲找到手机,伸手朝璐瑶胳膊上捏了一下:"孩子,辛苦了。"璐瑶点点头,挤出些微笑,此时此刻,她也不晓得自己是喜还是悲。

* * *

律师传来消息,郝季鹏大概率得判。眼下就是尽量争取轻判,最好能缓期。一来二去,一贫如洗,到头来也没能一笔勾销。郝季鹏索性破罐子破摔,对判不判的事似乎也不那么恐惧了。志明奉老婆大人之命知会了丈母娘,念巧不过"哦"了一声,仿佛只是听到了天气预报。

郝彤一瞧这架势,便跟志明说:"完蛋了,妈铁了心了。"

志明道:"强扭的瓜不甜。"

郝彤白他一眼:"合着不是你父母。"

志明轻言细语:"我是从实际出发,咱爸咱妈这样的,分开了都能活,合在一块儿,就活不了。"

"爸还不得由我伺候。"

"快进去了嘛。"志明说秃噜嘴。

郝彤要打他:"你什么居心!"

抛却季鹏,唐念巧的心思都在工作和彬彬身上。彬彬的辅导费,她能负担一部分,其余的,或者吃老本,或者找郝彤要。她人生第二度体会到手心朝上的感觉。头一回是小时候,家里姐妹们拼抢得厉害,她找老妈要一个发卡,结果成绩没考好,反被打了手心。现在是问女儿要(虽然有时有晌),滋味也不好受。当初生彬彬时,她和季鹏还千万个保证不会麻烦彤彤。现在呢,活打脸。念巧看透了,人要活下去,有时候就不能要脸。

孩子们上课了。这堂作文课,念巧不听。她站在楼梯间抽烟。打离婚后,抽烟的这个毛病她又拾起来了。

男人不可靠,烟可靠。男人没法取悦你,烟能取悦你。

门被拉开了。逆光下,念巧只看到一个人高马大的影子。是个男的,可能也来抽烟。

"借个火。"声音一出,认出来了,是老于。念巧心里又是惊又是喜又是忧又是愁。自打上次云雨过后,她跟老于没联系。他的求婚,她只当是个礼貌的玩笑。

烟点着，两个人并排站着抽烟，唐念巧竟觉得有点罗曼蒂克。

沉默。一根烟抽完，老于突然从怀里掏出个东西塞到念巧怀里。念巧吓了一跳，对着光比比，才发现是个红本本。

121 / 一样的配方

光影交织间，老于带点笨拙地说："你先帮保管着，等领了那个证，这个证立刻过户。"

嚯，房产证——老于下了血本，动了真格。念巧一颗心狂跳。

念巧往回塞："别闹了。"

"我是认真的。"

"干吗非找我？"

"你优秀、迷人，我喜欢。"表白很直接。

"做朋友不好吗？"她带点自矜。

老于长驱直入："现在已经超过朋友了，那就索性再进一步。"

"放尊重点。"念巧的声音小小的。

老于深情地说："巧儿，我就不明白，你为什么总是拒绝别人对你好，这段时间我想了100遍。"

"什么想了100遍？"

"错过你我遇不到更好的人，我这辈子的落脚点就是你。"

"别说了……"念巧强掩慌乱。

"巧儿，其实有人追着要嫁给我，"老于靠近了，"当然，这并不是给你压力。咱们都不算年轻了，幸福来了就要抓住当机立断。"

念巧侧过身，对着光进来的方向："我不相信你会喜欢上我。"

老于犯急，"啧"一声，恨不得撸袖子："要我怎么证明？"

念巧不需要他证明。她也有点动心，只是不敢把自己囫囵个儿地投进去。她害怕飞蛾扑火。哪怕有房子坐镇，她依旧没安全感。归根到底，她缺乏自信。

"不说了。"念巧要撤。

老于一把抓起她的手,放在自己的胸口上。念巧脸发烫。幸亏光线昏暗,狼狈显得不那么清晰。

念巧挣脱开来,后退半步,稳定住情绪才道:"翔翔爸,"她用孩子拉开距离,"你不是一个人,我也不是一个人,我们都有任务,活到这个年纪,不是你喜欢我我喜欢你就可以,你明白吗?"

老于立即回:"翔翔同意,我跟他说了,他能接受你,这个你不用担心,他马上去国外读书。"念巧没想到事情已经进展到这地步,一时不晓得怎么继续拒绝。

老于逼近了,扶住念巧的双肩:"你为什么对自己这么没信心呢?"

念巧觉得这一切那么不真实。然而,即便是骗,她也能感觉到心底突然涌动的热流,跟岩浆要喷发似的。但是她不得不顾及彬彬的感受。离开季鹏后,彬彬是她的全部,她也是彬彬的全部,她要突然引老于进来,彬彬会怎么想?是,老于做通了翔翔的工作,可父子和母子根本是不同的关系。想到这儿,唐念巧告诉自己必须逃了,慌乱之中,她夹着房产证,快速地走了出去,突然听到有人喊她的名字。

原来是大嫂小桃,她也来送豆豆上辅导班。念巧顾此失彼,朝后看看,老于也跟了出来,她招手示意他赶紧走,老于上前两步,又转身走了。小桃靠近了问那是谁。

念巧道:"一个学生家长。"

小桃故意说看着有点眼熟。念巧心烦意乱,懒得遮瞒,于是说季鹏出事后老于帮了不少忙。

小桃煞有介事,微笑着说:"够高大的。"

念巧欲盖弥彰:"这倒没注意。"

小桃又说:"你的脸怎么了?"

念巧讪讪地说:"有点热。"双手一抬,"啪嗒"一声,房产证掉到地上。

穆小桃弯腰捡起来，翻开："紫云路68号的房子，建筑面积90多平方米，所有人是于龙海。他就是于龙海呀。"

念巧继续撒谎："想卖房，说要拿去复印呢，嫂子，你认识人多，有合适的，记得帮忙介绍。"

小桃没戳破——卖房不找中介，找你唐念巧做什么？恰好此时下课铃响，念巧赶着去接彬彬，便跟小桃道别。看着小桃远去的背影，念巧忽然觉得自己适才的紧张太可笑。

回到家，唐念巧再次翻开房产证，跟看儿子的奖状似的。老于说得对，她为什么不自信？富贵如浮云，她都经历过，现在连一套房子都受不起了吗？没人可以认定你不配。只有当你自己觉得不配，那才是真的不配。她要幸福。她配幸福。

隔了几日，凑着看璐瑶的当儿，小桃把新发现跟亚玲说了。这次是坐实，有名有姓有房产证。

亚玲听了直冒气，却不好发作，只能说："季鹏还没进去呢，她唐念巧就等不及啦？"私心里，她觉得念巧跟她和小桃不是一国的——她们都是铁了心守寡的女人，而念巧是荡妇。

小桃走后，亚玲又气愤地跟璐瑶学了话。璐瑶一听"于龙海"三个字，惊得肚子一缩。真要成了一家人，那别扭就大了。

璐瑶把心思藏好，等婆婆走了，丈夫来了，她问桂宝："你知道小舅妈新任男朋友，也可能是未婚夫，是谁吗？"桂宝看着她，一脸茫然。"于龙海，老于。"璐瑶掷地有声。

桂宝一时没反应过来，过了好久，才想起他跟老于的那次"赤诚相见"，桂宝愤然："他要真敢来这套，我可不答应。"

璐瑶说："你答不答应人家都那样了，搞不好，房子都送了。"桂宝只说"你别管"。璐瑶又叮嘱他别跟大姐提。桂宝沉默。

实际上，代桂圆现在也没空管这些事。她实在忙。三头都要顾——顾工作，是生存需要；顾女儿，是生活需要；顾璐瑶，是面子需要——她必须给璇瑶、给桂宝、给老妈面子。

托儿所突然要举办首届亲子会演,要求爸爸妈妈必须都到。桂圆跟一菲讨论,让舅舅跟着去,一菲竟态度强硬,非请爸爸出席。齐进接到老师电话,也发消息来跟桂圆通气。

桂圆勉为其难同意了。自打离婚后,代桂圆没正儿八经跟齐进打过照面,只有一回,在齐进公司楼下,她远远瞧见过他的身影,心中仍感到折磨。

这一次短兵相接,老实说,桂圆有点紧张。桂圆把情况跟璇瑶说了。璇瑶反过来劝桂圆,说是个破镜重圆的好机会。

桂圆轻斥:"我没想过再婚。"

璇瑶纠正:"你这是复婚,跟一般再婚还不一样,一样的配方,一样的味道。"

桂圆不作声,忙着倒水。等她坐下来,左璇瑶一本正经地问:"你还爱他吗?"

"不爱。"桂圆嘴一秃噜,应付差事似的。璇瑶不往下问,她要的不是桂圆的回答,而是桂圆的表情,语言能骗人,表情不能。实际上,要说桂圆彻底不爱齐进了,似乎也不是,她只是还怨他,怨他狠心、决绝、自私,可从客观效果看,分开对两个人似乎都是解脱。

晚上睡觉前,桂圆吃了点谷维素片,她怕自己神经官能失调。其实吃不吃效果一样,图个心理安慰。一大早,她就开始挑衣服,是隆重还是随意,她考虑了许久,选到最后,还是决定穿头一天的风衣。不能穿新的,就这样旧旧的才好,显得对他不重视。但妆得化得别致——既要化,又要看不太出来化——整个人要容光焕发,潜台词是:离了你,我照样过得很好。

教室后方,桂圆坐在椅子上,混在家长堆里,演出快开始了,她左看看右看看,不见齐进。桂圆心中冷笑:"他的工作永远第一,家人永远第二。就这么对待女儿人生第一次重要演出?!"

音乐响起,孩子们登台了,孩子们扮成各种小动物,充满童趣。桂圆换上笑脸,朝女儿挥挥手,一菲表演更卖力,似乎并没有受老爸缺席的影响。

第一个节目表演结束，代桂圆才看到齐进的大脸。他挤进来，像一个不和谐的音符，家长们都对他怒视。桂圆怕丢面子，连忙起身拉他出去，两个人走到走廊僻静处，代桂圆才跟喷火龙似的轻吼："故意的吧？"

"我被追尾。"他的表情很抱歉。

"永远有理由！"

"这是不可抗力。"

桂圆单手叉腰："不可抗的是，女儿演出，你来迟了，女儿很失望很伤心！"

"你一点没变。"

"你也没变，还像过去那么不负责任，"桂圆冷笑，"我真庆幸当初没把孩子给你，你这样的人，就不配有家庭，不适合有孩子。"他当初送给她的话，如今她回敬。桂圆转身要走，齐进拉住她的胳膊。

桂圆皱着眉，"放手！"

齐进道："我们得好好谈谈。"

"没那必要。"

"现在跟过去不一样。"

"哪儿不一样？你有钱了，有面子了，能逗男人的威风了？"桂圆一口气说下来，说完又觉得不恰当——他的情况她了解得那么清楚，不就意味着她还在私下关心他吗？

齐进道："过去我们都太冲动。"

"是你冲动，我是深思熟虑的。"

"就不能坐下来，把心里话都掏出来，再给彼此一个机会？"齐进今天来，做了好长时间的心理建设。时移事往，他还是觉得桂圆好。

手机响，代桂圆接了。放下电话，她急匆匆地对齐进说："女儿你看着，我去趟医院。"齐进忙问："怎么了，要不要帮忙？"桂圆说了声："不用。"不是客气话，是他确实帮不上，左璐瑶已经被推进产房，马上要生。

122／１００分

龙凤胎，顺产——左璐瑶给全家带来巨大惊喜。郝亚玲在产房外一蹦多高："哎呀，好！好！"她高兴得只会叫好。她原本以为璐瑶怀的是两个小子或是两个丫头，谁知瓜熟蒂落，却是花开两朵，各表一枝，凑成个"好"字，桂圆和亚玲欢喜地抱作一团。

郝亚玲提前把染好的红鸡蛋散给左邻右舍，连菜市场的小贩都受到照拂。虽然如今的三街四邻并不太在意，但她得按照家乡的老礼办。

亚玲摩拳擦掌，准备好好伺候月子，却得知璐瑶还要做手术——脖子一刀，乳房一刀，卵巢暂时安全。亚玲不禁悲叹："我怎么就不能过几天舒舒服服的日子？这两个娃儿可不能没有妈……"

郝亚玲坐在走廊的蓝色塑料椅上，左手被桂圆握着，右手被一菲握着，三代人一起祈祷。郝亚玲心里翻江倒海：要真的出不来，她郝亚玲就是忙到死，最后也没法闭眼。

桂宝在手术室门口来回走。虽说早就有心理准备，但事到临头他还是害怕。那一分那一秒，他前所未有地意识到，他的生活中不能没有璐瑶。

小桃赶来了，带着豆豆。桂圆见大妈来，起身让座。小桃凑到亚玲跟前，郝亚玲瞅瞅大嫂，泪眼婆娑。

小桃给她鼓劲："没事，放心，没事……"其实谁心里都没底。

终于，医生走出来，亚玲冲上去："大夫，我闺女咋样？"

医生简单说明了情况，所有人竖着耳朵，听到"良性"二字，都长舒一口气。

桂宝嘿嘿傻笑。亚玲拉着桂圆的手，激动地对小桃说："一辈子我行善积德，我就说不会的……不会的……"

郝亚玲如愿地开始伺候月子。璐瑶极其虚弱，亚玲一天24小时照看，把奶奶交给桂圆和保姆。

月上枝头。郝亚玲把海参小米粥端到床头,准备喂璐瑶吃。左璐瑶嘿嘿笑,说:"妈,我能起来。"

"别动。"郝亚玲叮嘱,又帮她扶扶毛线帽子,"不能受凉,月子里落下的病,跟一辈子。"

两个娃儿躺在旁边的小摇床里,睡得安详。璐瑶问桂宝:"桂宝,娃儿还没名,让妈取一个吧?"亚玲忙道:"我没文化,不行不行。"桂宝也说:"奶奶取名,应当应分。"郝亚玲拗不过,想了想,道:"按辈分,你跟你姐是桂字辈,再往下,是正字辈。"

桂宝和璐瑶对看一眼,等待下文。

亚玲掐着手指,自顾自叨咕着:"南来北往来来去去从南到北从北到南,"突然停住,"依我看,男孩,就叫代正北,女孩,叫代正南。"

桂宝不满:"怎么听着跟城市规划似的?"

璐瑶却说:"这名字大俗大雅,挺好。一个北,一个南,也好记。就这个吧。"亚玲的嘴没把门的:"要再来两个,就叫正东和正西,东西南北齐活儿。"桂宝嗔:"妈!您当母鸡下蛋呢。"璐瑶和亚玲哈哈大笑。

这一家人就跟一兜蜘蛛网似的。老大跟老三家,网都破了。只有郝亚玲东缝缝西补补,风里雨里咬牙坚持,到今天四世同堂!

又是一年街道评选"慈孝人物",亚玲再次入选,有人来录像,又去参加颁奖,吹拉弹唱,好不热闹。

璐瑶出月子,郝亚玲大醉了一场,全部亲戚齐齐来道贺。桂圆帮老娘操持着,兴兴头头。小桃送了一尊雕塑。念巧为避开季鹏,没来,钱到了。郝季鹏虽然穷了,可桂宝念在小舅当初给他外快的机会,狠狠跟他亲切了一番。

两个男人站在阳台上抽烟。季鹏拍拍外甥的肩:"咱俩有个共同点。"

桂宝笑说:"那是,都有一儿一女。"

季鹏夹着烟的手乱摆:"不不不。"

桂宝不懂了,愿闻其详状。

季鹏道:"其实你有一部分性格随你舅舅我。"他反指着自己。桂宝更不懂了。季鹏断断续续说:"你和我,外甥和舅舅,都摇滚。"

桂宝以为自己听错了,求证:"摇滚?音乐那个摇滚?"季鹏说:"就是那个摇滚。"桂宝不懂其中深意。郝季鹏道:"不摇滚的人,对生活服了,咱摇滚的人,对生活不服!以前所有人都看轻你,认为你结不了婚找不到老婆,"咳嗽一声,"可是你不但找到了,还是个有钱的老婆,还一次生俩!摇滚!"

桂宝跟着说:"舅,那您是不是也打算摇一把?"

季鹏忽然偃旗息鼓:"我这年纪,我这情况,摇不动了。"

"别呀,舅,我支持你。支持到底!"

季鹏大喘气,给自己鼓劲:"好,天不怕地不怕。"

满月酒散去,郝亚玲四仰八叉靠在沙发上,电视嘤嘤响。桂圆收拾完家务,给老娘倒了杯蜂蜜水。

"什么?"亚玲醉眼蒙眬。

"蜂蜜水,喝吧。解酒的。"桂圆说。

"我不,"亚玲舌头有点大,"醉了才好。"

"妈,明天娃儿您不带了?"

亚玲眼神犯愣:"那都是以后的事,额外任务,我的任务完成了。"说罢傻笑,像个孩子,停了片刻,又说,"你爸爸在的时候……"右手食指乱点,"就跟我说……亚玲……以后要是我不在了……你一定一定要把孩子带大,成家,立业,传宗,接代……"亚玲突然手舞足蹈,"我都完成了!"

桂圆把老娘两臂压下来:"妈,休息吧,知道你伟大……睡觉……"爸爸的遗愿她听过无数次,这么多年她始终帮着老妈努力完成它。

郝亚玲嘴一瘪,泫然欲泣:"你妈我这大半辈子,肠子就没伸直过,这是第一次伸直喽!"

一菲跑出来,问妈妈姥姥怎么了。桂圆好说歹说让女儿回房间,然后扶着亚玲进桂宝那屋。

郝亚玲还是不肯睡,拉住桂圆道:"不对,我还有任务没完成。"

桂圆只好劝:"妈,都完成了,您100分。"

亚玲声音陡大:"我得给你奶养老送终呀!最后一个任务,最后一里路,要是完成了,"突然拍胸脯,"我郝亚玲这一辈子,就是这个。"她给自己比大拇指。

瞬间,桂圆心底汹涌,一阵热流。这就是她老妈,一个负责任、讲感情的儿媳妇,跟婆婆朝夕相处这么多年,养老,送终,谈何容易,她不得"慈孝人物",谁得?!郝亚玲女士就是慈,就是孝。

亚玲又拉住女儿,喃喃问:"桂宝我不指望……璐瑶我也不指望……我就指望你……桂圆……你离了婚……妈妈私心里是高兴的……你又能陪妈妈了呀……"桂圆头皮发麻,为老妈的情感回路震撼。亚玲继续说:"你能给我养老送终吗?"

桂圆哽咽:"妈,我给您养老……"她不提"送终",对她来说那是个太可怕的字眼。她给婆婆送了终,失去了婚姻,如果有朝一日,要给老妈送终,桂圆不晓得自己会失去什么。她可以肯定,她将必然失去生命中非常重要的部分。

亚玲带着哭腔说:"桂圆……将来我走了你咋办……"

桂圆不得不答:"那就自己过,还有女儿嘛。"

亚玲又说:"一菲可不能学你,离婚。"

桂圆哭笑不得。

亚玲继续推理:"可一菲不离婚,将来就不能陪你……"这是个无解的题。桂圆给老妈冲了杯牛奶,娘儿俩约定,喝完就睡觉。不大会儿,郝亚玲喝了牛奶,带着上嘴唇边沿的一圈白,平躺在床上,对着天花板,忽然唱:"好一朵美丽的茉莉花,好一朵美丽的茉莉花,芬芳美丽满枝丫,又香又白人人夸……"《茉莉花》没唱完,郝亚玲女士便睡着了。桂圆拿纸巾轻轻帮老妈擦了擦嘴,带上门,独自在客厅沙发上又坐了许久,才回屋休息。

123 / 交叉关系

郝彤搞不清楚老妈恋爱的消息是怎么传给老爸的,反正她刚带然然从医院回来,就听到郝总对着保姆摔摔打打。

保姆缩着脖子，站在一旁。郝季鹏跟个受了刺激的猎豹似的，在客厅来回逡巡。见女儿回来，季鹏火气更大，天不怕地不怕的架势，翻来覆去一句话："我还没死呢！"再加一句，"等我死了，再让她给你们找爹！"

郝彤让保姆回避，然后给儿子按摩。开始治疗后，她每天都要给然然捏脊。志明看老丈人那怪样，不敢露头，饭是在卧室里吃的。

郝彤烫了瓶牛奶端过去，她老爹还是不吃，拧着脖子。郝彤用激将法："气病了最好，饿死了也好，就眼不见为净。"

郝季鹏狠狠瞪了彤彤一眼。

郝彤苦口婆心地劝："爸，妈也是人，也有情感需求。"

季鹏反驳："她有什么需求我不关心，但我儿子不能跟她一起走，郝彤你记住，有朝一日我跟你妈都走了，这世界上跟你有血缘关系的，就这一个弟弟。"

郝彤心里嘀咕："怎么就彬彬一个了？然然跟我也有血缘关系。我管不了上一辈，总能掌控下一辈。大不了再生一个。"

郝季鹏站起来，两手扶着腰："你去跟她说，就说我说的，找人可以，儿子还给我。"

郝彤道："爸，您糊涂啦？您要进去了还怎么抚养？"季鹏强词夺理："我进去还有你，长姐如母，你管着，咱不求什么哈佛、耶鲁，在家门口上大学就行。"

郝彤一听要让她当"扶弟魔"，转身回了卧室。

然然睡了，两口子才得闲说话。郝彤托着腮，愁肠百转，她只能跟志明吐槽两句。末了，郝彤道："我去跟妈说也不合适。"志明随口问："那谁说？"郝彤看着志明不说话。志明发现中了计，不大乐意地说："你不会让我去说吧？"郝彤点头。孙志明为难极了。让女婿去跟丈母娘说禁止她再嫁，否则就要剥夺儿子的抚养权，于情于理都说不过去。"你家这事，都跟听天书似的。"郝彤白他一眼："不是你家？这话说的。"正说着，然然醒了，郝彤连忙去哄。又让志明读格林童话。志明叫苦。郝彤道："安徒生我读，格林该你了。"

……

走了一路想了一路，直到上了大楼，在前台等丈母娘出来，孙志明还是没想好怎么开口。不大会儿，唐念巧出来了，见是志明，有点意外。她问家里有什么事。志明说："没事。路过，上来看看妈。"一声"妈"叫出口，唐念巧连忙把志明往外领，她不想被同事听到或看到她有这么大一女婿。念巧让志明先去楼下，在另一个街区的咖啡厅等着。志明生等了一个多钟头，唐念巧才姗姗来迟。

"到底什么事？"念巧跟女婿不客气。

"妈——"志明的声调仿佛猪八戒叫骊山老母。

"说正事。"

志明扭扭捏捏："您是不知道爸在家多想您，抱着您的照片……您和爸的爱情故事，最近我是听了不少，我特别感动……"

念巧打断他："行了，你要是来给我灌迷魂汤的，"她做了个停的手势，"免了，我还得开会。"说着她要起身。

志明忙不迭地进入正题："爸还说了，您要是寻找新的幸福，他想把彬彬接回去，不耽误您。"

"放肆！"念巧声低气势大，"回去跟你爸说，我再不再婚，跟谁再婚，什么时候再婚，跟他一点关系没有。"

静下来，女婿带来的话还是在念巧心中回响。她当然不会听季鹏的敲打。可她要反思自己和季鹏的关系，和老于的关系，和彬彬的关系，还有几个男人之间的交叉关系。

老于的房产证已经退回去了。既然没打算跟他过，就不能越界。但她切切实实感受到老于的诚意，而且对老于也不是完全放得下。念巧认为自己就是站在十字路口，眼下还算徐娘半老，马上就一点竞争力没有了。老于对于她，也是过了这村没这店。

她恨季鹏的大男子主义，不过她现在不在乎。可她必须在乎儿子彬彬。她和翔翔爸的故事,她觉得彬彬多少有感觉,孩子小,可能不懂,但如果他们要再往前走一步,就必须彬彬能接受才行。

这日,下了晚课,念巧带彬彬吃了点东西才往家开车。念巧试探性地对彬彬说:"你觉得于叔叔怎么样?"

良久的沉默。彬彬小小年纪已经学会用沉默作答。到此时此刻,唐念巧才终于放下犹豫。她知道自己跟老于是不可能了。或者等彬彬长大,上了哈佛,她再寻找幸福?这念头仿佛流星一闪而过,太不切实际了。彬彬上哈佛,她多大了?成老太婆了。她能熬,可人家未必能等。

念巧有点自怜,也有点自嘲,原来自己骨子里是个传统得不能再传统的女人,当姑娘的时候听父亲的,嫁了人跟从丈夫,现在离了婚,又得在乎儿子的感受,她一直没走出这个怪圈!

唐念巧有点出神……大灯晃眼,再集中注意力,迎面一辆车撞过来,念巧急打方向盘,大叫:"儿子坐好!"跟着"轰"的一声,她瞬间失去了意识。

再醒来,已经在医院,头痛欲裂。光猛然透进念巧的眼睛里,她重新回到这个世界。有人叫"妈",是郝彤。念巧的第一句话就是问彬彬。"没事,妈,在我家,放心。"郝彤给她吃了定心丸。

再看看,老于站在郝彤身后。一山放出一山拦的样子。

念巧能捡回一命,多亏老于。他那天也接孩子,走同一条道,发现事故后第一时间把念巧送到医院。有缘。念巧无力多说话,又闭上眼了。

郝彤用指甲盖戳了老于胳膊一下,示意他出去说话。两个人到收费处旁边的柱子旁站着。郝彤要给老于转钱,急救费是他垫付的。老于不客气,加了微信,收了。郝彤这才郑重其事地直面老于:"谢谢你。"

老于大大方方地说:"总不能见死不救。"

郝彤不啰唆,直接切入主题:"你跟我妈什么情况?"

老于愣了一下,他没想到念巧的丫头这么犀利。老于也不含糊,她问得直接,他就答得直接:"我跟你妈求过婚,她在考虑。"

郝彤反被吓了一跳——这男人重剑无锋,招招致命。

老于继续说:"我们这个年纪,每走一步,都必须慎重考虑,你妈是个好女人。"

"我知道。"郝彤眼睛瞪得老圆,仿佛在表示反对意见。

老于又道:"我知道你对我有意见,你爸对我意见也很大,但这个事情主要还是看你妈妈的意见,她不愿意,我不勉强,她愿意,谁不同意都没用。"

郝彤不晓得怎么把话题继续下去,她确实没有理由阻挡老妈的幸福。郝彤迅速动脑子,终于找到个突破口:"你要知道,要让我妈在你和我弟之间选择,那她肯定选择我弟。"

老于不徐不疾地回:"人心都是肉长的,"顿一下,"进一步说,孩子将来肯定都要走的,彬彬的目标是哈佛,你妈也跟着去?将来老了,没有伴侣,那还不都是你的事。"

郝彤突然有点沮丧,她既然不愿意接盘,又不愿意拱手让人。可是,一切又不可阻止。毕竟幸福这东西,如鱼饮水,冷暖自知。

"你们……什么进度?"郝彤最后突然问那么一句。

老于一笑,说:"婚姻,是对女人的最大尊重。"

"你哪儿来的优越感?"

"谈不上优越,婚姻是对女人的保护,"老于见郝彤不说话,继续说,"彤彤,我对你妈妈是真心的。"

郝彤深呼吸两下,突然溃败:"随便吧你们。"

124 / 心里有你

马如意来了,这次是带女儿来的。她来工作,女儿来上学——疏通学校,免不了找桂圆帮忙。桂圆肯下力帮,如意是她和齐进婚姻死亡的见证者。不过,马如意没上门看亚玲。她不好意思。

入学的事情有了眉目,如意一定要请桂圆吃饭。桂圆不想花她的钱,可如意铁了心要感谢，桂圆只好选了个中等馆子跟如意见面。

时光匆匆，再见面，两个女人都不由得感慨。马如意终于把闺女接了出来，正式在大城市奋斗。桂圆恢复单身，事业有成，但眉宇之间似乎又有些对生活的倦意。马如意没说住在哪儿，桂圆也没问——保不齐住在齐进那儿。

饭吃到一半，马如意还是不自觉地提到齐进，说齐进人好，这次又麻烦他不少。她见桂圆还算自在，索性又多说了几句，说齐进现在有头有脸。

桂圆的脸有点僵。如意隔着桌子抓她的左手：“姐，你跟俺哥也没啥大不了的矛盾，就是俺婶走得不是时候，其实你俩挺好。”

桂圆摆摆右手，示意不提也罢。

"真就没余地啦？毕竟是一菲亲爸。"如意试探。桂圆一下明白如意的来意了。感谢是一方面，另一方面，十有八九还有齐进的授意。

桂圆心里一阵纠结。说有余地，那是给人可乘之机，说没余地，似乎太狠心。老实说，她对齐进不是没有感情，只是这感情不足以立刻复婚。

桂圆反问如意：“如果一个男人不能给你带来新的东西，你独立生活得挺好，就像你现在，还有必要再走到一起吗？”

如意没想到桂圆拿自己说事：“那是没办法的办法，如果那男人真对你好，两个人总比一个人强。”

桂圆干笑笑：“如意，咱都是过来人。结婚需要冲动，再婚需要更大的冲动和更真实的理由。”

如意道：“姐，别误会，不是俺哥让我来说的。”

桂圆轻轻说了声"知道"。如意又说：“这找人跟买房是一样的，好地段的好房子就那么多，别人买了，咱就不能买，有钱也没处买。”

桂圆听出如意话里有话，假装吃菜，不看如意，但心里小鼓乱敲。

马如意的提醒并非齐进授意，纯属善意。她这次来了之后发现齐进被好几个女人包围着，她打心眼里为桂圆担忧。在她眼里，齐进和桂圆不过是在赌气。在她心中，只要能赚钱，其他不是问题。劝过桂圆之后，马如意又去劝齐进。

马如意见齐进是带着闺女，一见面就下令："快，给大伯磕个头。"小丫头真照做，磕了个响头，叫了声"大伯"。齐进第一次见丫头，赶紧给红包，出手阔气。齐进问孩子来了怎么打算，马如意说，亏了桂圆帮忙，女儿的学校有了着落，末了点一句："她还不都看俺哥面子。"

齐进表面绷着，内心翻腾。

如意再劝："哥，姐心里有你。"

齐进还是不吭声。

如意把劝桂圆的话又拿出来说一遍："这找人，跟买房子是一样的，好地段的房子，就那几套，你不买，人家买了，那就没有了。"咽口唾沫，"哥，你跟姐真有那么大矛盾？"

这话说到齐进心坎上去了。最近一段他隐约听说有人给桂圆介绍对象。看一菲的演出，他本想找机会缓和，可是因为迟到惹得桂圆不愉快。齐进盘算不如先从前丈母娘郝亚玲女士入手。

主意定了，齐进立刻展开行动。只是，他电话打过去，刚叫了声"妈"，亚玲毫不留情回了一句："我不是你妈。"电话就挂了。第一步受挫，齐进不气馁。他打算登门拜访。

璐瑶出了产假，复查身体，指标稳定，她又得去上班了。有孙子孙女了，亚玲忙了一倍。两个娃儿，负担重，她不能只让桂宝一个人担着。桂宝也心疼老妈，给老妈请了个保姆，白天在家带两个娃儿，亚玲看着。

老奶奶能缓慢地走了，可她脑子不清楚，老跟小孩抢奶粉喝。先开始亚玲还劝，后来发现劝也没用，只能把婆婆的藕粉换成奶粉。

125／螳臂当车

小桃叫亚玲去拿些豆豆穿小的衣服给正南，还有些玩具。亚玲叫了晚饭就去了。和大嫂聊了一会儿，亚玲叫了车回家。进了门，亚玲看见墙边上放着几箱进口水果，还有油、米、面、酸奶、牛奶，跟小山似的。桂圆虎着脸坐在那儿。"你奶呢?"亚玲边脱衣服边问。

"睡了。"桂圆冷淡地说。

"一菲呢?"

"也睡了。"

亚玲走近了瞧:"干吗,谁欠你钱?"

"知道这些东西是谁买的吗?"

"我以为是你买来的。"

桂圆拖着声调:"你前女婿。"

亚玲明白了,问:"人来了?"

"他敢吗?"桂圆怪声怪气,"快递单子上写着备注呢,齐先生。"

亚玲见女儿气性大,更不敢把齐进来电话的事告诉她,只劝:"他敢送,咱就敢收,你就想,不是冲你来的,是给他女儿的。不过这齐进也是,你要送,送个贵的,送什么米面粮油,谁家缺这个。"

桂圆说开了:"他就是这样,永远踩不到点上。上次演出,他迟到。以前逛街,他看手机。永远你想东他想西。"亚玲又劝:"也别闹太僵,毕竟是孩子爸。"

亚玲坐在沙发上叹气。桂圆问:"干吗,想喝?"

亚玲确实想喝两杯。女儿在,她基本被禁饮,感觉不大舒展。好几次,亚玲偷喝都被桂圆发现——她清理"战场"总是不够利索,刷几遍牙都还有酒气。这辈子就这一个爱好,现在为了带孙子孙女,也必须戒掉了。桂圆一问,她笑问:"行吗?"

"两杯,不能再多。"说着,桂圆主动帮老妈拿酒。

桂圆不喝,只陪着老妈看电视。民生节目里,有个刚上大学的小伙子得了白血病,他有个哥哥是脑瘫,家里困难得不行……娘儿俩看得眼眶湿润,心生善念,都照着屏幕扫二维码。亚玲捐了10块,桂圆捐了100块。

两杯下肚,亚玲还要继续。桂圆道:"最后的最后,一杯。"

亚玲顽皮得要跟女儿拉钩。桂圆看着老妈,抿嘴,叹息:"最近我这右眼

548

皮老跳。"亚玲说："我给你按按太阳穴。"按了两下，亚玲胳膊举不动了。她整天抱着北北——南南交给保姆，或者放脚边，孙子和孙女之间她还是首选孙子。

桂圆瞧出来亚玲手抖，转身道："妈，累了吧？"

亚玲道："不累。"

桂圆道："一次带俩，还要照顾老人，有人帮忙，还是累。我看桂宝他们也累，每天来回送，我就说让他们搬来。后来一想，他们来回接也好。起码晚上您能睡个好觉。"

亚玲窝心，还是女儿知道疼人。还有句话桂圆没说，当初她也希望老妈帮着带一菲，因此，现在她没有资格要求弟弟和弟妹自己带。而且，外孙女和孙子孙女大不一样，虽然亚玲从未提过，但桂圆知道他们在亚玲心中的分量。更何况，如果让桂宝和璐瑶自己带，又会碰到一个老问题——谁回家带呢？璐瑶回家？她工作挣得比桂宝还多。桂宝回家？郝亚玲女士肯定心疼儿子。都不回家？桂圆又心疼老妈。一岁年龄一岁人。

不日，桂圆把老妈累得手抖的事跟桂宝提了，桂宝回家告诉了璐瑶。周末来吃饭的时候，左璐瑶在饭桌上主动说打算辞职。桂圆以为是自己的无心之言让璐瑶有压力，连忙说："要慎重。"

亚玲也不好意思，忙道："我能带。"

桂圆则补充道："要不这样，你们搬回来，我搬出去？"

璐瑶笑着看桂宝一眼，对亚玲和桂圆说："妈，大姐，这事我考虑不是一天两天了，跟单位提，也有一阵了，最好的情况是停薪留职，实在不成，那就辞。归根到底，一辈管一辈。"

亚玲着急："好好的工作，说不干就不干，可惜。"桂宝道："妈，听璐瑶的吧。"

左璐瑶的选择让代桂圆陷入深思。没有挣扎，没有抗拒，璐瑶沦陷得似乎很舒适，根本不像她那时候，壮士断腕般。是自己的事业心太强吗？还是自尊心太强？她对齐进太过苛刻？还是对自己要求太高？

桂圆站在水池边刷碗,璐瑶帮着她收。

桂圆低声问:"真想清楚了?"

璐瑶笑笑:"想清楚了。"

桂圆道:"你干到今天多不容易,一下就梭哈啦?"

璐瑶这才抬起头看着她:"我渴望的是家庭。"

一句话堵得桂圆没话说了。命运就是如此吊诡。曾经,她最安于家庭,璐瑶是女强人,现在呢,她成女强人了,璐瑶则主动回归家庭。女人这一生究竟该怎么选择?

很快,正北和正南不往奶奶家送了,一菲去幼儿园了。亚玲怅然。她原本打算操天大的心,冷不防没了。家里只有奶奶陪着她。

齐进又来电话,亚玲心里不痛快,一听出齐进的声音就说:"谢谢你,家里真不缺。"电话那头沉默。亚玲"喂"了一声。齐进还是笑呵呵:"妈,周末我去接一菲。"

亚玲大叫:"接走,都接走!"齐进不晓得丈母娘气从何来。亚玲又补充:"米面粮油别送,家里不缺,要送送点值钱的!"说罢挂断。

亚玲坐在沙发上,深呼吸,努力平复情绪。仔细想想,适才对前女婿的发火似乎没必要,可她郝亚玲这口气就是倒不匀。奶奶又叫她——要喝奶粉。

亚玲嚷嚷:"娃儿都走了,哪儿还有奶粉!"

奶奶有眼色,两手摆在被子外头,不敢说话。

敲门声起,亚玲嘴里嘀咕着:"说不让送不让送,还老送。"门打开,一个女人抱着个男孩站在门口。

是一雯。神秘莫测又令人讨厌的一雯。

亚玲还没反应过来,一雯便对孩子道:"叫姑姑。"那男孩呀呀叫了一句。

一雯又道:"二姐,能进去说话吗?"

一声"姑姑",一句"二姐",五雷轰顶,郝亚玲恨不得脑补了一万字的故事,且字字惊心,字字泣血。一雯却不慌不忙不徐不疾,进屋就坐在沙发上,孩子摆一边。亚玲说不出话,只盯着那孩子看,那眉眼,那鼻唇,那肤色,每一处都有她一位至亲的影子。

一雯不客套,从皮包里拿出一份文件。亚玲戴上老花镜一看,她眩晕——亲子鉴定书。

一雯低头整理着孩子的衣领,好像只是来串门说家常。

亚玲猛吸一口气,厉声质问道:"真的?!"

"千真万确。"一雯一个字一个钉。

亚玲只说了个"你",便有点站不稳,连忙扶着饭桌旁的椅子。

一雯继续说:"二姐,我心里也打仗,想了很久,是真没办法!我一个单身女人带着个孩子有多难,你应该能理解。我不想打扰穆老师。都是女人,我懂她的心情。可事情就走到这步了,能怎么办?总不至于罔顾事实。我来,不是为了我自己,是为了孩子,孩子理应有个更好的将来,该他的,就得给他。"

亚玲想骂,可当着冠峰的儿子,她的侄子——如果属实的话,她却怎么也骂不出口。这样的事是她过去几十年的经历所未曾见的。想了半天,仿佛只有拿起道德武器,郝亚玲压低声音,每个字都很重:"你怎么可以……勾引别人的……男人?!"

一雯并不慌张:"二姐,现在说这些没意义,我其实可以跟你说,是他追求我的,孩子是意外,是他让我生下来的。"

亚玲又想起一条罪状,她质问道:"大哥走的时候你在哪儿?!"

一雯语速加快:"我就在附近,是冠峰要闭关创作,我和儿子在城里。"叹一口气,"可你们来了,让我怎么出现?"停顿许久,又补充,"那是我一辈子的遗憾。"

"那你就应该一辈子消失!"亚玲终于喷发。

一雯不示弱:"我也想消失,可孩子是无辜的!姐,你是娃儿亲姑,你就忍心看着文峰跟着我贫困潦倒?"她站起来,"从法律上说,冠峰走了,留下来那些东西,理应有文峰一份。"停一下,又说,"我和冠峰是有感情的。"

"什么感情?"亚玲有点失控。她想说奸情,又觉得对不起大哥。

"爱情。"

"你的爱情就是瞎了眼!"郝亚玲压住气,还是以退敌为目的,"一雯……我一直觉得你是个聪明孩子……你要是还有点分寸……有点良心……还要点……"亚玲艰难地一咬牙,"……脸!就带着孩子永远消失。这孩子进不了郝家的门!"

一雯把孩子抱起来,逼近了:"二姐,进不进得了门不是您说了算,是法律说了算。文峰姓郝,流的是郝家的血!分一点,应当应分,谁也拦不住。"

亚玲不自觉往后倒。大军压境,她的抵抗不过是螳臂当车。一雯不像在撒谎,老郝家出了叛逆了!

一雯继续:"我今天来找您,就是希望您帮忙给穆老师递个话,闹开了,对冠峰的名誉不好。这事最好私下解决。"

126 / 无权剥夺

亲子鉴定书复印件摆在饭桌上。奶奶要拿起来看,亚玲发火:"妈!"奶奶连忙放下。桂圆拿起来仔细翻了翻。这事对她娘儿俩刺激太大。

冠峰跟一雯有私生子,亲子鉴定是早先就做好了的。当着女儿的面,郝亚玲才能把那些想骂一雯的话骂出来:"还非说你大舅追她,可能吗?我看她就是图你大舅的家产,她这样的女人什么不敢干!"说到这儿,亚玲喘口气,又叮嘱,"别让桂宝知道,璐瑶也不能说。"

桂圆每天都在处理公司各种麻烦,可这个麻烦难度太大,投鼠又忌器,老妈的抱怨是没用的,一雯既然敢来,那就一定想好了各种可能性,最坏的打算是鱼死网破,那不但对穆小桃是巨大伤害,对郝老大的身后名也是巨大损伤。良家妇女亚玲还在指责淫妇一雯,听多了,桂圆有点不耐烦:"妈,现在说这些有啥用。"

亚玲一摊手:"那咋办?反正我不去跟你大妈说她死去的男人有个私生子。"

桂圆道:"咱不去,她自己找去,火星撞地球?"

亚玲还抱着一线希望，反复念叨："会不会弄错了？你大舅不是这样的人。"

桂圆回溯过去，有这个儿子垫底，郝冠峰的种种反常都可以理解了。他出走，是为了避开小桃，重组家庭；他留遗产，是出于对小桃的愧疚；他一直卖新画，是为了贴补一雯和儿子；他死于酒店，是因为画得太过癫狂……换句话说，如果没有这个儿子，他或许就不会死。

桂圆问亚玲："要跟小舅说吗？"亚玲道："泥菩萨过河，他自身都难保。"桂圆想了又想，最后跟亚玲商定，跟大妈通气的事由三人小组处理。亚玲觉得可行，当即打电话叫念巧过来。

念巧在电话里道："我摔了。"

亚玲惊叫："怎么啦！"旋即和桂圆一起去美术学院。

唐念巧车祸后，胳膊打了石膏，伤筋动骨一百天，她还在恢复中。内有隐情，所以她一直瞒着大家，包括季鹏。老于不时出现，接送彬彬去辅导班，念巧推也不是，不推也不是。不过老于再也没提求婚，念巧的理解是，男人还是要面子，房产证都祭出来，还要怎么表现诚意？女方不愿意，那就等着。念巧忽然觉得，这样或许也好，结婚一旦不合适，离婚又伤筋动骨。这么相处着，合则聚，不合则散，就当是朋友——念巧从不认为自己是情人。

亚玲和桂圆匆匆忙忙来。念巧躲躲闪闪，转移话题，问出了什么事。

桂圆把一雯的到访简单说了，亚玲瘪着嘴，念巧也沉默。三个人面面相觑。半晌，亚玲对桂圆说："读。"

桂圆掏出手机，翻了翻，认认真真读道："从法律角度看，非婚生子女，包括婚前、婚外性行为所生子女和养子女，他们是无辜的，错的是他们的父母。因此，法律规定，非婚生子女和婚生子女的权利是一样的，享有同样的继承权。除非有遗嘱，否则他和另外的兄弟姐妹一起享有同等份额的继承权。"

桂圆停下来。念巧和亚玲又对望，亚玲转头对女儿："继续念。"

桂圆接着读："如果死亡人立下了遗嘱，并且明确说明私生子有权继承财产，那么私生子可以依据遗嘱的内容继承相应的财产，任何人无权剥夺。"吸一口气,继续,"如果死亡人未立遗嘱,那么按照法定的继承方式,由于私生子属于第一顺位继承人,所以其有权跟死亡人的配偶、父母和婚生子女一起继承财产,任何人不得剥夺其继承权。"

良久沉默后,念巧问:"那意思是,还必须分给他?"亚玲长叹。

念巧又问:"孩子你见过?"亚玲点点头。

"像吗?"念巧问。

亚玲不答。她不想说像,可事实是,确实很像,而且有亲子鉴定书。

念巧想了一会儿,有板有眼地说:"第一,肯定要跟大嫂说,事情太大,现在瞒住,以后会落不是;第二,这事可以拖,也有翻盘的可能性。虽然一雯拿了鉴定报告过来,但真实性有待确认。如果想出新报告,就需要冠峰的体征素材,恐怕有难度。"

桂圆和亚玲都担心一雯撕破脸,念巧笑笑:"撕破脸对她有什么好处?舆论会偏向她吗?"

亚玲又问:"那怎么跟大嫂说?"这个问题,唐念巧一时也回答不出来,不过她觉得一雯够聪明,知道找个缓冲,她的目的是钱,并不想把事情闹大。这就有谈的余地。

念巧受伤在家,请她组织三剑客一起上门做大嫂的工作就不切实际了。亚玲隐约觉着,念巧多少有点躲事,她毕竟跟季鹏离婚了,严格意义上,不再算家里人。她不想当这个坏人,可以理解。亚玲只能跟桂圆商量怎么办。桂圆建议缓几天。"再耗一耗,"桂圆道,"这是心理战。"

亚玲心中有事,成日神情恍惚,干什么都没有心思。桂宝和璐瑶周末来吃饭,发现异常,便问亚玲哪里不舒服。亚玲推说可能血压有点高。

回到家,璐瑶问桂宝:"会不会是把正北和正南带回来,妈有点不高兴?"桂宝道:"不让她带还轻省。"璐瑶说:"奶奶疼孙子。"桂宝说:"那意思是,正北给她带,正南留着自己带,对正南公平吗?"璐瑶不接话,又问:"小舅那边怎么样?"桂宝说:"快判了。"

郝彤最近真是愁。老爹还是要判,儿子的病情似乎有好转,情绪平稳了,但仍旧不说话。西医治疗,估计到头了。郝彤和志明商量,寄希望于中医。

小桃熟人多,郝彤上门找她帮忙。"谁看?"小桃问。郝彤原本不想说,可事到如今,她也没法遮着盖着,便把实情说了。

小桃当即打了几个电话,不大会儿,给郝彤推了几个微信名片。郝彤感激涕零:"大妈,你以后一定能成神仙。"

小桃笑:"什么神仙,苦命人。"

"大妈心善,人好,好人有好报。"困难能改变人的性格,郝彤现在说话比以前顺耳多了。顿一下,郝彤又道:"大伯这辈子遇到大妈,三生有幸!生前操心,人走了,大妈还操心,画展办得漂漂亮亮。"小桃被夸得心里爽快,嘴上却还谦逊着:"这都是应该的,夫妻本就是一体。"

郝彤又说:"开讲座那天,我让志明带几个朋友过去。"小桃笑呵呵地说:"谢谢。"郝彤走后,穆小桃才想起来邀请念巧和亚玲、桂圆去参加郝冠峰艺术生涯回顾展。

手机响,看到屏显上是小桃的名字,亚玲和桂圆都紧张。

"你接。"亚玲说。

桂圆拿在手,犹豫了两秒,还是接了。"嗯嗯啊啊"一番,挂了。

"啥事?"亚玲紧张得拳头都握起来了。

"让咱去参加大舅的画展。"

亚玲一下瘫坐在沙发上。她觉得自己跟通缉犯似的,好像随时怕被发现。奶奶在里屋叫人,要喝奶粉。亚玲没气力,桂圆只好去厨房冲了两杯——一杯给一菲,一杯给奶奶。

等她回到小客厅,郝亚玲已经喝上酒了。桂圆道:"要不明天就去说?"

"你去?"亚玲举着小酒盅。

"不合适吧?我是小辈。"

"我去?怎么开口?"

娘儿俩正说着,郝亚玲的手机又震动,这回是短消息:"商量好了吗?"落款:"雯"。亚玲激动得在客厅当中乱走:"瞧瞧,跟催命似的。"

桂圆道:"小舅妈说得对,关键这事没有查实,目前都是她一家之言。"

亚玲道:"查不查实是第二步,第一步是你大妈得知道这事,哎哟!家门不幸!"亚玲借着酒劲叫嚷起来。一菲出来看姥姥。桂圆不想女儿见此窘态,勒令她进屋。齐一菲乖巧地回屋,悄悄给爸爸打了个电话,核心意思是:姥姥在哭,妈妈在叫。齐进得知,第一时间往桂圆家赶。

127 / 管不着

第二条消息发来,已经快晚上 10 点。这条更具杀伤力,算赤裸裸的威胁:"算了,我自己去说吧。"没落款。

亚玲气得直跳,酒壮人胆,她回拨过去,放免提,刚听到一个"喂"字就开骂。刚骂了没两句,传来一个像语音播报一样平静的声音:"《中华人民共和国继承法》第 10 条规定,非婚生子女在法定继承人范围内,非婚生子女享受第一顺序……"

亚玲瘫坐在沙发上,无论如何也没勇气再拨过去。看来一雯打算死磕到底,那捂着这事就没有意义。一雯和小桃两个女人之间,必有一仗。

亚玲忧心忡忡地问:"怎么把事情告诉小桃?这个重大刺激搞不好能要了小桃的命。"桂圆提醒老妈:"得缓几天,再怎么着也得等大舅的画展结束,不能让一颗老鼠屎坏了一锅好汤。"

突然敲门声起,桂圆和亚玲都往大门方向看。

"谁呀?"桂圆高八度。

"是我。"对方答,是个男的。桂圆愣了一下,她不太想听到这声音,可人都到门口了,不放行似乎也不合适。

齐进一进门又叫了声"妈"。若在平日,亚玲估计不会欢迎,可在这大事频出的当口,郝亚玲忽然觉着有个男人来,哪怕商量商量也不错,尽管这个男人是前女婿。

齐进没出卖女儿,说开车路过,上来看看。一菲出来扑到爸爸身上。桂圆和亚玲心里有事,都不吭声。

跟女儿嬉闹一番,齐进才问:"妈,怎么了?忧心忡忡的。"

亚玲的驴脸瓜搭到地上了,瞅着桂圆。

桂圆道:"没事。"

齐进继续问:"需要我帮忙吗?"

桂圆坚持:"真没事,回去吧。"齐进不动。

亚玲挡住女儿:"让他打个电话。"

桂圆不同意:"他打电话算哪门子法术。"

亚玲向桂圆试探:"就让他打,他是男的。"又对齐进说,"你得……凶点。"

齐进笑:"干吗,妈,您要打人?"

亚玲道:"你们结婚,是你大妈介绍,你为大妈出点力,也应当!"

齐进立刻表示义不容辞。

桂圆抱着女儿坐在沙发上,不看前夫,算默许。

郝亚玲不肯细说,只让齐进用她的手机拨一个号码。她两臂叉腰,像支棱着翅膀的母鸡,粗着嗓子,学男人声音:"你就说,你的要求我们知道,具体过几天找你谈。"又叮嘱,"凶一点。"

齐进不解,但也不问,亚玲怎么说,他就怎么照办。打过去,是个女人接的,他装出凶恶的声调,把话学了。可对方似乎并没有被吓住,只说了句"再联系",便挂了。

"她是谁啊?"齐进这时候才问。

郝亚玲看女儿,桂圆长叹一口气:"告诉他吧。"

齐进听完亚玲的讲述,倒还算冷静。他的建议是兵分两头,一方面她们要做大妈的工作,另一方面他去找律师,由律师出面跟一雯沟通。专业的事要找专业的人干。齐进还说:"如果你们开不了口,我去跟大妈说。"说这话的时候,齐进微微耸肩,"我现在的身份,不怕尴尬。"

亚玲觉得主意不错,她看女儿。

桂圆道:"谁去说不是问题,问题是怎么说。"

齐进吸了一口气:"越是大事,越得直说。"又说,"这事怎么着也得好几个来回。大妈不会轻易同意,一雯也不会善罢甘休。闹到法院是最坏的打算,尽量私下协商解决。大妈不缺钱。"

桂圆随即冷笑:"钱不缺,气能咽得下去吗?这是尊严!丈夫在外面弄了个私生子,她还得付钱,什么道理?!"

三个人又讨论一阵,暂时无解,亚玲让桂圆送齐进下楼,以示礼貌。楼道门口,齐进突然提出:"我们那房子,风水不好。"

桂圆一愣:"这从何说起?那是你的房子。"

齐进尴尬地笑笑:"打算换个稍微大点的。"

"谁住?"桂圆思忖他恐怕要再婚了。

"你要是太忙,一菲给我分着带。"齐进主动表态。

桂圆心想:太阳晚上出来了。没离的时候,吵破天都不愿意带,现在却主动请缨。想想也是,过去他们都在爬坡,这一两年光景,她和齐进都翻过了最艰难的时期,过去是在山脚,现在到了山腰——虽然还没到山顶,但已然是另一番风光。

"心领了。"桂圆保持优雅。

"其实我们……"

他还没说完,桂圆就拿话堵住他:"不早了,回吧。"风从他们俩中间穿过。桂圆的头发被吹得飘起,齐进下意识伸手去抚。桂圆连忙躲开了。离婚就有个离婚的样,她不喜欢不清不楚不明不白。

齐进有点语塞:"反正……反正到什么时候我都支持你。"

代桂圆心里揣着这句话,去楼上,说不上是什么滋味。不做夫妻,反倒多了几分相敬如宾。回到家,桂圆把齐进的"临别赠言"告诉了老妈。

亚玲感叹:"他明白过来了。"

桂圆不懂,问:"明白什么?"

郝亚玲伸出右手食指,对天花板方向戳:"生死有命,富贵在天,阎王让你三更死,谁能留你到五更。齐进妈那事,是一连串凑巧。"

桂圆直言:"关键是他从骨子里不认可女性的价值,不相信女性也能在社会上取得成功,他认为女人应该在家相夫教子,男人和女人的事业发生冲突的时候,该退让的一定是女人。"

亚玲耐心地说:"那是过去,你这不是给他上了一课嘛。你得允许人成长。"这话桂圆无从反驳。

亚玲把手机关了。她可不想半夜收到一雯短信。她问桂圆喝不喝一盅。桂圆知道老妈心事重重,拿出酒杯。母女对饮,桂圆慢慢进入氛围。她举着酒杯道:"酒是个好东西,以前我怎么没发现呢?"

亚玲呵呵笑:"咱娘儿们充门头,没有酒壮胆哪行。"

夜色温柔。

* * *

唐念巧给儿子掖好被子,也打算去睡觉了。郝季鹏敲门,念巧怕他闹出太大动静,只好开门,不等季鹏开口就喝:"小声点!"

念巧让他在客厅等会儿,她猫进卫生间给郝彤打了个电话。

郝彤接到电话才发现老爸不在了,连忙让志明开车去美术学院。她怕老爸有过激行为。郝彤心里还有个事,是老妈透给她的。大伯和一雯的故事令她震撼,关键,还留了个娃儿。大妈能受得了吗?如果换成她,她能杀人!

唐念巧蹑手蹑脚地从卫生间出来。

季鹏丢掉烟蒂:"我看看儿子。"

"睡了。"念巧摆手。

"没事,我就在旁边看看。"季鹏坚持。

"跟你说睡了。"念巧两臂张开拦着,"明天还要比赛。"

季鹏往里闯:"我儿子我还不能看?"

念巧压着嗓子嚷:"那也得分时候,几点了?"

季鹏身体微微颤抖:"我就是想得不行才来的。"

"孩子睡眠浅,别打扰他。"念巧是个好门神。

"都是你逼的。"

念巧推了他一把："郝季鹏,你讲不讲道理?是儿子上进。"

季鹏大手一挥,说:"不说这些没用的。"他要往里闯,念巧拼死挡着。你推我搡之间,季鹏一抬头,见一个小人站在次卧门口。

"儿子……"季鹏的声音立刻变得温柔,老泪纵横。宣判日期将近,他此时格外怜惜儿子,仿佛怜惜他留在这世界上的最后一个痕迹。

彬彬一动不动,任由爸爸抱,任由爸爸把自己搓成个面团儿,任由爸爸布满胡楂的大脸蹭他自己的小脸。念巧心有所感,不忍心立刻拆散父子,只好看着季鹏揉搓了一阵。

不大会儿,志明来了。季鹏坚持要陪儿子过一夜。志明带着任务,只好再劝:"爸,这地方小,咱回家,明儿再来。"郝季鹏一定不依。念巧见再这么掰扯下去,一晚上别睡了,只好打发志明去,安排季鹏睡沙发。

房间里静悄悄。三个人,三间屋。郝季鹏辗转反侧,无法入眠。人生跟坐过山车似的,哗啦一下起来了,哗啦一下又下去了。他这半辈子过去,大梦一场。其实他今儿来,是想跟念巧再谈谈,如果她再找,他希望彬彬能跟姐姐、姐夫过,他郝季鹏英雄了半辈子,临了,不能让自己的儿子在别的男人屋檐下过日子。中年得子,季鹏虽然陪伴彬彬少,但把儿子看得比什么都重。

念巧睡到半夜,突然感觉旁边多了个东西。她背着身,反手去摸,还是温乎的!她连忙转身,吓了一跳——郝季鹏躺在她旁边。

念巧要逃。季鹏一把从后抱住她,任凭她怎么挣扎,季鹏的两臂跟铁圈似的,把她箍得紧紧的。

念巧似兽低鸣:"松开!"他压到了她的伤口,他不晓得老婆经历了车祸。

季鹏不语,也不撒手。等她耗尽了力气,挣扎够了,慢慢平息,他才把嘴凑到她后耳廓上:"你就答应我一件事。"

念巧执拗:"松开……"

季鹏又道:"你再找我不管,儿子给彤彤养。"

念巧一听这话,瞬间气炸,她跟老于早已经尘埃落定今生无缘,她止步于围城之外，正是考虑到儿子的感受，何须他郝季鹏多此一举？季鹏的禁止令反倒激起了念巧的叛逆心。念巧狠狠地说："你管不着！"

季鹏用两腿夹着念巧的腿，胳膊肘压着她身子，两手圈住她的脖子："我儿子只能是我儿子！同不同意？"

念巧愤然，厉声道："你有本事掐死我！"见季鹏不动，念巧嘲笑："有贼心，你有贼胆吗?！"

季鹏顿时嗔恨心大炽，手上力气猛然加剧，念巧咳嗽两声，眼看呼吸不过来。

一声闷响。

唐念巧忽然感觉呼吸畅通了。她揉着脖子，转过脸，见儿子彬彬站在床头，手里举着他死去的大伯郝冠峰的女体雕塑作品。

128 / 血 浓 于 水

因为这起儿子打老子的突然事故，郝彤无法去参加大妈为大伯办的生平画作展开幕式。念巧也要在家给彬彬压惊，她给大嫂打电话，扯了个谎，小桃一听就懂。

郝彤坐在医院病床前，眼前的季鹏头上包着纱，跟半个木乃伊似的。郝彤痛心疾首："爸，咱能不能不惹事！还嫌罪名不够大？真杀了人，天王老子也救不了你！"

郝季鹏面如灰死，不看女儿。志明走进来，郝彤起身去洗手间，把志明拉到一边，让他去画展现场一趟，这么大的事，他们家一个人不出实在不像话。孙志明领了命，又折回头坐在老丈人病床前。

季鹏转过头，冷不防对女婿来一句："你愿意你亲儿子叫别人爹吗？"

志明愣了一下，愁眉苦脸地说："他也叫不出来呀……"

*　*　*

美术馆讲坛上，穆小桃微笑着说完最后一个字，台下立刻响起热烈的掌声。郝亚玲巴掌拍得最响。小桃在掌声中走下讲台,由众人拥簇着,从入口开始,带着宾客们欣赏冠峰的画作。

美术学院的领导来了,还有冠峰的朋友、学生、粉丝,哩哩啦啦一大串,每到一处,都能形成一个人疙瘩。亚玲和桂圆挤在人群里,亦步亦趋。

亚玲和桂圆落后了。亚玲问女儿:"喜欢哪幅?"桂圆指了指一幅柿子画。亚玲问:"好在哪儿?"桂圆道:"看饿了。"亚玲失笑:"你怎么就没遗传到你大舅的艺术细菌。"桂圆回嘴:"光顾着遗传你的喝酒细菌了。"

人群响动。郝亚玲和代桂圆连忙跟上。大家站在冠峰的遗作《桃花春雨图》前,小桃微微低着头,食指放在鼻子下面,似乎在竭力控制情绪。

领导劝:"节哀。"

穆小桃扬起脸,强打精神强颜欢笑,道:"这一幅,是郝先生的绝笔。"解说员立刻跟上:"桃花流水鳜鱼肥,春江水暖鸭先知……"

桂圆站在画幅前,一时间心里各种滋味泛起,过去她认为大舅伟大极了,现在呢,发现他也不过是个普通男人,男人该有的弱点,他一个也没落下。

大家拐过弯,缓慢前进。亚玲突然蝎蝎螫螫地凑到女儿身边,摇了摇桂圆的胳膊。代桂圆转头看,好半天才明晰老妈所指的方向。一个身着旗袍身材曼妙的女子站在画作前。

桂圆拿出手机,焦距扩大,女人的面目在手机屏幕上更加清楚。

"就是她。"亚玲跟见着鬼似的,"说好了私下谈,结果她却打上门来了。"

这是一雯重现之后,桂圆第一次跟她打照面。桂圆和亚玲迅速达成一致,桂圆在前方打掩护,亚玲立刻把小桃带走,不能让一雯跟穆老师接触!

"嫂子。"郝亚玲从人缝里钻进去,小声说,"得走啦……"

小桃觑了她一眼,继续跟领导们聊天。

"嫂子,走吧……"亚玲拉小桃的胳膊,小桃瞪了她一眼。情势危急,亚玲只好对宾客们赔着笑脸:"领导,穆老师不舒服……不舒服……"硬生生把小桃拉到了休息室。

穆小桃甩掉亚玲的胳膊,不高兴地说:"搞什么?以后你大哥还得靠他们流芳百世。"

亚玲忙着去倒水，快步端过来递给小桃："嫂子，休息休息。"

小桃坐不住："我得出去。"

郝亚玲赶忙阻拦："休息休息再去。"

小桃着急："到底怎么了？"

"我难受。"亚玲只能往自己身上扯，她捂着肚子。

小桃不耐烦："行了，老二，别装了。"

小桃拨开她，往门口走。亚玲还要拦。小桃喝："再这样我生气了！"

桂圆推门进来，亚玲对她使了个眼色，桂圆摇摇头，意思人还没走。小桃对桂圆说："你照顾好你妈。"说着，又要走。

亚玲整个人贴在门上，呈"大"字："嫂子，你别问，反正你别出去。"

小桃嚷："你大哥的名声你不顾啦？"

亚玲用力地小声说："我就是为了顾大哥的名声！"

桂圆眼尖，看领导们出去了，跟老妈招呼了一声。小桃道："有什么回家闹行不行？我得陪吃饭。"

亚玲一走神，穆小桃把门拉开——一雯站在门口。

小桃愣了一下，没多想，只叫了声"一雯"，就匆匆出门。亚玲连忙把一雯拽进屋，桂圆护送小桃离开。

亚玲面目极其严肃，一雯倒一派轻松。亚玲咬牙切齿："不是说好私下谈吗？"

一雯道："我不是来谈判的。"

"那你来干吗？"

"看展。"一雯道，"看冠峰的绝笔。"随即笑笑，"不犯法吧？"

"你冲我来！"亚玲大义凛然。

一雯道："文峰二姑，国家有法律，我们做遵纪守法的好公民就行了。"

亚玲道："你不怕天打雷劈？"

一雯正色道："他二姑，您劈我可以，文峰跟您可是有血缘关系。您是他亲姑姑，到什么时候都是。血浓于水，您别胳膊肘老往外拐。"

亚玲横眉立目："作了孽是要遭报应的！"

一雯"哼"了一声："把该文峰的那份给到，报应我担着，"顿一下，又说，"他二姑，您不会还没跟穆老师汇报吧？"

桂圆发来条消息，说小桃上车了。亚玲估摸着警报解除，才对一雯说："你等我电话。"说罢夺门而去。

整个晚上亚玲和桂圆都跟着小桃。小桃陪领导吃饭，她们就陪着小桃。小桃喝不了酒，亚玲上，正好借酒浇愁。奶奶没人顾，桂圆打电话给桂宝，让他回家照看着。一菲没人接，她打电话给齐进，请他履行父亲的责任。

一场饭下来，郝亚玲微醺，胆子大了点。她和桂圆把小桃送到家，才终于下定决心要把那件大事说了。

"坐会儿。"小桃让保姆泡水果茶。豆豆已经睡了。

亚玲站着。桂圆拉她坐下，郝亚玲还是紧张，欠着屁股，道："嫂子……跟你……说个事。"

小桃抬头，看着她。

"你别生气……"说罢，郝亚玲轻轻挥挥手，桂圆连忙从包里拿出速效救心丸，倒了水，递到小桃手心里。

小桃不明所以："怎么还吃上药了？"

"嫂子不吃我不说。"亚玲执拗。

"行啦。"小桃发急，"活了半辈子，什么没经过见过，你还能变出个猴来？"她今儿心情好，还残留着幽默感。

"就是个猴……"亚玲惨然。

桂圆紧张，手已经扶上小桃的胳膊。

小桃愣了一下，才问："一雯？"

亚玲大惊，她以为小桃已经知晓："嫂子，您可得挺住！"

小桃说："有几幅画留在她那儿，不妨事，就当是丫鬟陪了几天。"

桂圆听明白了，大妈是只知其一不知其二。

亚玲着急："嫂子……不是……那个……"

小桃道："我也想到了,不过现在人死灯灭,四大皆空,放宽心,就当没有。"

亚玲声音发抖："不是没有……是……有……"

"有什么?"小桃调子提起来,氛围突然紧张。

"有个……"亚玲吸气,吐气,两下,"有个……娃儿……"

"什么东西?"小桃眉毛蹙着。她不是没听清,是不敢相信。她已经推理出八九分,但情感上她不敢闯进终极真相的门。

亚玲见时候已到,索性一闭眼,一硬脖子:"一雯说她跟大哥有个娃儿……"

魔音传脑,穆小桃刚读取了这句话的内涵,跟着便身子一软,倒了下去。亚玲慌忙去掐人中,嘴里叫着:"大嫂!你可不能倒下,你倒了豆豆怎么办……"小屋门开了,豆豆赤着脚,披散着头发,站在客厅拐角处。

亚玲叫:"快来看看你妈!"

桂圆嚷:"快打120!"

亚玲颤抖着摸到手机,还没拨出去,穆小桃醒了。豆豆刚走到跟前,小桃一把抱住女儿,号啕大哭。郝亚玲的情绪这时候才彻底释放,她拉着桂圆,跟小桃哭在一道,边哭边骂:"人在做天在看……哎呀这王八孙子……十八层地狱等着你……"

桂圆的头被老妈抱着,她哭了一会儿实在气闷,只好抽出头来。代创始人还没失去理智,她好生劝道:"妈,哭有啥用,她想要钱,就不能给她!磨她!"

小桃瘫倒在地,泣不成声。爱之深,恨之切,冠峰怎么可以……怎么可以……背叛!

129 / 东 窗 事 发

东窗事发。穆小桃把自己关在画室里,对着房间内摆着的冠峰自画像,一动不动。小桃觉着自己的心被扎了个窟窿。这一辈子，跟了这么一个男人，值吗？为他组织，为他联络，帮他经纪，帮他筹谋，她穆小桃唯一没有帮他做的，无非一件事：生娃儿。

当初决定丁克的时候，他郝冠峰明明欢欢喜喜，她担忧，他还劝解，说："没事，神仙眷侣哪能容得下孩子。"这些年他们一直是社会模范、夫妻标杆，没觉得哪里不痛快、不舒服！可临了临了，他给她挖了这么一个大坑。

小桃终于明白冠峰为什么突然又同意抱个娃儿，那就是他对她的慈悲——他有了，所以也让她有一个。大自然真不公平，凭什么男人到这岁数还能造孽，女人却被剥夺了当妈的权利。十月怀胎，一场辛劳，女人的每一次分娩都是一场酷刑，是鬼门关走一趟。她穆小桃就缺了这一趟，少受了这个苦，就该现在受此折磨？

门"咚咚咚"响。亚玲还在敲门，一声声喊："嫂子，你可别想不开……"桂圆、念巧、郝彤、志明都围在门口，甚至连"编外人员"齐进也来了。他要接送一菲。季鹏即将下监，他还是"伤员"，郝彤没让他过来，最关键是他跟念巧现在不能碰面。

郝季鹏听说一雯有娃儿，第一反应是要把郝家的骨血收回来。郝彤恨道："爸，您是不是觉得，家里有个带把儿的比天都重要？"季鹏缩脖子："那也不是这么说。"志明打圆场："老传统，顶门立户，还是得男孩。"郝彤气得眼绿。

这会儿，郝彤趴在门板上听，抬起耳朵："没声了。"念巧问："砸门吧？"娘儿几个让开。

"哐当"一声，齐进出脚，门被踹开了。小桃躺在地上，跟一具干尸似的。郝彤不敢看，转头对志明："这得立遗嘱了吧？"

念巧和亚玲蹲下，对着亲爱的大嫂。念巧哽咽垂泪。亚玲抚摸着小桃的头发："嫂子……千错万错不是你的错……你干吗这么折磨自己？……你要走了，家当全落……"桂圆带豆豆上前。豆豆叫"妈妈"，也哭。半晌，穆小桃睁开眼，似乎是刚从奈何桥走回来，她费了老大气力，终于说出了一个极具烟火气的字："水。"

穆小桃满血复活，一回到人间，就战斗力爆棚。为了应对一雯的进攻，她组了个团队，亚玲、念巧、赵律师负责出谋划策，齐进和志明做执行，和一雯交涉的工作也交给赵律师。

小桃想起冠峰曾经留过遗嘱，那是个护身符，只可惜当时穆小桃没在意，随手放在床头，现在翻箱倒柜找不着。穆小桃仔细回忆，终于想起来好像夹在一只牛皮纸信封里。保姆指路，所有拆了的信封都打包放在院子房檐底下。只可惜，半个月前一场大雨，信封连带报纸杂志都被浇了个透。遗嘱是翻出来了，字迹却基本无法辨认。她拿给律师瞧。律师摇头。这条路是不通了。

第一轮沟通，一雯提出要一半财产的和解办法。赵律师也提出要验证孩子身份。一雯道："郝先生的指甲、头发和血液样本，我都保留着，如果法庭需要提供，我随时可以提供。"

赵律师反馈，小桃还算稳得住，郝亚玲当场跳起来："她就是存心！埋伏好久了。"又问小桃，"嫂子，真要打官司，大哥可就遗臭万年了。"穆小桃苦苦地说："他才不在乎，搞不好还很享受。"亚玲无言，又问："嫂子，你的底价是什么？"小桃却说："我没有底价，只有目标，我的目标是让她一分钱也拿不到。"

有了目标，小桃的心逐渐坚硬起来，过去她是逃避，现在要直面冠峰的一切，包括他和一雯的绯色故事。她如今是个战士，身披铠甲，手执长矛，志在戳破生活的假象，包括她和冠峰的爱情幻象。她宁愿清醒地痛，也不愿陶醉在冠峰刻意营造的情感鸦片里。

冠峰和一雯什么时候开始的，在哪里开始的，怎么开始的，小桃都迫切需要知道，而这一切，她又只能单枪匹马去寻找。说走就走。穆小桃轻装上阵，首先去找秀云的丈夫，他们有过几面之缘。到了浙江，人找到了，不过秀云丈夫说，一雯自从跟秀云回来之后，就去老家定居了。"秀云跟您说过什么吗？"小桃问。秀云丈夫问指哪方面。小桃问："秀云去世，一雯没到，您不觉得有点奇怪吗？"

秀云丈夫道:"她来了。但身体不太好,情绪太过激动,晕过去两次,所以一直住在宾馆。"

穆小桃毛骨悚然,也就是说,他们在给秀云操持葬礼的时候,一雯就在附近。小桃又想起当初秀云临终前拉着她的手要说什么,秀云恐怕是整个事情的唯一知情人。穆小桃一时失神。秀云丈夫问:"出什么事了吗?"小桃连忙说:"没有。"秀云丈夫又让小桃节哀。

离开秀云老家,穆小桃又去了冠峰去世前住的酒店。上次来忙忙碌碌,这次安安静静地住在这儿,小桃才有心绪四处走走。吃了饭,漫步在山道上,转过流星瀑,见一汪深潭。小桃发愣——这正是《桃花春雨图》中的场景。她原本以为画中的人是自己,场景是他们当年初恋的地方,结果呢,连地方都是新的。一瞬间,穆小桃心中残留的一点温柔被击得魂飞魄散。他很享受红袖添香、老来得子,她却为维护他的名声苦熬!她现在就是为了自己、为了豆豆而战,人没了,钱再被分走,她真就一败涂地。这口气她到死都会倒不过来!离开酒店,小桃给赵律师打电话。他说正在处理另一个案子,是跟税务有关。这启发了小桃,她记得她曾经问志明要过冠峰在浙江成立的新公司的信息,或许可以从这里入手。

回到家,穆小桃把赵律师找来,基本情况介绍了一下,律师立刻表示他亲自去调查、取证,他希望这段时间穆老师需耐心等待。小桃不自觉地伸手去扯花瓶里鲜花的花瓣,道:"她这样的女人,混了那么多年,总有点别的故事吧?"

亚玲来电话问小桃的情况。她还是担心大嫂。穆小桃已经能笑出声了。亚玲道:"慢慢来,咱们这么多人,还能斗不过她一个?"小桃呵呵说:"不急。"

儿子桂宝脸凑得老近,吓了郝亚玲一跳。桂宝是最后一个知道一雯的故事的,志明漏的风,他听了难受。亚玲拍了儿子脑壳一下,干脆地说:"你现在就是清空,全部清空,什么都别想,还有就是,"亚玲伸手在嘴上拉了一下,"你得考虑璐瑶的感受。"

桂宝道:"这大舅也是……"亚玲听不下去:"行啦!"

桂宝不作声,其他的他不想,他就想要回一雯帮他画的人体画。思忖了一会儿,桂宝问桂圆哪儿去了。亚玲道:"跟你姐夫出去了。"桂宝不解:"离了跟没离似的。"

亚玲道:"再怎么离,爸还是爸,妈还是妈,还有你大妈的事,齐进没少帮忙。"桂宝道:"姐可别在同一个坑里摔两次。"

130 / 一 片 心 意

下监的日子越来越近,郝季鹏的情绪越来越低落,跟得了慢性病似的。他整日在家待着——确切地说,是瘫着,头上包着块纱布,饭就吃晚上一顿。因为吃得少,所以郝彤和志明格外叮嘱保姆,晚上这顿一定极尽丰盛。可越是在意,越给人感觉是要给老爹送行。

这天傍晚,孙志明在厨房盯着。郝彤收拾东西,衣服打包,物品归位,季鹏以为女儿在给他收拾行李,于是幽幽地道:"不用收拾,里面什么都有,其他的也不能带。"

郝彤愣了一下,凑到老爸身边。

郝季鹏不看女儿,继续说:"老子英雄儿好汉,老子狗熊儿混蛋。"郝彤侧面看老爸,像海盗。她不明白他为什么突然发这句感慨。季鹏又说:"万一……我是说万一……爸爸进去之后出不来……"

郝彤连忙堵他话:"爸!别胡说!"

季鹏惨然:"我是说万一,"然后摆了摆手,"万一……阎王召唤,"咽口唾沫,"你就是家里的老大,你要把你妈和弟弟照顾好。"

郝彤道:"爸,这个不用你叮嘱,我肯定给弄得好好的。"

季鹏又说:"你妈要再婚……"说着眼泪要下来。

郝彤连忙说:"爸!都是你多想,妈根本没那打算!"

季鹏遥遥一指:"不跟那姓于的……"

569

"妈跟我交代了,不会。"

"我还有希望?"季鹏坐直了。

郝彤没想到老爸还惦记着,可为了让他在牢里有个念想,她只能欺骗:"希望大大的,只要你坚持住,到时候,你是老头,她是老太婆,那还不就凑合过。"

"对对……凑合过。"季鹏兴奋地站起来,来回走,突然有点老态了。

郝彤瞥见老爸斑白的两鬓,心酸。

保姆和志明端菜出来。季鹏要酒。志明看郝彤,郝彤下令:"拿酒!"志明连忙从储物间翻出两瓶茅台,存了多少年的,今儿高兴,一醉方休。

酒满上,菜一片油亮。郝彤把世然放在旁边,举杯敬老爹:"爸,我郝彤这辈子最佩服的就是您。"

季鹏嘿嘿笑:"谎话。我还有点自知之明。"

郝彤道:"不,真话,"她转头看看丈夫孙志明,又对老爸,"想要成神,必过火场。爸,这一关你要能熬出来,你就是大神。"

季鹏眼泪汪汪——全世界都背叛他,还有女儿支持他。

席间,郝季鹏前前后后来来回回把他们这个家从哪里来的,怎么建立的,过去多么苦,后来怎么发达,他和念巧怎么恋爱、怎么相濡以沫、怎么走向分离,仔仔细细描述了一遍。好像说完了,他一辈子就要过完似的。

季鹏拿筷子敲桌边沿,时不时为自己击节叫好。冷不防,世然在旁边来一声"lao!"又一下"lao!"真响亮。郝彤又是惊又是喜,志明也围着儿子,再一次,"lao!"郝彤眼神求助,志明也不明白儿子说的是什么。"lao!"第四次。郝彤道:"不会要找姥姥吧?怎么不先喊妈妈,倒念着姥姥。"

志明糊弄:"世然跟姥姥亲。反正能开口就是好事。"

季鹏站起来,凑到外孙世然跟前,蹲下。小世然又来一次,还是那个音,还是那个调。季鹏抖抖手指,恍然大悟:"明白啦,我孙儿是催我去坐牢。"他近来无事在家,老在世然面前提"坐牢"二字。

季鹏挺起脊梁,手背在后头:"凡夫畏果,菩萨畏因,殊不知,只要有因,必然有果。恶因就有恶果。恶果你就得承受,我得去还债!"

郝彤在他身后凄然地叫:"爸——"

季鹏跟唱京戏似的迈出两步,蓦地,轰然倒下。

郝彤和志明齐声大叫,以为郝季鹏就此仙去。郝彤涕泪横飞:"爸!你不能死!你死了我就没爸爸了!"志明赶忙掐季鹏的人中。郝彤嚷嚷:"叫救护车!"保姆忙着去拿电话。

忽然间,郝季鹏睁开了眼。

"爸——"郝彤又叫,这回是埋怨。

季鹏恍恍惚惚地问:"到牢里了?"

郝彤抱住老爸的头,鼻涕眼泪都奉献给他。

* * *

桂圆家客厅,璐瑶抱着正北,桂宝抱着正南。亚玲从里屋出来,她刚安顿奶奶休息。一菲在小房间做作业。代桂圆坐在大桌子旁边,桌上摆着一把车钥匙。齐进送给了桂圆个生日礼物——奔驰一辆。

"下血本了。"桂宝率先说,"真下血本了。"

璐瑶看了他一眼,意思是让他少说话。

桂圆对亚玲说:"妈,您就不该收。"

亚玲道:"我哪儿知道什么奔迟奔早,他放下就走了。"又嘀咕,"总比米面粮油好。"

桂圆对弟弟说:"桂宝,你给还回去。"

桂宝着急:"姐,他给你就收,离婚什么都没分,就当是补偿。"

璐瑶也跟着说:"是,一片心意,收着也无妨。"

桂圆从来没有贪图过齐进的钱。最关键是,她压根儿没打算跟他复婚。收了奔驰,怎么算?桂圆永远都忘不了齐进对她的吼叫,说她不适合当别人的老婆当别人的妈。她现在不是置气,一切决定都是冷静思考的结果。事业大发展,女儿茁壮成长。再复婚,再磨合,没有意义。她觉得自己的爱情已经在一次次的磋磨中丧失殆尽。婚姻这东西,经历过一次就可以了,谁还去受二茬罪、吃二茬苦。

"那也不能收。"桂圆坚持。

亚玲见齐进发展不错,尤其是最近家里各种事齐进乐于帮忙,表现良好,对前女婿的态度有所转变,便道:"要收要还随你便,不过得你自己处理。"

桂圆白眼对她。

"或者卖了,折现。"亚玲出馊主意。

"妈,"桂圆不答应,"您要缺钱直接跟我要。"

桂圆约齐进出来。这是两个人离婚后第一次单独见面。不吃饭,不喝咖啡。桂圆故意简单处理,直接叫他到公司拿一菲隔天要带去辅导班的东西,等都交割完毕,桂圆在一楼大厅里把车钥匙递给齐进:"这个你拿回去。"

"给你的。"齐进口气恳切。

"我没多余的牌照。"

"我帮你想办法。"

"齐进,别以为这样就能回到过去。"桂圆打他个措手不及。

齐进把桂圆往旁边拉了拉,小声道:"桂圆,我就想对你好。"

桂圆稳定住情绪,淡然地说:"真的没必要,你要真对我好,就把自己的日子过好了,咱们合力把女儿照顾好。"

"没你我过不好。"齐进两手插在裤子口袋,看地下。

桂圆笑笑:"以前是有我过不好。"

齐进道:"情况都在变,我现在条件好了,有能力给你好的生活,我想对你好,我想跟你过日子。"

桂圆不愿意再听下去:"你妈是我害死的,这个坎咱谁也过不去。"

"是意外,我想明白了,人的命,天管定,谁也不怪。"

"我不适合当人家老婆当人家妈。"

"你太适合了,你要不适合,全国 90% 的男人得打光棍。"齐进不假思索。

"你恨我,你要跟我离。"

齐进慌乱解释:"那是过去的我……跟现在的不是一个我。"

"我没变。"桂圆甩开他的手。

"反正我一直等。"

"那是你的事。"桂圆大踏步走向电梯。

一整个下午,代桂圆都坐着发呆。秘书进来说事,她好几次都搞不清状况,弄得秘书以为代总生病了。桂圆心里苦水流。她不是生病,她是解脱。离婚时齐进给她的心灵创伤,因为他的道歉,慢慢弥合。"还爱他吗?"桂圆扪心自问。也许,他深情表白的瞬间,她的心旌依旧有几分摇荡。他们有太多的过去,有个娃儿。可是,她还需要他吗?她自己也说不清。没有男人的日子,跟修行似的,她现在似乎已经习惯,男人对她不是雪中送炭,是锦上添花。那么这朵花,至少得添得高兴,添得愉快。现在愉快吗?似乎是有一点,爱的感觉让人充满能量,哪怕她对这份爱是警惕的。男人信不过,可是,因为这样就把男人排除在外吗?桂圆一时半会儿还想不明白。她需要静静。

没多久,公司里发生了一件事,让桂圆对生活有了新的思考。会计陶大姐的女儿在美国留学,因意外不幸去世。这意味着陶大姐在 50 岁高龄失独了。作为公司领导,桂圆有责任去做好抚慰工作。面对着这样一个陶大姐,桂圆不禁惨然——独生子女就会有这种危险。

她把这份担忧跟璐瑶倾诉,又说:"真羡慕你,一次俩,省事。"

璐瑶呵呵道:"你再生一个呗,又不是不行。"

"跟谁?"

"找一个。"

桂圆叹:"现在倒是有能力生,有能力养,"她看看璐瑶,又伸手逗逗正北、正南,"就是太麻烦。"想起来又说,"而且跟一菲同母异父。"

璐瑶顺势道:"有同母同父的呀,你又不要。"

"去。"桂圆轻推了璐瑶一下。

璐瑶道:"现在跟过去不一样,主动权在你,真要有了娃儿,复不复的,还不是你说了算,反正你的目的是避免当失独老人,咱目标导向。"

桂圆沉思。璐瑶说的不失为没有办法的办法。

131 / 跟 着 感 觉 走

谈了几个来回,没有实质性进展。一雯咬得很紧,她始终坚持,如果私了,就对半分,否则就上法庭。小桃方面,时而松,好像要同意了,时而又紧,守住底线的样子。

一雯在电话里催促律师:"快点决定,不然法庭见。"律师跟一雯说话的时候都开着免提,穆小桃在旁边都能听到,有好几次她真想痛骂,可是必须忍住。小不忍,则乱大谋。小桃这边兵分三路:律师负责尽量拖住一雯,争取更多的时间;志明去查一雯的税务状况;齐进则委托一位朋友去查一雯的旧事,看有没有什么突破口。只可惜,查了好一通,一雯的过去简直就是一张白纸——大学毕业就去园区工作,一直待到遇见冠峰,连恋爱好像都没谈过几次。

小桃沮丧。亚玲的话很糙:"苍蝇不叮无缝的蛋。她这个蛋,怎么就一条缝都没有呢?"又问,"接下来怎么办?如果她硬要上法院如何应对?"小桃誓要抗争到底:"去法院,也有个流程,即便判了,东西都在我手里,我拒不执行,拖一天是一天。"

细分析下去,穆小桃突然想起一个人来,觉得多少能提供点线索。亚玲听了却浑身发冷——小桃想找桂宝来摸摸底。

亚玲护着儿子,更护着儿媳妇:"他什么也不知道。"

小桃不作声,轻轻叹气。

亚玲怕大嫂失落,只好一咬牙,两肋插刀:"明儿人我给带过来。"

代桂宝接到老妈的电话,得知有这么个问询,也有点紧张。他爬上床,璐瑶问什么人来电话。桂宝道:"大妈。"

"啥事?"璐瑶又问。

"明儿让我过去一趟。"

"要我陪吗？"璐瑶热心。

桂宝连忙说不用。

代桂宝睡不着。老妈在电话里敲打他："好好回忆回忆。"桂宝还真就回忆起来。说实话，他忘不了一雯。一雯给他的感受太过魔幻。那简直代表着青春、疯狂、迷惑，再也不会有了。只是第二天到大妈小桃那儿，桂宝才发现自己回忆的路数不对。

亚玲让他回忆一雯的坏，他却总想到一雯的好。小桃一本正经地问一雯家有几口人、过去做过什么、还有什么其他经历、在什么地方待过、接触过什么人之类。桂宝只能尽己所能地吐露，跟螃蟹吐泡泡似的。

大浪淘沙，穆小桃倒是发现了一点线索。一雯做过一段时间贸易，确切地说，是做过进口。她还考过空姐，但没被录取。小桃认为这两点都可以作为继续调查的切入口，就是要快。

出了大妈家门，桂宝才问亚玲："大妈到底想干吗呀？"亚玲直言："找一雯的黑底！"桂宝才想起来："一雯有些朋友在郊区，画画的那些，我见过。"亚玲问："能联系上吗？"桂宝说有号码。亚玲拍儿子的背："回去，跟你大妈交代。"桂宝嘀咕："啥交代，我又不是犯罪分子。"

* * *

左璐瑶的建议在桂圆心中慢慢发酵。她不得不承认这是一个办法，好不好另说。实话讲，第一胎生得那么辛苦，桂圆没想过要第二胎。几年过去，如今情势有变，她离婚了，经济条件变好了，尤其是陶大姐的遭遇给她刺激太大。

桂圆其实想给一菲添个弟弟或者妹妹，好让她在这世上不那么孤单。桂圆觉得自己还是传统，不想家庭的环境太复杂。可是，怎么跟齐进开口呢？是，齐进提复婚了。可他的真正目的是什么？他真就非她不可？以齐进现在的条件，找个女人结婚不成问题，再生个孩子也不是难事。可他还是回头找她，是因为愧疚？还是因为……桂圆打心底里不敢确信"爱"这个字。到了这个年纪，男女之爱似乎沉了底。桂圆能想到的合理解释就是省事，不用重新磨合。

而且桂圆见证他从低谷到高峰，或许他需要这个见证者。桂圆觉得齐进没什么理由反对。生育的过程不用齐进操劳，生了之后她自己住得起高级月子中心，养孩子的事她也考虑到了——这次不让老妈带，请两个保姆。齐进只需要提供一点"生产资料"，然后担一个名分。至于抚养费，他自己看着办。现在问题的焦点是齐进能否同意。

周末，一菲要去游乐园，还格外提出爸爸妈妈得一起去。桂圆一听，立刻明白是齐进做工作了。这种情况曾经发生过一次，当时桂圆委婉拒绝。一山不容二虎，妈带爸就不带。反过来也一样。不过这一回，代桂圆委婉同意了。

桂圆带着一菲到游乐园门口，齐进已经站在那儿，一身运动装。桂圆好久没见到这种打扮的齐进。齐进挥手，带着笑容。桂圆领着女儿走过去。

齐进第一句话就是："车停好了。"桂圆诧异——这有必要特地说吗？过了两秒她才反应过来，估计指的是那辆奔驰。齐进又说："牌照上了。"

桂圆"嗯"了一声，不代表接受。有个卖小兔子头饰的过来兜售，说有亲子套装，3个25元。桂圆说不要，一菲不答应。齐进立马爽快给钱。三个都戴在头上，仿佛又是一家人了。爸爸，妈妈，娃儿，和和美美。

一路玩得还算痛快，桂圆和齐进都没觉得有什么别扭，到底还有旧情——虽然不多。而且，经过齐进上次表白，桂圆也柔软了一些。至少齐进自己认为是这样。他的糖衣炮弹还是有效果的。

一菲在玩泡泡池。桂圆和齐进站在围栏外看。齐进觉得时机已到，把车钥匙拿出来，塞到桂圆手心里，又帮着她把手攥紧。桂圆执意不要。齐进假装生气道："这点都受不起了吗？"桂圆不吭声，齐进又说："我没别的意思，就是单纯想对你好。"

桂圆顺势而为："你要真对我好，就帮我一个忙。"

齐进立即问："什么忙？我义不容辞。"

"咱们合作一把。"桂圆微笑着。她现在是蒙娜丽莎，谁也猜不透。

"怎么合作？"

"你只需要出一点'生产资料'。"

"哦？你要做实体。"

桂圆莞尔："也可以这么说。"

"具体说说。"齐进着急想知道。

于是桂圆直说："我想再生个娃儿。"

"跟我？"

桂圆轻轻点头。

齐进连忙说："我的荣幸，我的荣幸。"他没想到他只考虑到一，桂圆已经考虑到二，眼看就要三生万物。

"但是不复婚。"桂圆补充说明。

"为什么？"齐进问。

"为了一菲，"桂圆不藏着掖着，"我不想我女儿有个同母异父的弟弟或者妹妹。"

齐进沮丧。桂圆的未来世界只有娃儿，没有他。可话说到这儿，齐进不好撤退，只能顺着问下去："需要我做什么？"

桂圆冷静地回答："你愿意出力就出力，要是不愿意，咱们就老办法，试管。"

桂圆越是理智、狠心，齐进越是迷恋她——他的前妻可不是庸脂俗粉，她非同一般，弱水三千他不要，只取一瓢饮。齐进还想争取："能不能……不要跳级……咱们按正常程序走。"

"我暂时不打算过婚姻生活。"桂圆挑明了。

"你真的……不需要……"齐进压低嗓音。

桂圆不屑地笑笑，说："妈的事，我有责任，我要心胸大一点，也许还能见着妈最后一面。你怪我，我不怪你。但老天爷的剧本就是这样，没有如果，只能接受。我跟你的问题，不是哪一件事的问题，是你骨子里就觉得应该男主外、女主内，男是天、女为地。"她换了个站姿，剪刀脚，"我反正是要有独立的生活独立的事业，我自己的日子我自己说了算。"

齐进连忙附和："你说了算，我的事，全家的事，你都说了算。"

桂圆呵呵道："你现在在高点，"她手比画了一下，"如果你事业往下走了，我生了娃儿，让你在家带孩子，你什么感受？"忽然正色，"江山易改，本性难移。我没有打算也没有能力改变你，如果有一天我们还能重新走到一块儿，那就说明我接受了这样的你。"

齐进深呼吸："我可以改变……真的……知错能改善莫大焉……"

桂圆举手让他停："我的建议你考虑考虑。"

齐进还要说话，桂圆抢先道："以后的事以后再说，"顿一下，"跟着感觉走，好吗？"

132 / 不是君子

周六上午郝亚玲接到穆小桃的电话，让她去家里一趟。亚玲问出了什么事，小桃说到家再说。亚玲又问："需要桂圆吗？"小桃说已经叫她了。亚玲把老奶奶交给保姆，拎上小包，匆匆出门。

到小桃家院门口，亚玲发现桂圆的车停在那儿。她穿过院子进屋。客厅里，小桃和念巧坐着，正在跟桂圆说话。

亚玲推门就问："到底什么事呀？聚这么齐。"

穆小桃见人到齐了，才笑呵呵地说："一会儿来个人。"

三个女人你看看我我看看你，不知何方神圣。

亚玲问："打麻将吗，还叫谁？"

小桃启朱唇开玉口，故意轻描淡写地说："一雯等会儿过来。"

娘儿仨吓一跳。亚玲着急，开始撸袖子："她还敢打上门来！"桂圆按住老妈。

念巧问："她想怎么样？"

穆小桃说："不想怎么样，约她过来谈谈，赵律师说她就今儿有空。"

众人悚然。气氛顿时紧张。

亚玲说："嫂子，咋不早点说？我好带点家伙。"

小桃还是微笑："又不是打群架。叫你们来，只是来做个见证。都是亲戚，冠峰的事跟我们每个人都有关系。说句不好听的，将来我百年之后，家里这些东西还得传到小字辈手上。"

念巧道："嫂子，咱们人多，不怕。"

小桃说："人多人少无所谓，反正走到哪儿都得讲个理字。她崔一雯只要是人，就得讲理。"

亚玲恨道："管她呢，文的也好武的也罢，咱奉陪到底！"

说完这话，一时沉默，四个人坐着喝茶，看似平静，内心跟煎着药汤似的。

桂圆冷眼旁观，实在佩服大妈的气度，这火星眼看撞地球，她还能稳坐钓鱼台，好似菩萨一尊。不过，桂圆又忍不住为大妈担心。一雯给郝家生了块肉，就一定要咬掉郝家一块肉，不然她怎能善罢甘休。

不多会儿，豆豆拿着写字本出来，找穆小桃签作业。小桃拿在手里，认真检查了一番，把字签了，然后让保姆带孩子出去玩。很明显，她不想让女儿目睹大战，感受惨烈。

豆豆一出门，气氛更紧张了。快到中午，天光反倒暗下来。朝外看看，看不见云，只是天东黑一块西黑一块，随时要哭似的。雨点还没落下之前，院子外有汽车的声响，然后是院门响。到院子里找东西吃的那只老黑猫吓得窜到墙头上，跟着传来赵律师的声音。亚玲、念巧要起身，小桃伸手示意稳住。

桂圆本来想动屁股，见此情形，也稳稳地坐在椅子上。

赵律师身后跟着个女人，运动装，面料是流行的那种天鹅绒式，粉色，胸前拉链边沿镶着水钻。虽然是阴天，她照样戴个大墨镜，进门才摘掉，露出一张面无表情的脸。

赵律师在靠墙边的沙发坐下。一雯站着，几个女人盯着她看。

"坐吧。"穆小桃招呼。

一雯倒不客气，拣了张椅子坐下。屁股刚碰到椅面，又立刻站起。亚玲惊得身子后倒，好像一雯是洪水猛兽。念巧紧张得拉住桂圆的胳膊。

小桃道："说吧。"

一雯环顾："这儿说话不方便。"

赵律师说："都是当事人,你想说什么就直接说。"

一雯坚持："我只跟穆老师谈。"

小桃立刻起身,往画室走。一雯跟着去。亚玲扯住大嫂的胳膊,小桃拍了拍她手面,意思是不用担心。亚玲小声说："有情况你出声,我冲进去。"

念巧和桂圆一脸担心,朝律师看。赵律师摆摆手,示意在外面等。小桃前脚进画室,后脚一雯跟着,关上了门。整个画室只有两个女人,战争即将打响。

穆小桃在靠南墙的大太师椅上坐了。一雯坐在她对面。两个人中间隔着一张画案,案几上散落着笔墨纸砚。冠峰走后,小桃偶尔作画消遣。她又重新画那些翻着白眼的鸟和鱼。

两个人对望,好像都在运气。小桃笑笑,一雯也笑笑。越是大事在即,越要表现得轻松。

终于,穆小桃先开口："我想先问你一个问题。"

一雯彬彬有礼："但说无妨。"

"你是怎么勾引到郝老师的?"小桃问得犀利。

一雯立刻纠正："是吸引,不是勾引,"顿一下,又说,"是先生先追求我的。"

"你不知道他有太太、有女儿、有家庭吗?"

一雯十分克制："爱情是美好的东西,有了爱情,就要让它发生。这是艺术。"

"你还委屈了?"小桃柔声柔气。

一雯道："委屈谈不上,我本来也不想打扰别人,可先生非让我把孩子生下来,他说这对他很重要。"

穆小桃脸上的肉微微动了一下。跟一雯过招,她有心理准备,但她没想到一雯直戳她的痛点。不过穆小桃不怕,她有办法。一雯的话音刚落,小桃就呵呵笑道:"孩子是真的假的还不一定呢。"

一雯道:"还是要相信科学,可以让法院来判断,总会水落石出的。"

"你就是想要钱,你跟冠峰在一起,包括生孩子,都是为了钱。"小桃一步一步往前推进。

一雯不恋战,道:"穆老师,你怎么想是你的事,可人活在这个世界上,就得尊重事实。我给了先生你给不了的,这是事实。文峰是先生的亲儿子,这是事实。我来见你,要的不是钱,是对文峰的一份尊重。是儿子,就有权继承老子的东西。我要的是我儿子未来的一份安稳,我要他健康成长,我也要培养他画画,继承先生的遗志。当然,这些东西穆老师可能并不能全然明白,因为你没有经历做母亲的那份痛。"

句句如匕首,刀刀见红。

一雯死死盯住小桃,可穆小桃却似乎并没有被激怒。她站起身来,绕过案几,靠近了:"这么说,你还很伟大?"

一雯岿然:"我只是做了我应该做的。"

小桃又问:"我丈夫死在宾馆,死前被你逼迫着大量作画,死后你人都不见一个,也是你应该做的?"

一雯冷笑:"我不出现,是出于对您的尊重。"

小桃反驳:"怎么,你也有羞耻心,也知道自己有罪,知道自己不是我丈夫名正言顺的妻子?我丈夫原本可以颐养天年,要不是你吃他的肉吸他的血压榨他刺激他,他恐怕能活100岁。"

一雯站起来,朝旁边走了两步:"穆老师,这些都是您的幻想吧?您怎么不说,您给先生的日子是多么枯燥乏味生不如死,他才会不顾一切离开您?您才是整天想着赚钱,您最关心的是画作的价钱,根本不关心先生的画艺能进阶到什么境界。是您的铜臭污染了先生!是您的庸俗逼走了先生!是您的无知让您跟先生完全身处不同的世界!"突然小声,"最关键一点,您没办法让先生的基因传承下去,"转而大声,"先生是可怜您,才允许您抱养那个孩子。您觉得自己高高在上,其实您才是被放逐的那一个。"然后笑着说,"我这是替天行道,先生一辈子奋斗的成果怎么能落到外姓人手里呢？"一雯说完还没来得及转身,说时迟那时快,穆小桃抓起案几上的墨汁盆朝她身上一泼！崔一雯反应敏捷,迅速跳开,可衣服上还是沾上了墨汁,黑了一大块。

崔一雯骇笑道："穆老师,您能不能创造一点新的桥段,人过时,用的招数也过时……"

小桃不睬她,拿出手机,直接开读："《刑法》第153条、第157条规定,个人犯走私普通货物、物品罪,偷逃应缴税额在5万元以上不满15万元的,处3年以下有期徒刑或者拘役,并处偷逃应缴税额1倍以上5倍以下罚金；偷逃应缴税额在15万元以上不满50万元的,处3年以上10年以下有期徒刑,并处偷逃应缴税额1倍以上5倍以下罚金……"顿了一秒,"还要继续听吗？"穆小桃微笑着望着一雯。

崔一雯面如灰死。

小桃私下没少调查,正因为抓到了实锤,她才安排了今天的见面。她手里的材料关乎一雯隐姓埋名的过去,关乎她一段失败的走私生涯,关乎她跟某贪官的一段故事,小桃真觉得为冠峰不值,他在生命的最后一段居然选择了这样一个乌七八糟的女人！

"你想干什么？"一雯厉声。

小桃和风细雨："那得看你干过什么。十多年前你就开始在浙江海宁一带活动,跟乔某某的关系,不用我细说了吧？你那吞吐量可是相当惊人,超过国家规定的份额了吧？"顿一下,小桃继续,"只不过,乔某人倒台,你受连累,好不容易积攒的老本蚀了个精光,你才下定决心卷土重来,再找猎物。于是找到了秀云夫妇。你谎报了年龄,减龄五岁,冒充美术学院学生,不过你确实有一点美术功底,是过去在工艺厂当学徒的时候学的。"小桃转过身,声音悠长,"还有一些难以启齿的故事,需要我都说出来吗？"

"污蔑！"一雯乱了阵脚。

小桃呵呵笑道："如果你愿意,可以去跟法庭解释解释。"

"你想怎么样？"一雯两眼通红。

穆小桃又绕过案几,坐回太师椅:"我这个人心很软的,不会赶尽杀绝。"

"就算你把我坑了,该要的东西我还是会要。"一雯挺住。狭路相逢勇者胜。

小桃笑得欢快:"当然,等你在里头蹲个三年五载,出来咱们继续打官司。"

一雯像魂被抽了似的:"别假惺惺了,直接说条件吧。"

小桃随手拿起椅子旁边的一把羽毛扇:"我可以按照法律规定,把财产分给孩子。"她摇动着扇子,故意不往下说。一个有意味的空白。

一雯下巴朝下点:"但是?"

"跪下。"小桃突然放出两个字,像两只飞镖,直接朝一雯打过去。崔一雯没反应过来。

小桃慢慢悠悠道:"你伤害了我,只要你肯下跪求我,过去的事一笔勾销,财产给你,秘密我不知道,皆大欢喜。"

空气凝固了。一雯站在那儿,像尊石像。

小桃用余光瞥了她一眼,说:"我数十下。"跟着,她真开始倒数,"十、九、八、七、六、五……"等念到"三"的时候,一雯真"扑通"一下跪倒在地。为了五斗米,为了娃儿的未来,下跪没什么大不了。

小桃厉声喝:"忏悔!"她的表情如鬼似魅,显露着她痛苦的灵魂。

一雯嗫嚅着:"我也是一时糊涂……做了对不起您的事……还请您大人有大量……"

穆小桃突然放声大笑,声音凄厉,好像一只修炼千年的老鹰在青空盘旋。她对着墙上冠峰的自画像道:"郝冠峰,郝先生,郝大师……听到了吧……看到了吧……这就是你选的女人……一个没有骨头的贱女人!"

一雯感觉自己上了当,连忙站起来:"别废话了,给钱吧!"

小桃转身对她,还是笑:"我不是君子,你有话去跟法庭说吧。"

一雯恼羞成怒,跳着抓住小桃的头发。小桃痛叫出声。亚玲她们连忙冲进来,几个女人掐作一团。赵律师夹在中间拉架,自己挨了七八拳,才终于将她们分开。

一雯见双拳难敌八手,骂骂咧咧落荒而逃。亚玲问小桃:"嫂子,我们赢了输了?"念巧接话:"当然赢了。"桂圆心疼大妈,连忙探看有没有受伤。

穆小桃对赵律师下达命令:"小赵,按原定计划谈,争取一分钱不给她。"亚玲不明白发生了什么,但还是竖起大拇指:"高!嫂子,实在是高!"代桂圆和唐念巧突然松下劲来,虽然什么也没做,但她们都感觉跟刚经历一场大战似的,浑身酸痛。

133／万不得已

进入实操阶段,穆小桃才发现,跟一雯的争斗恐怕将旷日持久。一雯的黑底问题格外复杂,时过境迁,她又改了名、转了行、搬了地方,举证有困难。而且,穆小桃的主要目的还是敲山震虎,让一雯知难而退,不到万不得已,不走报案这步。没有证据,只是耳闻、传说,又怎么报案呢?穆小桃究竟觉得,多一事不如少一事。

不过,出于安全考虑,大家觉得还是应该有人在小桃家驻守,万一一雯要鱼死网破、玉石俱焚,有人护卫总好些。白天家里有保姆,念巧和亚玲都担心晚上。

思来想去,念巧提了个人——齐进。夜晚护卫,齐进最合适。桂圆听了有点别扭,可为了大妈的安全,也只能勉为其难,让老妈亚玲去跟齐进提。

齐进立马答应。穆小桃对他有恩,他去住一阵不是问题。这些日子,穆小桃睡不着,晚上往往在画室待到半夜,齐进心里有事,睡得也晚,常在小桃身旁站着。

这天,齐进观摩小桃画乌鸦,看她点了白眼,他突然一声长叹。

穆小桃问:"怎么,比我还失意?"

齐进住进来之后,小桃从来没问过他和桂圆的事,虽然亚玲早已经跟她透风。

齐进忙说:"不是。"

小桃又问:"跟桂圆还没和好呢?"

齐进迭声道:"和好了,和好了。"

小桃道:"凑合过吧。"

齐进连忙说:"是她不愿意凑合,"又纠正,"不是凑合,是好好过日子。"

"为什么?"

"她不想复婚,只想生娃儿。"

小桃越听越迷惑。齐进只好把桂圆那一套理论跟大妈倾诉了。小桃呵呵道:"现在的女孩子跟我们那时候,真不一样了。"齐进怕孩子的话题刺激到小桃,便把话题往别处引导。可小桃偏要顺着说:"老人迷娃儿,跟小姑娘迷帅哥一样,娃儿对老人的吸引力太大了。"

齐进不作声,听小桃阐述她的理论。

小桃继续说:"只有在生命慢慢枯萎行将就木的时候,才明白什么叫生命的传承,看到一个朝气勃勃的新生命,哪怕只是触摸一下,都好像能给自己衰老的身躯注入活力和希望。"

齐进下意识抿抿嘴。

小桃放下笔管,叹了口气:"我其实能理解他,"她抬头看墙上冠峰的自画像,"人终有一死,娃儿是人以某种形式继续存在于这个世界的最重要的方法。一个普通人,如果没有娃儿,百年之后,世界就跟他一点关系没有。"突然提了口气,"可是我就恨他什么都不跟我说!哪怕要出去生个娃儿,都可以说,可以商量!为什么要把我排除在外!"

齐进怕小桃太过激动,连忙安慰。

"桃雯大战"进入僵持阶段,亚玲和桂圆才腾出精力来回归小家庭。璐瑶带着孩子上门两次,婆婆和大姑姐都不在家,保姆多话,说去大妈家了。璐瑶疑惑,问桂宝情况。

桂宝也解释不清。私下里,他对老妈埋怨:"妈,您这保密工作可够差的。"因此,亚玲不得不上门看璐瑶,给出解释。桂宝想吃糖饼,亚玲一来就忙。

桂圆陪璐瑶说话。璐瑶问:"怎么样,谈了吗?"桂圆愣了一下,才理解是问她跟齐进造人的事。

"谈了。"桂圆大大方方地回答。

"他同意?"璐瑶好奇。

"还没表态。"

"估计还是想复婚。"璐瑶揣测,"但你不同意。"

桂圆伸手捏璐瑶脸一下:"你是我肚子里的蛔虫。"

"婚姻是女人的护身符。"璐瑶还是劝。

"紧箍咒还差不多。"桂圆反驳。

正南和正北闹腾,璐瑶连忙去抚慰,喂了奶,才回过头跟桂圆说:"我可是过来人,一次俩,这方面比你清楚,你就是再成功再有钱,要二娃,也不是那么容易的事。你二胎要是儿子,多少钱花不掉?哼哼,现在养孩子的成本,啧……我是没办法,一次生俩。你要生二胎,慎重。自己照顾二胎,慎重又慎重。齐进愿意出力,你还不让?别独立过头了,齐进想往前冲,你就给他这机会……"

桂圆看着左璐瑶喋喋不休的嘴,无言。她知道现在说什么闺蜜也不会信。过去璐瑶的独立是被迫的,现在,结了婚、有了娃儿,被老公宠着,日子过得跟在云上似的,她哪儿能理解别人婚姻中细小又深刻的苦恼。

这日,小桃又召集女人们到家,亚玲在电话里问是不是有进展。小桃说:"只是聚聚。"齐进盘踞在大妈那儿,桂圆不大愿意去,而且周末她得带一菲,小时工请假了,她又得照看奶奶。念巧被郝彤请去吃饭了。于是乎,中午这顿只有亚玲一个人陪着小桃。喝完汤,亚玲放下勺子,轻轻问:"还撑着呢?"

小桃垂着眼帘,专注碗里的乌骨鸡汤:"现在就是比耐力,博弈。"

亚玲说:"这种女人,她能养出什么好娃儿?这大哥也是,当初生了,就应该立刻抱回来养,跟这种妈就不该见面!"她拿起牙签,剔剔牙,"嫂子,你信不信,大哥估计也就是想借她的肚子,"停顿一秒,"大哥就是走得太突然。"

抱回来养？不失为一个提法。只是小桃心没那么大，她不想做这个慈善，帮仇人养孩子。

午后，亚玲和小桃正喝茶，赵律师过来了，说谈判还在继续，对方仍旧坚持财产对半劈，并要求跟穆小桃通话。

小桃对律师说："打过去，就说你代表我。"亚玲恨恨道："可不，跟她说话都脏了咱的嘴，她啰唆什么！"赵律师当着小桃和亚玲的面拨过去，开免提。对方信号不好，时断时续，但句子连缀起来，勉强能沟通。

律师说了小桃的要求，一雯立刻反对，说一定要对半，还说要跟穆小桃说话。小桃在手机上输入一段文字，出示给律师看。律师又说："如果你不同意，我们今天就要采取新的方案。"听筒里，一雯大声疾呼："你告诉穆小桃，别以为她屁股下面就有多干净！她给我不痛快，我也能让她不痛快！"

小桃的脸有点僵，亚玲挽着她。律师保持冷静："崔女士，你说话要负法律责任的。"一雯又吼："别跟我说什么法律……法律就是……我儿子应该……"话没说完，听筒里一阵乱响，跟着，通话断了。

再打过去，手机已无法接通。三个人，你看看我，我看看你，不敢细想电话那头究竟发生了什么……

直到警方的消息传来——崔一雯在高速公路因驾车不当突然冲出了护栏，车子在空中跃起，一头扎进建筑工地的坑道，她当场毙命。所幸，这位年轻的妈妈在生命的最后一刻用自己的身躯护住了孩子。文峰死里逃生。

得到这个消息，穆小桃眼前有一黑，倒在地上，保姆拼命呼喊，她才恢复一点点意识。恐惧，巨大的恐惧，冠峰走的时候她都没有这种感觉。一雯死了？因为交通事故？因为在接电话？因为受了刺激？老天！她没想让一雯死呀！她甚至都没想要报案，只是希望崔一雯能知难而退，回去好好过自己的日子……可是，她却死了。你不杀伯仁，伯仁却因你而死！穆小桃觉得自己的灵魂如同被车轮狠狠碾过。同样震撼的还有亚玲。得到这个消息，她觉得头顶上响了一个炸雷，还是齐进保持镇定，万幸，孩子还在，只是这孩子现在没了爹没了妈，有个叔叔下了监，他在这世上最亲的人，恐怕只有亚玲这个二姑了。

"娃儿呢？"郝亚玲刚回过神就问桂圆。

桂圆道："娃儿活着。"

亚玲悲伤说："这不是造孽吗！她死了娃儿咋弄？"

桂圆无言。事实如此，无法改变。桂宝进门，他回来拿东西，在门口听到死不死的话，便问谁死了。桂圆看着弟弟，不知道要不要开口。桂宝又问一遍。桂圆眼神中有无限哀凄，半天，她终于吐露了那两个字："一雯。"

桂宝愣站着，后脑勺像被打了一闷棍，心跟火炭烙了似的。亚玲的手颤抖着，要酒喝。桂圆劝："别喝了。"亚玲揉太阳穴："不喝我得死了去！"桂宝惊愕，连忙去拿酒来。

134 / 一双碗筷

一伙人围坐着，该到的都到了。郝亚玲召集家庭会议，核心议题只有一个，一雯和冠峰留下的娃儿文峰，怎么办？亚玲端坐在沙发上，桂圆在她旁边，郝彤和桂宝靠在椅子上。

小桃没来。一雯意外惨死，穆小桃大病一场，住院期间，除了吃饭、睡觉，其余时间就是念经。开会之前，亚玲去看过小桃。穆小桃表态，该给文峰的财产给文峰，算他的成长、教育基金。谁带，这钱给谁把着。

念巧没必要来，她跟季鹏离了婚，跟郝家算断了线，总不能把文峰推给她。

可谁也不想接这烫手山芋呀！

亚玲把手在膝盖上摩挲，长叹一口气，看看孩子们，道："怎么办，都说说。"

郝彤见没人吭声，她第一个说话，声音低沉："大伯家的事，总不能推给别人。"

亚玲道："你大妈跟他也没血缘关系。"

郝彤道："没血缘，还有法律嘛。豆豆跟大妈也没血缘没关系，认了亲，那就是亲。"

亚玲对外甥女有点失望："别管别人，就说你自己。"

郝彤直接道："我是想带，多一双碗筷的事，可实在没条件，然然的病刚好些，我和志明还打算要一个，你让我出点钱没问题，精力实在跟不上。"

桂宝跟着说："我都不用再要，家里已经有俩。"警方清点一雯遗物时，居然清出她给桂宝画的那幅裸体画。这段黑历史让桂宝对一雯、对一雯的儿子避之不及。死的已经死了，活着的还得活，他不能让璐瑶不痛快。

亚玲看桂圆。桂圆心里有底，事到如今，除了她老娘，似乎只有她能伸把手了。她离了婚，带孩子还算方便，起码自己说了算，不过还得看亚玲女士的态度。亚玲看女儿不吭声，自说自话："钱到了，没人管，对吧？"顿了顿，"先在我这儿搁着，怎么弄，再说，"又叹，"家门不幸！"

会散了，人走了，郝亚玲歪在沙发上，好像全部力气都用完了。桂圆把老妈的脚抬到沙发上去，轻轻帮亚玲捏着浮肿的腿脖子，一按一个窝窝。亚玲还是气不顺，长吁短叹。

老实说，老妈敢说把文峰留下来暂时带着，桂圆佩服。仗义！仁义！可是，当英雄需要成本，即便大妈留了钱，带文峰谈何容易。桂圆问："大妈真不收？"亚玲斜着眼看女儿："搁你你心里能过得去？"桂圆不说话了。大妈态度坚决，出钱不出人，她无法面对一雯的骨血。

亚玲哼哼出声，好像刚从战场上下来的负伤战士。桂圆为了给老妈解愁闷，问："喝一杯吗？"亚玲招招手。桂圆忙不迭下楼买了全小卖部最贵的白酒，上来拿小盅子盛了，端到亚玲跟前。郝亚玲一饮而尽。三杯下肚，她的愁绪更如一江春水般绵长："我这上一辈子到底欠的什么债……怎么就还不完……"

桂圆反着说："要不送福利院？"

亚玲醉眼蒙眬："能成吗？我怎么就不是那狠心的人，恶的人？我怎么就不能六亲不认？"

六亲不认？就是亚玲能，桂圆也不能。孩子是无辜的。一雯的死多少跟他们家有点关系。小桃心理上实在过不去那个坎，硬让她带不现实，而且年纪也大了。那这朵蒲公英，只能落到亲姑姑的地界。亚玲忽然有种天降大任的感觉。她原本以为人生任务快要一一完成，谁知道又来个续集的续集，没完没了！亚玲拖着长调："就这样吧……就这样给吧……过一天算一天……"

桂圆道："妈，还有我嘛。"

亚玲半唱半念："苦命的娃儿……你来到世上为什么呀……"

奶奶从里屋走出来，要喝牛奶。桂圆连忙去厨房冲了给她，等她喝好，又送上床，再折回头到老妈身边。

亚玲手指了指里屋方向："看到了吧，这就叫上有老下有小！可问题是，我也是老呀……我生儿育女伺候婆婆……照顾这个照顾那个……儿子，孙子……好家伙……又来个大侄子！……"越说声音越小，酒过三巡，郝亚玲终于进入梦乡。睡着了就没烦恼，其实亚玲藏了句话没跟女儿说，她有时甚至觉着，人死了是种解脱。可是，老天爷不让你死，那你只能继续受罪。

桂圆坐在老妈身旁，毯子往上拉一拉，头发拨一拨。她觉着亚玲女士睡着的时候好看，连眉头的悬针纹似乎都不那么深，心里没事，面容舒展，打着轻微的鼾声，一副没被生活欺负过的样貌。

文峰的到来引发了家庭结构的剧变。出了院，小桃便带着豆豆远走海外，她在德国有几个朋友，也有房子，还有机构邀请她去交流美术。亚玲看她告别时的样子，猜到嫂子这一走，什么时候回来难说。

候机大厅，穆小桃抓着亚玲的手落泪。这些天，她心里也生长过无数"如果"。如果她不和一雯斗，如果她不让律师在那个时候打电话，如果没有发生激烈冲突，如果……人生没有如果。有了恶因，必然会有恶果。穆小桃想过承担，可她实在无法面对那个娃儿。现在他还小，懵懵懂懂，更大一点呢？他会不会认定她穆小桃就是杀母凶手？可是，放下一切远走，等于把亚玲推坑里！

小桃把一切的一切对半劈，房子，钱，画……都留给亚玲。她建议亚玲搬到她的小院子住，这样桂圆也能住，齐进也能过来帮忙。一雯出事后，齐进前前后后没少跑。小桃还为亚玲考虑，住一楼，奶奶出去放风也方便。

嫂子的一片盛情，亚玲只能接受。只不过，当她搬到冠峰和小桃留下来的大房子里，却怎么也高兴不起来。人去屋空，物是人非。家里没人气，阴气重。亚玲还真就遵小桃的嘱咐，把齐进也叫来住。桂宝不愿意多见文峰，那只能齐进上。亚玲忽然发现男人的好处，能镇宅。除此之外，郝亚玲还养了一条大黑狗，叫小黑，也为镇宅用。

文峰来了。虽然平日里有两个保姆轮番换着带，亚玲谈不上多辛劳，可她心累。对着这娃儿，郝亚玲总跟过电影似的，往事一幕幕翻滚。她觉得这娃儿可怜。想着想着，又觉得这娃儿的父母可恨，再想想，念头又变了，她感觉一雯和冠峰也都是可怜人。跟着再往前，亚玲甚至感觉，这天底下就没几个人不可怜——她郝亚玲不可怜吗？桂圆不可怜吗？念巧、季鹏不可怜吗？都可怜！

文峰还算乖巧，就是称谓上乱了辈分，他总叫亚玲"奶奶"。郝亚玲先开始还纠正，久而久之，算了，奶奶就奶奶吧。她本来也是个奶奶。带文峰出去遛弯，熟人看到了，问："带孙子呢？"郝亚玲只能模模糊糊应对。不承认，也不否认。

念巧时不时过来瞅瞅，给文峰买点这买点那。小桃走的时候，美术学院的房子留给念巧住。小桃虽然没明说，可念巧知道她的心，房租什么的都见外，她只要能多帮着亚玲照顾这孩子，就算还了人情。

* * *

一晃半年，又入冬了。年跟前，亚玲灌了点香肠，挂在院子里，赤红一片，晒久了，油滴滴答答的，引得小黑见天惦记。一个保姆老家出事，走了，家里暂时只剩下一个，跟亚玲轮换着照看。这日，亚玲叫念巧来，要给她点香肠。姑嫂俩坐着闲聊。

念巧问："这齐进就住下啦？"

亚玲说："亏得有他。"

念巧好事，又问："那他跟桂圆……"

亚玲道:"还那样,成兄弟姐妹了。"

念巧"嚯"了一下:"这日子过的……"

亚玲又解释:"说跟一个日本人学的。"

念巧不明白怎么突然冒出个日本人。亚玲起身,去屋里一顿翻找,果然拿出本书来。是清少纳言的《枕草子》。亚玲拿老花镜,翻开前言,指着其中一句,读给念巧听:"清少纳言16岁与橘则光结婚。后离异,约以兄妹相称。"

念巧诧异:"就这样?"

亚玲摘掉花镜:"那可不,过成兄妹了,挺好。"又说,"你跟老三不也成兄妹了?"

念巧咯咯笑,说:"我可没他这样的兄。"念巧不想谈季鹏,于是问:"老奶奶最近怎么样?"

亚玲说:"比我都健康。"

念巧起身,要去看看奶奶,亚玲跟着进屋,却不见奶奶的身影。

亚玲头皮一麻,叫:"小李!"

保姆小李带着文峰从画室里出来。

亚玲急急地问:"奶奶呢?"

保姆缩着身子:"刚还在屋呢……"亚玲瞪她一眼,连忙和念巧挨屋找,又去院子里找。没人答应。亚玲迅速穿衣服,念巧跟着,安慰说:"别急,老奶奶一个,走不远。"

亚玲顾不上给桂圆和桂宝电话,一出门就敞开嗓子喊起来:"妈——"

135 / 大结局:夫复何求

一天一夜,郝亚玲嗓子喊哑了,能去的地方都去了。快过年了,天冷,情况不容乐观。

报警了。郝亚玲仿佛老了十岁。念巧、桂圆、桂宝、璐瑶、郝彤、志明、齐进都围着她。事到如今，安慰也是徒劳。"人呢？奶奶人呢？"亚玲说过多少次，她人生最后一个心愿是给老奶奶养老、送终。可现在眼看功亏一篑，她这个"慈孝人物"马上就要成大不孝儿媳。

亚玲实在没力气，一口气上不来，像要昏厥。桂宝连忙叫妈，桂圆吓得赶紧塞速效救心丸。大家个个忧心忡忡。亚玲睁开眼，劈着嗓子喊："管我干吗！去找奶奶呀！"跟着放声大哭。

小黑在院子里叫了两声。桂宝走到窗口，冲它吼："叫什么！"小黑摇尾巴，转头往外跑。齐进脑子里转了一下，对桂宝说："走，跟着。"志明也连忙跟着出去。亚玲伸头看："奶奶呢？奶奶回来啦？"

桂圆只能劝："妈，都去找了，警察也在搜救，不怪您……"亚玲又哭："我这一辈子……我真是好儿媳妇呀……"解释给谁听呢？谁在乎呢？亚玲觉得上天对她太不公。

保姆带文峰过来。亚玲瞅着这娃儿，突然来气："都是他！没他不能有这事！"气得站起来要打，可还是气撞脑门，又一屁股坐在沙发上。

过了一会儿，桂圆的手机响，齐进打来的，他发了定位，让她立刻带妈过来。"找着啦？"亚玲又活了。一家人穿衣服的穿衣服，穿鞋的穿鞋。桂圆给老妈围上围巾、戴好帽子，又叮嘱璐瑶、郝彤看家，她和念巧陪着亚玲出去。

警察马上就到。男人们围成个圈。桂圆老远就喊："怎么啦？"念巧扶着亚玲跌跌撞撞地小跑过去。男人们让开条道，个个神情肃穆。

亚玲走近了，低头一瞧，老奶奶躺在枯萎的草皮上，整个人仿佛被冻住了，面容安详，眉毛和头发上带了点白霜。亚玲东看看西看看，再回头瞧瞧念巧和桂圆，两个女人已经哭了。郝亚玲的情感闸门这才突然上拉，她扑通跪倒在地，放声大哭道："我的老妈妈！……你不能这么害我呀！……"树丛里的鸟儿被亚玲凄厉的哭声惊得扑棱棱飞，逃窜向无边的天空。

……

婆婆死了，以亚玲最不能接受的方式。一直以来，她都念叨着人生最后一个任务就是给奶奶一个寿终正寝的结局。眼看就要达成，却惨烈得让人不能接受。命运，这么捉弄人！亚玲整个人垮了，哭了三天，傻笑了一天，不吃不喝五天，直到奶奶的丧礼结束，她还跪在灵前不肯起来。到了第七天，郝亚玲坚决要带奶奶的骨灰回老家，说要落叶归根，不能放在大城市。谁劝都不行。她也不想在大城市住，说和大城市八字不合。

桂宝着急："回去，谁伺候您？"亚玲说她不用人伺候，这辈子都是她伺候别人，还轮不着别人伺候他。璐瑶说："妈，您跟我们住，我来照顾您。"亚玲说："好闺女，你能照顾好我儿子我孙子孙女，我下辈子给你做牛做马。"桂圆劝："妈，您要回去，也得等过完年吧？"亚玲道："不等了，现在就走，你奶奶等着赶紧入土，上仙界。"

一家几口没办法，只好匆忙在老家选了墓地，桂圆和桂宝陪着亚玲回去。安葬完毕后，他们又在当地请了保姆，24小时陪伴亚玲。桂圆有点恍惚，回想起当年齐进妈的事。其实，亚玲非要回乡还有个缘由——她暂时不愿意见到文峰。她认定了这小子是丧门星，是上天派来祸祸他们家的。她当着桂圆愤愤然说："他爸他妈怎么不把他带走！"桂圆只好让齐进先带着文峰，住在小桃的房子里。齐进表现还算不错，二话没说，照顾得好好的。

都安顿好，桂圆和桂宝要回城了。这个年过得难受。火车上，桂宝对姐姐道："看看，当初就应该送福利院。"桂圆说："家门里道的，不能够。"桂宝不屑："你是不能够，人家能够。"桂圆不满弟弟的态度："孩子是无辜的，你怎么跟你姐夫一个德行。"桂宝不明白跟姐夫有什么关系，只好闭嘴，闭眼装睡。桂圆追着道："你是他表哥。"

桂宝掰扯："是，我是表哥，你是表姐，那彤彤还是堂姐呢，一个姓的，人家都不问，你当大慈善家。"

桂圆说："那妈呢？姑姑近还是堂姐近？妈姓什么？送去福利院，将来有个三长两短，又是孽。妈心思又重。"桂宝彻底不吭声。桂圆看着弟弟，觉得他太计较。倒是齐进让桂圆另眼相看，前夫能做到这样，可以了。

奶奶走了之后，桂圆的房子里只有她和一菲，清冷了许多。一菲偶尔问："峰峰弟弟呢？"桂圆只能说："去外地了。"好糟糕的借口。一菲又问："不是去爸爸那儿了吗?"桂圆无言。童言无忌。一菲再问:"峰峰是爸爸跟别的女人生的孩子吗?"桂圆差点吐血,摸一下女儿的头:"不许胡说!"

亚玲一走,各家来往比先前少多了。然然的病一天好似一天。郝彤喜怀二胎,复出计划遥遥无期。志明的生意小多了,娶郝彤之前他的目标是成大老板,现在觉得能当个小老板就不错。他从老丈人的事件中看透一点,人,不管你飞多高,能安全落地才是王道。

璐瑶暂时没法出去工作。桂宝很努力,除了正职,还兼两份工。他老想着帮大妈卖画,可所有的画都被小桃扣在手里,市面上郝大师的作品少,所以水涨船高。桂宝时不时抱怨死去的大舅一句:"胳膊肘,死往外拐!"璐瑶只是微笑,不做点评。

念巧带着彬彬过。老于又求过一次婚,她还是没答应。彬彬越来越优秀。进了夏,有个少年科技大赛,念巧带着彬彬去美国,刚好小桃也带豆豆寄居在美国,老妯娌俩跨越整个大洋见了面。豆豆在练芭蕾,小桃和念巧站在教室门口说话。小桃问:"彬彬呢?"念巧说:"留在康涅狄格了,过了夏天才能回去。"奶奶去世的消息,小桃已经从亚玲那儿得知,老姊妹俩聊了好几个通宵。小桃想问文峰的近况,可又觉得开不了口。念巧看出她的心思,道:"好着呢,桂圆带着。"小桃叹:"这丫头心善。"就没别的话了。对于文峰,她只能做到物归原主,财产分割清楚,最好永不见面。

不远处,豆豆压着腿,小姑娘抽条儿了,瘦长瘦长。念巧叹:"大嫂把娃儿调教得真好。"小桃叹息:"多亏有她,不然我一个人活个什么劲。"念巧忽然伤感:"那也得活!"转而又叹,"我从小带彬彬,他这猛一离开身边,真不适应。"彬彬去夏令营后,念巧连着失眠,她竟然有点后悔那么努力鸡娃,如果彬彬是个普娃,留在身边,多好。可是,作为妈妈,念巧也不能阻挡儿子高飞呀!

小桃看向窗外:"彬彬以后不得了,要上哈佛。"

念巧忽然置气般:"你说要上了哈佛,将来要不干点特牛的事,你都对不起自己个儿。可干特牛的事,多累啊……"小桃不作声了。经历了那么多,她太明白念巧的感受。她现在跟念巧一样,就想过过平平凡凡的小日子。

夏天，桂圆终于调出了几天休假，她打算带两个孩子出去玩一趟。休假回来，她就正式从齐进手里"接收"文峰，请好保姆，正式开始带俩娃儿生活。

出于礼貌，桂圆问齐进想去哪儿。齐进回复："菲律宾。"桂圆的心咯噔一下。齐进又说："我来安排吧。"

菲律宾，那可是一个别有意义的地方。

临行前的晚上，桂圆躺在床上，合上眼，睡不着，她感觉生活真是讽刺，兜兜转转，她倒要跟前夫去曾经一起造娃儿的国度。半辈子走过来，跟活了两辈子似的。

是大运的缘故吗？人有八个大运，掐头去尾，中间四个最重要。每换一种大运，就好像换了一种人生。

飞机落地，叫了车，又转船，往小岛去。景物似曾相识，尤其是海边的岩石，跟刀插下来一般壁立。海水还是那么青绿，那么透亮。这里的景色美得十分犀利。

没错，就是那个地方。一菲就在这里住进她的肚子里。齐进有意来纪念一下。

到酒店住下，接下来几天就是带孩子们玩，吃饭，出海，各种闹腾。

第三天，大人们都没了力气。桂圆躺在沙滩上，头上撑一把遮阳伞，她戴着墨镜看孩子们在海边玩跳。一个阴影移过来，她抬头看看，是齐进。他坐下来躺在她旁边。桂圆的眼睛躲在墨镜后头，齐进看不到她的表情。他只是低着头，自顾自地说："我想清楚了。"

桂圆摘掉墨镜，看着他，不懂他什么意思。

"我可以无偿……提供……'生产资料'。"他一顿一顿地说。

桂圆被逗乐了。时移事往。没有文峰，她可能再要一个，现在还怎么要？而且，她去医院检查过了，目前的身体状态确实不适合再要一胎。

齐进又说："其余的，就按你的意思来。"

桂圆礼貌地说："谢谢你。"

"你同意了？"

"不行。"

"为什么?"齐进问到底。

"累了。"桂圆说。这是实话,家里家外那么多事,怎么能不累。

齐进又说:"那要不这样,我认文峰做儿子,名字也改改,别叫文峰了,叫一峰。一个一菲,一个一峰,一个女儿,一个儿子,齐了。"

桂圆再次笑出声。她忽然有点感动,齐进能说出这话不容易,转而又想,成功真是个好东西,当一个人有了成就感,心都似乎变得善了一点,或者说,他愿意展现自己的善意。

齐进接着说:"你,我,一菲,一峰,一家四口。"

桂圆抢白:"别胡说。"

齐进深情地说:"我带着两个娃儿等你。"

桂圆的心又抽了一下。一个大浪打来,孩子们惊跳着朝大人们这边跑。一菲大声叫"妈妈",文峰也跟着叫"妈妈"。这两个字传到桂圆耳朵里,她鼻子反倒不争气,一酸,眼泪出来了。桂圆慌忙戴上墨镜。世界又笼罩在一片棕色调中,模模糊糊。那山,那海,都隔着眼泪倒映在她眼里,还有身边这个她看透了的男人,还有活泼泼的孩子……夫复何求……夫复何求……此时此刻,桂圆忽然感觉分外满足。

图书在版编目（CIP）数据

娃儿 / 伊北著. — 北京：文化艺术出版社,2023.8
ISBN 978-7-5039-7435-9

Ⅰ.①娃… Ⅱ.①伊… Ⅲ.①长篇小说—中国—当代
Ⅳ.①I247.5

中国国家版本馆CIP数据核字（2023）096066号

娃 儿

著　者	伊　北
责任编辑	柏　英
书籍设计	李　响
出版发行	文化艺术出版社
地　　址	北京市东城区东四八条52号（100700）
网　　址	www.caaph.com
电子邮箱	s@caaph.com
电　　话	（010）84057666（总编室）　84057667（办公室） 　　　　　84057696—84057699（发行部）
传　　真	（010）84057660（总编室）　84057670（办公室） 　　　　　84057690（发行部）
经　　销	新华书店
印　　刷	国英印务有限公司
版　　次	2023年8月第1版
印　　次	2023年8月第1次印刷
开　　本	880毫米×1230毫米　1/32
印　　张	18.75
字　　数	549千字
书　　号	ISBN 978-7-5039-7435-9
定　　价	69.00元

版权所有，侵权必究。如有印装错误，随时调换。